```
1 | 2
3 | 4
5 | 6 | 7
```

1. 成名作，1952年大華晚報
   印行。

2. 1953年大華晚報印行。同
   時出的書，上下集用兩種
   封面，非常罕見。

3. 1953年大華晚報印行。

4. 代表作，1954年國華出版
   社印行。

5. 1955年國華出版社印行。

6. 1956年國華出版社印行。

7. 1957年國華出版社印行。

1	2	3
4	5	6

1.成名作，1959年春秋出版社印行。

2.代表作，1960年春秋出版社印行。

3.32開特殊合輯本，春秋出版社印行。

4.1961年與易容合作，春秋出版社印行。書中插圖多達數十幅，為武俠書之最。

5.1963年與易容合作，真善美出版社印行。

6.1968年國軍官兵文庫袖珍本。

1	2	3
4	5	6

1.處女作，最早以「吳樓居士」爲筆名，1958年眞善美出版社印行。

2.以「司馬翎」爲筆名之首部作，1959年眞善美出版社印行。

3.成名作，1960年眞善美出版社印行。

4.內外頁分署司馬翎／吳樓居士，表示作者爲同一人，1960年眞善美
出版社印行。該書封面有「鬼派」之風。

5.第一部連載於《聯合報》的作品，眞善美出版社印行。

6.眞善美12週年紀念佳作，1962年眞善美出版社印行。

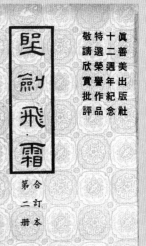

司馬翎／吳樓居士作品

1	2	3
4	5	6

1.代表作，1961年春秋出版社印行。

2.1961年明祥出版社僅印8集。

3.1962年春秋出版社續印9～17集完。

4.1961年春秋出版社印行。

5.《半劍一鈴》續集，1963年華源出版社印行。

6.1966年眞善美出版社印行。

1	2
3	4

1.處女作，1960年第一出版社重印本。

2.古龍成名作，1960年眞善美出版社印行。「新派」試筆之作。

3.1963年眞善美出版社印行。開場氣勢之壯，無與倫比！

4.「新派」揚帆之作，1964年眞善美出版社印行。

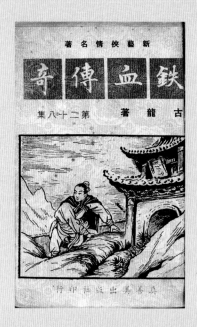

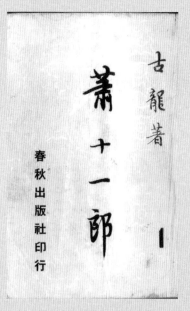

古龍作品二

5.古龍代表作之一，楚留香故事的原鄉，1967年眞善美出版社印行。

6.古龍代表作之二，「小李飛刀」故事，1969年春秋出版社印行。

7.《鐵血傳奇》後傳，1968年春秋出版社印行。

8.由劇本還原的奇書，代表作之三，1970年春秋出版社印行。

1	2	3
4	5	6
7	8	

1. 伴霞樓主代表作，1960年印行。
2. 墨餘生作，1960年印行。
3. 墨餘生作，1960年印行。
4. 上官鼎成名作，1961年印行。
5. 陸魚「新型武俠」代表作，1961年印行。
6. 蕭逸作，1961年印行。
7. 蕭逸作，1964年印行。
8. 易容代表作，1964年印行。

1	2
3	4
5	6	7

1. 司馬紫煙第一部正式掛牌之作，1964年印行。
2. 司馬紫煙代表作，1965年印行。
3. 司馬紫煙作，1965年印行。
4. 東方玉作，1968年印行。
5. 獨孤紅代表作，1969年印行。
6. 孫玉鑫成名作，1978年春秋出版社再版封面。
7. 孫玉鑫作，1978年春秋出版社再版封面。

八大書系——
大美出版社

1	2	3
4	5	6

1. 慕容美代表作，1962年印行。
2. 慕容美作，1963年印行。
3. 秦紅處女作，1963年印行。
4. 秦紅作，1964年印行。
5. 東方玉作，1964年印行。
6. 蕭逸作，1964年印行。

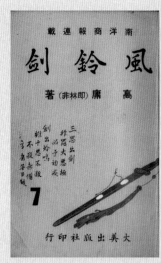

1	2	5
3	4	

1.柳殘陽處女作，1961年四維出版社成立週年紀念特選佳作。

2.柳殘陽作，1963年印行。

3.柳殘陽代表作之一，1966年印行。

4.柳殘陽代表作之二，1967年印行。

5.上官鼎封筆之作，1966年印行。

四維出版社——八大書系

6	7
9	10

8

6. 雲中岳成名作，1966年四維出版社六週年紀念特選佳作。

7. 雲中岳作，1966年印行。

8. 伴霞樓主作，1967年印行。

9. 雲中岳代表作，1968年印行。

10. 武陵樵子作，1969年印行。

1	2	3
4	5	6

1.獨抱樓主代表作，1960年海光出版社印行。

2.上官鼎代表作，1963年清華書局印行。

3.蕭瑟代表作，1963年南琪出版社印行。

4.蕭瑟作，1966年南琪出版社印行。

5.秦紅作，1966年南琪出版社印行。

6.慕容美作，1966年南琪出版社印行。

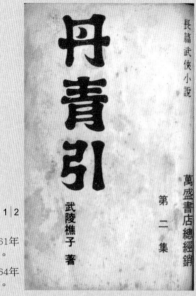

1│2

1. 武林樵子作，1961年
   玲珍出版社印行。
2. 伴霞樓主作，1964年
   奔雷出版社印行。

3│4

3. 東方玉作，1964年黎
   明出版社印行。
4. 雲中岳作，1964年黎
   明出版社印行。

5 | 6

5.伴霞樓主作，1964年
　學文出版社印行。
6.蕭逸代表作，1977年
　漢麟出版社印行。

7 | 8

7.蕭瑟作，1963年旋風
　出版社印行。
8.《射鵰英雄傳》盜印
　本，借用梁羽生書
　名，爲「金庸小說
　地下化」之始。
　1958年莫愁書局印
　行。

1. 陳海虹，臺灣第一代武俠漫畫家，以《小俠龍捲風》（改編自墨餘生的《瓊海騰蛟》）成名，此書1965年模範出版社印行。
2. 陳海虹繪，1969年大觀出版社印行。
3. 陳海虹繪，1969年大觀出版社印行。
4. 游龍輝，陳海虹的關門弟子，臺灣第二代武俠漫畫的佼佼者，此書1966年毋忘在莒出版社印行。
5. 游龍輝繪，1971年太子出版社印行。

| 1 | 2 | 3 |
| 4 | 5 | |

▲葉宏甲，臺灣第一代武俠漫畫家，所繪「四郎眞平」故事系列，風靡一時，是臺灣漫畫人物偶像化之始。此三書繪於1960年代，1992年故鄉出版有限公司再版印行。

臺灣武俠小說發展史

葉洪生‧林保淳◎著

雙劍合璧補闕史

楊昌年

一、且說古今俠稗

　　喜讀俠稗其來有自：早在太史公〈游俠列傳〉中，即已看到朱家、郭解特立獨行、豪情萬丈的光華形象。及至唐季，如李白的〈俠客行〉：「趙客縵胡纓，吳鉤霜雪明。銀鞍照白馬，颯沓如流星。十步殺一人，千里不留行。事了拂衣去，深藏身與名……」千里孤行的一騎一劍，何等令人嚮往！而仗義除奸氣韻迴盪的流傳後世，當然是「縱死俠骨香，不慚世上英」；也就是太白「才力猶可倚，不慚世上雄」（〈東武吟〉）才人意氣的迸發了。

　　及至傳奇，如在〈紅線〉（袁郊，約在827-873年間）中，經過了「出魏城西門，將行二百里，見銅台高揭，而漳水東流，晨飆動野，斜月在林。憂往喜還，頓忘於行役；感知酬德，聊副於心期」的詩化典麗，延伸到結尾：「採菱歌怨木蘭舟，送客魂消百尺樓。還似洛妃乘霧去，碧天無際水長流。」情致婉約，說明了俠者的本質，原就是至性至情的人中之雋。

　　到了現代，早年讀還珠樓主（李壽民，1902-1961）的《蜀山劍俠傳》時的感覺是「不能卒讀」（太好、太精妙，以致於不能流覽即過）。作家想像力的豐贍足可驚人，使你不禁會懷疑人類頭腦的複雜果能如此？那樣的翻新出奇，有如《老殘遊記》中王小玉說書夭矯的稀世絕響，難怪有人說嗣後武俠小說中的想像設計均都歸宗於此。較之其後讀

到日人三島由紀夫（1926-1970）的《金閣寺》時，爲他的深密如斯而感到己力之不逮似有一同。徵之於文藝創作顧此失彼，買櫝還珠之弊，則屬於小說神明骨髓的理念意識，或將在炫麗的血肉豐采之下掩失。而還珠的意識之珠卻仍能復返合浦，以他的晶瑩明白引領省思，這就不能不佩服作家的功力了！邇近湧進的西方技法「魔幻寫實」，這一種寫實的變型，較之純寫實更能補世人內心表露之不足。如此由附庸而蔚爲大國的新樣，果若迴溯，在水一方的可不就是還珠樓主的異曲同工？

再就是以一十五部三十六冊鉅作雄霸武林的金庸（查良鏞，1924-　　），貴在作家以「俠」與「史」整合而成的堂廡宏大。重點人物如令狐沖、喬峰、黃蓉……長留在讀者們的念茲之中，驚艷感歎永不褪色。可惜的是盛名之後難以爲繼（實在不贊成他的改寫）。難道高峰之上的停滯、下降果然就是宿命！但看那馬奎斯（Gabriel Garcia Marguez, 1928-　　）分明不然。筆者深信，只要是作家的才情仍在，那高峰之上的瓶頸仍有突破、改轍的可能。

而最使我心儀的莫過於王度廬（王葆祥，1909-1977）。記得三十多年前在臺中，一位「人之患」同業公會的朋友說，王氏的系列俠稗地位應該是經典之作。信然！筆者欣賞他集中一無想像自創的奇詭武功，所憑的就只是勇氣、技法所駕御的一劍；這一項能貼近人生，加強可信度。而王氏之所以感人、迷人者又在他的小說氛圍，一種浪跡江湖、困頓於市井孤獨淒涼的滋味，感性敘寫常使人盪氣迴腸。由《鶴驚崑崙》到《鐵騎銀瓶》一氣呵成的五部曲悲情俠稗足可傲世。結尾在韓鐵芳與春雪瓶結褵之後應該就是結束；補述俞秀蓮的部分分明多餘而且文字不佯，有可能是另人的狗尾續貂。在邇近所評的「二十世紀小說一百強」中，居然漏掉了王公，筆者爲此深感不平。而取材於他小說的電影「臥

「虎藏龍」卻能獲獎，其實不過只是王氏悲情滄海中的一粟而已。才秀人微，取湮當代，曷其可歎！

而查、王二公在小說敘寫中的「時差」又大可一較。在查公的作品中，常有人物形象的前後不侔，原已刻鏤鮮活成功的人物，在其後出場的新人光芒之下黯然失色。如在《射鵰英雄傳》中活潑刁鑽的少女黃蓉，到了《神鵰俠侶》中，她已為人妻母，雖還不至於流於凡庸，但距離讀者們原有的印象差得遠了。再如那位東邪黃藥師，《射鵰英雄傳》初出場時何等倜儻！其後在《神鵰俠侶》新秀楊過的主導之下，竟然沒落得有如附庸。在《倚天屠龍記》中的青翼蝠王韋一笑，出場之時聲勢驚人，其後在張無忌教主形象逐漸強固之後，這位屬下也就只能收斂起他的蝠翼。但就王公的作品來看，讀者感受的落差似可避免：那江南鶴雖在主角避位之後出現，仍能以神龍見首不見尾的驚鴻一瞥予人以英風猶昔之感；李慕白、俞秀蓮在騁力建樹之後杳然淡出絕跡江湖，與其說是可惜，毋寧說是留有餘味，更能使讀者們懷念惆悵；至於玉嬌龍，在她夭矯風雲之後，病歿於黃沙滾滾、親子隨侍之旁，那是她在病苦之下合理的改變，讀者們能有悲愴而無失落感。

早年成名於華北的作家朱貞木的《羅剎夫人》、在臺灣崛起的司馬翎的《關洛風雲錄》、《劍氣千幻錄》都曾予我以驚艷之感。彼等取向的「俠」、「情」之合與金庸有別，雖無「史」的堅實可思，但卻染就了「情」的委婉可感。約在1980年代初，因為我的一位外籍學生志在研究臺灣俠稗，曾帶他去見古龍，因而結織了這位傾觥而飲的酒魁。總覺得他的小說重在豪氣的感染。雖然婉者易弱易傷、豪者易粗易俗，但在古龍卻能有豪婉剛柔的調劑；抽樣如他人物的命名「風漫天」，就能予人以飄零江海的蒼茫之感。

二、葉、林雙劍合璧

初識保淳是在政大，應邀去考他指導的一位研究生。場所設在三樓，原本不知道他不良於行；直到他這鐵拐李上得樓來始知，心裡很是過意不去，而他還謙遜地說理當如此。知道他在淡大設有武俠小說研究室既已稀奇，而在讀過他的論著之後更是刮目。敬重的是他研究的勤力有成；亦且是他獨到的、使得臺灣俠稗鹹魚翻生的貢獻；更或是有感於他異於一般的謙和，使我對時下學術界的中堅份子重拾信心。

由保淳而結織了「南天一葉」洪生兄，這是一位多才多藝的作家、評論家。其自製京劇CD曾使我一聽再聽，在鬚生唱腔的蒼涼激越中似可窺現洪生才人的自負。一直以爲論評文學的重要需在「再創造」的有無，錯非評者能有己見，否則只是「還原」或是「人云亦云」，有何價值可言！我以爲洪生最能把握者在此。細讀他的《天下第一奇書——蜀山劍俠傳探秘》，那樣的層層剝蚌、探驪得珠，非僅是洪生評文的功力，更是他與文本會通、融合之後可貴的自得。

《臺灣武俠小說發展史》在葉、林雙劍合作下完成，非僅搜材詳備，流利可讀，足供檢索、研究之需，更大的價值在對各位名家的分析。透過評者的再創造，史傳的光輝已然煥發，已能告慰於各位存歿名家；且復提供讀者們以新的賞析依據；更爲冷落已久的俠稗天地，燃起了一盞導覽的明燈。

三、展望武俠前景

擁有大量讀者的通俗小說是否也該有它有的地位？儘管俠稗作家的創作動機多屬於「爲稻粱謀」，但名家之作的藉著人物、情節而由情及理，意義價值不見得弱於正統文藝；又何況由閱讀人口比例的落差來

看，感染之力分明更勝一籌。當在二十世紀中葉武俠小說受到大眾歡迎之際，負面排斥、蔑視的網罟同步織張。自命正統中有看都沒有看就說不好的醬缸多烘，也有公開惡評而私底下偷偷閱讀津津有味的假道學假正經，兩者同是既固且陋的匹夫。迄至二十世紀後期總算有了改善，俠稗文類開始受到正視（也還不是重視），連帶著俠稗作家也終於能夠抬頭接受平視（當然也還不是仰視）。

誠如文本史料所示：臺灣俠稗由五○年代發軔到六○年代鼎盛，終至七○年代的退潮、八○年代的衰微。這一路行來精采之處其實也不過是十年而已。潮起潮落，就通俗文學史而言，恍若一道彗星，以其特異的亮麗劃過天際；瞬間的消失，又竟如明月梅花一夢。葉、林兩位曾分析所以式微之因，筆者在此願稍作補充。誠如吾友皮述民教授所言，武俠小說之盛係由於「讀者的苦悶」，有異於一般文藝創作動力來自於作者「苦悶的象徵」。而讀者群的苦悶必將隨著時代改變而改變，時過境遷，當大眾的閱讀興味改變時，這一度人手一冊的盛況自然不再。

然則今後，俠稗的前景果然如何？是就此塵封入史？或是還能有洪峰再現？

筆者的寓言是：或基於人類物種遺傳「爭鬥」的原型，或由於人世永難免除的不平，俠稗之表現原型，為讀者不平的積悒提供畫餅充飢式、聊勝於無的桃源，看來已是宿命。

張潮《幽夢影》記：「胸中小不平，可以酒消之；世間太不平，非劍不能消也！」對！是該為此浮一大白的。想想在你人生中總難免會遇到的那些巨奸大憝之類、邪惡之徒，跟他說理，沒有！訴之國法吧，或有不公或緩慢又不濟事，就只有飽以老拳叫他痛，或竟是長劍叫他血流五步，那才叫做痛快！這也正是《水滸傳》中「魯提轄拳打鎮關西」所

以膾炙人口之所在，正就是億萬人心，遭逢亂世甚至衰世，痛恨奸惡、嚮往英豪共同的心理。又何況除卻快意的假象平衡之外，讀者們還能分享到作家們的情感、理念。無論是情的感染或理的省思，不都是文藝功能淑世的效應嗎？

　　筆者認爲文體、文類的盛衰有如朝代的興亡，最大的因素在「人」。常是有一流的才人作家致力於此，始能有鎔舊鑄新，別開生面，建樹立言。抽樣如「對聯」文學，就那種短小的侷限的先天，到了曾國藩手裡，居然能用之於應酬、敘事、抒情、議論……無不得心應手。今後，俠稗的主題意識作用可能不會有太大的改變，但可以肯定的是表現形式手法必將異於以往。一如原本不無俗濫的偵探故事，脫胎換骨而成爲深刻、新穎、科學的推理小說。

　　是的，我們在關注著俠稗再生的機運，期待能有新的一流高手出現江湖；也盼望葉、林兩位致力的研究、評論之路，能由獨行漸至絡繹；且以精思的心得爲武俠指引康莊大道，使新銳們得以取法乎上，展翅鷹揚！是爲序。

2005年3月18日於臺北

俠義靈魂與人文精神

徐斯年

作爲一個也曾涉足武俠小說研究的大陸學人，拜讀葉洪生先生、林保淳先生合著的這部《臺灣武俠小說發展史》，我既獲益良多，也有不少會心之處。

本書第四章第二節引有溫瑞安的一段話：「武俠小說是最能代表中國傳統文化精神的，它的背景往往是一部厚重的歷史，發生在古遠的山河；無論是思想和感情，對君臣父子師長的觀念，都能代表中國文化的一種精神。」是的，武俠小說是中國特有的一種文學類型，儘管一直被劃入「次級文類」，然而對於海內外、境內外的許多華人來說，它簡直就是「中國」的象徵，承載著中華文化的昂揚、豐美和厚重，化爲他們夢裏「迷人、醇香」的佳釀。

中國的傳統俠義小說，於清朝末年、民國初年而生一變，二十世紀二十年代又生一變，三四十年代再生一變。這些嬗變，反映著此一文類從「古典型」向「現代型」發展的過程——這裏所說的「現代」，既是相對於「古代」的時間概念，同時又是一種文化概念，即指「非古典」的人文精神。在我看來，辛亥革命和五四運動都是中國「現代」人文精神的集中體現；三四十年代出現的「北派五大家」，則於繼承傳統的同時又對傳統有所揚棄，使這種人文精神明顯地滲入自己的作品，把民國武俠小說推向一個巔峰。

「北派五大家」的貢獻與啓示

作爲「俠義精神」的文學載體，古代俠義小說描繪俠者及其俠義行爲，普遍關注的是建功立業、除暴安良之類屬於「外部行爲」範疇的價值體系；古代作家筆下那些「文學的俠客」，常被描述爲「超人」式的「救世主」。對於這些主人公的「內部世界」之缺乏關注，與對其「外部行爲」的踔厲張揚，形成了多數古代俠義小說的「內在反差」。直到四十年代之前，儘管出現過若干變化，但是多數武俠小說依然未能擺脫這一傳統。就此而言，新文學陣營的理論家指責武俠小說只能讓小百姓在「白日夢」裏出幾口「不平之氣」，而不能使他們明白什爲是「人」，這種批評是頗有道理的。我以爲「北派五大家」的主要貢獻之一，便是藉「武俠」寫「人」，揭示出「俠」的「人性」和「人間性」，賦予「俠義精神」新的闡釋。

「北派五大家」寫的雖然仍屬「英雄傳奇」，但是他們在相當大的程度上顛覆了那個自古以來把俠客宣揚爲「救世主」的「白日夢」。在宮白羽的筆下，「好人也許做壞事，壞人也許做好事」；「好人也許遭惡運，壞人也許獲善終」（《話柄》，天津正華書局1949年版）。白羽作品裏的「好人」們，固然也做「除暴安良」的事，然而他們往往發現：靠自己的力量，「暴」是「除」不完的；他們雖也「安」過幾個「良」，最終常連自己也「安」不成！至於那些「壞人」，除了性格的褊狹之外，其「惡行」多有「社會」和「人情」的根源；他們中間有人極想改過，但是「好事」做得再多，卻仍不能見容於世。在揭示「反派人物」的「人間性」上，鄭證因與白羽有著相似之處。至於王度廬作品裏的俠士、俠女們，其行爲動力集中於爭取、維護自己「愛的權利」，因而明顯地透露著「個性主義」的色彩。這幾位作家寫「俠」，都從頌揚「人

格」進展到了刻畫「性格」，王度廬更將個性刻畫推進到人物心理：他的主人公們在與「外部敵人」拼鬥的過程中，都不同程度地體驗到了最大的挑戰恰恰來自「自我」（既是self，也是ego）。

與上述幾位作家不同，還珠樓主演述的是最為荒誕不經的「仙魔」故事。然而在他神馳八極的奇想之中，同樣滲透著深刻的生命體驗；其間還有廣泛、精闢的文化闡釋，這是另幾位作家所不能企及的。他在揭示人性樣態的多面性和內涵的複雜性方面，也比另外四家更為獨特、豐贍；浪漫主義的創作方法，則使他筆下的故事和人物閃出綺麗、炫目的光彩。上述作家已經顯示出突破章回體的不同努力，而朱貞木則在這一方面做出了更大的貢獻。「北派五大家」雖被稱為「舊派」，但是他們的「內在文心」，確乎已經蘊含著「創作的『新』與『熱』」（墨嬰〈《偷拳》序〉）。

然而，中國大陸武俠小說的發展流程，至「北派五大家」卻戛然終止了，猶如一條蜿蜒伸展的道路，突然碰到萬丈絕壁。對於大陸讀者來說，這一終止意味著長達三十年的「空窗期」（1950–1980）。然而，改革開放之後，他們驚喜地發現：民國武俠小說的發展流程原來並未中斷，而是由臺灣和香港兩地擔當起了「存亡繼絕」的責任！那條蜿蜒伸展的道路，不過是在懸崖面前分成兩支「岔道」，並且終於迂回到大陸，形成了「合流」！

兩類圖景的立體景觀

洪生先生和保淳先生在這部《臺灣武俠小說發展史》裏，為我們詳盡描述了五十年來臺灣武俠小說自草創、興盛至低迴、衰微，直到「轉進／登陸」的過程。這一過程包含兩類圖景：第一類由為數眾多的作家

作品構成，屬於文學本體；第二類屬於相關的背景，包括社會、經濟、政治、商業、文化、傳媒等等範疇，它們與前一類交錯共生，構建起互動關係。這種互動，既可能促進、也可能促退，既可以包含積極因素、也可以包含消極因素，既有對應、也有錯位，形成一道又一道環環相扣、錯綜複雜、光怪陸離的立體景觀。

本書將臺灣武俠小說的發展過程分為四個時期：發軔期、興盛期、退潮期和衰微期。據我體會，發軔期又包含兩個階段：延續「北派五大家」餘烈的「草萊」階段，以及漸開新局的「發展」階段。對這兩個階段的描述之中，包含著洪生先生和保淳先生兩大學術貢獻：其一，釐清了臺灣武俠小說的淵源；其二，使司馬翎這顆「蒙塵的明珠」重現光輝。

關於臺灣武俠小說的淵源，本書揭示：早在梁羽生、金庸分別發表第一部作品之前，臺灣作家夏風、郎紅浣、孫玉鑫等已經發表了至少七部中長篇武俠小說（包括夏風《人頭祭大俠》、郎紅浣《北雁南飛》、《古瑟哀絃》、《碧海青天》、《莫愁兒女》、《瀛海恩仇錄》、孫玉鑫《風雷雌雄劍》）；成鐵吾、太瘦生的出道時間，則與金、梁不分先後。這些在臺灣開闢草萊的武俠作家以及繼起的其他作家，其創作靈感、敘述模式和風格樣態，均直接來自「北派五大家」或者與之具有密切關聯。至於港、臺兩地「武壇」發生廣泛交流、金庸和梁羽生對臺灣作家逐漸產生「橫向影響」的時間，當在六十年代之後。其時臺灣武俠小說諸名家均已登場，各流派亦已形成，包括極具「先鋒性」的古龍，也都嶄露頭角了。

凡此足以證明，臺灣武俠小說是直承四十年代民國武俠小說的淵源，自足地發展滋長起來的。所以，「早期臺、港兩地的武俠作家皆為

『道上同源』——他們共同立足於中華文化土壤,也都師承於『舊派武俠』,在創作基礎上並無若何差別。惟以彼等遭逢世亂,流寓海外,遂自覺或不自覺地將這一分離鄉背井的失落感投射到武俠創作上來,聊以寄託故國之思。」(本書第三章第三節) 這便雄辯地說明:臺、港兩地的武俠小說發展史,實乃中國現代武俠小說史的延續。它們雙峰對峙,兩水並流,填補了大陸武俠小說史的一段空白,對中國現代通俗文學的發展、繁榮作出了重大貢獻。

司馬翎表彰「現代人文精神」

臺灣武俠小說家多達三百餘人,其中「眞正談得上有自覺意識、亟欲突破創新的大家,屈指數來,不過司馬翎、古龍兩位而已。」(本書第三章第二節) 洪生先生曾在論文中說:司馬翎「是以『舊派』思想爲體、『新派』筆法爲用。其變以『漸』不以『驟』的「介乎新、舊兩派之間的關鍵人物」。(〈世代交替下的「武林奇葩」——司馬翎的武藝美學面面觀〉)保淳先生也曾在論文中說,司馬翎的地位之所以重要,在於他的創作跨越臺灣武俠小說發軔期和興盛期兩大階段,個人風格凡經三變,「頗足以視爲一個縱觀武俠小說發展歷史的縮影」。(〈蒙塵的明珠——司馬翎的武俠小說〉)他們在本書中,則將司馬翎置於「武壇三劍客」的另兩位——臥龍生和諸葛青雲——之間加以論述,又在評介興盛期的諸多流派之時分析他對同輩作家的影響,從而進一步豐富了上述觀點。

司馬翎承上啓下的地位和作用,在很大程度上似亦集中於「現代人文精神」。他由注重揭示人性的複雜性及其內部衝突到弘揚「新女性主義」,恰恰體現著人文精神在現代武俠小說中的一段發展進程:竊以爲

「女性主義」的精髓在於追求人性的平等、自然和完善（就此而言，「女性主義」也許可以視爲「人性主義」）。所以，司馬翎的自覺彰顯女性自主意識和「女智」，確乎比「北派五大家」前進了若干步。他筆下那些以儒、墨立心的俠者的恢宏氣質，他對「情」和「欲」的既反「道學」而又富於道德感的闡釋，他的以廣博「雜學」爲基礎、以玄學爲靈魂的「綜藝武學」，他那影響深遠的「武俠氣勢論」，以及與上述特徵互爲表裏的高華飄逸的文體，則綜合構建爲一個既立足傳統、又吸取新潮的「武俠人文系統」，對於「新派武俠」洵有「內造外爍」之功。

古龍以「衝創意志」破舊立新

中國的武俠小說作家裏，古龍則是一個最自覺地不斷「求新求變」，最自覺地從西方和日本小說裏「偷招」，並能在實踐中一再實現自我突破的人。本書將他作爲臺灣武俠小說興盛期的代表，結合解讀作品，詳細分析、評述其創作風格亦經「三變」的過程，論證了他所體現的「新派」特徵。鑒於港、臺「新派」掀開了中國武俠小說史全新的一頁，這一章的意義就顯得非常重要。

古龍之「新」，在其「現代性」——這裏所說的「現代」，已是與二十世紀「現代主義」相聯繫的一種文化特質；與前面所說的辛亥、五四「現代人文精神」相比，實爲突破和飛躍。古龍顛覆了傳統武俠作品裏的「武林」和「江湖」，他筆下的武俠世界可以視爲「城市江湖」的象徵；古龍顛覆了傳統武俠小說的「武藝美學」，開創了「迎風一刀斬」式的「神韻派」武藝美學（除東洋「招式」之外，其間顯然還可見到司馬翎「氣勢武學」的影響）。更加引人注目的是，古龍突破傳統，創造出一個全新的「浪子／遊俠／歡樂英雄」形象譜系。這些「浪子」型的

「歡樂英雄」，無須承載其先輩實際擔當不起的「綱常負荷」（這是前輩作家強加給「文學之俠」的），自主地弘揚自由意志，追求至性至情，重估著人生的價值。

正如本書作者所指出的，這些「江湖浪子」身上，浸透著尼采所說的「衝創意志」（the will to power），那是一種「燦爛的、歡欣的、剛強的」、「無窮的生命力」，它「沈醉狂歡，爲破壞一切形式與法則的力量，反抗一切限制，作不休止的鬥爭」（陳鼓應《尼采新論》，第54、53頁，香港商務印書館，1988年）。在古龍的作品裏，還可以見到「孤獨者是最有力者」、「寂寞者是大歡樂者」、「愛你的敵人」這樣一些尼采式的哲學命題。凡此，都體現著二十世紀的「現代性」；這裏是否也隱含著臺灣武俠小說與臺灣「現代文學」的某種內在聯繫呢？對此，我只敢「妄想」，未敢妄言。

但是，古龍又沒有割裂傳統。正如他的「迎風一刀斬」式武學是以中華「武德」、「武道」爲核心一樣，他筆下的「江湖浪子」們的血管裏，仍然流淌著先秦俠者「由任」、「尚義」的鮮血。本書作者還特別指出了古龍與「北派五大家」的血緣關係，我想補充一點：那些「江湖浪子」的體內，很可能找得到王度廬《風雨雙龍劍》主人公張雲傑的某種「基因」。張雲傑的身上雖無「尼采色」，然其性格偏於「狂」而遠於「狷」──他對「復仇」的厭惡，他應付尷尬處境時的爽快、狡黠和自嘲式的幽默，都顯示著某種「浪子氣息」，因而與江小鶴、李慕白輩大不相同（《洛陽豪客》裏的楚江涯，則可視爲張雲傑式性格的先聲）。對於古龍，這裏儘管未必存在《鐵騎銀瓶》與《多情劍客無情劍》那樣的直接影響痕跡（具見本書第二章第三節第七目），然而所含訊息或亦值得注意。

「爲變而變走向不歸路」是一個十分貼切、醒目的小標題，準確地

揭示了「求新求變」策略內部隱含的矛盾及其導致的危機。古龍自己說過，武俠小說應該更好地寫出「人性」，這本是他「求新求變」的目的。「爲變而變」則把「變」當成了目的，實質是用形式（文體）上的「唯新是騖」來掩蓋想像力的衰退，結果必然由「偏鋒」走向「不歸」。

平心而論，溫瑞安在繼承古龍方面還是有所作爲的，曾在「求新求變」的道路上繼續取得過一些成績。他追求武俠小說的「詩化」，未嘗不是一種新意。可惜的是，他又更把「爲變而變」推向極端：古龍還慮及讀者需求，他則走向了只求自我表現；古龍行文還講分行，他則把「文字障」發展到了「表現主義」的「視覺效應」。背離通俗文學的本體性而去盲目追求「先鋒性」，被扼殺的只能是通俗文學。所以，本書把溫瑞安列爲「衰微期」的「主角」，顯示著明睿的史識。

通俗文學的「動力機制」

通俗文學屬於商業文化，書商、讀者和作者的關係，形成了通俗文學的「動力機制」。在這個「動力三角」中，書商既是作者與讀者的中介，更是具有決定作用的樞紐。商業行爲的目的是盈利，上述機制則注重文學作品的商品性質；按照需求—供給法則、分配—交易法則和投資—盈利法則，推動文學作品轉化爲商品的作用。需求—供給法則首先要求書商確定目標市場。通俗文學的出版商將市場目標定位於「社會大眾」這個最爲廣大的消費群體，武俠小說應該適應這一群體的精神消費需求，它的「本體性」在很大程度上就是如此而被確定的。

美國學者阿薩·伯傑(Arthur Asa Berger)在所著《通俗文化、媒介和日常生活中的敘事》一書（南京大學出版社2000年11月第1版，第139頁）中引有這樣一段話：「所有文化作品都包含兩種因素的混合物：傳

統手法和創造。傳統手法是創作者和觀眾事先都知道的因素——其中包括最受喜愛的情節、定型的人物、大家都接受的觀點、眾所周知的暗喻和其他語言手段，等等。另一方面，創造是由創作者獨一無二地想像出來的因素，例如新型的人物、觀點或語言形式。」（按：原出於約翰・卡威爾蒂John Cawelti《六響槍疑案》）所以，文化生產品鏈的一端爲「創造的作品」（例如「先鋒文學」），另一端爲「樣式的作品」。後者正是通俗文學出版商所需要的商品，他們也正是按照這樣的「規格」向作家「下達訂單」的。這種運作方式走向極端，必然會令作家喪失自主性，變成純粹的「炮製者」。

但是，文學商品畢竟又是「文學」，除一般的商品價值之外，它畢竟還有自身的價值體系，這一價值體系在總體上是傾向於「自主」和「創造」的。前面所說的「創造的作品」與「樣式的作品」兩端之間，有著一片非常廣闊的地帶，這正是那些並未喪失自主性的通俗文學作家可以馳騁的空間。那些眼光非凡的出版商，則會給作家留出這種空間，支持他們努力創作一些具有創造性的樣式作品，從而建設健康的、有活力的文化市場。

本書第二章用了整整一節篇幅評介臺灣武俠小說市場上的「八大書系」，體現著作者對於通俗文學運作脈動及其商業規律的準確把握。他們對於「八大書系」的經營策略、各自擁有的基本作家群以及各家書系的功過得失，論之均詳；而對宋今人創辦的眞善美出版社，尤其推許有加。作爲「八大書系」的代表人物，宋今人的經營策略特色，在於十分重視「作家／作品」這個環節，在獎掖新人新作、倡導健康潮流、維護作家權益、推薦優秀作品等方面極爲傾注心力。更加可貴的是，他還撰有不少評介作家作品、論述創作甘苦、明揭價值標準、提倡發展創新的

文字，其中確乎貫穿著「道德理想」和「淑世精神」。雖然以「八大書系」爲樞紐的文化商業運作過程也還存在一些消極因素，但在總體上屬於良性互動，顯示著「市場」對通俗文學發生、發展的決定作用。

關於臺灣武俠小說「退潮期」和「衰微期」的到來，本書揭示了更爲錯綜複雜的因果關係：隨著經濟文化生活的飛速發展，特別是電視文化的迅猛崛起，前述「動力三角」逐漸失卻平衡，書商的樞紐作用更是大爲削弱。對於武俠小說的衰微，書商惡性競爭固然難逃其咎，然而它們又有自己的苦衷。例如，就「作家」環節而言，既有見利忘義之「文娼」（如色情派）的作祟，亦有「鳴高」之「超新派」的作繭自縛，又有「作者」向「編劇者」的紛紛蛻變，還有大批「招數用老」者的退出江湖；後三種情況，大概都是不能直接歸咎於書商的。

再就「讀者」環節而言，固然存在「文娼」作祟的基礎（讀者方面變態的精神消費需求），但也存在大量「讀者」轉化爲「觀眾」的趨向；後一種情況的出現，顯然亦與書商無關，而且總體上似亦不能定性爲行業間的惡性競爭——電影、電視的發展，曾經促進武俠小說的行銷，然而最終卻導致讀者市場的嚴重萎縮，其間所含消息，非常值得深思。我以爲本書結尾至少業已包含下述結論或啓示：武俠小說的一時衰微，並不必然表徵著文化和社會整體發展進程的危機；歷史的前進，往往是不惜犧牲局部的。凡此，均反映著本書作者對於歷史行程及其深層漩流的辯證把握，可見史才，亦見史識。

比較海峽兩岸的禁書政策

武俠小說在海峽兩岸均曾遭到查禁，其命運卻頗爲不同。回顧相關歷史，確乎可以鑒今。

在臺灣，武俠小說之所以非但「禁而不止」，而且開創出一代輝煌，我以爲根本原因在於市場經濟未被取締；大陸則不然，二十世紀五十年代以後實行計劃經濟，印刷、發行、書業均被置於公權力嚴格控制之下，包括武俠小說在內的通俗文學，其生存基礎必然因之喪失殆盡。這屬於「硬環境」問題，不是很難理解；至於當年兩岸與「查禁」相關的「軟環境」問題，竊以爲更加值得加以比較考察。

本書列述有關史實之後認爲：「臺灣當局的禁書政策，自始即缺乏一套有效的政令及管理機制，不但『人治』爲患，而且時鬆時緊。」所見可謂切中肯綮。臺灣查禁武俠小說的幾次「專案」，均由戒嚴時期的「保安司令部」、「警總」主導實施，「防共」、「恐共」、「心戰」態勢躍然紙上。凡是留在大陸的武俠小說作家均被「定性」爲「附逆」，從政策層面考察，這種「擴大化」的思維顯然粗糙之至；而把武俠小說分爲「共匪武俠小說」和「反共武俠小說」或「忠義小說」，則既表現著文藝常識上的無知，又說明查禁的著眼點其實不在「武俠小說」本身，而在「安全考量」──這又揭示了武俠小說在臺「禁而不止」的另一原因。

關於金庸作品在臺遭禁的緣由，我對「《射鵰》與毛澤東挂鈎」之說是既相信又不完全相信的：從「秀才碰到兵，有理說不清」的角度，我相信此說，因爲這屬於不讀原著、率爾「抹紅」的典型低能勾當。二十世紀三十年代國民政府在大陸時，其書報檢查機構早就慣用此技；大陸「文化革命」期間，亦曾屢用此法，以對知識份子進行「抹黑」。但從當年臺灣決策高層的角度考量，我不完全相信此說，因爲蔣經國、嚴家淦、宋楚瑜諸公，均非「粗人」之流；況且他們都愛閱讀金庸作品，決不至於看不懂其中諷刺、影射「文革」與「個人崇拜」的諸多情節

（大陸有評論者對此十分推許，我卻不敢苟同，以爲就文學性而言，實乃敗筆）。所以，我想當年臺灣查禁金庸作品的根本原因，似乎還在其人之「政治色彩」；而1973年金庸的訪臺成行，則恰恰透露出決策高層對於「大陸政策」的某種反思。

本書第四章第五節在「『武俠研究』鳥瞰」題下，實已論及武俠小說在大陸遭禁的「歷史大背景」與「文化大環境」。作者認爲，1930年代新文學家的立場，實爲「一種全方位的文化省思」，「決非僅僅在爭論單純的文學問題，而是借文學作一種社會批判與文化反思」。這也應該視爲對1949年後大陸文化政策指導思想所作的準確判斷：與當時的臺灣當局不同，大陸查禁武俠小說主要並非出於「保安」考量，而是「社會改造」大工程的一個極其微小的部分。在我看來，社會革命家和新文學家們那種「全方位」的「社會批判與文化反思」本身無可非議，應該檢討的是其中所含的「左」傾思潮。對於武俠小說來說，1949年後最致命的打擊並非來自行政舉措，而是恰恰來自與公權力相結合的「左」傾文化思潮。

武俠小說「重生」的契機

我一直認爲，考察「左」傾文化思潮，必須回溯到1930年代的「無產階級革命文學派」（以「創造社」、「太陽社」爲代表）；而其思想又與蘇聯「無產階級文化派」（以波格丹諾夫爲代表）如出一轍。該派理論要害似可歸結爲：傾向於否定文化遺產和「非無產階級」的現實文化，傾向於把「非無產階級」的作家、藝術家視爲異端和敵人。當年這一派作家對武俠小說的批評並不很多，因爲在他們看來，連《阿Q正傳》都已屬於「死去」的「時代」，武俠小說就更不屑一顧了。1949年後，

這種「左」傾思維因與公權力結合而能量大增，其時魯迅與《阿Q正傳》雖然早已得到「平反」，但是包括武俠小說在內的「市民文學」，仍被置於不屑一顧的「死地」。

從宏觀上看，「左」的危害在大陸確乎經歷了一個由微至著、由局部至全局的過程；其間有所張弛、有所起伏，領導層中甚至提出過應該允許存在「無害文藝」的主張，但還來不及展開討論，就「以階級鬥爭為綱」了，接著便是「文革」浩劫。但從微觀上看，對於武俠小說，這一過程無論處於「局部範圍」還是「全局範圍」、「和風細雨階段」還是「急風暴雨階段」，與它都已不關痛癢，因為那都屬於「活著的世界」，而它早被埋入「死去」的「時代」了。

然而「福兮禍所倚，禍兮福所伏」，武俠小說的上述處境，倒也為「文革」時還健在的那些前輩武俠作家帶來一點「幸運」——他們雖然不能不受「衝擊」，但與那些被「打翻在地、再踏上一隻腳」的文藝界的「走資派」（其中不乏當年執行「左」傾路線者）以及眾多「前革命作家」相比，日子卻要好過一點，這也是因為後者屬於「現行」，他們屬於「歷史」。不過，目睹著原本一個比一個「進步」、一個比一個「革命」的「前批判者」全都成為「專案對象」甚至淪為冤魂的事實，則那些早已自慚形穢、後又「苟全性命於亂世」的前輩武俠作家，還敢心存絲毫「重生妄想」嗎？在我看來，惟由「左」傾惡性發展為「極左」的過程之中，才能找到武俠小說在大陸「一禁就絕」的根本原因。

物極必反，「文革」既把「左」的危害推向極端，也就意味著「自我否定」的必將到來。1976年「四人幫」垮臺之後，在通俗文化領域集中體現大陸人民「精神解放」喜悅的第一件大事，我以為應是當年春節香港影片《秋香》的上映：它宣告著人們的愉悅享受重又得到肯定，宣

告著人文關懷的必將回歸。至此，武俠小說的「重生」才不再屬夢囈。至於「開禁」之並非一帆風順，出版、流通行業的無序狀態和惡性競爭之令人厭惡，固然均屬消極因素，但其背後實含積極消息：因為這些現象屬於市場經濟誕生前的陣痛，預示著連計劃經濟色彩最為濃厚的出版行業，也已非走改革之路不可了。從根本上看，這對武俠小說的「重生」應是好事。

整體而言，從1920年代直到如今，武俠小說是一向不願招惹現實政治的（東方玉那樣的個案除外），可是現實政治卻硬要來招惹它。區區一個「次級文類」，其興、衰、存、亡，居然也要牽動一部「政治經濟學」。見微知著，讀者諸君也許可以從中得到一些更具普遍意義的歷史經驗罷！

徐斯年2005年4月寫於姑蘇楊枝塘。當其時也，臺海似有水暖風和之兆。但願其勢不挫，造福兩岸骨肉同胞。

挑燈看劍五十年

葉洪生

俺曾見金陵玉殿鶯啼曉，秦淮水榭花開早；

誰知道，容易冰消！

眼看他起朱樓，眼看他宴賓客，眼看他樓塌了！

這青苔碧瓦堆，俺曾睡風流覺，將五十年興亡看飽。

～～摘自孔尚任《桃花扇・哀江南》曲詞

　　翻開半個世紀以來的臺灣武俠滄桑史頁，紙上爭雄，風雲叱吒，一時多少豪傑！然而斗轉星移，歲月悠悠，昔日的輝煌卻已隨風而逝，一去不復返了。區區不才，曾目擊身經其由盛而衰的全過程；撫今思昔，不禁油然興起如雲亭山人孔尚任般的感慨。正所謂：「殘軍留廢壘，瘦馬臥空壕！」儘管彼此所指涉的時空事物迥異，但心境卻是一樣的。

　　回首前塵，自我八歲起，通過《蜀山劍俠連環圖畫》與武俠書結緣，至今不覺也將近五十個年頭了。這五十年挑燈看劍，恰巧是臺灣武俠小說創作由發軔、成長、茁壯以迄式微、沒落的整個興衰歷程。我有幸躬逢其盛，得與若干武俠名家交往，把酒言歡，探討其創作之秘；又不幸目睹其師老兵疲，軍心渙散，乃至生死寂寞，被人淡忘！這些點點滴滴，若不完整地記錄下來，將是個人甚或千千萬萬武俠讀者的一大遺憾。因此，如何秉持客觀公正的態度，善盡論述責任，還歷史以本來面目，就成爲我當仁不讓的光榮使命與人生課題。

　　惟談到爲臺灣武俠小說的興衰作史，看似容易，其實不然。因爲這牽涉到作家、出版社、市場供需與社會風評等四方面的主客觀因素，及其彼此之間的互動關係。其中作家、作品的基本資料尤需充分掌握，否則就有以訛傳訛之虞；而每一位名家的小說風格、特色又隨著時光流轉多少有所變化（主要爲了因應讀者需求），故也不宜輕率論定。凡此種種，經緯萬端，皆非任何一個「獨行俠」所可爲力；更何況數十年來臺灣的公立圖書館從不收藏舊版（分集印行36開本）武俠小說，而私營小說出租店又已紛紛轉型或歇業，幾無老書可供稽考了呢！

　　這的確是個非常棘手的難題。作史者縱然具備通天本領，但若缺乏相關文獻（此指第一手資料，即武俠書原刊本）佐證，無米下炊，則一切都將成爲畫餅。因改版後的「新文本」內容迭遭增刪重排，已非復當年原貌；欲令「信而有徵」，戛戛乎其難矣。

由舊書攤「尋寶」說起

　　誠然，臺灣武俠出版界歷經1977年左右的「版型大革命」（由36開改爲25開），租書業者逐步汰舊換新，舊版書殆已絕跡坊間。如果沒有預爲之計，未雨綢繆；又或機緣湊巧，福從天降，是不可能獲得這些「老古董」的！差幸鄙人少無大志，很早就開始發心蒐藏港、臺舊版武俠書（含原刊本、再版、翻版書），亦曾略有斬獲。藉此機會，不妨將個人過去的「尋寶」經驗和盤托出；因爲這林林總總都跟我半生談武論俠、講求「有書爲證」，以迄如今參與撰寫武俠稗史的機緣有一定程度的關係。

　　凡臺灣老武俠迷皆知，在過去物資缺乏的年代，想看武俠小說都是到租書店去，坐在硬梆梆的板凳上「苦讀」；或整套書租回家，大夥爭

相傳閱，輪番「練功」！由於小說出租店全盛時約有三四千家，遍佈臺灣各角落，借閱非常方便，而書肆一般又只租不售；因此，幾乎沒有人會蒐藏武俠小說。況且在傳統觀念中，武俠讀物一向被目爲是「閒書」，誨淫誨盜，罪名多多！誰要說是家藏武俠書，準定「頭殼壞去」，非愚即妄！

我蒐集舊版武俠書甚早，可追溯到16歲負笈臺北求學時期。當時學校鄰近赫赫有名的牯嶺街舊書攤，每天前來「尋寶」的各方人士絡繹不絕。我在這塊風水寶地上意外發現了全套還珠樓主《蜀山劍俠傳》（香港鴻文版）、蹄風《游俠英雄傳》（即《四海英雄傳》）、張夢還《沈劍飛龍記》、金庸《射鵰英雄傳》三種殘本以及冒名僞作《射鵰前傳》、《九陰眞經》等等，皆爲查禁在案的港版書；不由爲之心動，亟思納爲己有。可我偏偏是個窮學生，阮囊羞澀，如之奈何！

記得當年我是偷偷瞞著父母、節衣縮食了三個多月才咬牙買下這些舊書的，曾伴我度過無數個冷月孤燈──這是我最早的武俠藏書，因而倍感珍惜。及至1967年高中畢業，父親遠從東港老家前來接我；當他看到那一大麻袋的武俠小說時，不禁火冒三丈，斥責道：「原來你小子是這樣用功上進的啊！」如此念叨多年，久久不能釋懷。直到我爲此吃了大苦頭，跌跌撞撞擠進大學門；後又陸續在報刊上發表〈武俠往何處去〉、〈冷眼看現代武壇〉等雜文，略略受到社會肯定，父親這才改變看法說：「唔，畢竟沒有白費工夫，總算是由旁門修成正果了！」可他老人家那裡料到，這僅只是我探索中國武俠美學的第一步，還有很長的路要走呢！

「觀千劍而後識器」的省思

　　大學畢業後，我進入新聞界服務，工作餘暇仍走馬租書店，博覽武俠群書。1977年底，報載臺灣最老牌的武俠小說業內龍頭眞善美出版社即將封刀歇馬，正在「出清存貨」。我聞訊立即趕去搶購，可惜來遲了一步！架上除司馬翎《關洛風雲錄》、《鶴高飛》、古龍《鐵血傳奇》及海上擊筑生（成鐵吾）《南明俠隱》正續集等寥寥幾部尚有存書外，其他值得收藏的小說都被明眼人捷足先登，令人追悔不及。固然楚弓楚得，各憑緣分；但錯失良機，終究是一椿憾事。由這次的經驗教訓，使我警惕到「跟時間賽跑」的重要性，越發努力蒐集老書。然而機會總是可遇不可求，即便偶有所獲，亦甚有限，只能慰情聊勝於無。

　　話雖如此，但因日積月累、廣泛涉獵之故，「武學」造詣漸深，不禁躍躍欲試。也曾應邀以「笑傲樓主」筆名爲《文藝月刊》撰寫《新七俠五義》（武俠長篇連載未完，1974）；爲《唯迪雜誌》撰寫《一襲錦衣四十春》（武俠中篇，1977），對於武俠創作的文筆技巧、招數套路、人物描寫、場景設計及思想內涵等講究，皆有親身的體會，並不陌生；任何武俠作品之優劣，一目了然。又因我是歷史系出身的「知青」，一向具有濃厚的歷史癖，所以非常注重近／現代武俠作家的審美經驗與文化思想傳承。凡此種種，都有意無意地反映在我的武俠評論之中。如〈武林俠隱記〉（《夏潮雜誌》創刊號，1976）、〈武俠小說縱橫談〉（《民生報》，1982）、〈閒話一甲子以來的武俠小說〉（《明報月刊》，1983）等等皆然。

　　不過此前所作大抵以「舊派」名家名著爲論述對象，多偏重在介紹方面，以便讀者能按圖索驥，溫故知新。此一時期埋首「武俠故紙堆」的心得，歸結於1984年爲聯經版《近代中國武俠小說名著大系》批校本

所寫的總編序〈磨劍十月試金石〉一文。此後雖仍有若干零星之作，多是遊戲筆墨，乏善可陳。

曩昔南朝一代大文評家劉勰曾在《文心雕龍‧知音》中說：「凡操千曲而後曉聲，觀千劍而後識器。故圓照之象，務先博觀……無私於輕重，不偏於憎愛，然後能平理若岳，照辭如鏡矣。」這正是我半生浪跡江湖、浸淫武俠小道的理想目標。對於「舊派」諸大家的作品，我雖受限於時空環境，未能得窺全豹，難免有遺珠之憾；但總算是交出了那個年代最好的一份成績單（單指葉批《大系》七家二十五種作品導讀）。鑒往知來，今後就當回歸本土，致力於重整臺灣武俠作家作品的風雨名山之業了。然而關於舊書資料不全的「老大難」問題仍然無法得到解決；這又使我意興闌珊，陷入困境；只有耐心等待機緣成熟。

買下整個書肆的「俠稗史料」

1991年是一個轉捩點。這年的夏天，與我一見如故的同好林保淳教授忽然打了一通電話來，說是有一家熟識的租書店將要結束營業，願以兩萬元超低價出讓全部舊版武俠書（總計七百多部、約一萬五千集），問我有無興趣合資買下，共襄盛舉。

當時距離臺灣新舊版（25開／36開）武俠小說交替時期（1977－1981）已逾十年，該汰舊換新的小說店也早都換了；不願換書的老店則大多關門歇業；能不換新又不歇業的書肆直如鳳毛麟角，可見這位店東真正是個戀舊的有心人！若非他即將移民國外，又是貨賣於識家，這一批保存良好的「老古董」還不肯輕易脫手哩。

這當然是求之不得的大好事！實可謂：「踏破鐵鞋無覓處，得來全不費功夫。」因此便跟保淳敲定，馬上通知店方，擇日盤點清倉。彼時

正值天津美學家張贛生兄來台參訪，聞訊亦自告奮勇，願助一臂之力。於是在他陪同下，我們租了兩輛大卡車，把那數百部武俠老書合力搬上車斗，滿載而歸。

據保守估計，這批「老古董」約佔臺灣所有舊版武俠書的三分之一；再加上我們歷年蒐集的各種名家作品，可說已相當完備，足敷研究所需。從此，這批「俠客藏書」就成爲我們共享的寶貴資產，對治史者而言，是綽綽有餘的了。

同年十月，我首次運用這些原始資料，在「臺灣通俗小說研討會」上發表了〈論當代武俠小說的「成人童話」世界——透視四十年來臺灣武俠創作的發展與流變〉一文。若以嚴格的學術眼光來看，此文論述稍嫌簡略，內容尚待補充；惟筆者自我作古，率先提出有關臺灣「八大書系」、「四大流派」的新論點，兼及若干成名作家的出身來歷、創作取向；更針對「新派武俠」之興衰等現象詳加剖析，皆爲「著先鞭」之舉。故受到與會學者普遍重視，並在大陸網路上廣爲流傳。這正顯示出原刊本的價值所在！如果手中沒有舊版書可資印證，又若以訛傳訛，囫圇吞棗，則自欺欺人，豈能久乎！更遑論振聵發聲，言人所未言了。

與此同時，我應劉紹銘教授之邀，爲《武俠小說論卷》（首屆國際武俠小說研討會論文集，香港中文大學中國文化研究所彙編，1991）補寫〈中國武俠小說總論〉長文。在有關臺灣作家作品部分，便參酌了前作的論點；洵可謂一舉兩得，功不唐捐！

嗣後，我承乏主編《臺灣十大武俠名家代表作》（1992）事宜，更展開地毯式的搜索與閱讀。乃縱橫書海三年，竭智殫精，撰成〈獨釣寒江雪〉總編序及十部武俠名著評介；並精選版本，重新整理內文。其事雖因出版社人謀不臧，在大陸發行時被迫改爲《臺灣武俠小說「九大門

派」代表作》（擅自抽掉上官鼎《沈沙谷》），且校對嚴重失職，錯漏百出！以致造成了一些負面影響；但基本上業已做到取精用宏，激濁揚清，對武壇存歿諸公都作了交代，足堪告慰平生。

「以俠會友」與我的審美觀

1994年出版的《論劍──武俠小說談藝錄》，是我在上述論證基礎上的一個總結。此書略分為「武俠古今談」、「近代武俠名家名著選評」、「當代武俠名家名著選評」三部分；對於中國「武俠文學」的歷史沿革既有縱橫交織的宏觀論述，對於近／當代的個別武俠名著亦有細部評介與反思，不無參考價值。尤其是臺灣的知名作家多半與我有一面之緣，知其人而論其書，雖不中亦不遠矣；或許更能貼近作者的「文心」吧？

回憶1976年我初出茅廬，最早結識到的武俠名家就是古龍。這位一代鬼才頭大身短，好交朋友，堪稱是「座上客常滿，樽中酒不空」！那時他已日進斗金，意氣風發；每逢請客必擺排場，一開就是四五瓶洋酒，以示闊綽。而其性情豪邁，往往酒到杯乾，面不改色；乘興暢談「武俠掌故」，則滔滔不絕！可我當時並不喜歡古龍小說，總覺得他把人性過於簡單化、公式化了。他坦承年輕時曾「迷」過司馬翎的作品，更透露早期受到司馬翎的影響很大；且以為除金庸和他自己之外，司馬翎是臺灣最值得肯定的作家。

翌年我首次訪港，便見到心儀已久的司馬翎，一位眼神深邃、面孔瘦削、略帶幾分書卷氣的文士。他與人交談，總是思慮縝密；語不輕發，發必有中！像煞他筆下深沈多智的武林高人。那時他基本上已淡出武壇，跟我閒談其早年如何輟學，在還珠樓主的《蜀山》世界中神馳八

表，上天入地，興味盎然。而對於古龍的大紅大紫，後來居上，僅微微一笑，若有所思。他也認爲武俠小說該順應時代潮流而調整步伐，但卻不能一味媚俗，被市場牽著鼻子走！1983年他應我之邀重新出山，力撰《飛羽天關》一書，孰料竟遭到某報腰斬，視爲平生恨事。

慕容美是我結交的第三位武俠名家，故友唐文標教授對他極爲推重。其天性豁達，談吐幽默；好酒善飲，煙不離手，自號「煙酒上人」。他雖是文壇新秀出身，頗熟悉現代文學技法，但談起還珠樓主來，依然眉飛色舞。嘗自嘲是：「駝子摔跤，兩不著地！」每以其文藝／武俠創作兩頭落空、不盡如人意爲憾。

此外，如臥龍生、諸葛青雲、高庸、秦紅、蕭逸、柳殘陽及易容等人與我也曾有過「論劍」之誼。其中「老驥伏櫪」的于志宏兄（武俠出版家）曾扮演了穿針引線的角色，如果沒有他從中熱心聯絡，這些退隱已久的老作家散居各地，是不可能跟我共聚一堂談武論俠的。于氏交遊廣闊，曾在臺灣武俠創作圈中打滾多年，對他們的生平經歷、生活習性知之甚稔。在我的相關論著裡，凡涉及臺灣武俠名家的基本資料，多爲于氏所提供，厥功甚偉！否則若干年後其人其事與身俱滅，湮沒不彰，勢必爲歷史所遺忘，更是讀者的一大損失。而今古龍、司馬翎、慕容美、臥龍生、諸葛青雲、高庸乃至于志宏等諸位俠兄均已先後謝世，撫今思昔，寧不慨然！

言念及此，也許有人會質疑：「你跟武俠作家交朋友，難道不會影響著書立說的客觀性與公正性嗎？」清夜捫心自問，的確沒有受到干擾。因爲「無私於輕重，不偏於憎愛」乃是我一貫著書立說的準則。如果作者立場偏頗，阿私所好，便沒有任何公信力可言，更無法獲得廣大讀者以及行家的認同。此中關節，因涉及本人持之有故的武俠審美觀，

值得一述。

就事論事，每個人都有他自己的審美經驗；大則觀賞山川景物、文學藝術，小則品評鳥獸虫魚、紙筆墨硯，莫不如此。單就武俠小說而言，即是通過閱讀前人所撰武俠作品，而在心靈中形成某種主觀印象及感受，藉以認識到善惡、美醜的一個體會過程。審美經驗豐富與否，對於武俠作者和讀者同樣重要：作者由其特有的審美經驗出發，再配合本身的文化修養條件，有可能寫出更好的作品；而讀者不斷累積審美經驗，見聞日廣，也將逐漸提高其認知、鑑賞能力，知所抉擇。

惟武俠評論者與一般讀者的娛樂取向又自不同。他必須總結其審美經驗，從中歸納出若干武俠美學規律，據以判定作家作品的優劣得失。以我一向抱持的武俠審美觀來說，所重不外文筆、雜學、意境、開創性四者。大要有三：

其一，文筆流暢是基本要求，進而講究文字洗鍊，以及忽張忽弛的筆力。臺灣一般武俠作家頂多符合上述「基本要求」，文字洗鍊者已不多見。至於營造「意境」云云，或表現於演武，或表現於寫情，皆為妙手偶得之「神品」，更是可遇不可求。即如當今紅極一時的香港作家黃易，也因基本功不足，其遣詞造句每多失誤；距離「洗鍊」二字還很遙遠，遑論其他！

其二，雜學最能彰顯作家腹笥之寬廣，從詩詞歌賦、琴棋書畫到醫卜星相、風水堪輿，懂得越多越好！因為這是以「奇情」為主的武俠小說極有吸引力的趣味性素材。而在臺灣作家中唯有司馬翎是「十項全能」，諸葛青雲、慕容美等人僅各執一端而已。

其三，開創性不同於一般所謂「創意」；雖然兩者皆由審美經驗中所激發，性質相近，但開創性旨在破舊立新，翻空出奇，更有自作

古人的先驅意義；不比創意僅爲推陳出新，借力使力，或別出心裁，花樣翻新。持平而論，臺灣武俠作家之佼佼者，多富於創意，如上官鼎、慕容美、雲中岳、蕭逸、秦紅、高庸等皆然；具有原創性人物故事而能開一代武俠新風者，前有臥龍生，中有司馬翎，後有古龍，不過三人而已。

以上所舉出的幾項武俠審美原則，是筆者多年來歷經「見山是山，見水是水」的人生三境界而後歸納出的微末心得；其間一度「見山不是山，見水不是水」！也曾判斷錯誤，搬石砸腳；但隨著閱歷增長，終究又回到「見山是山，見水是水」的原點，而眼光、見識卻大不同了。凡此種種，在1998年拙作〈武俠小說創作論初探〉與〈論金庸小說美學及其武俠人物原型〉中有較深入的論述；此處僅略表區區談武論俠的基本看法，不存在什麼「吹毛求疵」或「劫富濟貧」的問題。博雅君子，幸垂鑑之。

關於合著本書始末及說明

走筆至此，我要針對這部信史說幾句心底話。此書之所以能排除萬難而「上馬」，必須感謝同道至交林保淳教授的熱心倡議與敦促。蓋自1994年以降，我個人由於遭逢這樣那樣的橫逆而忽萌退志。由是蹉跎數載，一事無成。

1998年5月，保淳邀我一同赴美，參加科羅拉多大學主辦的「金庸小說與二十世紀中國文學」國際學術研討會。與會者以大陸作家居多，眞正專家學者較少；但令人驚異的是，彼等一味吹捧金庸，幾乎到了膜拜「聖教主」的肉麻地步！而對於臺灣武俠作家的諸般成就，則視若無睹，一概抹殺！甚至還信口開河，說臺灣武俠作家都是以金庸爲師，照

搞照搬，毫無欣賞價值云云。

我們當時雖曾在會上據理力爭，但畢竟寡不敵眾，深以歷史事實被嚴重扭曲爲憂。事後保淳跟我商議說：「我們與其爭辯是非，徒勞無功；何不共同撰寫一部臺灣武俠小說史，將這些事實眞相公諸於世，留下珍貴的歷史記錄呢？」的確，他鄭重提出合著信史的建議是有道理的。因爲武俠小說不比其他通俗讀物，每一部作品動輒數十百萬字；而凡知名作家均以多產著稱，每人至少也有十幾二十部，多則七八十部。欲治其史，面對的將是書山字海，汗牛充棟！沒有長期閱讀的累積心得，無殊癡人說夢！更何況披沙揀金，篩選可用史料，在在都需要時間精力；誰若妄想單槍匹馬獨闖「武林」，斷難爲功！而由兩人分工合作、共同撰寫，倒不失爲一條可行之途。

但我認爲此舉茲事體大，牽涉甚廣，尚須通盤考慮，故當下未即應允。孰料不久我就爆發了一場大病，險死還生。保淳比我小七歲，「行走江湖」的資歷較淺；生恐我知命之年再出意外，他將無法獨任艱鉅——因爲像我這種從小看武俠長大、而又臨老不悔的「怪胎」是很難找到第二個的了。於是當我病癒之後，經不起他鍥而不捨的努力遊說，便一口答應下來；隨即展開充分討論，擬出大綱要目及分工選項，進行撰稿事宜。

本書從千禧年的夏天開始動筆，前後歷經五度春秋，三易其稿，去蕪存精，始告完成。承蒙保淳的謙讓與信任，推我做全書通稿人；因有責任也有義務將本書的內容規劃、取捨標準、分工合作等項目一一作必要的說明。今舉其犖犖大者闡述如次：

（一）內容規劃方面

本書以〈緒論〉打頭陣，詳明武俠小說與通俗文學、社會大眾、學術研究等各方面的交互關係及其存在的現實意義。全書共分爲四章十九節，每章目則標誌著一個歷史演進時期所呈現的主體精神面貌：時間跨度從1951年起，迄2000年止（以雲中岳最後封筆時爲限），舉凡半個世紀以來有關臺灣武俠小說的興衰始末、大小事件悉數納入其中。

本書兼採作家作品／出版流通的雙線交叉方式，分階段進行綜合性論述。對於知名作家的生平及學經歷，均想方設法加以查證，務求信而有徵；而凡具有代表性（指對同行或對讀者有廣泛影響力）的作家作品，則闢專題處理，以表重視。全書基調定在臺灣武俠創作的內容、形式「與時推移，應物變化」的發展過程上，故以第一章發軔期與第二章興盛期爲論述重心，篇幅亦相對較大，乃著眼於二十年間其百花齊放的繁榮景況。第三章退潮期係概述臺灣武俠創作所面臨的內外夾殺的困境；第四章衰微期則由臺灣擴及大陸，論列島內武俠出版商與創作者企圖尋找「第二春」的是非功過，兼及當今武俠研究的現況等等，不一而足。

（二）取捨標準方面

以務實態度首先挑選出十位主要作家作品爲重點論述對象，代表老、中、青三代的努力與成就。其中以郎紅浣出道最早，爲臺灣武俠創作先行者，且首開職業作家報刊連載之風；臥龍生、司馬翎、諸葛青雲、古龍四大家則在1960年代並駕齊驅，各領風騷，享譽至隆！陸魚、秦紅爲台籍作家之佼佼者，且各自對「新派武俠」有突破性的建樹，非其他名家可以取代。而雲中岳、柳殘陽則取其不同的「江湖寫實派」風

格，兩相對照，瑕瑜互見；尤以前者援史敘事，重現古代典章制度及風俗民情，值得推崇。至於溫瑞安出道雖晚，卻也趕上武俠退潮期的末班車，並以「超新派／現代派」手法顛覆武俠文體形式，別具一格。

其次，以「八大書系」爲臺灣武俠出版業骨幹，分別簡介其種子作家及作品書目。此因這八家出版社除南琪外，都曾長期培養過臺灣一流武俠作家（採相對標準），出書頗夥；而南琪則在1970年代網羅了多數名家爲其供稿，恰似倒趕千層浪，影響亦不可小覷。

復次，本書對於危害社會人心甚烈的「鬼派」及「色情派」作品，則當作「反面教材」加以論列。因其濫惡有如「毒草」，必須大力批判，以警世人。

（三）分工合作方面

我和保淳本著同心協力治信史的最高原則，按照個人興趣與專長，相互「認養」相關章節，分別撰寫；凡有疑義，即提出討論，設法解決。我們的分工情形大致如下：由保淳以學院派立場主稿〈緒論〉及〈結論〉，我則主稿第一章與第二章（大部分）；中間三、四章由兩人自選專節，分頭下手，再加以整合。優點是執筆者可揚長避短，盡情發揮，各自集中精力撰稿；缺點是兩人的文字風格、思想認識難以完全統一，不免產生許多扞格；甚至會不知不覺「撈過界」，對有關的人與事重複敘述，徒增困擾。這就需要有人負責擔任通稿工作，以無私無我、不偏不倚的態度，適度修改增刪，以打通全書的奇經八脈。

筆者不敏，既獲保淳委以全權處理此一通關大節，自當對本書內容之成敗得失擔負主要責任。惟因個人限於文化素養，識見多有不足；雖然黽勉從事，全力以赴，仍感不如理想，尚祈讀者諸君見諒。

唐代劉知幾《史通》嘗謂史家應具備「三長」，即史才、史學、史識；清儒章學誠《文史通義》復加上史德，並稱「四長」，為衡量古今良史的標竿。區區頗愧於此「四長」略無所得，唯有一腔熱血未冷，乃敢為武俠生民作主張。可惜個人對於近世西方學者如魯賓孫氏（J.H. Robinson）《新史學》所謂「史心」（意指運用一切現代學說來解釋歷史發展現象）缺乏較全面的認識，否則當可從容掌握這一代俠稗興衰史事，作好歷史的見證人。

最後，我要向海內外所有的武俠同好真誠告白：在撰寫書稿的過程中，多蒙保淳跟他的學生到處尋訪武俠舊書店，幫我查證相關書目及報刊連載資訊，得以減少舛誤；感謝上海周清霖兄與北京顧臻兄及時提供大陸出版臺灣武俠書的各種「參考消息」，令人多所饒益，眼界大開！更感念故友于志宏兄生前耳提面命，鼓勵有加，坦誠相告許多外人所不知的「武林秘辛」，給我補上寶貴的一課。如果沒有他們諸位的鼎力相助，相信這部當代獨一無二的臺灣武俠小說史是不可能兼容並包、如期完成的。

俱往矣！心空中偶然飄過唐人李義山的詩句：「永憶江湖歸白髮，欲回天地弄扁舟！」我們這五年來案牘勞形，孤軍奮戰，不是一心要把五十年的江湖舊事都壓縮進這部信史中去麼！而今能了此大事因緣，足堪告慰天下武俠同道，則區區此生亦可以無憾了。

本書忝蒙海峽兩岸德高望重、誼兼師友的老學者徐斯年先生與楊昌年先生於百忙中撥冗賜序，倍感榮寵；而責編李素娟小姐不殫其煩，任勞任怨，惠我良多，謹在此一併致謝。至於個人歷年來所蒐集的「俠客藏書」五百多部、約一萬集32／36開本原版武俠小說，也將在本書出版之日全部捐贈予淡江大學武俠研究室，以供後學參考、運用。

　　因我較保淳痴長幾歲，特代表著作人抒發此一瑣碎感言，並將平生志趣及所好和盤托出。讀者其笑我「擇俠固執」乎？

2005年4月南天一葉識於臺北琴劍山房

緒論　通俗・武俠・文化

　　武俠小說是通俗小說中的一種重要類別。通俗的定義儘管人各異辭，但基本考量層面為「讀者」環節，這是無庸置疑的。換句話說，讀者決定了通俗小說的興衰與發展，這是個恆例。

　　在民國肇建（1912）以前，社會上並無「武俠小說」一詞。清末流行的《三俠五義》——《小五義》系列作品，一般被歸類為「俠義小說」。1915年林紓〈傅眉史〉首張「武俠小說」之目（《小說大觀》第3期），繼而1923年平江不肖生創作《江湖奇俠傳》與《近代俠義英雄傳》，武俠小說始正式脫離單純的「俠義」類型，以嶄新的面貌問世。其後雖波瀾起伏，興衰迭見，但卻風靡過數以億計的廣大讀者，浸漸而成為通俗小說的主流。武俠小說究竟以何種特色吸引了這些群眾？武俠小說在讀者的心目中，究竟有何特殊意義？讀者閱讀武俠小說的深層心理結構如何？相信這是研究武俠乃至於通俗小說必須先加以處理的問題。

通俗與讀者

　　通俗小說以「通俗」為名，顧名思義，可自「通俗」一語概括其特徵。從字面上解釋，「通俗」可以解成「溝通於俗」、「通行於俗」或「通曉風俗」，這三者雖各別成立，卻關聯緊密。

　　首先，「溝通於俗」指的是作者必須能藉其精心結撰的小說，與讀者展開交流對話，這原是所有文學作品的通例。就文學創作而言，「讀者」環節本就始終或隱或顯地居於關鍵性的地位，從提筆欲寫時「預設」讀者對象，到實際「設計」語言策略，以及讀者接受心理、閱讀態度等

等，都十足影響到作品的完成與傳播。讀者不同，所呈顯的文學風格也就大異其趣：如「兒童文學」以幼童為「預設讀者」，即為顯例。換句話說，讀者很可能才是實際「掌控」文學風格的幕後推手。依據不同的讀者對象，就須有不同的表現考量，其考量的標準，可以與年齡、性別、教育背景、城鄉區域等，作充分的聯結。然而，無論作何種考量，所謂的「讀者」都始終受限於某種特殊的範圍，一旦超離此特定範圍，作品的流傳就會受到相當嚴重的阻礙，這就無法真正的「通俗」。

「通俗」的「俗」，儘管多少仍不免受到特定範圍的限制，但「門檻」極低，並無須先具備某種程度以上的「文學素養」。因此，通俗小說所展示的文字策略，無論詞語的塑造、敘事的模式、主題的凸顯等，都必須是淺顯易懂，力反晦澀隱暗、藏而不露的方式，而以生動活潑的人物造型、精采曲折的情節內容，強而有力地「介入」讀者。因此，「通俗」必須以簡單明白的形式出現，而這也在某種程度上塑成了它的「淺薄性」，同時構成它在評價上的貶抑——不登大雅之堂。

其次，所謂的「通行於俗」，意指普遍在社會上流通，在某種程度上突破年齡、性別、教育背景、城鄉區域等的限制，而擁有「起碼」的「普遍性」。儘管我們很難將「通俗」以「量化」的標準加以判定（主要是數據很難掌握，尤其在「商品化」的效應下），只是在相對性上，「通俗」所擁有的讀者數量，往往是遠遠超過一般作品的。從讀者群的結構上分析，如果其中跨越「範圍」的情況非常明顯，縱不能說是「老少咸宜，雅俗共賞」，也就可以說是「通俗」了。

當然，「通俗」雖具有「普遍」意義，但也絕非全面性的「普遍」。世間不可能有「放之四海皆準，置之古今皆宜」的通俗作品，更沒有任何作品可以滿足所有的讀者。讀者跨越時空而存在，不同的時空

領域，充滿著不同的讀者。通俗小說面對的是流變性極強的讀者，自須「隨時以宛轉」；切合於不同時空中的讀者，是通俗的命脈。然而讀者卻又是多變的，故隨時性不免即具有變易性、流行性——題材的流行、技巧的流行——而流行亦意味著短暫，流行得快，揚棄得更快！瞬間爆發力極強，而衰歇亦如此。

大抵上，通俗小說在「歷時性」上有極大的缺憾，多數的小說往往經不起時代的考驗，而迅速淹沒在歷史的塵埃之中；但在「同時性」上，卻十足地展現了攫掠人心的威力，往往所向披靡，遠非他種小說可及。假如我們將歷史視為一個變動不居的過程，則通俗小說隨時宛轉的「變易性」，即意味著它精確地掌握了時代的脈動，與各不同時期的社會人心合拍，自有其意義與價值。同時，從文學史的立場觀察，這些有如繁花綺陣的通俗小說，儘管此起彼落，言情、歷史、武俠、偵探、科幻等，細流分披，但卻在「通俗」的前提下，匯聚成一道洪流，形成一個傳統；在「變易」中，也是永遠「不變」的。

最後，「通曉風俗」則是自作者角度而言的，意指作者欲「溝通於俗」或創作出能「通行於俗」的作品，不得不探究讀者心理，以投其所好，掌握時代的趨向——這是「通曉風俗」的意義。依理而論，這也是所有文學作品對作者的相同要求。但是通俗小說強調的是共同性而非個別性，講究的是「國人皆曰可」的共同趨向，而非「盍各言爾志」的個人意志。因此，通俗小說的作者，首先須考量的不是個人「通曉風俗」後對「風俗」的觀感、建議或主張的發揮表現，而是體認到應採取何種發揮表現的方式，才能使讀者領會、感悟，以達成原先的創作目的。在此，實際操縱通俗寫作的是讀者，而非作者；作者固然可以仍堅持某種信念，而以尋常人難及的生花妙筆，兼顧「情志」與「表現」；但大多

的情況是，作者往往不得不委屈自我，曲意迎合讀者的品味，以致產生濃厚的「媚俗」傾向，因而造成作品素質的低落。這也是通俗小說的致命傷。

是故，通俗作家因經濟因素考量而「媚俗」，乃是最嚴重的問題；尤其是通俗作品的流通，往往與商品同一管道，更易使作品流於下乘。通俗作品最爲人詬病的庸俗化、模式化弊端，以及產製過程中出現的大量問題（如抄襲、仿冒、槍手、草率等），未嘗不肇因於此。是以，通俗小說百迴難解的癥結，也就在於：如何在「通曉風俗」之餘，又能堅持文學信念，以創造出雅俗共賞的作品？值得吾人深思。

通俗小說（或文學）的「俗」，基本上以平民大眾爲對象，但卻有相當大的差異。最主要的是，通俗小說爲「書面」形式，故不得不以「讀者」（可讀書面文字者）爲範圍，故此一「俗」遠較平民大眾來得狹窄。在此，我們有必要就「讀者」的問題，先作一番申述。

文學作品的存在意義，關鍵在於讀者，沒有讀者（作者也可能是讀者），就沒有文學。讀者是發現者、探索者、感動者，是文學生命的延續者。從文學創作的過程而言，作者是賦予文學作品生命的人，無論基於何種創作動機、目的，文學作品在作者母胎之中孕育，就有了生命；而作者也一如懷孕的母親，可以深切感知胎兒成長過程中帶給她的生理與心理、感性與理性的悸動。但文學作品生產下來後，卻是道道地地的「不肖子」──一如《封神演義》中的哪吒，定然有個「析肉還母，析骨還父」的過程；而以讀者的閱讀，作爲他「重生」的荷枝與荷葉。

作者是時空中的定點，而讀者則跨越時空，普遍存在於文學作品誕生後的廣袤時空中；作者是單一不變的個體（即使是所謂的集體創作，

也可作如是觀），而讀者則是複雜多變的群體，既擁有互異的性格，更以互異的眼光進行閱讀活動。從這個角度而言，所有對文學作品的解讀（賦予意義），皆是主觀而帶有濃厚個人色彩的。因此，文學作品的意義，也就因讀者的差異而有不同的解釋。

讀者的最大範疇即是社會上所有具「識字能文」能力的人。所謂「識字能文」，是一條發展線上的兩個基點，我們且以圖形來加以說明：

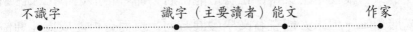

不識字　　　　　　識字（主要讀者）能文　　　　　作家

讀者的結構，大致上可以區分為四大部分：

一是不識字的階層，通常這階層的人在社會上居於最底層的一面，為文盲或半文盲；所有的知識，以來自於經驗與言語的累積為主。這一部分的「讀者」，面對純粹以文字為表現媒介的作品，可能缺乏領受的能力；但是，如果將書面文字轉化成為言語，如中國傳統的說書、戲劇，無疑也可當成「讀者」。

二是識字的階層，對語言已具有運用與掌握的能力，尤其是對文字的熟悉程度，已足以使他們在知識的擷取上，超離經驗及言語的範疇，具有欣賞、領會作品的初步能力。

三是能文的階層，已能利用熟練的文字技巧，適切地表達個人的情感與思想，因此也較能深入分析、掌握整體作品的意涵。

四是作家階層，能更進一步地充分發揮語言功能，塑造文字的審美效果；在面對文學作品時，能進一步激發起美學的思維。

此處所謂的「階層」，其社會地位或身分，往往隨時代的不同而有差異。以中國古代而言，識字多寡，能文與否，可能就決定了其社會地

位的高低。引車賣漿、鋤田種地之流，與識字、能文者在權力架構中的位置，由於科舉考試的「文章決定論」，很明顯有霄壤之別；而「作家」則足以主導文學的發展方向；部分居於權力核心者，更可能以主觀理念，企圖控制其發展。

但是，在現代社會中，由於教育的普及，識字者的比率相形擴增，能文者即等同於「作家」；而權力的核心卻已轉移至通過「經濟決定論」的另一群人，縱使不通文墨，也有可能位居要津。相形之下，「作家」雖居階層頂峰，但未必能左右文學發展方向，反而有可能成為「通俗」的讀者。因此，現代通俗小說的「讀者」，實際上以識字者為主，而兼含部分的能文者與作家。

現代的「識字」者未必是初識之無或學識淺薄，相反地，他們在其他各領域中極可能是專家，對文學也可能有相當優秀的鑑別能力；但是他們對文學的敏感度及要求（諸如文學使命之類），相對薄弱。他們可能經常藉大量的「閱讀」過程，增進自身的專業能力；甚至也不乏若干人可能會在閱讀時，選擇他們心目中認可的「典雅文學」作品，進行嚴肅的批評與分析。但是，當他們在閱讀通俗作品時，無論是動機、心態或方法、目的，往往都迥異於閱讀其他文類。此時，知識性、教育性、專業性（甚至文學性）等閱讀機能，為另一種充滿輕鬆自在的「休閒性」、「娛樂性」所取代。

儘管我們不能武斷地說「閱讀」的自身就是目的（畢竟，通俗作品五彩繽紛的內容，多少可以滿足讀者的某些目的，如武俠小說的「暴力美學」即是一例），卻可肯定此一閱讀是絕對超乎「功利」的。功利的追求，植基於「生存」的需要；而「生活」中則未必定要如此汲汲營營。因此，通俗小說的讀者，可以說是以「生活化」的方式進行閱讀

的；悠閒自得，興味盎然。誠如捷克學者羅然所指陳：

> 看通俗小說的讀者，一般地對小說的思想不僅不要求獨創一格，相
> 反，他所追求的就是重新證明自己對人、對社會的已有見解。因為
> 他讀通俗讀物首先是為了自娛，尋求對生活悲苦的逃避，並不希望
> 靠文學作品重新思考生活基本價值。至於文學作品形式，通俗小說
> 讀者一般也不喜歡形式創新。他所感興趣的主要是故事新鮮，情節
> 緊張等。簡單地概括起來，大部分通俗讀物讀者希望能看到用他所
> 習慣的寫作方法寫出來的有趣、然而思想一般的故事。[1]

而通俗小說則在這方面因應讀者需求，提供了最大的滿足。

通俗小說與文學

> 通俗小說是用淺近易懂的語言和一定程式創作的，以較大密度情節
> 藝術地表現世俗的審美和倫理觀念，並以此為特徵服務於社會的一
> 種文學樣式。[2]

通俗小說的定義，雖人各異辭，上面所引述的文字，基本上是最常
見的觀點，具有一定的代表性。值得注意的是，這樣的定義，是在承認
通俗小說的「文學性」下開展，隱約地指出了文學的兩大可能分類：通
俗／典雅。當然，這會牽涉到我們對「文學性」的爭議，通俗小說究竟
符不符合「文學」的標準？

1　見〈《三俠五義》與現代捷克斯洛伐克讀者〉，收錄於淡江大學中文系編，《俠與中國文化》
　　（臺北：臺灣學生書局，1993），頁215。
2　見周啓志主編，《中國通俗小說理論綱要》（臺北：文津出版社，1992），頁5。

在這裡，通俗小說面臨了一個相當困窘的情境，誠如鄭明娳所云：

> 在任何時代，流行的通俗文學中都有可能存在著純文學的作品，但
> 是，「謬種流傳」卻佔據絕大部分的比例。[3]

數量龐大，是通俗小說的優勢；但是在「文學標準」的篩選下，也成了致命的短處。的確，多數的通俗小說以庸俗的品味、冗贅的情節、程式化的模式，甚至概念化的人物、粗糙的文句呈現，已然引起讀者不忍卒睹的反感，這是任何推崇通俗小說的人都無法迴護的事實。究竟這些明顯受到「文學」沖刷而揚棄的作品，應該不應該稱爲「文學」？如果不是，又該稱爲什麼？

在此，我們首先應當瞭解，要對「文學」下個精確的定義，幾乎是不可能完成的。歷來許多從各個不同角度出發而勉強立下的定義，事實上都是一種「評價」──對以文句組構而成的篇章，予以甄別、強調。從最寬泛的「凡用文字書寫或印成書本的一切著述的總稱」[4]（類似於中國所稱的「文章博學」）；到稍微嚴苛的「文學是有思想的靈魂的思想」[5]、「文學是思想經由想像、感情、及趣味的書面表現；它的形式是非專門的，可爲一般人所理解並感趣味的」[6]；乃至於「吟詠風謠，流連哀思謂之文。……文者，維須綺縠紛披，宮徵靡曼，脣吻遒會，情

3　見《通俗文學》（臺北：揚智文化公司，1993），頁21。

4　此爲亞諾爾特（Mathew Arnold, 1822-1888）的說法，見劉萍，《文學概論》（臺北：華聯出版社，時間不詳），頁28引。

5　此爲喀萊爾（Thomas Carlyle, 1795-1881）之說，收入《當代西方藝術文化學》（北京：北京大學出版社，1988），頁32引。

6　此爲韓德（Theodore W. Hunt, 1935-　）之說，收入《當代西方藝術文化學》，頁32引。

靈搖蕩」[7]、「事出於沉思，義歸乎翰藻」[8]。凡此種種，無非都是藉「定義」爲自己心目中有價值的文字組構（作品）說項；重要的不是他們說明了什麼，而是承認了什麼。龔鵬程如是說：

> 我們今天對「文學」的看法，不論是否異於前人，也都是承繼著這個發展路線而來，隱含了這個時代對文學的要求與策略，希望未來能因著這種對文學的看法而產生文學作品。[9]

簡而言之，定義是種「策略」，而未必觸及所謂的「本質」；所有依據定義而產生的標準，非但莫衷一是，而且明顯地經常被用來作「排他」的手段。通俗小說之所以被擯於「文學」門外，正是受到這種「策略性的排擠」，而無關乎它是否爲文學。

「典雅／通俗」的區劃，就是一個最明顯的例子。如果我們採取「解釋性」、「中性」的原則，依據其特定讀者對象、文字風格、創作手法、敘述特色，針對不同的作品加以區隔，「通俗／典雅」自然也和寫實、魔幻、浪漫、諷刺等分類一樣，可以成立。我們不會以寫實小說的反映社會現況，排詆魔幻小說的荒唐謬悠；也不會以浪漫小說的理想憧憬，批判諷刺小說的辛辣尖刻；自然也不應認爲典雅小說就比通俗小說卓越，其理甚爲明顯。不同的類型範疇，彼此相互獨立，以任何單一類型爲標準，衡量其他的類型，皆明顯有削足適履的嚴重問題。通俗小說向來爲正統文人所排斥，尤其是近現代的通俗作品，幾乎完全被文學史

7　見梁元帝，《金樓子・立言》。

8　見梁・蕭統，《昭明文選・序》。

9　見《文學散步》（臺北：漢光出版社，1985），頁31。

家所忽略；儘管如復旦大學中文系所主編的《近代中國文學史稿》總算稍有提及，但從他們對武俠小說的「宣傳迷信思想、因果報應和各種封建觀念」[10]過時的評價看來，基本上還是以典雅文學的角度出發的，其中的偏見、成見，可謂根深柢固。

即便是若干對通俗文學「稍微」還肯正眼看待的學者，如前引鄭明娳所說的「謬種流傳」，也依然難免以「純文學」（典雅文學）為唯一的標準衡量通俗文學，而忽略了兩者間的獨立性；反過來說，如以通俗的角度衡量典雅，則典雅文學不但也可以是「謬種」，甚至說它是「妖孽」，也將振振有詞。

考維爾蒂（John G. Cawelti, 1929- ）曾經以備受「典雅小說」詬病的通俗小說「程式化」，作過如下的說明：

> 因襲與創新具有完全不同的文化功能。因襲提供的是眾所周知的形象與意義，它們擁護的是價值的連續性；而創新呈現給我們的，則是我們先前未曾認識到的新的概念或意義。[11]

的確，我們如果對文字組織的不同文化功能未能有透徹的理解，將永遠無法解釋，何以讀者面對著大量複製相似人物、情節、內容的通俗小說時，居然能神遊其中，自得其樂！支持典雅小說的學者，很容易就以讀者「庸俗」或「品味不高」的理由，一舉廓清──「合格的讀者」向來是他們所強調的；但通俗小說則不然，它們沒有合格或不合格的讀者，

---

10 見復旦大學中文系編，《近代中國文學史稿》，引自魏紹昌編，《鴛鴦蝴蝶派研究資料》（上海：上海文藝出版社，1984），頁159。

11 見成窵、王作虹譯，〈通俗文學研究中的「程式」概念〉，收入《當代西方藝術文化學》，頁424-434。

只有喜歡或不喜歡的讀者；在意的是以何種的文字組織，才更能深入挑動讀者的閱讀欲望。

　　「合格讀者」的論調，其實忽略了一個相當明顯的現象，那就是讀者的複雜程度；這不僅是指讀者性格、身分、教育背景、成長經驗的互異，更指讀者生活上的不同層面與需求。同一個讀者，可能在不同的時候，會基於不同的需求，閱讀不同的作品，同時也以不同的態度去閱讀。明乎此，則「通俗」不「通俗」、「文學」不「文學」便無爭論的必要。小說就是小說，只有文字深淺、技巧優劣、藝術高下之分，實無典雅、庸俗之別。任何一部作品，只要能做到「雅俗共賞」，予人以一定的心靈慰藉，它就是在藝術上成功的好作品。我們由通俗小說《水滸傳》之膾炙人口、歷久不衰中，很清楚地看到了這一點！

武俠小說的類型特色

　　在現代通俗小說的門類中，依據題材的劃分，我們至少可以區劃出五個較具代表性的類型：武俠、言情、歷史、偵探與科幻。[12]其中，武俠小說以「武俠」、言情小說以「愛情」、歷史小說以「歷史」、科幻小說以「科幻」、偵探小說以「奇案」爲描摹重點，深受讀者喜愛，分別

---

12 當然，這五種類型顯然無法概括所有的通俗小說類型，至少如司馬中原一系列饒富中國傳統狐鬼、鄉野傳說氣息的小說，就無法列入其中，而朱羽、田原等以民初英雄傳奇（包含了司馬中原的《狂風沙》），頗類武俠小說，實質卻又不同，以「豪客小說」名之，或許更爲恰當；同時，各類目的定名，雖頗取之於西方觀念，如「科幻」、「偵探」，但就中國而言，如倪匡、黃易的「科幻」，顯然「玄幻」的成分更大；臺灣1950年代的「黑社會小說」，坊間通稱「偵探小說」，也與美、日的「偵探小說」有異。如何將通俗小說作全面的整理、分析，已是迫在眉睫之事。可惜，仍沒有任何人針對此一問題作論述，不免令人遺憾。

在不同的時期，引領過一時風騷。[13]基本上，這些類型在中國古典的通俗小說中，都可尋獲淵源，如言情小說與唐代「傳奇」、明末清初以來的「才子佳人」；歷史小說與傳統「演義」小說；偵探小說與明、清的「公案」等皆是。科幻小說相對較晚，約到晚清以後，才在「科學小說」的風潮中，逐漸出現。[14]然而淵源最遠、流傳最久、影響最大，且在內容上「整合性」最強的，則非武俠小說莫屬。

顧名思義，「武俠」係專指憑藉武技主持公道的俠義之士而言。但有趣是，在我國古代文獻與稗官野史中雖有「游俠」、「仁俠」、「義俠」、「豪俠」、「勇俠」、「儒俠」乃至「劍俠」、「盜俠」、「僧俠」、「女俠」種種名目，唯至清末之前，尚未出現「武俠」一詞。其實，「俠以武犯禁」固寓有武俠之義，但「武俠」之成爲一個複合詞，卻是日本人的傑作；而輾轉由旅日文人、學者相繼採用，傳回中國。[15]迨及1915年林紓〈傅眉史〉始冠以「武俠小說」名目，而爲社會大眾所認同，沿用至今。

武俠小說的前身可以追溯到歷代史籍中有關「俠客」事跡的記載。如首先以正面角度肯定俠客「道德」意義的司馬遷，在《史記・游俠列傳》中，即載錄了漢初朱家、田仲、劇孟、王孟等俠客的簡單事蹟，而於郭解尤再三致意。從郭解的出身背景、性格行止、胸襟氣度到後來避罪亡命、終爲執政當局猜忌而受「族」（誅殺全家）。全文緊湊生動，即可當成一篇「俠客小說」來讀；而〈刺客列傳〉中膾炙人口的豫讓、聶

---

13 各類型之中的「整合」現象，亦十分明顯，可參考林保淳，〈通俗小說的類型整合——試論金庸小說的「虛」與「實」〉，《漢學研究》17卷1期（1999年6月），頁259-283。

14 1904年，荒江釣叟的《月球殖民地小說》應是個重要的標識。

15 見葉洪生，《武俠小說談藝錄——葉洪生論劍》（臺北：聯經出版公司，1994），頁11。

政、荊軻諸「刺客」，雖未「以俠名」，也未嘗不能從字裡行間讀出其英爽豪邁的凜凜生氣，而與俠客作合理的聯繫。

其後，班固《漢書‧游俠傳》中的萬章、樓護、陳遵、原涉，魚豢《魏略‧勇俠傳》中的孫賓碩、祝公道、楊阿若、鮑出，狀色摹形的功力雖不如司馬遷，但精采不凡的英俠本色，仍然歷歷可見。基本上，人物及事件是小說結構的核心，俠客不凡的一生，自是小說家摹寫的最佳素材；而中國傳統的歷史記載，又特別鍾愛這些奇人奇事。由此，歷史即與小說合拍共舞，成為武俠小說的遠祖元宗。

即便如此，小說與歷史畢竟仍有相當大的差距。簡單而言，歷史述載人物事跡，重在傳信寫實，強調人物道德、行為對整體社會的意義；小說則如魯迅所稱的「作意好奇」，容許以虛構想像的筆法，迭宕呈現人物一生或片段的傳奇。在某些傳神寫照的史家筆下，如司馬遷的歷史記載，往往可以當成一篇篇精采的小說來讀；但是，畢竟與以虛構為主的小說有別。因此，如欲推溯武俠的源起，仍不得不自「小說」中追尋。

嚴格定義下的中國「小說」，始自唐人的「傳奇」，[16]而在傳奇中，也正出現了具有濃厚虛構色彩，足以與史傳分道揚鑣的「豪俠」[17]作

---

16 魏晉南北朝小說儘管以「小說」為名，然志怪者，傳「事」重於傳「人」；志人者，又不離史傳意味，故與強調人物性格，並容許某種程度虛構的「傳奇」有異，一般皆視為中國「小說」的前驅。在若干故事中，如〈李寄〉、〈三王廟〉、〈周處〉等，雖也頗有「俠行」，但仍不足以稱得上是「俠客小說」。

17 「豪俠」一詞，首見於《漢書‧趙廣漢傳》，稱「（杜）建素豪俠」。常與「豪」連用之詞彙，如豪宕、豪侈、豪強、豪邁等，皆有任性直為、縱放難羈之意；兩漢以來的俠客，以「豪俠」居多，故《太平廣記》卷193-196，即以「豪俠」分類。然究其實，唐人傳奇中的「俠客」，具有濃厚的道教色彩，以「劍俠」名之，更能傳神寫照。參見林保淳，〈唐代的劍俠與道教〉，收入《兩岸中國傳統文化學術研討會論文集》（臺北：淡江大學中文系編印，1992），頁135-164。

品。唐代的「俠客」傳奇，除了展現出其「神秘性」[18]的一代特色外，對後世的武俠小說更具有連續且深遠的影響。尤其是有關「武」的層面，自宋、明一直到清末的「劍仙小說」（如《仙俠五花劍》、《七劍十三俠》）、民國初期的「神怪武俠小說」（如《江湖奇俠傳》、《蜀山劍俠傳》），甚至今人黃易的「玄幻系列」，都代有流傳，不絕如縷。其中如紅線、聶隱娘、虬髯客等，更樹立了虛構江湖俠客的最早形象。

在此，我們對所謂的「俠客形象」，必須先有一個基本的瞭解，那就是：不同時代被稱爲「俠」的一群人物，在不同的時代觀念影響下，有相當殊異的展現。先秦的游俠、漢代的豪俠、六朝的少俠、唐代的劍俠、宋元以下的義俠，乃至民初的武俠，表面上都冠以「俠」名，但實際上無論從俠的定義、觀念、行爲模式到評價，都有實質上的不同。[19]游俠千里誦義、豪俠武斷鄉曲、少俠飛揚跳脫、劍俠神秘詭異，以及義俠歸本仁義（儒家），在歷史舞台上，幻化多端；而表現於文學作品、潛藏於人心深處的形象，也各具異趣。

基本上，中國的俠客形象，在幾經演變後，於清代義俠的階段已然定性；而在民初以來的「武俠」上，融匯了傳統大、小文化（以儒釋道三家爲主的大傳統及民間小傳統）的特色爲一，大放異采，創造了一種自具中國特色的文體。是故，「武」作爲俠的制約而存在，是武俠小說類目的最重要特色。對此，我們不妨略論其本質內容。

---

18 「神秘性」是唐代劍俠小說「俠客」的最大特徵，牽涉到唐代道教對這類型小說的影響，簡單而言，「劍俠」的活動及藝業，都是「非人間性」的，處處透顯著不可思議的魅力，與後代的俠客有相當大的區別。

19 參見林保淳，〈從游俠、少俠、劍俠到義俠——中國古代俠義觀念的演變〉，《俠與中國文化》，頁91-130。

　　「武」在傳統中文的語彙裡，有四種不同的涵義：[20]一是「武士」，指手持武器作戰的軍人；二是「武器」，指軍人手上所拿的各種兵器；三是「武藝」，指軍人所具備的作戰技術；四是「威武」，指軍人所散發的剛強、勇健等氣質。這四種涵義，都與「武俠小說」有非常密切的關係，事實上可以說概括了「武俠」兩個字；不過，若單從「武」字上說，則主要是指「武器」和「武藝」。

　　中國傳統有「十八般武器」的說法，其具體的名目、種類，說法各有不同，[21]但基本上都是屬於傳統的「冷兵器」（非火藥性質的）；而施用這些兵器的技藝，則是「十八般武藝」。

　　無論是「武器」或「武藝」，都是武俠小說中不可或缺的元件。實際上，「武林」[22]這一武俠小說中習見的術語，就已清楚說明：這是一個特殊的人物活動場域，重要的人物都必須具有起碼的武學涵養。

　　當然，「武」的內涵極其複雜，在武俠小說中，基本上可分為「武藝」與「武功」兩大類：前者指的是實際上可以施展的技藝，如古代行軍作戰中運用刀、槍、劍、戟、弓等十八般兵器的技巧，以及從「白打」[23]脫胎而出的各門各派的拳、指、掌、腿諸傳統國術；後者則指武俠小說中俠客的藝業，除了包含上述的武藝外，尚增添了許多不可思議、神

20　「武」的本義，究竟為何？目前很難斷定，從《詩經‧大雅‧生民》「履帝武敏歆」看來，「武」為「足跡」，應該最早；《說文解字》「止戈為武」的說法影響最大。在此，筆者不擬作文字學上的釋義，僅取其流通的語意，為討論的基礎。

21　參見段清波，《刀槍劍戟十八般》（成都：四川教育出版社，1998）。

22　武俠小說中的「武林」一詞，淵源頗難查考，葉洪生推斷是白羽的《十二金錢鏢》首開風氣，見《武俠小說談藝錄——末路英雄詠歎調》（臺北：聯經出版公司，1994），頁214。

23　「白打」，指空手武術，明代謝肇淛的《五雜組》、朱國禎的《湧幢小品》及清代諸人穫的《堅瓠集》，都列入十八般武藝之中。

奇莫測的武術功夫；虛虛實實，自具「中國特色」。

　　據民初武學大師萬籟聲《武術匯宗》指陳：「武術固分內外家兩大派，遞後各立門戶，支流雜出，誠不可以數計；復益以刀、槍、劍、戟之屬，更顯紛雜。但溯其終始，究不出兩途。至於器械，均以拳術爲根：如拳術功成，則器械不難迎刃而解。且至日後豁然貫通時，當悟萬流歸源之論。……是以拳術即武術之根源，十八般器械（武藝）之所出。苟造詣稍深，當知拳中有劍、有刀、有槍，而刀槍中亦有拳也。」。24

　　此外，書中〈上篇・外功〉分述外家各門各派的拳掌功夫練法；〈下篇・內功〉則泛論內家氣功、神功及道功練法；更旁涉輕功、點穴及雜技（暗器）之說，巨細靡遺，無所不包。由是乃知「武功」云云並非虛妄；而「武功」、「武藝」原爲一體之兩面，只是一爲拳掌功夫的運用，一爲施展兵器的技巧，實無本質上的差別。又其書中曾屢屢提及「武功修養」、「武功秘法」、「武功難關」以及行俠、保鏢等江湖門道，多信而有徵；且悉爲1930年代武俠名家白羽、鄭證因所取法，對於後世武俠小說創作影響深鉅。至於1950年代以降的武俠作者大多「務虛」而不「務實」，紛紛馳騁幻想，「神化」武功，則是直接／間接受到還珠樓主《蜀山》系列劍俠小說的啓發所致。事實俱在，亦不可諱言。25

　　總之，刻意標舉「武」爲武俠小說的首要類型特色，乃因「武」：

24　見《武術匯宗・中篇器械學・武術歸源》（臺北：五洲出版社，1989），頁141。《武術匯宗》爲北京農業大學教授萬籟聲（常青）於1928年發表於《晨報》的國術界百科全書，約20萬言。原刊本未見；臺北五洲出版社於1989年據原書重印，極具參考價值。另詳見葉洪生，《武俠小說談藝錄》，頁237-238；或《論劍》（上海：學林出版社，1997），頁188-189之相關介紹。

25　參見葉洪生，《天下第一奇書──蜀山劍俠傳探秘》〈十・大宗師篇〉（上海：學林出版社，2002），頁305-322。足以印證臺、港武俠小說無一不受《蜀山》之啓發及影響。

一、是俠客防身護體、行俠仗義、快意恩仇的憑藉；二、武功是俠客精神的外現，武功強弱，決定了俠客的丰采與氣度，也決定了讀者心目中俠客形象的尊崇與偉大；三、甚至「武」幾乎也成爲裁斷是非善惡的最終法則；[26]四、學武過程的艱辛與堅毅，也成爲武俠小說摹寫俠客形象的重心。[27]無論從人物造型、情節設計、思想內涵的角度而論，皆可一舉涵括其中。同時，也由於「武」被約限於傳統的「冷兵器」，因而孳衍出另外的兩個類型特色：「古代性」與特殊的「江湖世界」。

在此，古代性並不等同於歷史性。武俠小說，尤其是臺灣的武俠小說，事實上往往只藉模糊的古代歷史時空，作鋪敘情節的大背景，不一定非與歷史作某種程度的縮合不可；[28]這是個充滿想像的「古代時空」，只須嚴格排除現代器物、語言詞彙的介入，營造出一個「非今」的情境，皆可以自由發揮。「古代」，在中國人的觀念中是個相當複雜的概念。就武俠小說而言，「古代」意謂著「一切的可能」──凡是現

26　武俠小說通常會有若干以「武功對決」的場面，尤其是在故事的結尾，總少不了「正邪大戰」；而「邪不勝正」的理想結局則多半通過比武來完成。

27　武俠小說中習見的「武林秘笈」模式，正可由此尋獲「本質上」的解釋。

28　我們原將「古代性」命爲「歷史性」，但在詞意上易受混淆，故斟酌之下，仍以「古代性」爲宜。武俠小說與歷史的結合，大抵從民初武俠小說的發軔時期已明顯開始，許多以近代名武術家生平爲主線的武俠小說，如平江不肖生的《近代俠義英雄傳》、姜容樵的《武俠異人傳》，固不能不關照到傳主的「歷史」；而據史發揮，如文公直的《碧血丹青大俠傳》寫明臣于謙、趙煥亭的《英雄走國記》寫明末祈彪佳父子，亦根據相關史實；而神怪謬悠如平江不肖生的《江湖奇俠傳》、還珠樓主的《蜀山劍俠傳》，也明顯有其歷史背景。基本上，早期作家偏愛融合歷史，尤其是清代歷史，這點，我們從「少林五祖」、「江南八俠」、「血滴子」題材之大量出現，可見端倪。1949年以後，梁羽生、金庸等香港作家，歷史路線亦十分明顯；而臺灣作家，早期如郎紅浣、成鐵吾，亦大量混融清代史實或傳說；中期則逐漸轉變，臥龍生、諸葛青雲、司馬翎三劍客，雖亦標明歷史時空，而歷史之重要性已退居次席；其後諸家，索性拋開歷史，虛擬「古代」，其中尤以古龍最爲徹底，可以名之爲「去歷史化」或「淡化歷史」。詳細討論，請參見本書後面的章節。

實中不可能的、令人質疑的，在「古代」這一特殊的時空及場域中，都可能取得合理的發展（最明顯的就是「神奇武功」）。這正是武俠小說的弔詭之處，也是迷人之處。

其次，無論武俠小說與歷史的結合程度如何，基本上小說都是虛擬的，武俠小說更進而虛擬出一個特殊的「江湖世界」──武林。武林是一個虛構的想像空間，在這個世界中，原來錯綜複雜的政、經、社會關係，一方面被化約成簡單的概念，如正義與邪惡的對立、恩怨與情仇的衝突，自給自足地呈顯出此一世界的規律；但一方面卻又以模擬的方式，呈顯了現實世界的種種面相，成為現實世界的一個縮影，其中複雜的人性，一一具現。此一場域，雖自現實世界中脫胎而出，卻是純粹虛構的，在現實世界中根本不存在。關於這點，陳平原很扼要的指出，「小處寫實而大處虛擬，超凡而不入聖，可愛未必可信，介於日常世界與神話世界之間，這正是所謂寫實型武俠小說中『江湖世界』的基本特徵」。[29]事實上，武俠小說正以此「虛擬的江湖」，與其他小說類型作了明顯的區隔。

武俠小說的江湖世界既名之為「武林」，當然就嚴格地限定了其中主要人物的「武」的成分。武俠小說中可以有許許多多身分、性格完全不同的人物，但一經涉足到這特殊的世界，就必須符合「武」的規範，這可以說是武俠小說文體學上的「江湖規矩」。[30]

---

29 見《千古文人俠客夢》（北京：人民文學出版社，1992），頁143。此處陳平原雖以「寫實型」為說，但實際上可概括所有的江湖世界。

30 此一規矩，內涵相當複雜，當另文專論。在此僅僅強調，即使以金庸極盡「顛覆」能事的《鹿鼎記》為例，韋小寶幾乎打破了所有武俠小說的「規矩」（尤其是「俠情」二字），但是，諸多設計，還是在「江湖規矩」之中的。參見林保淳，〈通俗小說的類型整合──試論金庸小說的「虛」與「實」〉，頁277-278。

　　至於「俠」字，向來是許多評論家格外重視的成分，如梁羽生謂「俠是靈魂，武是軀殼；俠是目的，武是達成俠的手段」，[31]倪匡亦強調「俠不單是一個名，而且要有事實，俠要行俠，才能成其為俠」。[32]武俠小說所激發、昂揚的本來就是「俠義精神」，這是從古代「俠義小說」一脈相傳而下的要素；但就現代武俠小說而言，此一「俠義精神」的展現，卻遠較過去更多元化，部分優秀的武俠作品，直探人性，亦可藉著「非俠」甚至「反俠」的內容（如金庸的《鹿鼎記》、古龍的《多情環》），賦予了小說更深刻的內涵。[33]相對來說，武俠小說與傳統的俠義小說最大的區別，不是在「俠」而是在「武」。

　　綜上所述，我們可以瞭解武俠小說如何在「武」的前提下，展示了其類型特色，而其中最重要的是，無論從充滿瑰麗想像的「武功」展現、饒具傳統的「古代」思維，或其特有的「江湖色彩」而言，武俠小說都可以說是融匯了深濃的中國文化情調，精采淋漓地開創了一個具有獨特民族風味的小說類型。

武俠小說與社會大眾

　　俠義的題材，自古就是中國傳統小說常見的表現內容；《水滸傳》、《七俠五義》等英雄、俠客傳奇的風靡，則證明了此類題材受歡迎的程度。武俠小說自民初大行其道以來，更因其展現的特殊風貌，迅

31　見佟碩之〈金庸梁羽生合論〉，收入《梁羽生的武俠文學》（臺北：遠景出版社，1988），頁132。

32　見倪匡，《我看金庸小說》，頁10。

33　最明顯的是金庸的《鹿鼎記》。此外，古龍的武俠作品，如「七種武器」的《多情環》，闡發「仇恨」主題，未聞有「俠」，依舊不妨其為優秀的武俠小說。事實上，能擺脫「俠」的拘限，武俠小說才算是真的「感慨始深，境界始大」。

速吸引了廣大的讀者。一言以蔽之，沒有社會大眾的喜愛支持，就不可能如此蓬勃興盛，因此，我們首先要掌握的，就是社會大眾的心理。

　　在前面討論通俗與讀者關係的章節中，我們已經強調，社會大眾閱讀「通俗」作品時，是以休閒、娛樂、輕鬆的「生活化」方式進行的；他們並未預設從閱讀的過程中可以獲致教育性、知識性、專業性、文學性，甚至人生指引的目標，閱讀本身就是目的。1914年6月6日，著名的《禮拜六》雜誌創刊，其〈出版贅言〉以「休暇而讀小說」為主旨，宣稱：

> 又曰：「禮拜六下午之樂事多矣，人豈不欲往戲園顧曲，往酒樓覓醉，往平康買笑，而寧寂寞寡歡，踽踽然來購汝之小說耶？」余曰：「不然。買笑耗金錢，覓醉礙衛生，顧曲苦喧囂，不若讀小說之省儉而安樂也。……晴曦照窗，花香入座，一編在手，萬慮都忘，勞瘁一週，安閒此日，不亦快哉！」[34]

此〈贅言〉將閱讀視為娛樂之一，且較其他娛樂更為「輕便有趣」，事實上是充分掌握到所謂「閒書」的意義的。無論作者「以文字為游戲」或讀者「游戲於文字之中」，都是閒來無事、悠閒地、閒閒地（寫或讀）、做閒事。這是生活的一種情趣、一種紓解。

　　在忙碌緊張的生活壓力下，藉娛樂作紓解的必要性，是無可否認的；然而紓解並不僅止於此。周瘦鵑說：「現在的世界不快活極了，上天下地，充滿了不快活的空氣，簡直沒有一個快活的人。」[35]的確，藉

34　見芮和師、范伯群等編，《鴛鴦蝴蝶派文學資料》（福州：福建人民出版社，1984），頁7。
35　見周瘦鵑為1923年《快活》雜誌創刊號所寫的〈祝詞〉，同上引書，頁16。

通俗小說爲逃遁，沉浸在虛構的想像世界中，與書中人物同其悲喜，隨情節而心緒起伏；可以快意恩仇，可以綢繆宛轉，可以驚心動魄，可以推理益智，這就是「快活」的泉源！武俠小說「文備眾體」，可以言情，可以說史，可以偵探，可以科幻，可以滿足讀者不同層面的「快活」需求，首先就在通俗小說類型中，站穩了陣腳。

　　然則，武俠小說又何以能於眾多通俗文類中脫穎而出、獨占鰲頭呢？學者一般喜從「社會黑暗」的角度予以探討，認爲俠客仗義行俠、鏟奸鋤暴的義舉，紓解了社會大眾鬱積憤懣的塊壘，如韜漢即謂：

> 俠義小說的流行，是有著時代背景的；因爲當封建之世，政治黑暗，一般貪官、污吏、土豪、劣紳，祇要和權貴稍加勾結，就可作威作福，欺良侮善了。政府既沒有嚴密的監察組織，又無代民申訴的合法機關；加以官官相護，大官同情小官，貪污的幫助貪污的；老百姓含冤莫訴，有苦難說，自然是必然的事了。不平的事，愈來愈多，橫暴之舉，層出無已；心胸中抑鬱著的一團怒火，無從發洩。積極的反抗既不可能，所以祇有消極的幻想著，在這種昏黑的人間，會有一種「超人」的出現：他們有一身通天的本領，能使巨奸授首，大憝喪身。俠義小說就在這種環境下面，發榮滋長起來了。她受著一般大眾的歡迎，同時在一般大眾間散佈下俠義思想的種子。36

這段話非常具有代表性。簡而言之，武俠小說之所以吸引人，正是由於

---

36 見韜漢，《關東女俠呂飛瓊‧序》（臺中：瑞成書局，無出版年代），頁1。

政治腐敗、社會黑暗，而百姓面對此一嚴峻情勢，無可奈何；故藉小說中的俠客一雪胸中之奇冤大恨，於閱讀的過程中痛快肆意一番。[37]此說未嘗沒有道理，但就整個中國歷史的發展看來，所謂的黑暗、腐敗，從未稍停過；武俠的題材卻未見得在每個時代都持續熱絡，其故是可以深思的。我們充其量可以將此列爲原因之一，卻不能將此說成是必然條件。因爲在許多武俠小說中，並不如我們所想像的有如此明晰的政治、社會的醜陋面相，可供俠客撻伐誅除；相反地，整個江湖恩怨所彰顯的形勢，本身即可能是黑白混淆、是非難斷的。以平江不肖生的《江湖奇俠傳》爲例，書中崑崙與崆峒兩派的恩怨糾葛，孰是孰非？古龍的《多情環》主體在描寫「仇恨」之可怕，直指人性；而全書實即一個黑社會爭占地盤的醜相，卻依舊受到讀者的歡迎與喜愛。

另一個觀點大抵可舉龔鵬程之說爲代表，他認爲「人們在政治社會活動乃至一切人生裡，存有公平的渴望、正義的嚮往」；「由於內在正義和公道的需求，驅迫著我們，於是，在歷史的進程中，我們覺察到那些能夠體現、能夠完成正義的偉大人格」，[38]武俠題材正滿足了我們人性中如此這般的渴求。基本上，這是出於「人性本善」而衍生的論調，然而也正在「人性」究竟如何上，讓人感到困惑與質疑。

我們不能說世間沒有以仁義自命的「聖人」，但讀者試自捫心而問，我們眞的是如此渴求正義與公平嗎？「俠義思想的種子」眞的如此深埋於我們內心中嗎？沒錯，俠客之仗義行俠、除暴安良，往往能在既

---

37 儘管如此，基於不同的觀點，有人將此視爲鴉片、毒藥，是「毒草」；也有人視爲是一種反壓迫的正義呼聲。請參見林保淳，〈民國以來「武俠小說研究」評議〉，收入《古典文學》13集（臺北：臺灣學生書局，1995），頁259-288。

38 見《大俠》（臺北：錦冠出版社，1998），頁40。

定的法律無法再有效保護群眾之時，代替法律維持社會的公平與正義。
但是，何謂正義與公平？姑不論「侯之門，仁義存」是多麼的弔詭，就
是俠客所行所爲，也未必眞與此相關。喜歡金庸《鹿鼎記》中韋小寶的
讀者，眞的會認爲韋小寶代表了正義與公平嗎？當讀者化入武俠作品
中，想像青衫白馬、書劍平生的優遊瀟灑；立馬高峰、振衣千仞的睥睨
群倫；或血濺顱飛、手刃魔魁的快意恩仇時，「俠義思想的種子」也會
隨之萌芽嗎？

　　魯迅曾以說書場上《水滸傳》和《七俠五義》故事的轉變爲例，提
到清代「民心已不通於《水滸》」[39]；「時去明亡已久遠，說書之地又
爲北京，其先又屢平內亂，遊民輒以從軍得功名，歸耀其鄉里，亦甚動
野人欣羨。故凡俠義小說中之英雄，在民間每極粗豪，大有綠林結習，
而終必爲一大僚吏卒，供使令奔走以爲榮寵。此蓋非心悅誠服，樂爲臣
僕之時不辦也」。[40]俠客爲朝廷戮力奔走，樂爲臣僕，雖亦可補法律之
不足，以彰顯公權力；然受到功名利祿之封賞、羈縻，如《施公案》、
《彭公案》中的黃三太、黃天霸父子，行事類同「鷹犬」，其英雄形象之
受到歡迎，恐未必是由於堅持了多少公平與正義所致。

　　卡萊爾（Thomas Carlyle）在《英雄與英雄崇拜》（*On Heroes, Hero
Worship and the Heroic in History*）一書中，肯定「英雄」並強調「英雄
崇拜」的重要性。這些英雄，可能是神明、先知、詩人、教士、文人或
帝王，身分各不相同，[41]但基本上都是由時代環境下塑造出來的。「英

39　見魯迅，《中國小說史略》（臺北：谷風出版社翻印本，無出版年代），頁273。
40　同上，頁282。
41　見卡萊爾著、何欣譯，《英雄與英雄崇拜》（臺北：國立編譯館，1970）。

雄崇拜」足令人興起「大丈夫當如是也」，甚至「彼可取而代也」的壯志，開創一個嶄新的時代；卻也端視崇拜者心目中所認可的英雄為何而有所轉移，其中未必定然與公平正義相聯繫。

武俠小説的讀者，藉化入、投射的閲讀過程，所嚮往的「英雄」，絕非僅止於公平正義一端而已。以金庸小説中的郭靖和楊過為例，許多讀者對倡言「為國為民，俠之大者」、並身體力行的郭靖之喜愛，就不若個性偏狂、行事激烈的楊過，正可說明這點。武俠小説中的英雄，令人喜愛、感動的，不是他們純美無瑕的道德，而是人格與性格。以此而言，龔鵬程之説，也只是沾到了點邊緣而已，並未真正觸探到武俠小説之所以風靡一代的原因。

在這裡，我們可能還是得回到讀者層面，作另一層面的探討，才能更接近事實的真相。武俠小説的普遍性，是由於社會大眾的極力參與而造成的，這些龐大的讀者群，年齡、性別、性格、觀念、理想、教育程度、生活經驗，各異其趣，閲讀的動機與目的也可能不相一致。就在1940年代，當社會輿論大肆譏彈武俠小説「逃避現實」、「荒誕不經」的時候，一位上海文人慨乎言之：

> 武俠神怪之書，我好讀之，非不知其不經也。社會惡濁，縱有生花妙筆，繪景繪聲，惟妙惟肖，而讀之增人惘惘，則以社會本質如是，愈逼真而愈令人做惡，曷若不經之武俠神怪，足以快意！[42]

42　見還珠樓主，《青城十九俠》（上海：勵力出版社，1941新三版）書前弁語，陳子京作，引自范伯群主編，《中國近現代通俗文學史》（南京：江蘇教育出版社，1999）第二編《武俠會黨編》（徐斯年、劉祥安合撰），頁468。

在他看來，閱讀武俠，正是「雖非武『林』人，暫作桃源遊」！惡濁的現實，有如鐵門嚴限，而虛擬的想像空間，則可藉之以「避秦」。這是快意。所謂「慷慨者逆聲而擊節，醞藉者見密而高蹈；浮慧者觀綺而躍心，愛奇者聞詭而驚聽」，[43]武俠小說的普遍流傳，正奠基於不同的讀者的「快意」上。

然則，武俠小說又提供了什麼內容質素，足以滿足大多數讀者的「快意」？首先自然是其「虛構」的江湖場景。這一個明顯以古代為背景，卻又太不受「歷史」拘限的時空，可以任由作者與讀者合力創造；只須「選擇性」的將一般人認同的規約（如道德、經濟等）化入其中，而不必顧慮現實狀況如何，即自具其內在的合理性。既描寫「古代」，則傳統的中國文化，自不能不大量涉入，在某個方面也滿足了當代人的「文化空虛感」。這對海外離鄉背景、舉目皆屬異域文化的華人而言，又是多麼的親切！因此有人說，武俠小說無異是海外「華僑子女的中文課本」。[44]我們由東南亞的華文報紙大量連載武俠小說且廣受讀者歡迎的客觀現實來看，是可以確信的。而在臺灣的中國人，則更可藉書中所提及的故土故民，故國神遊，聊慰「鄉愁」。

最後，「武」字的特殊夸飾，則更是武俠小說超越人類體能極限，化不可能為可能，帶給讀者超邁成就的「當行本色」！單憑想像各種點穴、輕功、拳掌的酣暢淋漓，或者是五行八卦、奇門遁甲諸般妙用，就足以醒豁豪傑胸襟。至於如柳殘陽在小說中所表露的殘酷血腥殺戮，也

43　見劉勰，《文心雕龍‧知音》。

44　見梁守中，〈武俠小說──華僑子女的中文課本〉，《武俠小說話古今》（臺北：遠流出版公司，1990），頁206-209。

多少滿足了人類原始的「嗜血暴力」衝動！

　　武俠小說的爭奇競豔、多姿多采，正如萬紫千紅的花圃，賞花者大可自己挑選心目中的「花中第一流」。在此，毫無疑問地，武俠小說的「文備眾體」——既可如《神鵰俠侶》寫纏綿悱惻的愛情、《劍海鷹揚》寫波詭雲譎的鬥智、《決戰前後》寫撲朔迷離的陰謀、《大唐雙龍傳》寫英雄崛起的傳奇，亦不妨如《蜀山劍俠傳》般的神妙瑰怪、《尋秦記》的幻異時空——在其間起了相當重要的作用。讀者雖僅讀武俠小說，卻可隨興之所至，各自獲得閱讀的快意。

武俠小說與武俠研究

　　在傳統的「中文學界」中，「武俠」是個相當具有爭議性的課題，這不僅指從文學層面而言，「武俠文學」的定位猶是妾身未明；也指依附於「武俠文學」而衍生的各類藝術，向來眾說紛紜；甚至，即使就「武俠」的內涵來看，評價也非常分歧。

　　我們認為所有的爭議都應加以釐清，而對「文化現象」的解釋，尤為最重要的課題。

　　在「武俠」此一主題的「研究」上，我們看多了企圖「解決」的論調，從1930年代將「俠客」詆毀成「鷹爪」、「鴉片」，將武俠小說視為「毒草」，到認為武俠小說迷信、荒謬，沒有資格步入「文學殿堂」；甚至到連研究的價值都沒有等等，簡直是罄竹難書。他們的意圖既明顯又單純，就是想「解決」掉「武俠」——沒有「武俠」吹皺一池春水，自然不會有爭議，沒有爭議，問題豈非都「解決」了？

　　這正如同法家的韓非子所謂：「儒以文亂法，俠以武犯禁。」明主治國，只須將儒與俠肅清杜絕，便可以安享太平了。這是很典型的「高

壓政策」，通常高壓是伴隨著強大的政治權力而來的；在政治面是「文藝控制」、「思想箝制」，而在輿論界則是「一言堂」。然而，千百年來，儒生世代相傳不絕，而俠客又何朝何代不見其活躍的身影？「武俠」受打壓、譏諷、禁絕、鄙夷，而從古到今，又幾曾失去了它廣大的讀者和普遍的流傳？因此，「解決」爭議，絕無法解決問題。唯有從解釋的角度，透視爭議的內層，才有可能處理問題──而這一切必須先由對現象的精確掌握開始。

「武俠現象」在中國存在已久，從歷史縱線而觀，上從先秦伊始，下迄當代社會，所謂「俠」的蹤影，不僅未曾斷絕過，同時更在各個時代轉形易貌，發揮深切而顯著的影響。唐代以來，俠客文學肇興，歷宋、元、明、清到民國，體有代變，而精神則一脈相承；民初而下，「武俠」穎秀，興旺蓬勃，更極於一時。在這不絕如縷的發展脈絡中，「武俠」援引、吸收了中國儒、釋、道三家的思想，並結合民間武術、雜學；在文學作品的渲染下，形成了一個相對完整而別具一格的特殊文化。此一文化，透過種種的管道，由上迄下，在整個中國社會引發出不同的效應。

如果我們將中國的儒、釋、道三家思想，視為中國文化的「大傳統」，毫無疑問地，「武俠文化」就是一支隨機孕化的「小傳統」。「這是在前述兩種傳統（指「道統」與「治統」）的影響之下，廣大的中國人民長期累積下來的心理習慣與行為模式。它們通常都不是浮在意識層面上的某種自覺的主張，必須要經過研究者的詮釋，才能彰顯出來」。45

45　參見黃光國，〈多元典範的研究取向：論社會心理學的本土化〉，《社會理論學報》2卷1期（1999），頁1-51。

當然，這些「詮釋」的正確與否，可能尚待驗證，[46]但是其深入影響及於中國社會，則是無可置疑的。

總體而論，「武俠」是個「文化現象」，面對曾經廣泛流傳、影響深鉅的此一文化傳統，我們應自何種層面加以掌握，並進一步分析、詮釋、研究？在此，我們以為可由：一、武俠的文化層面；二、武俠的社會層面；三、武俠的文學層面；四、武俠與娛樂等四個角度入手。這四個層面交互影響，牽枝連脈，形成一個相對獨立而龐大的範疇。

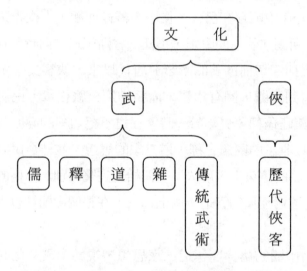

從文化層面看，「武」與「俠」各自成系。前者從中國傳統的武術衍生而出，包含著各門各派的「武學」，其中以代表「外家」的少林派與「內家」的武當派，最為重要；而道教（家）養生煉氣、法術玄虛之說，佛家真空妙有、明心見性之論，居間策應，更豐富了「武」的內

---

46 如梁啟超在〈論小說與群治之關係〉中，將中國「好勇鬥狠」的村落械鬥，歸因於受《水滸傳》影響，是耶非耶，尚可進一步討論。

涵。此外，儒家的「正義」觀，以及民間雜學中的命（推算既定的事理）、卜（占斷未來的趨勢）、相（以具體可見的事物推算）、醫（中醫）、山（神仙道法）等「五術」，也深深滲入其間。後者則歷朝歷代對俠皆有所詮釋；俠在各個時期，也展露出不同的丰采與特色。

　　武俠小說饒富中國傳統文化的氣息，不但儒、釋、道三家的「大傳統」往往藉此而發揮，更自足地展現了民間文化的「小傳統」。武俠小說豐厚的內涵，包羅萬象，無處不與中國文化息息相關——層面廣的如民間「俠客文化」的醞釀與形成、文化的邊緣與中心觀念；單一論題的如江湖門派的區劃、儒釋道（甚至墨、法、陰陽、術數、醫卜）思想的介入等，皆極具探討價值。

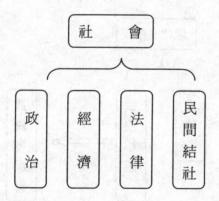

　　從社會層面看，從《韓非子・五蠹》稱俠客「以武犯禁」、司馬遷《史記・貨殖列傳》說「其實多為財利耳」、班固《漢書・游俠傳》云「郡國多有豪傑」、王符《潛夫論・述赦》的「會任之家」（漢代洛陽的一個暗殺組織），到清代迄今的「清幫」、「洪門」，俠客與各時代的政治、經濟、法律、民間結社等，均有非常密切的關係。此一現實背景，實際上不僅真實存在，且在武俠小說「虛擬」的江湖世界中，成為「模

擬」的藍本，交互錯綜地與當代社會作或隱或顯的互動。武俠小說衍傳至今，毫無疑問地，在各不同的時期皆激起強烈的迴響。

武俠小說與當代社會的關係，尤其是政治、經濟上的交互影響（主要是文藝控制、商品流傳），更值得關注；而武俠小說在現代社會中，透過各種商業媒介的轉化，如電影、電視、漫畫、電玩等等，影響之深廣，無遠弗屆。是則從武俠小說的「社會性」角度切入，以探討當代文化形態、歷史發展的軌跡，亦有一定的義義與價值。

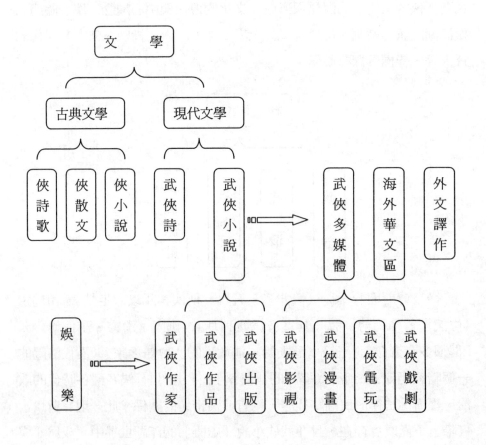

　　從文學層面看，自史傳以下，無論詩歌、散文、小說，代有佳作；及武俠小說興起，名手輩出，百家爭鳴，形成流派，而影響更廣。此不僅在文學上各具特色，且流風餘韻，尚普及於各新興藝術及媒體，形成無遠弗屆的「武俠文化圈」。武俠小說既屬「文學」的一環，則其文學屬性若何？規律若何？歷史發展若何？形製、特點若何？無論是分時期、分家數、論專書，都可進一步加以研究。同時，更重要的是，作爲通俗文學的主要類型，武俠小說從作者、作品到讀者間的一連串複雜的互動關係；從單一武俠小說中的人物、情節、主題分析（這點是目前較具成果的一環），到通俗文學理論整體架構的建立，大多是未經開發的處女地，都值得深入耕耘。

　　此外，武俠小說的「娛樂性」，向來爲典雅文學衛護者交相譏詆的最大口實，並由此衍生不嚴肅、淺薄、媚俗、商品化等諸多罪責。事實上，即使通俗文學的擁護者也不得不承認，「娛樂性」正是武俠小說吸引廣大讀者的命脈。在此，文學究竟應不應該排除「娛樂性」？應是問題的癥結。無論是對通俗文學持正、反立場的學者，都應先解決了這一根本問題，才有後續討論的可能。

　　有關於文學的「娛樂性」，在諸多文學理論的論著中，一直受到相當大的漠視。「文學是嚴肅的創作」一語，往往被視爲「娛樂性」的對立面，兩者勢如水火，互不相容。事實上，這樣的觀點，基本上是將「娛樂性」純粹拘限於生理、肉體的歡娛所致。似乎很少有人認眞思考過：娛樂的必要性如何？精神上的愉悅，是否也是一種娛樂？假如文學能夠兼容娛樂性，是否將更具意義？武俠小說「娛樂美學」的建立可能性爲何？凡此種種，都具有討論的空間。在此，我們無意先行論斷，畢

竟，這是一個非常重大的問題，應有專文甚至專書加以討論必要。[47]我們只從「文學多元性」的觀點上，略作說明。

人是多元的，作為展示或滿足人（包含了作者與讀者層面）各個層次的生命需求的文學，也應是多元性的；我們應該肯定，文學有無限的可能，足以在人類的生命各層次上，發揮功能；文學可以是教化的、寫實的、魔幻的、諷刺的……，當然也應該可以是娛樂的。因此，我們應當思考的是，如何讓文學在娛樂性上的表現，能更適合於現代人的物質、精神生活各層面，而非武斷地排除娛樂性於文學之外。唯有如此，文學才會有更豐厚的內涵，更廣大的發展空間，更能在當代社會發揮影響力。

前述四個層面的武俠小說研究，「文化性」與「社會性」基本上屬外緣研究的範圍，「文學性」屬武俠小說「文本意義」確立的研究，而「娛樂性」則攸關於整個武俠小說的價值判斷。換言之，武俠小說不但是「文化史料」、「社會史料」，同時也是提供「娛樂」的主要通俗文學讀物；儘管其品流複雜，優劣懸殊，仍無礙於它「為人生而藝術」的理想追求。唯有在這點確立後，武俠小說才真正具有研究的價值可言。

從上述的介紹及圖示中，我們可以發現到：在「武俠文化」的範圍中，事實上已展現了其多采多姿的各個面向；幾乎每一個環節，都包含著重重亟待掌握、分析、解釋的問題。身為文史研究的學者，絕不能視

---

47 學界對文學「娛樂性」的討論，相當匱乏。在武俠小說方面，羅龍治曾有〈武俠小說與娛樂文學〉一文，從心靈的角度，重新賦予「娛樂」新的意義，宣稱「寒鴉數點，流水繞孤村的寂寞景象，也都變成了現代大眾的娛樂消遣品」，甚具指標意義。收入《似水情懷》（臺北：幼獅月刊出版社，1974），頁178-190。可惜後繼的論述太少，未能透過討論建立體系。

而不見，更不宜輕加詆毀。同時，由於「武俠文化」涉及面極廣，也自
成一開放的空間，學者無論自何種角度切入，均可左右逢源，掌握到論
題，加以詮釋。這一片園地，迄今為止，耕耘者尚少，無論採取何種研
究方式進入此一園地中墾殖，也將足以各展所長，這是可以斷言的。

　　儘管武俠小說曾經擁有過如此輝煌的傲人成績，然而在社會、學界
普遍漠視通俗文學的氛圍下，武俠小說自發展伊始，就受到種種嚴厲的
批判：從俠客神妙莫測的武藝之「非科學」、俠客集團之造成「祕密社
會之蠢動」，到社會上對「求仙訪道」的盲目嚮往；[48]乃至於「跟社會
脫節」[49]、「不嚴肅」、「不高級」[50]等，幾乎將所有「次級（等）文類」
的原罪，完全藉武俠小說發洩了出來。因此，類似如下的議論，已成為
「坐實」武俠「罪名」的最流行說法了：

> 掩蓋階級矛盾的本質，把階級矛盾說成只是純粹的個人恩怨；而且
> 麻痺人民的戰鬥意志，宣傳迷信思想、因果報應和各種封建觀念，
> 使讀者進一步浸沉在幻想中而忘掉現實的鬥爭，引誘人們離開反抗
> 和革命的道路。[51]

　　武俠小說所宣揚的許多似是而非的原則，卻也阻礙了中國社會步向

48　這種明顯以「負面社會效應」為口實的批評，自民初以來，甚囂塵上，相關文獻極多，請
　　參看張恨水，〈武俠小說在下層社會〉（《周報》1941年2期）、鄭逸梅，〈武俠小說的通病〉
　　（《小品大觀》，校經山房出版，1952）、瞿秋白，〈吉訶德的時代〉，《北斗》1卷2期（1931
　　年10月）。皆收錄於芮和師／范伯群主編的《鴛鴦蝴蝶派文學資料》一書中。

49　見陳秋坤整理，〈談武論俠──武俠小說迷與武俠小說作者專訪錄〉，《中國論壇》1卷8期
　　（1976年1月），沈剛伯語。

50　同上註，侯健語。

51　見復旦大學中文系編，《近代中國文學史稿》，引自魏紹昌編，《鴛鴦蝴蝶派研究資料》，
　　頁159。

法治、自由、自尊的腳步。52

> 武俠小說終究只是病態的產物。他提供某些似是而非的原則,以暴
> 易暴,挾義以犯禁,這些都不是正常的社會所允許的。……武俠小
> 說的另一缺點是他們向人性中最懶惰、最腐化的一面加以阿諛讚
> 揚。……無形中鼓勵人們取巧,助長人類僥倖的心理。……武俠小
> 說最大的害處還不是在於影響幾個年輕小野子上山求仙練武這回
> 事,而是在腐蝕人心這方面。53

再如孫犁強調的,武俠小說是「稍有民族自尊心的作者,是不肯幹
的,要遭到嚴正指摘的」;54而何懷碩則大聲疾呼:

> 中國在政治、社會、文學等要在現代世界迎頭趕上,我們只有希望
> 每個老幼的中國人有一種自覺與猛醒;我們的文學不能重彈才子佳
> 人、鴛鴦蝴蝶、俠義恩仇等老調;我們要有更嚴正、更博大,更具
> 時代性與未來啓迪性的偉大文學!55

在這種嚴峻的批判下,敢於冒天下之大不韙,為武俠小說張目者,固然
少之又少;至於「研究武俠小說」的課題,頂多只能躲在「古典」的盾
牌下,整治俠義小說的「殘羹冷炙」,慰情聊勝於無!而現代武俠,則
根本乏人問津。1980年以來,在金庸武俠熱的影響下,學界「似乎」開
始對武俠小說的研究,持若干正面的肯定態度,但實際上距真正的「研

---

52 同註49,胡佛語。

53 同註49,侯健語。

54 見孫犁,〈小說與武俠〉,《羊城晚報》,1985年6月22日。

55 見何懷碩,〈明日黃花談武俠〉,原載《中國時報》,1973年8月20-21日。

究」還是非常遙遠。56

　　在這裡，將「武俠小說」與「武俠小說研究」作適度的區別是必要的。因為，從學術研究的角度而言，人文學科的研究以「現象」為首要的目標，也唯有從內外表裡透徹地掌握了「現象」之後，才能歸納、釐析出各種的「學理」；而武俠小說自民初發皇滋長以來，興盛蓬勃地發展了超過一甲子的歲月，無論是投入的作家、創作的巨量、讀者的普遍或各不同媒體的轉化、社會人心的影響，都在在顯示了其獨特性。面對如此顯著、獨特的「文化現象」，學者一味以主觀的批判、鄙夷的漠視相待，而未嘗肯深入去作任何分析、探討，這是相當令人不可思議的事。我們認為，無論學者對武俠小說的「觀感」如何，武俠小說此一「文化現象」，是絕對值得投入心力加以研究的重要課題！

　　武俠小說自民初「正名」以來，流傳至今，不僅創造了數千部的作品（其中不乏優秀之作），更擁有為數以億計的龐大讀者；而其中散發的傳統文化氣息，更為人所津津樂道。今人常謂金庸的武俠小說是海外「華僑子女的中文課本」，予以極高的評價；事實上，不僅金庸的作品具有這樣的社教功能，就其他的武俠名家亦然。以臥龍生為例，在他當紅期間，「每一份小說稿至少要拷貝六、七份。差不多東南亞有華文報紙的城埠，都有他的連載小說」；57就連非華人地區（如韓國）武俠小說所傳遞的文化資訊，也常成為外國人理解中華文化的重要管道。58可見其時代意義與價值。

56　參見註37。

57　見張夢瑞，〈臥龍生大俠竟凋零〉，《民生報》，1997年4月10日34版《讀書周刊》。

58　見李致洙，〈中國武俠小說在韓國的翻譯介紹與影響〉，《俠與中國文化》，頁77-90。

羅龍治嘗謂「中國許多舊文化的種子，將可藉著娛樂文學的現代白話武俠，普遍地傳入民間社會，爲中華民族保留幾分淋漓的元氣」，[59] 正明確指陳了這點。因此，我們有足夠的理由確信：武俠小說源遠流長的歷史發展，及其高度承載的文化內涵，儘管從典雅文學的角度而言，不免令人有未盡愜意之感，但以通俗文學的角度來看，無疑卻是各種題材的小說中，最能十足展現文化特色的類型。

從如此饒富文化特色的小說類型出發，如果我們承認：「無論建構任何相關的文學理論，皆須展現民族特色；同時，通俗文學亦須別有一套迥異於典雅文學的理論體系」這兩個前提的話，武俠小說無疑是入手的「第一義」！

令人遺憾的是，以上這些極具探討意義及價值的論點，迄今未能獲得應有的重視。文史研究者蓄意規避，甚至否認環繞於武俠小說而衍生的諸般「文化現象」，不僅導致武俠小說的定位猶自「妾身未明」，更連「現象」都無法釐清。晚近大陸若干學者頗致力於港臺武俠小說的研究，雖因資料不全，對臺灣的文化發展、出版概況不甚了了，故有如刀劍虛舞、聽音辨位，難免貽人以「盲俠」[60]之譏，但畢竟也算邁出了研究的第一步；而臺灣身爲現代武俠小說發展的重鎮，卻除了少數一、二人外，學界多持鴕鳥心態，完全無動於衷，任令其以訛傳訛。

誠然「禮失而求諸野」，但也不能郭公夏五，疑信未定。因此，在堅持前述的兩大前提下，更出於一份歷史使命感，我們擬針對1949年以

---

59 參見註47。

60 見葉洪生，〈爲大陸史學界「盲俠」看病開方〉，原載於《國文天地》74期（1991年7月），頁74-78。

來的臺灣武俠小說發展概況，作一詳盡的討論；希望能藉著明晰而有條
理的現象解析、論述，提供學界及社會大眾參考。

　　這是現代知識分子應盡的責任，有志者盍興乎來！

第一章 文化沙漠仙人掌

臺灣武俠創作發軔期（一九五一～一九六〇）

1948年，國民黨政府戰局失利，自大陸退守臺灣，號稱「中華民國復興基地」。當時民生凋敝，百廢待舉，社會人心苦悶，缺乏精神寄託，被稱爲「文化沙漠」。而武俠小說則能馳騁幻想，快意恩仇，提供心靈慰藉；兼以表彰忠孝節義，宣揚濟弱扶傾，對於社會大眾有一定的寓教於樂的作用，乃成爲最經濟且又最受歡迎的消閑讀物。[1]

於是以出租武俠小說爲主要業務的租書店如雨後春筍般應運而生，大街小巷隨處可覓武俠蹤跡。復以供需熱絡之故，連帶亦促使若干出版業者向武俠小說靠攏、傾斜，甚至轉型爲完全的、專業的武俠小說出版商。這便激發出一批武俠新作家的誕生，他們多半是追隨國民黨政府來臺的大陸人士，卻在臺灣本土生根、發芽、茁壯。於是「文化沙漠」中先有寥寥幾株仙人掌破土而出，頑強地迎向藍天；繼則風起雲湧，百花齊放！藉著報紙副刊、專業雜誌的連載以及集結出版，終於綻放出一個萬紫千紅的武俠春天，爲當代武俠小說發展史寫下了嶄新的一頁。

即以1951年至1960年這最初十年的臺灣武俠創作發軔期而論，至少有十名以上的武俠作家、作品值得評述。迨及全盛時期（1961-1970）投身武俠小說創作行列者更多達三百餘人，可謂極一時之盛。然而，任何事物總有一個由無到有、由漸而興的曲折過程。以下我們將根據歷史發展的客觀事實，一一加以陳述與探討。

1　1950年代臺灣各地租書店的租金非常廉宜，包月費約新台幣30元，不限部數、集數，每集（36開）單租1至3角，城鄉間略有不同。

第一節 民國「舊派」搖籃與臺灣武俠臍帶

1950年代之前，臺灣並無專門從事武俠創作的職業寫手出現；報紙副刊上偶有零星的中、短篇武俠小說發表，也僅如鳳毛麟角，曇花一現而已。[2]坊間租書店充斥著所謂「舊派」武俠作品，以供人消遣，聊發思古之幽情。

有關「舊派」一詞，首見於范煙橋《民國舊派小說史略》，主要是指章回體小說。[3]它包括了言情、武俠、偵探、社會、歷史傳奇、翻譯、短篇等七類，實以武俠爲大宗。惟當時范氏提出此一說法頗有問題；如翻譯、短篇類不論是文言或白話，何來章回體之目？考其概念之形成，大抵是針對民國八年（1919）五四運動後所掀起的新文學狂潮而產生的一種自卑心理，乃以新貶舊，遂有區分新、舊派文藝思想類型的「一刀切」之舉。

迄至1949年中國共產黨取得大陸政權，改朝換代，建立新中國，「舊派」的提法更廣泛得到認同。於是民國（舊中國？）以來凡在大陸地區出版的武俠作家作品，一概稱之爲「舊派」。不久，這些舊派小說

2　就臺北國家圖書館所收藏的報刊顯示，《自立晚報》最早刊載的武俠小說是1950年5月25日由夏風所撰《人頭祭大俠》，連載54天；同年8至11月，則僅有忍庵發表〈燕子飛報恩〉、〈綠林紅粉〉、〈女俠白龍姑〉三種武俠極短篇，均爲一日刊完。又夏風此後即未再發表新作，殆非職業作家，可以確定。

3　范煙橋在《民國舊派小說史略》開宗明義道：「這裡說的民國小說，指的是舊派小說，主要又是章回體的小說。……五四運動以後，新文學爲壯大自己的力量，掃清前進道路上的障礙，曾經對舊派小說施以猛烈的打擊。」（〈概說〉，收入魏紹昌編，《鴛鴦蝴蝶派研究資料》，香港：三聯書店，1980，頁167）。文中又轉引1933年林庚白之《子樓隨筆》，謂「舊派章回體之小說」具有封建社會性之「流毒」。殆爲「舊派」一詞的始作俑者。

皆被打入黑、黃反動讀物之列，不允許再出版流通。其犖犖大者如平江不肖生、趙煥亭、顧明道、姚民哀以及還珠樓主、白羽、鄭證因、王度廬、朱貞木等「北派五大家」[4]的武俠名著皆難逃此厄。於是在1950年左右，部分「舊派」武俠小說逐輾轉經由海運來臺銷售；而在臺灣大街小巷的租書店內繼續流通，得以苟延殘喘於一時。

嗣後海峽兩岸完全阻絕，關防日緊，來源由之中斷。加以國民黨政府保防（保密防諜）單位於1951年起開始執行「戒嚴時期出版物管制辦法」，嚴格取締所謂的附匪分子（意指未來臺共赴國難者）的作品，全面掃蕩，乃令舊派武俠小說日益絕跡。但至少在1959年警總炮製「暴雨專案」加強查禁以前，這類「見光死」的傳統武俠小說仍有少量珍藏在坊間租書店中，當作鎮店之寶；只是化明為暗，轉入地下保存，非值得信賴的老顧客不租罷了。

是故，在臺灣武俠創作初期，但凡知名或初露頭角的武俠作者，無不由「舊派」武俠搖籃中啟蒙、學習、成長、茁壯。其中出道最早而成為職業作家先驅的有郎紅浣、太瘦生及孫玉鑫、成鐵吾（別署「海上擊筑生」）等三五人。[5]其他如臥龍生、司馬翎、諸葛青雲、伴霞樓主、獨

---

4 「北派五大家」係指1930至1940年代活躍於華北文壇的五位武俠名家，依次是還珠樓主、白羽、鄭證因、王度廬及朱貞木。可參見葉洪生，《論劍──武俠小說談藝錄》（1994年臺北聯經版／1997年上海學林版）所收〈中國武俠小說史論〉之五：「北派五大家」建立獨特風格。

5 太瘦生為武俠老作家，最早於《自立晚報》連載發表《獨眼鬼見愁》（1954），其後又撰《兒女雙劍》（1955）、《劍底游魂》（1956）、《兒女情仇》（1956）、《五毒梅花針》（1957）等中篇武俠小說，與郎紅浣分庭抗禮，但終究略遜一籌。而孫玉鑫則由說書人起家，資格甚老。他最初於1953年9月《自立晚報》發表《風雷雌雄劍》，但為期不長，只有34天；五年後方正式成為職業小說家，作品頗多。成鐵吾出道於1955年左右，以《年羹堯新傳》馳名一時。

抱樓主、墨餘生、南湘野叟、武陵樵子、東方玉、慕容美（烟酒上人）、高庸（令狐玄）、丁劍霞、曹若冰、玉翎燕以及古龍、蕭逸等，大多集中在1956年以後方陸續下海專事武俠創作，而掀起了此後十五年的武俠熱潮。

這便説明了一項事實：即早期臺灣武俠知名作家及武俠新秀多半是在第一個十年就已脱穎而出，展現鋒芒；而其創作靈感亦分別來自「舊派」武俠名著，特別是北派五大家的代表作：例如還珠樓主《蜀山劍俠傳》系列、白羽《十二金錢鏢》系列、鄭證因《鷹爪王》系列、朱貞木《蠻窟風雲》系列，以及王度廬《鶴驚崑崙～鐵騎銀瓶》五部曲等等。他們或從中取材，或觀摩借鏡，或模仿人物故事，乃至大段抄襲，不一而足。凡此種種，概與香港「武俠雙霸天」金庸、梁羽生的創作成果毫不相干。因爲彼等也是經由師法舊派武俠前輩起家，跟臺灣同門師兄弟並無本質上的差異；[6]更何況金、梁二子早期諸作來臺均遭查禁在案（見警總《查禁圖書目錄》，1958年增訂），不喻自明。

今以臺灣最早下海專事武俠小説創作的老前輩郎紅浣爲例：郎氏所撰《古瑟哀絃》（1951）即是模仿王度廬《寶劍金釵》的悲情武俠傑作，筆法、意趣相洽之處幾可亂真；而其《瀛海恩仇錄》（1952）則借鏡顧明道《海盜之王》、《海上英雄》諸作，爲滿、漢之爭翻製新篇，大有青出於藍而勝於藍之概。

6　在〈金庸暢敍平生和著作〉、〈金庸訪問記〉及〈文人論武〉等訪談文章中，金庸坦承「從小就喜歡看武俠小説」；稱平江不肖生的《江湖奇俠傳》和《近代俠義英雄傳》曾令他「入了迷」，而「白羽、還珠樓主對我也有影響」。（收入《諸子百家看金庸》第三輯，臺北：遠景出版公司，1985）。另在尤今所作〈寓詩詞歌賦於刀光劍影之中〉訪談裡，梁羽生自承：「我早期的小説確曾受白羽寫實風格的影響。……」（收入韋清編，《梁羽生及其武俠小説》，香港：偉青書店，1980）。

　　再以眾所公認的「臺灣武壇三劍客」而言：臥龍生處女作《風塵俠隱》（1957）及《驚虹一劍震江湖》（1957）皆分別向還珠樓主、鄭證因、王度廬等不同流派的武俠名著中取材；而其成名作《飛燕驚龍》（1958）受鄭證因《鷹爪王》的幫會組織、反派角色影響尤深；只要略加比較「天龍幫」（後）、「鳳尾幫」（前）之種種意構，則可思過半矣。

　　復次，司馬翎（別署吳樓居士）的處女作《關洛風雲錄》（1958）和成名作《劍氣千幻錄》（1959）俱得還珠樓主奇幻玄妙心法之三昧；甚至連書中人物亦有部分是借自《蜀山劍俠傳》，即可見其亦步亦趨，以還珠樓主為師的審美觀，竟有如是之甚者。[7]

　　此外，諸葛青雲處女作《墨劍雙英》（1958）乃祖述《蜀山》至寶紫青雙劍封存峨眉之遺事，再據以發揮。而其成名作《紫電青霜》（1959）的文筆、意構亦無一不仿還珠，殆有五六分神似。他並不諱言自己是「蜀山迷」，能將《蜀山》回目倒背如流；且以還珠私淑弟子自居，而引以為榮。[8]

　　另如伴霞樓主《劍底情仇》（1957）、孫玉鑫《滇邊俠隱記》（1960）、墨餘生《瓊海騰蛟》（1959）、南湘野叟《玉珮銀鈴》（1959）、東方玉《縱鶴擒龍》（1960）、古龍《月異星邪》（1960）、蕭逸《鐵雁霜翎》（1960）等等，無一不是以舊派各大家（特別是還珠樓主）為取法對象。其中模仿得最徹底而又別有創意的是海上擊筑生所撰《南明俠隱》

7　吳樓居士《關洛風雲錄》中的鬼母、天殘地缺二老怪及司馬翎《劍氣千幻錄》中的白眉和尚、尊勝禪師等絕頂高手，皆出自《蜀山》。

8　1991年夏，大陸著名美學家張贛生來臺訪問，臺灣武俠名宿臥龍生、諸葛青雲、高庸及于東樓等友人與會。席間諸葛青雲當場表演倒背《蜀山》回目，並以還珠私淑弟子自居。

（1955）正續集，其描寫正邪鬥法、群仙劫運、情孽糾纏、除魔衛道等情節，竟彷彿是《蜀山》的翻版，奇幻色彩極濃。類似者有向夢葵《紫龍珮》（1959），此書除大量盜取《蜀山》奇妙素材（飛劍、至寶、神通、法力）之外，卻將玄門正宗峨眉派打爲「反面教員」，殊堪玩味。9

　　至若大段抄襲者有蕭逸《七禽掌》（1960）之寫景，係由還珠樓主《天山飛俠》中取材，再略加改動文字而成。但與諸葛青雲《紫電青霜》全面移植《蜀山》的「天魔妙音」相較，則又不啻於小巫見大巫了。

　　有趣的是，當時非但臺灣武俠小說作家是從模仿舊派各大家入手，即令是香港的金庸與梁羽生亦有若干小說故事及人物是由還珠樓主、白羽、朱貞木的作品中「奪胎換骨」或「移花接木」而來。10此就小說家的審美經驗法則而言，必先有所好，心嚮往之，效法前人；而後方能取精用宏，創新發展，自成一家。是故模仿云云乃是學習過程的第一步，並無任何貶意。在美學理論上，它更涉及到「內模仿」、「移情作用」和「創造性想像」三方面的研究課題。11但凡從事文學藝術創作者，皆

9　向夢葵《紫龍珮》及後傳《寶劍金環》將《蜀山》中的正派人物一概打成反派；卻又把原峨眉派掌教乾坤正氣妙一眞人單獨抽出，改名爲「乾坤正氣元妙書生」，列入「神山三老」之中，竟與峨眉派爲敵。實爲惡意的反諷！

10　梁羽生處女作《龍虎鬥京華》（1954）的故事、人物曾有大段抄襲白羽《十二金錢鏢》（1938）；金庸《碧血劍》（1956）寫袁承志之練鏢手法、方式則套自白羽《武林爭雄記》（1939）。另詳葉洪生，〈論金庸小說美學及其人物原型〉，收入《金庸小說與二十世紀中國文學》研討會論文集（香港：明河社，2000）。

11　按「內模仿」（inner imitation）和一般知覺的模仿不同，它隱藏於記憶之中。朱光潛認爲象徵作用是一切記憶的基礎，故「內模仿」可說是「象徵的模仿」。見朱光潛《文藝心理學》（臺北：臺灣開明書局，1969，重一版），頁58-59。「移情作用」即擬人化作用，天地間萬事萬物皆可通過審美認知而與之同化。至於「創造性想像」則多出現在藝術及科學活動之中。約翰・李文斯頓（John Livingston）在《通往夏拿都（Xanadu）之路》一書，曾指出「創造性想像」內有三種交互作用因素：一是記憶之「井」的積聚；二是感官上的創造性閃光（靈感）；三是通過推敲、修改及提煉，而將前兩者的印象表述出來。詳見《當代美學論集》（臺北：丹青圖書公司，1989），頁146。

不例外。

　　總之，在臺灣武俠創作發軔期間，有心人通過廣泛蒐讀舊派武俠小說，汲取前輩名家創作經驗；乃至全面繼承其武俠遺產，各盡所能，各取所需，始得以產生新的武俠作品，確爲不容置疑的歷史事實。而舊派各大家中，尤以還珠樓主的《蜀山》系列奇幻絕倫，包羅萬象，上天下地，無所不有，堪稱「武俠百科全書」。其影響力之大，無與倫比！因此基於審美心理需求（兼顧讀者與作者兩方面），絕大多數武俠作家皆把《蜀山》視爲源頭活水，可取之不盡，用之不竭！這也就是上舉諸例「泛蜀山化」的癥結所在，實亦無可厚非。

　　歸根結柢，舊派武俠名著正是臺灣武俠創作者的母胎；子宮與胎兒之間，以臍帶相通，血肉相連。而新生的俠兒亦須在舊派的武俠搖籃中接受母乳的哺育，方能逐漸長大。這是歷史發展的必經過程，固無須深異。

第二節　「武俠先驅」郎紅浣與報刊連載小說

　　若論臺灣武俠小說作家資格之老、輩分之尊，殆無人能出郎紅浣之右。他不但是臺灣最早從事武俠創作者之一，而且是開啓此地報刊連載長篇武俠小說的第一人。有鑑於這位臺灣武俠先驅者所代表的象徵意義非常重大，值得專題探討。

　　郎紅浣，本名郎鐵青，祖籍長白（山），爲滿洲旗人；生於1897年，卒年不詳，其生平漫不可考。[12]據其自承，1951年春曾得掌故名家

---

12 分見郎紅浣〈病中小記〉，發表於《大華晚報》1957年9月5日；及〈郎紅浣小啓〉，發表於《大

高拜石之介，在《風雲新聞週刊》上發表其來臺後的第一篇武俠小說《北雁南飛》，涉及南明延平郡王鄭成功驅逐荷蘭人、收復臺灣等史事，惜因故而中輟。郎氏旋應《大華晚報》之邀，於1951年3月動筆撰寫《古瑟哀絃》、《碧海青天》二部曲，乃正式展開其長達十年的武俠創作生涯。

　　今據臺北國家圖書館現存《大華晚報》微捲資料作一概略統計，依序如次：《古瑟哀絃》（1951年3月）、《碧海青天》（1951年9月）、《瀛海恩仇錄》（1952年5月）、《莫愁兒女》（1953年5月）、《珠簾銀燭》（1954年10月）、《劍膽詩魂》（1955年12月）、《玉翎雕》（1956年11月）、《青溪紅杏》（1958年4月）、《黑胭脂》（1959年3月）、《四騎士》（原名《赫圖阿拉英雄傳》，1960年2月）、《酒海花家》（1961年5月）等書。其間每部連載小說相隔多不超過一週，足見《大華晚報》倚重之深，幾乎無人可以取代，可謂獨步一時。

　　郎紅浣文筆清新，剛柔並濟；運用京白對話時，狀聲狀色，極為生動傳神。尤善於描摩小兒女情態，或纏綿悱惻，或悲歌斷腸；忽張忽弛，跌宕起伏，頗能引人入勝。此外，郎氏久歷風塵，腹笥寬廣，描寫舊社會之風俗習尚、穿著打扮乃至典章文物、器皿用具均極為考究，非一般道聽途說可比。為其出書的國華出版社嘗如此介紹說：「郎先生少遭家難，流浪天涯，足跡遍中國；閱人既多，所學亦博，於拳擊劍術尤精。」[13]這正是他的武俠創作條件優於一般向壁虛造者之處，實非後人

華晚報》1960年2月10日。此外，其每部連載小說結束，均特署「長白郎紅浣」之名。又有關其武俠處女作《北雁南飛》之因故中輟，另見《玉翎雕》開卷語，原載《大華晚報》1956年11月18日。

13　參見《莫愁兒女》（臺北：國華出版社，1957，初版），扉頁〈本書介紹〉一文。

可及。

惟郎氏敘事習於故常，缺乏變化，且喜以清初鼎盛時期（康熙、雍正、乾隆三代）爲故事背景；寫滿、漢之爭與宗室恩怨則多穿鑿附會，荒誕不經。特別是其後期作品竟無端摻入奇門遁甲、神仙術數乃至飛劍法寶等趣味性素材，又走回平江不肖生《江湖奇俠傳》的老路，遂令人有扞格不入之感，殊可惋惜。

但值得注意的是，郎紅浣的筆調類似王度廬，卻是自1930年代顧明道以後，在小說封面冠以「俠情」名目的第一人。[14]尤其是他的武俠言情小說多以女俠爲主角，頗有陰盛陽衰之特色，與顧明道代表作《荒江女俠》所好相同，可謂是無獨有偶了。

由於郎氏小說絕版已久，坊間不易覓得，爲使讀者能深切體認其藝術風貌，以下我們將引用較多原文來介紹《古瑟哀弦》與《瀛海恩仇錄》二書內容，以說明這位臺灣武俠先驅的才情見識，及其「獨出冠時」的主要原因。

一、《古瑟哀弦》首開報刊武俠連載紀錄

在1951年3月24日《大華晚報》副刊開始連載郎紅浣《古瑟哀弦》之前，臺灣各日、晚報多以刊登雜文、小品文爲主，均無開闢武俠長篇欄目的先例。《大華晚報》主事者耿修業獨具慧眼，破例給予《古瑟哀弦》連載的機會，乃得風氣之先。而郎氏之所以能成爲臺灣武俠長途列

---

14 顧明道諸作封面一向標明「俠情小說」；而其同輩武俠作家則用「武俠小說」或「技擊小說」等名目，王度廬亦不例外。踵武「俠情小說」者，僅郎紅浣一人而已。1960年代則成爲風尚。

車的火車頭，亦當歸功於此書文情跌宕，哀感動人；為悲情武俠樹立了新的典範，不讓王度廬專美於前。

《古瑟哀弦》分上、下集，共10回，約14萬言。主要是寫江湖浪子龍璧人跟將門之後石南枝義結金蘭，及與查浣青、華盛畹二女之間的悲歡離合故事。書中說南枝、浣青兩小無猜而有猜，因情生妒犯心病，竟彷彿是《紅樓夢》寫寶玉、黛玉情緣的縮影。而其心病卻是剛健婀娜的俠女華盛畹，與弱質閨秀查浣青恰成鮮明對比。下面先看浣青病中，南枝探視情狀：

> 浣姑娘似嗔非笑的一雙眼直看南枝，弄得南枝臉上只是一陣陣發燒。半晌，南枝一壯膽，低聲陪笑道：「妹妹，你恨我嗎？」浣青微微地搖一搖頭，慘然笑道：「不！現在我不恨你，一切都是我自己……」說到這裡，眼眶一紅，便不再說下去。南枝離開座位，走近床沿，哈腰說道：「你可許我陪個不是，原諒我酒後的過失？」浣青慘笑道：「你並沒有什麼過失，不必要我原諒。我原諒你又怎麼樣？反正你是你，我是我，我們原是兩不相干！」說著，乾枯的眼裡又擠出涓涓淚水。
>
> ……（中略）
>
> 南枝說道：「上天鑑格，我今日有句心坎裡頭的話，要求你允許我……」浣姑娘眼皮一動，可又合上了。南枝又說道：「妹妹，我……我要求你下嫁……」說著，把頭去碰浣青的小腿兒。浣姑娘口裡微吁了一口氣，啞著聲音說道：「南枝，遲了！遲了！以前我想，現在我不想，我是不中用的人了……你好好幹你的去罷！」說時，遍身忽然顫抖起來。

南枝忍不住兩淚拋珠，用手把浣青緊緊抱住，哭道：「妹妹，妹妹，你別傷心。石南枝可以不要性命，不能負你。你萬一真的不幸，我何惜千金市骨……」聽到這句話，浣青慢慢睜開眼睛，啞著喉嚨說道：「南枝，你放手，我沒有這個福份。告訴你，人間一切事，只有姻緣勉強不得……千金市骨，可惜我不是馬，你也無須多此一番權詐。人間天上，還我清白女兒身。南枝，你可不要再費心了啊！」（第4回）

後來查浣青抱病回歸故里，石南枝含淚捧讀浣青病中所書兩首七言絕句：「數罷鸞期又鳳期，楚天雲雨到今疑；才人病後風情死，惱煞王昌十五詞。」以及「萬劫千生再見難，睡紅枕畔淚闌干；明朝我自長亭去，獨往人間竟獨還。」不禁悲慟欲絕，吐血倒地。

凡此種種，均可見出作者的慧思與才情。無怪當代詩家張劍芬、李漁叔對他曾有「仙心妙筆，當世無雙」之美譽，而滬上名士陳定山亦以「獨異」二字稱揚。[15]

惟郎紅浣並非僅以哀情筆墨見長，書中寫石南枝邂逅華盛畹之際，談到武術中的拳法、槍法源流和及其變化竅要，句句是行話，誠言下無虛。而在查浣青自甘隱退，石、華二人結為連理之後，作者描寫惡霸趙岫雲用計害死石南枝，華盛畹趕來報仇一折，亦甚有力，揆其打法筆路則酷似王度廬小說風格：

盛畹身臨險地，早把生死置之度外。一股怨氣沖天，兩個眼眶流

---

15 見《玉翎雕》之〈復刊前言〉，原載《大華晚報》1957年9月25日。

血，咬碎銀牙，一聲不響；手中劍上下翻飛，如飄瑞雪，若舞梨花
……這一老一少兩劍一接觸，便和剛才大相同了！互刺互擊，忽擰
忽散；進如掣電，退如流星。兩對眼珠冒火，四條胳臂縱橫；兔起
蛇伏，龍翔鳳舞，殺得難分難解。（第6回）

　　諸如此類的武打場面，雖然平鋪直敘，爲傳統說部所常見，但其以
虛爲實，文情並茂，亦能產生一定的美感效果。錄此以見其筆法之一
斑。

　　誠然《古瑟哀弦》含悲忍淚，令人動容。實則在石、龍、查、華四
人中，華盛琬才是眞正「化悲憤爲力量」的主角。書敘華盛琬爲報夫
仇，身入賊巢，屢挫屢奮；末了被逼無奈，妄想借官方武力除奸，竟獻
身於素不相識且已改名換姓的總鎮潘龍弼——即石南枝的義兄龍璧人，
乃鑄成大錯！所幸她事後急流勇退，當機力斷，不但不許龍璧人自戕明
志，且一心撮合查浣青與龍璧人的婚事，使浣青得以重溫鴛夢（因璧人
跟南枝面貌酷似孿生兄弟）；自己則懷著璧人的骨血，隻身遠走大漠
（仿王度廬《鐵騎銀瓶》之玉嬌龍故事）。不愧是個敢愛敢恨、不讓鬚眉
的奇女子。其續書《碧海青天》則寫龍、華下一代兒女的恩怨情仇故
事，亦頗動人。

二、《瀛海恩仇錄》首張「浪漫女俠」之目

　　另從《瀛海恩仇錄》起，郎氏又接連創作《莫愁兒女》、《珠簾銀
燭》、《劍膽詩魂》等四部曲。時代背景則跨越清初康熙、雍正、乾隆
三朝，前後呼應，格局壯闊，爲王度廬《鶴驚崑崙～鐵騎銀瓶》系列作
品以來所僅見。其中尤以《瀛海恩仇錄》描寫胡門孤雛吹花小姑娘逃

難、學藝、報仇、成婚等事蹟，融驚險、血淚、詼詭、離奇於一爐，堪稱武俠佳構。

《瀛海恩仇錄》分上、下集，共10回，約27萬言。書敘清初南昌富紳胡劍潛因文字獄賈禍，連累全家死難；胡府美婢新綠智勇雙全，保著小主人胡吹花乘亂逃脫；不料誤打誤撞，竟上了賊船，變成海盜頭領。新綠頗有大志，意圖聯合鄭成功，進取臺灣，作爲反清復明的根據地。乃與海盜之王「無瑕玉龍」郭阿帶交好，屢共患難，結爲連理；並由郭阿帶引介胡吹花上武夷山學藝。這便是前五回的故事大要。後五回則專寫胡吹花藝成下山，爲全家報仇的種種奇節異行，頗能大快人心。

就事論事，無疑在前半部書中，新綠才是唯一的女主角，更是愧煞男兒不丈夫的靈魂人物。她有膽識、有謀略，力主胡家不可坐以待斃，進而計劃策反漢軍起義；乃越發襯托出胡大老爺死守名節，一心「成仁取義」的糊塗見識是多麼不智。嗣後，南昌起義事敗，新綠毅然保護幼主胡吹花遁走，其機敏、果敢實可令人擊節。作者「重女輕男」的創作意圖於此可見。

關於滿漢之爭與反清復明的歷史糾葛問題，書中曾藉俠士柳復西（胡家至交）與武林前輩趙秋人的一席對話，力斥「排滿」之非：

秋人說：「……你爲什麼要反清復明呢？明末朝政窳敗到什麼程度，你沒有看見過也聽說過。那末是不是應該改革一下呢？有道是天下非一人之天下，唯有德者居之……」聽到這兒，復西驀地跳起來說：「前輩以爲滿洲人有德，應該讓他們來統治中華？」秋人笑道：「很可以這樣講。請問滿洲人爲什麼不能統治中國哩？」

復西憤然說道：「天下興亡，匹夫有責，非其種者鋤而去之！」

秋人大笑道：「好大的口氣！你知道天下有多大呢？我認爲漢、滿、蒙、藏都算中國人。這並不是雄辯，歷史證明中華民族是由多數宗族融合而成的，而許多宗族卻原是一個種族；他們繁衍於帕米爾高原以東，黃河、淮河、長江、黑龍江、珠江流域之間，因爲生活習慣、風土人情的不同，以此才有族的分別。先說蒙古，蒙古就是古匈奴，史記、漢書考爲夏后氏之後。過去的女眞和吐蕃都屬鮮卑的後裔，晉書、魏書指爲出於軒轅氏。這樣看來，滿人、藏人還不都是黃帝的子孫麼？怎麼能說非其種呢？」（第2回）

這一席話有根有據，擲地有聲，發人深省！所謂「一個中國」的歷史文化根源與涵義，乃由小說家以平實筆墨表而出之。這不僅爲民國以來武俠說部所罕見，即在二十一世紀的中國（包括海峽兩岸）亦具有重要的意義，值得大書特書。

當然，任何一部武俠小說想要引人入勝，當然不能光靠說教；還須有精采的故事情節與人物描寫加以配合，方可爲功。相較於《古瑟哀弦》之纏綿悱惻，動人心魂，《瀛海恩仇錄》則以節奏明快、曲折離奇取勝。例如書敘新綠曾爲情所苦，無奈心上人柳復西卻因故遁入空門。於是她在亡命江湖之際，先收服海盜，後又邂逅「海皇帝」郭阿帶，乃另譜生命樂章。其間波瀾起伏，忽張忽弛；但絕不拖泥帶水，一氣呵成。

特別是書中寫由胡家逃出的另一美婢繁青，投奔鄱陽湖，驚逢故人馬松時的一幕，場景連變，下筆如風！尤見作者功力不同凡響：

黃昏裡，姑娘留心找停泊繫纜去處，船舷緊傍湖濱緩緩前進。帆影策策翻飛，繩腳飄飄四垂。斯時倦鳥在林，暮煙四合，水色山光，一片悠閒。（中略）遙望那大漢駛舢舨往來湖面，驀地引吭悲歌。

歌曰：「寶劍折兮蛟龍潛，碧玉碎兮綠珠沉……折翼青禽何處翔？
依依楊柳空斷腸……」

姑娘忽然驚悟，火速回舟，逆流上駛。繚繩勁直如矢，帆傾一角西
風；側舷掠波，舟底畢露，飛騰澎湃，勢若奔雷！眼見就只差那麼
點兒，險些沒撞翻小舢舨。猛可裡姑娘這一鬆繚扳舵，青蛟（船名）
頓時擺首打橫，讓小舢舨恰好靠上左舷。大漢喝一聲：「好！」乘
勢一躍過船……姑娘忙問：「你……馬松……馬……」大漢壓緊聲
兒說：「別真是繁青？」姑娘叫：「馬爺……馬爺……」大漢叫：
「姑娘……姑娘……」彼此臉上都變了顏色。（第2回）

　　按：繁青、馬松均為書中次要角色，而作者快筆寫來一樣出色，則
新綠與郭阿帶的表現就更不在話下了。

　　蓋新綠固為巾幗英雄，郭阿帶亦是海上豪傑；二人惺惺相惜，把酒
談天下大勢，遂有攻取琉球等一連串的驚險事故發生。書中寫郭阿帶神
勇絕倫，幾次為救新綠，奮不顧身！始以至誠贏得美人芳心，結為患難
夫婦。其中經過一波三折，有情有義，有血有淚；而作者運筆不測，在
在扣人心弦。

　　下半部書則完全扣住「女俠復仇」的主題，為年方十七歲的胡吹花
大張其目，奇事層出不窮。書中說，小吹花六歲逃難時，便在海盜船上
暗殺三個賊人，乃為其日後報仇之殺人不眨眼伏下一筆。待等她學藝十
年出師，神出鬼沒，自號「千手準提」；其用計之絕、手段之狠，每每
出人意表，卻與「準提」原義大相徑庭。[16]

---

16 「準提」為梵語菩薩名，佛教藏密視為清淨佛母；日本東密則以準提為六個觀音變相之
一。

在作者筆下的胡吹花非常富於傳奇性，爲武俠說部中所罕見。她小小年紀便會行醫、寫狀、易容、善飲，幾乎無所不通。她一向女扮男裝，最喜扮成怪老頭；又能說會道，大吹法螺。以此騙得仇家團團轉，她卻一步步將仇家送入鬼門關，個個成爲活祭品！其中尤以計賺元凶王崇福（即當年大興文字獄的告密者），令其全家問斬；而小吹花自己則買通劊子手，代爲行刑的一幕，最大快人心。至於另一個出賣胡家的穿針引線人柴榮則先被灌迷藥，再慘遭活剮，更令人駭絕！

> ……吹花接著說：「當年查、柴、梁、易、胡五家人交稱莫逆，情同手足。禽獸你全無人性，昧心獻媚王崇福，害得五家滅門覆宗。天教我船過牯嶺，留你活口，聽取你不諱直供。當時不讓你投湖一死，爲著我今日要看你的狼心狗肺……」說著，手起一匕首割下他一個酒糟鼻子；繁青上前削去他兩隻耳朵，文俊、禮咸分取他的一對眼睛。鄧蛟過去灌他一杯冷酒，等他甦醒過來，屬聲叫道：「柴榮，當年不爲你賣友求榮，今日南昌府該還是大漢河山，你這一張口……」說著，持手中刀插進他口裡使勁一絞，牙齒紛落，唇舌俱下…（第7回）

上引這段凌遲碎剮的血腥場面，雖說是爲報國仇家恨，卻也過於殘酷，不足爲訓。在此僅只是表現出作者「以眼還眼，以牙還牙」的人生觀而已。

但請注意：郎氏塑造這個古靈精怪、智計絕倫、快意恩仇、神出鬼沒的胡吹花，固然誇張失眞，實已開創「浪漫女俠」的特異典型。其種種非凡表現猶在金庸筆下的黃蓉、任盈盈等同類奇女子之上；這恐怕是當代研究臺、港新派武俠小說者所懵然不知而難以置信的罷？

事實的確如此！郎氏才情卓犖，獨步一時；非但在1950年代之初即已見重士林，對於臺灣後來出道的武俠新秀亦有一定的啓迪作用。例如他創造的小說人物幾乎個個好酒善飲，千杯不醉！便曾直接影響到古龍；他筆下的女性精擅易容術，忽男忽女，忽妍忽醜，神頭鬼臉，機變百出，亦與臥龍生、司馬翎及東方玉、秦紅等小說女主角的習性若合符節。甚至有人懷疑獨孤紅是郎紅浣的「化身」或爲私淑弟子，便因獨孤紅小說風格及其取材範圍與郎氏如出一轍之故。[17]

惟以郎氏是八旗子弟出身，故每喜將小說人物扯上滿清皇家關係，樂此不疲。如《古瑟哀弦》寫龍璧人與咸豐帝；《瀛海恩仇錄》寫胡吹花與康熙帝；《莫愁兒女》寫傅氏兄弟與雍正帝；《珠簾銀燭》寫傅家兒女與乾隆帝等等。莫不是爲朝廷立功，而由皇帝主婚，封官許願，皆大歡喜收場。此與清初夏敬渠《野叟曝言》寫文素臣以軍功邀寵、天子賜婚等情節大同小異；惟陳陳相因，不免落入俗套，而爲讀者所厭煩了。

總之，作爲一個承先啓後的武俠小說家，郎紅浣的藝術成就瑕瑜互見；而其獨沽一味的「清宮老戲」日益沒落，對某些有心創作武俠新篇的後起之秀來說，卻是一面鏡子。1958年臥龍生在《大華晚報》上連載發表成名作《飛燕驚龍》，後來居上，便澈底打破了郎紅浣「一花獨放」的局面。此外，司馬翎、諸葛青雲、伴霞樓主等武俠名家亦相繼崛起。他們在往昔「北派五大家」的創作基礎上，各取所需，博採衆長，乃逐漸形成

17　獨孤紅本名李炳坤，1939年生，原籍河南；1963年於臺灣師範大學國文系畢業，筆名爲諸葛青雲所取，應非外傳郎紅浣之化身或分身。惟獨孤紅《玉翎雕》（臺北：春秋出版社，1968）之書名與郎氏所著完全相同；而故事內容亦有部分取材於郎著，不無抄襲之嫌。故謂獨孤紅私淑郎紅浣，殆無疑問。

「超技擊俠情派」的主流態勢。（詳見第二章）這恰恰標志著臺灣武俠創作的新趨向、新發展。正是：長江後浪推前浪，一代新人勝舊人！

三、各報副刊成為武俠必爭之地

　　今以1958年至1960年期間臺灣各主要日、晚報副刊連載的長篇武俠小說為例，即可概見當時新舊交替、爭奇鬥妍之盛況於一斑：

　　（一）中央日報：成鐵吾《龍江風雲》（1958年9月）、《花城恩怨》（1959年9月）、臥龍生《玉釵盟》（1960年10月）──以後十年均為臥龍生小說專屬園地。[18]

　　（二）聯合報：伴霞樓主《鳳舞鸞翔》（1958年9月）、《八荒英雄傳》（1959年7月）、《紫府迷蹤》（1960年7月）──以後五年則由司馬翎接手連載三部小說。[19]

　　（三）徵信新聞（即《中國時報》前身）：成鐵吾《江南八俠列傳》（1958年1月）、諸葛青雲《一劍光寒十四州》（1960年1月）──以後五年則繼續連載諸葛青雲四部小說。[20]

　　（四）大華晚報：郎紅浣《青溪紅杏》（1958年4月）、臥龍生《飛燕驚龍》（1958年8月）、郎紅浣《黑胭脂》（1959年3月）、《四騎士》

18　臥龍生《玉釵盟》在《中央日報》連載約近三年，又陸續推出《天涯俠侶》（1963年7月）、《飄花令》（1966年6月）、《神州豪俠傳》（1970年3月）、《金筆點龍記》（1972年5月）等作。其間一部接一部，他人毫無插足餘地。

19　伴霞樓主《鳳舞鸞翔》（1958年9月）為《聯合報》武俠連載之始。伴霞因與司馬翎結拜，故在三部作品之後，即交由把弟司馬翎接棒，陸續刊出《劍膽琴魂記》（1961年5月）、《聖劍飛霜》（1962年6月）、《纖手馭龍》（1964年3月）等作。又因《民族晚報》與《聯合報》係出同源，故伴霞、司馬翎俱受兩報編者青睞，頗多表現機會；可另參見註23。

20　諸葛青雲四部連載小說依次是：《奪魂旗》（1961年1月）、《碧落紅塵》（1962年12月）、《彈劍江湖》（1964年4月）、《北令南藩》（1965年3月）。

（1960年2月）——在此期間臥龍生《飛燕驚龍》連載猶未完；以後十年則由臥龍生、諸葛青雲兩家平分天下。[21]

（五）自立晚報：太瘦生《五毒梅花針》（1958年6月刊完）、《黑船幫》（1958年7月）、黃鶴樓主《洞庭十八俠》（1959年1月）、伴霞樓主《姹女神弓》（1959年7月）、諸葛青雲《紫電青霜》（1959年7月）、《天心七劍》（1960年8月）——以後十年則以諸葛青雲爲主，其他間有別家插花之作。[22]

（六）民族晚報：伴霞樓主《劍底情仇》（1958年11月刊完）、《青燈白虹》（1958年12月）、龍井天《乾坤圈》（1959年4月）、司馬翎《斷腸鏢》（1960年2月）、龍井天《太陰教》（1960年8月）、司馬翎《劍神傳》（1960年10月）——以後五年則由司馬翎、慕容美領軍。[23]

---

21 臥龍生《飛燕驚龍》於1961年7月在《大華晚報》刊完，同月連載《無名簫》。其後依次是：諸葛青雲《莨莠干戈》（1961年9月）、《玉女黃衫》（1962年12月）、《浩歌行》（1964年2月）；臥龍生《風雨燕歸來》（1964年11月）；諸葛青雲《四海群龍傳》（1965年5月）、《紅劍紅樓》（1966年10月）；臥龍生《還情劍》（1966年11月）；諸葛青雲《武林三鳳》（1967年7月）、《劍道天心》（1969年2月）及臥龍生《鏢旗》（1969年7月）等作。其間《大華晚報》採雙軌制，即同時刊載兩家作品；每人一部接一部，相隔皆不超過十天。又因臥龍生小說篇幅較長，故表面看來，部數不如諸葛青雲之多；實則平分秋色，包辦十年有餘。

22 1960年代《自立晚報》連載的諸葛青雲作品依次是：《半劍一鈴》（1961年1月）、《霹靂薔薇》（1962年8月）、《碧玉青萍》（1964年4月）、《姹女雙雄》（1965年3月）、《霸王裙》（1966年4月）、《生死盟》（1970年4月）。其間亦有別家插花之作，如海上擊筑生《大寶法王》（1961年1月）、古龍《彩環曲》（1961年10月）、孫玉鑫《禪林怨》（1962年4月）、司馬紫煙《金僕姑》（1965年7月）及臥龍生《鐵劍玉珮》（1968年11月）、《俠影魔蹤》（1970年8月）等作。

23 《民族晚報》在臺北各晚報中，開闢武俠欄目較爲落後，首由伴霞樓主《劍底情仇》（1957年10月）打頭陣。司馬翎《劍神傳》在報上連載時，筆名「吳樓居士」，小說原題是《鋒鏑情深》，爲《關洛風雲錄》（1958年）續傳。這是由於《關洛風雲錄》已先行出書，一炮而紅。編者應各方要求，不得不破例刊登《關洛》續傳，以吸引讀者追看。（按《鋒鏑情深》結集出書時，始改名《劍神傳》，轟動一時。）繼《鋒鏑情深》之後，該報連載武俠小說依

從以上這份不完整的統計資料顯示，老作家如郎紅浣、太瘦生、成鐵吾等皆已逐步退出武俠創作主戰場，而由伴霞樓主、臥龍生、諸葛青雲、司馬翎等新秀所取代。其中除伴霞樓主「先盛後衰」之外，臥龍、諸葛、司馬三劍客同為1960年代領軍武壇的風雲人物，殆為不爭的事實。

我們之所以會特別重視報刊連載武俠小說的新、舊交替情況與態勢，是因在1962年臺灣首家電視公司（台視）開播之前，大眾傳媒主要是靠日、晚報及廣播電台來傳遞新聞訊息；而各報副刊則提供社會大眾休閒生活的精神糧食，影響更為深廣。當時臺灣各報為了爭取讀者，出奇制勝，逐紛紛以刊載武俠小說為號召，於焉副刊乃成為「兵家必爭之地」。

經查各報檔案記載所知，當年首闢武俠長篇連載欄目的是《大華晚報》（1951），《自立晚報》居次（1954），《民族晚報》又次之（1957）；而日報方面均起步較晚，以《徵信新聞》居首（1956），《中央日報》與《聯合報》則緊追在後（1958）。其中各晚報多採行雙軌制，即同時刊載兩部長篇武俠小說；可見彼此競爭的態勢至為明顯，迨及1960年左右已達到高峰。

因此我們不難發現：某些作者竟可同時在兩家以上的日、晚報副刊連載武俠小說，造成自己跟自己打對台的奇特現象；更有人長期獨佔某

次是：司馬翎《八表雄風》（1961年11月）、《帝疆爭雄記》（1962年12月）、諸葛青雲《墨羽青驄》（1964年1月）、古龍《浣花洗劍錄》（1964年6月）、慕容美《金步搖》（1964年12月）、秦紅《九龍燈》（1965年7月）、慕容美《解語劍》（1965年12月）等作。基本上亦採「雙軌制」，同時刊載兩家作品。因司馬翎四部連載小說橫跨了四個年度（1960-1963），其後方由各家輪番上陣廝殺；故當時司馬翎的武俠地盤鎖定在《民族晚報》與《聯合報》，齊頭並進，殆無疑義。

報武俠園地，捨我其誰！此後二十年間，武俠長篇連載仍為各報副刊不可或缺的必備欄目之一；但盛極而衰，已成強弩之末。加以國內電視機日益普及，港、臺武俠連續劇成為新的時代寵兒，令人趨之若鶩；報刊武俠連載乃逐漸失去吸引力，退居於聊備一格的窘境。對此，我們將在第三章退潮期中作進一步的闡述。

　　本節最後要附帶探討一下有關武壇老前輩郎紅浣從事武俠創作的時代早晚問題。據郎氏〈病中小記〉自云，民國四十六年（1957）他已屆六十歲，[24]約當生於1897年；即與民初武俠名家顧明道同庚，而長於白羽（1899年生）兩歲，長於還珠樓主（1902年生）五歲，長於王度廬（1909年生）十二歲，足見其輩分之高。

　　但弔詭的是，舊派各大家多係青壯年即開始武俠創作，而郎氏卻遲至五十開外方下海撰寫俠情小說，似有「為稻粱謀」不得不爾的苦衷。[25]亦惟如此，其武俠作品饒富人生閱歷，且多世故之言——這正是他跟臺灣武俠後起之秀（全憑虛構）最大的差異所在，亦為其小說藝術不同流俗之處，殊值得世人重視。

　　持平而論，「臨老學吹簫」的郎紅浣固然也曾受到同輩武俠名家作品的影響（見前），筆鋒常帶感情，文風頗為類似。但以所處時代環境及創作背景迥異往昔，其學養功力久經淬煉，小說技巧亦已臻圓熟之境；故能寓教於樂，雅俗共賞，獨領八年武俠風騷。其後雖因新秀輩出，而逐漸淡出武壇，為讀者所遺忘；但他早年高舉武俠大旗，在《大

24　詳見郎紅浣〈病中小記〉，原載《大華晚報》1957年9月5日。

25　詳見郎紅浣《黑胭脂》連載之初的附言：〈自我介紹〉；原載《大華晚報》1959年3月19日。

華晚報》上孤軍奮戰，爲臺灣職業武俠作家群所起的示範、催生作用，卻不容忽視，不可抹殺！

職是之故，我們對於這位「但開風氣不爲師」的武壇老前輩深表敬意；將其定位爲「臺灣武俠先驅者」，洵可謂實至名歸，當之無愧！

第三節　「武壇三劍客」各領一時風騷

回顧臺灣武俠小説最初十年的發展歷程，無疑1958年是最具有關鍵性的時間座標。這一年不但有號稱全國第一大報的國民黨《中央日報》與《聯合報》相繼投入「武俠長篇連載」的陣營，點燃了各報副刊爭奇鬥妍的戰火；同時也由這一年起，陸續誕生了一批頗具代表性的武俠新秀及膾炙人口的傑作（不限於報刊連載小説）。此後三年名家輩出，乃進而揭開了1960年代武俠創作鼎盛時期的序幕。今舉其犖犖大者如次：

臥龍生：《飛燕驚龍》（1958）、《鐵笛神劍》（1959）、《玉釵盟》（1960）等。按：之前計有《風塵俠隱》（1957）與《驚虹一劍震江湖》（1957）已結集出版。

司馬翎（吳樓居士）：《關洛風雲錄》（1958）、《劍氣千幻錄》（1959）、《劍神傳》（1960）、《斷腸鏢》（1960）、《白骨令》（1960）、《鶴高飛》（1960）等。

諸葛青雲：《墨劍雙英》（1958）、《紫電青霜》（1959）、《天心七劍》（1960）、《一劍光寒十四州》（1960）等。

伴霞樓主：《劍底情仇》（1957）、《青燈白虹》（1958）、《鳳舞鸞翔》（1958）、《姹女神弓》（1958）、《八荒英雄傳》（1959）、《紫府迷蹤》（1960）等。

此外，上官鼎處女作《蘆野俠蹤》（1960）、古龍處女作《蒼穹神劍》（1960）、蕭逸處女作《鐵雁霜翎》（1960）、東方玉處女作《縱鶴擒龍》（1960）、慕容美（煙酒上人）處女作《英雄淚》（1960）、高庸（令狐玄）處女作《九玄神功》（1959）等等，亦及時趕上武俠發軔期的末班車，激起了他們「爭雄武林」的豪情壯志。

　　在這批武俠新秀之中，伴霞樓主年紀最長、出道最早，居於老大哥的地位；[26]而臥龍生、司馬翎、諸葛青雲三人則為當時最耀眼的明星，號稱「臺灣武壇三劍客」。由於他們三位並駕齊驅，皆負盛譽；而小說風格及創作手法、審美訴求卻互有異同，各成家數，均對1960年代的武俠創作趨勢產生了一定程度的影響力。為使讀者能充分掌握其來龍去脈，本節論述範圍將不限於武俠創作發軔期，而必須作適度的延伸。以下即分別就這三大武俠名家的生平、小說藝術風貌以及成敗得失，擇要評介於次。

一、臥龍生生平及其重要作品概貌

　　臥龍生，本名牛鶴亭（1930–1997），河南鎮平人。據其自云，出身於小商賈之家，從小嗜讀《三國演義》、《水滸傳》、《紅樓夢》等古典名著及《七俠五義》、《兒女英雄傳》等俠義公案小說；對於「北派五

26　伴霞樓主本名童昌哲，1927年生，原籍四川。學歷不詳，曾任臺南《成功晚報》副刊主編，是臥龍生入行的引路人。因其每日下班時已近黃昏，常見晚霞滿天，故自號「伴霞樓主」，並用作筆名。其處女作不詳，一說是《萬里飛虹》，約當寫於1957年之前，但未得確證。1960年代初，伴霞樓主曾與臥龍生、王潛石（時任聯合報第三版主編）、司馬翎等三人結拜（依年齡排序），號稱「武林四友」。1963年起，伴霞樓主接辦奔雷出版社，自寫自印武俠小說；如《玉佛掌》、《獨步武林》等書，與早年文風大不相同。迄至1970年代初退隱江湖為止，共寫下二十五部武俠作品；其後則不知所終。

大家」皆所愛重，尤嗜朱貞木小說之筆法、佈局。高中肄業期間，他加入青年軍；1948年來臺，從少尉排長做到上尉政工指導員。此時開始接觸西方翻譯小說，如《金銀島》、《俠隱記》、《基督山恩仇記》等；皆為傳奇作品，以故事曲折離奇取勝。其審美經驗大致不出以上各端。27

1956年牛氏因受到「孫立人事件」牽累，被迫自軍中退伍，一時百無聊賴，兼為稻粱謀故，方嘗試走武俠創作之路。牛氏祖居南陽臥龍崗，當地有一所「臥龍書院」，乃特為紀念三國時代蜀漢大政治家諸葛亮所建。其青少年時曾在臥龍書院就學，因取「臥龍生」（意即臥龍書院學生）為筆名，於1957年春在臺南《成功晚報》副刊發表武俠長篇處女作《風塵俠隱》；惟初試啼聲，並未引起廣泛注意。同年稍後，又於臺中《民聲日報》連載《驚虹一劍震江湖》，始漸知名。但此二書均因故中輟，後改交《武俠小說旬刊》接載，並由玉書出版社結集印行。28

《風塵俠隱》初露鋒芒

持平而論，臥龍生初撰《風塵俠隱》時，文筆技巧甚劣；此由前幾集之婆婆媽媽，便可看出作者是新手，正在「摸著石頭過河」。但他的確會編故事，又懂得欲擒故縱的敘事手法，引人入勝；加以更獲得好友伴霞樓主（本名童昌哲，時任《成功晚報》副刊主編）之助，幫忙修飾文字，乃漸入佳境，大有可觀。

《風塵俠隱》原書共10集75回（以後概為冒名偽作），約80萬言。主

27　1996年12月臥龍生於病中接受葉洪生專訪所述大要。

28　《風塵俠隱》原刊本僅出版到第10集，未完，臥龍生即因車禍而中輟。《驚虹一劍震江湖》原刊本則有正七、續六共13集，以少俠俞劍英因情債難償而跳崖自戕作結。但玉書出版社發行人黃玉書為了謀利，又以「吾愛紅」筆名一續再續，文情蕪雜不堪。

要是以少俠羅雁秋復仇故事爲經，武當派與雪山派正邪之爭爲緯；另穿插了奇女子凌雪紅等群雌追一男的多角戀情。寫來情致纏綿，迴腸盪氣，十分動人。

在刻劃人物方面，除了書主羅雁秋與凌雪紅這一對癡情兒女外，予人印象最深刻的是幾位隱跡風塵的武林怪傑。例如雲夢雙俠中的儒俠華元迂腐可笑，人稱「老骨董」；而瘋俠柳夢台則裝瘋賣傻，人稱「老瘋子」。又如江南神乞尙乾露性烈如火，義無反顧，一口一個「我老要飯的」如何如何，均形象生動，可圈可點。而小乞俠諸坤、三寶和尙及鐵書生蕭俊等武林新生代，或滑稽突梯，或一諾千金；亦皆表現出色，毫不含糊！

相形之下，作者寫多情種子羅雁秋，人見人愛，如明珠美玉；卻武功不濟，無異繡花枕頭。每遇魔難，都須仰仗姿容絕世而技擬天人的凌雪紅騎著神鵰趕來搭救 —— 這二人一鵰正是後來《飛燕驚龍》（1958）寫男女主角楊夢寰、朱若蘭及其千年靈鶴玄玉的故事原型。只是羅雁秋天眞可愛，楊夢寰拘謹守禮；而凌雪紅熱情奔放，朱若蘭含蓄深沉罷了。

惟就凌雪紅與神鵰這一組人、禽相伴的特異組合來看，無疑構想出自還珠樓主《蜀山劍俠傳》中的女主角李英瓊及其神鵰鋼羽；而李、凌二女的殺孽皆重，就更非巧合了。今以凌雪紅的超凡表現爲例，即可見作者用心之所在。書敘「談笑書生」諸葛膽率領雪山派內外三堂能手大舉進犯武當山之際，連戰皆捷，無人能敵；幸有凌雪紅騎神鵰飛來馳援，而觀其來勢如電，卻無殊飛仙劍俠：

但見百丈高空之上，一隻巨鵰挾風疾下，快如隕星飛瀉，眨眼已降

到十幾丈左右。諸葛膽心覺有異，抬頭望去，驟見鵰背上飛起一道
青虹，電射而下，來勢奇快無比！本能的舉起手中摺扇一封，但覺
一陣涼風掃過，手中摺扇已被截作兩段。青光斂處，雁秋身側突然
多出一個千嬌百媚的青衣少女來。（第59章）

　　這種神奇武功之描寫，匪夷所思；復見於《飛燕驚龍》之朱若蘭、
《玉釵盟》之徐元平施展所謂「馭劍之術」，[29]十丈之內，無堅不摧！嗣
後武俠作家群相仿效，均以此當作無上劍道之標竿；如司馬翎《劍神傳》
（1960）主角石軒中、上官鼎《沉沙谷》（1961）主角陸介等皆不例外，
可概其餘。

　　值得重視的是，臥龍生本人雖限於學養，不會也不能像金庸那樣掉
書袋，但這正符合中國歷來通俗小說的要求。此即明代著名小說美學家
馮夢龍在《古今小說・序》中所云：「大抵唐人選言，入於文心；宋人
通俗，諧於里（俚）耳。天下之文心少而里耳多，則小說之資於選言者
少，而資於通俗者多。」故臥龍生小說以通俗趣味取勝，再增添若干傳
奇色彩，卒能投合世俗所好而廣受讀者歡迎。

　　特別是臥龍生頗善於繼承並運用前輩武俠遺產，將還珠樓主《蜀山
劍俠傳》中的神禽異獸、靈丹妙藥及各種玄功祕藝、奇門陣法與鄭證因
《鷹爪王》中的幫會組織、風塵怪傑及獨門兵器共冶於一爐；再糅合王
度廬小說之悲劇俠情、朱貞木小說之奇詭佈局及其「眾女追一男」戀愛
模式，兼容並包。如此這般，博採眾長，遂使武俠小說多采多姿，益發

---

29 「馭劍」又作「御劍」，係指運用內家真氣（炁）駕馭寶劍遙擊敵人之謂。類似《漢書・司
　馬相如傳》注所稱：「擊劍者，以劍遙擊而中之，非斬刺也。」小說家則視此為「飛劍」
　之初級階段，亦為俗世武俠（非劍仙）之最上乘劍道功夫，可「身劍合一」云。

扣人心弦。

　　惟臥龍生邯鄲學步之初，照單全收，常鬧笑話。如《風塵俠隱》描寫江湖中人夢寐以求的療傷聖品千年靈芝液，似乎高貴不貴，竟當可口可樂喝；而雪蓮子、大還丹亦彷彿是蠶豆、花生，供應無缺，源源不絕。至於寫到絕頂輕功「凌空虛渡」，更可一躍十幾丈，令人咋舌。這種誇張手法，在其往後的作品如《飛燕驚龍》、《鐵笛神劍》、《玉釵盟》、《天香飆》等書中已大見收斂，乃合情理之常。再就其所認可的三十八部武俠小說而論，[30]最為時人所稱道而又能充分表現其小說藝術風貌的有三部，分別是《飛燕驚龍》、《玉釵盟》及《天香飆》，容重點評介於次。

《飛燕驚龍》開一代武俠新風

　　《飛燕驚龍》（1958）為臥龍生成名作，共48回，約120萬言。此書承《風塵俠隱》之餘烈，首倡「武林九大門派」及「江湖大一統」之說，更早於香港武俠巨匠金庸撰《笑傲江湖》（1967）所稱「千秋萬世，一統江湖」達九年以上。流風所及，臺、港武俠作家無不效尤；而所謂「武林盟主」、「江湖霸業」等新提法，竟成為社會大眾耳熟能詳的流行術語了。

　　《飛燕》一書可讀性高，格局甚大。主要是寫江湖群雄為覬覦傳說中的武林奇書《歸元秘笈》而引起一連串的明爭暗鬥；再以一部假秘笈和萬年火龜為餌，交插敘述武林九大門派（代表正方）彼此之間的爾虞

30　同註27。據稱，大多數均為臥龍生出任中華電視台連續劇製作人（1973）之前所撰；其中有二十七部為報刊連載小說。

我詐，以及天龍幫（代表反方）網羅天下奇人異士而與九大門派的對立衝突。其中崑崙派弟子楊夢寰偕師妹沈霞琳行道江湖，卻如夢似幻地成為巾幗奇人朱若蘭、天龍幫主之女李瑤紅以及玉簫仙子、趙小蝶等正邪諸美愛慕追求的對象。卒以朱若蘭、趙小蝶之絕世武功技驚天龍幫，而海天一叟李滄瀾復接連敗於沈霞琳、楊夢寰之手；致令其爭霸江湖之雄心盡泯，始化解了一場武林浩劫云。

在故事佈局上，本書以「懷璧其罪」（與眞、假《歸元秘笈》有關）的楊夢寰屢遭險難，卻每獲武林紅妝垂青爲書膽（明），又以金環二郎陶玉之嫉才害能，專與楊夢寰作對（暗）爲反派人物總代表。由是一明一暗交織成章，一波未平，一波又起，極盡波譎雲詭之能事。最後天龍幫冰消瓦解，陶玉帶著偷搶來的《歸元秘笈》跳下萬丈懸崖，生死不明，卻予人留下無窮想像的空間。三年後，作者再續寫《風雨燕歸來》以交代陶玉重出江湖，爲惡世間，則力不從心，當屬狗尾續貂之作。

在人物塑造方面，臥龍生寫男主角楊夢寰中看不中用，固然乏善可陳，徹底失敗；但寫其他三名女主角如「天使的化身」沈霞琳聖潔無瑕，至情至性，處處惹人憐愛；「正義的女神」朱若蘭氣質高華，冷若冰霜，凜然不可侵犯；「無影女」李瑤紅則刁蠻任性，甘爲情死等等，均各擅勝場。乃至寫次要人物如「賓中之主」海天一叟李滄瀾之雄才大略，豪邁氣派；玉簫仙子之放蕩不羈，爲愛癡狂；以及八臂神翁聞公泰之老奸巨猾，天龍幫軍師王寒湘之冷傲自負等，亦多有可觀。

特別是作者別開生面，創造了一個集一切邪惡之大成的反派人物總代表陶玉，曲曲將其性格中種種兇殘狠毒、嫉才害能、忘恩負義、口蜜腹劍等卑劣本質及其醜惡至極的眞面目——揭穿；足以令人不寒而慄，歎爲觀止。

例如陶玉身受重傷，自分難活，便想把平素愛逾性命的寶駒殺死，以免便宜了別人（第13回）；又如他爲了騙取覺愚老和尚手中的三音神尼拳譜，不惜含垢忍辱，鬼話連篇，拜師學藝；事成之後，再將曾救他性命，且慘遭挖目、殘肢之苦的老和尚活活害死（第14回）。凡此，均可見其泯滅人性、恩將仇報之一斑。更絕的是，書中說楊夢寰始終視其爲友，以誠相待，他卻屢屢加害，必欲除之而後快。在他花言巧語騙取了崑崙派女弟子童淑貞的愛情與貞操之後，又逼她將身遭暗算的師弟楊夢寰活埋，並要她也一同陪葬。書敘陶玉格格笑道：

> 楊兄，咱們相交之初，兄弟實在想不到能親手給你建墓送葬……楊兄，兄弟對你不錯吧！生前有你沈師妹朝夕相伴，死後兄弟又替你找一個陪葬的玉人。哈哈！楊兄陰靈有知，也該感謝兄弟這份盛情了。

待童淑貞寧死不從，陶玉更威脅道：

> 我要慢慢的懲治妳，先點了妳全身的陰穴，讓妳動彈不得；然後剝了妳全身衣服，再把妳和你楊師弟併肩放著。哈哈！我要你們併肩陳屍，暴骨荒山；要天下武林同道都知道你們師姊弟之間的風流。……（以上均見第24回）

　　如此這般，乃將陶玉這個「人魔」喪盡天良的猙獰面目表露無遺，刻劃得淋漓盡致。掩卷細思，古今武俠小說中描寫具有高度危險性、毀滅性的人格特質者，殆無人能出陶玉之右，當非過譽之辭。

《玉釵盟》奇正互變成妙構

　　《玉釵盟》（1960）爲臥龍生代表作，共22章，約110萬言。書敘少俠徐元平身負血海深仇，夜探少林寺，企圖盜取《達摩易筋經》；不料巧遇因故被囚六十年的一代高僧慧空大師，施展佛門開頂大法傳以絕世武學，並贈與事關武林秘辛的戮情劍。徐元平武功大成之後，引起「神州一君」易天行及「一宮、二谷、三大堡」等黑白兩道高人重視，而南海奇叟亦爲戮情劍而率眾重返中原。南海奇叟之女蕭姹姹愛慕徐元平英年有爲，情有獨鍾；乃在江湖誤傳徐元平死訊之下，親手建墓，並以奇珍寒玉釵爲盟陪葬；更自毀絕代容貌，以示殉情決心。孰料徐元平爲無名毒翁用以毒攻毒之法所救，變成「毒人」。最後在孤獨之墓中，正邪決戰；徐元平不忍傷害蕭姹姹之父，反死其手。蕭姹姹乃關閉墓門，相伴徐元平於地下云。

　　此書在《中央日報》連載時，洛陽紙貴，極爲轟動！除了故事佈局奇詭，充滿神秘、懸疑氣氛，能引人入勝之外，最主要是塑造小說人物角色成功，個個恰如其份。而書中的戮情劍傳說本就迷人，由此導出孤獨古墓藏寶之秘，卻是一大騙局，將天下英雄玩弄於股掌之上。這就越發撲朔迷離，耐人尋味了。

　　臥龍生沿襲其一貫「眾女追一男」的愛情模式，教「鬼谷二嬌」丁玲、丁鳳及上官婉倩、紫衣女蕭姹姹（依出場序）等正邪諸美先後愛上徐元平；可他卻因身負血海深仇，不能也不敢接受她們的情意。於是只好周旋其間，勉強應付，卻殊無左右逢源之樂。但徐元平畢竟不同於繡花枕頭楊夢寰那樣優柔寡斷；他智勇雙全，頗識大體，爲了武林安危，寧可放過殺父仇人「神州一君」易天行而忍一時之憤。此正合蘇東坡〈留侯論〉所云：「古之所謂豪傑之士，必有過人之節。人情有所不能忍者……此其所挾持者甚大，而其志甚遠也。」故其英雄本色，值得擊

節。至於書中描寫徐元平所用得自慧空大師的少林派七十二種絕藝如：「彈指神功」、「般若掌力」、「達摩三劍」、「十二擒龍手」等等，更膾炙人口，傳誦一時。此後，所謂「少林寺七十二絕技」及「羅漢陣」之名不脛而走，普爲同行爭相仿效。

特別值得一提的是，本書在塑造人物上充分運用「背面敷粉法」及「反跌法」，將世間「善未易明、理未易察」的弔詭情境曲曲表出，極盡錯綜複雜、奇正互變之能事。個中尤以描寫「神州一君」易天行之善惡難辨，更有撲朔迷離、翻雲覆雨之妙，爲武俠小說開創出一大特異典型。

按作者筆下的易天行武功絕世，外表大仁大義，虛懷若谷，永遠以「微笑」作爲註冊商標；實則大奸大惡，陰毒無比，從來喜怒不形於色。故能一手掩盡天下英雄耳目，無論黑白兩道，皆敬畏三分，乃贏得「神州一君」的不世英名。在前半部書中，易天行出場的機會並不多，原屬於「主中之賓」的角色；但每一露面，皆不同凡響，令人高深莫測。例如他主持江湖正義，氣度恢宏，片言解紛，總是以理服人；暗中卻結黨營私，廣佈眼線，役使武林高手爲他賣命，事成之後，即予滅口。洵可謂鉅寇深謀，出人意表。

當世唯有神丐宗濤光明正大，能洞燭其奸，識破易天行沽名釣譽、僞善欺世之用心。正因宗濤個性孤傲，剛正不阿，於世落落寡合；卻反令易天行由衷感佩，視爲平生唯一可敬的對手。故基於保持黑白兩道「恐怖平衡」均勢，及安定武林大局的考量，宗濤亦曾兩次放棄除掉易天行的機會，以化解江湖紛爭。作者通過藝術手腕，教這一正一反、一剛一柔兩大高人，既有對立衝突，又彼此惺惺相惜，互敬互重；的確是巧思妙構，出色當行。

抑有進者，在易天行雄霸武林鴻圖敗露之後，這兼具善、惡雙重性

格於一身的奇人，於眾叛親離、四面楚歌之際，猶神色自若，表現出一
代梟雄氣概。他不但慨然將奪自金牌門叛徒手中的掌門信物送給神丐宗
濤，還其自由之身；更當眾揭發少林寺方丈元通大師勾結綠林、毒弒兩
代師長的大罪，逼其自裁。凡此種種大快人心之舉，皆令誓報殺父深仇
的徐元平以及江湖群雄為之折服。

及至徐元平為武林安危與南海奇叟力戰，不幸身死，易天行連唱帶
做，亦足令人動容：

> 忽見易天行大步走了回來，右手撩起長衫，面對徐元平的屍身，曲
> 下一膝，單掌當胸，朗聲道：「世人都知我易天行積惡如山，卻不
> 知我易某人的霹靂手段，正是我慈悲心腸。仁善與凶殘未到真相大
> 白時，極難分辨…」
> 群豪齊齊止步，凝神靜聽。
> 只聽易天行繼續說道：「我易某人生平之中除了對宗濤敬重之外，
> 折服的只有你徐元平一人。惜天不假英雄之年，留下了一局殘棋。
> 但望你英靈相佑，助我易天行完成你未竟之願。待武林底定，大局
> 坦蕩之日，易天行將結廬孤獨之墓，以餘年相伴英靈。」兩行英雄
> 淚，點點灑落胸前。（第22章）

作者如此這般下迴龍筆，力透紙背，當真是「情理之中，意料之外」
的最佳武俠範例。就事論事，很可能金庸《笑傲江湖》（1967）寫「君
子劍」岳不群即脫胎於此。[31] 只是岳不群作偽功夫還不到家，圖窮匕

---

31 詳見葉洪生，〈論金庸小說美學及其武俠人物原型〉，收入《金庸小說與二十世紀中國文學》
國際學術研討會論文集，頁287-310。

現，自貽伊戚；而易天行則縱橫捭闔，借刀殺人，有如舟過水無痕。特其功敗垂成，當機立斷，能幡然悔悟，懲惡除奸，乃徹底扭轉頹勢，使徐元平死得更有價值。作者與人爲善之心，端在於此。

至於徐元平的幾位紅粉知己，如「鬼谷二嬌」丁玲機巧多智，丁鳳一派天眞；而上官婉倩則深情款款，無怨無悔，最爲動人。惟畢竟紫衣女蕭姹姹豔冠群芳，又是個手無縛雞之力的「武學女博士」（按：此一角色即是金庸1963年寫《天龍八部》中王語嫣之原型），故能後來居上，以柔克剛，軟化武林群雄。例如神丐宗濤在眾目睽睽之下，被蕭姹姹打了一記耳光，不覺大怒，欲出掌還擊。但見：

> 紫衣少女忽的一麼秀眉，那張嫩白豔紅、美麗絕倫的臉上，陡然間
> 泛上了無比的淒涼、愁苦。刹那間全室中皆湧起了愁雲慘霧，瀰漫
> 著淒風苦雨；所有之人都被她那淒楚欲絕的神情引得心神大慟，茫
> 茫若失。只覺天地之間充滿了悲苦、哀傷，萬念俱灰，鬥志全消。
> 此情此景，縱然是有一條凶殘的毒蛇，也不忍傷害於她……
> （第9章）

是故，大名鼎鼎的神丐宗濤亦只有自認晦氣了事。此即以美麗作武器的妙用所在。揆諸古今中外男人與女人的戰爭中，類此者亦屢見不鮮，便知作者並非誇大其辭。

此外，本書最饒富現實意義的是，作者極力描寫並揭發有關「上方劍圖騰」（代表無上權威）所產生的流毒與禍害——它足以殘害忠良，顛倒是非黑白，陷人於不仁不義、生死兩難之境。其一是丐幫金牌門的令符，其二是少林派掌門信物綠玉佛杖，皆有君主專制時代上方寶劍先斬後奏的無上權威；凡門下弟子皆要聽命行事，否則只有死路一條。

以金牌門為例，神丐宗濤即因遺失這面掌門令符，從此即身不由主，受制於人。當其師妹勾結叛徒取得金牌之後，對宗濤百般凌辱，而老叫化居然不敢違抗亂命。其故正如那孽徒何行舟所說：

> 咱們金牌門祖師立下規矩，凡是執有此牌之人，就如祖師復生；不
> 論輩分高低，一律聽候差遣。……（第4章）

　　因此宗濤被逼無奈，幾度打算自絕於金牌之前，了此殘生，便為不敢挑戰「上方劍圖騰」所代表的無上權威以及愚忠思想作祟之故。惟作者為刻意凸顯其荒謬性，教此一掌門信物一旦落於叛徒之手，即可欺師滅祖，倒行逆施！殆非還珠樓主《雲海爭奇記》（1938）杜撰丐門「家法牌」始料所及。[32]

　　同理，書敘少林方丈元通大師亮出綠玉佛杖，便能號令師門尊長慧因、慧果二僧去捉拿前輩長老慧空大師，逼其自絕；也是由於「綠玉佛杖」係掌門信物，無可違抗之故。這種封建殘餘加上「家長制一言堂」之流毒，在今世專制獨裁政權中依然存在，且造成極大禍害。這就無怪乎作者要藉金牌令符、綠玉佛杖的權威象徵來反映現實人生之無奈了。

　　美中不足的是，《玉釵盟》在故事結構、佈局上，未能找補說明戮

32　還珠樓主《雲海爭奇記》曾詳述丐幫「家法牌」來歷，號稱具有無上權威，乃專為清理門戶、處置叛徒之用。大意為：丐幫始於元朝至正年間，立下七十四條行規，供奉三祖三仙（不詳）；在天下各地共設有二十七個分圈，每圈首領稱為「圈頭」，各管轄一省的乞丐。明朝天啟年間丐幫總圈頭「竹竿老祖」重定行規，永不許徒子徒孫與官家合作；同門中人則以義氣相結合，各分圈互不干涉。其後又分為南、北兩宗，宗主執掌「家法牌」，號令全幫丐眾。另有「神棒家法」（刑杖）、「品級袋」（表身分尊卑）及「釘封」（為處置叛徒之酷刑）、「拜竿」（傳位給接班人）等等名目。（以上分見原書第18、19回）此說除「品級袋」已由平生不肖生《江湖奇俠傳》首回點出外，均為武俠小說之首見，對後世影響頗大。惟不知還珠樓主何所據而云然。

情劍與慧空大師、恨天一嫗、南海奇叟及孤獨古墓之間錯綜複雜的「歷史恩怨」關係。但作者閃爍其辭，卻留下相當迷人的想像空間。此一「缺陷美」也許就是本書故弄玄虛的策略成功之處罷！

《天香飆》顛覆傳統正邪觀念

持平而論，臥龍生繼《玉釵盟》之後，在《中央日報》陸續連載的武俠作品如《天涯俠侶》、《飄花令》、《神州豪俠傳》、《金筆點龍記》諸書，皆平平無奇，乏善可陳。反倒是在《大華晚報》連載的《無名簫》（1961）及《公論報》連載的《天香飆》（1961）、《素手劫》（1963）卻有翻空出奇的創新突破；力挽狂瀾，更上層樓。而其中《天香飆》的種種傑出表現，則與後起之秀盧作霖有密不可分的特殊關係，理當予以說明。

按：盧作霖筆名「唐煌」、「易容」，湖北武漢人，1932年生；中興大學法商學院畢業，學養、文字俱佳。[33]當《天香飆》寫到44章時，《公論報》因故停刊，單行本交由春秋出版社發行亦為之中輟。臥龍生正因各方稿約應接不暇，苦於分身乏術；乃得春秋出版社發行人呂奏書之介，重金請託甫以《血海行舟》（1961）一書跨入武壇的大三學生盧

---

33 據盧氏自述，其少小離家而失學；十六歲時進空軍通信學校初級班，曾任通訊士；二十歲時普考及格，轉任公職。1955年進政治大學圖書館工作，得以博覽群書。1960年考上中興大學法商學院合作經濟系，大二時為了經濟原因，用「唐煌」筆名撰處女作《血海行舟》（1961），獲得春秋出版社發行人呂奏書賞識，為之出書；並商請他接手續完《天香飆》。1963年唐煌《劫火音容》出版，同年又為臥龍生代筆續寫《素手劫》，引起真善美發行人宋今人重視；乃受邀改用「易容」筆名撰《王者之劍》（1964）、《大俠魂》（1968）二部曲及《河岳點將錄》（1967）等書。易容文風酷似司馬翎，為行家所重，有名於時。此後則告別武壇，擔任埔里高中教師，以迄1992年退休。以上見2000年6月23日盧作霖致葉洪生傳真信函所述大要。又，盧氏信中每以自己當年不該為臥龍生「補破鍋」，而未能「用心創作」為憾。

作霖代續《天香飆》未完情節。不料這位捉刀者才華橫溢,越寫越精采,乃首開武俠小說界代筆成功之先例;卒使《天香飆》奇峰突起,躍登武俠名著之林。

《天香飆》原書共60章,約80萬言。前半部主要是寫綠林盟主「冷面閻羅」胡柏齡因受嬌妻谷寒香感化,立志改邪歸正,以求黑、白兩道息爭;彼此化敵為友,和平共存。不料其師執尊長「神杖翁」鄷秋竟糾合了一伙老魔頭重出江湖,興風作浪!並假借胡柏齡名義,柬邀俠義道各派首腦至北岳迷蹤谷會盟;實則暗設歹毒埋伏,企圖一網打盡。胡氏由此而遭群俠誤會,必欲除之而後快。故當老魔鄷秋陰謀發動之際,胡柏齡為力阻其禍,奮身撲滅炸藥火引,竟慘遭正、邪雙方夾殺而亡。

後半部則寫胡妻谷寒香驟逢喪夫之慟,性情大變,立誓報仇;乃仗其絕代芳容,以色換藝,網羅各方高手為其效力。殘廢老怪佟公常愛其美色,竟傳以武林奇學。待其藝成,伺機殺死「率獸食人」的老怪佟公常,隨即展開一連串的復仇計畫。先是谷寒香技壓群雄,自任綠林盟主,軟硬兼施;再則計賺罪魁禍首老魔鄷秋,騙他服下迷魂妙藥「向心露」,收為虎倀;繼而輾轉解開「問心子」銀球之秘,獲得蓋世奇人三妙書生無上武學真傳;最後則誘使正、邪雙方火併。報完夫仇,即引劍自戕,相從胡柏齡於地下,而總結全書。

在故事結構、佈局上,本書沿襲了《玉釵盟》以奇詭、懸疑為主的敘事策略,再予以深化處理;使胡柏齡、谷寒香這一對愛侶所扮演的角色與立場互變,且朝向兩極化發展:一則胡柏齡改邪歸正,力阻江湖紛爭,壯烈成仁;一則谷寒香由正轉邪,大造武林殺劫,替夫報仇。惟其前者乃為公義而死,故而後者反動之激烈,也就合情合理,得以自圓其說了。

　　質言之，這種寫法不但突破了臥龍生自己一貫以孤兒復仇、俊男美女多角戀愛及爭霸江湖的故事窠臼；同時也徹底顛覆了傳統武俠小說「邪不勝正」的永恆主題，大膽指出善、惡無常，本具備可變性；即在一定的客觀條件下，兩者完全有互相轉化的可能。而小說書眼「問心子」銀球之秘，並非故事主題；只是指引谷寒香追查江湖傳說「三妙藏珍」是否屬實的一條線索而已。凡此皆與一般武俠作品專以「尋寶——爭奪武林秘笈」為主要訴求的套數大異其趣。

　　最以為奇者，是盧氏由45章「重出江湖」接手，不僅對臥龍生所伏暗筆照應得面面俱到；且自出機杼，將谷寒香善、惡兼具的雙重性格發揮到極致，乃益增本書的趣味性與可讀性。特別是寫她玄功初成，已臻第一流高手境界；心有所恃，言行舉止即與前文所敘嬌弱女子大相逕庭。例如她忽而冷若冰霜，對入幕之賓綠林英傑鍾一豪不假辭色（已失利用價值）；忽而巧笑倩兮，對老魔酆秋曲意承歡（暗下藥酒，待其發作）；忽而和顏悅色，對養子翎兒憐愛橫溢（乃其善良本性使然）。待進入地闕石室，驚見曠世奇人三妙書生之際，她所表現出的孺慕之思與小兒女態，更是入木三分，令人拍案叫絕！

　　行家公認，盧氏收束此書極富巧思；為了符合原作者所預設的「玉手染血——造劫武林」的故事主題，他抽樑換柱，作了一番藝術化、人性化的處理。一則他讓谷寒香「造劫武林」，只是誘使積不相容的正邪雙方高手火併，同歸於盡！二則他教谷寒香「玉手染血」，卻是堅守對三妙書生的承諾，立誓只殺四人，其中還賠上自己一命湊數。此一神來之筆，乍放即收，妙不可言！

　　總之，《天香飆》雖出於兩家之手，卻是一部結構完整綿密、動人心魂的悲劇俠情名著。尤其它曲曲點出「改邪歸正」之難，及「由正轉

邪」之易，實在發人深省，具有很強烈的反諷意味。此前武俠小説未有類似的題材寫法，之後亦概付闕如。相較之下，臥龍生稍後推出的《無名簫》（1961）、《素手劫》（1963）及《絳雪玄霜》（1963）等書，雖亦標榜奇情推理，撲朔迷離，卻作張作智，雷大雨小，多難脱虎頭蛇尾之譏。其中唯有《素手劫》（盧氏續完）寫武林第一世家南宮老夫人因情變、妒恨而殺死四代子孫（非其親生骨肉），再嫁禍各大門派，展開瘋狂的血腥報復；構思奇絕，亦頗可觀。

綜上所述，在1964年以前的臥龍生作品雖以重女輕男、陰盛陽衰爲塑造主要人物的基調，但在敘事策略上有發展、有變化，層層轉進；務求奇中逞奇，險中見險，以適應並滿足現代讀者的好奇心理，及其審美要求。是故他能別出心裁，打破前人說書窠臼，善於借鏡而不生般硬套；對於中國傳統觀念中所謂正邪殊途、非黑即白的說法，亦能通過人性的貪婪自私而加以反諷。由其處女作《風塵俠隱》流於皮相的黑白非明，到《飛燕驚龍》刻劃人性的爾虞我詐；再到《玉釵盟》的善惡難辨、《天香飆》的正邪逆轉，以迄《素手劫》的玩火自焚等主題訴求來看，其構思、技巧與時俱進，不斷推陳出新！洵可謂妙筆生花，極盡翻雲覆雨之能事。故臥龍生早年享譽至隆，成爲臺灣第一代的武俠泰斗；而盧作霖居間代筆，亦功不可沒。

自《素手劫》之後，盧氏以「易容」筆名自立門戶，陸續寫出《王者之劍》（1964）、《大俠魂》（1968）二部曲及《河岳點將錄》（1967）等書，名噪一時。乃急流勇退，告別武壇，專事教書工作。臥龍生由是頓失臂助；加以備多力分，又找不到夠水準的捉刀者，遂江河日下，再難寫出像樣的作品了。例如《金劍雕翎》（1964）一再自我重複，了無新意，竟拖至96集之多，打破歷來武俠小説出版紀錄；實則冗長雜沓，

只能當作「王二娘的裹腳布」，乏善可陳。

惟其間亦有例外者，即1968年臥龍生應邀爲國軍「連隊書箱」所撰《聖劍血刀》，描寫明末兵部尚書孫承宗守土殉國，其子孫士群持「大忠聖劍」（以遼東經略熊廷弼之忠魂碧血所鑄）替父報仇故事，饒有歷史武俠之風。此書不長，僅有6集12章，約18萬字；但文筆洗鍊，情節迭宕，實爲難得一見的武俠中篇。可惜此書並未對外出版，故罕爲一般讀者所知，特附記於此。

1970年以後，除《神州豪俠傳》、《金筆點龍記》、《玉女點將錄》、《搖花放鷹傳》等書尚可一觀外，多爲泛泛之作。而1980年代假冒臥龍生名義「借殼上市」的僞書充斥坊間，就更不堪聞問了。[34]

二、司馬翎生平及其重要作品概貌

司馬翎，本名吳思明（1933-1989），別署「吳樓居士」、「天心月」；廣東汕頭人，爲將門之後。其父吳履遜曾於日本士官學校受業，抗戰時官拜國軍少將旅長，功勳卓著。1947年吳家移居香港，吳思明始進入新法書院就學，接受現代正規教育。

據知，吳氏自幼即好古嗜奇，於學無所不窺。對於經史子集、詩詞歌賦、琴棋書畫、金石銘刻、土木建築、堪輿風水、兵法戰陣乃至花道、茶道及版本之學，皆多所涉獵；尤喜鑽研佛、道兩家玄義妙諦，悟性奇高。這一半固得力於家學淵源，幼承庭訓；另一半則由本身稟賦資質使然。因而雜學廣博，日益精進，乃爲日後從事武俠小說創作打下了

---

34 自1980年以降，坊間僞託臥龍生之名的武俠小說不勝枚舉；其中特以署名「臥龍生／李涼」合著的色情武俠作品爲濫惡之尤。

可大可久的堅實基礎。

　　吳氏十五歲時，方接觸到舊派武俠小說；尤酷愛還珠樓主的「奇幻仙俠」作品，曾為《蜀山劍俠傳》廢寢忘食，以致學業一度中輟。1957年他以香港僑生身分來臺，就讀於政治大學政治系。因其始終不能忘情那多采多姿的浪漫武俠世界，乃於大二時首度用「吳樓居士」筆名，試撰處女作《關洛風雲錄》（1958），交由真善美出版社結集出書。不意一舉成名，大受讀者歡迎。

　　由是他欲罷不能，遂自動休學一年，改用「司馬翎」筆名，於香港《真報》連載發表《劍氣千幻錄》（1959）；更獲得海內外讀者一致好評，被目為是武俠小說界的奇才、新星，號稱「最受大學生及留學生歡迎」。[35]從此他便交叉使用「吳樓居士」及「司馬翎」兩個筆名，雙手互搏，向自我及天下武林挑戰。乃與臥龍生、諸葛青雲鼎足而立，並駕齊驅。

　　政大畢業後，吳氏曾間歇做過《民族晚報》記者、《新生報》編輯；但為時甚短，仍致力武俠創作不輟。終其一生，共寫下四十二部武俠小說；多屬佳構，迥異流俗。由於其全盛時期大多數作品均署「司馬翎」，久負盛譽，遂以此一筆名鳴世。相形之下，其早期所用「吳樓居士」及晚期所用「天心月」（各取吳思明三字之半）筆名則湮沒不彰，為人遺忘了。[36]

35　出自宋今人〈告別武俠〉，收入司馬翎《獨行劍》第29集（臺北：真善美出版社，1974年6月）書後附錄。

36　署名吳樓居士小說除《劍神》三部曲外，另有劍神外傳《仙洲劍隱》（1960）、《鶴高飛》（1960）及《焚香論劍篇》（1967）等共六部。署名天心月者概為吳氏1979年以後旅港時的晚期作品，計有《迷霧》、《劍雨情霧》、《江天暮雨劍如虹》、《強人》、《驚濤》、《挑戰》及《倚刀春夢》等共七部小說，則瑕瑜互見。唯有《倚刀春夢》係以一個江湖女子的自知觀點行文，筆法極新，為武俠書所僅見。

　　惟以當代臺、港武俠作家而言，先後使用三個筆名撰寫小說而成名
手者，吳氏殆爲絕無僅有之一人。而其走在臺灣「新派武俠」形成之
前，嘗試結合新、舊筆法技巧創作的努力，更有承先啓後之功，值得高
度重視。

「新派領袖」與五大特點

　　眞善美出版社發行人宋今人曾於1962年公開撰文評價司馬翎說：

> 吳先生的文字清新流暢，略帶新文藝作風，一反過去講故事的老
> 套。武俠小說中之所謂「新派」，吳先生有首先創作之功；譽之爲
> 「新派領袖」，吳先生實當之而無愧。（中略）我覺得吳先生的作
> 品，有心理上變化的描寫，有人生哲理方面的闡釋，有各種事物的
> 推理；因此有深度、有含蓄、有啓發！吳先生似乎跑前了一點，相
> 信今後的武俠作品，大家會跟蹤而來的。[37]

　　我們並不全然同意此說，但以宋氏當時執臺灣武俠出版業之牛耳地
位，自有一定的可信度。是故，「新派」後起之秀如古龍、陸魚、蕭
逸、上官鼎、古如風及易容、蕭瑟等皆見賢思齊，莫不以「吳樓居士—
司馬翎」小說爲借鏡取法對象，視之爲先進典型。至於古龍之所以能脫
穎而出，後來居上，並成爲「新派掌門」，則是1960年代中期以後的事
了。在第二章中，我們會詳細陳述，在此不贅。

37　宋今人，〈出版者的話〉，收入吳樓居士，《八表雄風》第25集（臺北：眞善美出版社，
　　1962年12月）書後附錄。

　　概括而言，司馬翎小說約略有五大特點出類拔萃，與眾不同：

　　（一）他是臺灣最早崛起的「新派武俠」開路先鋒，兼有「舊派武俠」之長。

　　（二）他的小說最具有綜藝色彩，凡中國傳統文化中的各種雜學靡不畢具，且兼容並包。

　　（三）他的小說最擅長結合玄學與武學原理，多發人所未發，獨具創見；卒成爲其特有的「武藝美學」體系，冠絕群倫。38

　　（四）他的小說人物最講究身分、氣度、門派、來歷，而層次井然，合情合理。

　　（五）他的小說故事最注重推理，而寫「攻心爲上」的鬥智，更有波譎雲詭之妙。惟讀者卻須耐心品味，方能探驪得珠。

　　如是種種，乃使司馬翎作品多采多姿，富於極高的趣味性、知識性及可讀性，而成爲1960年代最具有號召力和影響力的武俠大家之一；對於「新派武俠」內造外爍的貢獻，尤超過先行者朱貞木與梁羽生。39這又可分爲兩方面來看：

　　在繼承前人武俠成果方面，司馬翎兼得還珠樓主談禪論道玄妙心法

38　參見葉洪生，〈世代交替下的「武林奇葩」──司馬翎「武藝美學」面面觀〉，收入《武俠小說談藝錄》（臺北：聯經出版公司，1994年11月），頁365-390；另見《論劍》（上海：學林出版社，1997年1月），頁289-308。

39　朱貞木小說在抗戰勝利後曾風行大江南北，因其首創以文白夾雜的短句、成語或專有名詞爲回目，打破傳統章回體對仗格式；加以喜用現代新語詞（如「觀念」、「意識」、「環境」、「計劃草案」等）行文敘事，因有「新派武俠之祖」美稱。參見葉洪生，〈中國武俠小說史論〉，收入前揭書，頁58-59。而梁羽生（化名佟碩之）發表〈金庸·梁羽生合論〉則自稱：「對新派武俠小說，他確是具有開山劈石之功。」（原載香港《海光文藝》1966年1-3月號）另，秦西寧（項城）所作〈雜寫梁羽生〉稱：「電視台的廣告，說他是『新派武俠小說創始人』……」（原載香港《鏡報》月刊，1977年第1期）按：梁羽生處女作《龍虎鬥京華》（1954）較司馬翎小說早四年問世，可謂先行者，但名過於實。可參見正文。

之神髓、白羽老辣精明之人情世故、鄭證因之技擊功法與江湖閱歷、並由朱貞木之奇情推理發展為鬥智鬥力，而以既慷慨又婉約的俠骨柔情貫穿其書。

在創新發展方面，司馬翎早年首創以精神、氣勢克敵制勝的武學原理，講究天人合一，無堅不摧！殆已近乎「道」；與金庸、古龍一脈相傳的「無劍勝有劍」、「無招破有招」等說法相較，有異曲同工之妙，甚至有過之而無不及。特別是其經營推理、鬥智，完全達到「情理之中，意料之外」的審美要求，而能產生出奇的效果。大有「山窮水盡疑無路，柳暗花明又一村」之概。

此外，司馬翎尤善於刻劃武林各派形形色色的人物；正與邪之分多由生存環境、養成教育所造就的「氣質」、思想觀念及行事作風所認定，並非全出於天生；而其言談舉止、行為模式皆有或善或惡的「慣性」可辨真偽。又其擅長寫情寫欲，但樂而不淫；縱令美色當前，亦能克己復禮，坐懷不亂。特其描寫男女在慾火焚身中的心理變化，以及奇正互變、虛實相生的武打藝術，均獨步一時。

追求「人性解放」突破條條框框

值得注意的是，司馬翎是當代最早受到西方新女性主義及性開放思潮洗禮的前衛武俠作家；故自其創作初期伊始，即喜以雙峰高聳的健美女性點綴其書。而不論諸美或正或邪、或妍或醜，多性感迷人，魅力四射。部分且無中國傳統肚兜或束胸之物罩住豪乳，往往羅襦半解，煙視媚行；而邪派女子更是放蕩形骸，亂搞男女關係。也許宋今人所稱「吳先生似乎跑前了一點」，便指此而言罷！

固然司馬翎筆下的武林新女性不束酥胸，任由雙丸跌蕩，容或有誇

張失眞之處；惟其大膽描寫江湖兒女對於人之大欲的熱烈追求，的確突破了傳統禮教的束縛，更得「新派武俠」乃至二十世紀末葉所謂「情色文學」風氣之先。這在當時臺、港絕大多數武俠作家皆死守「男女授受不親」的條條框框，且以愛情至上、肉欲可鄙爲創作導向之際，對於司馬翎毫不諱言性的魅力，而視爲人生的重要組成部分，均難以想像。至於他的作品中廣泛運用現代語詞，諸如專家、任務、性感、豐滿、熱吻等等，今人固早已司空見慣，習以爲常；但在臺灣武俠作家中，司馬翎卻是一馬當先、首開風氣之人。故其「新派領袖」之譽，良有以也。

　　復次，雖然司馬翎文風大膽，對男女情欲頗多露骨的描寫；但他始終堅持靈、肉兩分的立場，主張愛情專一及一夫一妻制，而堅決反對濫情主義或雜交；則與當時武俠小說界流行的「眾女倒追男」、「一夫多妻制」及「一床數好」等朱貞木式多元愛情觀大異其趣，而有雲泥之別。[40]這也顯示出司馬翎在引進西方思潮、追求人性解放之餘，仍有固守中國傳統倫理道德的一面。

　　晚近更有學者楊晉龍指出：司馬翎其實受到儒家影響頗深，對於孟子所謂義利之辨、捨身取義、威武不能屈、是非之心、羞惡之心、不忍人之心以及「浩然之氣，至大至剛」等等宏言讜論或雄辯之詞，在小說中皆不斷徵引，且有翔實的發揮。故其筆下俠義之士秉武德、正道而行，凜然不懼惡勢力──「自反而縮，雖千萬人吾往矣」！惟其不必板著臉孔說教，而藉由武俠小說流傳社會大眾的娛樂功能，將仁義道德等大是大非的觀念灌輸其中，使之自然而然產生潛移默化的教育作用，非

---

40 見前揭書，頁58-59。惟司馬翎偶有例外，早期如《聖劍飛霜》（1962），中期如《劍海鷹揚》（1966）、《獨行劍》（1970）等，皆由特殊題材所決定，不足爲訓。

常值得參考。41

　　總之，在司馬翎創作高峰期（1958-1970），其作品幾乎部部精采，斐然可觀，不落俗套。爲便於讀者充分掌握其小說特色及藝術風貌，本節擬就三個階段具有代表性和重大意義的司馬翎名著，擇要評介於次。

《劍神》三部曲建立儒俠光輝典型

　　所謂《劍神》三部曲是指《關洛風雲錄》、《劍神傳》及《八表雄風》三部故事連貫的小說而言。主要敍述少年英俠石軒中如何由一個藉藉無名的江湖雛兒，行俠仗義，力爭上游，冒險犯難，終於成爲武林公認的一代「劍神」，卒能以德服人，無敵於天下的傳奇故事。書中穿插了石軒中跟愛侶朱玲之間的悲歡離合，以及「厲魄」西門漸與「正邪二公子」宮天撫、張咸爲爭奪「白鳳」朱玲而各逞機謀、鬥智鬥力等熱鬧情節；末後則以雪山冰宮瓊瑤公主大鬧中原壓陣，總結全書。作者寫來波瀾起伏，忽張忽弛，極爲曲折動人。

　　首部曲《關洛風雲錄》（1958）署名「吳樓居士」，爲司馬翎處女作，共63回，約70萬言。書敍崆峒派傳人石軒中奉亡師遺命下山，卻遭不肖師兄嫁禍追殺。及逃脫險境，初涉江湖，竟與師門宿仇玄陰教主鬼母之徒白鳳朱玲邂逅而定情。其後石軒中爲朱玲尋藥治傷，不料被愚叟公孫璞所誑，誤入南連江泉眼；卻因禍得福，巧獲千年火鯉內丹及少林派失傳的奇學「達摩三式」圖解，功力大進。乃仗劍初上碧雞山，代亡師赴二十年前舊約，大戰天下第一高手鬼母冷婻。雖然終被鬼母打下萬

41　楊晉龍，〈《孟子》在司馬翎武俠小說中的應用及其意義〉，收入《縱橫武林——中國武俠小說國際學術研討會論文集》（臺北：臺灣學生書局，1998年9月）。

丈懸崖，但其威武不屈的英雄氣概，卻因此役而名動江湖，為人傳頌。

　　其後石軒中大難不死，尋獲師門重寶《上清秘籙》下半部；又誤服絕世貢品千年蔘王，治好內傷，並打通「生死玄關」奇經八脈，登時功力超凡入聖。乃孤劍闖入清宮，力戰大內群魔，替義姐易靜報仇；更千里迢迢，將生命垂危的易靜送往嶺南就醫。惟以尚未二上碧雞山雪師門之恥，遂有《劍神》正傳之作。

　　就前傳《關洛風雲錄》的故事佈局而言，作者以少俠石軒中下山代師踐約比武為主線，交叉敘述關中、洛陽道上形形色色的江湖人物及武林恩怨（扣住主題），原擬造成「烘雲托月」的藝術效果；不料信筆揮灑如滾雪球，且越滾越大。於是19回「橫雲斷嶺」插入火狐崔偉回憶二十年前下苗疆事；27回「挖雲補月」插入隴外雙魔入清宮任職事；35回又「橫雲斷嶺」插入德貝勒等上峨眉山尋訪心上人珠兒事，各佔數萬言不等，對前傳故事結構傷害頗大。但因作者善於弄引說書，並不令人覺得枯燥乏味；反而這些看似多餘的人物故事，卻在《劍神》正傳中發揮了意想不到的「以賓襯主」作用，成為穿針引線的伏筆或暗樁。這也顯示出作者受民國舊派武俠小說的影響頗深，幸有「鸞膠續弦法」[42]予以救濟，方不致自亂陣腳而陷入漫漶之局。

　　在塑造人物方面，本書最值得重視的是作者成功建立了一代儒俠智、仁、勇三達德的光輝典型。書中主角石軒中完全具有儒家理想人格的特質與秉性：他溫文爾雅，尊師重道；正直無私，濟弱扶傾；光明磊落，一諾千金；兼以不亢不卑，智勇雙全；與人為善，重情尚義。凡

---

42 「鸞膠續弦法」為中國傳統小說技法之一，意指接續業已中斷的故事情節。典出《漢武外傳》：「西海獻鸞膠，武帝弦斷，以膠續之，弦兩頭遂相著，終日射不斷。」

此，已不可多得。而作者更賦予他充沛旺盛的生命力，使其面對橫逆，越挫越奮；正氣凜然，威武不屈。在在表現出一派積極進取的人生觀。卒令群魔喪膽，百邪辟易！名震天下，武林共仰。如是種種，乃集古今一切江湖奇葩的人格特質於一身。這對正處於成長學習階段、充滿人生夢幻及憧憬的青少年讀者而言，確實有相當的勵志作用。何況書主石軒中豐神俊朗，英姿勃發，還是個人見人愛的大帥哥哩。

誠然，石軒中是以翩翩濁世美少年的造型出現，屢獲武林紅妝垂青；但其言行舉止卻與同時期武俠名家競相炮製風流成性、到處留情的「小白臉」、「娘娘腔」式男主角迥然不同。在作者秉持愛情專一主義的指引下，石軒中唯一的戀愛對象只有「白鳳」朱玲。這並非由於她是「武林第一美人」之故，而是石軒中「不二色」的愛情道德觀使然。因此，即使他大難不死，屢遭蕩婦淫娃色誘，以致慾火焚身，卻始終未及於亂。而其所以每每在緊要關頭懸崖勒馬，與其說是他凜於亡師遺訓（守門規、戒女色）及其本身修為定力，倒不如說是心有所屬，不能忘情於朱玲，故能克己復禮，守身如玉。

作者通過藝術手腕，曲曲寫出石軒中的成長過程中，仍然有七情六欲種種人性的弱點，更受到這樣那樣的挫折與誘惑。但他決非武林完人，而是有情有義、有為有守、有血有肉、活生生的「真人」。在他的身上，讀者既看到溫、良、恭、儉、讓的儒家影子，更看到知其不可而為之的英雄氣概！正是當世之所需，儒俠之典型。要說其人其事有何角色設計上的缺點，無非是他福大命大，一生奇緣奇遇太多；近似「成人童話」般虛幻不實，[43]令人有無巧不成書之感。但此一「可愛的通病」

---

43 成人童話一詞，最早由魯迅所提出，原是對荷蘭作家萬艾登（F. W. Ven Eden, 1860-1932）的

卻是自還珠樓主創作《蜀山劍俠傳》（1932）以來，武俠小說必不可少的生命激素之一，亦不獨司馬翎筆下的劍神石軒中爲然。

　　是故，即便《關洛風雲錄》的枝節甚多，頗傷小說肌理；卻因書主石軒中表現奇佳，神完氣足，卒能以一人之力扭轉大局。試看他爲報師恩，初上碧雞山踐約，向號稱「天下第一高手」的玄陰鬼母挑戰；其大義凜然、視死如歸的英雄膽色，令在場江湖魔頭、武林名宿無不心折，更令讀者爲之動容。此後俠義道盛傳此事，竟激勵少年英雄輩出，皆以「石大俠」爲楷模；乃知作者畫龍點睛，烘雲托月手法之妙。至於書中描寫石軒中施展五十手「大周天神劍」及「達摩三式」精妙招數，與鬼母黑鳩杖法展開驚天動地、風雲變色之戰，猶爲餘事了。

　　相對於石軒中的至情至性、俠義無雙，則女主角朱玲可謂玫瑰多刺，機變百出，又是另一種曼妙典型。作者寫她容顏絕世，卻是心狠手辣，狡黠如狐。但在「石哥哥」面前，她那刁鑽天性竟化爲似水柔情，百依百順，馴若羔羊；每每流露出小兒女的嬌憨神態，端的好看煞人！朱玲出身於鬼母門下，原無正邪、是非觀念、殺人不眨眼！卻因受到石軒中光明人格所感召，由是氣質漸變。爲了忠於愛情，她不惜背師逃婚下山，流浪江湖。但《關洛》並未予石、朱二有情人圓夢，而要等故事進入《劍神傳》後，朱玲歷經情劫，方有美滿的結局。

　　童話小說《小約翰》的讚譽之詞。由於這部作品雖具有童話的一切特徵，但寓意深遠，非兒童所能領會，故魯迅說：「這是一篇無韻的詩，成人的童話。」（見《魯迅全集》卷10，〈譯文序跋集・《小約翰》引言〉）。臺灣則首見於1963年3月春秋出版社介紹伴霞樓主《情天煉獄》的出書廣告，略謂此書：「使武俠小說進入成人童話之更高境界；循當代文學思潮，借古寓今，反映與批判現實社會……堪稱劃時代之傑構」云（插入諸葛青雲，《半劍一鈴》第2集，148頁）。後臺灣學者羅龍治、大陸學者華羅庚亦分別於1973年7月及1985年3月在《中國時報》、《光明日報》上提到此一說法。

此外，本書在刻劃次要人物方面亦斐然可觀。如寫東海碧螺島主于叔初之驕狂自大、星宿海二老怪之陰狠毒辣、江南大俠甘鳳池之義薄雲天、滿清宗室德貝勒之尊貴多情、魔劍鄭敖之粗獷豪放以及玄陰教群魔之同惡相濟、老謀深算等等，均生動傳神，各極其致。這些配角貫穿《劍神》三部曲，表現出色，當爲本書膾炙人口的主因之一。

特別是前傳中描寫赤陽子以佛門降魔大法破姹女陰棠的天魔豔舞及「先後天姹女迷魂大陣」，分明是模仿還珠《蜀山》末技，但司馬翎妙筆生花，卻能於屍光血雨、活色生香中，闡揚佛法慈悲之旨，尤足發人深省。而其以後諸作凡寫妖女媚功者，亦無不由此發端。故姹女陰棠、陰無垢母女的迷人魅力遂成爲司馬翎筆下的另類女性典型。

《劍神傳》（1960）共40章，約70萬言。最初於《民族晚報》連載時，題爲《鋒鏑情深》，結集出版時易以今名。本書乃延續前傳故事情節，敘述大俠石軒中二度出山，再次挑戰鬼母，主持江湖正義；並穿插石、朱弟子史思溫與上官蘭之情事。其間更雜寫美書生宮天撫（由正派各長老合力造就）、無情公子張咸（由邪派各長老合力造就）及「厲魄」西門漸等三人爲追求朱玲而展開一連串的明爭暗鬥，且以石軒中爲共同情敵。其後屢經波折，石軒中始與朱玲破鏡重圓；爲了報答愛侶深情，乃毅然放棄「天下第一劍家」虛名，急流勇退，相偕歸隱江湖云。

持平而論，本傳實爲一部波譎雲詭而又搖曳生姿的寫情傑作。尤以「白鳳」朱玲周旋於石軒中、西門漸、宮天撫、張咸四男之間的「五角戀愛」，筆觸精細，動人心魄。書中寫宮天撫眼高於頂，憤世嫉俗，視人命如草芥；寫張咸冷傲自負，手辣心黑，看似無情卻有情，均各得其份。而寫「厲魄」西門漸天性凶殘，惡名昭彰；卻對小師妹朱玲奉命唯

謹，逆來順受，狀如呆子，益發妙不可言。是則如何安排朱玲的愛情歸宿，便成爲作者最大的課題。

值得玩味的是，從本書起，司馬翎即對女性自主意識的提升，不遺餘力。他寫朱玲一次又一次地在感情旋渦中掙扎、徬徨，天人交戰，幾乎滅頂；卻也通過女性的自覺、反省，力求擺脫「武俠瓶中花」的宿命，而自我開展多彩多姿的生命內容。最後在鬼母設局毀容（給朱玲戴上奇醜的人皮面具）下，她雖然終究選擇了重情不重色的石軒中，考驗出患難見眞情的偉大堅貞；但在其心路歷程中的女性自主意識閃閃發光，實爲當時其他武俠名著所不及。

此外，重點寫情者尙有珠兒（峨眉派高手陰無垢之女）與德貝勒、孫懷玉的三角戀曲，史思溫與上官蘭的心心相印，以及苦海雙妖費選與龐仁軍的生死恨等等；或神思悵惘，或魂牽夢縈，或慘烈凄絕，莫不彩筆紛披，可歌可泣。足見司馬翎允稱俠情小說聖手，不讓前輩名家王度廬專美於世。

相較於前傳中作者「初學乍練」筆法技巧之駁雜，本傳則如倒啃甘蔗，漸入佳境。特其交叉運用對話、心理反應、肢體語言、耳中聽、眼中看種種不同的表現手法，推動故事情節發展，乃豐富了全書的文學內涵。如17章寫天鶴眞人談武林秘辛，交代二十年前正邪雙方分別物色傳人往事；23章寫宮天撫與張咸爲救朱玲，而失陷於玄陰教總壇之相反遭遇；24章寫鬼母用攻心之術瓦解宮、張二人鬥志等等，運筆不測，翻空出奇，令人目不暇給。凡此活用現代小說技巧之佳構，在當時習於平舖直敘的臺灣武壇上向所未見，值得大書特書。

當然，司馬翎的武藝美學獨步一時，最擅長描寫高手對決。本傳中的大戰場面特多，如石軒中與鬼母之戰；與宮天撫、張咸之戰；與天

殘、地缺二老怪之戰；與碧螺島主于叔初之戰等等，無不精彩百出，令人目駭神搖。其中尤以石軒中參悟《上清秘錄》，練成師門絕藝「伏魔劍法」之後，其捧劍之莊嚴誠敬，其劍法之光明正大，其面對強敵之不亢不卑，其二次敗於鬼母杖下之從容赴義（自行跳崖卻再度死裡逃生）等情節，皆爲武俠經典之作。在此僅簡介最後一戰，即石軒中與于叔初比劍，爭「天下第一劍家」名頭的精彩片段，以見司馬翎演武風格之一斑：

> 碧螺島主于叔初一向自詡爲「天下第一劍」，果然不同凡響。五十招一過，他便展開反攻。霎時遍地劍光，俱是由他劍上發出；直如水銀瀉地，無孔不入。尤其是他的左手捏著劍訣，不時疾劃而出，風聲勁厲如金刃劈風；是以凶毒異常，氣焰漸張。他的劍法向以毒辣奇詭著稱，此刻盡力施展，真有裁雲鏤月之妙手，敲金振玉之奇聲。（中略）
>
> 石軒中彈劍長嘯一聲，施展出師門威震天下的「伏魔劍法」，大九式、小九式源源發出。這套劍法光明正大，雖然是簡樸的招數，卻暗蘊追魂奪命的威力。石軒中長嘯連聲，劍光大盛。有時精芒頓挫，動搖人心；有時激昂排宕，不可一世。十招之內，把個碧螺島主于叔初打得手忙腳亂，繞棚而走。……
>
> 又戰了百餘合，突見石軒中劍眉斜豎，神色開朗。說時遲，那時快！他面上一現喜色，于叔初已趁他心神不定之際，運集全力，使出碧螺劍法五大毒劍之一的「春喉利割」招式；劍光震處，硬生生把石軒中長劍震得多偏了一寸。登時一道銀虹排闥而入，電射石軒中的咽喉。這招凶毒無比！天鶴真人、猿長老兩人因身爲公證，故

此不能閉目；朱玲卻尖叫一聲，嬌軀搖搖欲倒。

棚上漫天匝地的劍氣倏然一齊收歇。只見一道白光沖天而起，一直
升到六丈之高，似乎已沒入雲中；然後掉頭而下，劍光破風之聲，
震懾心魂。這道劍光宛如萬里飛虹，直向棚上的于叔初當頭罩下。
……（第40章）

原來這道劍光乃是石軒中於生死一瞬間，忽然悟出「馭劍」至高心
法，直有無堅不摧之威。所幸停戰鑼聲及時響起，于叔初方能逃脫劍
下，險死還生。其實在這場劍會中，雙方比劍過招固甚可觀；而更值得
稱道的，卻是作者側寫在場正邪各派高手目睹戰況時所生觀感與議論。
於是場內、場外情景交融一片，越發顯得兵凶戰危，緊張欲裂了。

總之，演武、寫情、活用雜學及推理鬥智為司馬翎小說藝術四大支
柱。在其創作生涯之始，已建立了一代儒俠的光輝典型；同時其演武、
寫情亦臻於成熟階段。而在活用雜學方面，凡有關詩詞歌賦、琴棋書
畫、金石銘刻、木土建築以及花道、茶道、版本之學，他也多所涉獵；
信手拈來，自成佳趣。至於文史掌故、佛教典故更毋論矣。此由《關
洛》、《劍神》二部曲所散發出的濃厚人文色彩，即可得到明證。而自
《劍神傳》寫鬼母用計瓦解宮天撫與張咸的鬥志起，則進入「上兵伐謀
——攻心為上」的推理情境，為司馬翎小說最殊勝、迷人之處。至此，
其作品四柱俱全，殆已初步建構完成其獨特風格，奠定了可大可久的基
礎。

其後《劍神傳》續集《八表雄風》（1961），共52章，約近百萬言；
同時在臺北《民族晚報》和香港《真報》連載，則浪後生波，又有創新

突破。書敘大雪山冰宮瓊瑤公主率領手下四個以假亂真的分身（複製人）大鬧中原，逼迫劍神石軒中、朱玲夫婦重出江湖；進而爲報鬼母弒師殺父之仇，乃用絕毒奇藥收服正邪各派高手，以遂其獨霸武林迷夢。終究在石軒中力挽狂瀾之下，令群邪授首，了斷一切恩怨而總結全書。

特別值得注意的是，本書有關複製人的奇思妙構殆爲司馬翎小說廣泛運用「毒學」之始，亦爲武俠說部絕無僅有之作。其設想是通過千百種有毒植物的綜合提煉，以毒攻毒，而研製成一種可改變人容貌的變形液；凡從小餵養者皆能長得一模一樣，以作爲主子（複製藍本）的分身或替身。此說固是無稽之談，而作者亦無法逆料在二十一世紀的今天，的確可藉由人體細胞基因改造工程而培養出複製人；但其數十年前即已有此奇想，實在令人拍案叫絕！

此外，對於用毒伎倆，本書亦有淋漓盡致地發揮；如迷惑心神、削弱功力以至於「哨音摧毒」取人性命等等，不一而足。此後其諸作描寫毒功、毒技花樣百出，均由本書發端，乃形成司馬翎小說又一特色。同時其最爲世人津津樂道的推理、鬥智筆法至此也已完全成熟。如瓊瑤公主出場於12章，但揭開其分身之謎卻在44章；其間波譎雲詭，撲朔迷離，在在考驗讀者的智慧，即爲顯例。

是故，真善美出版社發行人宋今人爲本書撰〈出版者的話〉，稱譽吳樓居士司馬翎是「新派領袖」，對武俠小說中所謂的新派有首先創造之功！乃進一步奠定了他在臺灣武壇泰山北斗的地位，促使後起之秀古龍、上官鼎、易容、蕭瑟等爭相仿效，而掀起了1960年代雲蒸霞蔚的武俠創作熱潮。其中如上官鼎《沉沙谷》（1961）、蕭瑟《碧眼金鵬》（1963）、易容《王者之劍》（1964）等書皆以劍神石軒中爲範本，亦斐然可觀。足見《劍神》三部曲之所以能膾炙人口，豈偶然哉！

《纖手馭龍》首創巾幗奇人大鬥智

《纖手馭龍》（1964）為司馬翎中期代表作，共56章，約106萬言。此係繼《劍膽琴魂記》（1961）、《聖劍飛霜》（1962）之後，第三部連載於《聯合報》的司馬翎名著；也是他在《掛劍懸情記》（1963）彰顯「女智」（女性智慧）的存在價值下，更上層樓的武俠精品。對於臺灣乃至全中國的武俠小說發展史而言，俱有非常重大的啟示性，值得探討。

書敘少俠裴淳奉師命出山歷練，不意獲得才女薛飛光與病美人雲秋心垂青，許為知己。那雲秋心自幼服食百毒，乃是西域使毒大家「飛天夜叉」博勒用來和中原藥王梁康較量毒功的試驗品。無奈梁康昔年因故受到「魔影子」辛無痕誓言所限，隱遁山林，不能出手救人。事經裴淳多方奔走努力，卻遭元宮梟雄朴日昇及妖女辛黑姑嫉恨，必欲除之而後快。

朴、辛二人各懷野心，皆想收服天下高手以為己用；遂不擇手段，威逼利誘，分別建立私人武力，爭雄江湖。而裴淳則在薛飛光的協助下結合各方豪俠，為武林主持正義。卒以至誠感動藥王梁康，化解了雲秋心百毒齊發危機；並以「一正破百邪」的武德與王道精神，瓦解了辛、朴反動集團的惡勢力，使人間正氣得以伸張云。

就小說題旨和寓意而言，本書特別強調女性的智慧，足以顛覆武林生態，而將天下英雄玩弄於股掌之上。因此在一定的條件下，纖纖玉手亦可駕馭群雄（扣住主題）；其運用之妙，存乎一心。於是讀者但見兩大巾幗奇人薛飛光（正）、辛黑姑（邪）不僅從武俠瓶花角色中解放出來，不再為點綴英雄輝煌的生命而活；更能發揮聰明才智，主宰武林大勢。她們分別率領天下高手鬥智鬥力；又加上元宮梟雄朴日昇及「南奸」商公直，彼此之間，翻雲覆雨，各逞奇謀。令人眼花撩亂，嘆為觀止。

誠然，在本書問世之前，《掛劍懸情記》寫才女花玉眉一身負天下重望，運用絕世智慧，率領中原豪傑對抗鐵血大帝竺公錫，抵禦外族入侵；即已展現出女性智慧的迷人魅力，殆為並世作家同類作品所不及。但《纖手馭龍》則由此前雌雄對決（才智加武功）之局更上層樓，開創出向所未有的雙雌鬥智的武俠新紀元。而在這波譎雲詭的漩渦中心人物，卻是忠厚老實的裴淳和病美人雲秋心；他倆任何一人的生死存亡，皆能左右大局。這就值得玩味了。

本書在塑造人物方面，最成功的典型當首推魯男子裴淳。作者寫他初入江湖，處處受到「南奸」商公直愚弄，好像笨得可以；其實這是因為他天性淳樸，宅心仁厚，以誠待人，不知世間險惡，所謂「君子可欺以其方」是也。相反地，他在武學上悟性奇高，是塊真正的渾金璞玉；只須加以琢磨錘鍊，便成大器。但作者卻故弄狡猾，先不說破；直待裴淳在江湖上歷經險難挫敗，總結經驗教訓，方想起師父何以說他不入江湖歷練便無法發揮師門最上乘絕藝威力──敢情乃師深知裴淳性格上的弱點（實為優點），即是孟子所謂「不忍人之心」：以致每到緊要關頭，皆因一念之仁而使不出煞手。故而往往反勝為敗，受制於人。

惟以裴淳自幼在趙雲波大師門下，受佛家「五戒」[44]之教薰習已久；為了不殺生，他寧可選擇運功挨打，也不願施重手傷人。這種慈悲為懷、與世無爭而又生死不悔的奇節偉行，局外人起初皆以為是詐（因超出常理之外）；但事後證明他之有所不為，果真是心慈手軟，且語出至誠，決不打誑！由此乃博得各方高人的敬重與信任，當非其師長中原

---

[44] 「五戒」指不殺生、不偷盜、不邪淫、不妄語及不飲酒等五種戒律，為佛門在家居士所遵守之規範。其中飲酒為「遮戒」，係為防止亂性而設；只要不過量，可以通融。

二老始料所及。

抑有進者，司馬翎刻劃裴淳這個「大智若愚」的少年英俠，還具有墨家兼相愛、交相敬及「摩頂放踵，利天下而爲」的執著；與「南奸」商公直「拔一毛以利天下而弗爲」的楊朱本性，恰恰相映成趣，形成鮮明對比。特別是作者寫他在江湖上吃虧上當多了，不再輕信人言，卻偏偏對智計絕倫的才女薛飛光毫無戒心。直到薛飛光閑閑談起爲人處世之道，裴淳方始憬悟：「原來她氣質高貴，以孝義立心，所以我才會對她推心置腹。……」（第20章）此一迴龍筆精妙之至！無須說教，便烘托出人物性格與思想觀念之所寄，亦完全滿足美學上「性格論」之要求。

正因裴淳是一個尊師重道、心口如一的老實人；而「其言必信，其行必果，已諾必誠；不愛其軀，赴士之阨困」[45]，殆充分體現了先秦游俠精神。致令薛飛光、雲秋心爲之傾倒，辛黑姑爲之愧憤；而南奸商公直、朴日昇等人則自慚形穢，爲其光明磊落的英雄本色而心折口服。是故作者千方百計導演武林才女「瑜亮鬥智」，實爲烘雲托日的障眼法；終究完善了一個「以拙勝巧」的光輝典型。

相較於「剛毅木訥近乎仁」的小裴淳，則貴爲元宮國舅爺的朴日昇可謂雄才大略、城府深沉的一代俊傑。作者寫他在許多方面都能識時務，知進退；未慮勝，先防敗。果決明智，當機立斷！唯獨對於病美人雲秋心卻一往情深，難以自拔。可偏偏雲秋心以毒續命，危在旦夕，卻只鍾情於忠厚老實的裴淳。朴日昇用盡手段，妄想獨佔美人芳心，乃陷於作繭自縛的人生困境。

當雲秋心百毒齊發、生機將絕之際，請他解讀佛教《長阿含經》經

---

45 語出司馬遷《史記‧游俠列傳》。

文，以表人生一切苦厄煩惱的源頭皆在於一個「癡」字！即此作者已將朴日昇的心結直解到題。而揆其自尋煩惱之因由，正是佛家所謂眾生「八苦」之一的「求不得苦」也。[46]

惟其「求不得」雲秋心眞情相愛，乃產生無窮苦惱，自亂方寸；以致不能從容佈署一統江湖大計，而連連受挫於薛飛光、辛黑姑之手。嗣後「魔影子」辛無痕率眾出山，爲其女辛黑姑作主擇婿，力逼朴日昇就範。他終於明白即使貴爲皇親國戚，權勢薰天，智計絕倫；但人生總有許多無奈，不可抗拒，不可強求。爲了自我解脫「求不得」之苦，又不甘心向辛氏母女低頭，朴日昇逐決意煉成「不能人道」的絕門奇功，迫使辛無痕收回成命。同時自己亦急流勇退，不再與裴淳爲敵；但求有生之年能長伴雲秋心左右，永爲知己，則於願足矣。

朴日昇爲本書第二男主角，其重要性不亞於裴淳。作者以朴之世智聰辯對比裴淳之忠厚老實，描寫他由絢爛歸於平淡的心路歷程；跌宕起伏，曲折有致。正所謂英雄無奈是多情，令人低迴不已。

雲秋心的生死問題，自始至終貫穿全書，攸關武林中正邪消長之機。她原本是「飛天夜叉」博勒由漢地帶回西域，以百毒餵養長大的試驗品，準備將來和中原藥王梁康較技之用。不料雲女體內積毒日深，博勒無力控制；只好暫採「以毒攻毒」下策，續命待治。由雲女自取「秋心」爲名，即可知其朝不保夕，人生乏味，怎一個「愁」字了得！

正因如此，裴淳初見雲女即充滿同情與悲憫之心。除教她讀誦漢語、談天解悶外，並願幫她尋訪藥王梁康的下落，以解毒救命。是故，

46「八苦」指生、老、病、死、愛別離、怨憎會、求不得及五盛陰等八種人生苦惱，出自佛教《涅槃經》。

裴淳無欲則剛（無所求）且以助人爲樂的正直言行，反而贏得美人芳心。嗣後，這不解風情卻一諾千金的魯男子，爲了激發雲女的求生意志，竟誓言與其共生死；致令目無餘子的朴日昇不甘示弱，亦作下同樣承諾。由是雲秋心的生死問題乃成爲全書焦點，足以牽動大局了。

相對來看書中另兩位「瑜亮鬥智」的女主角薛飛光與辛黑姑，便完全不同於雲秋心那樣荏弱無力，俯仰由人。她們的自主性都很高，故能充分運用「女智」駕馭群雄。惟因二女正邪殊途，存心各異，所用手段及其行事作風也就有雲泥之別。

大抵來說，薛飛光儘管是聰慧絕世，能言善辯，有「女諸葛」美稱；但卻始終恪守倫常之道，以德服人。裴淳之所以對她言聽計從，深信不疑，亦緣於此。作者寫她多次與朴日昇、辛黑姑乃至「南奸」商公直等人鬥智，並非徒仗口舌之利；而是針對不同的主客觀形勢與人性弱點，採取攻心之術，直抵要害，因能產生出奇的效果。例如薛飛光爲削弱元朝勢力，施「以夷制夷」之計；通過裴淳結交蒙古高手「宇外五雄」，借力打力，以對抗朴日昇集團；並促使「南奸」商公直撥亂反正，棄暗投明，參與攪局行動。又如爲瓦解朴、辛結盟勢力，再施「釜底抽薪」之計和「美男計」；教窮家幫主淳于靖（爲裴淳義兄）親近辛黑姑，用情不用武，以軟化辛黑姑的鬥志等等，不一而足。

但是對於曾有養育之恩的薛三姑，她卻逆來順受，完全不敢也不願違抗。這並非意味薛飛光缺乏叛逆性格，而是她視姑若母，恪守孝道使然。因此，作者最後以雲秋心不能生育爲由，安排薛飛光與裴淳結成連理，的確大快人心！更有柳暗花明之妙。

至於刁鑽任性、偏激狠毒的辛黑姑，雖然詭計百出，教人無從招架；但基本上係仗恃乃母「魔影子」辛無痕爲靠山，神出鬼沒，以力服

人。故其狡智必須配合武功威懾，軟硬兼施，方能收效；終不如薛飛光智珠在握、隨機應變來得高明。惟其「變臉」絕技以及逼迫正派高手「立誓效忠」等構想，多是作者一廂情願，不能自圓其說。以致在相當程度上，削弱了本書的說服力，至為可惜！

儘管本書人物故事不無瑕疵，但如寫「南奸」商公直之笑裡藏刀、「北惡」慕容赤之狂暴粗豪、窮家幫主淳于靖之義薄雲天、金笛書生彭逸之為情自殘、遁天子之陰狠毒辣、宇外五雄之各顯奇能；乃至「九州笑星」褚揚之笑功、「神火煉魂」金元山之火功以及「千手劍魔」申甫之飛劍結陣奇功等等，無不彩筆紛披，神完氣足。尤以「不歸府」之妙構奇絕天下，疑幻疑真，令人驚嘆！

更可注意者，是書中處處可見陰陽對比之妙。其大者如以裴淳之「拙」配薛飛光之「巧」；以朴日昇之「強」配雲秋心之「弱」；以淳于靖之「真」配辛黑姑之「偽」。其小者如以商公直之「奸」對慕容赤之「渾」；以梁康之「藥」對博勒之「毒」等等，不可勝數。而終歸於「王道」（以裴、薛兩小為核心）與「霸道」（以辛氏母女為核心）兩種意識形態的對立鬥爭。另如書中人名、綽號，或明喻，或暗示，或影射，或反諷，皆恰到好處。足見匠心獨運，非一般武俠作家可比。

惟以本書故事的深層結構而言，作者真正想要表達的思想意圖，卻是藉由忠厚老實與聰明才智之對比，以探討人性善惡及生命意義、淑世價值之所在。正如薛飛光問及裴淳的人生理想時，裴淳老實說道：

> 我是崇尚墨家之說的，只要能有利於世，不惜犧牲自我。我當真是篤行實踐的人，所以不太計較成敗得失，不太害怕死亡；只問這件事做得對不對而已。（第44章）

因此，儘管書中敘述薛飛光、辛黑姑、朴日昇、商公直等雌雄鬥智如火如荼，有魚龍漫衍之妙；總拗不過裴淳堅持原則，與人為善，一正破百邪！例如以辛黑姑之狡詐善變，居然會跌翻在裴淳之手，被迫親口解除受其暴力威脅而立誓效忠者的禁制，還以自由之身（第39章）。即可知裴淳後來煉成的「無形劍」[47]實具有擬人化的象徵作用；而隱喻其無劍（絕聖棄智，無之以為用）足堪勝過有劍（自作聰明，有之以為利），殆合乎老子之道。正所謂：「君子盛德，容貌若愚。」至於裴淳素重四維八德，則近乎儒家；而其慈悲為懷之風，則近乎佛家，固不限於崇尚墨家之說而已。作者特意塑造出這個兼具儒、墨、佛、道四家思想綜合體的武林奇葩，實為古今武俠小說破天荒之創舉。而全書暗藏「無智破有智」的玄機，更是妙不可言。

總之，《纖手馭龍》雖以女性鬥智、駕馭群雄為題，實則彰顯真誠不欺、正大光明、替天行道、仁者無敵等等可敬可佩的生命價值。故此書傳誦至今，歷久不衰，良有以也。而同年稍後推出的《飲馬黃河》則反《纖手馭龍》之道而行，全力為智勇雙全的蓋世英雄張目；並在作品中獨創其前無古人的「武俠氣勢論」，將傳統武俠小說的打鬥描寫由單純的武功招式中解放出來，而邁向一個極其微妙的精神境界，乃成為司馬翎中期以後「武學」理論上最有魅力的一環。

《飲馬黃河》發揚「武俠氣勢論」

考司馬翎小說之講究心靈力量或精神意志的作用，最初見於《劍膽

---

47 「無形劍」名目最早出於還珠樓主《蜀山劍俠傳》，原是一種有質無形的飛劍；而司馬翎則借來當作一種至高無上的劍乸，列入武林「五異劍」之一。後來臥龍生小說《無形劍》（1972）照搞照搬，遂作為書名。

琴魂記》（1961）寫「百步穿楊」施海以心力遙控穿雲箭之神技，以及
「笑書生」金鳳翔所煉魔眼心功。至《掛劍懸情記》（1963）寫「勾魂怪
客」崔靈的攝心迷魂大法，則為「催眠術擴大化」之運用；雖然頗具新
意，亦不足為奇。惟作者對於上乘武功必須結合精神氣勢以激發生命潛
力、克敵制勝的原始構想，卻在這部書中借機生發，得到及鋒而試的機
會。該書以中心人物桓宇從軍報國的戰場經驗為「試點」，寫其藉由自
身慘痛回憶而激起一往無前的殺敵意志；設想入情入理，具有很濃的超
現實主義意味：

> 桓宇收攝心神，腦海中浮起年來征戰時所見的慘烈場面，胸中漸漸
> 湧起壯烈奮厲的情緒。當即提起長劍，喝道：「小心啦！」接著口
> 中發出咆哮吼嘯之聲，自覺宛如處身在刀戈如雪、血流遍野的戰陣
> 之中，滿胸殺氣，大喝一聲：「殺呀——」劍光一閃，挾著極是威
> 猛激烈的風聲，直劈過去。（《掛劍懸情記》第12章）

　　嚴格說來，這是較為粗淺的「氣勢」描寫，著重在當事人想像中的
「虛擬實境」，與日本浪人廝殺模式如出一轍；而其每次欲激發「殺
機」，則非得先培養「鬥志」不可！故此作者僅以身經百戰的桓宇來演
繹其「初級氣勢論」，有其特殊條件限制，並不適用於任何人。但書中
有一段議論文字甚是要緊，值得注意：

> 大凡這等高手比武，「氣勢」兩字比招數、手法幾乎更為重要。若
> 是一方修養功夫不足，或是天生性格上有弱點，在氣勢方面被對方
> 所制，立時敗陣；而且只是一招半式便見分曉，沒有負隅頑抗的機
> 會。須得雙方氣勢相等，才能各施絕藝，在內力、招數、機智、應

變等方面抗衡力爭。（同書第19章）

這便是此後司馬翎「武俠氣勢論」之張本；至於如何才能形成強大的精神氣勢，則《掛劍懸情記》並未提出任何理論根據，而須等到《飲馬黃河》問世方正式將「武俠氣勢論」建構完成，得以自圓其說。

《飲馬黃河》（1964）最早連載於《中華日報》，共29章，約近百萬言。主要是描寫奇俠朱宗潛如何憑藉英勇機智及堅忍毅力，爲身中奇毒而變成「狼人」的恩師洗雪沈冤，並率領白道群雄擊敗黑龍寨、聖母峰「冰宮」及「東廠」三大惡勢力的傳奇故事。由於本書從頭到尾皆鎖定在主人公朱宗潛的身上，著力敷演其冒險犯難的俠義行爲與英雄事蹟，絕不橫生枝節；因此讀來一氣呵成，豪情澎湃，大有「黃河之水天上來，奔流到海不復回」之概。其中有關高手出招時的精神、氣勢與心靈、信念之間的交互作用，則更通過朱宗潛的生命體驗而完整地呈現出來；不但言之成理，能充分彰顯豪傑之氣，且進而開拓了「武藝美學」的全新視野，實具有不凡的意義。

按「氣勢」云云頗爲抽象，蓋出於《淮南子·兵略訓》所謂「有氣勢，有地勢，有因勢」之語，特指三軍士氣高昂而形成威勢之意。後則用於個人內有所恃而表現於外的某種精神力量，可經由後天培養而得。揆諸司馬翎一向服膺孟子學說（見註41），則其所稱「氣勢」或由孟子所謂「我善養吾浩然之氣」等語獲得啓發；而其「氣勢」之養成，則跟儒家做人處世之道息息相關。換言之，如果其所行所爲違反仁義道德，便會失去精神支柱而「氣餒」；進而喪失鬥志，不戰而屈。故孟子詮釋「浩然之氣」曰：「其爲氣也，至大至剛！以直養而無害，則充塞於天地之間。其爲氣也，配義與道，無是餒也。」（《孟子·公孫丑篇》）

在《飲馬黃河》的故事中，朱宗潛出生入死，大小數十餘戰，表現武功氣勢對敵的場面非常多；或全仗本身修爲，或先發制人，或隨機應變，或鬥智鬥力。總之，是從各種不同的情境和角度來詮釋其「武俠氣勢論」，描寫極爲精微。今以其首戰無惡不作的黑龍寨二當家宋炎爲例，牛刀小試，即可略窺端倪：

「活骷髏」宋炎見他步伐堅定，氣勢強絕，不但有勇冠三軍之概，更有龍行虎步之姿。心頭一凜，腳下發出「唭唭」之聲，原來竟被對方迫退了五七步之多。

此時兩丈外的樹林內轉出一人，朗聲長吟道：「遠於陂水淡於秋，阡陌初窮見渡頭。那有丹青能畫得，畫成應遣一生愁……」吟聲朗越，甚有韻味。

朱宗潛本來全副心神都貫注在宋炎身上，殺機透出，遙遙罩住對方；縱有泰山崩於前亦不變色，麋鹿興於左亦不瞬目。換言之，他充滿了殺機的心志完全聚集於宋炎，化爲一片無形的羅網，籠罩著對方。他不出手則已，一出手時，宋炎固是不能逃掉，旁人也無法從中阻撓。

少而吟聲入耳，卻比震天徹地的鼙鼓還要厲害百倍，竟使得朱宗潛心念轉動，忖道：「是哪一位雅致風人朗誦司馬池公的絕句？」這一分心，宋炎頓時能得橫躍數尺，宛如卸下萬鈞巨石，大覺輕鬆；但亦自知背上衣服已被熱汗濕透。（第4章）

或問：大敵當前，如何能夠分心？原來此詩爲宋代名臣司馬光之父司馬池唯一傳世之作，頗負盛名；朱宗潛勝券在握之際，分心尋思吟詩之人，登時殺機消退，宋炎才能乘隙逃脫死圈。這是敵方援軍丹青客井

溫「攻心爲上」化解朱宗潛氣勢之顯例；作者明白點出其氣勢之形成必須精神專注，可謂深中肯綮，析理圓融。其後寫冰宮聖母甄虛無與朱宗潛之戰，雙方互鬥氣勢；甄虛無亦曾施展類似手法，配以心靈禁制秘術，則更有奇兵突出、同花異果之妙。

再以「先發制人」爲例，作者寫朱宗潛初遇少林派高手一影大師時，因彼此互不知對方底細，動手試探，攻守之勢又自不同：

他（一影）把方便鏟交於右手，鏟口向外斜吐，突然間大步向朱宗潛走來。他步法堅穩，氣勢雄渾；雖然只是單身一人，但那勢道令人感到好像有千軍萬馬潮湧攻殺前來一般。

朱宗潛立刻收攝心神，湧起抵敵的意志；微微矮身坐馬，右手握住肩上的劍柄，做出拔劍出鞘的姿勢。他完全是採取防守之勢，所以不到最後關頭，劍刃絕不出鞘。這刻他必須從敵人步伐及來勢之中找出破綻化解、甚至反擊的機會才行；而那一影老僧卻須迫使對方站不住腳，方始有可乘之機。

那老僧宛如千軍萬馬般攻到之勢，臨近朱宗潛只有八尺左右之時，便煞住腳步；可是這一股無堅不摧的氣勢仍然緊緊壓迫著對方。這時朱宗潛但要心膽微怯，老和尚便可長驅攻入，取他性命。

老僧這股氣勢完全是修養積聚而成，是從武功鍛鍊出來的；故強大無比，久久不衰。此是武學中無上心法，是以他們這等高手上陣出手之時，往往一招未發，就可擊敗對方。（第4章）

此處描寫的是一影大師搶佔先手、朱宗潛以守爲攻的範例。如果兩人的氣勢相當，便只有各憑眞實武功一分高下了。同理，朱宗潛跟蹤武當派高手歐大先生之際，後者採取「以靜制動」之法，其中變化亦甚精

微：

> 歐大先生衣袂飄飄地向一處菜園走去，然後在空曠之處停下腳步，
> 卻不轉回身子。那陣步伐一直向他走來，不徐不疾，不輕不重，節
> 奏分明，蘊藏得有一股堅強無懼的氣勢。步聲越迫越近，歐大先生
> 卓立如山，有如一尊石像般，從頭到腳沒有一處稍稍動彈。
> 這眞是一場極爲奇異的拼鬥，歐大先生爲了要擊破此人的氣勢，特
> 意不轉身亦不動彈。（中略）整座菜園一如四下被黑夜籠罩的荒地
> 一般，甚是沈寂。然而一股瞧不見的殺氣卻瀰漫全園，氣氛之緊
> 張，形勢之險惡，絕不在一場兵刃交加的大廝殺場面之下。
> 歐大先生全身已蓄滿了眞氣和力道，每一根毛髮的感覺都到了靈敏
> 無比的地步；只要輕輕一觸，立刻就會生出感應。不但如此，對方
> 即使現在改變方向或停住腳步，他也會生出強烈的感應，而給予全
> 力的一擊。（中略）這刻雙方都同樣地到了不得不發的時候：一個
> 是騎虎之勢已成，絕不能安然離開虎背；一個是箭在弦上，亦不得
> 不發。（第7章）

作者指出，這是由於朱宗潛的步伐聲已與歐大先生的心靈合而爲
一，分割不開。唯一解決之道就是「最少拼上一招」，方可破去對方氣
勢，化解危機。此中義趣經作者娓娓道來，煞有介事！當爲「武俠氣勢
論」的殊勝妙諦之一。

誠然，書中屢稱朱宗潛「這森冷嚴酷的殺機，是從除暴安良、爲世
除害的俠義心腸中激發出來的」；對「活骷髏」宋炎如此，對其他惡人
亦然。故當朱宗潛與殘暴成性的「胖人屠」嵇桀交手時，兩人對峙，互
相催動殺氣，均想找出對方弱點，便有上下床之別：

雙方靜靜的窺伺了好一會，嵇桀但覺對方殺氣、鬥志越來越強大難當。他哪知朱宗潛拼鬥的意志力乃是出自爲世除害的俠義之心；加上自衛求生的本能，是以強大無比！而他嵇桀則是邪不勝正，一旦不能憑仗天生的凶氣使對方心悸意駭的話，便再也不能壓倒對方了。（第4章）

其後兩人鏖戰，嵇桀中劍，猶苦撐不倒；朱宗潛復以銳利眼神（意志力）迫其精神渙散，終至崩潰敗亡。這是「精神／氣勢戰勝法」的又一例。書中曾藉朱宗潛與祝融派高手徐炎交心的一席話，進一步說明其氣勢堅凝的根本原因：

晚輩的一身藝業，勉強可以稱得上與眾不同之處便是意志強毅，養成一種凌厲氣勢。但這股氣勢碰到了武功高明而又修養功深之士，仍然難收大效，因此必須益以強烈的殺機才行。但這股殺機如是從凶心惡性中發出，那只不過是暴戾之氣，非是上乘境界。唯有從俠義之心生出的殺機，方足以持久不衰，無物可攖其鋒。這俠義之心便是抑強除暴，殲滅惡人之意。（第24章）

這就夫子自道，直解到題了。由以上引文可知，「氣勢」並不完全等同於「殺機」，但彼此卻有著互補作用。質言之，「氣勢」可攻可守，而「殺機」則能激發出「殺氣」，用以克敵；惟其中亦有正邪、高下之分。此所以俠義英雄出於爲世除害之心而引發殺機，氣勢強大絕倫，卒令當者披靡，乃能無敵於天下！

儘管司馬翎的「武俠氣勢論」神完氣足，成就卓越，但在事實上卻不能孤立存在，而是與其一向擅長的推理鬥智筆法分不開的。《飲馬黃

河》較《纖手馭龍》稍後問世，仍延續前者以鬥智爲主的敘事策略，局中人任何言行作爲都別具深意，絕不簡單。作者在書中說：「大凡智慧太高之人，總是喜歡給自己出難題，再絞腦汁設法解決。」（第25章）這恰可視爲司馬翎自況之言。因此朱宗潛被設計成智勇雙全、超凡絕俗的人物，能舉重若輕地將黑龍寨、冰宮、東廠三大惡勢力各個擊破，靠的就是計慮萬全與武功氣勢。兩者相輔相成，有加乘效果。其中尤以揭露「黑龍頭」沈千機眞面目的過程，步步爲營，互鬥心機，更有波譎雲詭之妙。

但耐人尋味的是，《纖手馭龍》與《飲馬黃河》幾乎同步創作（報紙連載僅相隔三個多月），卻完全沒有用到「武俠氣勢論」的新思維。是故，兩書描寫正邪鬥智雖然各擅勝場，但前者卻因欠缺了「氣勢」方面的創新發展，終究不免略遜一籌。這也顯示出《飲馬黃河》特爲朱宗潛量身打造的「武俠氣勢論」確爲創意十足的新生事物，是司馬翎在創作道路上又一次的突破與提升。

總之，《飲馬黃河》通過奇俠朱宗潛的人格特質與非凡氣勢，成功地開創了武俠小說的「美麗新世界」；致使傳統武功技擊由「花拳繡腿」的浮光掠影中解放出來，而進入精神／心靈的玄妙境界。在這個浪漫的武俠天地中，鳶飛魚躍，擁有無限的想像空間，極爲迷人。加以作者更挖空心思，將朱宗潛造就成才智、武功、氣勢皆無與倫比的一代大俠，使得他在司馬翎小說「英雄譜」中特別突出，堪稱是最精彩的人物。而此一武俠新典型對其以後作品的人物創造，亦有相當大的啓示作用，值得擊節。

《劍海鷹揚》揭櫫「超凡入聖」之道

《劍海鷹揚》（1966），共36章，約近百萬言，爲司馬翎中晚期壓卷之作。此書延續《纖手馭龍》以絕代才女爲中心人物的雌雄鬥智敘事策略，更進一步將武功、才智、愛情三大要素予以有機的結合；並通過人性善惡及倫理親情的呼喚，而深入探討武學上的「超凡入聖」之道。其佈局之謹嚴、推理之縝密、演武之精微，乃至正邪相爭之變化，在在出人意表。就同時期、同類型的武俠小說而言，此書所獲致的藝術成就可謂冠絕於當世，無出其右者。

書敘一代黑道梟雄「七殺杖」嚴無畏爲逐其獨霸江湖之圖，率眾突襲並血洗白道重鎭翠華城，以徹底瓦解各方俠義英雄的鬥志；更進而收伏、兼併五大綠林幫派勢力，建立「獨尊山莊」，號令天下武林。凡負隅頑抗者，或加屠戮，或予囚禁。因而道消魔長，人人自危。

故事由此分爲「一主三輔」四條路線交叉進行：

其一，翠華成少主羅廷玉在城破之際，遵從父命，由得力部屬翠華三雄護送，潛赴羅家百年前故居千藥島，以保存復仇實力。羅廷玉苦練家傳「血戰刀法」三載，意外獲得「刀君」心法之秘；同時翠華三雄召集殘部、訓練子弟兵的任務亦告完成，乃決意復出江湖，重建翠華城，向嚴無畏討還滅門血債。

其二，在獨尊山莊橫行天下之際，幸有南海普陀山聽潮閣傳人「準劍后」秦霜波奉師命入世行道，暫時遏阻了獨尊山莊的凶焰。嚴無畏因與秦女之師有舊，不欲自樹強敵；乃密令四弟子宗旋混入白道，設法以「美男計」擄獲伊人芳心，以免秦女率領俠義之士與之抗衡。

其三，南海端木世家劫後遺孤端木芙爲調查全家被害眞相，仗著絕世才智，投身於獨尊山莊；爲嚴無畏運籌帷幄，執掌兵符。事經多方查證，始知嚴某才是幕後元凶。

　　其四，疏勒國師率領西域各國高手入侵中原，至淮陰韓家（爲武林仲裁者）下挑戰書，乃激起江湖公憤。終究在才女端木芙統一指揮調度下，擊敗疏勒國師，雙方化敵爲友。

　　最後，端木芙結合羅廷玉、秦霜波及疏勒國師三方面的力量，大破獨尊山莊，殺死罪惡如山的嚴無畏，使武林正義得以伸張；並與秦霜波雙雙下嫁羅廷玉（一實一虛），而成就了百年不遇的「刀君劍后」武林佳話云。

　　乍看之下，此書似不脫一般武俠小說「孤雛復仇」及「稱霸武林」的故事窠臼，無甚新意；其實這僅只是外在通俗化的包裝，用以滿足大多數讀者愛看熱鬧的好奇心理。其眞正創作意圖乃是藉由男女主角的復仇過程，探討人性與修習無上劍（刀）道之間的辯證關係，及其交互作用所產生的激發生命潛能問題。同時，對於佛家所謂貪、嗔、癡「三毒」之害，更有精警生動的譬喻，發人深省。

　　尤其值得注意的是，本書故事佈局之妙、寓意之深，殆爲司馬翎小說所僅見。蓋其整個故事架構係建立在嚴無畏因情生妒、由妒生恨的愛情盲點上，故此乃有血洗翠華城之舉。然翠華城主羅希羽在力戰之後，身負重傷，即下落不明。惟其子羅廷玉於困守千藥島祖居，翻檢老父遺物時，卻無意中發現一卷署名江陰女子姚小丹所書詩軸，充滿了幽怨深情（第3章）。豈知此一風流公案正是全書之眼；而嚴無畏之挾怨報復、羅希羽之隱遁失蹤皆與此女息息相關。但作者閒閒伏筆，偏不說破；直到最後寫嚴無畏誤傷孟憶俠（爲嚴、姚私生之子）致殘，自食惡果，鑄成大錯！乃給予「自作孽」者最沉重無情的打擊與懲罰。

　　凡此種種「情理之中，意料之外」的妙構，經由作者暗用「草蛇灰線」、「隔年下種」等上乘筆法技巧及悲憫之心加以敷演成文，乃神完

氣足，殊有欲擒故縱、畫龍點睛之妙。而描寫書中人物性格、思想、言行之多種多樣，尤為本書成功之鑰，值得品評。

在正派人物方面，無疑是以「刀君」羅廷玉與「劍后」秦霜波為男女主角。這對璧人初入江湖，皆竭力隱瞞真實身分，而以詩酒文會訂交，大有惺惺相惜之感。後則為了探求無上武學之道，二人不得不抑制住心中熱情，分別選擇自己的修煉方式，鑽研刀法劍術，以期早一步「超凡入聖」，壓過對方。其所以如此，無非是想解開一椿流傳武林數百年的謎題：即「刀君」、「劍后」並稱於世，究竟孰高孰低，迄無定論；必有待於當事人全力以赴，加以印證，方可解惑釋疑。故羅、秦二人私下以挑戰武學巔峰為人生目標，互相砥礪，實已涉及精神意志、智慧、耐力等各方面因素的考驗，固不限於武功一端而已。

大體而言，作者塑造羅廷玉這個文武雙全的英雄角色，有部分人格特質似脫胎於《劍神》三部曲的大俠石軒中。惟以二人之出身、遭遇迥然不同，因此羅廷玉為報血海深仇，必須能屈能伸，謀定而後動；遂與石軒中光明磊落的行事作風大異其趣了。如書中寫他兩次冒充士子，故意（將計就計）被擄入獨尊山莊，打探敵方虛實，即為顯例。其做張做智，博聞強記，彌足驚人！

可惜作者敘述這位「準刀君」的成長奮鬥過程稍嫌不足，未能就孟子所謂「天將降大任於斯人也」的一段勵志格言多加發揮，即匆匆帶過，令人不無遺憾！惟其每寫羅廷玉大敵當前之英勇機智，以及施展無上刀法與精神念力合一，而形成至大至剛的浩然氣勢，皆妙筆生花，精采紛呈。堪稱獨步武林，一人而已。

相對來看「準劍后」秦霜波的人物刻劃，顯然比前者細膩、深刻得多。作者寫她出山行道，蓋有藉滾滾紅塵諸般幻相以考驗道心之深意

——如其心如明鏡，一塵不染，則自能參透無上劍道秘奧，成爲貨眞價實的「劍后」；如其惑於世情世緣，有所執著，則勢必作繭自縛，永難解脫悟道。

是故，秦霜波一旦入世，即抱持「人不犯我、我不犯人」的超然態度；力求安住於外不著相、內不動心的禪定境界，無意介入任何江湖紛爭。特其恬淡無欲、清麗絕俗的高華氣質，表現在生活中的各個方面；令人覺得她「好像是鏡中之花、水中之月，似眞似幻，若有若無」（第3章），因有「仙子」之稱。

正以作者筆下的秦霜波煉心已臻空明之境，卒能自然感應出一切吉凶禍福，而事先加以防範。故其言行舉止自有法度，智珠朗照，無懈可擊。尤奇者，書中描寫這位「準劍后」清雅如仙，料事如神；言不輕發，發必有中。對方若起歹念，她的心靈立生警兆；其劍無須出匣，而劍氣已隨精神感應自動湧出，遂能先發制人。這正是世稱「以意克敵」最上乘的心法妙用，已入「心劍合一」化境。而作者娓娓道來，卻彷彿煞有介事；乃使秦霜波成爲武俠小說中最特異、最迷人的女性之一，足堪與本書靈魂人物、絕世才女端木芙分庭抗禮。

固然秦霜波是以整個江湖作爲大道場，修行煉劍，悠然自得。但人非草木，孰能無情！因此當她發覺自己竟爲羅廷玉英雄氣概所傾倒，卻又不得不作「君后之爭」時，她曾一度陷入愛情與修道不可兼得的兩難之局。書中如是說：

> 男女間的愛情宛如太陽，發散出眩目的光輝，以及無窮無盡的熱力。但秦霜波（爲了求道）卻將永遠失去這些。……她的一生只是漫漫長夜而已。她爲何不肯放棄她的努力？師門的期望，她自小便

憧憬的夢想，難道比得上太陽一般的愛情嗎？（第14章）

其後，禁不住羅廷玉的熱烈追求，兩情相悅，秦霜波方展現出她眞正的自我：一個活生生的女人！

直到這時，羅廷玉才發現她原來具有雙重人格：一種是恬淡高逸，清麗如天上仙子，使人不敢仰視；另一種則是風情萬種，嬌柔美豔。一顰一笑，舉手投足，都足以使天下男子心醉神馳；恨不得擁在懷中，細細呵護。（第15章）

既然是「假仙子」、「眞女人」，而她業已決心向命運之神挑戰，那麼她又如何掙脫情網魔障、繼續向「劍后」之途邁進呢？最後她終於想出一個兩全其美的辦法：一則說服跟她同樣情有所鍾的端木芙，一起嫁給羅廷玉爲妻；以便借重其才智及所轄「第三勢力」，死心塌地，幫助羅家向罪魁禍首嚴無畏報仇。二則她自己僅取羅夫人名份，而無夫妻之實。如是則愛情得到歸宿，心有所「定」；乃可勘破情關，化魔障爲修行助力，參透無上劍道，以償平生素願。而有端木芙生兒育女，羅家亦無絕嗣之虞。

作者如此落墨，既近情理，又富巧思。可謂匠心獨運，面面俱到，爲這高不可攀、雲中仙子般的一代「劍后」作出了最合乎人性化的安排。

相較於秦霜波孤劍行道、心如明鏡的生命特質，則書中另一女主角端木芙無疑是縱橫捭闔、指揮全局的靈魂人物。其立身處事亦正亦邪，變化多端，集古今一切「女諸葛」之大成。若無此女居中策應，呼風喚雨，本書將大爲減色，其重要性可想而知。

端木芙出場較晚，至第9章寫她忽以獨尊山莊「女軍師」的姿態談笑用兵，力殲倭寇，始初露鋒芒。正因她運籌帷幄之中，決勝千里之外；每每料敵機先，深諳兵法之道，乃使獨尊山莊上上下下無不敬服。

端木芙最精采的表現之一，首見於她調兵遣將，捉拿人單勢孤的「刀君劍后」。其時羅廷玉連經苦戰，元氣大傷，與秦霜波藏身於大江幫的特製快艇中；而端木芙則率船隊進入太湖，展開一場罕見罕聞的水上追逐戰（第14章）。端木芙明知對方有水道高手主持，乃預示先機，教獨尊山莊人手分兩批合圍敵船，結果皆不出所料。那知這卻是「反——欲擒故縱」之計，實欲暗助羅廷玉脫險。作者敘及其中種種精微奧妙的變化，令人大開眼界，神為之奪。

迨至第18章寫端木芙率領天下群雄（包括黑、白兩道），抵禦西域各國高手入侵中原；雙方鬥智鬥力，舉行一連三天的「中西對抗大比武」，更極盡波譎雲詭之能事。書敘端木芙洞燭機先，算無遺策，每以「下駟對上駟」或「聲東擊西」奇計，令西域方面敗得糊里糊塗。而羅廷玉之所以能兩次在關鍵時刻分別擊敗疏勒國師（前）和嚴無畏（後）兩大絕頂高手，成為真正的「刀君」，亦端賴於「女諸葛」靈活運用愛、恨這兩種矛盾而統一的無形力量，及時激發出他的生命潛能及昂揚鬥志，方得以克敵制勝。由此可知，端木芙的「上兵伐謀」攻心妙策已究天人之際。錯非作者高才神算，焉能造就出如此巾幗奇人！

在反派人物方面，嚴無畏固為「主中之賓」；而其大弟子雷世雄、二弟子彭典及四弟子宗旋皆為「賓中之主」，各有不凡的表現。尤其是寫一代梟雄嚴無畏的大奸大惡，平生只「畏」南海普陀山聽潮閣（武林聖地）傳人出山行道；乃未慮勝、先防敗！早在若干年前即暗中培養文武全材的宗旋，授以本門之外的上乘武功（由巧取豪奪而得）；並偽造

其出身來歷，混入白道成爲「死間」。目的便在對付聽潮閣「劍后」一派傳人，教宗旋「用情不用劍」，以獲取伊人芳心，消弭其雄霸江湖之阻力。

最妙的是，嚴某秘密訓練宗旋，教以歷代聖賢之道，便其以「大俠」風範行事。卻不料宗旋機智過人，但本性並不邪惡，因此形成其一定程度的人格分裂；反而爲求自保，暗與乃師鬥智。雖然以秦霜波玄功之高明，宗旋的「美男計」並未得售；但嚴某鉅寇深謀、不擇手段之處心積慮，已足令人駭汗！至於他對屬下恩威並施，又以「假端木芙」亂人耳目等等詭計，猶爲餘事了。

總的來說，作者刻劃嚴無畏的梟雄性格之深，在當世武俠小說中罕有其匹者。他這一生罪惡如山，害人害己，完全是因貪、嗔、癡三毒併發的必然結果。及其垂老面臨敗亡之際，作者借他之口（向門徒）所說的一番話，頗富人生哲理，值得引述：

> 任是蓋世英雄，也敵不過歲月和命運這兩大對手。爲師多年以來，事事順手，那是運氣在我這邊；而且瞻望前途，年富力強，縱然失敗，還可捲土重來。可是如今運氣已失，又復年老位尊，一旦蹉跌，就沒有時間從頭攀爬了。此所以古往今來，多少叱咤風雲、赫赫當世之士，後來忽然傾敗，便沉淪到底，莫之能興。……（第35章）

諸如此類饒有現實意義的閱歷卓識及世故之談，散見全篇，不一而足。

此外，本書次要人物之表現亦可圈可點。如寫雷世雄之豪邁大度、宗旋之俊逸灑脫、彭典之負疚斷臂、崔阿伯之忠義固執、疏勒國師之詭譎多變、廣聞大師之深藏不露，以及盧山狂士文達與蓮姬之爲情殉身等

等，皆各具特色，收放自如。

另值得一提的是，本書首次將武俠小說中有關正、邪武功之分際，作了極為剴切的說明。書中借端木芙請教武當派掌門程老真人的機會，回答了邪派「魔刀」、「魅劍」何以能與正派「刀君」、「劍后」對敵的武學秘奧：

> 武學之道，除非是用邪法祭煉而成的惡毒功夫；不然的話，一概沒
> 有正、邪之分。但問題在於這武功路數上面，假如是專門以蹈險行
> 奇為能事的功夫，則先天上已有了某種限制，正人君子決計不能修
> 習到無上境界。換言之，一種蘊含有奇異、狡詐、惡毒、殘忍、詭
> 譎等性質的武功，必須是具有這等天性之人，方可深得三昧，發揮
> 這些特質。因此世人都視這等功夫為邪派家數。（中略）
> 諸如小姐所舉的魔刀和魅劍，應是刀、劍兩道中以至奇至險而臻絕
> 頂境界的技藝，本身並無正邪之分。刀君、劍后所走的路子，也不
> 是沒有奇奧險辣的招式；而是在氣勢上，必須具有浩然坦蕩的修
> 養、光明磊落的風度。因此看將起來，便使人感到有正邪之別了。
>
> （第23章）

此猶不足。在同時期出版的《焚香論劍篇》（1966）中，作者又刻意借天魔龐玨之口，從另一個角度剖析上乘武學之道，點出了「仁者無敵」的關鍵實在於濟世救人之心：

> 正派的武林人物若要上臻一流無敵境界，除了苦練武功之外，還得
> 精修武道，養成剛柔並濟之氣。殺一人須能救活多人，才能使出最
> 高的武功。這正是心靈的影響。因為他若不是深知殺死對方有益於

世的話，他就不能發揮無堅不摧的氣勢。（第4章）

此所以該書主角谷滄海敢於深入虎穴，策反群魔；即令是美色當前，亦能舉重若輕，充分發揮聰明才智，不致陷溺於赤身教的無邊欲海之中。這無非是「正義」的信念使然！因此，世所謂「邪不勝正」的人生命題，經由作者以儒家唯心主義觀點闡明箇中道理，並與精神意志力量相結合，乃發前人所未發！從而完善了司馬翎小說的「氣勢論」，成為其武俠美學體系中最重要的一環。

的確，《焚香論劍篇》與《劍海鷹揚》同步創作，相輔相成，猶如左右開弓。凡《劍海鷹揚》點到為止或未曾觸及到的領域，《焚香論劍篇》悉予補之；而論兩者之推理／鬥智，則各擅勝場，平分秋色。例如：作者以高手弈棋之理用於正邪鬥智，除了舉一反三、先發制人外，更須「實者虛之，虛者實之」！故書中寫谷滄海無所不能，將武林群邪耍得團團轉，便得力於敵明我暗（臥底），搶佔先手，製造矛盾；並針對不同習性者的心理弱點，予以各個擊破。這就跟端木芙「面對面」的攻心戰術大異其趣了。又如寫谷滄海通過少林群僧的「天龍禪唱」傳遞秘密消息，以及在赤身教妖女的色情糾纏下，猶能一心數用，屢建奇功等等，皆別有「焚香論劍」的創意。可惜此書結束草率，為德不卒；同多數司馬翎小說一樣，亦犯了虎頭蛇尾之通病，終究不能與《劍海鷹揚》等量齊觀。

惟自此以後，司馬翎在武俠創作上即無重大突破。固然《血羽檄》（1967）、《丹鳳針》（1967）、《武道》（1969）、《胭脂劫》（1970）、《玉鉤斜》（1970）等書對於修習正、邪武功可變化人的氣質，多有更精妙的見解，但皆不能與《劍海鷹揚》的整體表現相提並論。唯獨《檀車

俠影》（1968）對於江湖祕密組織活動及臥底、查案等技巧之發揮卻有驚人的表現，其人物、故事且爲黃易《尋秦記》所師法，迄今仍爲讀者津津樂道。而《人在江湖》（1975）則結合了大陸所謂「人體特異功能」與心靈修煉之力，以「武道」進窺「天道」；對黃易玄幻武俠理念的形成與發展，無疑亦具有一定的影響。

迨至1980年左右，吳氏返港另以「天心月」爲筆名，寫《強人》系列小說，企圖改走古龍新派路數，卻貶多於褒，並未成功。其最後一部遺作《飛羽天關》（1983），有心發揚風水、堪輿、術數之學，亦因故而未寫完，即齎志以歿；享年僅有五十六歲，殊可令人惋惜。

三、諸葛青雲生平及其重要作品概貌

諸葛青雲，本名張建新（1929–1996），山西解縣人；臺北行政專科學校（即中興大學法商學院前身）畢業，曾任總統府第一局科員。張氏出身於書香門第，自幼雅好詞章；少年時曾隨父（國民黨高級軍官）轉戰四方，走遍大江南北，頗能增廣見聞。其平生精於書法，國學根柢深厚；尤嗜古典文學名著與各種通俗小說，及長乃以文筆典麗、詩才佳妙蜚聲士林。嘗自謂還珠樓主代表作《蜀山劍俠傳》是其最愛，並能將《蜀山》回目倒背如流。

1958年底，張氏有鑑於武俠創作名利雙收，不禁技癢；遂取「諸葛青雲」爲筆名，試撰武俠處女作《墨劍雙英》。其首回「仙花墨劍有前因」，即以老讀者耳熟能詳的《蜀山》至寶紫青雙劍爲書引，祖述峨眉派第三代傳人李英瓊等劍俠道成飛昇、封存仙劍（留待有緣人）之遺事。其緬懷《蜀山》之情，溢於言表；大有踵武前賢，發揚還珠餘烈之概。

　　惟《墨劍雙英》僅出版三集，即無疾而終，原因不明。其後諸葛青雲應邀於《自立晚報》連載發表《紫電青霜》（1959）、《天心七劍》（1960）姐妹作，寫「武林十三奇」正邪之爭，以及下一代的悲歡離合故事，皆文情並茂，引人入勝。由是聲譽鵲起，乃與臥龍生、司馬翎分庭抗禮，各領1960年代臺灣武俠創作之風騷，形成三足鼎立之勢。

　　由審美經驗及小說風格來看，無疑諸葛青雲受到還珠樓主的影響最大，朱貞木則次之。尤其是他的文字、筆法、詠物、寫景乃至小說人物、奇禽怪蛇、玄功秘藝等等，幾乎無一不「還珠化」，殆有五六分神似。無怪要以還珠私淑弟子自居了！正因他國學功深，腹笥寬廣，遂能立足於還珠樓主的奇幻武學基礎上，充分發揮其文采風流的專長；而將詩詞歌賦、琴棋書畫這類中國傳統文化藝術發揮至極致，乃建立「才子型」武俠風格──蓋與香港名家梁羽生同好，可謂無獨有偶了。

　　諸葛青雲成名之後，始辭去公職，專事武俠創作。其早期諸作如《墨劍雙英》（1958）、《紫電青霜》（1959）、《天心七劍》（1960）、《一劍光寒十四州》（1960）、《半劍一鈴》（1961）、《鐵劍朱痕》（1961）、《折劍爲盟》（1961）等書，均以「劍」爲名；而《俏羅刹》（1959）、《荳蔻干戈》（1961）、《霹靂薔薇》（1962）、《玉女黃衫》（1962）、《劫火紅蓮》（1963）、《姹女雙雄》（1965）等書，則大發「雌威」！於剛健婀娜中，迴風舞柳，搖曳生姿。因此，諸葛青雲以剛柔並濟的創作手法寫才子佳人、英雄兒女行道江湖的武俠傳奇故事，乃廣受讀者歡迎。

　　其中唯一的例外是《奪魂旗》（1961）。此書幾乎完全不涉兒女私情，而將故事重心放在四個眞假「奪魂旗」（此旗既是兵器，亦爲人物綽號）及新舊「乾坤五絕」的武林爭雄、江湖恩怨之上，爲諸葛青雲最

著名的武俠作品。但因《奪魂旗》開場之屍骨成堆、魔影幢幢，充滿了懸疑、詭異氣氛，竟促使銷路激增；乃予稍後聞風而起、變本加厲的「鬼派」武俠小說起了惡劣的催化作用，殆非其始料所及。

　　一言以蔽之，從1960年代後期到1980年代以降的諸葛青雲作品，多自我重覆而缺乏創意。它始終依循著俊男美女文武兼修、琴棋書畫無一不精的老路「流」下去，不知伊于胡底。加以其小說聲口太文，尤喜用冗長之疊句形容事物，以炫其才學；是故每每弄巧成拙，產生反效果。久而久之，乃為後起之秀所取代。迨至1988年《大俠令狐沖》問世為止，坊間冠以「諸葛青雲」之名出版的武俠小說多達七八十部；其中攙雜不少由他人代筆或託名偽冒之作，幾乎與臥龍生的情形如出一轍，良可嘆息。

　　但畢竟諸葛青雲確為臺灣早期最有號召力的武俠巨擘之一，其成名作《紫電青霜》及代表作《奪魂旗》均膾炙人口，歷久不衰；對於臺灣武俠創作的總體發展趨向影響甚大，值得重點評介並作說明於次。

《紫電青霜》重振還珠奇幻之風

　　《紫電青霜》與《天心七劍蕩群魔》（1959–1960）本為正續集，合共16章，約60萬言。此書文筆清絕，格局壯闊；主要是以少俠葛龍驤和柏青青、魏無雙、冉冰玉三女之間的愛情糾葛為經，以「武林十三奇」的正邪排名之爭為緯，交叉敘述老少兩輩英雄兒女如何冒險犯難、掃蕩妖氛的傳奇故事。

　　書中交代，當時武林中正邪雙方共有十三名絕頂高手，依序是「諸葛、陰魔、醫丐酒、雙凶、四惡、黑天狐」，號稱「武林十三奇」。其中，正派方面是以「不老神仙」諸一涵、「冷雲仙子」葛青霜夫婦領袖

群倫，而「龍門醫隱」柏長青（醫）、「獨臂窮神」柳悟非（丐）、「天台醉客」余獨醒（酒）三人附驥其後；邪派方面則以「苗嶺陰魔」邴浩居首，而蟠塚雙凶、嶗山四惡及「黑天狐」宇文屏皆各立山頭，爲禍江湖甚烈。

書敘邴浩老魔修復久殭之體，二度出世；因不滿諸、葛雙仙名壓其上，乃有黃山論劍、重定武林排名之約。而諸、葛雙仙亦欲借此機會，盡殲群邪；遂派遣門下弟子行道江湖，聯絡各方俠義，共襄盛舉。這些少年英俠前後共有七人，以葛龍驤之紫電劍、柏青青之青霜劍爲主，本於「上體天心，除魔衛道」之志，乃合稱「天心七劍」。彼等追隨醫、丐、酒三奇，行俠仗義，掃蕩乾坤，扶持武林正氣。終究促使邴浩老魔幡然悔悟，群邪相繼授首，而締造了「一床四好」（葛龍驤與柏、魏、冉三女）的江湖佳話云。

就本書題旨而言，顯然作者有意借力使力，重振《蜀山》紫青雙劍合璧、天下無敵之威；乃易以古劍紫電、青霜之名，大張其目。同時亦表雌雄劍主葛龍驤、柏青青的兒女情緣，歷經險難，永結同心。正因本書所重在一「情」字，故在更深一層的小說佈局上，特地安排了一個由情生恨、無惡不作的「黑天狐」宇文屏，作爲「反面教員」；以其變態行逕掀起血雨腥風，將江湖搞得天翻地覆。於是全書便在愛恨交織、恩怨情仇的通俗架構下，展開一波波跌宕起伏、驚心動魄的故事情節。

在正派人物方面，男主角葛龍驤自是貫穿全書的靈魂。打從一開場起，作者寫他奉師命至盧山冷雲谷投書，爲反目多年的諸、葛雙仙夫婦釋嫌修好之事，穿針引線（按：此係脫胎於《蜀山》127回敘苦孩兒司徒平奉神駝乙休之命至岷山白犀潭投柬故事）；迄黃山論劍時，寫他借覺羅神尼昔年信物，感化苗嶺陰魔邴浩，罷戰言和爲止，種種關乎正邪

消長之機的重頭戲，均由他擔綱演出。可見此一少年英俠實非一般中看不中用的「小白臉」可比。因此，書中描寫葛龍驤的愛情奇遇，雖與臥龍生《飛燕驚龍》中的楊夢寰大同小異——皆是情孽糾纏，人見人愛，成爲正邪諸美傾心追求的對象；且往往情天生變，好事多磨，卻又因禍得福，逢凶化吉——但畢竟葛少俠文武雙全，有爲有守，較楊少俠處處受制於人的無能表現高明多矣。

　　巧的是，此書與《飛燕驚龍》一樣，也有三個性情各異、丰神絕世的女主角，代表三種典型：分別是「衣帶漸寬終不悔」的柏青青、「只可風流莫下流」的魏無雙及「一片冰心在玉壺」的冉冰玉。其中，作者對柏、魏二女著墨較多；尤以描寫柏青青的少女情懷，如詩如畫又醉人如酒，最爲耐看！更將其萬里求藥（爲情郎葛龍驤醫治面傷）、冰山尋仇（以冉冰玉爲假想情敵）的眞情烈性表露無遺。而魏無雙名爲「風流教主」，實則守身如玉，出淤泥而不染。其種種非凡表現，實令人心嚮往之。

　　書中說，魏無雙初遇葛龍驤，即不禁爲其颯爽英姿及文武才學所動；不僅慨然解散風流教，並將門下七個淫娃（均已無可救藥）的粉頭砍下，送給心上人作爲行俠江湖的見面禮（一奇）。後又用藥酒迷倒情郎，一宵共枕，卻絲毫未及於亂（二奇）。原來她自傷年華老去，好合無望，又不願敗壞心上人的名節；乃將愛慾昇華，竟在情郎懷中安然睡去。作者借魏無雙之口說得好：「我如此苦心，所圖爲何？不過是情懷難遣，又自知薄命，才想留此一夜風流；以使我這風流教主之名不虛，名副其實的有個著落。」（第9章）

　　是故，這段「無垢情緣」就在魏無雙與葛龍驤互認「姐弟」下從容收場，彼此心照不宣。嗣後，這位無雙女又「愛屋及烏」，屢次救柏青

青於危難之中；並未雨綢繆，破壞了黑天狐的連環毒計，而挽狂瀾於既倒。由此觀之，作者寫此女之風流蘊藉、冰清玉潔而又聰慧機智、收放自如，洵不愧是「巾幗奇英」，堪稱絕頂人物。相形之下，天眞無邪、不拘禮法的冉冰玉，除了曾慨贈千年雪蓮實，助葛龍驤恢復容貌外，似乎乏善可陳。特其一派純眞，渾不知情爲何物；卻引起柏青青醋海生波，大興問罪之師，則又不知從何說起了。

總之，本書以葛龍驤爲主中之主，寫他與柏青青兩心相悅，患難見眞情；寫他克己復禮，苦苦抗拒「追魂燕」繆香紅（爲嶗山四惡之一）的色慾攻擊；寫他用至誠感化魏無雙，最難消受美人恩！以及寫他與冉冰玉之間若有若無的縹緲情意等等，忽張忽弛，皆可圈可點。待柏、冉二女誤會冰釋，卒由「醋娘子」柏青青作伐，說動魏無雙、冉冰玉一同下嫁葛龍驤，促成「一床四好」佳話，也就順水推舟，言之成理了。

至於武林十三奇中的正派諸老，則名過其實，瑕瑜互見。而所謂領袖群倫的諸、葛雙仙，分明是作者「諸葛青雲」欲以自況。惟此二人道貌岸然，功參造化，係以《蜀山》之峨眉派掌教——乾坤正氣妙一眞人夫婦（合籍雙修）爲藍本，略乏創意；遠不如描寫醫、丐、酒三奇之俠行義舉來得生動傳神。可惜作者筆下性烈如火、豪氣干雲的「獨臂窮神」柳悟非，卻每每引經據典、出口成章，有如丐幫酸秀才，未免突兀。反倒是寫「龍門醫隱」柏長青（爲柏青青之父）老成持重，舐犢情深，有長者風，慈父愛，是個成功的典型。

在反派人物方面，表現最佳的是「苗嶺陰魔」邴浩。據稱，此老相貌清奇，仙風道骨，全不帶一絲邪氣；雖有陰魔之名，卻無陰魔之實。正如其所說：「老夫不過機智稍深，將近百歲以來，害過幾人？陰在何處？卻被那些自命正派的人物硬給弄上一個綽號，叫做什麼苗嶺陰

魔！」（第7章）

　　書中寫邴浩之言行風範及爭強好勝種種習性，頗似《蜀山》中的旁門老怪丌南公與魔教至尊尸毘老人「二合一」的化身；卻更慷慨重情，率性而爲。如葛龍驤對他執禮甚恭，刻意略去「陰魔」二字；他便樂得折節下交，並傳以獨門絕學「維摩步」，絲毫不以忘年小友是對頭「不老神仙」諸一涵門下弟子爲意。及至黃山論劍會上，他嗔念未除，執意要與諸、葛雙仙印證武學高下之際，小友葛龍驤忽跨鶴飛來，出示覺羅神尼信物；告以其昔年愛侶玉簪仙子已入佛門，即將西歸極樂，正在東海等他送行。他聞言登時落淚罷戰，隨即趕往東海，見最後一面；從此看破紅塵，出家爲僧，自號「慧空」（第11章）。迨其旁門修成正果之後，又仗義千里馳援七指神姥（爲冉冰玉之師），智賺西崑崙黑白雙魔，化解新仇舊恨（第15章）。其拿得起、放得下，進退有度，談笑卻敵；每次出場皆氣勢非凡，實爲本書另一絕頂人物，令人神往不已。

　　相較於邴浩之勘破情關，轉識成智，則號稱是「天下第一凶人」的黑天狐宇文屛卻因情生障，執迷不悟，恰恰形成鮮明對比。此一妖婦不但是書主葛龍驤的殺父仇人，而且是江湖亂源之首。自本書第4章起，幾乎隨處可見「黑天狐」魔影幢幢，駭人眼目；令讀者始終置身於危疑震撼的恐怖氛圍之中，在敘事策略上極爲成功。

　　作者顯然是由《蜀山》的超級女魔頭鳩盤婆身上獲得靈感，而設計出這個邪惡之尤的角色。但若論用心之狠毒、手段之殘酷，則宇文屛比其母胎鳩盤婆實有過之而無不及。例如書中寫她恨「情郎」風流美劍客衛天衢「變心」（實爲迷途知返），竟用五毒殘體酷刑將其反覆折磨達十九年之久（第4章）；寫她爲強求《紫清眞訣》上的絕世武功，乃捉住毀去奇書的無名樵子，以種種惡毒手法加以逼供（第8章）；及奪得武

林至寶碧玉靈蜍，更將「北偷」駱松年活生生地殘肢尸解（第10章）等等，無不慘酷絕倫，令人髮指！

其所以如此，無非是因情場失意，恨海難塡，乃產生變態心理，遷怒世人；且患有高危險性的虐待狂，以荼毒生靈爲樂。但究其根源，卻正是佛家所謂貪、嗔、癡三毒併發的必然結果，終異化成爲「非人」所致。但宇文屛雖毒絕天下，對那業已痛悔前非、悟澈眞如本性的美劍客衛天衢卻無所施其技。作者借衛某之口所說的一番話，頗能發人深省：

> 魔劫千端，無非是幻；靈光一點，自在心頭。你毒手雖多，毀了我色身血肉之軀，卻動不了我擇善固執之念。……你自照照尊容，惜年美婦，今日妖婆！紅粉骷髏與名利皆空之理，難道眞就不能勘透？獨霸武林、唯我獨尊可挽得住你青春不逝？（中略）再過幾年，還不是三尺孤墳、一堆朽骨而已。（第4章）

這誠然是作者參禪悟道之言，可堪擊節。無奈宇文屛業障太深，至死不悟！終究惡貫滿盈，自食「毒果」。本書令這一生玩毒害人的罕世毒婦最後死於萬毒攻心之下，實具有警世作用，值得稱賞。

持平而論，諸葛青雲師承還珠心法，寫景敍物頗見功力。特其精通古文，講究鑄字鍊句，因而風格典雅，世罕其匹！今以本書開場寫廬山冷雲谷景物爲例：

> 三伏驕陽，熔金爍石，苦熱不堪。但廬山雙劍峰一帶，灌木長林，蔽不見日。益以飛瀑流泉，噴珠濺雪；不僅毫無暑氣，反而覺得有些涼意襲人。雙劍峰於廬山眾峰之間，嶄嶄如干將插天、莫邪騰空，屹立相對。中爲千尋幽谷，霧鬱雲翁；數尺之下，景物即難透

視。（中略）

穿過兩層雲帶，眼前一亮，境界頓開。距離壑底已經不到十丈，雲
霧均在頭頂。天光不知從何而入，明朗異常，絲毫不覺黑暗。到處
修篁老竹，翠壁清流，水木清華已極。時值盛夏，天氣卻涼爽得如
同仲秋。幾道漱水飛泉，宛如凌空匹練，玉龍倒掛，珠雪四濺！洗
得山壁上的那些厚厚青苔蒼翠欲滴，綠人眉宇。……（首章）

如此古茂洗鍊的寫景文字，再配上美少年葛龍驤即興吟誦李白《廬
山謠》詩；更有靈禽傳話、蒼猿迎賓等奇聞異事湊趣，或虛或實，直臻
情景交融、如詩如畫之境。洵可謂自還珠以下，一人而已。

復次，諸葛青雲對於女人胴體及其穠歌豔舞之表現，亦有活色生香
的露骨描寫，爲當世罕見。再以摩伽仙子命門下六徒施展「天魔豔
舞」，來考驗龍門醫隱柏長青父女定力爲例：

六人通體一絲不掛，粉彎雪股、玉乳酥胸全部裸露。在花雨繽紛之
中，忽而以手據地，倒立旋轉；玉戶微張，元珠外現，開合之間，
備諸妙相。忽而反身起立，輕盈曼舞，玉腿齊飛；在花光掩映之
中，渥丹隱現。舞到妙處，全身上下一齊顫動；口中更是曼聲豔
歌，雜以騷媚入骨的呻吟。淫情蕩意，筆所難宣，委實撩人情致。
（第4章）

像這等穠豔筆墨，令人血脈賁張，或有誨淫之嫌。但就事論事，若
非如此淫邪，則不能彰顯出正道之可貴。其後更厲害的「六賊妙音」登
場，卻被丐、酒二奇用《滿江紅》、《正氣歌》破去，益見作者巧思。
可惜書中所敘種種奇幻之極的音聲，竟全抄自《蜀山》134回寫「天魔

妙音」一折。其掠人之美，殊不足取。

　　惟本書亦有若干佈局巧妙的故事情節，爲讀者津津樂道。如寫紫電劍密藏鐵杵中多年，一出世即以妖邪人頭祭劍，可謂奇兵突出（第5章）；寫蛇魔君端木烈設「三蛇生死宴」，則怵目驚心，奇腥撲鼻（第12章）；乃至寫前後兩次「黃山論劍」會上，黑天狐的連環毒計均分別爲魏無雙、白鸚鵡雪玉暗中破壞（第11、16章）等情，皆狀聲狀色，不愧名家手筆。

　　最以爲奇者，是書中塑造了一隻擬人化的靈禽——白鸚鵡雪玉。牠不僅能口吐人言，辯才無礙，更能與人談詩！這眞是既可愛又可笑的「成人童話」故事了。在全書收束之前，作者寫牠身負主人冷雲仙子使命，居然裝模作樣，把黑天狐騙得團團轉，誘其作法自斃。此舉實在大快人心，令讀者拍案叫絕！

　　實事求是地說，諸葛青雲之崛起，蓋與臥龍生以《飛燕驚龍》一書暴得大名有關。因此，有「臥龍」就有「諸葛」，有《飛燕驚龍》就有《紫電青霜》；且兩者在處理男女關係的愛情道路上，皆爲前輩武俠名家朱貞木的忠實信徒。朱氏上承清初夏敬渠《野叟曝言》的多元愛情觀（以所謂「奮武揆文天下無雙正士」文素臣爲中心人物），宣揚一夫多妻制，建立眾女倒追男、一床數好的俠情小說模式，乃悉爲後繼者所仿效；而臥龍生、諸葛青雲正是其中出色當行的佼佼者。

　　是故在這兩大武俠鉅子的帶動及影響下，臺灣武俠作家紛紛效尤，大多陷溺於「陰盛陽衰」的愛情迷魂陣中，不知伊于胡底。由是形成臺灣武俠創作的共相與趨勢，乃有千篇一律之譏。而諸葛青雲卻又另闢了一條以懸疑、詭異、鬥智、比武取勝的武俠道路，亦影響深遠；這就是他名噪一時的代表作《奪魂旗》。

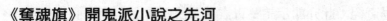

《奪魂旗》開鬼派小說之先河

《奪魂旗》（1961）共28章，約84萬言。初於《徵信新聞報》（即《中國時報》前身）連載發表，即引起各方矚目。特其開場筆法之新穎、營造氣氛之詭秘，以及真假「奪魂旗」之撲朔迷離，善惡難辨，在在扣人心弦。

本書故事大意是說，名列「乾坤五絕」中行事最怪誕難測的「奪魂旗」（以兵器為號）原為逍遙老人鍾離哲遊戲風塵時所用的化身；藉以裝神弄鬼，自得其樂。不料此老一時失風，竟遭九毒書生姬天缺暗算，被困幽谷；姬某乃喬裝「奪魂旗」打扮出山，為惡江湖。南疆俠隱謝東陽、上官靈師徒因不慎誤入姬某殺人立威的遺屍禁區，觸犯大忌；乃引起姬某之追殺、「西道」天癡道長之援手，種種離奇故事接踵而來。

此後閃電神丐諸明、幽冥神君閻元景二人亦如法炮製，加入冒充「奪魂旗」之行列，與九毒書生姬天缺作對。於是共有三個「假奪魂旗」縱橫江湖，或善或惡，越發亂人耳目矣。及至逍遙老人脫困出世，小俠上官靈又屢獲奇緣奇遇，因禍得福。姬天缺企圖糾合邪派高手另組「新乾坤五絕」陰謀失敗，乃鼓動蓋世魔頭「萬相先生」百里獨出山，爭霸武林。正邪雙方幾經鬥智鬥力，終於在冥冥之中造物主的巧妙安排下，令元凶中毒身亡；而「南筆」諸葛逸及小俠上官靈則分別與羅剎教主孟三娘、常碧雲師徒結為連理，化干戈為玉帛云。

就事論事，「奪魂旗」一真三假，有好有壞，無疑是作者師法朱貞木《羅剎夫人》（1948）之分身故伎，以製造懸疑效果，引人入勝。而所謂「乾坤五絕」（東僧、西道、南筆、北劍、奪魂旗）之名號，則是仿金庸《射鵰英雄傳》（1957）的五方奇人提法，改頭換面而來。惟以書中逍遙老人鍾離哲一身分飾正邪二角，掩盡天下英雄耳目，可謂神來

之筆，構思奇絕！此亦顯示諸葛青雲在武俠創作上，有繼承，有發展；
能犯能避，乃自成一家。

本書的主角是初生之犢不畏虎的上官靈。作者寫他人小鬼大，不知
天高地厚；可偏偏又古靈精怪，花招百出！因此人見人愛，極為討喜。
尤異者，其初出道時，年僅十六，即先後獲得「西道」天癡道長、「南
筆」諸葛逸及逍遙老人等絕世高手垂青，授以精妙武學，可謂際遇甚
奇。加以他又曾服食仙蘭異果，百毒不侵！每每逢凶化吉，幾乎無往而
不利──這顯然是一個典型的「武林奇葩」與「成人童話」故事，卻恰
恰成為1960年代臺灣大多數武俠作家有樣學樣的範本。

諸葛青雲素以才學自恃。在本書「眾老拱一少」的人物關係網中，
無疑是以「真奪魂旗」逍遙老人鍾離哲及「南筆」諸葛逸最能現出作者
的才華與巧思。其中自稱「家住崑崙最上頭，煙霞泉石笑王侯」的逍遙
老人分身有術，神出鬼沒，作張作智，玩世不恭；尤為讀者津津樂道，
堪稱是臺灣武俠小說史上最富於傳奇性的人物之一。今以此老在「新舊
乾坤五絕」較技大會上，將九毒書生等一干江湖魔頭玩弄於股掌之間，
即飄然而去為例，便可窺其端倪：

> 只見那位逍遙老人鍾離哲，竟把那百丈峭壁當作了康莊大道，一步
> 步從容舉足，業已走到半山腰；並有一陣平和至極、宛如暮鼓晨鐘
> 發人深省的歌聲，嫋嫋傳來。鍾離老人唱的是自撰《一剪梅》小
> 令：
> 「一片雄心此日消！名是無聊，利是無聊，梅色雖好亦須凋；枝上
> 香銷，心上魂銷，何必紛紛競比高！你勝今朝，他勝明朝，不如隨
> 我且翱遊；來也逍遙，去也逍遙。」（第10章）

揆其功成身退、來去自如的曠達人生觀，果已參透「逍遙」妙旨，不愧是世外高人風範。相對來看自稱「名排西道東僧後，家在天台雁蕩間」的南筆諸葛逸，則文采風流，才高八斗，又無殊作者自況了。

按書中所敘諸葛逸是以天字第一號的驚神筆及「生花七筆」奇學獨秀乾坤五絕。據稱這「生花七筆」筆法融漢賦、唐詩、宋詞、元曲於一爐，頗富創意；惜未容盡情施展，即一筆帶過。反倒是寫他與萬相先生百里獨較技，以書、畫、琴、棋、詩、酒、花等七陣定勝負，則別開生面，大顯才思，令人激賞！當爲同類武俠之最，無出其右者。

例如寫雙方鬥書法，則眞、草、隸、篆四體皆備，採歷代名手名家之長；鬥繪事，則寓武學妙式於畫意，考較彼此眼力高下與胸中所學。另如鬥琴技、鬥花藝、鬥酒功、鬥詩才、鬥棋力等等，亦各有巧妙，翻空出奇。加以雙方對話暗合機鋒，風雅雋永；在在顯示絕世高手恢宏氣度，的確超凡脫俗，與眾不同（見第19章）。

是故，末了南筆諸葛逸與羅刹教主孟三娘「以雅會友」，卒能以其文才武功、雅量高致令一代紅粉魔頭惺惺相惜，幡然悔悟；並親手解散邪教，從良歸正，結爲神仙眷屬。其實作者之所以要刻意彰顯南筆高才者，無非是出於「愛屋及烏」的移情作用使然；乃以此諸葛代彼諸葛，其自負若是！因此書中屢稱南筆「獨秀乾坤」，良有以也。至於其他三個「假奪魂旗」及西道、東僧、北劍等次要角色，皆爲串場人物，乏善可陳。

總之，就成人童話故事的角度而言，《奪魂旗》的娛樂效果極佳，可讀性亦高；往往一波未平，一波又起，叫人目不暇給。但其佈局、結構乃至敘事策略上的缺失多多，亦不可諱言。詎料這些一廂情願的套數設計，卻因能投讀者之所好，反而形成除「奇遇」外、更廣泛受到歡迎

的武俠創作模式，實無殊於「反面教材」。茲舉其犖犖大者於次：

其一、「假作眞時眞亦假」的模仿秀。如書中寫「奪魂旗」另有本尊（逍遙老人），原爲妙構；而仿冒者中竟有善（閃電神乞）、惡（九毒書生）之分，亦見匠心。惟作者卻樂此不疲，又將幽冥神君閻元景扯出來，改扮成「第四奪魂旗」；另教誤服啞丸的上官靈客串「第五奪魂旗」。如此這般「以假亂眞」，首先是靠人皮面具——於爲乃掀起臺灣武俠小說中的易容模仿秀，越演越烈，不知伊于胡底。

其二、無巧不成書的《幽冥十三經》。據稱，上述三大「假奪魂旗」（姬、諸、閻）之所以能仗人皮面具瞞天過海者，是因和逍遙老人一樣，都曾先後進入萬姓公墳，尋獲武林秘笈《幽冥十三經》部分經文；故而武功路數大同小異，無異愚弄讀者——但臺灣武俠小說作家卻紛紛效尤，競相以「巧」字掛帥，令人啼笑皆非。

其三、陰風鬼氣「斷腸人」。最可議的是，作者爲達到語不驚人死不休之目的，竟把那幽冥神君閻元景炮製成一個誤入斷魂谷、以白骨爲糧、渾身屍毒的「斷腸人」（第17章）。據稱，此人在谷中修煉的「白骨陰功」及「陰屍煞氣」皆惡毒非常！加以其前在九幽地闕裝神弄鬼時所用種種詭異佈置和手段，連同眞假「奪魂旗」魔影幢幢之恐怖氛圍一齊發酵，乃成爲爾後臺灣「鬼派」武俠小說一哄而起的誘因與溫床。[48]

簡而言之，所謂鬼派武俠小說是指這類作品水平低劣，內容嗜血嗜殺，非鬼即魔。彼等通常以屍山骨海、斷肢殘軀開場，陰風慘慘，鬼哭

---

48 按：司馬翎《白骨令》（1960）雖寫在《奪魂旗》之前，但並非以「啃死人骨頭」練功作爲譁眾取寵的手段；且無恐怖氛圍與之相應，對於「鬼派」小說的影響遠不如《奪魂旗》來得大。故縱然《白骨令》的白骨門令旗或曾啓發了「奪魂旗」（同類獨門兵器）的創作靈感，亦僅可視爲是產生「鬼派」小說的誘因之一，沒有直接關係。又，春秋出版社繼《奪魂旗》之後，推出公孫蕡《催命旗》，一味模仿諸蕡，則可印證此說。

神號，令人不忍卒睹；而其所煉武功則必邪門怪異，荒謬絕倫！如陳青雲《殘肢令》、《血魔劫》、田歌《血河魔燈》、《武林末日記》等，皆屬此類濫惡之作；對青少年讀者的心靈戕害至鉅，固不待言。

其實鬼派武俠小說的創作淵源最早可追溯還珠樓主的《蜀山劍俠傳》（1932）；該書對於邪魔外道種種殘酷行逕、鬼蜮伎倆及恐怖形相等描寫，均匪夷所思，驚心動魄！惟其內含天地陰陽消長之機，並非單靠述異志怪而已。以諸葛青雲之才，不過得其餘唾之一二，已不免貽人「買櫝還珠」之譏；又何況是等而下之、濫竽充數的「鬼派」武俠作家呢！

但無論如何，在諸葛青雲迎風招展《奪魂旗》的媚俗表現及負面影響下，不僅使一般同行趨之若鶩，有樣學樣；更加深了世人對武俠小說反理性、反智性、夢囈性、荒謬性的看法與批評。因此若謂此種創作取向在1965年以前已局部奪去臺灣武俠之魂，當不爲過。

第四節　出版禁令與暴雨專案

國民政府自1949年遷臺以來，兵馬倥傯，諸事未諧，隨即於當年5月19日發布了「戒嚴令」；且有懲於大陸失敗的教訓，在文藝政策上採取了嚴格管控的措施，從作者的身分、立場到出版物內容，都有相當嚴密的檢查和控制；先是於5月27日制定了「新聞、雜誌、圖書管理辦法」，初步展開相關查察作業；繼而蔣介石於1953年發表〈民生主義育樂兩篇補述〉一文，雖云用以承繼、彌補孫中山《三民主義》之不足，實則藉此強化「反共心防」教育，宣稱：「匪共乘了這一空隙，對文藝運動下了很大的工夫，把階級鬥爭的思想和感情，藉著文學戲劇，灌輸到國民的心裏。於是一般國民不是受黃色的害，便是中赤色的毒。」其

恐共的心理灼然可見。[49]

　　就其揭櫫的理念而言，貶抑商業化的出版品及表揚民族文化的作品，實為兩大要點。[50]挾著政治的威權，蔣介石的理念主張，立刻在次年（1954）5月由甫成立的「中國文藝協會」積極響應，推行「文化清潔運動」；8月發表〈除三害宣言〉，明列「赤黃黑」三害，為其後數十年的圖書出版管制確定了基調。

　　1958年6月20日，在社會輿論一片譁然、抗議聲中，立法院通過了貽禍匪淺的「出版法」修正案。[51]此法條文模糊籠統，如第32條規定出版品不得「觸犯或煽動他人觸犯」的「妨害公務」、「妨害秩序」、「妨害風化」等罪，在認定上本就大有問題；而最大的弊端，則是賦予了行政主管單位過多的行政裁量權。第36條規定：「出版品如違反本法規定，主管官署得為左列行政處分：一、警告。二、罰鍰。三、禁止出售散布進口或扣押沒入。四、定期停止發行。五、撤銷登記。」換言之，

49　見蔣介石，〈三民主義育樂兩篇補述〉，收入《三民主義》（臺北：正中書局，1978年重排初版），頁60-61。

50　同前書，頁61明白標舉「純真和優美的文藝作品還是太少，一般國民的閒暇時間大部分仍是商業化的文藝作品的領域」、「表揚民族文化的作品還在萌芽和生長之中，還不夠充實。在暴俄匪共有系統有計劃的摧毀我中國文化的今日，我們感覺表揚民族文化使其深植人心的新文藝作品，還是太少」兩大要點。後一要點儘管彰顯「民族」二字，但實則是針對中共而來，所謂的政策方針，就是「反共」。

51　參見陳國祥，〈新聞自由的歷史對照〉，原刊於《夏潮》26期（1978年5月），後收入史為鑑所編之《禁》（臺北：四季出版公司，1981），頁23-39。案：此一眾所詬病的惡法，於1930年12月16日公布施行，至1999年1月25日公布廢止，先後經五次修正，此次為最重要的一次。據陳國祥所引述的《聯合報》〈論團結之道〉社論，當局的表面理由是「取締黃色」（頁34），然項莊舞劍，志在管束新聞出版自由，則是路人皆知。或許是因此法爭議過大，且當局也樂於在行政裁量權的灰色地帶自由心證，故此法第45條所規定的「施行細則」，遲至1974年4月10日才由行政院新聞局公布，此時乃所謂「黨外」異議團體開始蓬勃發展的時期，當局的「施行細則」，正針對此而來。

實際執行的政府機關、單位，可以在不經法院審理的狀況下，直接「處分」他們所認定的非法報刊及書籍；將原來已經普遍行之的書刊檢查制度，予以「合法化」，且更變本加厲，振振有詞。

1958年5月16日，臺灣省警備總司令部（簡稱「警備總部」或「警總」）正式成立，將當時的臺灣省保安司令部和臺灣軍管區司令部合併爲一，是負責查禁書刊的最高機關；其主要業務共有13項，其中「文化審檢」（政六處）就是針對禁書而設的單位。「警總」的成立，顯示了當局在文藝管控上的強烈意志，由於其成立時間密邇於出版法修正案，我們有理由相信，此法乃是特爲「警總」量身打造的。「警總」的文化審檢工作，向來是秘密進行的，取締標準、流程、對象等，在往後的十幾年間，只能以「諱莫如深」四字來形容。直到1970年5月，才由國防部正式公布了〈臺灣地區戒嚴時期出版物管制辦法〉，[52]其中第二、三條規定：

第二條　匪酋、匪幹之作品或譯著及匪僞之出版物一律查禁。

第三條　出版物不得違反下列各款情形之一：

　　　　一、洩漏有關國防、政治、外交之機密者。

　　　　二、洩漏未經軍事新聞發佈機關公佈屬於「軍機種類範圍」所列之各項軍事消息者。

　　　　三、爲共匪宣傳者。

　　　　四、詆譭國家元首者。

　　　　五、違背反共國策者。

52　此法依據的母法爲〈戒嚴法〉第11條第1款，其中規定：「戒嚴地域內，最高司令官」「得停止集會、結社及遊行請願。並取締言論、講學、新聞雜誌、圖畫、告白、標語暨其他出版物之認爲與軍事有妨害者」。然是否眞合於母法，恐未必見得。

六、淆亂視聽，足以影響民心士氣或危害社會治安者。

七、挑撥政府與人民情感者。

八、內容猥褻有悖公序良俗或煽動他人犯罪者。

這兩條規定的管制，方向明確，然模糊籠統，未可究詰，卻成了戒嚴時期文藝發展的緊箍咒。

歷年來，臺灣省政府、臺北市政府、臺灣警備總司令部均會銜編印一本《查禁圖書目錄》[53]的小冊子，分「違反出版法」、「違反戒嚴法」兩部分，並附有「暴雨專案」查禁書目，免費贈送各出版業、書商業者參考，[54]可能亦提供給執行查禁工作人員參照。可見一直到1987年解嚴爲止，當局的查禁動作均持續在進行中。書中所列的禁書目錄，事實上遠低於實際查禁的數量與種類，蓋舉凡「可疑」而未列入書目中的書刊，亦可由執法人員自由心證，予以查扣。就其中所開列的禁書而言，種類極其繁多，[55]可謂是巨細靡遺，無所不包，稍有隻字片語的抵觸，即視爲犯禁。其中特別引人矚目的則是「暴雨專案」的查禁書目。

「暴雨專案」是1959年年底，由警總所推動實施的，爲臺灣地區唯一完全針對特定種類的作品（武俠小說）展開查禁的一項工作；實施期間始於1959年12月31日（文號爲48年12月31日（48）憲恩字第1018號代電頒發），總計查禁書目共404種。專案的內容究竟爲何，至今文獻猶缺，頗難查考，尚待進一步追索。

不過，據1960年2月18日《中華日報》第三版刊載，警備總部於當

53　作者所據爲1977年10月版。

54　同上註，頁273。

55　請參考史爲鑑，〈禁書大觀〉（《禁》，頁271-274）中所開列的29大類禁書目錄。然不知何故，此文未列武俠等通俗小說。

月15至17日，於全省各地同步取締所謂的「共匪武俠小說」，一天之內，就取締了97種12萬餘冊之多，許多武俠小說出租店，幾乎「架上無存書」，顯見此一行動，持續頗久。事實上，武俠小說在前述所謂的「赤黃黑三害」中，或多或少都有干連。其中「黃」所指涉的「煽情」描寫，在武俠小說中較不常見，但個別作家偶爾會觸犯到；「黑」所牽涉的黑社會暴力、目無法紀，則是武俠小說經常受到指摘的部分；但恐怕「赤」才是其中最關鍵的。有關這點，在〈戒嚴時期出版物管制辦法〉早已明文規定「匪酋、匪幹之作品或譯著及匪偽之出版物一律查禁」，而內政部則早在1959年9月11日以「臺（48）內警字第16428號」致臺灣省新聞處代電的補充說明中，就具體指出：

一、匪酋及匪幹作品翻譯以及匪偽機關書店出版社發布與出版之書刊，不論內容如何，一律查禁。

二、附匪及陷匪份子在所在地淪陷以前出版之作品與翻譯，經過審查內容無問題，且有參考價值者，可將作者姓名略去或重行改裝。

三、民國三十七年以前出版之工具書，其編輯者如屬委員會形式，其名單中有附匪陷匪份子，可不必略去其姓名。……56

所謂的「匪酋」、「匪幹」、「附匪」、「陷匪」，幾乎一網打盡了當時未隨國民政府遷臺的文人。儘管後兩者可以「末減」，以改頭換面的方式出版，且「舊派」武俠作家多半屬之，似可援例獲得寬容；但一則武俠小說向來不被正統文人所重視，再加上武俠小說嚴重「商品化」現象，屢成輿論集矢攻擊的鏢靶，自然連「具有參考價值」都談不上。因此，早在1952年就有了查禁的實例（如還珠樓主《蜀山劍俠傳》、《女

56　參看沈光華，〈破壞學術自由的禁書政策〉（《禁》，頁83）。

俠夜明珠》、《黑螞蟻》，王度廬的《新血滴子》、鄭證因的《礦山喋血》等，分別以違反出版法、戒嚴法查禁），至1959年則大張旗鼓，全面掃蕩，規定遠較前述者更爲嚴格：「匪酋匪幹及附匪份子之著作及譯作，以及匪僞書店、出版社出版之書刊」、「概予查禁」。如此這般，武俠小說就轟轟烈烈的成爲「暴雨」摧殘下的犧牲品了。

此波行動，究竟是因何而起？深入考察，應是針對金庸、梁羽生（曾在香港左派《大公報》任職）而來。據《中華日報》1960年2月18日刊載，當時負責此行動的臺北市警察局長潘敦義曾說明：

> 近來本市部份書店、書攤上發現有出售出租內容荒謬下流的武俠小
> 說甚多，其中並有以匪統戰書本翻印出版者，顚倒歷史，混淆是
> 非，其毒素之深，影響社會心理，危害社會安全至大。

「匪統戰書本翻印」及「顚倒歷史」云云，報導中明確指陳爲「香港匪報上連載的武俠小說」。而此行動的導因，實因前一年（1959）香港亞洲出版社董事長張國興、副總經理陳劉篤回臺參加十月慶典時，眼見車站、街頭各大小書報攤，充斥著許多盜版的武俠小說，因此向政府抗議「沒有盡到保護忠貞人士出版的責任，一方面爲什麼還容許盜印共匪小說集團的存在」。據此，無疑金庸小說在臺遭盜印而廣泛流傳（尤其是《射鵰英雄傳》），是「暴雨專案」項莊舞劍的實際劍鋒所向。只是連累其他的武俠作家，也遭到池魚之殃，一體同禁。

在此波專案的實施下，總計遭查禁的武俠小說書目共404種，但《查禁圖書目錄》編輯得極爲草率，文字錯漏、舛訛處甚多，且登載體例不一；除書名外，作者及出版者往往漏塡，且重複者不少，甚至有非武俠的作品闌入（如《隔簾花影》、《兒女英雄傳》）。大抵是因查禁人

員不一，所呈報的相關資料也不齊全，編者據此資料一概照錄，只求應卯交差所致。經略作篩檢後，去其可能重複的，約在380種上下，茲製表如附錄一詳列於後；凡作者欄空白而所列書名可「對號入座」者，則以括號補填作者名，以供參考。

從附錄一所列書目發現，七成以上是舊派武俠小說家的作品，從平江不肖生到還珠樓主、白羽、王度廬、鄭證因、朱貞木等五大家，無一倖免；金庸、梁羽生及蹄風（東海漁翁）、我是山人、江一明等香港作家的作品占二成多；臺灣早期作家如向夢葵等人的作品，則僅占極少部分。由此可見，「暴雨專案」明顯是針對「赤害」而雷厲風行的展開掃蕩措施；特以金庸為導火線，加以引爆，乃全面查禁了「附匪」、「陷匪」作家的武俠作品。

當局如此慎重其事的展開掃蕩，並加之以嚴竣的罰則，不但出版者及小說出租店動輒被警告、查扣、罰鍰，且後續警總有關單位持續的關切，更形成極大的精神困擾及壓力。「家藏禁書」往往與「為匪宣傳」的罪名牽扯在一起，就連讀者（擁有者）也戒慎恐懼、戰戰兢兢。此一專案，延續了查察禁書的「因人而禁」的政治手段，於是原本還在民間流傳的許多舊派武俠小說及新派中的佼佼者梁羽生、金庸的作品，在1979年解禁以前，成了名副其實的「秘笈」：坊間幾乎完全絕跡，只剩下少數的盜印本私下流傳。

臺灣的武俠小說，早期模擬、步趨舊派武俠路數，取法於五大家者甚眾，就連著名作家（如臥龍生、司馬翎、諸葛青雲、古龍）也不諱言。舊派武俠的禁絕，無異是斬斷了此一臍帶，對臺灣武俠小說的發展，有非常深遠的影響。此一影響，可由正負兩方面來觀察。

就負面角度而言：一、武俠小說的傳統臍帶驟然被斬斷，源泉枯

竭，乃使有心武俠創作者失去依傍，無法全面承續、發展舊派所積累的豐厚遺產，只能靠一兩部老書爲範本參考，或是自行摸索，成就自然有限。二、由於臺灣曾受日本半個世紀的殖民統治，本省人士對武俠小說的歷史傳承原就感到陌生；「暴雨」一來，更無機會「補課」學習創作，遂造成武俠小說清一色是外省作家（占九成以上）的奇特現象。而其作品中攙雜著「鄉愁」和「故國之思」，亦理所當然。三、在「暴雨」狂掃之下，多數作家因懼文字賈禍，皆避免以歷史興亡爲故事背景；轉而馳騁想像，翻空進入一個不知今夕是何年的迷離幻境。乃使其創作取向朝著純虛擬的江湖世界偏枯發展，而自限於武林情仇、奪寶爭霸的窠臼之中，樂此不疲。臺灣武俠小說之所以缺乏史詩般的大手筆、大格局之作，與其說是作者不肖，毋寧說是暴雨專案的寒蟬效應有以致之。凡此，殆非妄肆譏評、有的放矢的文人學者始料所及。

然而「失之東隅，收之桑榆」。從較正面的角度來看，臺灣武俠作家在斧鉞森森的環伺之下，擺脫歷史，別闢蹊徑，卻柳暗花明的創造了獨特的「去歷史化」的特色。所謂「去歷史化」，即是假想一個古代的時空場景，而抽離相關歷史事件、人物、背景的一種摹寫方式；只要「今古」的區別把握得宜，則騰挪變化，大可無拘無束，而不致有任何掛礙。歷史抽離之後，小說中的人物關係，就成了最主要的情節脈絡，作者可以依據個人主觀的意識予以安排設定。事實上，臺灣武俠小說所凸顯出的濃厚虛構意味，正得力於此。

從現實角度審視，如此的虛構，自然難逃違背史實或逃避現實之譏；但如此縱恣汪洋的時空場景，卻足以極意發揮瑰奇的想像，塑造出作者筆下各呈異采的江湖世界。於是武俠小說中的「地理中國」，蛻轉成想像的「武俠世界」，塞北江南，可以一日而至；少林武當，也不妨

近若比鄰。小說家可以細數作品中的武林「世譜」，從幾百年前到幾十年前，從達摩到張三丰，從四川唐門到青龍會；雖云荒唐無稽，卻又自具理致，可謂突破了舊派武俠的羈絆，而另開新局。

　　最顯而易見的現象是：作家只要文情可觀，不必具備太多的歷史知識，僅憑「常識」，即可編造出許許多多的「古代俠義故事」；這使得作家的門檻大幅降低，透過模仿、變造，就可以投入武俠創作的行列。臺灣武俠小說自1960年代以來，蓬勃發展，曾出現過數百名新興作家，儘管多數旋起旋滅，卻也算是締造臺灣武俠小說盛況的「功臣」。我們不宜以其粗製濫造者眾而一筆抹殺。

　　重新檢視「暴雨專案」，對以政治手段干預文學創作的「白色恐怖」，我們自然凜懼在心，可以大加撻伐；但在秋霜冬雪磨礪下，武俠作家舉步維艱，還能「殺出一條血路」，有所創新發展，則更是我們不能忽略的客觀事實。

【附錄】「暴雨專案」查禁武俠小說書目

名　　稱	作　者	出　版　者	名　　稱	作　　者	出　版　者
一字乾坤劍	（鄭證因）	連玩出版社	大漠天山鵬		南風出版社
一奇三怪	賞花樓主		大漠風沙		
一劍震神州	高鋒	偉青書店	大鬧虎牢關		大美出版社、大眾圖書社
一劍霸南天	何劍奇	國光書局出版、祥記書社發行	大鬧飛狼寨		重光書店
一燈大師			大戰鬧牛虎		華南書局
七虎囚龍			女俠小紫燕	何若	香港南天出版社
七殺碑	（朱貞木）		女俠夜明珠	（還珠樓主）	重光書局
七劍下天山	（梁羽生）	大美出版社	女俠紅燕子	（江一明）	偉青書店
八手仙猿	南鑄	祥記書社	女俠紅燕子	（江一明）	國光書局、祥記書局
八卦椿			女俠飛山燕		海光出版社
八劍平蠻		大美出版社、大眾圖書社	女俠香孩兒		友聯出版社
八劍鬧江南		友聯出版社	女俠粉蝶兒		華南書局
刁斗風德生		海光出版社	女俠素心蘭	（江一明）	偉青書店
十二金錢鏢	（白羽）	上海百新書店、徐雅鶴	女俠碧雲娘		三民書局
三俠鬥青鋒		學進書局	女盜百花娘		春秋出版社、呂氏書社
三俠揚威玉泉山		重光書店	子母返魂刀	白鳳玲	大陸出版社
三俠劍	張杰鑫	大美出版社、大眾圖書社	小俠白猿猴		
			小俠黑摩勒全傳		重光書店
三劍揚天下	（司馬山）	偉青書局	山東大俠		國光書局出版
三德和尚三探西禪寺	（我是山人）	百文堂	山東響馬傳	（牟松庭）	三育圖書文具公司
大俠狄龍子	還珠樓主		巾國（幗）英豪傳		建業書報社
大俠追雲客	（毛聊生）	文傑出版社	丐門碧玉		海光出版社
大俠單雨雲		國光書局出版	丐幫爭雄記		
大俠雲中客		新生圖書社	中州女俠傳	（江一明）	
大俠鐵雲峰		重光書店	中國七雄		南風出版社
大破慈雲寺		環球圖書社	五龍十八俠		重光書店
大極混元劍		國光書局	五嶽游龍		大陸出版社
大漠女俠		文英出版社			

名　稱	作　者	出 版 者	名　稱	作　者	出 版 者
五嶽豪俠傳	高鋒	偉青書店	白馬女俠傳	（江一明）	偉青書店
亢龍有悔		香港光明出版社	白馬女俠傳	風雨樓主(？)	眞善美出版社
公孫九娘			白髮魔女傳	（梁羽生）	眞善美出版社
天下第一劍	林寒梅	春秋出版社·呂氏書店	白龍吟風劍		國光書局
			冰原奇俠		第一書社
天山三絕劍	風雨樓主	建業書社	江東五俠		大華文化社
天山英雄傳	亮政	祥記書社	江南八大俠		小馬書社
天山遊俠			江南三劍鬧京華		友聯出版社
天池怪俠	（金鋒）	天龍出版社	江南女怪俠		環球圖書雜誌出版社
天南九大俠		國光書局			
天南俠大破飛雲嶺			江南艷俠		大眾小說雜誌社、呂氏書店
天南俠義		環球圖書雜誌出版社	江湖七傑		大陸出版社、建業書店
太乙神雷					
太乙劍			江湖七傑		偉清書店
太湖龍女傳	（江一明）	偉青書店	江湖三女俠	（梁羽生）	九龍光明出版社
太極劍		建業書社	江湖女怪俠		建業書報社
少林三傑傳		呂氏書社	江湖廿四俠	（姜俠魂）	大美出版社
火燒紅花寺		南風出版社	江湖奇俠傳	（不肖生）	三民書局
仗劍闖江湖		大美出版社·大眾圖書社	江湖俠隱		
			江湖情俠傳	風雨樓主	華聯圖書公司
北派青萍劍正傳			江湖豪俠傳	（姚民哀）	大眾文摘雜誌社
北派英雄傳		重光書店	老玩童周伯通		
四俠飛山燕		海光出版社	血滴子正傳		中國圖書出版社
四海英雄後傳	（東海漁翁）	眞善美出版社	血滴屠龍		南風出版社
四海英雄傳	（東海漁翁）		血戰青螺谷		環球圖書社
四海英雄新傳	東海漁翁	眞善美出版社	血戰粹羅漢		興新出版社
四劍鬧江湖			血戰羅浮山	（我是山人）	香港百文堂
巧得紫郢劍		環球圖書社	血濺荒蠻		聯合出版社
玄女劍俠	臥龍山人	自由書局	血濺銅沙島	（高清）	偉清書局
玉簫銀劍記	尉遲玄	海光出版社	西域飛龍傳	金鋒	香港環球圖書雜誌出版社
白山俠義傳		重光書店			

名　稱	作　者	出　版　者
巫山獨俠	雙龍湖主	國光書局
巫山雙蝴蝶	（朱貞木）	三民書局
沉劍飛龍記	（張夢還）	國光書局、大東書局
赤心紅俠傳	（楊劍豪）	偉青書店
赤膽挽狂瀾	（江一明）	偉青書店
京華奇俠傳	林寒梅	永安書店
兒女英雄傳		大美出版社、大眾圖書社
夜劫嬋娟		臺光文化出版社
夜探峨嵋三老		重光書店
夜會黑龍姑		
奇門十三劍		明明出版社
奇門三女俠		興新出版社
奇門毒手黑尼姑		大眾文摘雜誌社
奇俠奇緣		海光出版社、海光書社
奇俠英雄劍		新生圖書社
奇俠癲道人		
忠魂奇俠傳		國光書局
怪俠醉羅漢		興新出版社
怪俠鐵指環		金眞出版社
明清奇俠傳		樂天出版社
東方豪俠傳	（何劍奇）	偉青書店
東莞莫清嬌	萃文樓主	珍記出版社
武林十三劍	（蹄風）	香港環球圖書雜誌社
武林三雁		大眾文摘雜誌社
武林大俠		興新出版社
武林恩仇記		環球圖書雜誌社
武林神劍		
武俠精選	張夢還	立志出版社、呂氏書店

名　稱	作　者	出　版　者
武當大俠		重光書店
河朔七雄	（白羽）	大美出版社、大眾圖書社
炙山三劍		
牧野雄風	（鄭證因）	勵力出版社、劉彙臣
臥虎藏龍	（王度廬）	三民書局
虎爪青鋒		南風出版社
虎穴娥眉		三民書局
虎嘯雲山		香港南天圖書公司
虎嘯雲山		南天圖書社
虎嘯龍吟	（朱貞木）	大美出版社
金刀情俠		春秋出版社
金剛女俠		
金蛇祕笈傳		建業書報社
金蛇劍		
金龍鞭		臺光文化出版社
金鞭女俠傳	（江一明）	眞善美出版社
金羅漢		百文堂
長白山恩仇記	梁子湖	東出版社
長嶺三英		南風出版社
青衣怪俠		重光書店
青衣揚威		新生圖書社
青炙四女		
青門鴛鴦劍		
青城十九俠	（還珠樓主）	上海正氣書局
青城女俠	（鄭證因）	大陸出版社
青城雙俠亂峨嵋		大美出版社
青城雙俠震群魔		
青萍劍	（白羽）	三益書店
青劍白虹		海光出版社

名　　稱	作　　者	出　版　者	名　　稱	作　　者	出　版　者
青鋒奇俠傳	（江一明）	祥記書社	風城雙怪俠		建業書社
青燈劍影		偉青書店	風雲兒女英雄傳		國光書局
青燈劍影		長興書局	風塵奇俠		貝易出版社
青靈八女俠	（張夢還）		風塵怪乞		
俠女英雄傳			風塵奇俠傳	（林夢）	偉青書店
俠侶恩仇記	（林夢）	環球圖書雜誌出版社	飛刀換掌		重光書店
俠侶恩仇記	（林夢）	偉青書局	飛天神龍	（朱貞木）	文林出版社
俠義英雄傳	（不肖生）	會文堂書局、廣智書局	飛狐外傳	（金庸）	鄺檜記報社
俠僧		大美出版社、大眾圖書社	飛俠小靈猴		眞善美出版社
			飛劍蕩群魔		重光書店
俠影情餘			原野怪俠		文林出版社
俠膽忠魂			峨嵋小羅漢		眞善美出版社
勇闖十三關	（蹄風）		射鵰英雄傳	（金庸）	華風出版社
南山七俠劍			峨嵋俠		貝易出版社
南帝		光明出版社	峨嵋劍俠傳	（陸士諤）	
南帝段皇爺			恐怖的吸血鬼		勝利出版社
柳林七劍		大眾文摘雜誌社	旁門崆峒劍	蹄風	環球圖書雜誌出版社
柳林雙傑		大陸出版社	書劍恩仇錄	（金庸）	呂氏書社
毒砂掌	（白羽）	上海廣藝書局	海上飛龍		南風出版社
洪楊豪俠傳			海南俠隱記	（蹄風）	國光書局
洞中奇人傳		友聯出版社	珠海騰龍	（江一明）	
洞庭九俠		三民書局	珠海騰龍	（江一明）	大眾小說雜誌社、呂氏書社
紅花亭豪俠傳	（牟松庭）	祥記書社	祕谷俠隱	（白羽）	勵力出版社
茅山俠隱	（商清）	香港祥記書局	神州英俠傳	風雨樓主	南天圖書公司
苗山雙鳳		南風出版社	神奇五怪俠		
苗疆奇童		國光書局	神拳奇俠		
苗疆俠影		友聯出版社	神秘島	仇章遺	
重陽眞人傳			神槍鐵掌		立志出版社
降龍十八掌		香港光明出版社	神龍擺尾		
風虎雲龍	鍾文泓	香港文滋出版社	神鵰俠侶	（金庸）	鄺檜記報社

名　稱	作　者	出　版　者
神鷹奇俠傳		
秦嶺十四俠		大美出版社
秦嶺蕎俠		大眾文摘雜誌社
笑彌勒		自由書局
荒山奇俠		
荒山俠隱	（鄭證因）	大美出版社
荒山劍影	（江一明）	環球圖書雜誌出版社
荒山劍影	（江一明）	偉青書店
荒域義俠傳		
草莽龍蛇傳	（梁羽生）	長興書局
迷樓劍影錄	湖海樓主	榮華出版社
高原奇俠傳	高鋒	香港環球圖書雜誌出版社
鬼斧神弓		天藍出版社
域外屠龍錄	田風	環球圖書雜誌出版社
密宗追雲劍		大陸出版社、建業書社
密勒池劍客傳	（蹄風）	文心出版社
屠龍三劍		大眾文摘雜誌社、建業書社
屠龍奇俠傳	青霜樓主	
崑崙七劍		國華出版社
崑崙劍	（鄭證因）	重光書局
庶人劍	（朱貞木）	
張文祥刺馬	牟松庭	集文出版社、大千印刷公司
旋風劍		百文堂
梁山俠義傳		文華書局
涼山八使		友聯出版社
清宮劍影錄	（蹄風）	環球圖書雜誌出版社

名　稱	作　者	出　版　者
混元鐵沙掌		大眾文摘雜誌社、建業書報社
終南三怪俠		南風出版社
終南大俠董海公		重光書店
終南俠巧遇白山龍		
終南俠雙俠蕩關東		
終南風雷劍		
終南豪客傳		大眾文摘雜誌社
終南劍客		大眾文摘雜誌社
終南羅公劍		
陰陽劍		重光書店
雪山飛狐	梁風	
雪山飛狐	金庸	
雪山飛鴻		南風出版社
雪魂珠		
雪嶺風雲	香雪海	海光出版社
單劍走關山		百文堂
單騎女俠		貝易出版社
掌風劍影錄	高鋒	偉青書店
游俠太行山		
游俠英雄傳	（蹄風）	海光出版社
湖海爭雄記	（風雨樓主）	永安書店
湖海爭雄記	風雨樓主	永安圖書發行社印行
湖海恩仇記	湖海樓主	榮華出版社
童子功	不肖生	百文堂
童子劍	毛聊生	文林出版社
雁翅鏢	（白羽）	三蓋書店印行
雁蕩英雄傳		大眾文摘雜誌社、建業書報社
黑衣女俠		興新出版社
黑俠劍影		新生圖書社

名　稱	作　者	出版者
黑峰坪		百文堂
黑蜈蚣		大華文化社
亂世英雄記		海光出版社、海光書店
塞外奇俠傳	（梁羽生）	大美出版社
塞外飛騎		建業書社
塞外劍影錄		香港環球圖書雜誌出版社
會戰海棠峪		中行書局
滇邊四異		大美出版社、大眾圖書社
滄波女俠		建業書社
獅谷逃龍	（海上擊筑生）	大美出版社
獅林三鳥	（白羽）	上海廣藝書局
猿女孟麗焦（絲）	（蹄風）	海光出版社
萬里飛龍		海光出版社
葉山劍影		環球圖書雜誌出版社
蜀山英雄傳		
蜀山劍俠	（還珠樓主）	香港鴻文書局
詩酒豪俠傳	江一明	偉青書店
遊俠雌雄劍	華山	祥記書報社
達摩俠		興新出版社
遁影女俠		
隔簾花影		海光出版社
雷音劍		
塵盧寶劍	梁羽生（？）	
漁村俠隱記		呂氏書社
瑤池俠隱		
碧血洗天仇	展雲	建業書報社
碧血洗天仇	觀武樓主	海光出版社
碧血恩仇	嵐樓主	國光書局發行、祥記書社履行
碧血恩仇錄		
碧血動蠻花		眞善美
碧血凝香		環球圖書雜誌出版社
碧血濺京華		偉青書局
碧峰劍仙傳	高鋒	偉青書店
碧海雄風		南風出版社
碧湖魔劍	雙魚樓主	國光書局出版、祥記書社發行
碧劍飛虹		環球圖書雜誌出版社
綠林豪傑傳	（白羽）	偉青書店
綠野英雄		大美出版社、大眾圖書社
綿裏針	無作者	長興出版社
翠湖紅娃		
翠鳳銀燕	石沖	友聯出版社
蓋世劍霸		新生圖書社
蒼龍騰雨劍		
銀燕子		南風出版社
鳳求凰		大眾文摘雜誌社
劍光俠影	樓風樓主	友聯出版社
劍芒長虹耀神州		建業書報社
劍底英豪		新生圖書社
劍底鴛鴦錄		海光出版社
劍底驚螟	（白羽）	元昌印書館、正氣書局
劍林玉蝶	慕曉	珍記出版社
劍門碧玉		新生圖書社
劍俠呂宣良		大同圖書小說社
劍氣驚虹		春秋出版社、呂氏書社
劍鬧江南		香港友聯出版社

名　　稱	作　者	出　版　者
劍膽琴心錄	俞斌	
劍殲怪魔		聯合出版社
摩云功（手）	白羽	上海勵力出版社・劉彙臣
蝦蟆功		
擂臺龍虎鬥		重光書店
橫江一窩蜂	（白羽）	百新書店股份有限公司、代表人徐雅鶴
燕雲十八騎		國光書局
霓虹劍		呂氏書社
黔道三傑		國光書局
龍力子七擒掌		
龍力子三打八卦椿		重光書店
龍江釣叟		大美出版社、大眾圖書社
龍爭虎鬥		華南書局
龍虎鬥三湘	（鄭證因）	貝易出版社
龍虎劍俠錄		文林出版社
龍門俠		華南書局
龍鳳配		大美出版社
龍鳳劍		偉青書店
嶺南漁隱		南風出版社
鴻雁恩仇		真善美出版社、真善美印書館
簫聲劍影	玉郎	
蟠龍劍客傳	（高峰）	永安書店
蟠龍劍客傳	高鋒	偉青書店
闖王外傳	（朱貞木）	上海元昌印書館
離魂針		南風出版社

名　　稱	作　者	出　版　者
雙妹英雄傳		長興書店
雙怪俠		大眾文摘什誌社
瀛海異人傳	（東方明珠）	
瀟湘劍客		大眾文摘雜誌社
羅剎夫人	（朱貞木）	三民書局
邊塞異人傳		國光書局
關中九俠	（還珠樓主）	
關西刀客傳	（牟松庭）	祥記書社
鯨海風雲		
寶島飛俠		樂天出版社
寶劍金環	（向夢葵）	大美出版社、大眾圖書社
寶劍瑤琴錄	（江一明）	環球圖書雜誌出版社
攝魂釘		呂氏書社
鐵指翁		建業書社
鐵笛天山鷹	（還珠樓主）	大陸出版社、建業書社
鐵掌水上飄	胡海樓(?)	
鐵掌水上飄	湖海樓主	榮華出版社
鐵猴子		南天出版社
鐵獅王	（鄭證因）	臺北書局
鐵獅旗	（鄭證因）	臺北書局
鐵旗俠		臺光文化出版社
霹靂手		藝界出版社
驚蟬盜枝	（白羽）	正氣書局
鷹爪無敵手		國光書局
鷹爪震江湖		
蠻山魔俠		大美出版社

第二章 百花齊放十年春

臺灣武俠創作興盛期（一九六一～一九七〇）

1960年代是臺灣武俠小說作者最多、產量最豐、品流最雜而社會變遷也最快速的時期。而這股空前的「武俠小說熱」之所以會百花齊放、欣欣向榮，卻是與當時國內外政經情勢之丕變（大氣候）、報紙副刊之競爭、出版商之鼓勵以及讀者的需求（小氣候）等因素分不開的。

　　據眞善美出版社發行人宋今人在1974年所作〈告別武俠〉一文回顧：

武俠書是這一時代的寵兒，二十年間，出版數量之多，尤其讀者之多，可能凌駕任何讀物之上。何況還有根據武俠書而編的兒童連環圖畫、武俠電影、武俠電視劇，更將武俠推展到更廣泛的領域。不分男女老幼，國內國外大多數人都接觸到它，受到它的感染；因而所發生的影響非常深遠巨大。

出版武俠書的約有十家，各有其作家陣容。極盛時武俠作家可能有二、三百人之多。武俠作家中，軍人最多，學生次之，一般人士各階層都有；年齡十六七歲至四五十歲不等，唯無女作家……（中略）。二十年內，眞善美出版社出版武俠書凡一百二十部、二千五百集；邀請作家三十餘位，海內外讀者以千百萬計。然在約十家出版社中，所出部數與集數並非最多；但眞善美爲最早在臺灣出版武俠書的一家，內容亦較好，排印、校對、裝訂等亦較爲認眞……。1

宋氏以「年高體衰」爲由，結束讀者口碑最佳的武俠出版社，並作這篇告白，實已透露出若干重要訊息：

1　宋今人，〈告別武俠〉，收入司馬翎《獨行劍》第29集（臺北：眞善美出版社，1974年），頁63-72。

一、武俠小說極盛時期的1960年代，作者約近三百名，以軍人出身者最多，學生次之；社會各階層人士皆有，唯無女作家。可見當時武壇呈現出一派「陽剛」的局面，殆與作者生計有關；而女性讀者則多醉心於文壇女作家的社會言情小說之中，追逐風花雪月，故難以產生武俠女作家。2

二、武俠出版商「約十家」，各有專屬作家陣容，以為號召。可見當時同行間競爭之激烈，因有重金徵稿、培養新秀之舉；實則知名武俠出版社遠遠不止此數。（詳後）

三、以真善美出版社所出版的武俠小說推估，當時臺灣武俠書總產量至少在一千兩百部、二萬五千集以上，多則約達兩千部、四萬集之譜。3雖然迄今仍缺乏完整的統計數字，但以單一文類而言，其產量已彌足驚人。蓋凡武俠書多為長篇，早期每集約四萬字，動輒數十集，與一般文藝作品迥不相同。

四、宋氏急流勇退，很可能是以其豐富而敏銳的出版經驗，察覺到臺灣武俠小說勢頭已露出敗象，而1970年代正是武俠創作盛極而衰的開始，此由真善美出版社倚為長城的第一王牌作家司馬翎小說《獨行劍》及《浩蕩江湖》之難產，即可得到佐證。4

2　1960年代初臺灣曾流行金杏枝（即老作家馮玉奇化名）《一樹梨花壓海棠》、禹其民《籃球情人夢》等社會言情小說，各有數十部之多；讀者皆為初、高中女生。自1966年瓊瑤《窗外》問世後，則席捲了女性讀者市場；其《六個夢》、《煙雨濛濛》、《幾度夕陽紅》諸作皆風靡一時。

3　宋氏所說當時武俠小說出版商約有十家，實為過於保守的估計，大概是指較有規模的出版社而言（詳見本章第二節）。

4　司馬翎《獨行劍》第1集出版於1970年1月，第28集出版於1971年7月，此後即中報斷稿；拖至1974年6月始出版第29集（完結篇），中間相隔三年，原因不明。而《浩蕩江湖》第1集出版於1968年1月，第14集出版於1971年3月，此後即無下文。宋令人無奈，只好約請雲中岳代

為了便於讀者能充分掌握臺灣武俠創作興盛期的歷史軌跡及其發展概況，以下將分為五個單元闡述於次。

第一節　經濟起飛與社會脈動

　　在第二次世界大戰結束後，世界各國紛紛展開經濟復原及重建的工作。而國民黨政府則因內戰失利，播遷來臺；一面整軍經武，繼續堅持「反共抗俄」大業；一面則勵精圖治，推動「民以食為天」的土地改革。從1948年至1953年的土改政策包括：公地放領、三七五減租和耕者有其田等重大措施。[5]基本上緩和了地主和佃農之間的生產矛盾關係，給予戰後農民休養生息的機會；同時也鼓勵地主逐漸向民生工業轉型。而農業復興委員會及美援會相繼成立，更為農經改革措施注入活水、活力，打下了1950年代臺灣經濟建設的基礎。

　　如果說1950年的韓戰爆發是鄰國日本經濟復甦（＊美軍在日本大量採購戰備物資）、厚植國力的起點，則1955年開始的越戰即無異為臺灣經濟發展（＊美軍以臺灣為後勤支援的主要供應基地）創造了有力的條件。加以1954年「中美共同防禦條約」簽定後，外有美國第七艦隊巡弋臺海，以保障安全；內有第一個「四年經建計畫」正著手實施。因此儘管在1950年代中，兩岸大小戰事不斷，亦無礙於臺灣經濟發展由點到面

　　續，於1977年12月一次出齊第15至30集，總結全書。其中原委詳見《浩蕩江湖》第15集末頁「真善美出版社啓事」，同時該社亦正式宣告歇業。

5　「公地放領」是指國民黨政府將日據時代強佔耕地收歸公有後，再發放給農民承領，以實現耕地農有制，代替國家租佃制。「三七五減租」是指耕地租額不得超過農作物全年收穫總量千分之三百七十五，以保障農民收益。「耕者有其田」即孫中山民生主義中扶植自耕農的辦法。三者相輔相成，循序漸進，頗能有效解決臺灣光復後的土地問題。

地加速進行。

　　據官方統計資料顯示，自1953年起至1983年止，臺灣每年平均的經濟成長率爲9%；而1961年至1972年平均的經濟成長率更高達至17.19%。這是何等驚人的數字！是故，歐美經濟學家及國際傳播媒體交相讚譽臺灣創造了舉世罕見的「經濟奇蹟」，的確是實至名歸，絕非誇大其辭。[6]

一、1960年代的經濟發展概述

　　究竟1960年代臺灣經濟起飛的原動力爲何？綜合各方學者專家的看法，大致不出以下數端：

　　（一）財經內閣陣容堅強，人才濟濟：當時臺灣經歷了前十年以振興農業爲主的慘澹經營，社會取得相對穩定；國民黨政府乃逐漸擺脫流亡心態，開始認眞思考國富民豐、長治久安之道；逐繼重用經濟舵手尹仲容之後，陸續拔擢陶聲洋、李國鼎、孫運璿等人出任財經要職。[7]這幾位大員不同於一般技術官僚，皆具有前瞻性的國際觀，故能制定一連串切實有效的財經及外貿政策，加強國際競爭力，改善人民生活。

　　（二）在「對內搞活」方面：由輔導農業增產、改良，轉向扶植、發展製造業，如紡織、塑膠、玻璃等民生工業專案；並推動計畫型的自由經濟，將水泥、紙漿、農林產業由國營轉爲民營；更竭力改善投資環

6　「經濟奇蹟」一詞最早是以 "Economic Miracle" 出現於1960年代的歐美報章，爲西方學者多方引用，唯出處不詳。主要是指日本、臺灣在經濟上高速成長，創造發展中國家的奇蹟而言。

7　尹仲容於1954年出任經濟部長，領導經改，被譽爲「臺灣經濟領航人」（李國鼎語）、「民營工業之父」（王永慶語）以及學界所謂「中國的歐哈德」、「經濟奇蹟的推手」；1963年春，於外貿會主委任內病逝。而陶、李、孫等人皆爲其栽培的得力助手，均曾擔任過財政、經濟部長，對臺灣經濟起飛貢獻很大。

境，以吸引外資來臺。同時，鼓勵全民儲蓄，喊出「家庭即工場」口號，促使社會大眾自動投入生產線，努力致富。

（三）在出口貿易方面：實行「發展民生工業以減少進口，節省外匯」爲主的經貿出口導向策略，將新台幣與美元匯率貶爲40：1，以有效刺激輕工業產品出口，爭取國際訂單。[8]而1965年高雄加工出口區的設立，更以廉價勞力吸引外資大量投入。因此在內需和外貿相輔相成、齊頭並進之下，1960年代臺灣經濟成長率能夠以兩位數的百分比高速增長，並非偶然！

（四）在教育普及方面：爲了培養經建所需中級技術人員，從1965年起，政府除有計劃地推展國民職業訓練，設置公共職訓機構外，並加速擴增高級職業學校、五年制工商專校；進而成立二年制工專，以補大學專科之不足。而1968年實施由小學至初中的九年國民義務教育，更爲掃除文盲、提高人民素質作出了有力的保證。

以上這四項要素環環相扣，缺一不可；再加上有勤奮的勞工作後盾，故而臺灣的經濟就這樣振翅起飛，成爲所謂「臺灣經驗」中最值得稱道的實質內涵。[9]

此外，1960年代另有若干重要措施亦不可忽視，茲列舉於次：

——1960年公佈「獎勵投資條例」，吸引外資；

——1962年公佈「技術合作條例」，引進國外技術；臺灣證券交易

8　臺灣外貿改革始於1958年，但到1963年方取消結匯證制度，將複式匯率改爲單一匯率。

9　參考書目有王作榮著，《我們如何創造了經濟奇蹟》（臺北：時報文化出版公司，1978）；劉進慶，〈從歷史觀點探討臺灣經濟成長問題〉，收入《臺灣學術研究會志》第2期（臺北：臺灣學術研究會，1987），頁83-104；史邦強（Sebartein）、許嘉棟、徐茂炫合著，《臺灣經濟奇蹟的原動力》（臺北：中央研究院經濟研究所，1996）。惟後者將臺灣經濟起飛期列爲1970年代，則與本書立論不同。

所亦正式開張；

——1963年實施「擴大國民就業輔導方案」；石門水庫竣工，翌年開始發電；

——1965年美援中止；總計十年間美援約近十五億，爲臺灣早期經濟發展作出了貢獻；

——1966年實施「輔導中小型企業辦法」；並成立行政院青年輔導委員會，專責辦理青年創業及就業輔導；

——1969年高雄楠梓、臺中潭子加工出口區相繼設立。

總計1960年代中，臺灣共開發了十一個工業區，工業成長率平均每年增加16.4%。迄1970年爲止，工業、服務業占總就業人口比率分別上升至27.9%和35.4%；而農業則大幅下降爲36.7%。[10]就業結構的改變，顯示臺灣已由農業社會快速向工商業化轉型。至於攸關對外開放、對內搞活經濟政策成敗的海、陸、空運交通建設及配套措施，在此一時期亦如火如荼地進行，並取得豐碩的成果。而當局在經濟起飛的同時，能兼顧到穩定物價及控制通貨膨脹，尤功不可沒。

二、大眾文娛生活的時代需求

如上所述，1960年代臺灣經濟的高速發展，必然會促使百業興旺，社會繁榮；進而也刺激了全民在精神、物質兩方面的生活需求。爲了防患於未然，當時主政的蔣氏父子遂在《戒嚴法》的威權統治下，採取政治抓緊、經濟放鬆的兩手策略：一方面以「保密防諜」爲名，整肅雷震領導的《自由中國雜誌》，阻止反對黨成立（1960年9月），箝制民主言

---

10 以上統計數字均分別見於1960年代政府公報。

論；一方面則又大幅開放歌臺舞榭，鼓勵消費，以妝點昇平氣象。而繼半民營的台灣電視公司（1962）開播之後，黨營的中國電視公司（1969）和軍營的中華電視台（1971）亦陸續成立。其以宣達政令爲主、促進產銷電視機爲輔（搞活經濟）的用心，不言而喻。

但畢竟歌廳、舞廳等聲色場所並非人人消費得起；而在台視開播初期，電視機亦非民生必需品，尚未普及。加以城、鄉差距仍大，對一般家庭而言，自以閱讀書報或收聽電臺廣播最爲經濟實惠——能擁有一台電唱機、聽唱片者已算高級享受，何況其他！

於是在時代的呼喚、社會大眾的需求以及報紙、雜誌的競爭下，通俗文化市場百花齊放，凡武俠、言情、歷史、偵探、間諜等各類小說，名手輩出，更成爲民間最有勢力的通俗讀物。相較於強弩之末的所謂「反共文學」和自命爲文壇新主流的「現代文學」（實則僅只在大學生及知識份子中流通，讀者有限），恰形成鮮明對比！[11]

何以素爲學院派大加撻伐的流行（通俗）小說能夠得勢？我們由官方公佈的一組有關教育程度的統計數字即可獲得答案：迄1970年爲止，在十五歲以上的人口中，不識字者（文盲或半文盲）占26.2%；高中、高職程度者占12.2%；而大專以上程度者卻只占3.9%。是故在現代文學陣營中，除了於梨華、白先勇、陳若曦等所撰長短篇小說獲得讀者青睞，廣爲人知外，多半是叫好不叫座，孤芳自賞而已。

---

11 所謂「反共文學」實爲貶詞，是指一批出身於軍中的作家所寫的反共／懷鄉小說而言。最早由孫陵於1949年《民族晚報》創刊號上所提出，得到官方鼓勵，並提供各種獎助辦法及發表園地；在1950年代盛極一時，而於1960年代初沒落。「現代文學」則是由臺大外文系師生共同發展出的一種西方現代主義文學流派，以1956年由夏濟安創辦的《文學雜誌》和1960年由白先勇、陳若曦、歐陽子、王文興等人創辦的《現代文學》爲大本營。「現代派」均曾赴美留學，後多成爲文壇重鎮。

　　誠然，當代文壇及文學批評家從來無視於流行小説的存在，或不屑一顧；或高舉西方寫實主義的大纛，將嚴肅、純正的「高級文藝」與浪漫、傳奇的「大眾文藝」對立起來，彷彿是兩個截然不同的世界。其實以社會學的角度來看，流行小説之所以會普遍受到大眾喜愛，正是由於它通俗易解而又深具娛樂價值之故。何況武俠稗類與魯迅所謂「平民文學」還有千絲萬縷的關係呢！12

　　在1960年代臺灣的流行小説，固以武俠書爲大宗；實則言情、歷史、偵探、間諜或鄉野傳奇類作品亦不遑多讓。他們皆以多產聞名，亦擁有廣大讀者，令文壇側目。今舉其犖犖大者如次：

　　（一）言情小説類：早期如金杏枝（即舊派三流武俠作家馮玉奇）的《一樹梨花壓海棠》、禹其民的《籃球情人夢》等，各有數十部長篇小説問世，風行一時。而郭良蕙則以《心鎖》（1962）一書成名；其大膽描寫女性的情欲掙扎，曾引起社會轟動與爭議，致遭到查禁命運，卻可視爲臺灣「情色文學」之先聲。此後瓊瑤、嚴沁相繼崛起，乃平分年輕女性讀者市場，歷二三十年而不衰；由小説改編拍成電影、電視劇者更不計其數。

　　（二）歷史小説類：以高陽、南宮博、章君穀等爲代表。高陽重考據，其《慈禧全傳》等系列清宮小説膾炙人口垂四十年，雅俗共賞。章君穀則以描寫近代傳奇人物如吳佩孚、杜月笙等軼事而鳴世。唯南宮博不拘一格，頗多誨淫之作；如《武則天》、《楊貴妃》等宮闈秘戲之露骨描寫，則有傷風化，嘩眾取寵！難脫「媚俗」之譏。

---

12 周樹人（魯迅）《中國小説史略》（1923）第二十七篇〈清之俠義小説及公案〉曾謂：「是俠義小説之在清，正接宋人話本正脈，固平民文學之歷七百餘年而再興者也。」

（三）偵探／間諜小說類：前者如費蒙（即漫畫家牛哥）以《賭國仇城》、《情報販子》、《駱駝奇案》、《職業兇手》等數十部作品而紅極一時；後者如鄒郎以《死橋》、《地下司令》等系列抗日小說而聞名於世。其中《賭國仇城》供不應求，曾創下暢銷百萬冊空前紀錄；而《死橋》則改編拍成《揚子江風雲》電影（由李翰祥導演，李麗華、楊凡主演），亦家喻戶曉，眾口爭傳。

（四）其他：如司馬中原的鄉野傳奇《狂風沙》、華嚴的文藝小說《智慧的燈》、於梨華的留學生小說《又見棕櫚，又見棕櫚》等長篇力作亦頗暢銷，廣受讀者歡迎。

上述各類流行小說大多數皆先經由報刊雜誌連載，而後方編印成書；此與武俠讀物結集出版的發行情形大致相同，只是通路性質略有差異（一般書局或小說出租店）罷了。惟租書店雖以出租武俠小說為主，亦兼收各類暢銷書。揆諸當時臺灣的國民平均所得尚不滿四百美元，[13] 購買力仍有限的社會現實面下，流行小說以租書店為「次文化集散地」，各自擁有眾多讀者；輪番上陣，樂此不疲！這也是時代的產物、社會發展（重商主義）所必需，不足為怪。

至於流行小說的創作園地，除以各報副刊為大本營外，尚有文藝性雜誌為之鼓吹，推波助瀾。當時發行量、影響力最大的月刊為《文壇》與《皇冠》。前者主要是刊登小說、散文、詩歌，創作與評論並重，作風比較正派；且附設「文壇函授學校」，造就了不少新秀。後者則初以介紹外國翻譯小說為主，不久即改走通俗化、大眾化路線，而形成了「皇冠派」。其基本作家陣容有瓊瑤、高陽、司馬中原及於梨華等，各類

13　迄1970年為止，平均每人GNP為389美元。

作品齊全，兼容並包。尤其是瓊瑤於1966年以《窗外》一書崛起後，又接連推出《六個夢》、《煙雨濛濛》及《幾度夕陽紅》等言情名著，大紅特紅！爲大眾文藝中唯一能長期與武俠小說抗衡的女作家，其號召力歷久不衰，殊堪玩味。

三、文壇「異軍」百家爭鳴向錢看

　　通常我們慣用「武壇」一詞來形容武俠小說界及其創作陣營，此爲有別於文壇風貌的相對性提法；遂有「文武之道，一弛一張」之分。其實這僅只是方便說，定義並不精當，且易與武術界相混。因爲武俠創作也要講求文字技巧、敘事章法，也要具有文藝性、可讀性；乃至描寫人情世故、刻劃人物角色以及掌握人性永恒的訴求等等。它頂多是選擇了另類的小說題材，服從眞眞假假的江湖規律，創造了虛幻的武林生態，外加刻意渲染武功的作用而已。正確地說，它理應算是文壇上的一支「異軍」，不該受到歧視或漠視才對。我們由上一章針對「武壇三劍客」的重點評述中，即可得到明證。

　　但事實上，儘管武俠小說擁有最多的讀者，卻似乎比一般流行小說更爲衛道人士所詬病；1930年代如此，1960年代亦然。於是乃有武俠小說論戰——「香花」與「毒草」之爭。[14]其所以會招致社會賢達非議，自當歸咎於1960年代武俠創作走火入魔，阿貓阿狗皆「假借俠義之名，亂揮情欲之劍，揮舞仇恨之刀」，[15]爲求名利而自甘墮落、粗製濫造所

14　1973年6月《中國時報》人間副刊曾展開爲期五個月的武俠小說論戰，導火線系由羅龍治〈武俠小說與娛樂文學〉一文所點燃，參戰者有何懷碩、孫同勳、金恒煒、葉洪生等多人。所討論者皆爲1960年代出版的武俠小說；對其是非功過、娛樂價值及香花、毒草之辯，頗多不同意見。

15　見羅龍治〈毒草香花談武俠〉，原載1973年7月6、7日《中國時報》人間副刊。

致。因此形成「一樹毒蕊壓香花」之勢，不知伊于胡底。

　　惟以娛樂文明所衍生的娛樂文學概念而言，上乘或優良的武俠作品實可集言情、歷史、偵探、間諜及江湖傳奇等一切流行小說之大成。只是這類佳構少之又少，殊不多見；大半均以向壁虛造、想入非非、怪力亂神爲能事，故其不能爲世所重，良有以也。

　　推究當時武俠小說泛濫成災，作者多達兩三百名之故，蓋因社會開始轉型，物質欲望與日俱增；人們爲求更多更好的物質享受，遂以投身武俠創作爲牟取名利的終南捷徑。加以1960年代之初，當局宣傳「家庭即工場」的口號（原指手工業產品）深入人心，正合乎閉門造車者「多、快、好、省」的願望及要求。由是凡自認略通文墨之士，紛紛舞刀弄劍，一哄而起，渾不知俠義爲何物！只要能滿足社會大眾的感官刺激，只要不涉及歷史興亡大事（此爲禁忌），皆可如法炮製，自娛娛人。

　　當然其最主要的誘因還是一個「利」字。據曾任臺灣清華大學校長劉兆玄（筆名「上官鼎」）回憶說，當年武俠小說是探取「論集計酬制」；每集約四萬字，稿酬由五百元至三千元新臺幣不等，端視作者名氣大小而定。通常一位初出道的新手月撰兩集，即可獲得一千元以上的報酬，大約相當於1960年代一個中級公務員的工資（本俸）；而成爲名家者更可「一魚數吃」（同時於海內外各報刊連載小說），月入上萬。故而寫武俠小說而發財致富的，所在多有，頗不乏人。如「上官鼎」三兄弟便曾以所獲高額稿酬赴國外留學，即爲顯例。16

16　據1993年夏劉兆玄接受葉洪生專訪所述。按：「上官鼎」爲劉兆藜、劉兆玄、劉兆凱三兄弟集體創作的筆名，隱喻三足鼎立之意；而實以劉兆玄爲主要執筆人。另參見林慧峰所作〈劉兆玄的一段武俠緣〉，原載1987年7月23日《中央日報》副刊。

揆諸當時文壇小説創作的一般稿酬標準爲每千字五十元至百元不等，單位計算雖較武俠書爲高；但因不能多產、量產之故，自無法與武俠創作的吸引力相比。再者，早年當局爲了政策需要，鼓吹「反共文學」、「戰鬥文學」，設置種種獎金以爲號召；卻因產生諸多流弊，引起部分軍中作家的反感。[17]因此他們轉而投身武俠創作行列，自由發揮想像力，寫出另類「戰鬥文藝」。這也是武俠作家中軍人出身者偏多的原因之一；而高報酬率則是彼等「長期抗戰」的原動力，固不待言。

四、武俠作家的社會屬性簡介

今以1960年爲中軸，其前後三年因撰武俠小説而成爲名家者，包括社會各階層人士，約略可粗分爲四大類：

（一）**軍人出身者**：計有臥龍生（本名牛鶴亭，陸軍政工上尉退役）、墨餘生（本名吳鍾綺，陸軍少將退役）、武陵樵子（本名熊仁杞，陸軍上校）、玉翎燕（本名繆倫，時爲陸軍少校，1980年代升爲少將）、東方英（本名盧讓泉，陸軍上校）、雲中岳（本名蔣林，陸軍少校）以及秋夢痕（本名鄧政，海軍成功隊員）等等，以上依其出道先後排序；除了玉翎燕外，大多提前退伍，成爲職業武俠作家。

（二）**學生出身者**：計有司馬翎（本名吳思明，政治大學政治系）、古龍（本名熊耀華，淡江英專）、蕭逸（本名蕭敬人，中原理工學院化

17　1950年臺灣當局成立中國文藝協會及中華文藝獎金委員會，以豐厚獎金鼓勵反共文藝創作。1951年推行「軍中文藝運動」、1954年設置「軍中文藝獎」、1955年蔣介石親自倡導「戰鬥文藝」，則更掀起了反共文學（包括小説、散文、詩歌）熱潮。但因給獎浮濫，且大多流於「反共宣傳八股」，乃逐漸遭到社會以及若干有血性良心的軍中作家所排斥。

工系)、古如風（本名蕭安人，爲蕭逸之弟，臺北國立藝專）、上官鼎（以劉兆玄爲主筆人，臺灣大學化學系）、陸魚（本名黃哲彥，臺灣大學物理系）、易容（本名盧作霖，中興法商學院合作經濟系）、司馬紫煙（本名張祖傳，臺灣師範大學國文系）、獨孤紅（本名李炳坤，臺灣師範大學國文系）及雪雁（本名薛東正，臺灣師範大學化學系）等，其中經出國深造而獲得博士學位者有上官鼎、古如風、陸魚三位；可見學生作家多具才情，不同凡響。[18]

（三）公務員及黨工出身者：計有諸葛青雲（本名張建新，總統府第一局科員）、東方玉（本名陳瑜，青年反共救國團秘書）及慕容美（本名王復古，高雄市稅務員）等。

（四）其他：如伴霞樓主（本名童昌哲，成功晚報副刊編輯）、獨抱樓主（本名楊昌年，師大附中教師）、龍井天（本名魏龍驤，公論報主筆）、高庸（本名王澤遠，經營租書店）、柳殘陽（本名高見幾，合作社員）及秦紅（本名黃振芳，印刷工）等，各自從事不同行業。另如南湘野叟、丁劍霞、曹若冰、宇文瑤璣、向夢葵、憶文、蕭瑟及陳青雲等等，或出身軍旅，或爲待業青年；因未得確證，姑且從略。[19]

五、臺灣武俠小說界四大流派

自1950年代末至1970年代初，臺灣武俠小說界基本上是四大流派並存。這四大流派代表了當時武俠小說創作總的發展趨勢，各有不同的旨

18　劉兆玄爲加拿大多倫多大學化學博士；蕭安人爲美國紐約大學電影學博士；黃哲彥爲美國馬利蘭大學物理學博士。

19　據武俠業者相傳，南湘野叟本名谷冶心，曹若冰本名曹力群，憶文本名周健亭，宇文瑤璣本名沙宜瑞，餘皆不詳。

趣、品味與訴求。爲便於讀者按圖索驥，能有概括性的瞭解，茲依據其流派特色，分別列舉部分知名作者書目於次：

（一）**超技擊俠情派**：融合過去「北派五大家」小說特色，轉形易胎而作；特強調神功秘藝／玄妙招式，以敷陳兒女英雄傳奇故事，爲1960年代臺灣武俠小說界的主流派。早期代表者如臥龍生《飛燕驚龍》、司馬翎《劍氣千幻錄》、諸葛青雲《紫電青霜》、伴霞樓主《八荒英雄傳》、獨抱樓主《璧玉弓》、墨餘生《瓊海騰蛟》、蕭逸《七禽掌》、孫玉鑫《柔腸俠骨英雄淚》、武陵樵子《十年孤劍滄海盟》、慕容美《風雲榜》、柳殘陽《玉面修羅》、曹若冰《玉扇神劍》、司馬紫煙《白頭吟》、雲中岳《古劍懺情記》、高庸《天龍卷》、易容《王者之劍》、獨孤紅《雍乾飛龍傳》等，皆膾炙人口。

按：此派其後又有所變化發展，如司馬翎小說以推理鬥智及雜學取勝，自成「綜藝推理派」；柳殘陽小說以描寫幫會／黑道的殺手生涯爲主，自成「鐵血江湖派」；而諸葛青雲、獨孤紅小說則偏好風流才子／紅粉佳人故事，遂形成「才子佳人派」等等，不一而足。

（二）**奇幻仙俠派**：以模仿還珠樓主之飛仙劍俠及神怪、法寶爲主，想入非非。早期代表者如海上擊筑生《南明俠隱》、醉仙樓主《太乙乾坤》、天風樓主《雍乾異人傳》、東方玉《縱鶴擒龍》、丁劍霞《神簫劍客傳》、南湘野叟《玉珮銀鈴》、蠱上九《河嶽流雲錄》、向夢葵《紫龍珮》、徐夢還《靈翠峪》、秋夢痕《翠堤潛龍》等。其中以海上擊筑生（成鐵吾另一筆名）的水平最高，有還珠之風。

按：此派衰微甚早，部分作家如東方玉、丁劍霞等則轉入「超技擊俠情派」。1970年代初蕭逸重返武壇，則改弦易轍，陸續寫下《塞外伏魔》等四部劍仙小說，可視爲「奇幻仙俠派」之餘波。

（三）**新派**：打破傳統武俠說書窠臼，採用新式分段，以及現代文藝筆法／技巧創作。早期代表者如古龍《孤星傳》、陸魚《少年行》、上官鼎《沈沙谷》、古如風《海兒旗》、秦紅《無雙劍》、憶文《翠蝶紫虹》等。

按：1966年左右，古龍脫穎而出，接連以《武林外史》、《絕代雙驕》、《鐵血傳奇》（楚留香故事）、《多情劍客無情劍》等名著掀起「新派」武俠狂潮巨浪以後，前述各流派即逐漸向「古龍新派」靠攏。多數作家迫於市場壓力，乃紛紛東施效顰，以致文風丕變！

（四）**鬼派**：拾還珠《蜀山》之餘唾（採其中之下乘邪魔外道），書名、內容非鬼即魔；且嗜血嗜殺，迹近變態。代表者如陳青雲《血魔劫》、田歌《血河魔燈》、江南柳《血雨腥風》、孤獨生《血海殘魂》等。臺灣武俠小說「濫惡」者流，概屬此類。彼等也有一定的市場號召力，為中下階層讀者所歡迎。

在上述四大流派中，以「超技擊俠情派」名手輩出，聲勢浩大；主導了1960年代臺灣武俠創作的發展方向；每年出版的長篇武俠小說恒以數百部計，其影響力則迥非其他大眾文藝所能比擬。而這一切事態發展，除與前述時代背景／大眾文娛生活需求有關外，有相當程度是受到出版商的鼓勵所致。於是乃有八大武俠書系爭奇鬥妍，互別苗頭，以及武俠革新運動之產生：為臺灣武俠小說的繁榮興旺提供了有利條件，並成為無數新作家的溫床。

第二節　八大書系與武俠革新運動

所謂「八大書系」是指在武俠創作興盛期（特指1960年代），專門

印行武俠小説，且與作者建立長期合作關係，出書最多、各擁山頭的八大出版社而言。依次是：「眞善美」、「春秋」、「大美」、「四維」、「海光」、「明祥」、「清華」及「南琪」。他們分別網羅並培養了一批專屬武俠名家，自成書系，作爲號召。

這八家出版社的品流頗雜，水準參差不齊；能長期維持讀者口碑的僅有「眞善美」、「春秋」、「大美」及「四維」等四家而已。一般出版武俠書多採用分集印行方式，每部月出二三集，每版印數爲兩千至三千不等，端視作者名氣大小而定；有的武俠暢銷書可一印再印，往往供不應求。當裝訂成冊後，即統由特約經銷商或自兼總經銷發往全省約三千多家小説出租店及坊間書報攤去，或租或售，隨時補貨。因此武俠小説每月的總銷售量、流動量極大，遠遠超過同時期社會言情小説、歷史小説、偵探小説和間諜小説的總合。

另在八大書系之外，如「玉書」、「光大」、「黎明」、「第一」、「新生」、「先鋒」、「翰林」、「莫愁」、「大東」、「立志」及「奔雷」等出版社，則多採打游擊的方式出書；或以翻印港版武俠書爲主，或在同行競爭中過早被兼併出局，泰半未成氣候，乏善可陳。[20]

由於「八大書系」是培養、造就臺灣武俠作家的溫床，攸關武壇盛衰與消長之勢甚大；因此有必要將其發展、演變的過程及其作家陣容，分別簡述於次。

---

20 翻印港版武俠小説者如莫愁書局，1958年曾將金庸《射鵰英雄傳》改成綠文著《萍蹤俠影錄》，實爲梁羽生小説書名。其所以如此，蓋防警備總部查禁，但仍被列入禁書目錄之中。另如奔雷出版社，因有多種社會小説遭到查禁，難乎爲繼，乃於1970年代初歇業。其他各家情況，亦大致相同。

一、「眞善美」書系作家作品舉隅

眞善美出版社成立於1950年，由宋今人獨資創辦。最初是以出版丹道、佛學、武術及健康書籍爲主；並發行《仙學雜誌》，提倡養生之道。1954年以後，方始出版武俠小說。乃以成鐵吾的歷史武俠名著《年羹堯新傳》（共35集）打頭陣，引起各方矚目；繼出《呂四娘別傳》、《江南八俠列傳》，亦馳譽一時。不久，伴霞樓主、司馬翎及墨餘生等又相率加入該社陣營，如虎添翼。宋氏遂改以出版武俠小說爲本業，兼印各類養生典籍；迄至1977年底，正式宣告結束社務，專心弘揚「仙學」爲止。至於1980年坊間猶可看到該社所出25開本武俠書，實爲「新瓶裝舊酒」，回光返照而已，無須贅述。

宋氏是一位少有的武俠出版家，爲獎掖後進、栽培新秀、端正武俠風氣、鼓勵優良作品，不遺餘力。由1960年眞善美出版社「誠意徵求武俠小說稿啓事」的七項要求，即可知其用心所在：

（一）氣氛：古雅高潔，樸實雋永，發人深思，勿入庸俗。

（二）文字：通俗流暢，簡煉有力，活潑生動，乾淨俐落。

（三）故事：結構緊密，神秘曲折，前後一貫，合情合理。

（四）內容：教忠教孝，勸善懲惡，兒女英雄，行俠仗義。

（五）人物：不論正邪，各有個性，男女老幼，適如其份。

（六）武功：刀劍拳掌，新奇驚險，玄而又玄，言之成理。

（七）言情：纏綿悱惻，清麗絕俗，合乎人情，純潔是尚。[21]

此外，宋氏並大力推薦司馬翎、陸魚、易容三人的武俠作品，高度

---

21 眞善美出版社徵稿啓事屢見於1960至1962年該社所出版武俠書之夾頁中。

讚揚司馬翎《劍神》三部曲（1958-1962）、陸魚《少年行》（1961）、《塞上曲》（1962）及易容《王者之劍》（1964）：或專文介紹，或為之作序。除陸魚、易容因故提前封筆外，司馬翎則長期堅守「眞善美陣地」，前後出版了二十六部小說，成為該社第一王牌作家。這不能不說是受到了宋氏德望感召及再三鼓勵所致。22

　　由該社早期書目所列作家陣容顯示，計有成鐵吾（別署「海上擊筑生」）、郎紅浣、墨餘生（以上三人於1961年以後即罕有新作問世）、伴霞樓主、司馬翎（別署「吳樓居士」）、臥龍生、諸葛青雲、古龍、古如風、蕭逸、上官鼎、陸魚、易容等較為知名。今將其主要作家作品出版年份（以初版首集為準，與報上連載略有出入）列舉出來，並作必要說明如下：

　　司馬翎（吳樓居士）小說：計有《關洛風雲錄》（1958）、《劍氣千幻錄》（1959）、《劍神傳》（1960）、《鶴高飛》（1960）、《白骨令》（1960）、《八表雄風》（1961）、《仙洲劍隱》（1961）、《劍膽琴魂記》（1961）、《聖劍飛霜》（1962）、《挂劍懸情記》（1963）、《帝疆爭雄記》（1963）、《鐵柱雲旗》（1963年）、《纖手馭龍》（1964）、《飲馬黃河》（1965）、《紅粉干戈》（1965）、《金浮圖》（1965）、《劍海鷹揚》（1966）、《焚香論劍篇》（1966）、《血羽檄》（1967）、《丹鳳針》（1967）、《檀車俠影》（1968）、《浩蕩江湖》（1968）、《武道》（1969）、《胭脂劫》（1970）、《玉鈎斜》（1970）、《獨行劍》（1970）

---

22 同一時期司馬翎僅有《斷腸鏢》（1960）、《金縷衣》（1961）兩部武俠小說交由春秋出版社印行。而由《關洛風雲錄》、《劍氣千幻錄》起，眞善美出版社即刊登啟事，接連稱譽前二書為「當今武俠小說第一流作品」；《劍膽琴魂記》為其「用力最多者」；《劍海鷹揚》為「最傑出者」等等，不勝枚舉。

等二十六部。

　　按：1960年、1961年、1965年、1970年是司馬翎的五個創作高峰期，每年新開三至四部書稿（包括春秋版作品）；加計報上連載及前一年度所出而未完成者，每月創作量恆在二十萬字以上，且多具創意，翻空出奇！足見其捷才快筆，無人能及。23

　　伴霞樓主小說：計有《神州劍侶》（1958）、《羅刹嬌娃》（1959）、《青燈白虹》（1959）、《姹女神弓》（1960）、《八荒英雄傳》（1960）、《紫府迷蹤》（1961）、《斷劍殘虹》（1961）、《天魔女》（1962）、《天帝龍珠》（1962）等十部。

　　按：伴霞樓主在同一時期，另有《劍底情仇》（1957）、《鳳舞鸞翔》（1959）、《金劍龍媒》（1960）、《情天煉獄》（1961）四部作品交由春秋出版社印行。奇的是，《劍底情仇》、《青燈白虹》、《神州劍侶》三部曲故事連貫，24渾成一體，卻分由眞善美、春秋兩家出版社印行，殊不可解。

　　伴霞早年出書多尚緊湊，決不拖泥帶水，通常保持在八至十二集左右；在同輩名家動輒百萬言的長篇武俠之林中，堪稱「小品」（約五十萬字以內）。其文筆生動流暢，輕鬆俏皮；尤以描寫奇人異士遊戲風塵、插科打諢最妙。演武如石破天驚，出神入化；寫情則好事多磨，令人回腸蕩氣。而常於緊中出閑筆，笑中帶淚，殆爲他人所不及。

　　然由1963年起，伴霞樓主即自立門戶，接辦奔雷出版社；再撰寫

---

23 臥龍生、諸葛青雲等固亦有同時撰寫四、五部武俠稿的創作高峰期，但水準高下懸殊，且多代筆之作；實不能與司馬翎相比。

24 《神州劍侶》爲前傳，但晚出。

《武林遺恨》（1963）、《武林至尊》（1964）、《獨步武林》（1964）、《玉佛掌》（1964）、《劍斷情殘》（1964）、《紅唇劫》（1965）及《俠義千秋》（1967）諸作，以迄《風雲夢》（1971）爲止，分別由奔雷、四維、學文等出版社印行。此一時期，其文風漸變，篇幅亦拉長至二十多集；與早先作品之短小精悍，迥然不同。25

臥龍生小說：初由玉書出版社起家（詳第一章第三節），交眞善美出版者有《鐵笛神劍》（1959）、《無名簫》（1961）、《素手劫》（1963）、《天涯俠侶》（1963）、《天劍絕刀》（1964）、《還情劍》（1967）等六部。但其最著名的作品悉由春秋出版社重金購去，與眞善美書系結緣不深。惟《無名簫》、《素手劫》二書佈局奇詭，亦馳譽一時。26

古龍小說：爲早期眞善美書系傾力栽培的武俠新秀，計有《孤星傳》（1960）、《劍氣書香》（1960）、《湘妃劍》（1960）、《情人箭》（1963）、《大旗英雄傳》（1963）、《浣花洗劍錄》（1964）、《鐵血傳奇》（1967）等七部。

按：古龍處女作《蒼穹神劍》（1960）由第一出版社印行。同年稍後，又有《劍毒梅香》（僅寫四集，上官鼎續完）、《劍氣書香》（僅寫了三集，墨餘生續完）、《孤星傳》、《遊俠錄》及《月異星邪》五部分別由不同出版社推出。在眞善美書系中，《孤星傳》爲古龍「新派武俠」的起錨試點；而《浣花洗劍錄》則是其建構完成「新派武俠」初級階段

25　伴霞樓主最短的作品是1962年明祥出版社所印《龍崗豹隱》，只有3集，爲迄今所見「武俠極短篇」。其最長的作品是1967年四維出版社所印《俠義千秋》，共有28集。

26　其他作品另詳春秋書系。

的揚帆之作。關於其人其書的介紹，將於下一節中細述，在此不贅。

蕭逸小說：為成名後加入眞善美書系者，計有《虎目娥眉》（1960）、《金剪鐵旗》（1961）、《壯士圖》（1963）、《桃李冰霜》（1964）、《還魂曲》（1964）等五部。[27]

按：蕭逸本名蕭敬人，1936年生，山東菏澤人。其父蕭之楚為海軍宿將，曾參加過北伐、抗日諸役，名聞全國。蕭氏自幼愛好文藝及武俠，自承受還珠樓主與王度盧影響頗深。高中時期即開始投稿，多以散文小品為主，發表於《野風》、《半月文藝》等青年園地，筆鋒常帶感情。1959年底甫由中原理工學院化工系畢業，即開始武俠創作。其處女作《鐵雁霜翎》（1960）及《七禽掌》（1960）均由明祥出版社印行，極受歡迎。加盟眞善美書系後，初與古龍齊名，被該社出書廣告力捧為「青年天才作家」。本想大展鴻圖，卻因受「紀翠綾事件」所累，於1965年以後即息影武壇；改行從事電影編劇工作約十年，方重出江湖，並成為第一位進軍大陸的臺灣武俠作家。[28]

古如風小說：以《古佛心燈》（1961）成名，另有《天涯歌》（1962）、《海兒旗》（1963）、《沙漠客》（1963）、《紅袖青衫》（1964）等書。他也是眞善美出版社重點培養的作家，與古龍、陸魚同屬「新派」後起之秀。可惜為出國留學故，很早便退出武壇。[29]

---

27 1964年4月眞善美書目將《龍吟曲》標明蕭逸／古龍合著，各撰五集，故不予計入。

28 所謂「紀翠綾事件」是指1965年蕭逸介入影星魏平澳、紀翠綾夫妻的家庭糾紛，當時成為轟動全臺的社會新聞。1967至1970年為港、臺電影公司編劇，有十部拍成電影。1970至1976年受聘為台視、中視、華視及光啓社特約編劇，共撰寫各類單元劇、連續劇約一百二十集。此後重返武壇，出版《馬鳴風蕭蕭》（原名《鐵骨冰心》）、《甘十九妹》等多種武俠小說。1980年起，與中國友誼出版公司簽訂長期合約，將其所有作品交付印行簡體字版，是為臺灣武俠作家「登陸」第一人。

29 古如風處女作可能是永安出版社所印《狼形八劍》（1961），與《古佛心燈》約略同時。又明

諸葛青雲小說：其加盟真善美書系較晚，計有《彈劍江湖》（1964）、《碧玉青萍》（1964）、《書劍春秋》（又名《無字天書》，1965）、《咆哮紅顏》（1967）、《大情俠》（1967）、《孽劍慈航》（1968）、《血連環》（1968）等七部。

墨餘生小說：多集中在1960年左右出版，計有《瓊海騰蛟》（1959）、《海天情侶》（1960）、《明駝千里》（1961）三部曲，及《雷電風雲》（1960）、《劍氣縱橫三萬里》（1961）、《金劍飛虹》（1962）等書。宋今人曾謂「女讀者最愛看」《瓊海騰蛟》三部曲，並改編成《小俠龍捲風》漫畫，風行一時。

陸魚與易容小說：陸魚是除司馬翎以外，宋今人最賞識的武俠新秀。其處女作《少年行》（1961）及《塞上曲》（1962）如詩如畫，為臺灣武俠原刊本封面上首度標明「新型武俠」名目者。[30]對於同時期的古龍以及整個「新派」的形成，影響很大。本章將於第五節中加以說明，此處從略。

易容初由代筆起家（參見第一章第三節臥龍生部分），因受到宋今人重視，乃為該社撰寫《王者之劍》（1964）、《河嶽點將錄》（1967）及《大俠魂》（1968）三書。宋氏愛才，每以易容小說未獲讀者看重而感到惋惜。

此外，上官鼎成名作《沈沙谷》（1961）和《烽原豪俠傳》（1962）亦由該社出版（其他作品詳見「清華—新台」書系）。另如郎紅浣《青

祥書系所出《金佛》（1961）、海光書系所出《霜蹄雁斷一劍程》（1961）則僅見書目，無可查考。

30 《少年行》封面標明「新型俠情小說」，而《塞上曲》則標明「新型武俠」名目。

溪紅杏》（1959）、《黑胭脂》（1959）、《四騎士》（1960）及龍井天
《乾坤圈》（1959）《九州異人傳》（1960）等書，均爲眞善美早期所出武
俠小說；但因郎紅浣、成鐵吾、龍井天三位老作家封筆甚早，其書今已
湮沒不彰，唯存書目而已。[31]

　　按：龍井天本名魏龍襄，1918年生，山東夏津人，山東高唐中學畢
業。抗日戰爭期間，曾任山東高唐縣政府秘書、保安團政治部主任等
職；抗戰勝利後，轉入新聞界工作，歷任山東《民國日報》主筆、《正
報》總編輯。1949年來臺，先後服務於《全民日報》、《公論報》及《聯
合報》，擔任編撰工作。1957年魏氏應《民族晚報》之邀，以「潛齋述
異」爲欄目陸續發表〈劍吟粉香〉等十六篇文言武俠小品，饒有古風，
後結集成《九州異人傳》一書。繼於1959年連載發表技擊小說《乾坤
圈》、《太陰教》（未出版），因而知名。據其《華齋誌異·序》稱：「退
之送窮，儒者之坎坷堪哀；留仙說鬼，書生之孤憤可知。流亡海隅，每
比飄萍；緬懷家鄉，輒墮淚雨……」似可略見其寄慨武俠之初心。

　　至於其他客串性質的散兵游勇，如天風樓主《雍乾異人傳》
（1959）、董奇《玉掌金雕》《1960）、尉遲文《劍海孤鴻》（1960）、古翠
微《雲山仙子》（1960），乃至倪匡早期武俠作品《紅塵白刃》（1968）、
《一劍動四方》（1969）及《離魂劫》、《武林迷》等書，固不必一一贅
述。

---

31 郎紅浣早期作品多由國華出版社印行，眞善美僅得三部。海上擊筑生《南明俠隱》曾於
　　1955年在《上海日報》連載，出版較晚。其書目則另有《獅谷逃龍》與《青鋒奇俠》，今皆
　　不傳。又，1979年南琪出版社曾將《南明俠隱》正續集改名《西疆劍仙錄》，掛臥龍生之名
　　出版。

宋今人的武俠出版／創作觀

　　總之，眞善美出版社在宋今人領導下，不但選書較好，排版、校對、裝訂亦比同業認眞。其早期所出武俠小說的封面及內頁插圖，多由名畫家李靈伽（筆名「另人」）精心繪製；其筆致空靈飄緲，古意盎然，頗能增加故事的可看性。而《沈沙谷》選用上官鼎兄弟自繪插圖，別具特色；尤爲讀者津津樂道，傳誦至今。

　　該社自始即注重出版權利問題，版本所標示的年月皆翔實可靠；初版、再版（二刷）歷歷分明，不致混淆。決非其他書系慣用「出版」二字模糊交代，卻常常造成版本時序錯亂、以訛傳訛的謬誤可比。這應歸功於宋氏高瞻遠矚，爲臺灣出版界最早有著作權及版權觀念之一人。因此在出書之前，宋氏均與作者簽訂著作權讓渡合約，以防其一稿二賣；並進而落實「版權所有，翻版必究」八字眞言。這又可見出宋氏老辣精明的另一面。故其能執臺灣武俠出版業之牛耳垂二十年，是其來有自，實至名歸。

　　爲了發掘更多更好的武俠新秀，宋氏於1966年2月又刊登「重酬徵求俠情小說稿啓事」，列出「六要」、「二請」，表達拳拳盛意：

（一）要水準較高，含有人生哲理，雅俗共賞的。

（二）要有教育意義，能增長知識，啓發智慧的。

（三）要合乎我國倫理、道德、因果、報應、歷史、地理、文物制
　　　度的。

（四）要有離奇曲折的故事、驚天動地的情節，和千變萬化的趣味
　　　的。

（五）要刻劃人物個性，入木三分的。

（六）要文字精簡有力、天真活潑、生趣盎然並富幽默感的。

（七）敬請我們的讀者，發揮其豐富之理想和獨特之抱負，試寫一
　　　部，賜交本社。

（八）敬請女讀者不落人後，寫出精采作品，賜交本社。

（＊先寫兩集，每集六百字稿紙寫五十五張）

以上均見真善美出版社所印武俠書。

　　顯然在蕭逸、古如風、陸魚等新秀相繼告別武壇後，宋氏亟欲造就
另一批生力軍，以強化作者陣容。而究其實質，亦可視為一種「武俠革
新運動」（另詳大美書系），足以表彰出版家的社會責任與良心；這和前
舉1960年的七大徵稿標準遙相呼應，是前後一致的。怎奈其「寓教於樂」
等要求陳義太高，即便是號稱「武俠泰斗」的臥龍生及「新派掌門」古
龍也做不到。因此終究沒有培養出其他新人，只能靠著司馬翎、諸葛青
雲等老牌名家，輪番上陣而已。

　　關於「正規的武俠書」該如何寫，宋今人在＜告別武俠＞一文中曾
發表他的具體看法，值得引述於下：

正規的武俠書必須是：（一）時在數百年前，多在元、明、清三
朝。（二）地在中國大陸及邊疆，偶涉番邦。（三）書中人物分正
邪兩派，最後正派勝而邪派敗。（四）男主角允文允武，英俊仁
厚，武功高強；女主角美艷多情，武功亦高或更高。（五）用刀
劍，不用槍炮。（六）特別強調武功、體能、靈丹、秘笈等等。
（七）行道江湖，快意恩仇，尊師重道，退隱山林。

寫武俠書可海闊天空，隨意揮灑，不受限制。有時寫到自己都渾忘

所以，忽然跳出一個特別人物，或者一個特殊意境，那必然是一段引人入勝的好文章。

寫武俠書也有難處，人物和情節既要特殊又須合理；明明是假，說成是真。雞鳴狗盜之徒，經天緯地之才；文章華國、潑婦罵街、貞婦節烈、淫娃惑主——躍然紙上。

真正正規的武俠書，應點明朝代。問題是這樣一來，有關帝王、將相、重要人物乃至當時的文物制度、地名、官名、服飾、方言等都須作一番考證，不得馬虎。

有個好故事，創造幾個生、旦、淨、丑人物，描寫多場鬥智鬥力，旁及詩、畫、琴、棋、醫、卜、星、相；熱烈緊張，嫵媚恬淡，兼而有之，這就是一部武俠書。

回顧真善美書系的重要作家，宋氏亦有其主觀的看法：

作家中應推臥龍生作品最多。《中央日報》二十年來，除最早一、二年連載過成鐵吾先生作品外，都是連載臥龍生作品；他的作品普遍適合讀者興趣。

司馬翎作品運用文藝及推理手法，寫來較有深度；讀者得以增長智慧，欣賞其才藝，最受大學生及留學生歡迎。他的作品當推在政大一年級時所寫《關洛風雲錄》、《劍神傳》、《八表雄風》為早期作品；而以《劍海鷹揚》、《紅粉干戈》、《飲馬黃河》更為突出。

諸葛青雲作品甚多，寫來頭頭是道，曉暢明白。其特點在教忠教孝，善惡有報，放下屠刀，立地成佛。有益世道人心，值得稱譽。

古龍自其小學生時來本社看武俠，大學時為本社寫武俠；十多年來，日有進步。在東南亞一帶，有最受歡迎的武俠作家趨勢。

易容寫《王者之劍》三十集，非常出色！可惜大家都不大注意到這部書。

上官鼎兩兄弟，自高中開始寫武俠。兩人商量，各寫半本；接連一下就成一集，寫到臺大畢業為止。現在都成博士、大學教授了。[32]

陸魚以臺籍青年寫大陸風光，平生未見過雪而寫雪景；雖僅寫《少年行》十集、《塞上曲》八集，可是頗有才華，極有份量！有人比作「武俠中之武俠」，置之床頭，每夜必看數頁，才得安然入睡。良以書中含有高度幽默感，趣味雋永，生氣盎然；粗心大意時，卻看不出來。當年陸魚還是大學生，現已是留美物理學博士了。

墨餘生寫《瓊海騰蛟》、《海天情侶》、《明駝千里》一整套，轟動一時。當書中男主角娶第十二位妻子時，墨餘生自己的夫人已是忍無可忍，提出嚴重抗議！妙的是女讀者最愛看這部書，每當遲出時，女學生紛紛來函催詢。以上略舉幾位，以見一斑。

最後談到「武俠書前景」，宋氏進一步闡述自己「確也曾想寫一部武俠書」；並寄望於有志者盍興乎來！明確指出武俠可大可久之道：

人有七情（喜、怒、哀、樂、懼、愛、惡）六欲（眼、耳、鼻、

32　宋今人所說有誤，參見註16。按：劉氏共有六兄弟，依次為劉兆甯、兆華、兆漢、兆藜、兆玄、兆凱，皆獲美加理工博士學位。後三人共同筆名為上官鼎，兆藜、兆玄皆任教大學。

舌、身、意所產生的情欲），自出生以至老死，莫不在此中流轉。古往今來，人永遠是這樣的；唯有出世的宗教徒、聖哲賢者或能減少，甚難破滅。這是人性的弱點！

針對這些弱點，來寫武俠書。首先創造一群具代表性的人物，編織一個接近當年現實社會的故事；有根有據，有真實感。於是在動作和言語中，在江湖、在廟堂、在街市、在鄉村發生種種事，儘量激發這些人性的弱點；使之喜，使之怒，使之哀，使之懼，使之愛，使之惡，使之欲。一而再、再而三的撞擊它，自始至終的揭發；澈底的、赤裸裸的、活生生的粉碎它！達到高潮時，作者已不能自己，讀者也透不過氣來；跟隨著書中的發展，喜亦喜，怒亦怒，哀亦哀……到最後，書中人與讀者已打成一片。

有如洪流，沖入大海；有如野火，足以燎原。此際最關緊要！導入正途，即是積極的、理想的、美好的人生；流入邪途，則是野蠻的、惡性的、醜陋的末日。這是個意識形態問題；我們要把武俠情操，在盡情激發之下，趨向善良的一面，昇華再昇華。變化人性，對國家、社會、人世有好的影響。看過這樣的書，你能忘得掉嗎？

其實，文藝作品何嘗不如此，但武俠書要加些東西；加什麼？加武功。武功有一個限度，以人所有的體能極限為準；但可強調精神力量，那是無限的。其他如地理、歷史、文物、制度、人情、風俗……一定要真實，不容錯誤。

末尾，宋氏又對武俠小說容易產生的弊病，提出針砭之言。可謂語重心長，發人深省：

武林人士以武功天下第一為榮，甚至為爭第一，把師父殺了。此最
要不得，流入邪魔外道。爭得第一，有何意義？英雄處事態度，必
須被眾人推重才是真英雄……武功比高低，已到不可思議的地步。
毒藥、毒氣殺人，音響殺人，媚功殺人；乃至停留空中、深入江河
等等，似應予以揚棄。如要引用，必須交代清楚，自創一番說辭。

武林好漢往往在任何場合，爭鬥兇殺，殘忍施暴；甚至殺人千百，
官府不加聞問，毫無法律制裁，此點應予糾正。行道江湖，飲酒食
肉，一擲千金，視為常事，好像金銀取之不盡；但是來歷不明，必
須略加交代。武林人只談武林中事，好像與廣大社會民眾脫離似
的；故事發生在何時何地，多不說明。「時」、「空」極關重要，
亦應注意……

君子樂而不淫，對蕩婦淫娃描繪應有分寸，不可過分暴露或庸俗。
誨淫誨盜為武俠書詬病，應須避免。我曾想要寫的，就是這樣的武
俠書。我不一定寫得出，希望有志於此的能寫出來……

　　以上節錄的這些文字，與其說是一位資深武俠出版家的真情告白，
無寧視為一篇充滿道德理想、淑世精神的「武俠創作指南」。這是迄今
所見最全面、最完整的有關武俠創作方法論的概述；雖然不無窒礙難行
之處（如歷史方面的考證唯有雲中岳能夠做到），但因出於武俠出版家
之手，也就格外值得重視。可惜宋氏臨別贈言，未能掀起一場真正的
「武俠革新運動」即封劍歸隱，良可歎息。

二、「春秋」書系作家作品舉隅

春秋出版社成立於1950年代中期，發行人是呂秦書，故又稱呂氏書店（蓋取「呂氏春秋」之意）。該社最早由小說出租店起家，卻因搶先將臥龍生、諸葛青雲網羅旗下，遂與眞善美書系齊名，同爲武俠小說出版業的兩大主流。呂氏夫婦頗有商業頭腦，曾創辦《武藝雜誌》半月刊；採取先逐期連載小說、再出單行本的「一魚兩吃」方式，廣交武壇舊雨新知。惟因出身軍旅，文化水平有限；故始終無法突破武俠出版商的格局，不能和宋今人的眼光見識相提並論。

由該社早期書目所列作家陣容顯示，計有：臥龍生、諸葛青雲、孫玉鑫、古龍、獨孤紅、司馬紫煙、宇文瑤璣等爲主力；而慕容美、柳殘陽（中期）、東方玉（中期）及金陵、蕭瑟等亦間有插花之作，但爲數不多。由於該社武俠書一向不注重版次，只印當時「出版」年月（同一部小說出版時間可能相差十年）；故筆者除根據手頭原刊本外，不得不兼參報上連載時段爲準。茲擇要分述如下：

臥龍生小說：計有《飛燕驚龍》（1959）、《玉釵盟》（1960）、《天香飄》（1961）、《絳雪玄霜》（1963）、《金劍雕翎》（1964）、《風雨燕歸來》（爲《飛燕驚龍》後傳，1965）、《飄花令》（1967）、《天鶴譜》（1968）、《指劍爲媒》（1968）、《翠袖玉環》（1969）、《鏢旗》（1969）、《血劍丹心》（1970）、《寒梅傲霜》（1970）、《神州豪俠傳》（1970）等十四部。

按：臥龍生成名後最重要的作品均交由春秋出版，被呂氏倚爲長城。這也是該書系能與眞善美書系平分秋色的原因之一。唯臥龍生並不愛惜羽毛；上列書目中即有《天香飄》、《天鶴譜》、《指劍爲媒》、

《寒梅傲霜》四部是由他人代筆續完，可見其不負責任之一斑[33]。另1961年春秋出版廣告中，曾列有《翠袖青霜》及《女俠白鳳蝶》二書，卻未見出版，不知何故。

　　諸葛青雲小說：以處女作《墨劍雙英》（1958）起家，即為該社長期效力，與臥龍生並列兩大武俠泰斗。計有《俏羅剎》（1959）、《紫電青霜》（1960）、《天心七劍蕩群魔》（1960）、《一劍光寒十四州》（1960）、《半劍一鈴》（1961）、《折劍為盟》（1961）、《荳蔻干戈》（1961）、《鐵劍朱痕》（1961）、《奪魂旗》（1961）、《霹靂薔薇》（1962）、《玉女黃衫》（1963）、《碧落紅塵》（1963）、《劫火紅蓮》（1963）、《江湖夜雨十年燈》（1963）、《劍海情天》（1964）、《浩歌行》（1964）、《姹女雙雄》（1965）、《四海群龍傳》（1966）、《梅花血》（1967）、《霸海爭雄》（1968）、《武林三鳳》（1968）、《劍戟公侯》（1969）、《鑄劍潭》（1969）、《洛陽俠少洛陽橋》（1969）、《劍道天心》（1969）、《百劫孤星》（1970）、《翡翠船》（1970）等，約在二十八部以上。[34]

　　按：諸葛青雲的創作態度與臥龍生一樣，亦喜請人代筆，捉刀者先後有古龍、倪匡、司馬紫煙、獨孤紅、蕭瑟、隆中客等多人。最嚴重的是《江湖夜雨十年燈》一書，由本人開筆寫第一集，古龍代撰第二集，

33　在1960年代臥龍生的小說中，《天香飄》四分之一由易容代筆；《天鶴譜》、《指劍為媒》大部分由宇文瑤璣代筆；《寒梅傲霜》大部分由朱羽、宇文瑤璣代筆。自1970年以降，代筆之風越演越烈，更不堪聞問了。又，1979年南琪出版社曾將《女俠白鳳蝶》改名《俠骨柔情》出版。

34　《荳蔻干戈》前8集由明祥出版社印行，自第9集起改由春秋出版。又除《江湖夜雨十年燈》是分由古龍、倪匡、司馬紫煙代筆續完外，另《霸海爭雄》是由隆中客代筆，《洛陽俠少洛陽橋》是由蕭瑟代筆；基本上已不能算是諸葛青雲作品，在此聊備一格。

倪匡則由第三集續到第十集；以後至二十集全由司馬紫煙續完，並正式掛牌接寫續集。此舉又破了一項代筆紀錄，其不良示範不足爲訓。35

孫玉鑫小說：計有《滇邊俠隱記》（1960）、《柔腸俠骨英雄淚》（1961）、《血手令》（1961）、《不歸谷》正續集（1963）、《大河吟》（1963）、《怒劍狂花》（1964）、《斷魂血劍》（1964）、《玄笛血影》（1964）、《無影劍》（1965）、《血花》（1966）、《十年孤劍萬里情》（1966）、《玫瑰滴血》（1967）、《黑石船》（1968）等，約十三部左右。36

按：孫玉鑫本名孫樹榕（1918–1988），山東青島人，來臺後即以說書爲業。其早年曾撰《龍虎日月輪》及《太湖臥龍傳》二書，未能終卷，故事後轉入《滇邊俠隱記》，乃成春秋書系名家。孫氏小說佈局奇詭，文筆流暢，著重推理，尤善於處理交叉式人物對話及肢體語言。惟其早年受還珠樓主影響頗深，敘事演武多神怪化，乃爲世人所詬病。孫氏其他名著如《萬里雲羅一雁飛》（1961）、《威震江湖第一花》（1968）、《不朽英雄傳》（1969）、《復仇谷》（1970）等書，則分別由「瑞成」、「大美」、「南琪」三家出版社印行；是臺灣第一代武俠老作家中創作生命最長者，前後共有三十三部作品問世。

古龍小說：計有《護花鈴》（1962）、《名劍風流》（1965）、《武林外史》（1966）、《絕代雙驕》（1966）、《俠名留香》（1968）、《多情劍

---

35 據古龍老友于志宏（筆名于東樓，原漢麟出版社社長）所述。

36 《血手令》未見原刊本，春秋出版社於1978年再版，共20集；而瑞成出版社卻有1961年版書目。又春秋另出一種《血手令》（1965），亦署孫氏名；惟自第11集起，卻改書名爲《血手雙令》，標明孫玉鑫／奇人合著，拖至31集結束。孰是孰非，莫可究詰。而《怒劍狂花》則另見文川書社版，亦甚奇突。可見春秋版本之亂。

客無情劍》（1969）、《蕭十一郎》（1970）等七部[37]。

　　按：1960年代古龍爲春秋書系所撰作品雖不多，但均爲重要作品。跨過1970年門檻，春秋又繼續出版《流星・蝴蝶・劍》（1971）、《歡樂英雄》（1971）、《大人物》（1971）；更將南琪版《大遊俠》（1973）所敘陸小鳳故事拆散爲《陸小鳳傳奇》、《繡花大盜》、《決戰前後》、《銀鉤賭坊》、《幽靈山莊》及《鳳舞九天》（1975）等六部曲，改以25開本重新印行，是爲古龍創作全盛時期。（餘見南琪書系）

　　司馬紫煙小說：計有《環劍爭輝》（1961）、《江湖夜雨十年燈續傳》（1963）、《萬里江山一孤騎》（1964）、《白頭吟》（1964）、《豔羅刹》（1964）、《羅刹劫》（1965）、《寶刀歌》（1965）、《金僕姑》（1966）、《情劍心焰》（1967）、《荒野遊龍》（1968）、《燕歌行》（1969）、《一字劍》（1970）、《英雄》（1970）等，約十三部左右。

　　按：司馬紫煙本名張祖傳（1941-1991），安徽人氏，臺灣師範大學國文系畢業。處女作《環劍爭輝》用本名出版，初未引起注意。正好1962年諸葛青雲應邀於香港《明報》上連載《江湖夜雨十年燈》，臨時改筆名爲「司馬紫煙」（一說是由金庸所取）；卻因分身乏術，急於尋找代筆者。乃得呂秦書之介，約請同宗後進張祖傳續寫《江湖夜雨十年燈》第十一集至二十集。及見他續得有模有樣，大爲欣喜，乃將此一筆名轉贈給他，因以「司馬紫煙」之名鳴世。《江湖夜雨十年燈》本傳二十集仍署名諸葛青雲，後傳三十集則正式署司馬紫煙之名，一時傳爲佳

---

37 按《俠名留香》爲《鐵血傳奇》後傳，分成《蝙蝠傳奇》和《桃花傳奇》二部曲，1978年由漢麟／萬盛改版發行。據1969年春秋出書廣告稱：《割鹿刀》（正集稿中）、《俠名留香》（業已出版）、《多情劍客無情劍》（即將出版）；實則並無《割鹿刀》一書，很可能其後改名《蕭十一郎》，以人代刀名。

話。

獨孤紅小說：計有《雍乾飛龍傳》（1966）、《滿江紅》（1967）、《丹心錄》（1968）、《玉翎雕》（1969）三部曲、《豪傑血》（1968）、《檀香車》（1969）、《聖心魔影》（1969）、《俠種》（1969）、《刀神》（1970）、《響馬》（1970）、《武林春秋》（1970）等書。

按：獨孤紅本名李炳坤，1939年生，河南開封人；臺灣師範大學國文系畢業，曾任中學教師及電臺廣播工作。李氏就讀大四時，開始撰處女作《紫鳳釵》（寫於1963年，但出版較晚），文筆不凡，獲得諸葛青雲肯定。1965年諸葛青雲為大美出版社撰《血掌龍幡》第一集後，即央李氏代筆續完。由於書中男主角複姓獨孤，諸葛青雲乃贈以「獨孤紅」筆名，祝其一炮而紅，旗開得勝。翌年第一部正式掛獨孤紅之名的《紫鳳釵》即由大美印行，與春秋所出《雍乾飛龍傳》均為揚名立萬之作。其文筆清新流暢，搖曳生姿；而善用京白對話，亦頗為生動傳神。由1967年起，他又陸續推出《滿江紅》三部曲（《丹心錄》晚出，是為前傳），則更紅上加紅，號稱代表作。實則不但《玉翎雕》的書名是襲自郎紅浣同名小說，甚至部分人物故事亦不無剽竊之嫌。

一言以蔽之，獨孤紅小說多以明、清兩代帝都北京為故事背景發生地，因此運用北京俏皮話極溜，饒有京味小說之風。惟其書中男主角例為白衣（或黑衣）書生挂帥，且文才、武功天下無雙，俊美絕倫；而女主角俱為「紅粉班中博士、娥眉隊裏狀元」（引獨孤紅語），大半千人一面，皆不近情理。加以諸作人物名號亦多雷同，且清宮「貝勒」、「格格」滿天飛，沒完沒了！遂索然無趣矣。

同一時期，獨孤紅另有《紫鳳釵》（1966）、《斷腸紅》（1966）、《俠宗》（1968）、《武林正氣歌》（1968）、《鐵血冰心》（1970）、《英

雄兒女》（1970）等書由大美出版社印行；而《大明英烈傳》（1967）、《雪魄梅魂》（1970）等書則分由南琪、四維出版社印行。1970年代以後，因武俠小說逐漸陷入低潮，獨孤紅遂轉任電視台編劇，以《江南遊》、《一代女皇》等連續劇馳譽一時。

宇文瑤璣小說：計有《幽冥谷》（1963）、《紅塵劫》（1964）、《路迢迢》（1964）、《劍影飛魂》（1965）、《劍夢殘》（1964）、《豔尼傳》（1966）、《瀟湘夜雨江湖路》（1966）、《彩雲歸》（1967）、《青萍浪子》（1967）、《燕雙飛》（1969）、《翠雨江寒》（1970）等書，水平一般。

總之，春秋書系雖然網羅了臥龍生、諸葛青雲、古龍三大王牌，也培養出司馬紫煙、獨孤紅及宇文瑤璣等武俠新秀；但因主事者呂秦書只著重生意眼，而欠缺出版家的抱負理想，因此整體評價不高。例如1957年呂氏翻印金庸《射鵰英雄傳》七集被禁，猶可說是草創初期權宜之計；但到1975年，呂氏已因狂賣古龍小說而發大財，卻又將梁羽生舊作《七劍下天山》、《白髮魔女傳》改題《天山七劍》、《狼嬰記》，僞託「司馬嵐」之名出版。可見其缺乏商業道德之一斑。38

不僅如此，即使是在1960年代中期武俠小說正蓬勃發展之際，呂氏書店猶抱著通俗文化地攤心態，企圖插手於其他大眾讀物領域，搞大小通吃！如1965年刊登的「高價徵稿」廣告，即包括了：武俠／劍俠小說稿、文藝／社會小說稿、偵探／間諜小說稿、漫畫／連環圖畫稿等四大

38　查最早以「司馬嵐」之名翻版的梁羽生小說，爲新台書店所印《瘋俠奇緣》（1964），即《雲海玉弓緣》；而明祥出版社所印《天劍龍刀》（1964），即金庸《倚天屠龍記》。其後時事出版社又以此僞託筆名翻印梁著《廣陵劍》（1967）等多種；而春秋出版社則爲盜印第三波。

類。[39]其中無一語涉及如何獎勵、健全武俠小說優良創作之道;非但比不上眞善美書系宋今人的眼光見識,即較大美書系熱心提倡「武俠小說革新運動」的雄心壯志亦遠遠不如。其所以能與宋氏並列爲臺灣武俠出版界「雙雄」之一,無非是眼明手快、牢牢抓住幾株「搖錢樹」(暢銷作家作品)而已。洵可謂風雲際會,浪得虛名!

三、「大美」書系作家作品舉隅

　　大美出版社成立於1958年,發行人是張子誠;曾數度舉辦武俠徵文比賽,宣稱「首倡武俠小說革新運動,闡揚民族固有道德精神」。在1963年4月1日該社所刊登的第二屆武俠徵文比賽「特別大徵稿」啓事中,除揭櫫上述出版宗旨外,並提出「絕對避免黃色」的徵稿要求;足見張氏確爲一位正派經營、力爭上游的有心人。雖然此舉因缺乏整體規劃,頗嫌草率;以致雷大雨小,事與願違。[40]但經由該社同年出版的《武林十字軍》(號稱「十大名家通力合著」)廣告詞所列六項說明中,亦約略可知其選書、出書的標準所在:

(一)本書的第一特點是「新」,揚棄陳腔濫調,採用新的武功招
　　　式;故事情節、風格筆調亦無不以新面目出現。

---

39 見諸葛青雲《姹女雙雄》(1965)夾頁所附春秋出版社徵稿廣告。又,同一時期呂氏另刊登「誠徵改稿主編」啓事,言明「專負修改武俠稿件之責」。可見好作品難求,必須有專人進行「藝術加工」。

40 在這次「特別大徵稿」中,大美出版社公開徵求《少年頭》、《孤雛淚》、《列婦血》、《知音劫》四書目;並強調:「這四部書,本社盼能與《遊俠列傳》、《水滸傳》等書同成爲一時代之代表作,願諸先生加意力撰之。」實則陳義太高,根本不可能實現。因此僅有劍虹《少年頭》、范瑤《烈婦血》入選佳作;而秦紅《無雙劍》亦並列爲大美第二屆武俠徵文比賽佳作獎,餘則從缺。

（二）本書堅守純武俠形式，闡發忠孝節義的固有民德；排斥偵探
　　　之恐怖與言情之黃色。

（三）本書承受第一部集體名著《群英會》之經驗，特別著重於結
　　　構之密合與完整。41

（四）本書汲取西洋影片《六壯士》等之優點，把握氣氛之沈凝與
　　　場面之浩大。

（五）本書講求文字之簡潔優美，以適應最廣大之讀者。

（六）以上各點將爲本社今後所有新書之嚆矢。

　　固然《武林十字軍》以所謂「十大名家」爲號召，只是一種宣傳噱
頭，不足爲訓；卻也片面表明大美意圖「革新」武俠書（特別是第二項
標準）的出版理念與方針。

　　迨及1964年2月，大美又以「紀念創社六周年」爲名，公開徵聘
「基本作家」二十位，並提出具體辦法如下：

一、爲吸收新人，俾使武俠內容獲得更新起見，本次徵聘暫以初次
　　寫作者及已作嘗試而未獲成功者爲主要對象。

二、凡對國學有相當造詣，文字方面有完全的運用表達能力，且自
　　信富於情感與幻想者，均所歡迎。

三、有意應徵者，請先來函通知，並於三月底以前交一萬字短文一
　　篇；有現成作品者，可以作品代替。

---

41 《群英會》（1962）由東方玉、慕容美、劍虹、丁劍霞、玉翎燕五人集體創作，共30集。
　《武林十字軍》（1963）陣容有丁劍霞、上官雲心、文嘯風、玉翎燕、令狐玄、東方玉、陽
　蒼、劍虹、獨抱樓主、慕容美（以姓氏筆畫爲序）等十位作者，共20集，亦如法炮製。實
　則兩書皆爲接龍遊戲，乏善可陳。

四、本社就所收短文與作品中比較選擇，一經選定，該文作者即屬
　　本社作家。本社除將結果在本版各書中刊出外，並分別專函聯
　　絡，約請撰寫正式書稿，同時供應適合的故事與必要資料。

五、首部作品，本社保有修改權；決定出版後酬勞一律以每本800
　　元起付。

此外，爲保證上述辦法能夠落實執行，該社「同時徵求武俠故事一
百則」，內容於次：

凡有現成的武俠故事，或擅於構想奇突而動人的故事，而無暇自撰
成書者，可將其故事以「大綱」或「電影本事」之方式寫出，投交
本社。本社採用後，當視其價值，酬以最優厚之代價。編寫「大綱」
或「本事」時，請著重四個要點：一、寫出故事開頭的氣氛。二、
重要轉折或關節至少須三個以上。三、結尾。四、標明主旨。

顯然此番大美有備而來，在一定程度上彌補了前兩次武俠徵文比賽
之不足；並有相關的配套措施，以資因應。尤其是它提出「武俠文壇新
勁旅，大美陣容新血輪」及「老作家的溫床，新作家的搖籃」這樣鏗鏘
有力的口號，爲大美派張目，更令同行刮目相看。因此加盟該社及由其
培養出的武俠作家亦復不少，約有慕容美、東方玉、東方英、丁劍霞、
高庸、秦紅、劍虹等多位。茲擇要分述如下：

　　慕容美小說：計有《英雄淚》（1960）、《混元秘籙》（1960）、《黑
白道》（1961）、《劍海浮沈記》（1961）、《血堡》（1961）、《風雲榜》
（1962）、《不了恩怨不了情》（1963）、《燭影搖紅》（1964）、《公侯將
相錄》（1964）、《俠種》（1965）、《祭劍台》（1965）、《一品紅》

（1966）、《金步搖》（1966）、《金筆春秋》（1968）等十四部。[42]

　　按：慕容美本名王復古（1932-1992），江蘇無錫人；學歷不詳，昔隨青年軍來臺，從事稅務工作多年。王氏青年時期頗愛好文藝，經常向臺灣各報副刊投稿，曾用「勞影」、「筆鳴」等筆名發表中短篇小說，才華橫溢，而引起文壇注意。[43]據其自述，他早年受知於國民黨文藝舵手張道藩氏，屢獲「中華文藝獎金委員會」（1950-1956）獎勵撰稿，本無意從事武俠創作。1957年左右，因讀俄國著名小說家庫普林（Kuprin）的代表作《愛瑪》而深受感動，乃精心撰寫娼妓小說《網》，投寄《中華日報》副刊主編林適存。不料此稿未及發表，即在臺北各女作家爭相傳閱下，不愼遺失。王氏為此耿耿於懷，遂誓與文藝絕緣。[44]

　　退出文壇後，王氏一心想在武俠圈中出人頭地。1960年初，先以「煙酒上人」（平生愛好煙、酒）為筆名，撰寫武俠處女作《英雄淚》及《混元秘籙》二書，未獲重視。旋化名「慕容美」，改以詩情畫意、亦莊亦諧的筆調，推出《黑白道》、《風雲榜》諸作，大受讀者歡迎；乃成為大美派王牌作家之一，與東方玉、秦紅齊名。在同一時期，慕容美並應邀為春秋書系撰《金龍寶典》（1963）、《怒馬香車》（1964）等書；為四維書系撰《留香谷》（1968）、《翠樓吟》（1967）等書；為南琪書系撰《解語劍》（1967）、《一劍懸肝膽》（1968）、《秋水芙蓉》（1970）等書。

---

42 其中《英雄淚》、《混元秘籙》署名「煙酒上人」，為慕容美初出道時的試筆之作。而《燭影搖紅》於《中國時報》連載時曾遭腰斬，但單行本卻供不應求，迄26集結束。大美出版社發行人張子誠見銷路太好，又找人僞續14集，至40集總結全書。惟慕容美始終不予認可，每每引為憾事。至於《群英會》、《武林十字軍》因係集體創作，故不予計入。

43 參見《聯合報三十年文學大系》小說部第一卷。

44 慕容美自述其「棄文就武」始末，見1983年5月4日致葉洪生函。

　　最特別的是，在臺灣知名武俠作家中，慕容美乃唯一將武俠創作當成副業（賺外快）的名家；迄至1979年始辭去稅務員公職，專心寫書。故與其他同行相較，作品數量並不算多，前後僅有三十五部。嘗自嘲是「駝子捧跤，兩不著地」！其實以他的文筆、才情及小說藝術而言，足可與「武壇三劍客」分庭抗禮；因有「三劍一美」之目，享譽至今。

　　東方玉小說：計有《縱鶴擒龍》（1960）、《神劍金釵》（1961）、《情天劍侶》（1961）、《紅線俠侶》（1962）、《翠蓮曲》（1963）、《毒劍劫》（1964）、《石鼓歌》（1964）等書；連同春秋書系所出《飛龍引》（1965）、《九轉簫》（1967）、《引劍珠》（1967）、《同心劍》（1968）、《武林璽》（1969）、《流香令》（1970）等書，共有十餘部。

　　按：東方玉本名陳瑜，字漢山，1923年生，浙江餘姚人，上海誠明文學院中文系畢業；曾創辦《嶺梅詩刊》，做過中國青年反共救國團秘書。在職期間，即應邀為《臺灣新生報》撰寫武俠處女作《縱鶴擒龍》；書中除大量採用還珠樓主小說奇妙素材、神化武功外，並「寓反共於武俠」，以「赤衣匪教」影射中共組織及毛澤東、周恩萊以下紅軍各老帥，為「反共文學」建立奇功，因而一舉成名。陳氏乃辭去黨團職務，專事武俠創作；被大美書系捧為「自由中國武俠權威作家」、春秋書系捧為「武俠泰斗」之一（與臥龍、諸葛並列）。實則其作品頗多自我重復，陳陳相因，名過其實。

　　陳氏頗具國學修養，文筆亦佳。1960年代前半期多為大美書系供稿，後半期則轉為春秋書系寫作；其跨越兩家出版社，平分秋色，亦為異數。1970年以後，因得《中國時報》創辦人余紀忠賞識，東方玉小說（由《流香令》到《泉會俠蹤》，共刊出十三部）竟連載於該報副刊逾十年之久，可謂一枝獨秀！乃成為古龍以外最當紅的武俠作家。迄1990年

封筆爲止，其作品多達五十部，僅次於諸葛青雲、雲中岳、古龍。

　　晚年陳氏以寫詩、練氣功自娛，曾歷任中華甲辰書畫協會秘書長、世界詩人大會總顧問及世界氣功學會理事等要職，爲人生留下輝煌的紀錄，殆非同輩武俠名家所及。

　　東方英小說：計有《河漢三簫》（1962）、《竹劍凝輝》（1963）、《鐵血江湖》（1963）、《武林潮》（1965）、《道與魔》（1966）、《烈日飛霜》（1967）、《魔俠傳》（1968）、《血路》（1969）、《鐵膽雄心》（又名《霹靂聯珠》，1969）、《龍種凡胎》（又名《紫鏢囊》，1970）等十餘部。45

　　按：東方英本名盧讓泉，1919年生，湖南長沙人；爲中央軍校十七期運輸科畢業，曾任國防部上校高參。1962年退役後，即專爲大美書系撰稿；被冠以「正宗俠情王牌」及「情節派王牌」作家稱號，有名於時。

　　丁劍霞小說：計有《神簫劍客傳》（1961）、《八方風雨會中州》（1961）、《逍遙遊》（1962）、《一劍橫天北斗寒》（1963）、《玉牒金刀》（1963）、《還珠記》（1964）、《十年一覺英雄夢》（1966）等書。46

　　按：丁劍霞生平不詳。據大美出書廣告稱，丁氏撰武俠小說純屬業餘愛好。由其成名作《神簫劍客傳》以「井崗山毛幫」影射中共的借古諷今手法來看，很可能彼時身在黨政軍機關服務，與東方玉如出一轍。

45　1970年代東方英作品另有《彈劍行》（1971）、《虎俠情仇》（1972）、《洗心環》（1973）、《霸海心香》（1974）等四部長篇武俠小說，以及五十多種中短篇武俠小品；於1985年封筆，退出武壇。

46　丁劍霞《一劍橫天北斗寒》（1963）問世十八年後，東方玉用同樣書名於《中華日報》連載武俠長篇（1981年9月至1982年12月），但未見出版。類似者尚有慕容美《俠種》（1965）與獨孤紅《俠種》（1969），故事內容卻毫不相干。

丁氏作品不多，常拾還珠樓主餘唾，水平一般；但大美書系卻冠以「正統派首席作家」名號，令人突兀。

高庸小說：計有《感天錄》（1962）、《長恨天》（1962）、《聖心劫》（1964）、《罪劍》（1965）、《天龍卷》（1966）、《玉連環》（又名《霸劍豪門》，1966）、《風鈴劍》（1968）、《大悲令》（1969）、《俠義行》（1970）、《紙刀》（1970）等書。

按：高庸本名王澤遠（1932–2002），四川西充人，曾就讀於重慶巴蜀中學及廣益中學。其父陸軍上將王贊緒與楊森老將齊名，號稱「四川王」。因是「衙內」出身，自幼即養尊處優，嗜讀雜書，以致學業中輟。抗戰勝利後，赴滬求學；旋因國共內戰故，十六歲即隨海軍來臺。1955年以少尉軍官退伍，獨自經營租書店，始與武俠結緣。

1959年王氏先以「令狐玄」筆名，為明祥出版社撰武俠處女作《九玄神功》及《鏽劍瘦馬》、《蜒蚰儒衫》等書；並為第一出版社撰《血影人》、《殘劍孤星》等書，多詭怪離奇，未如理想。1962年改筆名為「高庸」（取「極高明而道中庸」之意），參加大美書系首屆武俠徵文比賽，卒以《感天錄》入選佳作，從此乃正式踏上武俠長征之途。其代表作《天龍卷》（1966）連載於新加坡《南洋商報》時，因筆名與金庸相近，編者恐引起不必要的誤會，乃情商高庸易以「林非」之名發表；香港《武俠世界》則改名為《空門三絕》予以轉載，轟動一時。迄至1977年高庸「封劍」應聘中華電視台編劇為止，一共寫下二十八部武俠作品（加計令狐玄部分），瑕瑜互見。

秦紅小說：計有《無雙劍》（1963）、《武林牢》（1964）、《英雄路》（1965）、《九龍燈》（1966）、《迷俠》（1967）、《斷刀會》（1967）、《戒刀》（1968）、《過關刀》（1968）、《蹄印天下》（1969）、《一劍破

天荒》（1970）、《千乘萬騎一劍香》（1970）等書。（關於其人其書簡介另詳本章第五節）

劍虹小說：計有《人頭塔》（1961）、《無情燈》（1962）、《生死門》（1962）及《少年頭》（1963）等書。其中《少年頭》獲大美第二屆武俠徵文比賽佳作獎，同時入選者尚有范瑤《烈婦血》（1963），餘皆乏善可陳。47

此外，特別值得一提的是玉翎燕，本名繆倫；1931年生，河北人，國軍政工幹校畢業。在職時以《絕柳鳴蟬》（1961，大美版）、《劍鞘琵琶》（1961，黎明版）二書成名；並曾應邀參與《群英會》、《武林十字軍》集體創作，頗受重視。但因其書大多由黎明出版社印行，故不能列入大美派作家行列，特附誌於此。

總之，大美書系所謂「首倡武俠小說革新運動」固是良法美意，卻因種種原因而難乎為繼，終成畫餅。好在有慕容美、東方玉、東方英、高庸、秦紅等長期效力；又曾廣邀諸葛青雲、孫玉鑫、獨孤紅等名家助拳，乃可與真善美、春秋二大書系爭一日之長短，亦堪告慰武壇。

四、「四維」書系作家作品舉隅

四維出版社成立於1960年，發行人是姚蕭明珍。曾連續六年出版「周年紀念特選佳作」，培養了一批武俠作家，如武陵樵子、柳殘陽、雲中岳、秋夢痕、憶文、雪雁、范瑤等。茲擇要分述如下：

武陵樵子小說：計有《十年孤劍滄海盟》（1960）、《征塵萬里江湖

---

47 劍虹《少年頭》參加大美徵文獲選後，又交黎明出版社於1964年2月排印；因而此書有版權糾紛，導致劍虹退出大美派作者行列。而范瑤除《烈婦血》外，另有《天譴錄》（1964）、《天龍八音》（1969）兩部；餘見四維書系。

行》（1962）二部曲、《水龍吟》（1961）、《斷虹玉鉤》（1963）、《玉彎紅纓》（1964）、《絳闕虹飛》（1965）、《牧野鷹揚》（1966）、《草莽群龍》（1967）、《屠龍刀》（1967）、《朱衣驊騮》（1969）、《踏沙行》（1970）等書。

按：武陵樵子本名熊仁杞，1910年生，湖南人。任職國防部上校高參時，即從事武俠創作；最早以《十年孤劍滄海盟》及《灞橋風雪飛滿天》（1961，明祥版）二書成名。1962年熊氏與同僚盧讓泉（即東方英）一齊退役，即專爲四維書系撰稿，馳譽一時。

柳殘陽小說：計有《玉面修羅》（1961）、《天佛掌》（1962）、《金雕龍紋》（1963）、《驃騎》（1964）、《博命巾》（1965）、《梟霸》（1966）、《梟中雄》（1967）、《大野塵霜》（1968）等書；加計早期新生出版社所印《魔尊》（1964）、《金色面具》（又名《蕩魔志》，1962）、《霸錘》（1969），以及春秋出版社所印《斷刃》（1968）、《血笠》（1968）、《千手劍》（1968）、《渡心指》（1970）等書，亦有十餘部之多。

按：柳殘陽本名高見幾，1941年生，山東青島人；員林崇實高工畢業，曾任合作社員。因其少年時好勇鬥狠，混過幫派，故對黑幫內幕知之甚詳。1961年以「柳殘陽」爲筆名撰武俠處女作《玉面修羅》，獲選爲四維書系「周年紀念特選佳作」；而從第五集起，其原刊本封面即題署「武陵樵子校」，具見老前輩愛護後進之心。類此者亦頗不乏人。[48]

由是在武陵樵子把關潤色下，柳殘陽早期作品文情跌宕，斐然可

---

48 另如臥龍生《鐵笛神劍》（1959年，眞善美版）原刊本封面題署「伴霞樓主校」；而雲中岳《古劍懺情記》（1966年，四維版）則署名「諸葛青雲題」等等，不一而足。

觀，頗受讀者歡迎。惟自1966年陸續推出《梟霸》、《梟中雄》孿生兄弟作起，柳殘陽卻改弦易轍，獨創「鐵血江湖派」；以描寫幫會組織、獨行俠盜、職業殺手之生態、習性及其行為模式為訴求重點，乃自成一家。但因筆下殺伐太慘，血肉橫飛，令人不忍卒睹；致使社會評價兩極化，而為仁者、智者所不取。此後由於老成凋謝，柳殘陽紅極一時，與古龍、東方玉、獨孤紅並列為臺灣最暢銷的武俠作家。迄至1990年為止，他一共寫下四十多部武俠長篇，中短篇小說無數，堪稱是一位允文允武的「江湖怪傑」。

雲中岳小說：計有《劍嘯荒原》（1964）、《亡命之歌》（1965）、《天涯路》（1965）、《古劍懺情記》（1966）、《大地龍騰》（1966）、《絕代梟雄》（1967）、《劍影寒》（1967）、《八荒龍蛇》（1968）、《風塵豪俠》（1968）、《鐵膽蘭心》（1969）、《劍疊情關》（1969）、《匣劍凝霜》（1969）以及《青鋒驚雷》、《莽野龍翔》等書。[49]

按：雲中岳本名蔣林，1930年生，廣西南寧人。中央軍校二十四期畢業，來臺後進入陸軍特種部隊服務，擔任教官。蔣氏自幼習武，曾練就一身技擊功夫，具有豐富的實戰經驗；可「空手入白刃」，力敵三五人。1963年身為武術高手的蔣林一時技癢，遂利用業餘時間，以「雲中岳」筆名試撰武俠處女作《劍海情濤》，向黎明出版社投稿；不料出版後，竟大為暢銷。蔣氏受此鼓勵，翌年即以少校軍階提前退役；旋應邀加盟四維書系，專事武俠創作，與柳殘陽齊名。其《古劍懺情記》且獲該社成立六周年紀念「特選佳作」，有後來居上之勢。

49　雲中岳《青鋒驚雷》、《莽野龍翔》二書初版年份不詳，估計應為1970年左右的作品。

　　雲中岳文筆洗煉，尤精通明史掌故；對於明代典章文物制度及風俗民情之嫻熟，已不亞於學者專家。故其每部武俠作品凡涉及史料部分皆有根有據，求眞求實。這在當時絕大多數作家惟恐觸犯政治禁忌（如南宋、南明均象徵末世衰亡之兆）而相率逃避史實的武壇上，堪稱異數！而雲氏卻能悠遊於歷史與武術之間，左右逢源，自得其樂，洵爲內外兼修的「武林奇人」。迄至二十世紀末，他一共寫下七十多部作品（包括中短篇）；自認爲《京華魅影》是其「最愛」，爲半生戎馬生涯寫照。而早期《大地龍騰》、《八荒龍蛇》、《草莽芳華》等書皆屬上乘佳構，不可多得。

　　憶文小說：計有《疤面人》（1963）、《虎子雄心》（1964）、《冷雨香魂》（1965）、《繡衣雲鬢》（1966）、《金杖螢光》（1966）、《擒鳳屠龍》（1967）、《魔掌佛心》（1967）、《金斗萬豔杯》（1967）、《玉女奇俠》（1968）、《氣傲天蒼》（1968）、《劍花吟》（1969）、《縱橫天下》（1969）、《傲視群雄》（1970）以及《雙劍俠》、《奇麟異鳳》、《爭霸武林》等書。50

　　按：憶文本名周健亭（1928-1987），山東臨清人，學歷不詳。1962年爲南琪書系撰武俠處女作《翠蝶紫虹》成名；旋加盟四維書系，長期效力，作品頗多。

　　秋夢痕小說：計有《烽火武林》（1962）、《雷煉神鎖》（1963）、《翠堤潛龍》（1963）、《海角瓊樓》（1964）、《大盜大道》（1965）、《萬世雷池》（1966）、《黃金客》（1966）、《睥睨群倫》（1967）、《苦海飛龍》（1968）、《日月無光》（1968）、《鳳凰神》（1969）、《黃沙夢》

50　憶文《雙俠劍》等書初版年份不詳，估計應爲1960年代後期作品。

（1970）等書。

　　按：秋夢痕本名鄧政（1924-1989），號「梅庵居士」，湖南邵陽人。早年失學，為行伍出身，曾任海軍「成功隊」（類似蛙人部隊）士官；1960年退役後，以嘉義月眉國小為家，始投身武俠創作行列。其書取徑於還珠樓主，惟多神怪性而乏人文性，故一般評價不高。

　　雪雁小說：計有《翠梅谷》（1964）、《龍劍青萍》（1965）、《玉劍霜容》（1965）、《藏龍鼎》（1967）、《鈴馬劫》（1967）及《冷劍冰心九州寒》、《邪劍魔星》、《湖海遊龍》等書。[51]

　　按：雪雁本名薛東正，1941年生，山東人氏。出身於地主家庭，臺灣師範大學化學系畢業，曾任中學教師。1985年榮任臺東農工校長，長期從事教育工作。薛氏就讀大二時，對武俠小說產生濃厚興趣；乃以處女作《血海騰龍》（1963）向新生出版社投稿，獲得採用。後加盟四維書系，即以寫武俠小說為副業；迄至1970年以後封筆，始專心教職。

　　范瑤小說：計有《煉神記》（1965）、《神眼劫》（1965）、《花衣死神》（1965）、《奪命神卜》（1966）、《江湖一蛟龍》（1967）等書。

　　此外，陳青雲雖以「鬼派」大本營──清華（新台）出版社起家，但1960年代後期亦曾為四維書系效力。計有《黑儒傳》、《索血令》、《復仇者》、《孤星零雁記》、《殘虹零蜨記》、《血劍留痕》、《怒劍飛魔》等書；各約二、三十集不等，為中下階層讀者所歡迎。

　　總之，四維書系品流甚雜，亦無商業道德可言。最令人詬病者，厥為假冒上官鼎之名出版《瑤台怨》（1964）、《陽關三疊》（1970）、《古

---

51 雪雁小說版本甚亂，如《血海騰龍》除有新生版（先）／四維版（後）外，另有先鋒出版社1975年版。而四維書系凡標明「初版」者，年份亦多不確，特附誌於此。

道》（1971）等書，而引起作者本人異議。實則劉氏兄弟僅爲四維寫過半部《金刀亭》（1966，1-16集），即於翌年登報公開宣佈封筆，相率出國留學。故此冒名僞作概與正牌「上官鼎」無關。[52]惟影響所及，導致1970年代坊間大量炮製上官鼎僞書；四維出版社當爲始作俑者，難辭其咎。

五、「海光」書系作家作品舉隅

海光出版社成立於1957年，負責人是黃根福／黃克平，原由海光租書店起家；出版武俠書後，即自兼總經銷業務。其經營方式類似春秋出版社（呂氏書店）；旗下作家有獨抱樓主、萍飄生、歐陽生、白虹、公子羽、公孫龍等人。當時除獨抱樓主是異軍突起之外，其他皆未成氣候。故1965年左右海光即後力不繼，宣告歇業，其市場佔有率較黎明、先鋒等二級書系猶次；早年也只有靠獨抱樓主一柱擎天，勉撑大局。

惟由1960年底海光出版社刊登的「發掘新作家，創造新風格」徵稿啓事中顯示，該社對於作者的權益保障，似比一般武俠出版商爲優。即在「稿酬面議」外，另訂給付作者版稅的辦法：

(A) 二千冊以內無版權稅。

(B) 二千冊以上者付予作家版權稅爲定價百分之五。[53]

如果所說屬實，則其出版條件之優厚對作者可謂非常有利。但據當年海光台柱獨抱樓主回憶說，印象中似乎並無其事，很可能只是一種宣

52　同注16。又《瑤台怨》第1集出版於1964年4月（原刊本），而第二集以後則拖到1970年4月出版；便因劉兆玄兄弟出國後，無人制止之故。

53　見獨抱樓主《璧玉弓》（臺北：海光出版社，1960）各集夾頁廣告。又春秋出版社亦於1961年7月刊登徵稿啓事，言明「如銷數超過一千五百本時，並另付版稅（？）以資酬謝」。

傳伎倆而已。但不知何故，該社始終未能培養出一批武俠生力軍，以與其他書系抗衡。故自獨抱樓主封筆後，海光即因缺少名手號召而欲振乏力，過早退出武俠出版行業。正因如此，其原刊本在市場流通不多，筆者僅可就其早年出版概況分述於次。

　　獨抱樓主小說：計有《南蜀風雲》（1960）、《青白藍紅》（1960）、《璧玉弓》（1960）、《恩仇了了》（1960）、《古玉玦》（1961）、《叱咤三劍》（1961）、《七巧鈴》（1962）等書；加計大美書系所出《雙劍懺情錄》（1961）、《迷魂劫》（1961）、《人中龍》（1961）以及春秋版《金劍銀衣》（1962，筆名冷朝陽）等早期作品，亦有十一部之多。

　　按：獨抱樓主本名楊昌年，1930年生，湖南湘陰人。因早年喪父，貧苦失學，故十六歲即投筆從戎。1947年奉母來臺，始繼續完成學業。1955年楊氏畢業於臺灣師範大學國文系，曾任師大附中教員，後更歷任靜宜、政大、師大各校講師、教授及系主任等職。2000年從師大退休，一生致力於現代文學、古典小說之研究，成果極為豐碩。學術專著計有：《現代詩的創作與欣賞》、《現代散文新風貌》、《二十世紀中國新文學史》（合著）、《古典小說名著析評》、《聊齋志異研究》等十餘種。此外，尚有短篇小說集《會哭的樹》及《相見爭如不見》等作品，堪稱學界／文壇多面手，不拘一格。

　　據知，楊氏昔在師大附中任教時，開始對武俠小說產生濃厚興趣。自謂最欣賞還珠樓主、王度廬等前輩名家作品；而在同輩作家中，則坦承受司馬翎影響較大。由是乃利用課業餘暇從事武俠創作，前後達三年之久。其代表作《璧玉弓》文筆典麗，故事曲折離奇之至；享譽歷久不衰，足可與「武壇三劍客」同期作品一較高下。特其寫情寫欲之活色生香，堪稱獨步；故此書分集出版時，常遭撕頁之厄。至若楊氏諸作演武

敘事之神奇莫測，亦多膾炙人口，可謂紅極一時。[54]

　　萍飄生小說：計有《武林恩仇錄》（1959）、《京華俠蹤》（1959）、《斷魂鏢》（1960）、《無情寶劍有情天》（1961）、《聯劍揚鑣》（1961）等書。另有《劍底鴛盟》、《龍騰虎躍》、《鈍劍缺刀》及《閻王令》諸作則出版情況不明。

　　歐陽生小說：計有《龍翔鳳舞》（1960）、《風虎雲龍》（1961）、《蟠龍劍》（1961）等書。另有《至尊刀》、《龍馬金戈》諸作則出版情況不明。

　　其他：如白虹《劍氣沖霄錄》（1960）、《奇正十三劍》（1961）、公子羽《浩氣英光》（1960）、《虎爪龍劍》（1960）、《七巧連環鏢》（1960）、公孫龍《碧血江山兒女情》（1960）《紫龍印》（1960）、石磊《一劍震武林》（1960）、《江湖行》（1961）、玄弓《香冷金猊》（1960）、《骷髏劍》（1961）、金羽《玄弓》（1961）、《劍影琴心》（1961）以及古龍《遊俠錄》（1961）、伴霞樓主《了了恩仇》（1960）等等。

　　在這批武俠雜牌軍中，古龍剛出道，只是客串；而伴霞樓主與獨抱樓主的小說書名正好顛倒過來（《了了恩仇》→《恩仇了了》），則是由於伴霞樓主提前解約，出版社被迫請獨抱樓主另開新書，予以反制之故。至於白虹作品則另見「清華—新台」書系，在此不贅。

六、「清華—新台」書系作家作品舉隅

---

54 《璧玉弓》於1978年由漢牛出版社重印，改書名為《玉弓緣》。其「版權頁」上的作者卻變成向夢葵，惟封面仍印獨抱樓主之名。

清華書局（出版社）成立於1950年代末，發行人是陳葆祺，原由新
台書店出租小說起家。出版武俠書後，封底標明出版者爲清華書局，印
刷者爲清華書局印刷所，但封面卻標明新台書店印行。因此不知情者常
誤以爲是兩家出版社，實爲一套人馬、兩塊招牌之故。

　　1960年代初，新台書店曾兩次舉辦「十二萬元獎金徵稿」活動，令
應徵者趨之若鶩。[55]惟如此大手筆卻未發掘出什麼武俠新秀，反倒是在
重金禮聘之下，先後有上官鼎、南湘野叟、陳青雲、田歌、白虹、蘭
立、曉風、冷楓、履雲生、歐陽雲飛等加盟該書系，長期撰稿。

　　1975年以後，「清華—新台」書系與「明祥—新星」書系合併；前
者只負責印行，而統一由新星出版社重出舊書。茲擇要分述於次。

　　上官鼎小說：計有《蘆野俠蹤》（1960）、《劍毒梅香》（代古龍續
完，1960）、《長干行》（1961）、《鐵騎令》正續集（1961）、《七步干
戈》（1963）、《俠骨關》（1964）等書。[56]

　　按：「上官鼎」爲劉兆藜、劉兆玄、劉兆凱三兄弟集體創作之筆
名，隱喻三足鼎立之義；而實以劉兆玄爲主要執筆者。他生於1943年，
湖南衡陽人；臺灣大學化學系畢業，加拿大多倫多大學化學博士。曾任
臺灣清華大學校長、交通部長、行政院副院長等要職。

　　據知，劉氏兄弟自幼均嗜讀武俠小說；1959年夏，劉兆玄考上台北

---

55 新台書店舉辦的「十二萬元獎金徵稿」活動，分爲兩期，共十四部小說入選。第一期八
　部，計有若明《血谷幽魂》、洪嘯《八寶圖》、陳中平《天星神劍》、白玉石《竹劍鐵書》、
　馮靜《海魔》、劉四毛《追魂書生》、司馬嘯雲《神燈崖》及鐘鼓樓主《血洗毒龍潭》；第
　二期六部，計有白龍《木靈神龍》、冷星《雷神傳》、金劍鳴《黑手印》、劉勳《金榜恩
　仇》、華倫《鬼箭銀鈴》及周餘心《魅影驚魂》。據稱每期應徵者極踴躍，多達一百餘部；
　但卻未出一位名家。

56 上官鼎書目爲劉兆玄親自審定。惟據高庸聲稱，《長干行》第3集以後是他代筆所作。又
　《鐵騎令》另見先鋒出版社書目，皆存疑待考。

師大附中，爲了掙零用錢，便拉了四哥兆藜、六弟兆凱，以「上官鼎」筆名合寫處女作《蘆野俠蹤》，向新台書店投稿，幸獲採用（列入1960出版品），由是受到很大的鼓舞。不久，因偶見新台書店（兼營小說出租業務）貼出「急徵武俠小說快手」告示；一問之下，始知剛出道的古龍寫完三集《劍毒梅香》後，即不告而別。出版社無奈，只好公開徵求代筆者。由於劉氏兄弟此前已有「成功」出書的經驗，乃大膽應承下來。這便是上官鼎三兄弟與武俠結緣之始。[57]

持平而論，上官鼎成名作《沈沙谷》（眞善美出版，1961）及代表作《七步干戈》（清華出版，1963）均寫得文情並茂，搖曳生姿。特其表彰「英雄出少年」的浪漫精神、理想色彩，而以手足之情、朋友之義爲依歸，尤足令人激賞。可惜諸作多出於三兄弟「車輪戰」之手，文筆忽好忽壞，水平殊不一致；故常有自相矛盾的情事發生。但劉氏兄弟畢竟以豐厚稿酬完成大學學業，進而出國深造，取得理工博士學位；乃爲衆所欽羨，平添一段「武林佳話」云。

南湘野叟小說：計有《玉珮銀鈴》（1959）、《恨海情天》（1960）、《金銀雙燕》（1961）、《碧島玉娃》（1962）等書。

按：南湘野叟本名谷冶心，湖南人氏，生平不詳。1961年3月曾爲《玉珮銀鈴》、《恨海情天》二書的原創性問題，與諸葛青雲在《徵信新聞》報上大打筆墨官司，以是聲名大噪。其出道甚早，年紀亦較長，大約爲評書名家孫玉鑫同輩人物。谷氏在1960年代成書不多，但至1980年代，以「南湘野叟」挂名的武俠小說竟多達四五十種，姑且存疑。

---

57 此據2005年4月27日劉兆玄致葉洪生函所述補遺，與林慧峰發表〈劉兆玄的一段武俠緣〉（原載1987年7月23日《中央日報》副刊）所述內容頗有出入。

陳青雲小說：計有《鐵笛震江湖》（1962）、《音容劫》（1962）、《血魔劫》（1963）、《殘肢令》（1963）、《鬼堡》（1964）、《血劍魔花》（1964）、《醜劍客》（1965）、《死城》（1965）、《劍塚癡魂》（1966）以及《血榜》、《殘人傳》、《血帖亡魂記》等書，爲「鬼派」大當家。

田歌小說：計有《天下第二人》（1962）、《陰魔傳》（1962）、《血河魔燈》（1963）、《人間閻王》（1963）、《武林末日記》（1963）、《黑書》（1964）、《血路》（1964）、《俥馬炮》（1964）、《南北門》（1964）、《鬼歌》（1965）、《天地牌》（1965）以及《心燈劫》、《血屋記》、《魔影琴聲》、《鬼宮十三日》等書。[58]

按：田歌本名陳中，別署「晨鐘」，臺灣人，生平不詳。其筆法、意構與陳青雲如出一轍，無不以武林狂人或屠夫「血洗」江湖爲故事主題。其特點是：荒山、古墓、死亡、屍體、冤魂、浩劫、仇恨……格調極低，俗不可耐，爲鬼派「天下第二人」。另如江南柳《血雨腥風》（1963）、孤獨生《血神》（1963）、《血海殘魂》（1963）、《血光魔影》（1964）、陳文清《萬劫魔宮》（1963）、《無極狂魔》（1964）、《骷髏血旗》（1965）及若明《血谷幽魂》（1964）等等，皆屬此類濫惡之作。觀其書名，即可思過半矣。

白虹小說：計有《天殘七鼎》（1961）、《吼血錄》（1962）、《七聚三合劍》（1962）、《血河車》（1963）、《煉魂鐘》（1963）、《神劍天弓》（1964）及《飛雲逐月錄》等書。其文筆不俗，惜未卓然成家。

蘭立小說：計有《一鱗半爪》（1962）、《狂簫怒劍》（1963）、《長生殿》（1964）、《吞天鐵血旗》（1964）、《天火爐》（1965）、《沙漠飛

---

58 陳青雲、田歌等「鬼派」小說凡未標明出版年份，均爲新星重印本，應屬1960年代作品。

駝》（1965）等。另如《劍底游龍》、《玉龍血劍》、《玉獅》、《血仇恩情》等書，則由奔雷出版社印行。

曉風小說：計有《挑燈看劍錄》（1962）、《古堡蛟龍》（1962）、《屠龍驚鳳》（1963）、《魔影香車》（1963）、《黑谷神魔》（1964）、《大漠驚魂》（1964）、《草莽龍蛇》（1965）、《銀河古鼎》（1965）以及《雨橫風狂》、《牛鬼蛇神》等書。

冷楓小說：計有《金鈎挂玉》（1962）、《藍鷹神劍》（1962）、《沈劍潭》（1963）、《雪山盟》（1963）、《天龍環》（1965）及《九指神劍》、《玉菩提》等書。

履雲生小說：計有《金蘭碑》（1961）、《笛語弦心譜》（1962）、《青牛怪俠》（1962）、《烈馬傳》（1963）、《雷霆印》（1964）、《無緣刀》（1965）、《紅葉蕭蕭無情谷》（1965）等書。

歐陽雲飛小說：計有《無影門》（1963）、《地獄門》（1963）、《毒龍谷》（1964）、《魔妓》（1965）、《魔鬼書生》（1965）及《鬼王笛》、《乞丐王子》等書。基本上亦可歸類於「鬼派」一脈，乏善可陳。

早期「清華—新台」書系尚有曹若冰《寶旗玉笛》正續集、《龍飛鳳舞碧雲天》、《劍氣撼山河》；易樵生《丹旗鎮五嶽》、《聖劍鎮八荒》、《雕劍鎮武林》以及金陵《亡魂谷》、《月落烏啼》、《傲視蒼穹》等書。惟緣起緣滅，爲時均不長。

總之，該書系除早期出版上官鼎、白虹等優良作品贏得社會好評外，概爲「鬼派」武俠小說之天下。尤其是後來新星出版社兼併清華書局，特爲陳青雲、田歌舊作大張其目，乃造成「劣幣驅逐良幣」的排擠效應；對於臺灣武俠小說的整體發展，有一定的破壞力。

七、「明祥──新星」書系作家作品舉隅

明祥出版社成立於1950年代末，發行人是費明洋。1961年該社曾邀集所謂「八大名家」聯合執筆，出版《武俠天下》專刊；儘管為期不久，無疾而終，亦風光一時。[59]該社最早為蕭逸、令狐玄（即高庸）、古龍、古如風等武俠新秀的創作搖籃；卻因經營不善，而未能建立長期合作關係。其餘除老作家蠹上九外，多為散兵游勇，皆不成氣候。因此明祥與海光一樣，在1960年代中期即逐漸式微，令人惋惜。

新星出版社成立於1960年代末，發行人是陸義仁。因起步較晚，並未培養出任何知名作家，只能靠「打遊擊」討生活。1975年左右，該社先後將明祥、清華二書系的版權買下；再委由清華／新台書店重印，吉明書局總經銷。至此，該社乃成為「鬼派」武俠小說大本營；但也欲振乏力，不久即遭市場唾棄，而為25開大本武俠書所取代。[60]今將早期明祥書系出版概況略述於次：

蕭逸小說：計有處女作《鐵雁霜翎》（1960）、《七禽掌》（1960）、《浪淘沙》（1961）、《天魔卷》（1963）等書。[61]

蠹上九小說：計有《劍語梵音錄》（1959）、《雲天劍華錄》（1960）、《河嶽流雲錄》（1961）、《天涯恩仇錄》（1961）及《雙瑛復

59　明祥所謂「武俠天下」八大名家在1961至1962年，前後共有三份名單。除古龍、司馬翎、伴霞樓主、臥龍生、諸葛青雲、蕭逸、蠹上九等七位外，另有一名由鳳雛、冷楓、冷風（？）三人交相取代。因缺原刊本，難以核實，可能「冷風」即「冷楓」之誤。蓋冷楓處女作《暮鼓晨鐘》（1961）由明祥出版，或與鳳雛為同一人，待考。

60　1977年漢麟出版社首先將32/36開小本武俠書改版型為25開大本；隨後臺灣各武俠業者紛紛跟進，蔚為新風潮。另詳本書第三章第四節。

61　蕭逸《浪淘沙》、《天魔卷》二書僅各寫了三、四萬字不等，即由明祥出版社找人續完。茲據1991年3月蕭逸致葉洪生函。

仇記》、《雙劍塚》等書。

令狐玄小說：計有處女作《九玄神功》（1959）、《繡劍瘦馬》（1960）、《蜓蚰儒衫》（1960）、《毒膽殘肢》（1961）等書。

其他：如古龍《失魂引》（1961）、《劍客行》（1962）、鳳雛《古劍凝霜》（1961）、《俏紅線》（1961）；五華山民《雙劍春秋》（1961）、《玉笛黃衫》（1961）、《八千里路雲和月》（1962）；齊東野《石破天驚錄》（1961）、《一劍千劫錄》（1961）；怡紅生《玉燕金虹》（1961）、《太虛混元劍》（1961）等等。以及武陵樵子《灞橋風雪飛滿天》（1961）、古如風《金佛》（1961）、醉仙樓主《北天山》（1962）、伴霞樓主《龍崗豹隱》（1962）等客串之作，皆爲數不多，聊備一格而已。

總之，明祥出版社的經營確有問題。如諸葛青雲《荳蔻干戈》（1961）、《玉杖昆吾》（1961）二書即因故而由春秋出版接手印行，即爲顯例。[62]是以明祥初起時意氣風發，頗有席捲「武俠天下」之志；未幾即因人謀不臧，而風流雲散。否則蕭逸等新秀多由此發迹，大可倚爲長城；又何致於爲人作嫁而坐失良機呢！明祥興衰之速，殊可發人深省。

八、「南琪」書系作家作品舉隅

南琪出版社成立於1965年，發行人是黃仲全。初由南琪書社起家，

---

[62] 諸葛青雲《荳蔻干戈》前8集由明祥出版，自第9集起改由春秋出版；作者並在內頁刊登「重要啓事」，略謂：「因該社（明祥）業務關係，僅發行至第八集，即告停頓……」而《玉杖昆吾》前二集由明祥出版，1963年4月春秋改書名爲《劫火紅蓮》重新出版，內頁仍有「明祥出版社」字樣。

從事批發通俗小說業務；並與華源出版社結盟合作，凡華源所出武俠書，均標明南琪書社印行。因此該書系最早可上溯到1961年，爲蕭瑟、晨鐘（即田歌）、溫玉、幻龍、金鼎等二三流武俠作家初出道之溫床，本無可稱述。但在1970年代中，該社卻抓住商機，大量出版古龍、臥龍生、孫玉鑫、柳殘陽乃至司馬翎、司馬紫煙等小說；或眞或僞，或眞僞參半，莫可究詰。（如掛名上官鼎作品者全屬僞書。）今將其早期武俠小說出版概況略述於次：

蕭瑟小說：計有《碧眼金鵬》（1963）、《大漠金鵬傳》（1965）二部曲、《神劍射日》（1965）、《淬劍煉魂錄》（1966）、《潛龍傳》（1967）、《神火焚天》（1967）、《鐵劍金蛇》（1969）等書。[63]

按：蕭瑟本名武鳴，生平不詳。聞以《旋風曲》（？）起家，1963年因撰《落星追魂》（旋風出版社印行）而成名。同年仿司馬翎《劍氣千幻錄》人物、佈局作《碧眼金鵬》（坊間皆誤爲《碧眼金雕》），居然有三分神似；而其演武寫情亦有所發展，奇幻處尤有過之。蕭瑟文筆流暢，可列入二流武俠作家之首；惟作品良莠不齊，致難成大器。

晨鐘小說：計有《陰陽劍》（1961）、《劍海飄花夢》（1962）、《血龍傳》（1962）、《魔窟情鎖》（1963）等書。（另見田歌小說書目）

幻龍小說：計有《冷虹劍》（1962）、《蒼穹血影》（1962）、《煞星末日》（1962）、《孤天星月》（1963）、《閃電驚虹》（1963）、《傲視江湖》（1963）等書。

溫玉小說：計有《劍玄錄》（1965）、《尼嬰記》（1966）、《聖劍凡

---

63 《碧眼金鵬》爲原刊本書名，但1977年南琪版封面卻誤植成《碧眼金雕》（扉頁仍印《碧眼金鵬》），遂以訛傳訛。又其續書《大漠金鵬傳》之後半部由「蕭塞」接手寫完。

心》（1966）、《獨臂雙流劍》（1967）、《傳燈錄》（1968）、《風流箭》（1968）等書。[64]

金鼎小說：計有《血劫》（1962）、《魔劍》（1962）、《雌雄榜》（1963）、《閻羅宴》（1964）等書，皆乏善可陳。

曹若冰小說：計有《空谷香》（1969）、《傲霜劍》（1970）、《魔中俠》（1970）及《獨眼龍》、《雙龍記》、《青衫游龍》、《女王城》、《絕情十三郎》、《斷劍殘情》等書。

按：曹若冰本名曹力群，江蘇泰興人，1926年生，學經歷不詳。1960年由黎明書局出版處女作《玉扇神劍》，得到肯定，即專事武俠創作，惟無固定碼頭。1968年以後，方加盟南琪陣營，陸續出版了十餘部小說，水平一般。而從1980年起，爲了因應武俠市場之不景氣，曹氏乃大量減少長篇創作，經常於《民族晚報》發表武俠小品（一日刊完），達數十篇之多。其最後一部武俠長篇《飄泊英雄劍》（1985）曾於《台灣時報》連載，但未見出版，不知何故。

另在成名作家中，司馬紫煙交南琪出版的作品較多；計有《千樹梅花一劍寒》（1964）、《孤劍行》（1965）、《金陵俠隱》（1968）、《情俠》（1970）、《英雄歲月》（1970）、《一劍寒山河》（1970）等六部。而1961年南琪重印臥龍生處女作《風塵俠隱》（1957），用爲老店新開第一炮，尤引人矚目。

總之，1960年代南琪書系人單勢孤，敬陪末座。惟自1973年起，古龍與春秋呂氏交惡，其作品大半爲南琪取得。計有《九月飛鷹》（1973）、《火併》（1973）、《大遊俠》（1973）、《多情環》（1974）、

64《劍玄錄》爲溫玉處女作，坊間多誤爲古龍作品，當係南琪混淆視聽之咎。

《天涯‧明月‧刀》（1974）、《劍‧花‧煙雨江南》（1974）、《金劍殘骨令》（1974）、《武林七靈》（1974）、《風雲男兒》（1974）、《邊城浪子》（1976）、《白玉老虎》（1976）等等；其中不乏舊書重刊、改頭換面之作。[65]

此外，掛名臥龍生的小說亦多；如《搖花放鷹傳》（1970）、《煙鎖江湖》（1971）、《玉手點將錄》（1971）、《金鳳剪》（1972）、《無形劍》（1973）、《花鳳》（1975）、《金筆點龍記》（1975）等書，多屬泛泛之作。

至於司馬翎後期作品，除《人在江湖》（1975）尚多可觀者外，餘如《情俠蕩寇志》（1974）、《白刃紅妝》（1974）、《杜劍娘》（1975）及《豔影俠蹤》（1975）等書，則虎頭蛇尾，真假參半，多由他人續完；其他名家更無論矣。

最離譜的是，南琪主事者竟乘司馬翎移居香港（因故不能返臺）之際，冒用司馬翎筆名大量盜印金庸小說；如《劍客書生》、《獨孤九劍》、《神武門》等偽書皆是。[66]而南琪置原作者於不顧，恣意妄為，尤無商業道德可言。至此，臺灣武俠小說江河日下，乃步履蹣跚走向衰亡之途。在下一章中，我們將有進一步的論述，茲不再贅。

武俠專門雜誌、插圖以及其他

以上筆者針對1960年代臺灣八大武俠書系的作家作品粗略進行了一

65　南琪版《金劍殘骨令》即真善美版《湘妃劍》（1961）；《風雲男兒》即真善美版《孤星傳》（1960）。

66　《劍客書生》即金庸《書劍恩仇錄》；《獨孤九劍》即金庸《笑傲江湖》；《神武門》即金庸《鹿鼎記》。巧的是，1980年代大陸也冒用金庸之名大量盜印司馬翎小說達十種之多。

番統計與回顧；雖然不夠周延，亦足可看出當時百家爭鳴、百花齊放的繁榮景況。而在武俠雜誌方面，除最早創刊的《武俠小說旬刊》（1957年由玉書出版社發行）外，尚有《藝與文》月刊（1960年由臥龍生、司馬翎、諸葛青雲、伴霞樓主等合辦）及《武藝》半月刊（1970年由春秋出版社發行）；可惜多不能持久，坊間仍爲香港所出《武俠春秋》、《武俠世界》之天下。

一般而言，臺灣武俠名家小說會同時交付島內外報刊連載，久而久之，乃成爲慣例；且往往連載未完而書已上市，讀者亦視爲理所當然。這種特異現象在1960年代的臺灣屢見不鮮，甚至延續到1980年。而凡刊載於海外（如香港）報刊者，或改作者名，或改書名；或爲主動，或爲被動，往往造成一書二名或兩個作者撰寫同一故事的混亂情事。乃爲有志研究者平添無窮阻力與困擾，令人傷透腦筋！故其著書立說每多舛錯謬誤，實因以訛傳訛所致，亦莫可奈何。67

另在小說插圖方面，最早是眞善美出版社於1957年所印東海漁翁《四海英雄傳》（即香港老作家蹄風著《游俠英雄傳》）及《清宮劍影錄》二部曲，每回附有三幅雲君所繪插圖，饒有古趣。而從1959年起，眞善美書系開始選擇性的爲武俠小說配圖。如司馬翎《劍氣千幻錄》前四集每回配兩幅插圖（畫者不明），以後則無；陸魚《少年行》每章則配一幅插圖（畫者「另人」）；而上官鼎《沈沙谷》則自繪插圖，別開生

---

67 如臥龍生《飛燕驚龍》改爲金童《仙鶴神針》、《天香飄》改爲馬正璧《碧血寒濤》、司馬翎《劍氣千幻錄》改名《武林第一劍》等皆是。致令大陸所印《中國武俠小說辭典》（石家莊：花山文藝出版社，1992）等類書凡涉及臺灣作家作品部分皆錯誤百出；而曹正文《武俠世界的怪才》（上海：學林出版社，1990）、《中國俠文化史》（上海：上海文藝出版社，1994）及陳墨《海外新武俠二十家》（北京：文化藝術出版社，1992）等專書，亦多失實之處，令人扼腕。

面；但古龍《孤星傳》卻全無插圖。可見配圖與否，並不一致；端由發行人主觀認定，可有可無。

最特別的是，春秋出版社力邀「另人」爲臥龍生《天香飆》所繪插圖，每章多達四至十五幅不等，堪稱所有武俠書之最。而先後由明祥、春秋兩家出版社印行的諸葛青雲《荳蔻干戈》，更陸續採用另人、南丁、三毛、王三等四位畫家的插圖，乃首開一書多繪者的紀錄。[68]至於其他書系所出小說亦間有配圖，惟不及眞善美、春秋兩家之多。總之，此風延續至1965年爲止，終不復見。也許是因當時武俠出書量太大，爲圖省事之故。

綜上所述，1960年代臺灣武俠名家輩出，是與八大書系彼此之間的競爭態勢及發掘人才、培養新秀種種努力分不開的。惟大美派「武俠小說革新運動」終究自拉自唱，未能獲得同行回應，卒淪爲夢幻泡影；亦當歸咎於各大書系持門戶之見，不肯協力同心，共創未來。因此即令有大美當家人張氏大聲疾呼，以及眞善美當家人宋氏個別推薦新人新作，均無力振衰起蔽；又何況「鬼派」小說以紫奪朱、戕害青少年呢！好在古龍後來居上，自1964年起即求新求變，力圖打破傳統武俠窠臼；進而鼓動風潮，造成時勢，乃爲臺灣武俠進行曲譜出別開生面的新樂章。

第三節　「新派武俠」革命家——古龍一統江湖

提到「新派武俠」小說，世人往往將它和古龍劃上等號。這是由於

68　此「三毛」非彼「三毛」，本名不詳；但與大陸「三毛」老畫家張樂平及臺灣「三毛」女作家陳平無關。

在古龍創作的鼎盛時期（1966-1976）名著如林，日新月異，每有出人意表之作。他不但能充分掌握住社會脈動，切合臺灣工業轉型期「多、快、好、省」的生活步調；而且更博採東、西洋大眾文學技巧及人物故事典型，以極經濟的敘事手法和饒富詩意的語句，將文字段落、人性善惡、武功招式、思想觀念等等一一予以簡化、淨化、西化或現代化。如此這般「破舊立新」，不僅使古龍與傳統武俠小說分道揚鑣，澈底決裂！同時也開創了他獨樹一幟、再造乾坤的武俠新紀元。

其實早在古龍「新派武俠」大放異彩之前，遠者如1940年代的朱貞木，近者如1950年代的梁羽生，乃至1960年代初期的司馬翎、陸魚等，均曾以「新派武俠」鳴世。但何以此「新派」不同於彼「新派」？這有一個由「漸變」到「驟變」的發展過程，必須要從古龍的生平及創作經驗說起。

一、由文藝走上武俠之途

古龍，本名熊耀華（1941-1985），江西南昌人，生於香港，十三歲時隨父母來臺定居。[69]在家譜排行中，他是長子，下有弟妹四人。其父熊鵬聲，曾任臺北市府機要秘書。在他十八歲時，因父母離異，家庭破碎，乃憤而棄家出走，過著半工半讀、自食其力的艱苦生活。其叛逆性格由此可見。

熊氏自幼愛好文藝及武俠小說，十一二歲時便開始以編故事自娛。1956年《晨光》雜誌分兩期發表了他的文藝小說處女作《從北國到南國》，給予他很大的鼓勵，乃有志做一個「文藝青年」。離家不久，他考

69　關於他的生年，外界說法不一，今以熊家戶籍記載為準。

上淡江英專（即淡江文理學院、淡江大學的前身）夜間部英語科，始有機會接觸到西洋文學作品，遂廣泛閱讀外國翻譯小說（如大仲馬、毛姆、海明威、傑克倫敦、史坦貝克等），打下了「洋爲中用」的基礎。

惟因迫於現實生活的無情壓力，他必須打工糊口；故而只念了一年英專，便辦理休學。有鑒於臥龍生、司馬翎、諸葛青雲等「三劍客」的武俠小說大行其道，名利雙收，爲脫貧致富的終南捷徑；不禁起了見賢思齊之心，也想在武俠天地間施展拳腳，爭一席之地。於是他廣泛搜讀古今武俠名著，並以司馬翎小說作爲初步借鏡、學習的對象，取精用宏，力爭上游。

他曾如是說：「過去還珠樓主、王度廬、鄭證因、朱貞木以及金庸的小說我都愛看，而在臺灣早期的武俠小說家中，我唯一『迷』過的只有司馬翎，他算得上是個天才型作家。記得當年爲了先賭爲快，我幾乎每天都待在眞善美出版社門口，等著看司馬翎的新書。後來一集追一集地等煩了，一時技癢，才學著寫武俠小說……。」[70]

當然其「下海」動機主要是爲了經濟因素。據出版資料顯示，自1960年開始，熊氏以「古龍」爲筆名的武俠作品陸續問世。包括處女作《蒼穹神劍》在內，全年計有《劍毒梅香》、《月異星邪》、《劍氣書香》、《孤星傳》、《湘妃劍》等共六部：分別交由三家出版社（第一、清華、眞善美）印行，足見其企圖心之大。其中《蒼穹神劍》、《劍毒梅香》二書，約莫動筆於1959年冬；而《劍毒梅香》與《劍氣書香》皆爲德不卒，分由上官鼎、墨餘生接手續完。[71]

70　見〈當代武俠變奏曲〉，收入葉洪生《武俠小說談藝錄》（臺北：聯經出版公司，1994），頁391-410。

71　《劍毒梅香》原刊本共四十六集，第四集以後由上官鼎續完。《劍氣書香》原刊本共八集，第四集以後由墨餘生續完。

　　儘管古龍剛出道時即有打帶跑、半途而廢的不良紀錄；儘管其處女作《蒼穹神劍》的技巧拙劣，毫無章法，彷彿是寫故事大綱；但因他才思敏捷，下筆如風，進步神速，故能令人刮目相看，視爲臺灣最有潛力的武俠新秀之一。尤其是《孤星傳》的出版，不但以詩情畫意的小說語言掀起了「文藝武俠」之風（有陸魚、蕭逸、秦紅等跟進），更進而成爲名副其實的「新派武俠」急先鋒；對於此後整體武俠小說的創新、發展、改革、丕變，意義十分重大！

　　惜長久以來，世人或因受到古龍後期「爲突破而突破」的小說風格所迷惑，往往以偏概全；或因囿於視野，見木不見林！多忽略了《孤星傳》在古龍「新派武俠」作品中發爲嚆矢的先鋒地位，致有不虞之毀譽產生。[72]實則從1960年《孤星傳》起，迄1976年《白玉老虎》止，古龍「求新求變」的創作歷程大致可粗分爲三個階段：

　　（一）新派奠基階段（1960–1964）：以《孤星傳》爲試點，《情人箭》、《大旗英雄傳》爲過渡，至《浣花洗劍錄》初步成形。

　　（二）新派發皇階段（1966–1969）：以《武林外史》打頭陣，《鐵血傳奇》、《絕代雙驕》爲左右翼，至《多情劍客無情劍》而臻頂峰。

　　（三）新派轉折階段（1970–1976）：以《蕭十一郎》爲前鋒，《歡樂英雄》、《流星·蝴蝶·劍》、《天涯·明月·刀》、《大遊俠》（即陸小鳳故事系列）爲主力，至《白玉老虎》而留下不了之局。此後則進入衰退期，已無「新」意可言。[73]

72　分見曹正文《中國俠文化史》及覃賢茂《古龍傳》（成都：四川人民出版社，1995）等相關論述。又，龔鵬程〈武俠小說的現代化轉型——「古龍精品系列」導讀〉（收入1995年眞善美出版社古龍小說新刊本各書），則將《孤星傳》、《湘妃劍》皆誤爲1963年作品。

73　1979年古龍曾在〈一個作家的成長與轉變〉（收入《大旗英雄傳》新編本——《鐵血大旗》，

由於《孤星傳》是古龍具體實踐「新派武俠」變革之始，亦為眞善美書系乃至全臺武俠小說最早冠以「新穎俠情」名目者；為便於通盤檢視古龍之所以會後來居上、獨領「新派武俠」風騷的創作泉源，乃有闡明此書的必要。

二、《孤星傳》雛鳳清於老鳳聲

　　不可諱言，1960年出版的古龍小說起伏甚大，好壞天差地遠。如果說《蒼穹神劍》是其初學乍練、漏洞百出、澈底失敗之作，那麼《孤星傳》便是他「棄文就武」後第一部眞正用心寫，且鍛鐵成鋼、才氣縱橫而又充滿生命力的超現實佳構。這兩部書（前後相隔十個月出版）同樣是寫孤兒成長、奮鬥、學藝、復仇的故事；同樣雜有古龍「自我投射」的影子，何以成績相距如此之大？這不能不歸功於古龍的天才加努力，從失敗中學習成長，並找到了「新派武俠」的突破口所致。

　　據眞善美原刊本《孤星傳》的出書時序顯示：初版首集印行於1960年10月；末集印行於1963年元月，共15集60章。其中大致每隔半年出版一次，前後歷經兩年有餘。[74]可見古龍醞釀此書甚久，乃以「慢工出細活」的認眞態度，苦心經營，反復思量，始竟全功。這也從側面說明了稍後問世的《遊俠錄》（1961）、《失魂引》（1961）、《殘金缺玉》（1961）、《劍客行》（1962）、《護花鈴》（1962）、《彩環曲》（1962）

　　臺北：漢麟出版社，1979）一文中，提到他創作的三階段。惟因事隔多年，其記憶頗有誤差，不宜作為憑據。本書則以原刊本出版時序而定，特此說明。

74 《孤星傳》第2集出版於1961年4月，與首集相隔半年；第3、4、5集出版於1961年10月，又相隔半年；第6集於1961年12月出版；第7、8集於1962年6月出版；第9至13集於1962年12月出版；第14、15集於1963年元月出版，分七次才出齊。

等書，無論在故事結構、佈局或是文筆、意境各方面皆相形見絀，不能與《孤星傳》倫比的主因。[75]而同時由眞善美出版的《劍氣書香》之所以寫不下去，半途而廢，亦緣於古龍全神貫注在自我寫照的《孤星傳》上，無暇分心之故。蓋當時初出道的武俠新秀，皆以能在眞善美出書爲榮；因而古龍視此書爲揚名立萬之作，精雕細琢，良有以也。

《孤星傳》是以世人普遍認同的「蒼天有眼—因果循環，報應不爽」爲形而上的故事主題；通過一個幼遭孤露、被人殘害而成聾啞少年的裴玨，來描寫他的赤子之心、堅忍奮鬥、樂觀進取、以德報怨種種人格特質；以及如何在爾虞我詐的江湖紛爭中，捍衛人性尊嚴，表彰生命的意義與價值。固然本書在佈局上，首尾兩章的構思略有出入，不無瑕疵；但寫來跌宕起伏，引人入勝，完全達到「情理之中，意料之外」的武俠審美要求。

特其首先運用現代文藝筆法及散文詩體分段、敘事；所綴補語饒富人生哲理，多清新可喜。僅就文字意境上而言，已駸駸然而有直逼「武壇三劍客」等先進作家之勢。更何況其創作手法不落俗套，每能出奇制勝呢！例如《孤星傳》首章是這樣開場的：

　　彤雲四合，朔風怒吼！

短短兩句八個字便構成一段，一舉打破歷來傳統武俠小說的冗長描寫。這種形式上的創新作法，可謂「古龍的一小步，武俠的一大步」！卻正是散文詩體之慣技。此後，每隔一至三行即分一段；並繼陸魚《少

75　在古龍早期作品中，《殘金缺玉》本爲第三部。因其先在香港《南洋日報》連載，拖到
　　1961年春，方由第一出版社印行。參見《蒼穹神劍》第8集夾頁廣告。

年行》之後，普遍採用「×××」符號區分異地／同時發生的故事情節。由是行文簡潔明快，決不拖泥帶水，乃形成古龍小說的特色之一。

其次，初出道的古龍即善於因人因事設譬。例如寫孤兒裴玨樸實無華，天生傲骨，卻屢遭江湖宵小欺凌侮辱。書中說道：

> 裴玨像一顆未經琢磨也未曾發出光彩的鑽石，混在路旁的碎石裏，
> 被人們踐踏著。沒有一個注意到他的價值！（第5章）

這似乎是作者有感而發，藉以自況。而其寫老鏢客「五虎斷門刀」孫斌，為躲避仇家，亡命江湖：「就像是一隻永遠見不得光的耗子，在黑暗中逃竄著。」（第7章）以及形容武林怪傑「冷谷雙木」的孤傲神情：「枯瘦頎長的身軀，有如兩座高不可攀的冰峰。」（第17章）等等，皆生動傳神，予人印象深刻。由是乃形成古龍小說的特色之二。

復次，對於深化故事情境，古龍很早便嘗試用看似平凡、卻耐人咀嚼的新文藝筆調進行營造及反思；且往往能於輕描淡寫中，展現出敏銳的觀察力，令人回味無窮。下舉四小段引文敘述裴玨遭人暗算致殘（聾啞）後的所思所想，便為顯例：

> 這世界，這生命，對他來說，是未免太殘酷了些。這年輕人本該像
> 朝日一樣的多彩而絢麗，然而蒼天卻讓他比雨夜還要灰黯。
> 曉色方開，旭日東昇。有光從窗口射入，將這間斗室照得光亮已
> 極。
> 光線照過的地方，將室中的塵埃照成一條灰柱。裴玨呆呆地望著，
> 問著自己：「為什麼在有光的地方才有灰塵呢？」
> 但他瞬即為自己找到了答案：「原來是光線將灰塵照出來。沒有光

的地方也有灰塵，只是我們看不到罷了。」他垂下頭，心情更蕭
索。他想：「這世界多麼不公平！光線爲什麼不把所有的灰塵都照
出來呢？爲什麼讓那些灰塵躲在黑暗裏呢？」（第5章）

像這樣的「新派」寫法，誰曰不宜！而作者進入書主的內心世界，
探索生命的悲情與無奈；用最平實的筆墨述說一樁極尋常而又值得深思
的客觀事理，令人有所憬悟。如是種種，不勝枚舉，乃形成古龍小說的
特色之三。

此外，舉凡友情的溫暖、愛情的渴慕、親情的呼喚，乃至對命運的
抗爭、一擲千金的豪賭、化腐朽爲神奇的蛻變等等古龍式「新派武俠」
特色，亦由《孤星傳》開其端；而後才發揚光大，更上層樓！

尤其值得玩味的是，本書花了許多篇幅，刻意描寫「知識的力量」
及其對失學者的再造之功。作者藉由孤兒裴珏企圖擺脫自己俯仰由人的
悲慘命運（其武功低微，「只會一招」！卻無端成爲被人利用的江南綠
林傀儡盟主），寫他不顧一切地接受「冷谷雙木」提出的「限時學習」
挑戰，以決勝負。這項約定要求裴珏必須在最短時間內學會他倆所傳授
的文武兩途任何知識技能，否則便將付出慘痛代價。裴珏非常痛恨自己
的無知：「只要讓我享受一天知識，讓我能從知識的領域內去重新觀察
人類的可愛、宇宙的偉大，那麼我便可含笑瞑目了。」（第32章）

因此，他跟著「冷谷雙木」展開一連串漫長的艱苦學習之旅。在他
們的身後，則尾隨著大批形形色色等著看熱鬧或下賭注的江湖人物；久
而久之，竟形成個有商業行爲的自助旅行團了。書中說，這種奇異的賭
約、奇異的行列、奇異的商團、奇異的現象——「在整個武林史上，是
從來未曾有過的。」（第41章）

裴玨不眠不休地學習著，求知欲一發不可收拾。他努力再努力，卻無怨無悔。

　　因為他所學習的，是他渴望了許多許多年的事。他對於知識的崇敬，就正如一個乞丐對金錢的崇敬一樣——那甚至比士人之對名譽崇敬，美人之對青春崇敬，名將之對戰功崇敬還要強烈。（第41章）

　　學到後來，連「冷谷雙木」也窮於應付，而不得不到處去求學補課，再轉授給他。此一奇妙而寫實的學藝過程，頗富於人生的啟示。在一定程度上，極有可能是古龍早先觀摩各家武俠名著、苦學各派武功心法以創作新書時的寫照。吾人由《蒼穹神劍》到《孤星傳》的飛躍進步，即灼然可見其刻苦用功的程度，殆已超過當年所有的成名作家。

　　是故，即便《孤星傳》部分故事橋段鬆散，缺乏剪裁（如第19、20章用「挖雲補月法」穿插有關武林奇人「金童玉女」的陳年往事）；但整體說來，古龍已能駕輕就熟地掌握傳統武俠語言、武功招式，並進而打破窠臼，予以另類包裝，始建立了「新派武俠」的雛型。

　　總之，《孤星傳》取得的藝術成果是多方面的。特以結局翻空出奇，變化莫測，幾臻古龍小說之最，尤足稱賞。它說明了一項人所共知的客觀事理：即「善未易明，理未易察」。不到真相大白的時候，任何猜疑、揣測都是多餘的，也是違反客觀事實的。這當然得力於古龍「故佈疑陣」的蓄勢手法精妙，凸顯出孤兒復仇的荒謬性；同時更以因果報應的普遍真理，來警惕世人。書敘裴玨偷聽到孫斌、檀明二老追憶當年因故錯殺無辜的曲折經過時，如是寫道：

　　裴玨心頭一震，情不自禁地抬起頭來；只覺黝黑的蒼空中，彷彿正

有兩隻眼睛在默默地查看著人間的善良與罪惡，一絲也不會錯過。
「祂」的賞與罰，雖然也許來得很遲，但你卻永遠不要希望當你種
下一粒罪惡的種子後，會收到甜蜜的果實與花朵。
一陣由敬畏而生出的悚慄，使得裴珏全身幾乎顫抖起來。他輕輕合
起手掌，向冥冥中的主宰作出最虔誠的敬禮。（第59章）

　　這三段文字乍看彷佛是寫現代版的《太上感應篇》，卻實實在在具
有勸善懲惡的警世意味。尊重傳統、敬畏果報的觀念在此表露無遺。可
惜自1974年以降，古龍小說「走火入魔」，異化得太離譜。我們當稍後
加以解析。

　　回顧1924年歐洲文學批評家安德烈‧勃勒東（André Breton, 1896–
1966）發表著名的《超現實主義宣言》中所說：超現實主義是把意識與
無意識中的經驗王國，完美結合起來的手段；直至使夢幻世界與日常的
理性世界共同進入「一個絕對的現實、一個超現實的世界」。[76]它不同
於當代小說家崇尚的社會寫實主義，而強調藝術作品是來自生活經驗中
有意、無意的心理反射過程。因此，它有夢幻、有現實、有虛構、有理
性，而使自由創作保有最大發揮之餘地；則武俠小說亦然。

　　由《孤星傳》描寫孤兒裴珏一身傲骨、流落江湖、備嘗人世艱
辛、努力求知學藝等等傑出表現來看，它正是一部超現實主義的武俠
代表作——古龍早年離家出走後的生活縮影盡在其中。此所以我們特
別重視這部「新派武俠」初試啼聲之作，並舉出若干例句加以印證，
其故在此。

---

76 參見新編《大不列顛百科全書》中文版（臺北：丹青圖書公司，1987），第3冊，頁251。

三、1963年古龍「吸星大法」納百川

　　古龍曾在〈一個作家的成長與轉變〉一文中，回憶早年從事武俠創作的生活經驗時說：

> 那時候寫武俠小說本來就是這樣子的，寫到哪裡算哪裡。爲了故作驚人之筆，爲了造成一種自己以爲別人想不到的懸疑，往往會故意扭曲故事中人物的性格，使得故事本身也脫離了它的範圍。
>
> 在那時候的寫作環境中，也根本沒有讓我潤飾修改、刪減枝蕪的機會。
>
> 因爲一個破口袋裏通常是連一文錢都留不下來的。爲了要吃飯、喝酒、坐車、交女友、看電影、住房子，只要能寫出一點東西來，就要馬不停蹄的拿去換錢……爲了等錢吃飯而寫稿，雖然不是作家們共有的悲哀，但卻是我的悲哀。77

　　由種種跡象顯示，古龍所謂「那時候」應該是指1963年以前。因此除了一部《孤星傳》之外，其他十幾部作品的故事、人物乃至武功、秘笈等等，都是自我重複的多，創新突破的少。而「海天孤燕」這個傳說中的武林奇人，竟成爲古龍筆下經冬不凋的常青樹，即可見一斑。78

　　其實，是古龍揮霍無度的物質欲望和生活習性，決定了他早期寫作的態度。在理想與現實的夾縫中，一方面他自覺是「文藝青年」出身，不甘屈居人下，總想寫一些與眾不同的東西，以圓其「文藝武俠」之夢

77　見古龍《鐵血大旗》（即《大旗英雄傳》新編本，1979年由漢麟出版社重印）序文，副題爲〈我爲何改寫《鐵血大旗》〉。實則除了書名之外，並未改寫內文。

78　「海天孤燕」之名屢見於古龍《孤星傳》、《湘妃劍》、《飄香劍雨》等書。實爲古龍自況。

（如《孤星傳》）；另一方面則爲了生活享受，必須賣稿換錢，藉以滿足自己及武俠市場商品化的需求。因此傾其捷才快筆，在三年內即「開」了十三部小說；而大多是虎頭蛇尾，草草了事。這才是青年古龍眞正的悲哀！

　　由於他那「打帶跑」的不負責態度，導致有一段時期沒一個武俠出版社敢用他的稿子。他只好替臥龍生、諸葛青雲捉刀代筆，臨時補個一章兩章。正因如此，眞善美出版社發行人宋今人公開撰文表揚陸魚處女作《少年行》（1961）是「新型武俠」，而刻意不提古龍《孤星傳》的前導地位，實不公平。這便激發了古龍的鬥志，非要力爭上游、出人頭地不可！

　　1963年是古龍創作生涯的一大轉機。這一年的元月，《孤星傳》終於全部殺青出齊；繼而用心寫出《情人箭》，其開場筆法忽張忽弛，故事懸疑奇詭莫測，皆當代武俠小說所罕見。乃被列入該年度「眞善美十大名著」之一，與臥龍生、司馬翎、上官鼎、蕭逸等齊名。[79]

　　就事論事，古龍在完成《孤星傳》之後，方眞正找到理想與現實的平衡點而有所覺悟：即只有通過不斷的努力創新，推出雅俗共賞的好作品，才能因應讀者與出版商的要求，長保聲名於不墜；否則因小失大，將無法在高手如雲的「武林」中揚眉吐氣，頂多混個溫飽而已。

　　是故，從1963年起，古龍即一改過去粗製濫造、多多益善的寫作陋習，每年僅開一至兩部新書；精心構思，全力以赴。而該年度所撰《情人箭》與《大旗英雄傳》，無論是文筆、創意或是佈局、情節、人物、

79　散見1963年5月眞善美出版各種武俠小說封底廣告。另包括臥龍生《素手劫》、司馬翎《帝疆爭雄記》、上官鼎《烽原豪俠傳》、蕭逸《還魂曲》等書。

武功之描寫，均已臻當時臺、港武俠小說的頂尖水平。即使與同一時期別家的同類作品（以復仇／洗冤爲主題），如臥龍生《素手劫》或金庸《素心劍》相較，亦毫不遜色，甚而猶有過之。

《情人箭》主要是敘述武林女狂人蘇淺雪因情生恨，以色爲餌，使「情人箭」、「死神帖」肆虐江湖的離奇故事。古龍首次運用抽絲剝繭的偵探／推理小說手法，描寫江南俠少展夢白爲報父仇，如何一步步追查「情人箭」連環血案的幕後元凶。全書以撲朔迷離的懸疑情節取勝，對於人性本質、善惡衝突、倫常之變、愛恨情仇等糾葛，均有適切的詮釋及發揮。其中如寫展夢白威武不屈，而又魯莽衝動的個性；寫女主角蕭飛雨狂放不羈，但卻情有獨鍾的執著；寫蜀中唐門因權力鬥爭，而導致父子相殘之人倫慘劇；寫「千鋒劍」宮錦弸因眼瞎受騙，而誤傷孫女之肝膽俱裂等折，皆勾勒入微，可驚可嘆！高潮迭起，扣人心弦。

迨至《大旗英雄傳》問世（1963年5月《公論報》連載），則百尺竿頭，更進一步。其開場氣勢之慘烈悲壯，文筆之剛勁雄奇，俱向所未見，無與倫比！例如首章〔西風展大旗〕是這樣展開的：

> 秋風肅殺，大地蒼涼。漫天殘霞中，一匹毛色如墨的烏騅健馬，自西方狂奔而來。一條精赤著上身的彪形大漢，筆直地立在馬鞍上；左手握拳，右掌斜舉著一桿紫緞大旗，在這無人的原野上，急遽地盤旋飛馳了一圈。
>
> 馬行如龍，馬上的大漢卻峙立如山。絢爛的殘陽映著他的濃眉大眼，銅筋鐵骨，閃閃地發出黝黑的光彩。
>
> 天邊雁影橫飛，地上木葉蕭瑟。馬上的鐵漢突地右掌一揚，掌中的大旗帶著一陣狂風脫手飛出，颼的一聲，斜插在黃樺樹下。健馬仰

首長嘶，揚蹄飛奔，霎眼間便又消失在西方殘霞的光影中；只剩下
那一面大旗孤獨地在秋風中亂雲般舒捲。

這起手幾段文字可謂情景交融，如入畫圖！即令求諸還珠、金庸亦
不可多得。因為沒有任何一部武俠書的開場白是這樣鑄字鍊句、刻意求
工的，由此可見彼時古龍創作之用心。

本書沿襲《情人箭》情天生變的原始主題，以「鐵血大旗門」與
「五福聯盟」世代結仇為故事背景，分述大旗弟子鐵中棠、雲錚兩人截
然不同的生命歷程。而其真正想要表達的題旨卻是「冤家宜解不宜
結」，用以反諷「我執—自作孽」的非理性及荒謬性。雖然故事收尾略
顯倉促，但對人性中七情六欲的糾葛，卻有更深入的探索與反思。特別
是寫鐵中棠智勇雙全，忍辱負重；跟心上人水靈光之間生死不悔的愛情
磨難，感人至深！而寫黃河畫舫巨帆上美女較技，以及「病維摩拳」大
戰「七仙女陣」的奇妙構思，皆為別開生面的經典之作。至於寫景詠物
之落英繽紛、歌聲傳情之靈犀相通更毋論矣。

一言以蔽之，《情人箭》與《大旗英雄傳》二書所取得的傲人成就
並非偶然，而是古龍企圖向自我以及讀者證明：即使寫偏重傳統色彩的
「擬正宗」武俠小說，他也不落人後，更能出色當行。因此，儘管這兩
部作品在意構、情節、人物設計、武功路數等方面，多多少少都曾受到
還珠樓主、白羽、金庸、張夢還、臥龍生、司馬翎等武俠先進作家的啟
發，不無模仿、偷招之嫌；[80]儘管在「求新求變」的創作道路上，他採
取的是「進一步、退兩步」的迂迴戰術策略，少了些「現代文藝腔」

---

80 如還珠《蜀山》之「九子鬼母」、白羽《十二金錢鏢》之「蜀中唐門」毒藥暗器、金庸《神
　鵰俠侶》之絕情谷底有情天、張夢還《沉劍飛龍記》之「崑崙六陽手」等等皆是。

（如《孤星傳》），也有這樣那樣美中不足的瑕疵；但整體而言，仍無礙於他博採眾長，取精用宏，以「吸星大法」共冶一爐、推陳出新的超卓表現。絕非「胡編」二字可盡概風流！[81]

　　另在武俠小說中必不可少的武林門派、江湖生態方面，早在《孤星傳》問世時即已淡化了所謂「名山大派」（以少林、武當為首）的影響力，而代以奇人異士、武林怪傑。及至《情人箭》、《大旗英雄傳》推出，其江湖格局更為壯闊；名山大派殆全面退位，沒有定於一尊的「泰山北斗」；奇門異派高手輩出，幾乎改寫了武俠傳統——只剩下化繁為簡的武打改革，尚留待《浣花洗劍錄》來完成。

四、《浣花洗劍錄》迎風一刀斬

　　誠然就「求新求變」的角度來看，1963年古龍這兩部左右開弓、兼容並包的作品並無太多創新發展之處；只是文字更洗鍊、筆法更圓熟、構思更奇妙而已。但以新、舊思想雜陳的「擬正宗」武俠小說而言，實已極盡波譎雲詭之能事；在臺灣武俠名家中，唯有司馬翎可與之匹敵，而臥龍生、諸葛青雲等皆已瞠乎其後。

　　豈知1964年古龍新作《浣花洗劍錄》又有所突破；即不再描寫冗長繁複的打鬥場面，而著重刻劃戰前氣氛、精神意志，以倭人「迎風一刀斬」為依歸。這當然是與古龍借鏡東洋武士文學（時代小說）的審美經驗分不開的。關於這一點，古龍後來在一篇「通序」中亦曾略加透露：

　　有很多人都認為當今小說最蓬勃興旺的地方，不在歐美，而在日本。

81　陳墨，《港臺新武俠小說五大家精品導讀》（昆明：雲南人民出版社，1998），頁260。稱　　《大旗英雄傳》：「連『胡編』也沒編完，還有啥好說？」實為大謬！

因爲日本小説不但能保持它自己的悠久傳統和獨特趣味，還能吸
收。

它吸收了中國的古典文學，也吸收了很多種西方思想。

日本作者能將外來文學作品的精華融化貫通，創造出一種新的民族
風格的文學。武俠小説的作者爲什麼不能？

武俠小説既然也有自己悠久的傳統和獨特的趣味，若能再盡量吸收
其他文學作品的精華，豈非也同樣能創造出一種新的風格，獨立的
風格，讓武俠小説也能在文學的領域中佔一席之地；讓別人不能否
認它的價值，讓不看武俠小説的人也來看武俠小説！[82]

　　相較於古龍在同一序文中所批評的武俠俗套和公式：「一個有志
氣、天賦異稟的少年，如何去辛苦學武；學成後如何去揚眉吐氣，出人
頭地」，以及「一個正直的俠客，如何運用他的智慧和武功，破了江湖
中一個規模龐大的惡勢力」等論述來看，的確道出了古龍要以東洋爲
師、非變不可的原始動機。而《浣花洗劍錄》僅只是新嘗試的出發點，
卻可稱爲古龍「新派武俠」初級階段的壓卷之作。

　　《浣花洗劍錄》最早於1964年6月《民族晚報》上連載，全書共60
章，約近90萬言。主要是敘述一名東瀛劍客（實爲旅日華僑）特意到中
國來求證「武道」，打遍天下無敵手；最後終於得到「無招破有招」的
答案，始以身殉道，死得其所。作者通過「一個有志氣、天賦異稟的少
年」方寶玉，寫他「如何辛苦學武」，以代表中土武林出戰東瀛劍客。
可見後來古龍所反對的武俠模式並非一無是處，而要看作者如何去駕馭

_____

82　見1977年臺北桂冠出版公司所印六種古龍小説25開新編本通用之〈代序〉。

它、豐富它，如是而已。

　　實事求是的說，《浣花洗劍錄》由江湖紛爭的窠臼中脫穎而出，以探索武學真諦，的確爲日益僵化的武俠創作注入了一股活水；使之生機蓬勃，希望無窮！尤其值得肯定的是，古龍的「武學新思維」及其古今交融的「文藝武俠」之風互相激盪，乃化入「心劍合一」之境；不讓金庸、司馬翎等先行者專美於前。

　　例如書中借武林奇俠紫衣侯之口，闡釋無上劍道之理，可謂慧思妙悟，言人所未言：

> 我那師兄將劍法全部忘記之後，方自大澈大悟，悟了「劍意」。他竟將心神全都融入了劍中，以意馭劍，隨心所欲。（中略）也正因他劍法絕不拘圇於一定之招式，是以他人根本不知該如何抵擋。我雖能使遍天下劍法，但我之所得，不過是劍法之形骸；他之所得，卻是劍法之靈魂。我的劍法雖號稱天下無雙，比起他來，實是糞土不如！（第8章）

　　這正是《金剛經》所謂：「法尚應捨，何況非法」的精義所在。而此一「無招破有招」之論，復經紫衣侯師兄以草木之枯榮、流水之連緜、日月之運行等大自然現象中萬物變化、生生不息之理來譬解劍道，乃更爲圓融。至此，金庸首創「無劍勝有劍」之說，方得眞解，不再流於空談。83

83「無劍勝有劍」之說首見於金庸《神鵰俠侶》（1959）側寫「劍魔」獨孤求敗中年以後的武學境界；但只是一句空話，缺乏實證。而類似的描寫固早已由1930至1950年日本「時代小説」（歷史武俠傳奇）大師吉川英治、小山勝清、柴田錬三郎等名家在以「劍聖」宮本武藏爲主題的系列作品中完成；稱之爲「眞空之劍」、「虛無之劍」或「破魔之劍」。至於「無招

再如作者寫紫衣侯與白衣人在海上比劍一折，固然別開生面，精彩
紛呈；而紫衣侯臨死之際所表現的英雄氣概，更是勇者無懼，令人動
容。且看：

> 紫衣侯仰天長長嘆息一聲……突然大喝道：「且將酒來，待我帶醉
> 去會鬼卒。告訴他世間多的是不怕死的男兒，在這些人面前，神鬼
> 都要低頭！」（第8章）

此話擲地有聲，力透紙背！正是「古龍語錄」的名言之一，乃使其
文學意境大大提高。而諸如此類耐人咀嚼、回味的語句散見全書，不一
而足。

此外，另有許多涉及「比較武學」的宏言讜論，或包含人生哲理，
或富於詩情畫意，亦值得引述於次：

> 我國的刀法中，縱有犀利辛辣的宗派，也必定含蘊著一些藝術、一
> 些人性。但這（東瀛）刀法卻完全不講藝術，完全以殺人為目的。
> 這刀法雖然精萃準確，但卻是小人的刀法；只講功利，只求有用。
> （中略）藝術與功利、君子與小人之分，正是我國刀法與東瀛刀法
> 之間的差別所在……這只怕與兩國人民的天性也有著極深的關係。
> （第32章）

> 刀雖是死的，但在名家手中，便有了生命——它的生命正是持刀人

破有招」之說，則首見於金庸《倚天屠龍記》（1961）寫武當派鼻祖張三豐教張無忌學太極
拳劍之「意」一折，「忘掉」二字最是要緊。而上官鼎《沉沙谷》（1961）寫絕世高手之
戰，所謂：「信手成招，欲發則發，欲止則止……」則與金庸不分先後；但均不如古龍析
理之精。

的精神魄力所賦與的。那刀的架勢，刀的光澤，正與吳道子的畫、王右軍的字一樣，已不是單純之「物」，已有了靈魂、生命。（第50章）

這一掌已並非全是內力與內力的比拼，而是少年奔放的精力與老年累積的潛力之對決。（第54章）

凡此種種，不勝枚舉，卻是當時海內各家所無。

其實最引人矚目的，不是古龍的「比較武學」，而是他首次將日本「時代小說」[84]中所述東瀛各武功流派、刀法特性及「武道」精神引介於其作品中；並借力使力，爲之張目。例如書中第33章〈東瀛武士刀〉，即爲東海白衣人、「天刀」梅謙、鐵金刀等「日本留學生」修習武功的淵源所在。至於所謂倭人「一流太刀」中的絕招「迎風一斬」，則成爲古龍小說簡化繁複的武打招式、一刀而決的開端。

顧名思義，這「迎風一刀斬」講究的是快、狠、準，亦即一刀判生死。也就是說，雙方對決不必施展花拳繡腿；只須蹈瑕抵隙，找到「空門」（破綻），迅作雷霆一擊，立分勝負。其中眼力、鬥志、氣勢、殺機四者，缺一不可！因而描寫當事人的精神、心理狀態及營造戰前氣氛，更重於比武過程。

84「時代小說」是指以日本中古幕府時期的浪人武士、劍客或「忍者」活動爲故事主題的小說。其題材內容類似中國武俠小說；但雖有歷史背景，卻非歷史小說。個別作品如吉川英治的《宮本武藏》及小山勝清的《是後的宮本武藏》，則因多方考證史實，有相當程度的可信度，則可視爲「歷史武俠小說」。又，在二十世紀初葉，日本有一種科學探險小說，亦富於武士道精神，卻稱爲「武俠小說」，以押川春浪（1876-1914）爲巨擘。可參見岡崎由美〈武俠與二十世紀初葉的日本驚險小說〉一文，收入《金庸小說與20世紀中國文學》論文集（香港：明河社，2000），頁211-225。

古龍何時接觸到日本大眾文學的主流─時代小說？無可稽考。但我們相信應與1963年金溟若所譯小山勝清《是後的宮本武藏》，以及日本電影《宮本武藏》（據吉川英治原著改編）有相當密切的關係。[85]

質言之，古龍將吉川英治、小山勝清等一脈相傳的「以劍道參悟人生真諦」、「劍禪合一」的理論與日本武士道「兵法修業」（即劍術修煉）上所謂「必殺之劍」結合起來，乃形成其「新武學」的基礎。但因引進之初，《浣花洗劍錄》尚在實驗階段，不宜全盤日化，照搞照搬；所以古龍不得不再將武林七大門派請出來，讓「新」（迎風一斬）、「舊」（傳統招式）武功廝殺一番，其故在此。

同理，為了順應武俠讀者的審美故習，以投其所好，本書又重颺「還珠復古風」─將《蜀山》、《青城》中奇奇怪怪的「五行魔宮」人物、玄功秘藝乃至飛劍法寶的「仿製品」一骨腦兒搬出，並加以改造。其間尤以描寫「魔火宮」的暗器手法能發能收，盤空疾舞渾如飛劍法寶（第25章），乃益增奇幻性、趣味性。

考古龍模仿《蜀山》人物、故事，始於《月異星邪》（1960）；模仿飛劍法寶攻勢，始於《大旗英雄傳》（1963）。甚至迄及1973年，古龍在寫「新派武俠」後期之作《大遊俠》（即陸小鳳傳奇系列）時，仍不

---

85 金溟若所譯的小山勝清《是後的宮本武藏》（按：「是後」意指宮本武藏與佐佐木小次郎在嚴流島決戰之後），最早連載於1962年10月10日《香港時報》；1963年3月20日轉由臺北《中華日報》副刊連載，至同年8月18日刊完前三卷，10月即由金氏自行付梓出書。事見金溟若〈我譯《宮本武藏》（代跋）〉一文，收入金譯小山勝清《嚴流島後的宮本武藏》（臺北：四季出版社，1977年7月，重印本），頁645-646。據知，1960年代之初，改編自吉川英治原著的日本電影《宮本武藏》曾數度來臺上映，轟動一時。1961年創譯出版社首次推出由鍾進添所譯吉川英治《宮本武藏》，但印數甚少，並不普及；金譯《是後的宮本武藏》則拜報刊連載之賜，始廣為人知。照此推論，古龍可能先由《宮本武藏》電影入手，再接觸到金譯本和鍾譯本，才逐漸形成其「新武學」。這是比較合理的解釋。

放棄「還珠式暗器」的藝術誇張手法，可見其「有所不爲，有所必爲」（古龍名句）之一斑。這也顯示在其「求新求變」的創作過程中，某些「舊派武俠」的小說素材合乎審美需求，很難一刀兩斷！如古龍自始即豔稱「蜀中唐門」爲天下毒藥暗器之最，實乃承襲白羽《十二金錢鏢》（1938）轉引萬籟聲《武術匯宗》（1926）之說，則爲另一例證。[86]

　　總之，《浣花洗劍錄》的題旨（探索武道奧秘）固然新穎有力，卻因描寫人物性格失敗（如沒名沒姓的女主角「小公主」），以及若干故事情節未遑交代，即匆匆收束，實難脫「虎頭蛇尾」之譏。故其整體表現尚不如前著《情人箭》與《大旗英雄傳》，殊爲可惜。

　　但無論如何，古龍以東洋爲師的「新武學」畢竟也算是一項重要的突破，給傳統武俠小說開了一扇窗子。雖然它還不夠「新潮」、不夠「現代」。這要等到1965年左右，古龍擴大視野，接觸到日本浪漫武俠名家柴田鍊三郎的作品；將江湖浪子情懷與東洋文學「風雅的暴力」、「苦澀的美感」融爲一體，作有機的結合，方眞正找到適宜自己情性、理念、文風的新路向。此後古龍小說之「求新求變」，則以《武林外史》（1966）、《絕代雙驕》（1966）、《鐵血傳奇》（1967）、《多情劍客無情劍》（1969）四部名著爲標竿，而堂堂進入「新派武俠」全盛階段；除司馬翎仍不斷有佳作問世外，已無其他名家可以抗衡。

86　古龍由處女作《蒼穹神劍》起，幾乎每書必爲「蜀中唐門」之毒藥暗器張目。此說最早見於1926年北京農業大學教授萬籟聲所著《武術匯宗》（下篇：內功）第六章第七節〈神功概論〉。略謂：「又有操『五毒神砂』手者，乃鐵砂以五毒煉過，三年可成。打於人身，即中其毒，遍體麻木，不能動彈；挂破體膚，終生膿血不止，無藥可醫。如四川唐大嫂即是！」迨及白羽撰《十二金錢鏢》小說，則屢次引用，乃天下皆知。又，古龍《月異星邪》開場描寫五毒惡物及怪蛇、星蜍之鬥，套自《蜀山》第19回；所敘江湖第一奇人「地仙古鯤」，即模仿《蜀山》中著名散仙「神駝乙休」。而《大旗英雄傳》寫「煙雨」花雙霜的暗器手法神奇莫測，如放飛劍法寶，則以還珠爲師。從此皆然。

五、柴田鍊三郎對古龍的影響

古龍小說的文體、筆調、風格及分段法是長久以來人們曉曉不休的話題。有的說是受到了美國作家海明威的「電報體」影響；有的說是受到電影劇本「肢體語言」（動作）、注重氣氛及精減廢話的影響；有的則歸咎於出版社或報刊一向「論稿紙行數計酬」之慣例，誘使作者不得不用散文詩體分行分段，以拉長篇幅、增加收入等等。這些說法都有其部分道理，但並不全對。

因爲論者往往「見木不見林」，多忽略了古龍小說的文體風格曾歷經三變的事實。

其一、撇開其處女作《蒼穹神劍》墨守傳統武俠陳規不談，由《孤星傳》（1960）至《浣花洗劍錄》（1964）是爲一變。這段時期，其文字段落大小不一，筆調傷感凝重，類似海明威的「電報體」；兼以「古爲今用」、「洋爲中用」，頗有「文藝武俠」之風。因而老少咸宜，無人會非議其改良式的文體風格。

其二、由《武林外史》（1966）至《多情劍客無情劍》（1969），是爲二變。這段時期，其文字段落越來越小；自《鐵血傳奇》以降，分段更很少超過三行者。但句法簡潔，節奏明快，近乎散文詩體或敘事詩體；卻仍屬可接受的合理範圍（即不違反文法規則）之內。尤以《武林外史》首張江湖浪子之目，擴大此前《情人箭》的偵探／推理小說之風，乃由《鐵血傳奇》的「盜帥」楚留香與《多情劍客無情劍》的「小李飛刀」李尋歡建構完成其最具代表性的「古龍風格」。

其三、由電影劇本改寫成小說的《蕭十一郎》（1970）至《天涯·明月·刀》（1974），是爲三變。這段時期，古龍迷戀於電影語言，越變

越離譜，乃陷入「爲突破而突破」的困境。而其濫用電影分鏡手法分行、分段的結果，遂使句不成句、文不成文（文法上的複合子句及條件子句均不可拆開分成兩段），赫然形成一種新的「文字障」。世人印象中的古龍文體風格云云，多半是指此一階段的作品而言，實不足爲訓（詳後）。

在古龍三變中，最值得探討的是第二變。而促成其「豹變」的關鍵人物，極有可能是日本時代小說大家柴田鍊三郎。

按：柴田鍊三郎（1917-1978），日本岡山縣人，慶應義塾大學中國文學系畢業。他很早即跨入文壇，是繼日本「國民作家」吉川英治及小山勝清之後，第三位善寫《宮本武藏》的能手，成名猶在司馬遼太郎之前。柴田氏於1951年以《上帝子民》獲「直木賞」；1970年代以《英雄在此》獲「吉川英治賞」，並以歷史小說《豐臣秀吉》、傳奇小說《水滸英雄傳》等書馳譽於世。

其實柴田最爲人津津樂道的不是時代小說、歷史小說，反而是武俠傳奇作品。其中尤以1955年5月在日本《新潮周刊》開始連載的《眠狂四郎》系列，由上百個故事連綴而成；前後寫了十多年，歷久不衰，令人嘖嘖稱奇。此外，《源氏九郎》系列則以香花秘劍、「風雅的暴力」取勝，亦名噪一時。

柴田深受日本近代文學奠基者森鷗外（本名森林太郎，1862-1922）、文壇泰斗吉川英治（1892-1962）等前輩宗師所引進、實踐並發揚光大的西方浪漫主義文藝思潮影響，首創以偵探／推理小說筆法技巧來寫江湖浪子屢破奇案的武俠故事。他擅長運用富於詩意的精煉短句、精采對話與乾淨俐落的旋風快打（一招判生死）交織成章；更加借用電影分鏡手法，營造不同時地的場景氣氛及人物心理變化，乃形成東瀛所

謂「風雅的暴力」式小說特色,淒絕而迷人。

以上所舉種種概念性的「柴田武俠素描」,恰恰與1966年以降的古龍武俠風格異曲同工,不謀而合。

尤可異者,是古龍中期代表作之一的《鐵血傳奇》(1967)主角「盜帥」楚留香,竟與柴田筆下的眠狂四郎、源氏九郎之生活習性、行事作風乃至人物描寫、出場方式等構思,有著驚人的酷似!而《鐵血傳奇》仿效《眠狂四郎》故事系列,分成《血海飄香》、《大沙漠》、《畫眉鳥》三部曲(合為一書),就更非偶然了。[87]

由此可知,古龍「新派武俠」的定型定位,是跟他借鏡日本時代小說—特別是柴田鍊三郎的作品—獲得靈感啓示分不開的。正因彼等每有新作多先在報刊上連載發表(以1935年《朝日新聞》連載吉川英治《宮本武藏》為嚆矢),故而為因應社會大眾閱讀習慣,其文體、分段均尚短小精悍,不得不向「新聞體」傾斜。而柴田則更變本加厲,將「新聞體」發展成散文詩體,常以一兩個字分行分段——這便是古龍亦步亦趨,形成所謂「古龍文體」的根源所在,別無奧妙可言。

旅加女作家馮湘湘曾以《古龍和柴田鍊三郎》為題,撰文指出:這兩位武俠名家的文風、體氣、小說人物、故事橋段、武學境界等方面,有多處雷同,如出一轍;並舉相關文字段落「對號入座」,作了一番比較,頗可參考。[88]其實「偷師」柴田鍊三郎者,不止古龍,還有金庸。

---

87 《鐵血傳奇》問世之前,古龍從未有過類似柴田《眠狂四郎》系列故事的作品。據覃賢茂《古龍傳》(成都:四川人民出版社,1995)頁38記載:1968年古龍曾與一位「東洋美女」同居達四年之久。另據古龍老友于志宏回憶:此前古龍已與這位日本女子(佚名,為日本留學生、武俠小說愛好者)交往過一兩年。因此我們有理由相信,古龍受到柴田鍊三郎浪子武俠作品的影響,應與這位日本女子的推薦有關。但古龍本人並不通日文。

88 馮湘湘〈古龍和柴田鍊三郎〉一文,原載於《香港文學》2001年3月號。

如《倚天屠龍記》中刀劍互擊斷裂，發現內藏兵書、秘笈的構想，即來自柴田《秘劍血宴》寫水火雙劍中之藏寶圖。類此者不勝枚舉，足見柴田對臺、港武俠作家影響之大，實無可諱言。[89]

六、《武林外史》掀起江湖浪子之風

有了以上的認識，再回頭看1965年以後的古龍作品，許多疑團皆可迎刃而解。同時也透露了一項訊息：即1965年的古龍僅開了一部新作《名劍風流》，而且沒有結局（兩年後由喬奇續完）。這是否意味著這一年的古龍除傾力完成前作《浣花洗劍錄》之外，正徘徊於日本武俠傳奇的海洋中，尋找新的突破口？

這答案顯然是肯定的。因為儘管吉川英治《宮本武藏》、小山勝清《巖流島後的宮本武藏》及柴田鍊三郎《決鬥者宮本武藏》都曾先後給予他一定程度的啟發，但畢竟以歷史人物（三實七虛）為主角的時代小說非其所長，也不合其情性、志趣。恰巧柴田的《眠狂四郎》、《源氏九郎》等江湖浪子故事系列能投其所好，以其聰明才智，焉有不從中取材之理！

古龍曾公開說：「模仿不等於抄襲。」實則他是一面模仿，一面抄襲。如《名劍風流》將還珠樓主小說中最駭人聽聞的魔教「化血分身、金刀解體、血遁大法」（化為陰雷爆炸）都原封不動地端出來，算不算「抄襲」？但我們對此並不感到訝異，因為這正是浪子古龍在面臨「新派武俠」大轉變之前的小插曲、小陣痛，無足輕重。而《武林外史》才

---

89 可參見馮湘湘〈金庸「偷師」柴田鍊三郎〉一文，發表於美國《世界周刊》2000年5月7日，39版。

是他由日本浪人武士走向中國浪子武俠的新開端，意義頗不尋常。

《武林外史》於1966年春先在香港《華僑日報》連載，全書共有44章，約120萬言。主要是敘述奇俠沈浪為揭發「萬家生佛」柴玉關（歡喜王／快活王）偽善欺世、獨霸武林之陰謀，聯合熊貓兒、金無望等道義之交，與邪惡勢力鬥爭的故事。其中又穿插了「馬大哈」姑娘朱七七對沈浪的一片癡心，以及王夫人、王憐花母子和白飛飛等對快活王的愛恨情仇；寫來撲朔迷離，步步驚魂，極盡波譎雲詭之能事。

顧名思義，所謂「武林外史」顯由《儒林外史》得到靈感，乃有別於「武林正史」而言，並具有兩重用意：

其一、**宣告武俠新時代來臨**：本書打破以往武俠小說著重「尋寶／學藝／復仇／爭雄」的故事窠臼，改變了傳統江湖格局（託言七大門派為爭子虛烏有的《無敵寶鑑》已傷亡殆盡）；而代之以「英雄出少年」的武俠新生代全面接班，重新洗牌，別開武林新局面。

其二、**建立浪子／遊俠新模式**：本書主角沈浪、熊貓兒天性豁達，四海為家，任何事都不在乎；但卻重友尚義，武功高強，無人知其來歷。這種兼具浪子、遊俠雙重性格特質的武俠人物，為古龍小說首創；並以此一浪子／遊俠之人物典型為基準，添枝加葉，不斷複製於以後的作品中。例如《鐵血傳奇》之楚留香、胡鐵花；《多情劍客無情劍》之李尋歡、阿飛（轉為內斂型）；《蕭十一郎》之蕭十一郎、風四娘（女光棍）；《歡樂英雄》之郭大路、王動；《大遊俠》之陸小鳳、《九月鷹飛》之葉開等等皆是。

這些古龍式武俠新生代有一共同的特色：即年歲甚輕（頂多三十左右），一出場就是高手，甚至是高手中的高手！沒有師承門派、苦練絕藝這一套，也不須為了復仇而活。他們大多好酒善飲，意氣侃如；又屢

破奇案，生死無悔。他們代表的是武俠世界中的一股新生力量，改寫了
「薑是老的辣」（年紀越大武功越高）的江湖神話，重鬥智而輕鬥力——
這正是古龍武俠小說「現代化」之表徵。它由傳統的條條框框中解放出
來，隨心所欲，擁有無限的可能。而這一切武俠本質上的變革，則與古
龍文體、分段相輔相成，交融一片。所謂：「1966年的《武林外史》標
誌著古龍武俠小說創作的一大轉折。」[90]其故在此。

　　但我們並不認為《武林外史》「將偵探小說、推理小說及神秘小說
等等敘事方法與形式，引入武俠故事，是古龍式『武俠革命』的真正開
端」。[91]因為在此之前，《情人箭》和《名劍風流》均已做過相同的嘗
試，豈能置之不顧！其差別僅只在於所用偵探／推理／神秘小說的筆法
或輕或重，間有深淺不同而已。談不上什麼「革命」不「革命」！

　　惟以古龍此書牢牢扣住探案、揭秘的故事主題，抽絲剝繭，層層轉
進，絕不節外生枝；更首次讓浪子掛帥，扮演智勇雙全的偵探角色，則
與《情人箭》、《名劍風流》寫當事人為報殺父之仇而到處追查元凶的
表現手法，大異其趣。特別是《武林外史》兩次運用「三一律」（人、
時、地一致）敘述沈浪等人在古墓、巖洞中的摸黑遭遇，充滿了神秘氣
氛；事後並由沈浪代作者現身說法，解析其中疑團，頗有福爾摩斯探案
之風。

　　從此，《武林外史》乃成為古龍筆下浪子型遊俠探案故事的開路先
鋒。雖然它的小說格局不夠壯闊，開場筆法仍承襲了傳統武俠風格，不
及同時期推出的《絕代雙驕》（1966年2月《公論報》連載）表現手法之

90　見陳墨《港臺新武俠小說五大家精品導讀》（昆明：雲南人民出版社，1998），頁261。
91　同上註。

新；但其人物性格描寫生動，如見其面，如聞其聲。像書中寫沈浪之疏宕自如，智珠在握；寫熊貓兒之狂放不羈，豪氣干雲；寫朱七七之粗枝大葉，敢愛敢恨；寫王憐花之千靈百巧，笑裡藏刀；以及寫快活王之梟雄氣概、金無望之面冷心熱等等，皆形象鮮活，直逼眼前，令人難忘。

相較之下，《絕代雙驕》以調皮搗蛋、花招百出的「小頑童」江小魚爲中心人物，集世間小痞子、小騙子、小魔星、小滑頭等行爲特質於一身，堪稱是古今武俠小說中第一「鬼靈精」（比金庸《鹿鼎記》之韋小寶出道猶早三年多）！亦有幾分「小浪子」闖江湖的意味，且故事生動有趣，變化多端。可惜此書在本質上，仍不脫因情生恨、設計報復、孤雛學藝、武林秘笈、爭奪寶藏、美女如雲、無遮大會（一再表演「脫衣秀」）等等武俠老題材、老套數；故就創新的角度而言，實難與《武林外史》並駕齊驅，反而有「開倒車」之嫌。

但無論如何，古龍畢竟由《武林外史》與《絕代雙驕》的創作經驗中，摸索出一條「歡樂英雄」叫好又叫座的發展規律；將快樂浪子跟遊俠探案故事緊密地結合起來，自娛娛人，皆大歡喜！於是乃有一系列「盜帥」楚留香傳奇故事的產生，風靡了無數讀者；也促使他終於成爲「新派武俠」的舵手，實至而名歸。

七、永遠的「風流盜帥」與「小李飛刀」

所謂楚留香故事系列共有六部曲，依次是《血海飄香》、《大沙漠》、《畫眉鳥》及《借屍還魂》、《蝙蝠傳奇》、《桃花傳奇》；均先經由香港《武俠世界》、《武俠春秋》周刊連載，而後交付臺灣兩家出版社結集成書。前三部曲收入《鐵血傳奇》（1967），由眞善美出版；後三部曲收入《俠名留香》（1968），由春秋出版。其中尤以《鐵血傳奇》

三部曲奇案迭出，環環相扣，最爲著名。[92]

　　《鐵血傳奇》全書共99章，約90萬言。在原刊本首集扉頁書名旁，添加了一行副題：「血海飄香」，意爲首部曲。古龍本人更破例寫了一篇〈前言〉，略謂：

> 自古以來，每一代都有他們的傳奇英雄、傳奇故事。這些英雄的聲名與精神永遠不死，這些故事的刺激與趣味也永遠存在。
>
> 蝙蝠公子、畫眉鳥、血衣人、石觀音……以及「盜帥」楚留香，這些人正都是亂世武林中的傳奇人物，每個人正都帶有濃厚的傳奇色彩。這些人不但在他們自己的時代裡創造了歷史，而且也爲後世武林開拓了新局面……
>
> 這些故事或恐怖，或離奇，或緊張，或冶豔，卻幾乎都是圍繞著這些人物發生的。是以每一故事，乍看雖有他們的獨立性，但有了這些相同的人物貫穿其間，每一故事便都微妙地連繫起來；正如一根長線，貫穿起許多粒多彩的珍珠一般。
>
> 如今，爲了紀念那些精神永遠不死的人物，我便要寫下他們那些趣味永遠存在的故事；並且盡力將這些故事連綴成一部瑰麗而奇詭的傳奇史篇。[93]

　　這無疑可視爲古龍自我作古而要大展鴻圖的「新武俠宣言」了。

---

92 《鐵血傳奇》原刊36開本，共有33集；《俠名留香》原刊本則有27集，均於1977年由臺北桂冠圖書公司改書名爲《楚留香傳奇》及《楚留香傳奇續集》（25開本），一共6部，重新出版。加以1982年港劇《楚留香》風靡港、臺電視觀眾（收視率高達六成），眞正達到家喻戶曉的地步；故原書名反而爲人遺忘，「楚留香」三字則深入人心，流傳至今。

93 見《鐵血傳奇》第1集（臺北：眞善美出版社，1967）卷首。古龍落款時間爲：1967年3月29日於臺北。

　　值得特別注意的是，古龍以前從未給自己的新書寫過〈前言〉；而此文預先勾勒出「一串珍珠」的寫作綱領，宣稱這些傳奇人物「不但在他們自己的時代裡創造了歷史，而且也爲後世武林開拓了新局面」，這是何等的雄心壯志！顯然古龍有意藉《鐵血傳奇》三部曲向自我乃至天下武林挑戰，以樹立「新派武俠」里程碑；故其小說結構、敍事方式以及人物塑造皆有所更張，與此前諸作大相徑庭。

　　譬如同是遊俠探案故事類型，《鐵血傳奇》一反《武林外史》針對特定事件（歡喜王／快活王之謎）作「萬里追蹤」的單一主題結構，而改用「連環套」的複式結構，將三個既有獨立性又有關聯性的故事連綴起來；使其環環相扣，可分可合；並以書主楚留香穿針引線，貫穿其間。如此「三環套月」式結構，既可避免單一主題冗長枯燥的演敍過程，又可收旋風快打、速戰速決之效。這正投合了當時臺灣面臨工業轉型期一切講求經濟實惠、多快好省的群眾心理。因此，楚留香、陸小鳳等故事系列能膾炙人口，歷久不衰，均得力於這種姚民哀所創「連環格」小說結構，[94]洵爲不爭的事實。

　　其次，古龍在《絕代雙驕》的開門見山式現代小說敍述法的基礎上，又借鏡（日）柴田鍊三郎及（法）莫里斯・勒布朗小說中的盜寶留箋慣例，[95]將「風流盜帥」楚留香的作案「香帖」倒插書前，形成引

---

[94] 所謂「連環格」（系列作品）的提法，最早爲1920年代武俠名家姚哀民所創。其《箬帽山王》卷首〈本書開場的重要報告〉略云：「……預定做一種分得開、并得攏、連環格局的武俠會黨社會說部。（中略）可能這部書的結局倒安插在那一部內；此時無關緊要的一句淡話，將來卻要生出另一件重要事兒來哩。如此作法，庶幾讀者自由一點；既可以隨時連續讀下去，又可任意戛然中止。」轉引自張贛生《民國通俗小說論稿》（重慶：重慶出版社，1991），頁143。

[95] 柴田鍊三郎的《眠狂四郎》系列與莫里斯・勒布朗（Maurice Leblanc）的《俠盜亞森羅蘋》故事，皆有盜寶留箋慣例。古龍受其影響，借力打力，使之更加「風雅化」而已。

子；而此一「香帖」風流蘊藉，惹人暇思，則使楚香帥的精神面貌呼之
欲出：

> 聞君有白玉美人，妙手雕成，極盡妍態，不勝心嚮往之。今夜子
> 正，當踏月來取。君素雅達，必不致令我徒勞往返也。

（第1章‧卷首語）

這種先聲奪人、單刀直入的開場法，有如電腦開機的首頁乍現；饒
富奇趣，妙不可言！隨後書中又出現藍天、白雲、帆船、海鷗、西餐、
葡萄酒、日光浴等場景畫面，更令人眼睛一亮。所謂「現代武俠」的組
合、架構、型模，在此乃完全得到確認無疑。

復次，在塑造人物方面，楚留香身上既有柴田筆下眠狂四郎、源氏
九郎的影子，亦有好萊塢電影中（007情報員）詹姆士龐德的影子。[96]
但古龍卻脫其胎而換其骨，予以注入歡樂英雄的血液；遂使楚留香劫富
濟貧，與彼等大異其趣，而真正跨入二十世紀的現實生活之中，豐富了
「新派武俠」的內涵。

於是在理性與感性交融下「現代化」的浪子／遊俠楚留香，大膽拋
棄了傳統武俠包袱，而以種種「永遠」的人性光輝照耀武俠史冊。他──
永遠不殺人、永遠友情至上、永遠樂觀進取、永遠熱愛生命、永遠不向
邪惡低頭！加以他的運氣又特別好，故往往死中求活，反敗為勝！因

---

96 《第七號情報員》電影是根據英國作家佛萊明小說改編，於1962年首次搬上銀幕，由史恩‧
　康納萊主演；其英俊、風流、機智的優雅典型曾風靡世人。同年司馬翎《聖劍飛霜》即以
　007密探為創作原型，描寫一皇之子皇甫維周旋於日、月、星三女之間，分別用情策反成
　功。而古龍《鐵血傳奇》則晚出，且楚留香亦同樣有蘇蓉蓉、李紅袖、宋甜兒等三美相
　伴；故其明顯受到佛萊明、司馬翎小說的交互影響，殆為不爭的事實。另，有關楚留香的
　生活習性與柴田筆下的源氏九郎、眠狂四郎雷同之說，可參見註87、88，不贅。

此，乃成爲武俠世界裡最得人心的英雄。所謂「盜亦有道」之眞諦，盡在其中。

　　同時，爲了體現朋友義氣與團隊合作的重要性，打從《武林外史》起，兩三人爲一組的「鐵哥們」即告形成，並開始發揮互補作用。而在《鐵血傳奇・大沙漠》的故事中，書主楚留香結合老搭檔胡鐵花、姬冰雁爲「鐵三角」，更將生死交情及團隊精神表現得淋漓盡致；對人生光明面的歌頌，著墨尤多。

　　正如古龍所說：「人性並不只是憤怒、仇恨、悲哀、恐懼，其中也包括了愛與友情、慷慨與俠義、幽默與同情。我們爲什麼要特別看重其中醜惡的一面？」[97]此所以楚留香哥們無拘無束，無怨無恨；無奇可遇，無寶可爭；高高興興，活在當下！他們是一群快樂主義者，主張鬥智而不鬥力，卻更貼近現實人生。

　　總之，《鐵血傳奇》以楚留香「人在江湖，身不由己」的浪子情懷爲書膽，以妙僧無花案、石觀音案、畫眉鳥案之奇詭佈局及連環結構爲故事主體；將武俠、文藝、偵探、推理、冒險、驚悚、懸疑等各種小說題材內容共冶於一爐，乃成當代武俠稗類中前所未有的「新藝綜合體」！與任何單一取向的傳統武俠作品或所謂「新型武俠」、「新穎俠情」小說皆迥然有別。

　　質言之，這是一種古今結合、洋爲中用的新浪漫主義創作方法的具體實踐。如書中重點描寫楚留香的「西洋密探化」、妙僧無花的「東洋忍者化」、石觀音自戀的「魔鏡情結」，以及水母陰姬與雄娘子的雙性戀等等，均爲顯著的例證。通過這些傳奇人物的悲歡離合，古龍不但創造

97　最早見於春秋版《歡樂英雄》（1971）卷首，古龍所撰〈說說武俠小說〉一文。

了他自己的歷史，而且「也為後世武林開拓了新局面」！就其勇於突破、大膽創新的特異成就而言，稱他為「武俠小說革命家」亦當之無愧。

《多情劍客無情劍》（1969）是古龍鼎盛時期的代表作之一，與《鐵血傳奇》齊名。如果說《鐵血》是一首由一連串輕快音符組成的《游騎兵進行曲》的話，那麼《多情》就是一首沉重撞擊心靈的《悲愴交響曲》。前者的主調是驚奇而快樂的，由楚留香（主）、胡鐵花（輔）合奏；後者的主調卻是孤寂而憂傷的，由李尋歡獨奏，阿飛和音。這兩首曲調的旋律、意境、訴求、旨趣以及予人的感受大不相同。但就小說藝術而論，則無疑《多情劍客無情劍》的「情」中有詩有畫，是現代「文藝武俠」的里程碑，殆非《鐵血傳奇》之通俗趣味所可比擬。

按：《多情劍客無情劍》包括續集《鐵膽大俠魂》，全書共有90章，約近90萬言。在出書之前，作者曾先後交付香港《武俠世界》、《武俠春秋》二周刊分別連載，而由春秋出版社統一用《多情劍客無情劍》的書名印行。

相對於《鐵血傳奇》以快樂浪子楚留香的「風流俠盜」面目出現，高潮迭起，舉重若輕，令人覺得生動有趣；則《多情劍客無情劍》筆鋒逆轉，改以悲情浪子李尋歡的「小李飛刀，例不虛發」與癡心浪子阿飛的「無情快劍」相結合，卻斬不斷「愛」的枷鎖，當更為動人心魂。

一言以蔽之，古龍寫楚留香是以故事情節取勝，重在「傳奇」；而寫李尋歡卻是以探索人生中「不能承受之輕」（情與義）為主，重在「情境」之形成與再現。故《多情劍客無情劍》由李尋歡內斂的悲劇性格入手，敘述他與表妹林詩音有情，情深似海；與結拜兄弟龍嘯雲有義，義重如山！但為了報恩酬義，他忍痛讓出了一切，孤身遠走天涯。

十年後歸來，物是人非，舊情難忘，卻不由自主地陷入「愛與責任」之間的鬥爭。[98]

　　古龍在書中發揮他詩人般的熱情，運用「意識流」的技法，一次又一次地將「小李探花」（文）／「小李飛刀」（武）帶回十年前的現場；使這首多愁善感的詠嘆調不斷重複、回盪在每一章回之中，幾臻情景交融之境。正如西哲佛洛依德論「心理劇」時所說：「造成痛苦的鬥爭是在主角心靈中進行著，這是一種不同的衝動之間的鬥爭；這個鬥爭的結束不是主角的消逝，而是他的某個衝動的消逝。也就是說，鬥爭必須在自我克制中結束。」[99]是故，古龍傾力描寫李尋歡「自我克制」的心路歷程，有血有淚，如泣如訴，令人動容！

　　正因如此，這部武俠名著不但創造出一個另類悲情浪子的藝術典型，為後來的蕭十一郎、孟星魂等小說人物之張本；同時也真正實現了青年古龍的「文藝武俠」之夢─使其在敘事結構上完成了從「情節中心」向「性格／心理中心」的位移。跨出了這一大步，乃可謂作者突破了通俗武俠「傳奇」的故事窠臼，而進入人物的內心世界活動；並成功地穿越刀光劍影，登上武俠文學的殿堂。

　　「劍無情，人卻多情」是《多情劍客無情劍》第25章的篇名，也是本書題旨所在：表面上是寫書中第二男主角「無情快劍」阿飛，實則暗扣「小李飛刀」李尋歡。這兩人一見如故，都是「傷心人別有懷抱」！

98　李尋歡的悲劇性格及其行為模式（為結義兄弟而放棄愛情），明顯脫胎於王度廬《寶劍金釵》（1938）的主人公李慕白。所謂「愛與責任」之間的鬥爭，即「善與善的鬥爭」，是真正的愛情悲劇核心。詳見佛洛依德論心理劇，〈戲劇中的精神變態人物〉，收入蔣孔揚編，《二十世紀西方美學名著》（上海：復旦大學出版社，1987）上卷，頁410。

99　同上註佛洛依德論心理劇。

只是一為明筆（寫李尋歡），一為暗筆（寫阿飛）；時而交錯易位，此呼彼應，各極其致。正是在敘事策略上，作者抓住這兩個「多情劍客」（此取廣義）的「情」字為故事主線，大作文章！深刻描寫他倆如兄如弟、亦師亦友、義共生死之「交情」，以及各自為了真真假假的「愛情」而被困於心靈桎梏之中，難以自拔……如是歷經種種內在的衝突與掙扎，反思與淨化，乃能破繭而出，浴火重生，而提高了本書的人文／人性／生命／藝術價值。

由創作思想上而言，無疑古龍受到英國著名小說家毛姆的《人性枷鎖》（1915）啓發甚大。因此書中人物不論是李尋歡和林詩音、阿飛和林仙兒、上官金虹和荊無命，或是龍嘯雲父子等等，都有這樣那樣的「心鎖」與執著。而作者用筆忽張忽弛，或輕或重，亦多符合小說美學的要求。這在一般武俠作品甚至文學作品中，是很難見到的。

特別是作者寫在「武林兵器譜」上排名第四的「嵩陽鐵劍」郭嵩陽，為了獻身武道，不惜與排名第三的「小李飛刀」李尋歡作生死之搏。二人由惺惺相惜、互敬互重而成為「肝膽相照」的對手──既是知己又是敵人。這是何等弔詭的友情！而這場比武所呈現出的文學意象之美，亦為古龍生平「武藝」功力所聚。其中對於戰場氣氛的醞釀、雙雄對峙的堅凝、能勝未勝的仁慈、似敗非敗的感慨，都有如詩如畫的描寫，深入淺出的發揮。他不但表彰了「士為知己者死」的英雄本色（郭），更發揮了「求仁得仁」的真正武俠精神（李）。其人文主義思想境界之高，堪稱「新派武俠」經典之作。值得摘要引介於次：

風吹過，捲起了漫天紅葉。

楓林裡的秋色似乎比林外更濃了。

劍氣襲人，天地間充滿了淒涼肅殺之意。

郭嵩陽反手拔劍，平舉當胸，目光始終不離李尋歡的手！

他知道這是隻可怕的手！

李尋歡此刻已像是變了個人似的；他的頭髮雖然是那麼蓬亂，衣衫雖仍是那麼落拓，但看起來已不再潦倒，不再憔悴！

他憔悴的臉上已煥發出一種耀眼的光輝。

……（中略）

他的手伸處，手裡已多了柄刀！

一刀封喉，例無虛發的小李飛刀！

風更急，穿林而過，帶著一陣陣淒厲的呼嘯聲。

郭嵩陽鐵劍迎風揮出，一道烏黑的寒光直取李尋歡咽喉。劍還未到，森寒的劍氣已刺碎了西風！

……（中略）

逼人的劍氣，摧得枝頭的紅葉都飄飄落下。

離枝的紅葉又被劍氣所摧，碎成無數片，看來就宛如滿天血雨！

這景象淒絕，亦艷絕！

李尋歡雙臂一振，已掠過了劍氣飛虹，隨著紅葉飄落。

郭嵩陽長嘯不絕，凌空倒翻；一劍長虹突然化作了無數光影，向李尋歡當頭灑了下來。

……（中略）

只聽「叮」的一聲，火星四濺。

李尋歡手裡的小刀，竟不偏不倚迎上了劍鋒。

就在這一瞬間，滿天劍氣突然消失無蹤。血雨般的楓葉卻還未落下，郭嵩陽木立在血雨中……

李尋歡的刀也還在手中，刀鋒卻已被鐵劍砍斷！

他靜靜的望著郭嵩陽，郭嵩陽也靜靜的望著他。

兩個人面上都全無絲毫表情。但兩人心裡都知道，李尋歡這一刀已無法再出手……

死一般的靜寂。

郭嵩陽長長嘆息了一聲，慢慢的插劍入鞘。他面上雖仍無表情，目中卻帶著種蕭索之意，黯然道：「我敗了！」

李尋歡道：「誰說你敗了？」

郭嵩陽道：「我承認我敗了！」

他黯然一笑，緩緩接著道：「這句話我本來以為死也不肯說的，現在說出來了，心裡反覺痛快得很，痛快得很，痛快得很……」

他一連說了三遍，忽然仰天而笑。

淒涼的笑聲中，他已轉身大步走出楓林。（第32章）

這場比武的勝負並不重要，妙在他寫出了「武俠」之外的人生況味。「小李飛刀，例不虛發」！但這一次他能發而不發，關鍵在於戰前郭嵩陽與他交心，託以知己之情。郭求戰是為求證武道真諦，他只是一個「可敬」的對手而已，並非必殺的仇敵！故其以身犯險，求仁得仁，正表現出「知其不可而為之」的原俠精神與大丈夫氣概！郭嵩陽深明其理，甘願認輸者亦在此。至於何以「小李飛刀」明敗暗勝、「嵩陽鐵劍」明勝暗敗，作者事後請出旁觀的第三者加以闡述，足見高明！

此外，論及所謂「武學顛峰」（第68章），論者咸以「龍鳳雙環」上官金虹（排名第二）與李尋歡的「口頭禪」之戰，以及天機老人（排名

第一）的武學評論，爲方今武俠小説中「經典之經典」。[100] 例如：

> 手中無環，心中有環！（上官金虹）
> 妙參造化，無環無我，無迹可尋，無堅不摧！（李尋歡）
> 要手中無環，心中也無環。到了環即是我，我即是環時，就差不多
> 了。（天機老人）

上引這些似偈非偈的口頭論戰，多拾禪宗公案餘唾，亦合莊子「物我兩忘」之旨。可謂「不著一字，盡得風流」！顯示三位武學宗師境界之高；卻有靜而無動，實不及李、郭之戰有聲有色，扣人心弦！

總之，這部《多情劍客無情劍》無論是在「文學」或「武學」上均獲得了多方面的成就。即令寫李尋歡一面咳嗽、一面發刀而又百發百中，是明顯違反常情常理（仿王度廬《鐵騎銀瓶》之病俠玉嬌龍）；卻因作者刻意爲之，以收「出奇制勝」之效，乃不以小疵而掩大醇！尤其本書文筆之佳，譬喻之妙，皆當代武俠小説所罕見。如開場描述李尋歡雪地乘車一幕，即足令時下散文家亦爲之汗顏：

> 冷風如刀，以大地爲砧板，視眾生爲魚肉。萬里飛雪，將穹蒼作洪
> 爐，熔萬物爲白銀。
> 雪將住，風未定。一輛馬車自北而來，滾動的車輪輾碎了地上的冰
> 雪，卻輾不碎天地間的寂寞。

這兩段在文體上或駢或散，古今結合；將車中人內心的無邊孤寂曲

---

100 詳見陳墨，《港臺新武俠小説五大家精品導讀》〈古龍及其《多情劍客無情劍》（卷三）〉，頁324。

曲表出，別有一番蒼涼意境，妙不可言。是以文評家歐陽瑩之在〈泛論古龍的武俠小說〉中，高度評價道：

> 不論在意境神韻，或在文體風格上，我認為當代港、臺僑居海外的小說家沒有一個及得上古龍——文藝小說、現代小說、武俠小說都包括在內。
>
> 與一般的武俠小說比較，古龍這時期的作品在內容上由武返俠，重振武俠精神；在意境上一洗靡靡浮誇的風氣，轉為清勁秀拔，從蒼鬱中見生機……依尼采的區分來衡量文學價值，『我每次都問：它是創自枯竭的命泉，抑或橫溢的生機？』我們可以發現古龍1969年到1972年間的作品，的確靈氣流轉，生機橫溢！放在眼下一些東施捧心式的文藝小說中，古龍剛勁高暢的武俠小說就像爛泥沼中一塊乾硬的土地；與臺灣許多淺薄嬌扭的現代文學比較，古龍若不經意的創作，就像陰溝旁的長江大河。[101]

這當然是阿其所好的過譽之辭，不足為憑。但他也明確點出1969年到1972年的古龍作品是「由武返俠，重振武俠精神」，「靈氣流轉，生機橫溢」。證以整部《多情劍客無情劍》的人性關懷，元氣淋漓，贏得了人們最大的讚美；乃無怪其身後有「小李飛刀成絕響，人間不見楚留香」的輓聯蓋棺論定，傳誦一時。[102]

---

101 歐陽瑩之〈泛論古龍的武俠小說〉，原載香港《南北極》月刊1977年8月號；後收入古龍，《長生劍》（臺北：萬盛出版公司，1978），附錄一，頁155-176。

102 此一著名輓聯為作家喬奇所作。古龍《名劍風流》（1965）最後三萬字，即由喬奇代筆續完。

八、《蕭十一郎》的「擬劇本化」以及其他

　　1970年7月問世的《蕭十一郎》是古龍創作上的又一高峰，而且還是一座奇峰。因為它是先有電影劇本，然後才「還原」為文本的小說。此一特例，舉世罕見。為此古龍特撰〈寫在《蕭十一郎》之前〉，置於卷首，以交代其成書始末及朝向「擬劇本化」進軍的決心。

　　寫劇本和寫小說，在基本上的原則是相同的，但在技巧上卻不一樣。小說可以用文字來表達思想，劇本的表達卻只能限於言語和動作；因為劇本的最大功能是為了要「演出」，一定會受到很多限制。

　　一個具有相當水準的劇本，也應具有相當的「可讀性」。所以蕭伯納、易卜生、莎士比亞、甚至徐訏……這些名家的劇本，不但是「名劇」，也是「名著」。通常的（一般）情況下，都是先有「小說」，然後再有「劇本」；由小說而改編成的電影很多……

《蕭十一郎》卻是一個很特殊的例子。

《蕭十一郎》是先有劇本，在電影開拍之後才有小說的。但《蕭十一郎》卻又明明是由「小說」而改編成的劇本，因為這故事在我心裡已醞釀了很久。我要寫的本來是「小說」，並不是「劇本」。小說和劇本並不完全相同，但意念卻是相同的。

　　寫武俠小說最大的通病就是：廢話太多，枝節太多，人物太多，情節太多……（略）就是因為先有了劇本，所以在寫《蕭十一郎》這部小說的時候，多多少少總難免要受些影響；所以這本小說我相信不會有太多的枝節、太多的廢話。但如此是否就會減少了「武俠小說」的趣味呢？

我不敢否定，也不敢預測。我只願作一個嘗試。

我不敢盼望這嘗試能成功，但無論如何，「成功」總是因「嘗試」

而產生的。

　　古龍的「解釋」其實是多餘的。目的只是想向世人宣告：他將以
《蕭十一郎》爲試點，全面推廣這種「擬劇本化」的武俠小說創作。如
其僥倖成功，自無話說；若不幸失敗，也不過是「一個嘗試」而已，還
有再「變招」的機會。就這層意義上來說，此一告白又有其必要性。證
諸古龍後出新作無不有「擬劇本化」的傾向，便可明白《蕭十一郎》起
的示範作用，意義非凡。

　　《蕭十一郎》（1970）的春秋版原刊本並無章回，僅有插題；全書共
14集，約36萬言。此爲古龍新派武俠小說脫離章回體之始，象徵著又一
個「新武俠」階段的來臨。但這以插題代替章回的「嘗試」，僅至1971
年所開《流星‧蝴蝶‧劍》與《歡樂英雄》兩部長篇，以及《大人物》
等中、短篇作品爲止；其後則因讀者反應不佳，只好走回分章老路。至
於1977年以降，坊間出現25開新版《蕭十一郎》，分爲25章，則是獲得
古龍本人同意，遂成定本了。103

　　此書主要是敘述江湖浪子蕭十一郎因特立獨行，義不苟合於當世，
乃遭一蓋世魔頭逍遙侯陷害，成爲聲名狼藉的「大盜」。唯有奇女子風
四娘與他交厚，亦友亦姊，還雜有幾分男女之情。不意蕭十一郎寂寞半
生，卻因仗義救助有夫之婦沈璧君，而與沈女產生了感情。其後二人屢

---

103 按《蕭十一郎》分章出於古龍老友于志宏之手。時于氏經營漢麟出版社，正進行武俠小說
　　改版事宜；爲順應讀者閱讀習慣，乃徵求古龍同意，將《蕭十一郎》分爲25章重新排版。
　　後來漢麟與萬盛合併，坊間所見悉爲萬盛版（1978）；至1998年風雲時代出版「古龍全
　　集」，已是三度易手重印了。

共患難，沈女始認清其夫連城璧欺世盜名的真面目，決心與蕭十一郎共偕白首。然這時蕭十一郎卻為了剷除武林公害，誓與逍遙侯決一死戰，而走上茫茫不歸路……故事沒有結局，餘意不盡，予人以無窮想像的空間。可惜後傳《火併》（1973）弄巧成拙，終不免有狗尾續貂之譏，殆非作者始料所及。

就小說的旨趣而言，《蕭十一郎》與《多情劍客無情劍》一樣，也是一部「情書」。它著重描寫蕭十一郎跟風四娘之間的微妙友情，及蕭十一郎跟沈璧君之間的患難愛情。作者先以風四娘「美人出浴」弄引，輾轉將「聲名狼藉」的「大盜」蕭十一郎引出來，目的是聯手劫奪天下第一利器割鹿刀。於焉展開一連串曲折離奇而又肌理綿密的故事情節。

全書文情跌宕起伏，張弛不定。特別是寫小公子（逍遙侯愛妾）的連環毒計，層出不窮；寫蕭十一郎受傷後，分別用聲東擊西計、苦肉計、空城計、美人計將來犯的高手一一殲滅或驚退；乃至寫逍遙侯「玩偶山莊」的奇妙佈置，均匪夷所思，但卻入情入理，令人叫絕！

與《多情劍客無情劍》相較，顯然《蕭十一郎》已完全克服了武俠小說常犯的冗長雜沓、結構鬆散的通病；每一情節環環相扣，精警有力，神完氣足。這表示作者的確充分發揮了「擬劇本化」小說節奏明快的特性，又一次在「求新求變」的創作道路上獲得成功。

惟因古龍動筆改寫《蕭十一郎》時，《多情劍客無情劍》正進行到一半，因此在構思書中人物的行為模式上，難免會受到前作影響而有所雷同：如連城璧／龍嘯雲、小公子／龍小雲等，甚至連書主蕭十一郎的身上也有李尋歡／阿飛二合一的影子。只是作者「就地取材」之後，又在原創人物的基礎上予以藝術加工，使之形象更為鮮明生動。尤其是寫

蕭某生命中最重要的兩個女人：沈璧君（女主角）與風四娘（女配角），筆力或輕或重，墨色或明或暗，均恰到好處。其中風四娘，江湖人稱「女妖怪」，實脫胎於1940年代鄭證因筆下的「女屠戶」陸七娘；但青出於藍而勝於藍，卻又非孫二娘、陸七娘等人物原型可比了。[104]

　　本書最為可觀者，自然是描寫男女主角蕭十一郎與沈璧君之間的「患難見真情」；而作者由外而內，充分運用虛、實、伏、映筆法對比之妙，亦為古龍小說絕品，寫情堪稱第一。參照《多情劍客無情劍》寫李尋歡之舊情難忘，以意境取勝，大而化之，有如潑墨畫；則本書寫蕭十一郎之鐵漢深情，層層轉進，勾勒入微，卻彷彿是著色工筆畫。凡前者不敢表白之隱衷，後者悉以「狼毫」補之。乃令蕭十一郎有血有肉，敢生敢死，而成為古龍筆下活生生的不世奇男子，足以傲視武林群雄。

　　同理，《多情劍客無情劍》寫林詩音著墨不多，乃是虛寫；至蕭十一郎寫沈璧君時，始全力施為。作者深入她的靈魂深處活動，寫她掙扎在一虛（連城璧）、一實（蕭十一郎）兩個男人之間的心理狀態，更是入木三分，曲盡其致。例如連城璧對沈璧君全是虛情假意，她從未得到過丈夫的真愛，卻偏偏三番兩次被蕭十一郎所救；總以為這人是貪其美色，不安好心。於是在返家途中：

　　她夢見那眼睛大大的年輕人正對著她哭，又對著她笑；笑得那麼可恨，她恨透了！恨不得一刀刺入他的胸膛。
　　等她一刀刺進去之後，這人竟然變成了連城璧！（第13章）

104鄭證因《女屠戶》（1948）為《鷹爪王》外傳，其書主陸七娘乃脫胎於《水滸傳》之「母夜叉」孫二娘。考古龍筆下的「女妖怪」風四娘潑辣任性，敢愛敢恨，則與「女屠戶」陸七娘習性若合符節。

原來她內心恨丈夫連城璧竟如此之深！等到一切真相大白，沈璧君想到蕭十一郎對她的種種好處：

> 只恨不得半空忽然打下個霹靂，將她打成粉碎！（第15章）

像這樣細入毫芒般描寫沈璧君潛意識活動的動人筆墨，散見全篇，不一而足。

是故，作者一層一層地打開沈女的感情之門，讓蕭十一郎一寸一寸地蹭進；又讓連城璧這個「太虛假人」十丈百丈地退出。雖然蕭、沈的生死之戀宛如神龍見首不見尾，在本傳中沒有結局，但其寫情之深，足可與王度廬媲美而無愧！

此外，本書尚有兩大特點值得世人注意：

其一、是有關古龍「新派武俠」的分段法。前已表過，自1967年古龍撰《鐵血傳奇》起，其文字段落便很少超過三行（每行40個字）；且多半是一句一段，幾乎沒有段與行的區別。揆其獨門分段之離譜，大約有以下幾種情形：

一、以一個動作或聲音分段。

二、以人、時、地分段。

三、以場景的片面事物分段。

四、將有邏輯性或因果關係的複合句及條件子句割裂成數段，等等。

以上前三項用於特定時空下，無可厚非；因為這正是所謂「古龍文體」的表徵。但第四項卻完全不合文法規則，在一定程度上破壞了文理與文氣，乃形成某種標新立異的「文字障」；從而引起「仿古」之徒群

相效法，且變本加厲，乃造成許多負面的影響。[105]

　　正因《蕭十一郎》是由劇本「還原」成小說之故，「沒有太多的枝節、太多的廢話」，而代以較多的「肢體語言」（動作）及複雜的心理描寫，故分段問題更加嚴重。但奇的是，本書18章敘及雷雨之夜的摸黑打鬥，電光六閃，就產生六種人、時、地的互動變化，讓人一目了然。這是迄今所見古龍最佳的新派分段典範，殊值得世間「仿古」之徒學習。

　　其二、是有關古龍「解構」（de-construction）武俠小說問題。有論者指出：「古龍並未著意於對武林世界中的愛情加以『解構』，但這是因為他自始未曾在作品中賦予愛情以特殊的、重要的意義。古龍的武俠小說刻意將『解構』的目標指向權力，從而反諷地呈示：一般所謂的名門正派、俠客高士，往往只是在權力結構中佔有宰制地位的人物。在《蕭十一郎》中，幾乎所有的名門俠士全屬卑鄙無恥之徒，『大盜』蕭十一郎反是形象最為光明俊偉的人物。……」[106]

　　其實「解構」理論並非萬靈丹，我們無寧用反思／創新／突破／顛覆的概念來審視古龍小說。正因為愛情只有背叛與否而無「解構」不「解構」的問題，所以古龍一生都在追求真愛真情。我們由《孤星傳》（1960）到《蕭十一郎》（1970）都灼然可見愛情對男女主角人格發展的特殊重要意義。唯一的例外只有《鐵血傳奇》（1967），但這是由小說題

---

105 最顯著的例子是溫瑞安所撰《闖將》（1987）。書中不但大量用一個字分段，且橫七豎八排列，以示其「文字內在的音樂性」及「外在視覺的圖象效果」。溫在後記〈不得不爾〉中說：「武俠小說必須突變！……成與敗，得與失，我不管！但這樣寫法使我覺得很好玩。」
106 見陳曉林，〈武俠小說與現代社會──試論武俠小說的「解構」功能〉，收入《俠與中國文化》（臺北：臺灣學生書局，1993），頁21-36。

材所決定的「異數」，不足為訓。[107]

　　至於「解構」武林社會、江湖生態，早在1958年臥龍生撰《飛燕驚龍》時，即已將武林九大門派（代表俠義道）為達目的、不擇手段的假面具戳破；並對人性中的貪婪自私徹底揭露，以凸顯正邪對立觀念的荒謬性，相對顛覆了武俠傳統。至於《玉釵盟》（1960）寫「神州一君」易天行偽善欺世，武林共欽，更是絕大的反諷！其正非正，其邪非邪，終致正邪難辨。說是「解構」了什麼，亦未嘗不可。

　　《蕭十一郎》的特異成就實不在於洋和尚唸經的「解構」說，而是作者用「背面敷粉法」，將名門正派俠士的虛名及其罪惡一一反諷殆盡。例如「無瑕山莊」主人連城璧，實為「白璧有瑕」；「見色不亂真君子」厲剛，實為「假道學」；「關東大俠」屠嘯天，則為虎作倀等等。而反過來看，「大盜」蕭十一郎實非大盜，「女妖怪」風四娘實非女妖怪……如是而已。

　　總之，《蕭十一郎》的人物、故事雙絕，曲盡名、實之辨，洵為古龍「擬劇本化」小說的巔峰之作。但也許是他太過迷戀這種寫法，繼而推出的《流星‧蝴蝶‧劍》（1971）雖有論者譽之為「東西合璧，日月精華」，終是套用美國《教父》電影故事與日本家喻戶曉的「帶子狼」傳奇，只刻意凸顯「背叛」的主題而已，[108]仍算不得創新突破！特其分段之離譜，更已到匪夷所思的地步。如「蘇州／孫玉伯／四月天」即分為三行三段（據原刊本），除了騙稿費外，還能說明什麼呢？

107《鐵血傳奇》寫的是浪子遊俠探案故事，楚留香與蘇、李、宋三女之間關係曖昧，友情實遠多於愛情。

108詳見車田小美，〈天涯明月‧流星蝴蝶‧刀劍爭掛帥（二）〉，發表於《中華武俠文學網》2001年10月8日。

九、小結：「為變而變」走向武俠不歸路

　　的確，古龍很早就有革新武俠小說的自覺。在春秋版《歡樂英雄》（1971）卷首，他寫了〈說說武俠小說〉一文，很能代表他創作高原期「求新求變」的總結性看法，值得引述：

> 在很多人心目中，武俠小說非但不是文學，甚至也不能算是小說；正如蚯蚓雖然也會動，卻很少有人將牠當作動物。造成這種看法的固然是因為某些人的偏見，但我們自己也不能完全推卸責任。
>
> 武俠小說有時的確寫得太荒唐無稽、太鮮血淋漓；卻忘了只有「人性」才是每本小說中都不能缺少的。人性並不僅是憤怒、仇恨、悲哀、恐懼，其中也包括了愛與友情、慷慨與俠義、幽默與同情的。我們為什麼要特別看重其中醜惡的一面呢？（中略）
>
> 所以武俠小說若想提高自己的地位，就得變！若想提高讀者的興趣，也得變！不但應該變，而且是非變不可！
>
> 怎麼變呢？有人說，應該從「武」變到「俠」。若將這句話說得更明白些，也就是武俠小說中應該多寫些光明，少寫些黑暗；多寫些人性，少寫些血！
>
> 我們不敢奢望別人將我們的武俠小說看成「文學」，至少總希望別人能將它看成「小說」；也和別的小說有同等的地位，同樣能振奮人心，同樣能激起人心的共鳴。109

　　此時古龍聲勢如日中天，乃以武俠小說代言人的立場發表「非變不

---

109 這篇〈說說武俠小說〉中的部分文字，曾於1977年改寫成古龍新版（25開本）六種小說的〈代序〉，廣為流傳。

可」的宣言。而事實上，他從1966年撰《武林外史》、《絕代雙驕》起，即已朝著「多寫些光明，少寫些黑暗；多寫些人性，少寫些血」的方向努力不懈。至《鐵血傳奇》（1967），更借胡鐵花之口說出：「大丈夫有所不為，有所必為！……」等語，進而闡釋「武俠」真諦：

> 要知「武俠」二字雖總是連在一起，但其間高下卻大有差別。要做到「武」字並非難事，只要有兩膀力氣、幾手功夫，也就是了。但這「俠」字行來卻絕非易事！這「有所不為，有所必為」八個字說來雖然簡單，若沒有極堅強的意志、極大的勇氣，是萬萬做不到的！
>
> 一個人若只知道以武逞強，白刃殺人，那就簡直和野獸相差無幾了，又怎配來說這「俠」字！（見《鐵血傳奇》第61章）

凡此種種，歷歷在目。是故當他寫〈談談武俠小說〉，為《歡樂英雄》定調之際，亦不過是總結1966至1971年「求新求變」的成功經驗而已。正是：「誰說英雄寂寞？我們的英雄就是歡樂的！」（古龍語）乃直解到題。

但可惜得很，這部長達60萬字的《歡樂英雄》固然為某些讀者、論者喜愛，評定為「優秀作品」，甚至是「古龍小說的榜首」，[110]更有人稱其「西洋筆法」前所未見云云；[111]實則這些說法都是沒有根據的輕率論斷。因為此書無論是就小說結構、敘事風格、文筆技巧各方面來看，都顯然比此前《鐵血傳奇》、《多情劍客無情劍》、《蕭十一郎》諸

---

110 覃賢茂，《古龍傳》（成都：四川人民出版社，1995）。
111 曹正文，《武俠世界的怪才——古龍小說藝術談》（上海：學林出版社，1990），頁66-69。

作倒退。唯一可述的可能只有人物描寫，但郭大路、王動等角色設計，基本上仍未脫熊貓兒、胡鐵花等不拘小節的浪子遊俠典型之外；只是添加了一些「歡樂」的笑料，大聲歌頌「友情萬歲」罷了。實則其言行多乖詭矜奇，不近情理；是古龍「為變而變」的產物，不足為訓。

對一個口口聲聲「求新求變」的武俠急先鋒、革命家而言，寫不出更有開創性的作品，無寧是椿極為痛苦的事。我們由《歡樂英雄》開場文筆之平淡無味、整體結構之雜亂無章、主要角色之異常行為、書中對話之絮絮叨叨，以及作者不時跳出來向讀者說教等表現來看，隱然可見在其「歡樂」的外衣下，實包藏著一顆力求突破的焦灼的心。

因此古龍意興闌珊，整個1972年僅開過一部「不歡不樂」的《風雲第一刀》。直到年底金庸來信邀他為香港《明報》撰寫武俠連載，他才重振旗鼓，精心構思「陸小鳳傳奇」的故事系列。這便是1973年南琪出版的《大遊俠》，共有117章，約120萬言。[112]那麼古龍站在《鐵血傳奇》的肩膀上創新高了嗎？沒有！他開始滑坡，走回頭路。

蓋世間萬事萬物皆離不開盛極而衰之理。古龍自《浣花洗劍錄》（1964）引進東洋武學「迎風一刀斬」以來，十年間不斷求新求變、大破大立；至《歡樂英雄》時，已成強弩之末，又如何能變出新花樣來呢？於是他只有乞靈過去叫好又叫座的「風流盜帥」楚留香，改造成「四條眉毛」的陸小鳳；企圖振衰起敝，力挽狂瀾。但大江東去不回頭！失去了原創性的陸小鳳，怎麼看都是楚留香的翻版！尤其是前後兩個浪子探案模式如出一轍，正所謂「招式用老」，空門大開！便無任何

---

112 包括《陸小鳳傳奇》、《繡花大盜》、《決戰前後》、《銀鉤賭坊》、《幽靈山莊》五部曲。
　　在《大遊俠》第117章末，曾預告續集是寫「隱形的人」，實為《鳳舞九天》之張本；其部分內容為古龍友人薛興國〈筆名司徒雪〉所代筆。

新鮮事可言。

　　按：古龍想像力／創作力衰退，爲圖省事炒冷飯的例證，在1973年
繼《大遊俠》之後推出的《九月鷹飛》和《火併》二書，即已暴露無
遺。前者爲《多情劍客無情劍》之續，造就出一個「小李飛刀」的正宗
傳人葉開，成績尙稱不俗；後者爲《蕭十一郎》之續，卻差點毀掉了蕭
十一郎。這兩部後傳的性質雖然不同，但畢竟都屬於「續貂」之作。儘
管葉開在《邊城浪子》中手揚「小李飛刀是救人的刀」（借百曉生語），
大聲唱著「寬恕」的高調，亦難脫「公式化大俠」之譏。[113]

　　1974年4月，雷大雨小的《天涯・明月・刀》僅在《中國時報》連
載了四十五天，即被迫腰斬，當是古龍生平最大的挫敗！這也說明了一
項事實：即儘管古龍名氣大，有號召力，但讀者的眼睛是雪亮的；其審
美心理是經由長期閱讀累積成的認知與印象，不可能說變就變，被作者
牽著鼻子走。而古龍爲求突破創作瓶頸，兀自採用敘事詩或散文詩的西
化句法寫武俠；脫離大衆審美經驗，一意孤行，乃犯「武林」大忌！

　　我們由《天涯・明月・刀》首章〈武俠溯源〉來看，這根本是作者
隨感式的「武俠雜談」。重點只在於這幾句話：「武俠小說寫的雖然是
古代的事，也未嘗不可注入作者自己的新觀念……武俠小說的情節若已
無法變化，爲什麼不能改變一下，寫人類的情感、人性衝突；由情感的
衝突中，製造高潮和動作。」（下略）對照他三年前在《歡樂英雄》卷
首寫的〈談談武俠小說〉，這早已成爲老生常談了。

　　可他寫著寫著，忽然「走一大步」，變成了對話式「不是楔子的楔
子」！然後就開始冗長的新派說書，而不斷以三個「×××」符號區隔

---

113 同註101，歐陽瑩之〈泛論古龍的武俠小說〉。

（原刊本如此）。對於古龍這種追求文體變革，「知其不可而爲之」的實驗精神，固然值得肯定；但他企圖借全盤顛覆武俠文體，帶引讀者「同步」前進、再領風騷的願望卻是徹底破滅了。

誠然就實驗武俠創作的角度而言，「擬劇本化」的對話及散文詩體只是其中一環，人物故事仍然是小說重心，是血肉也是靈魂！前者《歡樂英雄》寫四個特立獨行的怪俠，雖不軌於正道，但畢竟也算是某種「反傳統」的新嘗試；只要現代讀者喜歡，亦無不可！然《天涯‧明月‧刀》卻一反之前「我們的英雄就是歡樂的」總結式命題，刻意凸顯一個有羊癲瘋的跛俠傅紅雪是「寂寞英雄」，是爲痛苦而活著。豈不是自打嘴巴、出爾反爾嗎？

這種古龍創作取向一百八十度的大逆轉，才眞正是問題癥結所在。尤其是書主傅紅雪在全書（105章）進行到三分之一時突然失蹤（37章），且留下半闋東坡詞〈水調歌頭〉，即不告而別。這種「引刀自宮」的作法，實重蹈其早年覆轍。因此即便對於此書的文體變革，論者有兩極化的評價，亦無法掩飾這部武俠實驗作品結構性的失敗，固不待言。114

持平而論，1976年南琪出版的《邊城浪子》（按：原名《風雲第一刀》，1972年2月起連載於香港《武俠春秋》，但結集成書較晚）與《白

---

114 陳墨前揭書，頁288聲稱：「《天涯明月刀》不是一幅畫，也不止是一個武俠故事，而是作者的一首眞正的敘事詩和抒情詩。所以它必須用獨特的、詩的語言形式來表現。這正是古龍小說文體的最突出的特徵及其內在依據。」而曹正文前揭書，頁79，則以〈走火入魔〉標目，指出：「古龍爲了自成一格，大膽創新，從一個極端走向另一個極端，完全改變了中國武俠小說的傳統語言與寫作模式。他力求文體脫胎換骨，結果走火入魔。」然彼等所見的《天涯明月刀》，實爲1978年萬盛出版社重排的刪節本（僅收原著37章），根本不足爲憑。

玉老虎》，堪稱古龍中晚期作品中「復仇雙璧」。這兩部小說的主題都指向「復仇的路有多長」，[115]故事最後真相大白，卻都給了讀者一記「回馬槍」！這雖違反了古龍自己所說的：「人性並不僅是憤怒、仇恨、悲哀、恐懼……我們為什麼要特別看重其中醜惡的一面呢？」但他的確把書主傅紅雪、趙無忌的復仇過程寫得驚心動魄，向人間展示仇恨如何扭曲人性！儘管二書的結局都是失去了復仇的目標，白忙一場；而故事漏洞亦比比皆是，仍有其藝術欣賞價值。

若以「回馬槍」的敘事策略及結果來看，無疑《邊城浪子》、《白玉老虎》和古龍最早期的成名作《孤星傳》恰恰鼎足而三！只是《孤星傳》有更多人性的關懷，有更多「青年古龍」的理想。揚棄了「蒼天有眼」的形而上命題，古龍還剩下什麼「愛與同情」呢？

此後，古龍「為新而新，為變而變」，卻無法突破自己造成的窠臼，乃陷入不知何所之的茫茫不歸路。我們由浪後餘波的《鳳舞九天》及《飛刀，又見飛刀》的迴光返照，便可斷言其創作生命已近尾聲。至於1976年10月在《聯合報》連載的《大地飛鷹》，主角「要命的小方」則可謂浪子遊俠的最後一道風景；但畢竟也是虎頭蛇尾，草草了事。其他每下愈況的作品多找人代筆，也就不必談了。

「仿古」之徒在臺灣有溫瑞安、司徒雪、申碎梅，在香港有黃鷹、龍乘風等人。但因彼輩才學與想像力皆遠遜於古龍，乃淪於「畫虎不成反類犬」之境。而隨著1985年古龍的隕落，「新派武俠」也日暮途窮，欲振乏力。即令溫瑞安於1987年自創「超新派／現代派」，亦無法挽狂瀾於既倒。

---

115 借用卜鍵，《縛樹兩歌——中國小說文體與文學精神》（北京：中國廣播電視出版社，2000）書中論《白玉老虎》之標題。

「新派」、「新派」，何德之衰？

第四節　鐵血江湖兩樣情──柳殘陽與雲中岳

　　武俠小說曾經以「脫離現實」或「逃避現實」的罪名，屢遭詬病；但事實上，所有武俠小說的江湖世界，都是立足於「現實社會」之上的──不但是「古代」的現實，也是「現代」的現實；[116]既可以是「寫真」的現實，也可以是「理想」的現實。換句話說，江湖世界實際上是現實世界的「縮影」，只是「縮影」的方式各有巧妙不同罷了。

　　以江湖當作現實的「縮影」，如何藉書中的各色人物，具體而微地描繪出此一世界的風貌；並進而悠遊其間，快意恩仇！以江湖爲安身立命、實現理想的虛擬空間，是一種寫法；抑或操危慮患，以江湖爲不可久留之地，意欲回歸正常的禮法秩序，又是另一種寫法，兩者端視小說家對所謂「現實」的理解爲何而定。

　　誠然，一樣江湖兩樣情！在臺灣武俠小說發展史上，柳殘陽與雲中岳恰恰是對所謂「鐵血江湖路」有著不同詮釋、大異其趣的兩位「實寫派」[117]武俠作家。從1960到1990年代，三十餘年來，他們二人始終堅守著武俠創作崗位，作品等身；且各自開展出獨特的「實寫派」小說風格，同樣受到廣大的讀者喜愛。由於他們兩位在某種社會意義上來說，都是「練家子」或「內行人」，具有一定的代表性，因此值得特闢專題

116「現代」的現實，指作者藉武俠小說摹寫、隱喻現代社會的種種情狀。

117所謂「實寫」與「寫實」不同，蓋「寫實主義」（realism）自有一套西方理論在，柳殘陽「藉古說今」、雲中岳「還原古代」，二人取徑與此不同，而同具有「實際描摹」某一時空或場景的特色，故以此爲名。

探討。

一、柳殘陽的鐵血江湖路

　　柳殘陽（1941－　），本名高見幾，山東青島人，生於重慶。早年隨父來臺，定居於臺中。他少年時曾一度加入黑道幫會，深諳江湖門道；更受到幫中義氣相結、恩怨仇報的行事風格濡染，為人重義，個性豪爽。以是高家常食客盈門，號稱是「吃飯三四十口，睡覺二三十人」。由於其父曾任臺灣中部警備司令部處長，因此他享有特權，得以廣泛閱讀到許多因「暴雨專案」而被查禁的武俠小說，乃與武俠結下了不解之緣。1960年他在員林崇實高工畢業前夕，試投其處女作《玉面修羅》，不料竟被四維出版社看中，列為「週年紀念特選佳作」，一炮而紅！從此即踏上終身的職業武俠作家之途。

　　柳殘陽向來有「鐵血江湖派」之稱，筆下人物性格堅定自信，無畏無懼，行事狠辣，作風強悍；內容則多半恩怨仇報，意氣激盪，斬盡殺絕，屍積如山。概括而言，可謂陽剛勁健，似鐵如鋼；殺伐慘烈，腥血四濺，正是名副其實的「鐵血」。

　　在他的筆下，江湖是個人與人爭、力與力鬥，強存弱亡、至死方休的的世界；身處江湖中的人士，為名利、為權力、為生存、為道義，心狠手辣，冷酷絕情！所謂「人在江湖，身不由己」，正有其不得已處。誠如柳殘陽藉《火符》中主角谷喉魂所描繪的：

> 生命的殞落，在他（谷喉魂）而言，是太平淡也太不足為奇了。他
> 生活的環境就是這麼一個環境，就是一個弱肉強食、在陰陽界上爭
> 存亡的環境。生有何歡、死有何懼？喘著這口氣，只是為了應該喘

著氣才能延續生命罷了。（《火符》第1章）

在如是的險惡環境中，欲求生存，首先就須擁有超過常人的強韌、堅毅、狠酷、勇悍性格。這點，柳殘陽在人物的設計上，已透露出若干端倪。以下是幾個顯著的例子：

一雙眼睛冷清而瑩澈，黑得發亮，眼角微往上挑；這麼一來，就顯得有些兒寒森森的、威凜凜的了。他的鼻梁直，嘴唇大小適度，卻只略嫌薄了些兒；在他抿著嘴唇的時候，就成為一條下垂的半弧線形，看起來令人有一種不敢親近的孤傲感覺，更帶著幾分殘酷悍野的味兒。（《銀牛角》中的「鬼手」秋離）

他的肌膚呈現著那種飽經風霜與磨練的黝黑色；他的臉形寬正，濃眉斜挑如刀；一雙鳳眼光芒冷銳，寒酷得宛若秋水；挺直的鼻樑下是一張緊抿的嘴，兩邊的唇角微微下垂，形成一種冷傲又倔強的意韻。看見他，能令人有著深刻的感受──那是一座山的沉穩，一片海的浩瀚，一頭獅的威猛，以及一條響尾蛇的狠毒所攪糅成的感受。（《七海飛龍記》中的「生執魂」宮笠）

他是屬於瘦削型的，但肩膀卻寬大，胸膛亦結實得令人聯想到鋼鐵也似的堅硬。他盤坐在那裡，穩重如山，強烈的透出力和勇的內涵。（《神手無相》中的「神手無相」戰飛羽）

這是他筆下最喜摹畫的主角。不僅如此，像「閻羅刀」厲絕鈴（《斷刃》）、「血手無情」谷暝魂（《火符》）、「閃鈴星魂」寒山重（《驃騎》）、「果報神」關孤（《渡心指》）等，連綽號、姓名都充滿了剛勁慘

酷的味道。即便是向來頗獲好評的燕鐵衣，外貌儘管「還帶著天真氣息，童稚未泯的臉龐；那是一張瘦瘦的臉，皮膚呈嫩嫩的乳白。他生著一雙圓圓的大眼，柔和的眉毛，挺直可愛的鼻，一張紅潤潤的嘴——這些外表的五官，便組合成一副似是尚未成熟的年青人的形象。有時，他習慣露出一抹單純忠厚的微笑，眼神中也常常透射出那種溫柔安詳的光芒」，但卻是行事狠辣、雄霸江湖的黑道組織「青龍社」魁首，擁有個令人心悸的外號——「梟霸」！

「霸」可以說是柳殘陽小說中最咄咄逼人的氣勢，其筆下的主角往往不但具有宰制江湖的威勢，武功高強，足以捍衛他心目中所認可的「道義」；更同氣連枝，得道多助，擁有或多或少勢力堅強的朋友、幫派為後盾。儘管他們對睚眥必報、仇怨相結的喋血江湖路，充滿了厭倦、疲憊與灰心，時時嚮往著青山綠水、小窗幽軒的靜謐生活；但在「義無反顧」之下，九死不悔，執拗且自恃地認定自己是爾虞我詐、道義淪亡的江湖中唯一的支撐力量；企圖以霸道的凜凜威權、慘酷的血腥手段，勉維江湖道義於僅存之一線。大道淪喪，舍我其誰？唯其有「舍我其誰」的自恃，因此也難免有點「樂此不疲」。柳殘陽從第一部作品《玉面修羅》開始，就頗恣情縱性的渲染血腥畫面。類似下列引文的場面，幾乎俯拾即是，令人怵目驚心：

> 狐倨羅漢回顧周遭，又不禁一哆嗦。這後院中，躺滿了死狀淒厲的屍骸，殘缺的肢體到處都是；血與漿，肉與腸，迸濺四周，像是一灘灘、一堆堆腐爛的糜蝕之物。大風大浪都經歷了，卻從來沒有過這麼深刻而殘酷的印象。狐倨羅漢又是機伶伶的一抖，暗暗為眼前

這幅阿修羅的地獄圖恐懼慄然。（《金雕龍紋》第51章）

遍地的屍骸，遍地可怖的屍骸，幾乎就找不出一具完整的屍體了。血灑在地面上，斑斑點點，成灘成團。一塊萎縮的人肉變了色散置四周，一顆顆臉部表情猙獰駭異的人頭歪斜各處；還有殘肢斷骨、疾病的臟腑。這些便形成了一幅連最有造詣的丹青好手也描繪不出的慘怖圖案，那是一種紫紅爲襯底、死亡爲主題的圖案，充斥著的全是血、血、血……（《渡心指》第67章）

　　無論一對一的硬仗，一對多的拼搏，甚或以一敵百、群殺衆鬥的浴血，殺人往往就像宰殺畜生一樣簡單、無情。人命在柳殘陽的筆下是毫不足惜的，因爲他始終相信：「要完成一椿心願，達到某項目的，可以使用的手段方法很多很多；這些方法與手段的內容並不值得計較，值得計較的是，待要完成的心願和目的，其內涵是否乃爲正當的、仁義的、問心無愧的？」（《梟霸》第45章）

　　於是，牙眼相還，以殺止殺，就成了柳殘陽的「江湖邏輯」！支撐這個邏輯的核心自然是他所標榜的「正當」與「仁義」。其實所謂的正當、仁義，原本就缺乏一個明確的客觀標準。《墨子・尙同上》即曾對「語人異義」、各是其是的所謂「義」提出質疑。是則「問心無愧」一語，恐怕在柳殘陽筆下粗莽任氣、不懂自省的江湖人物中，很難發揮其應有的作用；而柳殘陽往往又喜寫敵對雙方尖刻、凶暴、粗俗的對罵，相互以所謂的「江湖正道」攻訐指摘。如是則在意氣相激、口沫噴濺下，道義淪爲鬥口的工具，孰是孰非，完全混淆，就不得不以手底功夫見眞章了。

強者生存的江湖

柳殘陽的江湖，是強者才有發言權的江湖，筆下的主角幾乎個個都是書中武功最高強的人物；不論敵方有多大的勢力、多少幫手，僅僅由他一個人出手，以一敵十，甚至以一敵百，都能在血肉橫飛中迫使對方屈從。唯力是視，強權即是眞理！柳殘陽表面上亟欲維護的「正義」，由於太過於強調「程序」上的不擇手段，反而使人目迷於血色、氣懾於威權，相對上薄弱得可憐，只剩下又鐵又血的「暴力」。而對於暴力，柳殘陽居然可以作如是的宣稱：

> 譬喻暴力，暴力本質當然殘酷又血腥，並非一種正當手段；不過，若用暴力來阻止另一種破壞毀滅更大的暴力，則暴力又何嘗不是一種權宜的仁慈手段？（燕鐵衣之語，《梟霸》第45章）

另在《大龍頭》（原名《搏命巾》，後分《竹與劍》及《大龍頭》二部）一書中，紫千豪因感慨於關功偉、韋小茹之所以屢興復仇之師，是基於難得的孝道，故欲化解此段恩仇，於擒獲他們後網開一面，可謂十足具有仁慈悲憫之心了；但其言辭是否足以令人信服，不無疑問；反倒是開出四個殘酷的條件（當面凌遲韋小茹、廢武功且黥面、斬草除根、血洗玉馬堡），逼迫他們「化解」仇怨。以武力脅迫，以暴止暴，這樣的「仁慈」分明就是強權霸道的口吻，令人不寒而慄。

儘管我們未必能因柳殘陽出身的背景，斷定此一觀念有爲「黑道」張目之嫌；但是柳殘陽亟欲洗刷黑道「污名」的用心，卻是非常明顯的。因此，類似的「自我澄清」，也就隨處可見：

> 所謂黑白兩道，只是那些楞頭青自己沒事找事去劃分出來的，什麼

叫黑道？什麼叫白道？只是因爲他們的表面行爲與生存方式而做釐
定的準繩麼？不，這要從他們內心的白黑去分判的。綠林中人多的
是赤膽忠肝、重仁尚義的漢子，而俠義圈裡，也照樣有些狗屁倒灶
滿肚子壞水虛僞狡詐之徒。（秋離語，《銀牛角》第33章）

白道人物之所以與黑道仁兄們的不同處，也只是他們乃白道出身罷
了，卻不能完全以他們出身的門派或環境性質來斷言他本人的品
德。白道中人不是個個方正不阿，就如黑道中人亦不是個個陰毒邪
惡一樣。總而言之，人的聲譽須由那人的本身行爲來定高下，決非
僅靠他在外頭懸掛的出身招牌而已。（熊無極之語，《大龍頭》第14章）

這兩段議論，平心而論，未嘗沒有道理，甚至我們還可以從中隱隱
窺出一股「向上提昇」的道德勇氣；但其間卻也凸顯了相當嚴重的矛盾
——黑白兩道的區劃，究竟是要「論心」還是「論行」？論「心」，則
心是幽微而難知的。在柳殘陽的小說中，怙惡不悛的邪惡人物一樣可以
振振其辭、寧死不折！柳殘陽也不得不承認：

江湖上的黑白兩道，本是同源，又是同道，爲什麼到了後來卻分成
了兩種性質、兩條道路了呢？原因十分明顯，只是爲了彼此間對某
些事物的看法不同，作法迥異，所以大家的處置手段也就大不一樣
了。（中略）大伙全是爲了武林公義而行道江湖，黑白兩道之間唯
一的不同處，就是白道人物表面上只講仁義道德而不須報酬，而黑
道人物呢？卻多少也在仁義道德之外顧點肚皮。（秋離語。《銀牛
角》第91章）

任何人都不妨自我宣稱是爲「武林公義」！是則，我們不妨論其所

行所爲究竟如何。柳殘陽的小說，大抵以恩怨仇報、幫派鬥爭爲主線，而所稱的「武林公義」，則具體的顯現在誅殺凶徒、消滅強寇的過程中；其間固不乏仗義行俠的場面，但事實上背離「正義」的情況亦多得不勝枚舉。

例如《霸鎚》、《驃騎》、《金雕龍紋》寫的是江湖爭霸，只問權力鬥爭、勢力消長，根本與仁義道德無涉；《金色面具》、《七海飛龍記》、《天佛掌》寫的是報仇雪恨，也屬於個人恩怨之相讎。即使如《千手劍》中的南幻嶽、《銀牛角》中的秋離，雖不乏俠行義舉，但南幻嶽不過爲了毫無名分的「妾」在他失蹤三年後紅杏出牆，即大開殺戒、株連數派；秋離不過因朋友受師門誤解，竟意圖毀人全派以爲報復，且爲七千兩黃金報酬，爲人跨刀爭奪翠苗礦脈，也實在難以令人苟同。當「青龍社」可以名正言順地藉賭色行業擴張勢力之時，「孤竹幫」居然可以認爲汪家口的土豪包娼包賭屬不義之財，而橫加搶奪。當屬絕鈴受到「黑樓」人馬以眾凌寡、偷襲暗算之時，會怒斥其無恥下流；但紫千豪在率眾圍殺仇人單光時，卻可以說「你的所行所爲根本不能算人，因此，對付你也就沒有那麼多講究了」！[118]標準不一，仁義何存？這點，是柳殘陽除「程序正義」的失落外，最嚴重的問題；往往因此而削弱了其表面亟欲維護的正當性，形同「假仁假義」（有二義，一是虛假，一是作假）。

事實上，「心行」之論，在中國思想史上早就是聚訟紛紜的論題；柳殘陽於此，任擇一方都不難找到支撐的理論。但是我們很明顯地可以看出他自己在此立場上的游移。而此一游移，主要的因素來自柳殘陽所

118《大龍頭》第18章。

架構的整個江湖世界。

黑道主宰一切的江湖

在柳殘陽小說中，主要的江湖門派結構是屬於黑道的，其間所謂的白道（名門正派），如武當、少林、青城、峨眉等，幾乎很少出現；而主角往往是某一勢力極強的黑道幫會魁首，如燕鐵衣（青龍社）、寒山重（浩穆院）、楚雲（金雕盟）、衛浪雲（勿回島）、濮陽維（冷雲幫）、紫千豪（孤竹幫）等皆是。即便其中有若干特立獨行、無幫無會的豪客（獨行盜、殺手居多），但也通常都有些過命交情的「黑道盟友」，作堅強的後盾，如厲絕鈴與「中條山」、秋離與「飛狐幫」等。這些幫會，財雄勢大，儼然就是一個足以宰制一方的霸王，其中以「青龍會」和「浩穆院」的規模最為龐大驚人。

「青龍社」的魁首是燕鐵衣，總堂轄下有三名領主（屠長牧、應青戈、莊空離）、一位大執法（陰負咎），兩名貼身侍衛（熊道元、崔厚德）；分堂遍布全國各主要城市，負責人稱為「大首腦」。每半年，這些大頭腦必須回總堂作例行業務報告；而其業務內容，書中略謂：

> 「青龍社」有龐大的生財系統，他們擁有正當的錢莊、店鋪、酒油
> 坊、牧場及客棧，也擁有不正當的賭檔、花菜館、私鹽隊、暗鑣手
> 和暴力圍！（《梟中雄》第1章）

至於寒山重領導的「浩穆院」，自院主寒山重以下，分一殿（紫星殿）、雙堂（銀河堂、兩極堂）、三閣（長風閣、捲雲閣、金流閣），另有左右雙衛（遲元、司馬長雄）及十韋陀護法；而其營生之道，書中亦謂：

這些江湖高手們，則分別掌理著浩穆院在兩湖一川各處的龐大產業。自然，這些產業的經營，有些是光明正大的，有些卻爲了多種的環境原因而與江湖黑道有著關連。換句話說，浩穆院所主持的各行生財之路，是有多種方式分爲明、暗兩面的。（《驃騎》第17章）

幫會集團蓄養幫眾，動輒以千數，青龍社的部眾究有多少人，書中未曾明言；但浩穆院所屬的六個殿閣，每個皆有三百餘人，粗估之下，單總堂所在最少就有二千多的部眾，連家帶眷，恐怕五、六千不止。這等於是一個鄉鎮的規模了。[119] 人眾既多，食指浩繁，外加又時時「仗義輸財」，自然得有龐大的經濟來源；因此，明的暗的，只要可以生息獲利的營生，無所不能爲。青龍社的「賭檔、花茱館、私鹽隊、暗鑣手和暴力團」，很明顯是其財源的大宗，亦是黑道所專擅的行當。

這些行當獲利豐盈，自然是眾所垂涎的；因此在固根基、穩地盤之後，進一步染指他人的利益，乃成爲黑道權力鬥爭的常事，更是柳殘陽小說中的重要主題。《梟中雄》裡大幻才子處心積慮，陰謀侵奪青龍社地盤；《驃騎》中大鷹教聯合六派人馬，夜襲浩穆院；《霸鎚》中勿回島三路並進，一舉攻破皇鼎堡、六順樓、紫凌宮三大勢力——利益所在，不惜殺人盈城盈野，血流漂杵！這就是柳殘陽的黑道江湖。

鬥爭是殘酷而血腥的，但身在江湖，你不犯人，人卻犯你；除非你飄然遠引，拔足於江湖泥淖，否則永遠無法終止這樣的殺戮循環。誠如《霸鎚》中田壽長所說：

---

119 在《大龍頭》中，孤竹幫留駐本山的人馬，可戰者即有二千三百人之多。孤竹幫只是遠處西陲的幫會而已，青龍社、浩穆院皆是具有全國性實力的集團，其部眾之廣，可以推知。

咱們吃的江湖飯，在刀尖上混日子，既已踏進了這個是非圈，不弄
他個盟主的首魁大位坐坐，豈不等於白忙活了終生？況且，你便不
想坐那位子，別人也饒不過你；除非你自己先用刀子在脖頸上狠勒
那麼一傢伙，伸腿才算結事！（《霸鎚》第2章）

柳殘陽的江湖是黑道的江湖，在這虛擬的世界中，沒有律法，只有
強權；拎著腦袋在其間打滾，成王敗寇，不論是非，罔顧善惡；僅存的
一線仁義，卻又微弱得可憐。黑道中的過河卒子，唯一的生路就是拼命
向前。

柳殘陽事實上也承認「黑道」多半是屬於窮凶極惡之流，而書中的
英雄俠客反倒是唯一的「出汙泥而不染」的人物。正因其出汙不染，故
柳殘陽刻意從「心的黑白」上賦予了這些俠客「先驗式」的正義形象，
且不憚煩言說解，以長篇大論來支持、強化；又其本出身於黑道，故又
不得不極力加以洗刷、漂白，以強調江湖中「白烏鴉」的存在及必要。
因此，柳殘陽敘說的是黑道人物「如何在江湖上安身立命」的道理，描
繪的是黑道中的俠客「如何在充滿暴力血腥的江湖縱恣遨遊」的故事。
江湖現實的結構，決定了柳殘陽小說的「入世（江湖）」風格；而對黑
道的「同情的諒解」，則展示出其「人在江湖」的瀟灑、縱恣意態。

「暴力」與「美學」

柳殘陽的小說，向來有所謂「暴力美學」之稱。儘管暴力能否以
「美學」予以美化，可能會引發很大的爭議；但是我們卻必須思考：一
種以誇張筆墨渲染血腥的作品，究竟因何而產生？因何而受矚目？因何
而具有意義？

　　「暴力」一詞，定義相當困難，但基本上指的是利用某些強勢的作為（包含肢體、語言、制度等），強加於被害者，直接或間接的使其身體、心理或財務上產生傷害而言。「暴力」足以產生傷害，因此在基於維護個人生命、財產、權益的法律之前，即構成一種「犯罪」行為。

　　暴力犯罪行為，在「犯罪學」中有六大類型：殺人、強盜、搶奪、傷害及強姦、輪姦。[120]在武俠小說中，除了強姦、輪姦一般被視為罪大惡極、莫可宥恕外，其他四類，往往不一定被等同於犯罪。主要原因在於：

　　（1）武俠小說的「尚武」世界，本就是充滿暴力傾向的世界，以暴易暴，武力是最重要且最終的裁決，暴力基本上不構成犯罪；（2）施用暴力的人，通常自認其所施用的暴力是必要且合理的。從犯罪學的理論來說，前者頗合乎「行為主義學派」的說法──「觀察到他人因暴力行為而獲得獎賞，將會增加其攻擊驅力」。這也是武俠小說一開始就引發衛道人士隱憂的問題。而後者則深合「社會衝突學派」的觀點──「社會公義不彰，現行法律不足以保護弱者，暴力的手段正是為了實踐公義」。[121]很顯然地，這是中國傳統俠客的行為理論。因此，在殺戮、傷害方面，剷除惡人，是以殺止殺；在強盜方面，劫富濟貧，是保護弱小；在搶奪方面，是「天下寶物，唯有德者居之」。綜括而言，暴力在武俠小說中很明顯被合理化了。

　　暴力的合理化，使武俠小說中處處可見暴力衝突的場面，且可針對暴力本身（武功），作種種細緻的描繪及想像──這是武俠小說格外吸

---

120 參見許春金，《犯罪學》（臺北：三民書局，1990），頁347。
121 這兩派的說法，參見許春金，《犯罪學》，頁353。

引讀者的部分，如果從這個角度來談「美學」，毫無疑問是可以成立的。柳殘陽的小說，在這點上未必沒有發揮；以其設計獨門兵器為例，如寒山重的神斧鬼盾星鈴、衛浪雲的比日大雙鎚、關孤的黑煞九劍、宮笠的長鞭闊劍、秋離的銀牛角、戰飛羽的無相神手、江青的金龍奪⋯⋯等等，多眩人眼目。正因如此，柳殘陽筆下的黑道英雄，擅用各種不同的兵器；從形製到武功招式，顯然都曾刻意經營，可謂是自「幫會技擊派」宗師鄭證因之後頗有創意的一位。

　　儘管柳殘陽多半只在武功名目上動腦筋，且以快節奏的力道展示其雷霆萬鈞、詭奇神妙的技擊動作，較金庸所幻設的「武藝美學」──充分與人物的個性及思想情感結合為一（如降龍十八掌、黯然銷魂掌、百花錯拳等）──在意境上相距甚遠；但在1960年代中，卻也吸引過不少讀者的青睞。例如1964年由柳殘陽《天佛掌》改編的武俠電影《如來神掌》（前後共七部，由曹達華、于素秋擔綱主演），其中火雲邪神的「如來神掌」、長離一梟的「七旋斬」，皆曾風靡一時。至今港、臺的武俠愛好者猶津津樂道，可見一斑。

　　不過，這顯然並非柳殘陽小說真正聳動讀者的部分。柳殘陽的小說，情節的發展往往缺乏變化，人物造型也難脫少數幾種樣板。他最喜歡將人物置身於各種突如其來或有計劃的「遭遇戰」中，透過一連串激烈的拼搏來推動情節，直接而簡單。如《渡心指》寫關孤反叛殺手組織「悟生院」，全書即極力摹寫悟生院如何以天羅地網之勢捉拿叛徒，關孤如何浴血作戰的過程；《火符》寫谷唳魂護衛少主奪權，全書即以敵人如何追殺、谷唳魂如何應敵為經緯。柳殘陽多數的小說，總是綿亙著無盡的殺戮與四濺的血腥；就情節轉折變化來說，與《梟中雄／梟霸》以十數個短篇故事寫燕鐵衣傳奇一樣，都明顯過於單調化與平板化。讀者

在閱讀過程中，感受到的是文中的強烈速度感、驚悚性與撲鼻而來的血腥氣。也正是在這點上，柳殘陽乃成為「暴力美學」的代表作家。

　　當然，「暴力美學」一詞在此有補充說明的必要。從最寬廣的美學定義來說，凡是能引起人類內心美感的，都應屬於美學的範疇，初不必論其是普遍性或特殊性、合乎道德或反道德。暴力，儘管以激發個人潛在的獸性為主，以侵略、傷害他人為樂，在現實上備受撻伐；但不能否認的，的確有人（或者說心理變態者）是引以為美、為樂的。即此而言，「暴力美學」未必不是值得研究的一項課題──儘管這可能涉及到較多的心理學部分（如變態心理學），而與一般所謂的「美學」有些出入。但美學與心理學的關係，早經學者研究確定了，文學藝術作品中，暴力的呈顯與表現，在閱聽者的心理機制上究竟可以引發如何的作用？此一作用，究竟與美感有何關係？這就不能不說是美學裡的重要課題了。

「暴力美學」的省思

　　現實社會中的暴力，無論以任何形式展示，都將引起傷害，並為人所厭棄；但文學藝術作品中的暴力，則未必如此。在中國古典小說中，《三國演義》、《水滸傳》、《封神演義》中，正不乏許多血腥、殺戮的場面，但仍舊不妨害其為優秀的通俗文學作品，且深受一般讀者的喜愛。武俠小說以武爭勝，動輒白刃相向、拳掌交加，暴力更是明顯，讀者究竟作何感想？1976年，傳播學者馮幼衡在一次調查中發現，武俠小說讀者在閱讀的過程當中，有關「英雄人物痛快的拳腳動作」，有28.76%的人「有替代參與的快感」，13.07%的人認為可以「宣洩不少血

---

122 此一問題，作者原先設計的題目是「宣洩不少暴戾之氣」。

氣之勇」，[122] 22.22%的人可「感到出了口悶氣」，總計有64.05%的讀者，顯然對武俠小說中的「暴力」場面持欣賞態度[123]；而在同一次調查中，當時讀者所喜歡的作家，以暴力血腥爲主要特色的柳殘陽，則排名第四（35.29%）。[124]這就無怪乎「鬼派」武俠小說的屍山血海也會有銷路了。

這項調查的數據是非常具有意義的。馮幼衡藉此印證了他原先的假設──武俠小說讀者之所以閱讀武俠小說，「發洩情緒」是個相當重要的因素。問題是，所謂的「情緒」，指涉的是怎樣具體的內容？馮幼衡並未作進一步的分析。很顯然地，此題既以「拳腳動作」設問，則其所謂的「情緒」，當指胸中所鬱積的一股憤懣之氣。在現實中可能導生的憤懣之氣，來自兩方面，一是自尊損傷，遭受不公或粗魯的待遇，被污辱或貶低，追求人生重要目標時遭受挫折；一是對別人所遭遇的不公或不義，感到氣鬱難平。無論是爲己或爲人，在個人現實的生活上，總是無可避免地經常發生；而憤懣的宣洩，則是帶有相當濃厚的「正義」宣示意味的。通常我們會選擇某種較激烈的方式（動作或語言）予以發洩，暴力，就是其中的一種。

然暴力的直接宣洩，經常是無法獲得社會、法律甚至道德上的認同的；同時，也有許多情況，限制了我們以暴力的方式宣洩。俠客在武俠小說中的角色，本就經常被設定成「正義」的化身；因此，俠客激烈的暴力動作，經過讀者的投射作用，正可以形成「替代參與的快感」，使

---

123 見〈武俠小說讀者心理需要之研究〉，《新聞學研究》第21期（1978年5月），頁43-84。此文原爲作者1976年5月所撰寫的碩士論文。

124 第一到第三分別是古龍（56.86%）、臥龍生（47.06%）、獨孤紅（40.52%）。其中金庸屈居第六（25.49%），是因調查當時，金庸依舊列名禁書中，讀者多數未見其書。

讀者積鬱的憤懣得以「宣洩」，而感到「出了口悶氣」。換句話說，透過武俠小說中的暴力血腥場面（尤其是施加於所謂的「惡人」身上），讀者可以有酣暢淋漓的快感，感覺到正義獲得伸張、公理獲得保障。很顯然地，這合乎文學中所稱的「移情作用」與「滌清作用」。

此外，我們亦不能忽視人性中與生俱來的殘忍特性，在心理學、社會學、生物學上，基本都承認在人類的本性中有所謂「嗜血性」；血腥殘忍的場面，足以激發人類原始本能的衝動及欲望的滿足。這個本能，在現實中備受社會規範和禮教秩序所壓抑，卻始終在人類的血液中竄流著；儘管多數人在理智上會加以否定，卻無法不承認血腥殘忍的畫面往往會引起（至少某些人）生理或心理興奮、滿足感的事實——好萊塢電影「十三號星期五」的賣座已然作了確切的說明。柳殘陽的武俠小說，較諸其他的作家，是更喜歡渲染暴力血腥的場面，以此而獲得部分讀者的青睞，也正在情理之中。

柳殘陽的暴力血腥表現，誠然是慘不忍睹，極盡其鐵血（冷漠、殘酷）之能事；但卻有一個非常重要的前提：正義。儘管我們對柳殘陽的「正義」可以有諸多質疑，但就故事架構而言，主角人物都被賦予了正義的形象；相對地，被施加暴力、慘不忍睹者，通常皆殘暴狠毒，自有其取死之道。這一點極似傳統公案小說塑造「清官」的模式，清官也是先驗式的「正義」表徵；因此當他在公堂上以慘無人道的酷刑逼供之時，沒有讀者會因之同情罪犯。同理，當柳殘陽筆下的英雄大開殺戒之時，讀者也只覺痛快淋漓，而不會對如是的暴力有若何反感了。

在此，我們必須認清一個事實：在文學作品中渲染暴力、誇張血腥，並不等同於傳播暴力、贊同血腥。因為小說只是「虛構」，是在想像中完成的。儘管某些衛道人士一直大加撻伐，認為暴力、血腥的渲

染，有刺激、加深、強化讀者（尤其青少年）暴戾之氣的作用；這點雖未經嚴格檢驗，卻也不無可能。但就武俠小說而言，卻未必如此。

首先，這是因為武俠小說的背景設定在遙遠的古代，讀者在閱讀的過程中，先已明知其為「虛構」的江湖，是以「傳奇」的心態，來看待武俠小說裡的人與事。即此，在某種程度上已限制住其「還原」或「反映」現實的可能。其次，武俠小說裡的「暴力」，基本上是以武功展示；而五花八門、神奇詭異的武功，更非讀者所能仿效或運用。這也許就是所謂「距離的美感」吧！

以此看待柳殘陽的武俠作品，以此看待弔詭的「暴力美學」，相信應可掌握到柳殘陽小說的特色，並給予一定的評價的。而柳殘陽以「鐵血江湖派」馳譽武壇三十年，獨樹一幟；其成敗得失，見仁見智，自有公論，似亦不必過於排斥。況且在臺灣武俠小說發展史上，有心為黑道英雄張目者，僅此一家而已。故其書即或有這樣那樣的缺失，亦自有其地位，端視讀者用哪一種眼光與心態來看了。

二、雲中岳的「平凡英雄」不平凡

雲中岳（1930- ），本名蔣林（又名姬興），廣西南寧人。其父為名醫，又愛好文史，家藏古籍無數；故其自幼即深受濡染，奠定了深厚的史學基礎。早年投身軍旅，服役於某特種單位，教授武術。服役期間，一方面精研明清歷史，一方面即頗有意於武俠創作。1963年其處女作《劍海情濤》由黎明出版社出版，同年又發表《霸海風雲》，均獲好評。1964年以少校軍階退役後，專事武俠創作，作品大多由四維出版社印行，與柳殘陽同為四維的兩大臺柱。在臺灣武俠小說名家中，雲中岳博聞強記，學問根柢深厚，尤其對明代歷史及邊裔之學，鑽研甚力；掌

故、史實、考據，乃至山川地理、風土人情，於小說中皆歷歷分明，堪稱爲武俠小說名家中最「寫實」的作家。

雲中岳書中的主角，較少在姓名、綽號上精心構思，大多平凡而通俗，不似柳殘陽般具有令人「聞名喪膽」的氣勢。相對地，雲中岳的小說人物，偏好寫年約二十二、三歲，思慮、智慧已成熟，但情感卻易於衝動的精實壯碩小伙子；自重自信，歷經磨難而不失其勇悍特色：

> 他是個廿歲上下青年人，面貌清秀，寬廣的前額，豐茂的鬢腳，發亮而有神的眼睛，煥發著智慧的光彩，和敏銳的觀察力；但似乎不夠含蓄，是屬於聰明、機警，而又不易控制感情的血氣方剛的青年人。（《匣劍凝霜》第1章中的艾文慈）

> 文俊上身精赤，晶瑩如玉的隆起筋肉有點嚇人；臂膀上的雙頭肌和肩上的三角肌高高隆起，胸肌特別發達，端的結實雄壯已極。下身是犢鼻褲，足踏多耳爬山虎麻鞋。一頭黑髮閃閃生光挽在頂端，用青巾兒繫住。圓圓的臉，劍眉入鬢；星目黑多白少，宛若深潭，從前陰鬱淩厲的神色已經消失淨盡。鼻樑挺直，嘴角隱含笑意，現出一絲雪白貝齒。（《劍海情濤》第3章中的梅文俊）

> 他身材高大，肩寬手長，虎背熊腰，一雙腿粗壯結實。在皮風帽下，露出一雙神光似電的大眼睛，眼神銳利懾人。可由眼神中看出他是個永不屈服，永不向世間的苦難、折磨、霉運和宿命低頭的強人。（《大地龍騰》第1章中的龍中海）

> 他穿上青袍，顯得神清氣朗，瀟灑出群。臉如滿月，目似朗星，儼然是濁世翩翩佳公子。如果不是身材結實健壯，完全不像是個練武

人，毫無半點赳赳武夫的氣概。（《八荒龍蛇》第2章中的柴哲）

　　結實、精壯，很少用來形容武俠小說中的主角，雲中岳似乎情有獨鍾，刻意藉此拉下英雄的身段，讓他融入一般的市井社會。因此，雲中岳書中的主角，多半具有濃厚的鄉土氣息，安分守己，不求名利；即使逼不得已而涉足江湖，也企圖透過他充滿困頓、挫折的經歷，凸顯江湖的無情無義或無法無天。

　　在武俠小說中，英雄俠客仗劍行俠，扶持正義，早已是天經地義的了；雲中岳一樣強調「正義」，但是絕不在口頭上標榜，而是透過具體的行為實踐的。《火鳳凰》中的宋舒雲一肩挑起查探「逼上梁山」內幕的陰謀，只為了不忍見故人之女沉淪歧途；《江漢屠龍》中的林國華定計剷除清廷鷹爪，夾雜在天地會和清廷的民族糾葛中，卻不張揚所謂的「民族大義」，而只為了悲憫那些遭屠戮的村民；《風塵豪俠》中的吳秋華解救了牧場中的一群「牧奴」，並因緣際會，瓦解了明成祖為追緝惠帝下落而布設的天羅地網，主要的還是基於不忍和悲憫。江湖霸業、武林名位、個人私利，在雲中岳的小說中幾乎是完全絕跡的。秉直道而行，義無反顧，是雲中岳筆下英雄共同的人格特質。

　　不僅如此，雲中岳對一般江湖上所謂的「道義」，更多所質疑。在他眼中，「武林人是不講天理國法的」（《鐵膽蘭心》第5章）；至於「行俠仗義」，有時更是荒謬可笑：

　　武林人以武犯禁，不足為法。如果學武志在行俠仗義，不學也罷。
　　每個人皆以俠義英雄自居，那將是無法無天的可怕局面；也許天下
　　會太平，但更可能遍地狼煙，血腥滿地。（《八荒龍蛇》第56章）

一個動不動就拔劍，迷信劍可以代表正義，劍可以解決一切困難的
俠義門人……比一個土豪惡霸更可惡一千倍，可憎一萬倍。遺憾的
是，當今世風日下，武林道義蕩然，江湖上卻有太多這種所謂俠義
人士……到底人世間有沒有所謂的公道？（《江漢屠龍》第16章）

在江湖行俠仗義，說好聽些，那是鋤暴除奸主持人間正義；說難聽
些，那是作奸犯科向朝廷禮法挑戰。行俠與犯法是一刀的兩面，有
理性的人善於應用，情理法兼顧，便可互不衝突，兩面相互爲用。
碰上那些任性、固執、自負、激憤的人，那還了得？手執正義的利
刃，認爲自己是正義的化身、神的執法人，狠砍猛殺天下大亂，爲
法理所不容。因此，天下間眞正的所謂俠義英雄，幾若鳳毛麟角，
求之而不可得。自命俠義英雄，那是欺人之談。（《劍影寒》第58
章）。

　　然而對於眞正的俠義英雄行爲，在雲中岳方寸之間亦自有一把尺，
有所分別：

一個眞正的俠義豪傑，從不欺凌弱小，鋤強扶弱，氣度恢宏；富貴
不能淫，威武不能屈！次一等的是英雄好漢，敢作敢爲，善惡分
明；向強梁分高下，向高手分雌雄，但絕不向藝不如己的人稱英雄
好漢。等而下之的人，倚勢欺人，挾技橫行，無是非之心，只知逞
一時快意，無所不爲……（《八荒龍蛇》第22章）

　　書中寫少年老成的主角柴哲（年僅十六歲），便是智勇雙全、義無
反顧的男子漢大丈夫；只是這種鐵錚錚的俠義英雄罕得一見，可遇而不
可求罷了。

　　正因世間無公義，英雄多欺人，如此江湖，自是不可久留。在雲中岳的小說中，雖亦偶見英雄傲笑江湖的傳奇，如《霸海風雲》、《龍驤奇士》等，但其間也對江湖的非理性多所著墨。《絕代梟雄》一書，分寫秋嵐、秋雷兩兄弟；無心眷戀江湖，默默濟世救人的秋嵐，費盡苦心，極力勸阻迷失在權力徵逐、獨霸江湖夢中的弟弟秋雷；而筆墨集中在凸顯秋雷為達目的不擇手段的倒行逆施上，更可說是相當「忠實」地描繪了自作威福、爾虞我詐的現實江湖。正如《八荒龍蛇》中寫千幻劍裴岳陽勸「英雄出少年」的柴哲：

　　大丈夫應該立功異域。西番地境已非皇土，為何不在此振我大漢聲
　　威？中原江湖道烏煙瘴氣，斤斤於名利、仇殺、混日子、招搖撞
　　騙、胡作非為，每個人都想不勞而獲，利慾薰心無所不用其極！
　　（第14章）

　　寥寥數語，便把「中原江湖道」（代表整個武俠世界）醜惡的真面目和盤托出。

　　雲中岳筆下的英雄是遠離江湖的「平凡英雄」──不必爭名奪利，無須恩怨仇殺；開拓異域、混跡市井、安心農圃。為了強調「江湖」的非理性，雲中岳頗致力於刻劃所謂「白道人士」偏激、自負及殘暴的性格，而讓主角在此一情境下備受屈辱與磨難。《亡命之歌》中的蔡文昌，就是最典型的例子。「亡命」江湖，本非其所願，但在強大的黑白兩道勢力欺壓下，逼得他不得不以「亡命客」的手段自求生路。當英雄不得不挺身而出，抵抗此一非理性的江湖時，其手段也是激烈而殘酷的。《火鳳凰》中的乾坤手勸宋舒雲：「以殺止殺雖然不是什麼好德行，但此時此地卻是最好的手段。」（第8章）因此，在雲中岳筆下廝殺

搏鬥的場面，雖沒有柳殘陽鮮血噴濺、屍骸堆積的慘酷，但也是動輒殺伐、血跡斑斑的：

> 「錚錚！」兩枝槍左右一分，唰一聲刀光再閃，火雜雜地搶入；兩
> 名使槍賊會變，變成四段。（中略）猛虎回頭刀一挑一振，震飛了
> 鉤鐮槍，加上一刀，使鉤鐮槍的賊人，大腦袋飛起三尺……刀光左
> 旋，「錚」一聲一刀砍在使戟賊的戟嘴上，戟頭下沉；刀光再閃，
> 鮮血飛濺，使戟賊的右臂齊根分家。（《匣劍凝霜》第54章）

> 這是一場生死存亡的搏鬥，慘烈萬分！人與人之間，已沒有半點憐
> 憫之情。兇狠的目光像是嗜血野獸飢渴時所射出的殘忍光芒，只消
> 看到對方，便本能地揮刀。這裡沒有任何足以引起人性復活的事
> 物，沒有讓人想起人道觀念的機會；唯一可做的事是殺死對方，唯
> 一可想的事是使自己活下去。（《八荒龍蛇》第23章）

當然，這樣的描寫，相對於柳殘陽的殘酷血腥，顯然是小巫見大巫了。這是因為雲中岳小說中的主角是被迫行走江湖，絲毫未見其圖謀江湖名位的欲望，且對暴力的使用，明顯凜懼於心；故其適可而止，並無意渲染血腥暴力。

以「復古」作「寫實」

如果我們將柳殘陽小說的寫實特色，定位成「借古喻今」，相當忠實地反映出當代黑道人物為爭地盤、奪名利，爾虞我詐，動輒暴力相向的實況；雲中岳的小說則是屬於「以古復古」的寫實，以古代（尤其是明代）為背景，藉由他精研明代史料的宏博學識，不著痕跡的完整呈現

了明代社會、法律、制度的實際情況。在這一點上，雲中岳的表現可以說是武俠小說作家中無出其右者，駸駸然有直追歷史小說名家高陽的功力。

　　臺灣的武俠小說向來具有「去歷史化」的特色，但雲中岳從第一部作品開始，就別出心裁地以完整呈現古代的時空場景爲追求目標。藉歷史場景敷演故事，其實早在明清俠義小說、民國舊派武俠小說中，即已屢見不鮮。新派崛起後，從香港的梁羽生、金庸到臺灣早期老作家郎紅浣、成鐵吾，亦隱然繼承此一優良傳統。其鋪陳手法，通常若不是取歷史傳說、人物爲主線，借題發揮，就是以某個時代爲粉底，作爲主角活躍的大背景；即便將若干政治上的重要事件引逗而出，也是點到爲止，無心細述。例如金庸，在《鹿鼎記》中藉韋小寶這一小人物串出康熙皇帝的諸般事功，實則志不在此；其心力皆集中於摹寫「英雄如何創造歷史」之上，未遑顧及當時的社會、風土、人情的的眞實描摹。

　　此法雖云「借古人生事」，惟讀者於閱讀之際，不過恍惚地感受到「歷史」的影子，而無從得知當時的實際生活狀態。雲中岳的手法則明顯有所不同。他的小說人物是「如實」地存活在其所屬的時代之中；舉凡山川地理的形勢、城市鄉里的變遷、名物制度的沿革、工商百業的經營、日用生活的百態，都是雲中岳亟思完整呈現的。雲中岳以他宏博的腹笥、精深的學養，綜理爬梳，構築了他武俠小說別具一格的「歷史江湖」。

　　明代是中國封建專制政府秕政罄竹難書的一個朝代，君不君、臣不臣，太監宮宦橫行天下；官不官、民不民，盜賊流寇烽煙四起。雲中岳的小說通常都先勾勒出這樣的一個大背景，然後以細膩的筆致，轉向對當時市井、社會的實況描摹；而重點則在凸顯出在諸多的秕政之下，整

個社會、人群所遭受的種種磨難。其小說中的主角，通常是淡薄名利，與鄉土、社會緊緊連繫爲一的「平凡英雄」——寧可安分守己、戮力本業，當殷實的商人、小販、遊方郎中、道士，而不願涉入江湖，過那刀頭舐血的日子。因此其小說中的主角，實際上經常徘徊於正常社會與江湖之間。江湖在此不完全是虛擬的，行走江湖其實無異於行走社會，處處受到舊有規範的制約。在雲中岳的小說中屢屢出現的「路引」，是極明顯的例子。

「路引」是元、明以來實施的控制人民行動的政策，凡欲穿州過府、行遠越境者，皆必須向當地衙門申請憑證，詳載姓名職業、居里年歲，以備各地官廳盤查、繳驗。這是當時掌控人口流動資訊、維持治安的重要措施。在一般的武俠小說中，英雄俠客縱意馳騁、行俠江湖，似乎興之所至，即可無所羈絆，快其逍遙之遊；這自然是「想當然耳」的一種虛構。雲中岳謹守當時法令，以「路引」限制了書中人物的行動，無疑有意拉下英雄的身段，讓他回歸於現實、平常的社會。而書中申請路引的描寫，往往皆集中在主角人物，更可見雲中岳是如何渴欲塑造一種「守法俠客」的形象。俠客一旦願「守法」，自然須遠離江湖，渾融於社會之中。這正是雲中岳小說的基調，也是他「江湖寫實主義」的出發點。

如此實寫，無形中就將當時整個社會的政治、經濟、生活狀態，與英雄俠客的生涯連繫在一起。在雲中岳的小說中，英雄俠客仗義行俠的對立面，往往並不是出自想像的、概念化的強梁惡霸、土豪劣紳或盜賊匪寇，而是在實際上導因於明代腐敗的政經制度而產生的種種不公不義現象。他意欲凸顯的，不是個別的、特殊的反面人物，而是普遍存在的問題本身。多數的負面人物，有時根本不具名姓，即使有名有姓，在書

中可能占有重要分量，但基本上只是一種象徵──有此秕政，自有此人物。因此，雲中岳小說中的負面人物之多，俯拾即是，幾乎有「野火燒不盡」的趨勢；而英雄俠客也不像其他武俠小說一樣，具有一掃妖氛、肅清江湖的威勢。他們所面對的，是整個制度面的問題，而且不是單憑一時的仗義行俠就能解決的問題。在雲中岳筆下，江湖乃是非之地，亦是社會的縮影，而源頭則來自整個政經制度。

因此，縱恣快意的場面不再，意氣風發的豪情不再。雲中岳筆下的英雄，總陷於重重的危難之中，無所逃遁於天地之間；最終只好選擇「退隱」一途，安於無奈，甘於平凡。《匣劍凝霜》中的艾文慈就是個極有代表性的例子。

《匣劍凝霜》以明武宗時劉六、劉七侵擾河北爲大背景，相當忠實地描繪了當時官匪不分、百姓橫遭荼毒的現象。艾文慈一家在大亂之際遭毀，全莊受屠。他志切復仇，時匪時兵，亟欲追尋罪魁禍首，但也因之爲官、匪視爲眼中釘。千里奔波，緝兇亦遭追緝，莽莽江湖，只能踽踽獨行。書中藉他四處變裝（郎中、馬販、攤販）覓仇的經歷，和盤托出明代社會在秕政影響下的實際狀況；其中寫到稅吏橫行、四處畿徵（抽稅）的情景，熟讀明史的讀者，幾乎有恍然回到明代的身歷聲之感。艾文慈心存仁義，免不了於忍無可忍之際，行俠仗義；但因制度所導生的問題，則顯然就不是他所能挽救的了。尤其是當他明白劉六、劉七等盜賊的起事，事實上也是一種「官逼民反」之時，他悲憫、無奈地盡釋前嫌，但也對當時的制度一籌莫展。雲中岳的英雄不是反社會、反現實的，但對現實又充滿無力感，只好於結局中退出「江湖」（社會）。

這樣的退隱，不是逍遙，更非笑傲，而是一種逃避，一種對體制的無言抗議。在《八荒龍蛇》中，雲中岳遠離中土，在邊疆另闢了一個

「烏托邦」──烏芒藍奈山，誠如千幻劍裴岳陽所說：

> 在敝寨安身的人，都是些不願受中原貪官污吏壓迫，不與江湖人爭
> 名奪利的人；開拓異域自求發展，各有避世安居的抱負，耕牧辛
> 勞，自給自足。（第34章）

這是雲中岳的「海外扶餘」，立意與陳忱的《水滸後傳》差相彷
彿；所不同的是，烏芒藍奈山不是一個國家，只是一個放牧養殖為生、
安居樂業的牧場。或許雲中岳在此別有對當代體制不滿的諷喻，但終究
不是這麼明顯。如果我們順著他的筆路，回到明代那個濁世社會，即不
難發現，他是如何傳神而深刻的傳達出了那個時代的心聲。在此，他的
武俠小說事實上是有濃厚的歷史小說味道的，而《八荒龍蛇》尤為經典
之作。說一句大膽的老實話，金庸的「歷史武俠化」與之相比，亦不免
顯得淺薄！

援經據史化入小說

雲中岳小說以「還原」的方式「再現」了明、清社會的樣態，這自
然得力於他對明、清史籍的熟稔，但寫作時援經據史、一絲不苟，更迥
異於一般人的虛擬想像。從他回答讀者有關《莽原魔豹》中明末諸王下
場的解說來看，二十一王中，有十九王與《明史・諸王世表》若合符
節；而回應有關「大明寶鈔」（《風塵豪俠》中提及）的流通狀況，亦與
《明史・食貨志》及顧炎武的《日知錄》所載相同，可見其審慎的態
度。據其夫子自道，清代嘉慶年間出版的《一統志》，是他案頭常用的
參考書籍，山川形勢、路途遠近、歷史沿革、軼聞掌故，完全有本有
據，與多數武俠小說的幻想、神遊，虛擬出中國大陸的場景，是迥然不

同的。

　　臺灣的武俠作家多數是大陸來臺的人士，客居異地，國族認同與思鄉情懷格外濃厚，大陸是他們想像中的夢裡京華。但多數作家都是少年離鄉，雖可能亦隨軍旅而遍歷各地，而兵馬倥傯，匆匆去來，畢竟認知有限；且大陸幅員廣袤，亦不可能蹤跡皆至。因此，在武俠這類完全以中國大陸爲場景的小說類型中，[125]欲有所描摹，除了想像虛擬外，自不得不乞靈於古籍的記載，在必要時抄錄一番。但雲中岳卻不是如此「照抄」，而是在相當程度上以「化入」的方式呈現。例如在《八荒龍蛇》一書中，柴家父子面對蠻橫無理的官差時，有如下幾句話：

> 這一帶的地理環境，隋書地理志說：瘠多沃少。這一帶的風俗，寰宇記上說：剛強，多豪傑，矜功名。晉問上說：有溫恭克讓之德，故其人至今善讓。「讓」，當然包含有忍讓之義。平民百姓如不忍讓，少不了大禍臨頭。（第1章）

　　雖然作者是引述古籍，卻在短短幾句中，將柴家父子的個性及當地的民風、環境，不著痕跡的表露了出來。類似的例子極多，幾乎只要一涉及到地理，雲中岳無不一一核實，信而有徵，有意將場景作最細緻而忠實的描繪。《八荒龍蛇》在此可以視爲最具代表性的一部。

　　《八荒龍蛇》以「八荒」爲名，從主角柴哲的祖居山西開始，歷經他十歲被擄至湘西苗蠻之地習武；再以《河源圖》爲引線，帶領讀者上溯黃河流域，直達星宿海、唐古拉山等邊荒之地，然後再回到江西鄱陽湖。萬里路途，精心描摹，無論是道路交通、名山大川、風物景色，都

---

125 在諸多武俠說部中，似乎僅有諸葛青雲的《石頭大俠》以臺灣爲場景，是很特殊的例子。

歷歷如繪。尤其是寫塞北河源一帶,雖基本根據元代潘昂霄的《河源志》,但卻博採清代學者的研究成果,有補充、有修正,充分展露了他在史地、邊裔之學的功力。其中談論到「崑崙」的部分,更有破有立,學問之精到,有如一代史地名家:

> 老道説此至崑崙相去非遙,確是實情。就地理學言,崑崙西起烏斯藏北境帕米爾高原,下行分爲三支:左爲阿爾金山,東行入甘肅稱祁連,這就是玄門弟子所指的崑崙山。中爲巴顏喀喇山,也就是黃河源。右爲唐古拉山,山勢東南行。
>
> 玄門弟子認爲崑崙是神仙的樂園,傳說中又説崑崙有瑤池王母這位醜八怪。瑤池,誤以爲是天山的天池。因此,以訛傳訛,崑崙便落在阿爾金山的頭上了。
>
> 眞正的崑崙山,該是指巴顏喀喇山。
>
> 首見於歷史記載的是《爾雅》一書,寫著:「三成爲崑崙邱。」更古些是《尚書·禹貢》,寫著:「織皮崑崙析支渠搜。」織皮,指西戎之民,意爲衣皮之民,居此崑崙、析支、渠搜三山之野。三成爲崑崙邱,指崑崙山有三重。
>
> 清朝的大考證家閻若璩,寫了一本書叫《書經地理今釋》,他寫道:「山在今西番界。有三山,一名阿克坦齊欽,一名巴爾布哈,一名巴顏喀喇,總名枯爾坤,譯言崑崙也。在積石之西,河源所出。」
>
> 枯爾坤,是蒙語,番名叫問摩黎山。
>
> 巴顏喀喇山最大。阿克坦齊欽稍小,雙峰形如馬耳。
>
> 巴爾布哈在查靈海北面一百里。

玄門弟子的崑崙，是根據《漢書‧地理志》而來的，該書說金城郡
（今蘭州）臨羌（西寧）縣西北至塞外，有西王母石室，有弱水崑
崙山洞。

有些玄門弟子自稱崑崙弟子，意指是神仙的門人，並沒有什麼崑崙
派，他們連崑崙在何處也一無所知。（第26章）

　　「崑崙派」是武俠小說中出現頻率僅次於少林、武當的門派，但從
來未見有人追根究柢，討論過此一門派的特質，幾乎都是以虛擬的方式
呈現。雲中岳引經據史，又以神話、玄學旁證，頗能一新讀者耳目。不
僅如此，《八荒龍蛇》一書也相當成功地藉柴哲一行六人的長途跋涉，
將蠻苗、蒙人、番族的生活起居、風俗人情、宗教信仰、民族性格，作
了詳實的寫照，讀之宛然有異域風情畫的味道。更難得的是，他並沒有
「大漢沙文主義」，對各少數民族均本著「人性」的角度著墨，可謂是其
「邊裔之學」的最佳表現。

　　事事核實，處處引證，構築成雲中岳小說的「實寫」特色，這點他
是巨細靡遺，連枝節都不肯輕易放過的。例如他細致到連明代糧船的顏
色、道官的服色、道眾出家的法定年齡、轎子的等級設色、錢鈔的使用
等等，都有所根據，絕不向壁虛造，徒託空言。當然，如此考證式的解
說，就小說體裁而言，未必合適；雲中岳「炫學」的結果，難免會損及
小說的流暢性。但因他長於蓄勢，每在細微處預留伏筆，頗有「草蛇灰
線」、「隔年下種」之妙；故讀來常令人喜出望外，並不覺得冗長枯
燥，反而更為其「融武俠與歷史於一爐」的小說筆法、博聞廣識而傾
倒。如果拘泥於「俠情」創作模式，硬要挑剔的話，也許雲中岳拙於寫
情，才是其唯一的「罩門」所在吧？

《文心雕龍‧知音》嘗謂：「慷慨者逆聲而擊節，蘊藉者見密而高蹈；浮慧者觀綺而躍心，愛奇者聞詭而驚聽。」對明史較有了解的讀者，固然可以因其博學而獲得知識性的啓發，興味盎然；但對多數文化水平不高、只一味追求感官刺激的讀者而言，卻不僅無法領略雲書的苦心經營及其所述歷史眞相，更可能因其絮絮叨叨的說明而感到不耐，以致形成或多或少的閱讀障礙，實在可惜！

總之，一般武俠讀者所嚮往的是虛構的江湖、如夢似幻的愛情；唯有虛構，出奇制勝，才能讓讀者在神遊小說世界時，與俠客共享醋暢淋漓的快意。因此，在前引馮幼衡的市場調查中，雲中岳的小說連前九名都排不進，是可以理解的。這似乎意味著雲書曲高和寡，知音難覓；其實是臺灣讀者在看慣了「以虛爲實」的夢幻式武俠之下，先入爲主、劃地爲牢、「懷寶自棄」的悲哀！

正是：「松柏後凋於歲寒，雞鳴不已於風雨。」做爲臺灣武壇的最後一位老兵（堅持創作迄至二十世紀末），雲中岳實事求是寫武俠，的確功不唐捐！在經過幾番江湖風雨的考驗之後，將來歷史終究會證明雲書「寓教於樂」的人文價值，是不可磨滅、彌足珍貴的「武林瑰寶」。試看近年來中國大陸武俠網友掀起的「雲迷熱」（詳見第四章第四節），正方興未艾，即已初露端倪。凡此種種，委實值得吾人期待。

第五節　臺籍代表性作家：陸魚與秦紅

在臺灣早期的武俠作者中，臺籍人士甚少，絕大多數皆爲外省籍作者之天下。這有其歷史的原因：

其一，大陸各省人士從小即受武俠小說薰染；自1949年隨國民黨政

府來臺定居之後，大多缺乏一技之長，只有靠撰寫武俠小說謀生。是以相率以此為業，名手輩出，不可勝數。

其二，臺灣本土則因歷經日本統治長達半個世紀之久，與民國「舊派」武俠小說接觸較晚；加以本省人土生土長，一般皆有家業，故無經濟上的誘因以及生活上的迫切需求。是以願投身武俠創作行列者極罕，唯有陸魚與秦紅二人較為知名。

由於這兩位臺籍武俠作家一為大學生出身，一為印刷工出身，各自具有不同的代表性，很值得單獨提出探討；因此本節將分別就其作品特色及時代意義擇要論述，藉供有心研究「臺灣新派」武俠小說發展的人士參考。

一、「新型武俠」的開創者——陸魚及《少年行》

陸魚，本名黃哲彥，1939年生，臺灣苗栗人；臺灣大學物理系畢業，美國馬利蘭大學物理博士，生平經歷不詳。據說他早年是一位新詩作者，曾自費出版過《哀歌二三》與《端午》兩本現代詩集。黃氏就讀大四時，以處女作《少年行》（1961）見重於真善美出版社發行人宋今人。宋氏閱後大為驚嘆，特為此書寫了一篇〈《少年行》介紹〉，向讀者大力推薦；對其文筆之洗鍊、情致之纏綿、寫景之逼真、演武之巧妙，以及書中無處不在的人情味、幽默感，一一拈出引證，讚不絕口。最後，更高度評價說：

> 《少年行》的風格、結構和意境，除掉特別強調武功這一點外，實可媲美歐洲十八世紀的文學名著，並不遜色。我覺得這種「新型武俠」的寫法，是頗可提倡改進的。將來有一天，進步到足以在世界

文壇領域中佔一席地，那才是武俠書籍的成功。（見陸魚《少年行》
扉頁，眞善美出版社，1961）

以當時宋氏執臺灣武俠出版業牛耳的地位，竟對一位籍籍無名的新
手如此推重，自然引起各方讀者的注意。而陸魚此書之所以能脫穎而
出，爲行家所重，卻是與他大膽創新，引進西方現代小說筆法技巧，以
及本身深厚的人文素養有密不可分的關係。

引進西方現代小說技法

《少年行》共有30章，約45萬言，封面標明「新型俠情小說」。故事
主要是敘述元末明初之際，江西廬陵少年李子衿幼遭家難，八歲起即流
浪江湖，到處臥底偷拳，學得一身武功。因偶然間得到一面絕迹百年的
元江派掌門令符，遂化名「哥舒翰」，以元江派掌門人身分向武林名手
挑戰；並捏造武學奇書《都村秘笈》出世消息，藉以引誘仇家現身，解
開李氏滅門之謎。適逢「中嶽武尊」中天子之孫率衆來金陵劫美選妃，
哥舒翰仗義出手，救下御史千金易衣青；兩人屢共患難，心心相印，乃
定下白首之盟。其後哥舒翰千里緝凶，巧獲元江派失傳絕藝，得以爭雄
武林。然與中天子一戰，兩敗俱傷，功力幾乎全失。而此時他方輾轉得
知仇家下落，卻已無能爲力。復仇之路漫長，前途多艱，但他還是要咬
緊牙根走下去……英雄的歲月正待開展，故事忽告結束。作者雖聲稱有
「續集」交代未了之局，然終不見出，令人惋惜。

其實，以一部具有先驅性、充滿詩情畫意的「文藝武俠」小說而
言，這個書扣解不解開、有沒有結局並不重要。因爲故事人人會編，留
給讀者若干想像空間，也是一種「結局」（如金庸《雪山飛狐》）。就文

學的角度來看，我們無寧更重視的是陸魚撰《少年行》時所採用的創作手法、敘事技巧，及其首創「新型武俠」形式風格對於傳統武俠小說的衝擊和深遠的影響力。

　　其一、在章回體的格式上，此書首開每章套三子題的紀錄。如第一章〈飄飄萬里遊〉，即包括「無頭公案」、「投桃報李」、「忘石懷石」三個子題，分敘書主李子衿少小離家、初涉江湖的三段人生際遇。以後各章皆同此體例，如法炮製。其優點是：改良舊式章回體大而化之、空闊虛浮的冗長回目，使之綱舉目張，層次分明，便於讀者閱讀。缺點是：每章故事內容多寡不一，若硬分成三子題，即難免畫地自限，流於形式——可見在當時試圖改良舊章回體的陸魚心中，仍有統一性的格律觀念存在；加以他又是初出道的新手，故此舉並未得到其他武俠作家的認同，唯有孤芳自賞罷了。

　　但耐人尋味的是，1976年古龍撰《白玉老虎》時，卻沿襲了陸魚所創「母章子題」的格式寫書；只是每章插題不限次數，使作者更有發揮的空間。而由1985年起，溫瑞安推出「說英雄，誰是英雄」系列，則進一步在「母章子題」的基礎上，添增了「篇」或「卷」。[126]至此，陸魚的「新嘗試」方逐漸獲得武俠後進採納、推廣，其「新派武俠先行者」的地位乃無可置疑。

　　其二、在創作手法上，此書首開現代武俠小說「單刀直入」式敘述法先河。如〈楔子〉開門見山就寫：「元江派掌門人哥舒翰因為……」這種開場法完全打破傳統武俠說部拐彎抹角式（不明說）的慣例，卻眞

---

126 如溫瑞安的「說英雄・誰是英雄」系列中，《驚艷一槍》、《傷心小箭》等都冠以「篇」名，下則分章、插題；而《朝天一棍》則改「篇」爲「卷」，下亦分章、插題。

正符合現代小說直述筆法的要求。此爲中國章回小說所僅見，固不限於
長篇武俠作品一端而已。

　　按：古典短篇小說如唐人傳奇，多以「單刀直入」式正敘法開場，
但長篇（章回體）小說則無此先例。又一般寫法都用「正敘」（按照故
事發生的時序依次敘述），或加「補敘」、「插敘」及「追敘」細說從
頭。惟陸魚爲《少年行》寫的〈楔子〉卻是整個故事的中途站，與古今
小說常用的開場敘述法迥然不同。

　　其三、以西方「意識流」[127]技巧倒敘正文。該〈楔子〉先寫哥舒
翰（化名）首次以「元江派掌門人」的身分，主動向點蒼派掌門人「天
南一劍」謝世英訂約挑戰；而在等待對手來臨的時刻，忽焉跌入沉思之
中：「過去的哀樂，都在時間中凝固，結晶析出；清楚得像山川草木，
歷歷地呈現在他眼前……」於是乃掀開了第一章的序幕。作者藉著書中
人的心理意識活動，用倒敘法將當年李子衿幼遭家難、浪迹江湖的往事
一一交代，和盤托出；回憶到第三章時，才以一聲斷喝：「老夫來遲，
有勞久候！」把哥舒翰（李子衿）驚醒過來，拉回比武現場。

　　質言之，像陸魚這種或正敘、或倒敘、古今交融的筆法技巧，在武
俠小說中向所未見！即令早期司馬翎寫《劍氣千幻錄》（1959）、《鶴高
飛》（1960），古龍寫《孤星傳》（1960），亦曾有過類似的嘗試，卻遠不
如陸魚《少年行》妙手天成，來得生動自然。至於其他傳統派武俠作家
更毋論矣。

127「意識流」（stream of consciousness）這一術語首先在美國心理學家詹姆士（W・James）的
　　《心理學原理》（1890年）書中出現。係指思想意識之流動連續不斷，可將記憶中的生活經
　　驗所形成的印象與心理狀態，一一呈現出來。20世紀初，當心理小說興起後，西方作家廣
　　泛運用此一概念，作爲非戲劇性小說的一種敘事技巧，常用於內心獨白過程中。

詩情畫意與「武俠寫實主義」

惟評述《少年行》在「文藝武俠」上的成就，不能僅著眼於作者的現代敘事技巧，必須結合其人物、構思、言情、寫景等傑出表現，以及文學意境、審美心胸一併來看。此中文筆之好壞，尤關緊要！而陸魚當年雖是臺灣大學物理系學生，卻恰恰擁有一支生花妙筆，能充分滿足讀者的審美要求。

在描寫人物方面，本書的主人公李子衿之學武，完全迥異一般武俠小說寫的拜師學藝；而是憑著機智、堅忍與毅力，或「偷」、或「換」、或「買」而自學成材的。由於沒有明師指點，缺乏有系統地學習；因此他始終拿不出成套的招數，也未練成高來高去的輕功，全仗偷來換來的內功心法取勝——這種武俠寫實主義，即與眾不同。

作者寫他兩次賣身為奴，臥底偷拳，卻都被人發覺，幾乎廢去武功。其種種遭遇有血有淚，頗有白羽《偷拳》（1940年）之風。[128]特別是當他終於練成了內家劈空掌之際，欣喜欲狂，仰天長嘯。作者以寫意的彩筆如此形容：

> 這是一幅萬古常新的圖畫：春日午後的山坡上，空氣清澈明朗；泥黃草綠，陽光撒下遍地黃金。一個少年，像一棵樹木，傲然筆立；微風拂衣，風中充滿祝福的聲音。所有的屈辱，所有因苦學而招來的羞恥，都在這一刻間成為光榮。山靈鍾愛，血淚灌溉，一個孤兒終於成長。（第1章）

---

128 白羽《偷拳》又名《驚蟬盜技》，是寫清末「楊派太極拳」之祖楊露蟬少時，至河南陳家溝偷學太極拳的真實故事。

李子衿首次到中原方家偷拳，因長嘯失風而被逐；繼則又到嶺南謝家偷學「一字劍」，再度失風，被打成重傷。作者除刻劃他寧死不屈的倔強個性外，復兜轉痛筆，輕鬆俏皮地寫道：

> 待到李子衿身體復原，已是次年初夏。這八、九個月裡，他在廣州夜市當小伙計，對廣東人的胃口充滿尊敬。他們差不多是什麼東西都能吃下肚去——狗呀、貓呀、蛇呀、猴子呀、龍蝨呀，都吃。眞是可喜可賀！

像這種謔而不傷的幽默感，是在一般打打殺殺的武俠小說中很難見到的。但陸魚信手拈來，觸處成趣。少年李子衿樂觀進取的人格特質，就是這樣一步步形成的。他不是什麼天賦異稟的「武林奇葩」，而是實實在在的平凡人。

在寫景敘物方面，陸魚詩情畫意的妙筆尤爲當世一絕。以下引介哥舒翰藝成，往濟南途中遇大雪一折，即可見其審美心胸與文學意境之一斑：

> 彤雲密佈，朔風凜冽。雪，飄降著。
> 霏霏的雪片，輕若鵝毛，形如柳絮，滿天飛舞，遮住了整個蒼穹；然後再悄無聲息地飄落，層層相疊，深可盈尺。宛如一張潔白深厚的絨氈，將大地緊緊裹住。
> ……（中略）
> 前面地勢升起，在雪花的裝飾下，山如玉簇，林似銀妝。哥舒翰執轡在手，策馬直上。沿途是些松林，松枝上堆滿白絨般的厚雪，沉沉下垂；不時因爲不堪負荷，大如手掌的雪塊離樹下墜，聲音極爲

輕微。絕似一批武林高手，施展「飛花飄絮」的輕功，悄悄降臨。
在半山腰，哥舒翰勒馬回首。只見天地間白茫茫一片，馬行過處的
蹄迹，只在瞬間就爲雪花吞沒。在雪野盡處，有兩個小黑點似有似
無地浮動著。（第16章）

這眞是薈萃古今，情景交融，一等一的好文字！令人有身臨其境之
感。妙的是，作者本人自幼生長在臺灣，從未見過眞正的雪景；卻憑著
意構（或由電影上看到），而將實際的雪景描摩出來。無怪能引起老一
輩來臺人士（如宋今人）的「故國之思」。

「青青子衿」三段情緣

其實，本書最動人之處是寫情——如何以不同的筆調處理哥舒翰
（李子衿）與易衣青、歸嘉陵、方開志三女之間的複雜感情。依故事發
生的時序先後而言，最早認識的是「中原一鼎」方劍塵之女方開志，一
個嬌縱頑皮的小女孩；其次是怪道人空城子之徒歸嘉陵；最晚是御史千
金易衣青。方、歸二女在前兩章的倒敘往事中走過場，卻都暗伏一筆，
等待日後感情發酵。而易衣青才是哥舒翰重出江湖之際，與他合唱「青
青子衿」的眞正戀人。

作者寫哥、易二人的感情發展非常含蓄而自然。先是章王孫仗勢來
金陵，一夜劫九美；易衣青正是其中首選花魁。哥舒翰千里躡蹤，冒險
將易衣青救出虎口，只是義所當爲。在返回金陵途中，進食乾糧時，哥
舒翰爲防失禮，信步走開。

易姑娘靜靜地吃著，看見「那個人」倚靠在遠遠的一棵樹幹，就像
是他自己也是棵樹。有一線漏自樹梢葉間的光線，落在他的身上。

幽林空氣清新，綠茵鋪滿碎金；易姑娘閉目心醉，渾忘身在何處。哥舒翰偶然抬頭，遠遠看見她正微笑著向各方凝神諦聽。霎時間，物換景移！青色森林是她的宮殿，蒼黑樹木是她的儀仗，金色斑點的綠茵是她的寶座——一切皆臣服於她，為她而存在。

他看了良久，莊嚴地輕聲說：「卿乃林中之后！」（第9章）

這溫馨的一幕，情景如畫，是二人情苗暗生的開始。其後他倆遇到「北公南婆」一對反目成仇達數十年的老冤家，彼此互相幫忙撮合，充滿了人情味。而二人兩心相悅，欲說還休，感情更進一層。第10章子題用「青青子衿」暗扣二人名字，正有「悠悠我心」的深意（典出《詩經‧鄭》），妙不可言。

但以哥舒翰（李子衿）大仇未報，又自感門第懸殊，好事難偕，因此始終不敢造次。以下這一折寫二人改走水路，章名〈惆悵兩心同〉，越發表現出作者以詩傳情的巧思。

夜泊煙渚，斜風細雨，船伕父子都已入夢。艙內一燈熒熒，哥舒翰把新購的被褥、枕頭鋪好。兩人隔著茶几，各擁一被，和衣而臥，聆聽蓬上雨聲。

密雨打蓬，聲如美人碎步。哥舒翰忽然記起李義山詩「留得殘荷聽雨聲」，遂漫聲問道：「唐宋詩家，你頂喜歡那一位？」

……（中略）

易衣青說：「我頂喜歡李白。」

兩人默默沉思，緬懷這位數百年前的大詩人。易衣青低吟：

「長安一片月，萬戶擣衣聲；秋風吹不盡，總是玉關情……」

哥舒翰微微一笑，心想：「這子夜秋歌，還有兩句『何日平胡虜，

良人罷遠征』呀！」遂自嘲地吟起〈少年行〉來：「五陵年少金市東，銀鞍白馬度春風；落花踏盡遊何處，笑入胡姬酒肆中。」吟罷，笑道：「這兩首詩差別很大，是不是？」

易衣青臉紅了，知道他意在言外，便說：「精美絕倫，意象萬千，本是李白的詩風呀！」她並沒有說錯。本來李白的樂府小品，鄉愁閨怨、艷曲民歌無一不有。但哥舒翰聽她不肯正面回答，心中總有點難受，遂吹熄燈火說：「睡吧。明朝掛帆去，楓葉落紛紛！」

易衣青甚是不懂，這個人溫文爾雅，不欺暗室；有著無限情意，卻又有無限哀傷。在談得好好時，總是忽然走失。於是就替他把〈夜泊牛渚懷古〉補上兩句，低吟道：「余亦能高詠，斯人不可聞。君亦有此感乎？（第11章）」

古人所謂：「腹有詩書氣自華。」在這一折以詩傳情的段子中，我們充分領略到作者的雅量高致；意在言外，盡得風流！

其後，巢湖遇盜，哥舒翰奮勇退敵；二人患難與共，感情越深，卻都不敢表白。哥舒翰只能「從她秀臉上摘下那笑容，深藏在心底」。但當易衣青無意中說出要去投奔做安徽巡撫的叔叔時：

哥舒翰只覺腦中「轟」的一聲！「她不願與我同行？」這一念頭宛若利箭，穿心而過，使胸口泊泊流血；不覺緊緊抓住船緣，入木三寸！（中略）他心田上充滿辛酸，貯滿淚水，盪漾不已；卻不湧上眼睛，化作江河東流。（第12章）

那麼易姑娘驚懼過後又是怎樣想呢？

易衣青在燈下，看著他的側影，覺得他坐得很遠——遠遠的山那

邊，更隔蓬山幾萬重！他就是「那人」嗎？那個少女夢中的情人。
但是自己對他一無所知呀！只知他的心很溫柔，現在正痛苦著。同
時他又像是坐得很近，就在眼前艙口，正重複說著十天來說過的每
一句話：「但爲卿故，赴湯蹈火在所不辭！」這是他曾親口說的。
刹那間，易衣青什麼都懂了。這個自稱「讀書無多」的人，一直代
表著一些美好的東西，吸引著自己。她要照顧他，也要他保護。
（同一章）

於是二人歷經三番兩次內心的折磨，感情終於爆發了。

易衣青苦著臉盯著他，心中羞急疑憤，交互沸騰，爆發出珠淚，俯
首哭道：「你爲什麼要折磨我？又爲什麼要折磨你自己？」
哥舒翰全身爲之一震，兀自不信，期期艾艾說：「我……」慌忙伸
手扶起香肩，把她扳正。
易衣青緩緩回首，滿臉珠淚，哀怨欲絕。哥舒翰再不能不相信了！
輕輕地把她帶到胸前，緊緊抱在懷裡。像是抱著一座行將爆發的火
山，又像抱著整個宇宙天地。（中略）再忍不住了，突然低頭吻
她。
易衣青先是一驚，全身微顫，嘴唇硬得像木頭；過了一會，又變成
柔軟的水果了。她不會接吻，那只是女孩子稚氣的一吻。但哥舒翰
覺得天地悠悠，別無意義，此身已在樂土。這定情的一吻，已洗淨
自己靈魂裡任何可能存在的污穢。（同一章）

但畢竟傳統禮教下的門第觀念是江湖人與官家小姐之間最大的障
礙。因此，當哥舒翰護送心上人到易巡撫家後，他一切都明白了：以易

衣青的身分及其柔弱的個性，絕不可能隨他浪迹天涯，效紅拂之「夜奔」！何況他自己大仇未報，又豈能連累伊人呢！是故他只有懷著易衣青所贈定情之物（漢玉項鍊），黯然別去，而留下一段未了的情緣。

　　其後，作者爲深化哥舒翰的眞情摯愛，又借那枚漢玉做文章，描寫他因故失而復得的靈魂對話。此處用意識流手法細述初戀中人的心曲，神光離合，難描難畫：

> 這時清風入窗，碎毛輕飄，那枚漢玉就靜靜躺在地磚上。哥舒翰一陣狂喜，如獲至寶。忙跪地拾起，將漢玉緊緊按在胸口；心中深深感謝，無限安慰。那斷了的項鍊，從指縫間垂下，搖盪不已……
>
> 他手按著漢玉，在胸口輕揉。良久之後，才展開掌心。漢玉晶瑩如昔，光潔照人。皎光一閃一閃，像是易衣青柔聲輕問：「你好嗎？」
>
> 哥舒翰失神環顧，惶惑自問：「我怎麼了？」
>
> 冬陽明媚，宛如春日。漢玉表面浮動的光暈，似伊人淺笑，輕聲搭訕：「今天天氣很好，是不是？」
>
> 霎時，天地流轉，大地春回，他們一起去踏青。哥舒翰彷彿看到一樹白杏，花繁似錦，乃手摘一朵，贈與佳人。易衣青俛首自簪，舉目相見，笑靨如花。又像是清明上河，欸乃一聲，波光瀲灩；河畔酒旗招展，仕女如雲。兩人當窗對坐，相視而笑……（第19章）

　　我們試看作者一路寫哥舒翰（李子衿）的初戀過程，不徐不疾，如行雲流水，層層轉進；偶然濺起細碎的浪花，旋化作冰紈霧縠，隨風而散。這是何等詩樣的情懷、浪漫的筆墨方能譜出如此動人的生命樂章！

　　相對來看從小捉弄李子衿、女大十八變的方開志，又是另一種醉人

風情。書敘方開志為「中原一鼎」方劍塵（自號忘石居士）的獨生女，自幼嬌生慣養，非常淘氣。李子衿最先到方家偷拳學藝時，便常遭她戲弄；彼此乃互以「小家人」、「小猴子」相稱。李子衿被逐出方家十年後，以「元江派掌門」哥舒翰的身分出道，卻誤打誤撞，傷在「有緣千里來相會」卻粗心大意的方開志之手。

> 哥舒翰策馬狂奔，離開思齊莊。只覺滿天滿地千萬張嘲笑的臉，一個緊接一個由天邊挪來，漸近漸大，一直碰到自己臉上；而身後「小猴子」騎著魔馬，像妖女般尖叫，節節逼近，伸手要劃自己的臉……
>
> 方開志那一掌，不只擊傷其胸，而且擊碎其心！辛苦建立起的自信，在那一掌中全部化為烏有！同時這一掌強逼他面臨魔鏡自照，見證前生。無論他錦衣狐裘，腰纏萬貫，身懷絕技；別人以武林高手、南方之雄推許，自己亦以元江掌門自居，卻無法改變一個鐵的事實：在忘石居士一家面前，他始終只是個可憐又可笑的「小家人」！（第19章）

這也就是他在悲憤之下瘋狂撕破皮裘，以致失落漢玉又復得的起因。而「無辜」的懷春少女方開志並不知情。出於對兒時玩伴的「戀舊」心理，方姑娘深悔自己見面就打人的孟浪，遂決意尾隨「小家人」行走江湖，伺機彌補。一縷情絲不知不覺扣在哥舒翰身上，難以自拔。

作者用輕鬆幽默的筆調寫「小家人」與「小猴子」之間的愛情追逐戰，一個要躲、一個要纏，煞是有趣！而刁蠻任性的方開志表現得百依百順，卻教哥舒翰無計可施；只好用大哥哥對小妹妹的態度待之。但因一次方大小姐遇敵，胸口受傷；哥大俠急於施救，打破了「男女授受不

親」的禁忌。從此她就認了「死扣」，非君莫屬！下面請看作者寫哥舒
翰深夜殲敵未歸，方開志「胡思亂想」的心理活動：

半夜醒來，正交三鼓。床前油燈油盡燈枯，燈芯不及一寸，半明不
暗，昏昏欲睡。方姑娘驚覺已經夜央，而檀郎胡不歸？這一驚真非
同小可！顧不得重創未癒，霍然而起，掙扎下床。想到這世界已經
「一半殘缺」，只剩大地而無碧空，兩行清淚潸潸流下；一邊披衣拿
劍，一邊抽抽咽咽地哭將起來。
她嬌喘連連，扶病步出房門，甬道並不漆黑。一盞油燈掛在店房
口，照見對面的客房。那房門單調而無表情，深深關著。在今日以
前，裡面住著一個會說會笑、活生生的俊俏郎君，但現在卻沒有
了。房裡空空的，像座空的墳墓；黃土漫漫，那人兒不知正躺在何
處的地上，汨汨出血，或已氣絕多時！
方姑娘想到此身既已屬君，青燈紅魚便是自己日後命運，更是淚下
如雨，哭得像個未過門的小寡婦。（第22章）

作者用筆細入毫芒，將一個活蹦亂跳「小猴子」般的少女痴情刻劃
得如此之深。而其種種「想當然耳」卻並非事實，尤饒悲喜交集之奇
趣。環顧臺灣五十年來的武俠創作，論寫情藝術之精湛，殆無出其右
者。

方開志的這段情緣自然無解。而「相逢何必曾相識」的歸嘉陵，則
與昔日的李子衿／後來的哥舒翰有情少緣；雖然她是李子衿當年初出江
湖時路見不平救下的姑娘，也曾與日後的哥舒翰共過患難，但他們之間
的感情卻已因含蓄自制而淨化。正如唐人李商隱的〈錦瑟〉詩：「此情
可待成追憶，只是當時已惘然。」作者寫他倆互相隱瞞真實身份（歸嘉

陵已女扮男裝），相約月下漫步：「她知道他知道自己是誰，他也知道
她知道自己是誰」（多奇怪的句子）；但彼此都不說穿，以免破壞重逢
的氣氛。真是耐人咀嚼，回味無窮！

紙上江湖「擬宮廷化」之始

　　此外，《少年行》的武功描寫雖無特別過人之處，只可列入中上水
平；但作者忽發奇想，竟將人間專制王朝體制一古腦兒搬到武林中，幻
設出「中嶽武尊——中天子」、武丞相、三公九卿、十八學士以及皇子
皇孫、後宮嬪妃等等全套人馬儀仗，儼然武林帝王氣派，乃首開武俠小
說「擬宮廷化」紀錄。[129]

　　流風所及，臺灣一流武俠名家紛紛跟進。今舉其犖犖大者於次：

　　(一)臥龍生《無名簫》（1961）之滾龍王、丐幫之文丞武相。[130]

　　(二)司馬翎《八表雄風》（1961）之冰宮瓊瑤公主及四大郡主；[131]
《聖劍飛霜》（1962）之一皇三公；《帝疆爭雄記》（1963）之帝疆四絕
及公、侯、伯、子、男五等爵位高手。

　　(三)古龍《情人箭》（1963）之帝王谷主、宮主、粉侯（駙馬）
等；《大旗英雄傳》（1963）之夜帝、日后；《浣花洗劍錄》（1964）之
紫衣侯、小公主；《武林外史》（1966）之快活王／歡喜王等。

　　(四)上官鼎《烽原豪俠傳》（1962）之三心紅王、無憂王后等。

---

129 此前臥龍生《玉釵盟》（1960）寫神州一君、獨抱樓主《璧玉弓》（1960）寫丐天子，皆為
　　人物名號而已，並無成套設計；而構想武俠世界、江湖集團勢力之「擬宮廷化」則自《少
　　年行》始。

130 臥龍生《無名簫》最早於1961年7月下旬在《大華晚報》連載，而《少年行》已出版6集。

131 司馬翎《八表雄風》最早於1961年11月在《民族晚報》連載，而《少年行》已出版8集。

上述這些武林中的帝王將相，大多是有成套的組織形式，或繁或簡，等級森嚴，罕有孤家寡人者；[132]跟金庸《射鵰》虛擬「南帝」段智興（大理國王）的人物名號大異其趣。這也顯示陸魚《少年行》之巧思妙構，別出心裁，居然顛覆了江湖草莽生態。而書中將明太祖朱元璋的姓名顛倒過來，爲「中天子」章元諸（取其諧音字之反）張目；以示江湖與朝廷各有其主，分庭抗禮。這更具有高度幽默的反諷意味；是否有所影射，則不得而知。

可惜《少年行》終究未能寫完。而陸魚第二部號稱是「新型武俠」的作品《塞上曲》（1962），雖以宋、遼、金時代爲歷史背景，格局頗爲壯闊，但文情內容卻顯然較《少年行》大爲遜色，不可同日而語。此後陸魚進入軍中服義務役，繼則出國留學深造，便自然結束了這段不滿六年的「武俠緣」。[133]也許「陸魚」的筆名即含有「陸上之魚」的隱喻吧！然《少年行》在武俠小說上的文學成就，實爲「異數」；其古今交融的筆法技巧、詩情畫意的文字風格，迄今仍無人能及。

比較陸魚與古龍之「新派」

論述至此，我們不免要探討古龍、陸魚這兩位「新派武俠」奠基者孰先孰後的歷史性話題。

過去筆者由於手頭所掌握的原始資料不全，曾做出陸魚是「新派先

---

132 唯司馬翎《帝疆爭雄記》寫武林帝疆排名，僅具有象徵性意義；多是獨來獨往，並未形成集團勢力。

133 陸魚自1961年開始寫《少年行》，迄至1967年元月出版《塞上曲》第8集（完），前後共有六年。其間因在軍中服役之故，曾一度中報，故未能寫出更多的作品。

行者」、古龍是「新派完成者」的粗率論斷。[134]實則由《孤星傳》與《少年行》二書分集出版所表現的「新派武俠」形式、筆法及內容來看，可說兩者互爲影響，同是「新派武俠」創始時期的催生人。

　　根據我們後來蒐集到的原刊本出版資料顯示：古龍《孤星傳》首集先發在前（1960年10月），陸魚《少年行》出版在後（1961年7月），似乎證據確鑿，無可爭議。其實不然！蓋因《孤星傳》第2集遲至1961年4月才出版，而此前《少年行》的書稿業已送交眞善美出版社，只是宋今人因故未能及時審閱而已（見宋作〈《少年行》介紹〉，落款於1961年5月10日）。

　　換言之，陸魚充其量僅只讀過古龍《孤星傳》第1集（約四萬字），便動筆寫出《少年行》；如說有何影響，亦甚輕微（如現代文藝筆法的啓示）。相反地，宋今人高度評價《少年行》，譽之爲「新型武俠」，乃使首先冠以「新穎俠情」名目的《孤星傳》相形失色。我們由《孤星傳》第3集（1961年10月）以後方漸入佳境，時有神來之筆的表現來看，很可能古龍在這段期間曾用心觀摩陸魚的「新派劍法」，以思改進之道。

　　正如宋今人所言：「我覺得這種『新型武俠』的寫法，是頗可提倡改進的……」而後來陸魚封筆，古龍則力爭上游，終於成爲實至名歸的「新派武俠」掌門人；可說有相當程度是受到宋氏之言與陸魚《少年行》的激勵所致。觀其《情人箭》、《大旗英雄傳》、《浣花洗劍錄》及《鐵血傳奇》等書（皆由眞善美出版）一系列的「求新求變」，多少都雜有

---

[134] 此一說法最早由葉洪生〈論當代臺灣武俠小說的成人童話世界〉所提出，爲1991年臺灣通俗文學研討會論文；收入《流行天下》（臺北：時報文化出版公司，1992年1月），頁193-236。

《少年行》的人物影子，則可思過半矣。[135]

二、「成人童話」的奇兵——秦紅其人其書

秦紅，本名黃振芳，1936年生，臺灣彰化人。其父從事燈籠業，因家庭人口眾多，生活艱難；故排行老八的黃振芳於小學畢業後，即不得不出外謀生，曾在民間印刷廠及臺灣省菸酒公賣局幹基層工作，自食其力。

黃氏自幼好讀雜書，深以學業中輟、未能接受完整的正規教育為憾。因此乃利用業餘時間，廣泛涉獵各種文史書刊，努力自修，對於文學尤饒興趣。他曾參加由師大教授李辰冬所辦文藝函授班，學習過若干近代文學理論和文藝創作方法；進而靠著這些「基本功」寫現代文藝小說，向報刊投稿。四十年後他在接受訪談時回憶說：「這些非正式的文學訓練對於我的武俠小說創作有一些影響。像我特別喜歡莫泊桑的短篇小說，所以我自己寫小說時也就特別注重結構和那種出人意料之外、卻又合情合理的結局。」[136]

1962年是黃氏的人生轉捩點。當時大美出版社提倡「武俠小說革新運動」正方興未艾，並以重金徵求新人新稿加入該社創作陣營。黃氏本

---

135 除《情人箭》、《大旗英雄傳》、《浣花洗劍錄》等書的「擬宮廷化」武俠人物外，《鐵血傳奇》中的「盜帥」楚留香則與《少年行》描寫「輕功天下第一」的色魔「千里香」花自芳亦有幾分近似。如二人的名字都帶有「花香」、做案必留詩帖、輕功皆天下無雙等。只是楚某盜寶而不採花；花某則偷香竊玉，殺人滅口，行為有所不同。而古龍另採眠狂四郎、源氏九郎及007密探的生活習性強化楚留香人物之性格，則為兼容並包的藝術再創造，遂與「千里香」花自芳大異其趣了。附錄花自芳做案歪詩如下：「青鋒一劍走天涯，紅樓繡閣是吾家；兜肚春囊褪脫盡，事完留下一枝花。」

136 見林保淳，〈風塵異人隱市井——訪武俠名家秦紅〉，2003年9月29日發表於《中華武俠文學網》，筆名"knight"。

苦於從事文藝創作出路太窄，又聽說寫武俠小說收入豐厚，可迅速改善生活；乃抱著不妨一試的心理，取「秦紅」（閩南語「很紅」的諧音）為筆名，花了八個月的時間寫出武俠處女作《無雙劍》（約半部），向大美投稿。不料立獲該社發行人張子誠賞識，請他繼續寫下去；並邀聘為該社基本作家，全力栽培。

是故，秦紅雖未及趕上1962年大美首屆武俠小說「命名徵稿」比賽，也未主動參加翌年第二屆武俠徵文活動，卻以筆法新奇、充滿諧趣的《無雙劍》（1963年7月出版）被破格列入第二屆武俠徵文佳作獎。從此展開他二十多年的職業武俠作家生涯。迄至1986年封筆為止，他一共寫下四十餘部中、長篇武俠小說；與風格類似的慕容美並稱「大美雙璧」，有名於時。

發「武俠小說現代化」之先聲

在所謂「新派武俠」名家中，固然秦紅出道較晚；但因他具有現代文藝創作功底，故其表現手法非常新穎，一點不落人後。甚至在許多方面他都能活學活用現代觀念，而得風氣之先。以下姑以《無雙劍》、《武林牢》及《九龍燈》等書所展現的「趣味武俠」風貌，作一番檢視；以說明其對於「武俠小說現代化」的形成與發展，亦有不可磨滅之功。

《無雙劍》全書共有26集，分為95小節（章），約95萬言。故事主要是寫一個圍棋神童黃勃為尋找身患惡疾、失蹤多年的慈父，而離家出走，流浪江湖，獲得奇遇；最後終於解開「仙機武庫，神棋妙譜」之謎，學成絕世劍法，剷除「無雙堡」邪惡勢力，完成父子團圓的心願云。

作者天性豁達，素精棋藝；因此以其一貫輕鬆幽默的筆調將圍棋「打劫」之理寫入小說，作為故事發展中的活扣，乃引人入勝，產生出奇的效果。而其構思「神棋妙譜」有黑（子）無白（子）的謎題，雖不如同一時期金庸《天龍八部》（1963）描寫「珍瓏棋局」寓意之深，卻有異花同果之妙（兩者皆為求取武林絕學的關鍵）。洵可謂隔海對弈，無巧不成書了。

尤其值得注意的是，本書除了保留一般常見的傳統武俠術語和比武過招的套路外，從外到內都作了相當程度的創新，饒有現代意味。它包括了小說體例、格式、文字、對話以及思想觀念、新生事物等，多能符合1960年代的社會脈動與讀者要求，令人樂於接受。加以筆法簡潔流暢，親切有味；故事佈局巧妙，高潮迭起，故《無雙劍》出版不久，即轟傳遐邇。有筆名「秦牧」者見機不可失，遂全文照抄，改題《南拳北掌劍無雙》，投交《香港夜報》連載。為此，大美出版社特在《無雙劍》夾頁中刊出「本社緊急啟事」，[137]向讀者說明。可見其受重視的程度，非同一般。

推究秦紅《無雙劍》的異軍突起，大抵表現在三方面的「破舊立新」：

首先是改變舊式章回體書寫慣例，而以數字標目，區分章節。如本書開篇即單立一題：「神童與裹氈的人」。其作用相當於楔子，卻省去

---

137 見《無雙劍》第9集（臺北：大美出版社，1963年8月初版），夾頁所附〈本社緊急啟事〉，略謂：「查《無雙劍》一書為本社重金禮聘『秦紅』先生精撰名著，出書未幾，即已轟動遐邇，極受海內外讀者歡迎；各方爭相購讀，誠近年來不可多得之鉅作。不料最近發現有人竟以『秦牧』筆名，擅將本書書名更改為《南拳北掌劍無雙》；並更動書中主要人物姓名後，投刊《香港夜報》連載，而從中牟利……」云。

「楔子」名稱。而小說格式亦不用章回老套,改採數字分節敘事;每節標目由二字到七字句不等,如:「一、丐幫大會」、「十、無雙堡」、「三十六、奇兵」、「六十、眞眞假假一家人」等等;端視故事情節變化而定,或長或短,非常靈活。這種革新式作法兼採早年朱貞木、金庸小說的「新派」分章成例,卻又不拘一格。在1960年代採用新式標目的武俠作家中,秦紅雖非臺灣第一人,但出類拔萃,創意十足;便因他通俗而不俚俗、通變而不泥古之故。[138]

　　其次是盡量減少傳統武俠文白夾雜的冗長敘述,而刻意突出口語化短句、對白在現代小說中的親和作用;以加快故事節奏,使之輕鬆活潑,平易近人。例如本書開篇〈神童與裏氈的人〉是這樣落筆的:

> 當春風吻綠了大地的時候──
> 杭州,又進入「香市」而繁榮起來了。
> 由各地趕來的佛門信士,以及尋幽探勝的騷人墨客、獵艷逐臭的紈袴子弟,在三竺六橋上肩摩踵接,熱鬧異常。

　　隨後筆鋒一轉,描寫位於梅花碑的「裨聖樓」茶館,正進行著一場圍棋國手與圍棋神童的對弈之局。大家屏息注視著一面直立的大棋盤,聆聽老人逐子講解戰況:

---

138 1940年代武俠名家朱貞木《七殺碑》等書首次打破傳統章回體對仗式回目,改以不規則的短句、名詞或成語分章;至金庸1957年寫《射鵰英雄傳》(原刊本)則省略章回名稱,改以四字一句固定格式標目,依數字先後次序區分章節。而秦紅採用不規則回目,卻省去章回提法,乃兼得兩者之長。又,1960年代臺灣武俠作家採《射鵰》式新派標目者有劍虹《人頭塔》(1961)、陳青雲《音容劫》(1962)等書,但多保留「楔子」慣例,與秦紅《無雙劍》單標一題開場不同。

戰局，在激烈地進行著……

天，黑了。

燈，亮了。

棋局已至收宮階段，勝負全然不明！

每個人的心房都緊張地跳動著，眼睛瞪得大大的，焦躁地等待著最

後一刻的來臨。

終於——

突然間從樓上衝下一個中年儒士，他站在樓梯口，高興地大喊道：

「神童黃勃黑棋一子勝！」

全茶館登時掌聲雷動，許多人興奮得跳了起來；年青的互相擁抱，

年老的掀鬚大笑。歡呼之聲響徹整個梅花碑！

「好呀！神童贏了國手，神童贏了國手！」

「好厲害！這才是十三歲的孩子啊！」

「不，十足年齡只有十二歲多一點。」

「哈哈！老夫早就看出此子不凡……」

「咳！此子真是天縱奇才，可惜沒了爹爹……」（下略）

以上的起承轉合充分表現出作者跳脫的文字風格。雖然他的「新派」
分段未盡合理，猶有商榷餘地；但文筆簡潔，乾淨俐落，善用生活化語
言敘事，比同時期武俠作家更有新意。因能獨樹一幟，老少咸宜。

其三是廣泛運用現代語詞、現代觀念及新生事物為創作手段，使之
與武俠故事作有機地結合，故能投合青少年（為讀者之主流）所好。例
如「招待」、「兜風」、「行情」、「傳票」、「訪問」、「消化」、「女朋
友」、「親愛的」、「幾點鐘」（採一天二十四小時制）等等現代用語，

俯拾即是，散見全書。而臺語中常用的「風颱」（颱風）、「幹架」（打架）等方言亦屢見不鮮，饒有臺灣本土風味。

此外，作者並將當時臺灣剛剛引進的空中纜車（最早設立於烏來「雲仙樂園」）觀念應用到小說中，構思出「空中吊籃」的新生事物，作爲「無雙堡」內院兩峰之間唯一的交通載具。像本書第68至70節寫黃勃爲了奪回「神棋妙譜」，冒險進出無雙堡，與「東劍」歐陽克昶展開空中追逐戰，便得力於這種特殊設計。的確別開生面，令人叫絕！

總的來說，《無雙劍》的整體表現堪稱當代武俠小說史上最具有代表性的「成人童話」之一。特別是作者筆調詼諧，善於描寫童心未泯、玩世不恭的男女老少。在他們生動有趣的對話中，洋溢著一種樂天派才有的自信；彷彿人生就該是歡笑的、無憂無慮的，天下沒有克服不了的困難！

是故，通過這種現代童話式、樂天主義者的創作理念，一幕幕充滿喜劇效果的故事橋段乃得呈現在讀者的面前。例如：

書敘黃勃與女朋友鄒小萍兩小無猜，一路上都在鬥嘴，說俏皮話；甚至在海上遇到颱風，生死交關，猶笑談梁祝韻事，抱著船桅「拜堂」，以鼓舞求生意志。端的假戲真做，其樂融融！（81‧怒海鴛鴦）

書敘武林二奇弄雪道人與伏魔神丐爲爭收黃勃爲徒，不惜各顯神通，任其選擇，不料他卻兩個都拜。後來二老爲救黃勃脫險，被迫廢去武功，還能插科打諢，不改樂觀天性；乃令當時的悲戚氣氛一掃而空！（分見第2、41節）

另如「南拳」戴笠翁、母夜叉老倆口吵吵鬧鬧走江湖，千面怪叟裝神弄鬼戲風塵，以及慈心閻羅囚居多年而苦中作樂等等，無不寫得趣味盎然，不失赤子之心。

至於書中所取「東劍、西刀、南拳、北掌、長白雪飄飛」五大奇人綽號，則顯然是從諸葛青雲《奪魂旗》（1961）有關「乾坤五絕」的提法獲得啓示而有所更張；與金庸《射鵰英雄傳》（1957）的原始設計關係不大。[139]兼以作者更將「南拳、北掌、長白雪飄飛」三奇塑造成喜劇角色，就越發有自己的生命力了。由此亦可略見武俠小說人物傳承、發展之一斑。

　　秦紅在《無雙劍‧後記》中，曾用輕鬆幽默的語氣，對自己的創作理念作了一番表白：

　　第一次寫武俠小説，一扯二十多集，竟不知「越長越臭」！若非朋友們提出警告，我還準備繼續扯下去哩。

　　不過差堪告慰的是：這部書總算沒有遭到可怕的唾棄，而且據說還在武俠文壇上「獨樹一幟」──當然這一幟絕不是好的一幟，而是名叫「旁門左道」的。

　　我對「旁門左道」非常感興趣。我覺得不管好書或壞書，總要給人一種「味」，這一點，我大概做到了。
　　我曾聽到不少讀者和朋友的批評，他們說我寫的好人太「滑頭」，壞人太「軟弱」；而且故事不夠刺激，沒有那種「會載著人飛上空中的鳥兒」，也沒有「洞中遇到世外奇人」的鏡頭。關於這幾點，

139金庸《射鵰》所謂「東邪、西毒、南帝、北丐、中神通」的五方奇人提法，大半指個性或身分。諸葛青雲《奪魂旗》改以「東僧、西道、南筆、北劍、奪魂旗」，則多指獨門兵器或身分。而秦紅《無雙劍》又在前者的基礎上炮製出「東劍、西刀、南拳、北掌、長白雪飄飛」五奇，乃全指武功絕學。當時《奪魂旗》膾炙人口，聲勢正盛；而《射鵰》則已遭政府查禁在案，流傳不廣，故作以上論定。

我完全承認。

因爲我自己不是「大好人」，所以寫不出十全十美的人物；我也從
未見過那種毫無人性的、殺人不眨眼的魔頭，所以也寫不出一個十
惡不赦的壞蛋。至於故事不夠刺激，這是我想像力不豐，腦子太呆
板，無法超越情理之外的緣故……（脫稿於1964年5月6日 臺北／陋
寓二席半）

其實以武俠處女作而言，《無雙劍》不論是文筆、意構、人物、情
趣等各方面的表現都很夠水平。更難得的是，一開始他就建立了自己的
「趣味武俠」風格，沒有人云亦云地跟著「武壇三劍客」或古龍的步伐
走。尤其書中採用大段現代小說對話（省略主詞方式），使行文更加生
動流暢，乃成爲「新派武俠」最吸引人的特色之一。這在初出道的武俠
作者中是相當先進的典型，值得高度肯定。

「趣味武俠」掌握時代脈動

《武林牢》（1964）是秦紅的第二部武俠作品，全書分爲86小節，約
80萬言。這也是個洋溢著青春、活力而充滿喜感的童話式故事。作者延
續《無雙劍》以「趣味」爲主調的敘事策略，先用「神機玉盒」（武聖
藏珍）爲引，寫大巴山「武林牢」囚禁天下黑、白兩道高手之由來；再
敘江南才子秦舫、楊茵茵及丐幫饕餮兒等「武林小三奇」爲搭救師父
「老三奇」而奔走江湖、對抗蝙蝠幫的種種趣事。其中又穿插了新舊
「武林牢」和眞假「天外不速客」之間的恩怨糾葛，越發撲朔迷離。

最後眞相大白，原來身世如謎的秦舫竟是武林牢主人司馬秀琴（母）
跟天外不速客金璜（父）的私生子；而其母之所以要創建武林牢，亦不

過是出於女人遭情郎遺棄（實爲誤會）後的反動心理，想逼其父出頭而已。結局是老倆口破鏡重圓，解散武林牢；但司馬秀琴卻引疚自責，飄然而去，並促成愛子一段美好姻緣云。

就事論事，所謂「神機玉盒」（武聖藏珍）引起江湖人覬覦的構想，本是1960年代武俠作家常用的慣技之一，原不足爲奇。但因開啓玉盒之法另有特殊條件設定（必須十二支金鑰同時插入），並由此導引出一連串「情理之中，意料之外」的人間悲喜劇；恰爲「武林牢」提供了無中生有、可進可退的依據。凡此種種錯綜複雜的故事結構，殆非一般單純以爭奪武林重寶爲主題的小說可比。於是在作者步步爲營、環環相扣的佈局下，我們欣見「趣味武俠」更上層樓的表現，而將讀者成功地帶入一個現代「成人童話」世界之中。

本書仿照前書體例，以〈奇妙的一幕〉開場，作爲前引；交代數十年前武林十二門派掌門人共同參與煉製「長生不老丸」，以及武聖「太白仙翁」設計「神機玉盒」封存靈藥和武學秘笈，並分發十二生肖金鑰（每派一支）之始末。這一幕出現的許多名詞都帶有童話性，扣上書中武聖所說：「這是一次史無前例的壯舉，一次打破武林數百年來的派別觀念……」以及「合作精神」等語，乃從容奏出秦紅式「趣味武俠」的新樂章。

進入正文，〈一、翠堤春曉〉是借用當時正在上演、轟動影壇的美國奧斯卡金獎名片 "The Great Waltz"（演敘「華爾茲之王」小約翰・史特勞斯的愛情故事）中譯片名。[140]由此一端，即可見作者富於時代感，能抓住流行趨勢，滿足讀者的需求。而其首篇文字分段之「現

140按「蘇堤春曉」爲著名的西湖十景之一；「翠堤春曉」片名當脫胎於此。

代」，亦為當時武壇所僅見。例如：

初春。

眉月初升。

杭州西子湖，波光瀲艷；欄邊橋畔，烟柳婆娑。

湖上，畫舫如織，笙歌處處……

這種刻意區分時、地、人、物、場景的現代小說分段法，極其新潮，實得風氣之先。而古龍號稱「新派巨擘」，卻要等到1970年寫《蕭十一郎》以後，方全面放手採行。顯然在「武俠小說現代化」的道路上，秦紅後發先至，值得世人重視。

其次，是有關「武林牢」請君入甕的奇特構思。在本書問世之前，當代武俠作家從未有過將黑、白兩道高手一網打盡的類似設計。一般總是寫正邪對立，爭戰不休。而其所以要如此「清場」，正是欲為武林新生代之崛起創造有利條件和發展空間。是故作者藉由書中人對話明白點出：「老一輩的都已被關入武林牢，現在是我們年輕人起飛的時候了！」此與傳統武俠小說慣以「老少配」的寫法迥大異其趣。

不特此也，作者更高度發揮現代意識，將1960年代臺灣「經濟起飛」初期方萌芽的商業廣告宣傳伎倆，套用在「武林牢」請君入甕的「生意經」上。其步驟依次是：

廣告噱頭：牢主詭稱尋獲「龍鑰」（為十二生肖金鑰之一），邀約武林十二門派掌門人前來共商開啓「神機玉盒」大計。待彼等上鈎之後，再以比武為由，將他們分別打入牢中，製造出轟動江湖的大新聞，達到宣傳目的。

擴大造勢：牢主利用江湖中人「不信邪」的好奇心理，公開接受

黑、白兩道高手一對一的單挑。由於主方有天險地利之便，乃使挑戰者紛紛敗北，相繼成為皆下囚。「武林牢」的金字招牌從此確立，威名遠播。

促銷活動：為吸引更多好名好利者前來挑戰，牢主又訂下種種「優惠辦法」，以廣招徠。如對外開放有條件的探監，對內則給予牢犯三次挑戰的機會；如能通過考驗，保證來去自由，並可任意救出五人，獲得高額獎金等等。因此牢中交易活絡，生意興隆。

同業競爭：最有趣的是「武林牢」新、舊品牌之爭，作者在此將現代行銷術發揮至極。書敘「天外不速客」金璜為了迫使昔年愛侶司馬秀琴收山，遂建立新的武林牢來打對台、搶生意。首先是張貼海報：「好消息！」用為廣告標題。次則大書：「巫山神女峰成立新武林牢，歡迎天下武林同好光臨指教。」然後揭示建牢宗旨及各項挑戰辦法，條件甚寬，很有競爭力。最妙是「附註」：

> 本牢設備優越，伙食豐美；牢卒待人親切，囚犯在牢中亦不必戴手銬腳鐐及服勞役。一切設施保證遠勝大巴山之武林牢，決非徒託空言。至盼天下英雄豪傑即早光臨指教。（46・新武林牢）

如此這般，十分搞笑！卻完全符合工商社會競爭法則。這種「武俠廣告化」的構想極富創意，為古今武俠小說破天荒之舉。而其掌握時代脈動，在一定程度上反映出當年臺灣商業競爭特性，尤具有現實意義。

此外，本書描寫大巴山武林牢主人之所以會百戰百勝，也有別出心裁的設計，頗能自圓其說。原來比武場地設在鐵鎖谷——「谷上南北兩端懸著七條粗如手腕的鐵索，每條鐵索相隔一丈，形狀很像一面巨大的七絃琴」；谷底則張著安全網，以防挑戰者失足傷亡。每次在「七絃琴」

上交手，牢主司馬秀琴即用雙腳撥弄鐵索，彈奏出《孔雀東南飛》曲調，嘈嘈切切，亂人心神。因能所向披靡，出奇制勝。此一妙構係由馬戲團的「空中飛人」特技表演獲得靈感，借機生發而來。特其以腳彈奏「空中打擊樂」的奇想，武林獨步，可謂當世一絕。

在此僅摘介金舫（即秦舫，改回父姓）向武林牢主人挑戰時的精采段落；作者靈活運用「意識流」筆法寫金舫在《思親操》琴曲中的馳神入幻、心靈對話，頗可一觀：

> 武林牢主人一聲輕笑，身形騰處，倏然翩似一隻蝴蝶，開始繞著他飛掠起來。
>
> 一片溫婉、柔和、哀傷、充滿懷念情愫的琴曲，像氤氳的朝霧冉冉升起了⋯⋯
>
> 金舫站在中間的一條鐵索上，閉目凝神；眼觀鼻，鼻觀心，努力克制著不去聽它。可是過了一會，他忽然覺得那闋琴曲一點也不厲害——不，那簡直太美妙太好聽了！
>
> 那像是一個天涯遊子回到了母親懷裡，正在向母親娓娓述說著他在外面的一切經歷和遭遇；有悲，有喜，有辛酸，也有慶幸⋯⋯（以下為內心對話）
>
> 哦，孩子！別離開我，別再到那遙遠的地方去了。
>
> 不會的，娘！大千世界原來是那麼冷酷無情，只有在家裡才有快樂。我永遠不會再離開您了！
>
> 可是你說要向武林牢主人挑戰；如果你向他挑戰，娘永遠不見你！
>
> 不！娘，您聽我說、武林牢主人是個大壞蛋，他要將十二派掌門人

處死。我不能眼看著他們被處死而不加援手。因為十二派掌門人一死，對正道武林是個嚴重的打擊。那會使蝙蝠幫更加肆無忌憚啊！

孩子，你非挑戰不可麼？

是的，我非挑戰不可！

那麼，再見了！

啊，別走！娘、娘……您別走呀！

金舫忽然大叫著向前撲去。那知腳下踏了個空，一時那還收勢得住！當場顛出鐵索，一個身軀飄飄盪盪地往下掉落……（54・挑戰）

按：當時金舫尚不知武林牢主司馬秀琴便是他的親娘，遂有以上心靈對話。放眼當代武俠作家，寫音律勾魂奪魄者固不乏其人，且各擅勝場；但多半是由當事人的七情六欲、心念起伏下手，描述幻境幻相之變化。唯獨秦紅自出機杼，潛入當事人靈魂深處，容意識之流作心靈告白。此一現代小說技法用得恰到好處，出人意表，允為「新派武俠」典範之一。

另如書中描寫武林牢利用機械原理特製的「升降房」，功能等同於電梯；牢中通訊用的「話筒」則等同於電話機等等，不勝枚舉。凡此皆由現代人日常生活中取材，令讀者倍感親切。至於從美國007電影中借來的滑翔翼、霹靂彈等道具，以及使用口語化的現代書信說笑話，更毋論矣。

總之，《武林牢》是一部充滿現代意味、妙趣橫生的新派武俠小說，在寫作技巧上較《無雙劍》更為成熟。儘管有的故事情節想入非非，不盡合理；但就「成人童話」的屬性而言，卻是題中應有之義，不足詬病。正因作者選擇趣味掛帥的敘事策略成功，乃令讀者皆大歡喜，

樂在其中。由是而有《九龍燈》之作，攀登「成人童話」的頂峰。

結合古今筆法不拘一格

《九龍燈》最早於1965年7月在《民族晚報》上連載發表，全書分爲90章，約80萬言。這是秦紅經過「武俠小說現代化」的銳意革新後，第一部回歸傳統章回體的武俠名著。故事主要是以人性中的貪婪與自私造罪爲書引，敘述武林九龍之首「禿龍」嚴公展爲了爭奪九龍香玉珮（內藏絕世武學），計賺「黑玫瑰」徐香琴，殘害小師弟「金龍」上官天容夫婦。孰料上官天容大難不死，而其子上官慕龍則被徐女救走，「母子」雙雙亡命江湖。十五年後，慕龍藝成出師，乃聯合老少群俠與雄霸武林的嚴公展對抗。最後終於揭穿嚴某僞善欺世的眞面目，使其了結「自作孽」的一生。

本書故事佈局巧妙，充滿懸疑色彩，是融合推理、鬥智、冒險、悲情、趣味於一爐的武俠傑作。其中如寫九龍師兄弟的爾虞我詐；寫上官天容和「黑玫瑰」徐香琴的恩怨情仇；寫上官慕龍周旋在馮燕燕、沈冰雁二女之間的左右逢源；以及寫綠帽公、母蜂王、傻大姐這一組家庭成員的連台鬧劇等等，無不可圈可點，令人擊節。

也許有人要提出質疑：既然秦紅在《無雙劍》、《武林牢》的創作道路上已初步完成「武俠小說現代化」的轉型，爲何《九龍燈》又走回頭路呢？其實不然！蓋章回體僅只是一種外在包裝，一種文體形式。即便其第一章〈細雨騎驢出劍門〉是引陸游詩句爲章目，而開篇文字亦類似傳統小說筆法，遠不及此前二書之「新潮」；但通觀其書文情跌宕，表現手法並不泥古，依然饒有現代小說之風。乃知作者結合古今筆法技巧，不拘一格。例如第二章〈九嶷山上九龍燈〉寫上官慕龍初見「禿龍」

嚴公展時的心理變化，便極具文學審美價值。

只見由那峰腳轉出的是一位身軀修偉的禿頭老人；年約七旬，面如滿月，一雙虎目炯炯如炬，神態十分威嚴。如果不是禿頭的話，看起來很像畫工筆下的三國名將關雲長。

上官慕龍看見這位大師伯，第一個感覺是全身起了一陣寒慄。這並非「禿龍」嚴公展的威嚴氣質震懾了他，而是他忽然想起那天「啞」婢春梅與師父（病龍柴亦修）動手時叫出的第一句話：

「少爺快逃命！這老賊是『水晶宮』的人，他要殺死你！」
——水晶宮的人為何要殺死我呢！
師父說大師伯為人「極正派」，現在這個中年殘丐（按：為上官天容改扮）也說他是「大大的好人」！那麼，如果春梅所說屬實，那就是娘與大師伯有仇。那又是什麼呢？

以上引文由上官慕龍的「眼中看」轉為「心中想」；而在忖念之間，卻彷彿聽到那個偽裝啞巴的婢女警告；忽又急轉直下，變成自問自答的心理語言。作者筆勢如行雲流水，層層轉進，了無痕跡。當真是天下奇文！

抑有進者，書敘「禿龍」嚴公展在一年一度舉行的九龍燈會上，率領同門師弟恭讀亡師九如先生遺囑，煞有介事。這恰恰是套用當年蔣介石每於重要集會時，帶頭宣讀「國父遺囑」的慣例。[141]其反諷現實的

---

141 臺灣從1950年起，上自總統，下至各機關、學校，每當重要集會都必須「恭讀國父遺囑」。中有「革命尚未成功，同志仍須努力」等語。此一戒嚴時期的不成文規定，直迄1987年解嚴後才取消。但總統府每週例會及重要官員就職時，仍然恭讀如儀。

意味深長，呼之欲出！至於兩者外貌及行事作風相似，就更非巧合了。

　　本書最大特點是妙人妙事層出不窮，時有神來之筆；復長於蓄勢，製造懸念，因能產生很高的娛樂效果。像作者妙構「一朵雲」殘丐（即上官天容）之神出鬼沒、嚴公展化身「降龍聖手」並自煮「砂鍋人頭」、三多老人用「瞞天過海計」詐死、五味怪俠以「五香臭彈」克敵；乃至唯有「大千寶鏡」才可透視九龍香玉珮中所藏的微彫武學等等，多能出奇制勝，雅俗共賞。而有關書中苦情人徐香琴冒充上官慕龍親娘、偷點九龍燈、被嚴公展追殺等隱衷，卻要「忍」到故事尾聲才行揭露；更是一記絕妙的回馬槍，令元兇無所遁形。

　　可惜作者過於注重趣味取向，無限誇大易容術的神話與迷思；致令書中主配角個個都會「變臉」，且模仿得唯妙唯肖，以假亂眞。這顯然是受到同行先進作家東方玉等「人皮面具擴大化」的影響所致，乃樂此不疲。[142]如是種種戲論，正所謂：「假作眞時眞亦假，無爲有處有還無。」雖說是作張作智，不免弄巧成拙！卻使神頭鬼臉的《九龍燈》光芒四射，成爲1960年代「成人童話」之尤。

　　從此，秦紅乃以「趣味奇兵」的姿態正式躋身臺灣當紅武俠名家之列，爲世所重。然因熟極而流之故，其模式化的傾向與日俱增，遂鮮有清新脫俗的作品產生。惟其創作高峰時期（1971年左右出版四部武俠長篇），竟能活用奧運比賽規則，寫出以「武林競技場」爲賣點的《金獅吼》，卻殊爲難得。

　　1975年以後，由於武俠電視劇風行，壓縮了武俠出版市場；秦紅也

---

142 易容術之「人皮面具」始於清末《七俠五義》；而東方玉則爲早年「大美派」老作家，其書一貫以人皮面具爲武俠必備法寶，幾無例外。秦紅自《無雙劍》以來即受此易容術影響，照搞照搬。至《九龍燈》乃濫用無度，令人惋惜。

不得不順應時變，改寫中、短篇小說。在其晚期作品中，他自認最滿意的是《俠缽》（1981年），卻未獲得讀者肯定。迄至1986年以《獨戰武林》封筆，臺灣「新派武俠」的風雲大戲也隨之落幕；時間恰在古龍歿後的翌年。

我們認為，秦紅是一位非常值得重視的「新派武俠」作家。其生動活潑的文筆、幽默風趣的對白、現代小說的技巧、翻空出奇的構思以及喜劇性的人物，都獨具一格，自有特色。而他早年對於「武俠小說現代化」的努力，亦有目共睹，殆非後起之秀溫瑞安領軍的「超新派／現代派」所能抹殺或取代。

相較於古龍小說獨領「新派武俠」十年風騷，秦紅或許只能靠邊站。但在「新派武俠」形成、發展的過程中，秦紅所付出的心力和取得的成果，也不可忽視，不可輕估。蓋以武俠創作的題材內容及表現手法而言，「你中有我，我中有你」乃是常態；彼此互為影響，觀摩借鏡，亦理所當然。況且大凡某個文學（包括大眾文學）流派之形成，均要靠一批志同道合的有心人持續不斷地努力，方能打動讀者，受到認同。正因如此，秦紅亦為臺灣早期「新派武俠」的佼佼者之一，不讓古龍專美於前。

惟以秦紅自創的「趣味武俠」風格而論，太著重於娛樂性故事的追求，而未深入人性中的複雜面加以探討；無異畫地自限，偏枯發展，乃不能成其大，只能取悅讀者於一時。此所以秦紅終究不能與古龍齊名當世，惜哉！

【重要更正說明】

在本書付印之際，我們忽然發現本章第三節第七、九小節論述古龍中後期的作品中，出現了一些不該發生的重大瑕疵，必須有所澄清，以免誤導後學。

據淡江大學武俠小說研究室最新蒐集到1972年2月16日出版的香港《武俠春秋》周刊第98期內容顯示，古龍《邊城浪子》最初在該刊發表時題為《風雲第一刀》，乃是《天涯・明月・刀》前傳；而坊間不察，卻將《風雲第一刀》的文題誤為《多情劍客無情劍》首部曲，由此訛傳多年；從而導致兩部作品張冠李戴，是非不明，令人遺憾之至！

本書作者當時因缺乏《武俠春秋》資料佐證，無法核實，乃據手頭《邊城浪子》（1976年南琪刊本）作出若干錯誤論述，實有失察之咎。但木已成舟，勢難重新改寫相關內容，為此歉疚殊甚！茲乘本書再版之便，除於關鍵部分重點修正古龍書名及出版年分外，並作補充說明如上，尚祈讀者見諒是幸。

第三章 大江東去不回頭

臺灣武俠創作退潮期（一九七一～一九八〇）

歷經百花齊放、苑囿繽紛的十年繁勝，臺灣的武俠小說在攀登頂峰之後，盛極而衰，已逐漸呈現出下滑的疲態了。儘管多數作家仍持續有所創作，但無論從作品的數量與質量上看，顯然都無法與前一時期相提並論。文學生命與人一樣，本就有「生老病死」的歷程，而通俗說部因囿限於「隨俗而宛轉」的特性，此一過程遂顯得更為急遽與鮮明。

　　武俠小說在臺灣的興盛，固然有種種因素，如前兩章所分別提到的文學傳承、政治變化及經濟起飛、通俗文學蔚興等；但同樣的社會背景條件，在不同的時空架構中，卻往往未必始終站在對文學創作有利的一面。同時，誠如王國維所說：「文體通行既久，染指遂多，自成習套。豪傑之士，亦難於其中出新意。」武俠小說在十年鼎盛中，由於從作者創作、出版過程到讀者接納的整體機制中，無論是創作動機、出版方式、風格情節，都缺乏有意識的提升；因此，在繁盛之際，實已含有中衰乃至沒落的隱憂。

　　通俗小說是社會性最強的文學體式，通俗小說的讀者也是最容易轉向的一群，一旦社會發展產生變化，讀者的結構即隨而改變，連帶導致閱讀的動機、需求及品味亦同時轉向；此時，若文類自身一仍舊貫，缺乏新的機制，即不可能再持續吸引讀者。武俠小說在極盛之後漸衰，正可以作如是觀。

第一節　媒體傳播下的武俠小說

　　在1950年代以前，臺灣甫從戰亂中平復，民生艱困，百廢待興；嘈

擾之際，對通俗娛樂的追求與享樂，自然非當務之急，通俗文學在民間不過聊備一格而已。1950年到1970年間，臺灣在政府和居民的戮力協作下，經濟逐步復甦，休閒娛樂的需求也漸漸增加；報刊的陸續開辦、廣播與電影媒體的興起，帶動了新一波的「文娛」休閒方式。閱讀報刊、收聽廣播、觀賞電影成為這一時期臺灣居民最廉價也最普遍的生活方式之一。武俠小說在此時期由蹣跚起步到蔚為風潮，可謂多半得力於此。

　　1971年起，臺灣的經濟逐漸擺脫了農村經濟的困局，開始邁向現代化，其中，1974年蔣經國所推動的「十大建設」，可以說是啓動臺灣社會繁榮的一大關鍵。經濟起飛，社會繁榮，最顯而易見的就是一般大眾生活型態的改變。無線電視興起，取代了盛極一時的廣播劇、電影；坊間冰果室、咖啡廳、撞球間林立，更改變了過去以閱讀為樂的社會風氣。前者的影響顯然是更直接而具關鍵性的。在此，我們不妨透過臺灣電視台的興起與其他通俗媒體的相互影響，來考察此一時期的武俠小說。

　　臺灣武俠小說在發展的過程中，原頗得力於相關「通俗媒體」的推波助瀾。所謂「通俗媒體」，泛指社會上傳播通俗文化的載體，這些載體通常具有強大的傳播功能，儼然是主導社會娛樂休閒的最大力量。依其影響，先後有武俠電影、武俠廣播劇，緊接著是武俠漫畫和電視連續劇。我們且以此一時期最具影響力的電視為考察中心，分述如下：

一、電視武俠劇的崛起

　　臺灣的電視事業，始於1962年2月教育電視台的開播；同年10月，台視開播，正式引領臺灣進入「電視時代」。但此時臺灣社會經濟仍在初步發展中，擁有電視的家庭相當少，因此尚未展現其龐大的影響力。

1969年、1971年，中視、華視（由教育電視台改組）相繼開播，三家無線電視台頓時成為臺灣傳播媒體的主力。在1970年代初期，臺灣電視的普及率已高達99.29%，[1]螢幕也從黑白邁向彩色；電視遂挾著聲光媒體無與倫比的魅力，迅速取代了廣播的角色，成為人民生活中不可或缺的資訊、娛樂來源。

1964年台視播出由臺灣文學名家鍾肇政編劇、陳淑芳主演的《江湖一奇女》（閩南語，以下簡稱臺語）單元劇，可以說是臺灣電視史上「武俠劇」的先聲。但因劇情過於簡單、演員又非影視明星，且《江湖一奇女》僅僅一集即結束，因此未能引起普遍注意，只可說是武俠初步涉足於電視領域的實驗之作。直到1971年，在當時蔚為風潮的連續劇帶動下，武俠故事方能因利乘便，結合電視劇表演形式而展開了嶄新的一頁。

從1971年起，三家無線電視台即分別製播武俠連續劇。首先由中視的《大江南北》打頭陣，其後台視一口氣推出《江湖兒女》、《大刀王五》（國語）、《寶劍親情》、《萬里追蹤》四部國、臺語武俠連續劇；甫成立的華視，也製播了由當時名歌星鳳飛飛主唱、主演的《燕雙飛》（臺語）。在短短的三年間，三台一共推出了將近30齣國、臺語武俠連續劇，其盛況可知。

其中，華視的《西螺七劍》（1972，臺語）、《俠士行》（1972，臺語）、《保鑣》（1974，國語）及台視的《神州豪俠傳》（1972，國語）、《玉釵盟》（1973，國語）等數齣，最受矚目。《西螺七劍》以臺灣民間武術傳承的「西螺七坎」為骨幹，播出之後甚獲好評，是第一部以臺灣鄉土為背景的武俠連續劇。《俠士行》雖為虛構的故事，但男主角張宗

1　見民國89年（2000）行政院新聞局編印的《廣播電視白皮書》。

榮本是廣播界的名人，投身電視事業，等如開啓了自己事業的第二春，
「錢來也」一角未演先轟動；此劇亦捧紅了原爲歌仔戲演員的女主角司
馬玉嬌。《保鑣》以保鑣行業爲背景，摻雜著江湖恩怨及兒女私情；其
中老牌演員張允文的「賈糊塗」角色格外討喜，而女主角張玲則以此劇
走紅，繼鄭佩佩、上官靈鳳後成爲武俠電影中的重要演員之一。此劇播
出長達256集，欲罷不能，是僅次於公案劇《包青天》的連續劇；後來
在香港播放時，也風靡了整個香江，是臺灣武俠連續劇唯一打入香港的
力作。

至於《玉釵盟》及《神州豪俠傳》則均由臥龍生同名武俠小說改編
完成，臥龍生自任編劇，是武俠作家跨足電視之始。其後諸葛青雲、高
庸、獨孤紅等，也紛紛投效電視業，名噪一時，爲往後的武俠劇奠定了
深厚的基礎。

武俠劇的風行固然吸引了無數的觀衆，但當時的社會輿論則對此
「武俠熱」深懷憂忡；一時之間，認爲武俠連續劇將助長社會「好勇鬥
狠」的風氣，批判聲浪極大。因此在1970年代的末期，武俠劇一度遭到
禁播。1980年，（國民黨營事業的）中視索性取消了武俠連續劇，改播
帶狀的益智性節目，最具「反武俠」政策指標意義。這一黨政運作，造
成了武俠劇偃旗息鼓達兩年之久。

1982年由香港製作，鄭少秋、趙雅芝主演的武俠連續劇《楚留
香》，跨海來臺播映。此劇係據古龍名著《鐵血傳奇》（1967）改編，是
首部取材於臺灣武俠小說的港劇；因原著曲折離奇，早已膾炙人口，加
以編、導、演三者俱佳，一時風靡全臺。而由黃霑作詞的《楚留香》主
題曲——「湖海洗我胸襟，河山飄我影蹤……千山我獨行，不必相送」，
更幾乎無人不唱！不但在臺灣電視史上振興了武俠精神，並帶動了古龍

最輝煌的十年風騷。其後，古龍的《陸小鳳》、《絕代雙驕》、《大旗英雄傳》等陸續製播，收視率一直居高不下。此時，金庸的武俠小說也挾著解禁後的無限魅力，將《射鵰英雄傳》、《神鵰俠侶》、《倚天屠龍記》、《天龍八部》、《笑傲江湖》、《鹿鼎記》等名著（無論港製、臺製），一一搬上螢光幕。1998年甚至寫下三家電視台同時播映《神鵰俠侶》的傲人紀錄。直到二十一世紀初，武俠連續劇依然魅力不減。

二、武俠電影的興盛

　　武俠小說轉拍成爲電影，始於平江不肖生的《江湖奇俠傳》，其中的「火燒紅蓮寺」情節，曾有一舉連拍18集的驚人紀錄（1928-1931）。1949年以後，「廣派」武俠小說在香港盛行一時，連帶著有關廣東俠客的電影，也一一陸續開拍；其中老武師關德興主演的「黃飛鴻系列」，即有百部之多。

　　臺灣是香港電影的主要市場之一，港製武俠片自臺灣光復以來即盛行不衰。這些電影初期仍以「舊派」或「廣派」的武俠小說爲藍本，在臺灣配上閩南語發音放映；迨臺灣武俠作家開始崛起後，逐漸取代了舊派的勢力，如臥龍生的《飛燕驚龍》、《玉釵盟》、《無名簫》，諸葛青雲的《奪魂旗》、《一劍光寒十四州》、《荳蔻干戈》，司馬翎的《劍神傳》、《金縷衣》、《八表雄風》、《聖劍飛霜》、《帝疆爭雄記》等，皆曾於1960年代搬上銀幕。1966年胡金銓執導的《大醉俠》，1967年胡金銓的《龍門客棧》、張徹的《獨臂刀》紛紛告捷，標誌著武俠片邁入鼎盛時期。

　　臺灣自製的武俠電影，則肇始於1961年由李泉溪導演、許金水編劇的臺語武俠片《女俠夜明珠》，取自還珠樓主同名的武俠小說改編而

成；其後陸陸續續有數十部開拍。臺語片式微之後，武俠電影改以國語發聲，在胡金銓、張徹兩大武俠導演所掀起的《大醉俠》（1966）、《獨臂刀》（1967）武俠旋風刺激下，臺灣自製的武俠電影（國語片）也風起雲湧，發展蓬勃。其中郭南宏正是臺灣1970年代最重要的武俠片導演之一，代表作是《劍王之王》。

1970年代初，武俠電影由於受到李小龍（Bruce Lee）《精武門》（1972）的影響，轉趨為「功夫片」；一時之間，連西方也建立了「中國功夫」的觀念。不過，傳統以刀劍為主的武俠電影卻因之而稍歇。1971年香港導演徐增宏率先拍出由古龍編劇的《蕭十一郎》，打響了同名小說的知名度（按：1978年楚原曾重拍《蕭十一郎》）。但真正在武俠電影上將古龍捧成「天王巨星」的卻是楚原。1976年楚原以古龍原著改編的《流星蝴蝶劍》一舉成名，不僅創造了個人導演生涯的黃金時代，更使得古龍成為電影界的大紅人；在往後的十年間，古龍小說幾乎每一部都曾改編為電影。

金庸小說解禁前夕，張徹執導的《射鵰英雄傳》（1977）正式以金庸原著為號召，掀起了一股「金庸電影熱」。此後，金庸、古龍小說雙雄並峙，均為港臺影壇所重。如張徹、胡金銓等都熱中改編拍攝金庸原著；而楚原則偏愛古龍作品，個人共拍了15部之多。迄至1995年國語片被「搞笑武俠」氣死為止，武俠電影仍非金即古，不亦奇乎！

總之，臺灣上映的武俠電影約略有三個高峰時期：一是1966至1978年，以胡金銓和張徹的武俠作品為代表；一是1976至1982年，以楚原的古龍系列為代表；一是1980至1995年，以金庸小說為代表。這三個時期（間有重疊），也正是臺灣武俠小說受到電影衝擊最大的時期。尤其是古龍和金庸的小說，每當電影上映，租書店就供不應求。可見武俠片對武

俠小說影響之大！

　　此外，1966年亦可視爲武俠小說與電影關係轉變的一個分水嶺。在此之前，武俠小說改編成電影的數量，儘管較後來爲少，且不名一家，不過就當時的出片率看來，數量還是相當可觀；而根據原著改編，充分尊重原作者，是其最大特色。再者，當時爲配合長篇小說的故事情節，通常都不只拍一集；如臥龍生《飛燕驚龍》改編的《仙鶴神針》（1961-1962）拍了三集、柳殘陽《天佛掌》改編的《如來神掌》（1964）拍了四集、諸葛青雲同名小說改編的《碧落紅塵》（1966）拍了三集，等等。惟自1966年以後，除少數影片外，幾乎都是託名改編，內容卻往往與原著大相逕庭。至1990年代，武俠片吹起「掛羊頭賣狗肉」的歪風，就更不堪聞問了。

三、廣播與漫畫的迴響

　　臺灣光復初期，經濟尚待發展，有聲傳播以廣播爲主；1954年至1964年爲臺灣廣播的鼎盛時期，各大小廣播公司多達八十家左右。其間武俠廣播劇與「武俠說書」是特別受到歡迎的節目。

　　武俠廣播劇以劇團擔綱演出，通常是直接取武俠小說原文，敘述部分由主講者陳說，而對話則分由團員模仿書中人物聲口道出；從頭到尾，就等於複述原文，幾乎可以對照小說原文來聽。早年臺灣的武俠廣播劇究竟播演過幾齣，目前還未有人做研究統計；只知其中臥龍生的《飛燕驚龍》、《風雨燕歸來》、《無名簫》等名著，均曾播放過，而且廣獲好評。在當時百廢待舉的社會環境下，聽廣播劇殆已成爲民眾夜間唯一的消遣（時段多在夜晚七至九時）。值得注意的是，武俠廣播劇常以閩南語開播，這對饒富傳統中國意味的武俠小說在臺灣立穩根基，有

非常重要的影響。

其次，中國廣播公司午間「武俠說書」節目則由著名評書家司馬翔包辦，一人身兼敘述、對話兩部分，以國語（普通話）主講到底。1960年臥龍生代表作《玉釵盟》即被他「說」得活靈活現，名噪一時。司馬翔後來「說而優則寫」，曾撰有《神鵰劍侶》、《孤獨客》問世；讀者不察，往往以「翔」為「翎」，當成司馬翎小說來看，則不免謬以千里了。

至於臺灣的武俠漫畫，始於1958年的葉宏甲漫畫《諸葛四郎大戰魔鬼黨》和陳海虹的《小俠龍捲風》（改編自墨餘生《瓊海騰蛟》）。其中，葉宏甲的「四郎真平」是武俠人物偶像化的開始；惟真正以武俠漫畫引起各方矚目的是陳海虹的眾多作品，以及他的弟子游龍輝和南臺灣漫畫家許松山。

在1967年臺灣國立編譯館執行「審查制度」以前，武俠漫畫風行全臺，如洪義男、范藝南、淚秋等人，都是讀者耳熟能詳的漫畫家，也畫了百部以上的武俠漫畫。[2]這些漫畫，部分取材於電影、電視，不過大多數都是由武俠小說簡化而成；其中陳青雲的《血魔劫》、《殘肢令》、田歌的《武林末日記》、《車馬砲》等所謂的「鬼派」小說家的作品，最為漫畫家所青睞。「鬼派武俠」的特色在於情節簡單、人物眾多而無足輕重，但血腥殺戮氣息極濃，頗適合以畫面造成驚悚效果。在漫畫的推波助瀾下，「鬼派」小說也風行一時，可以略窺武俠與漫畫間的互動關係。

---

2 關於臺灣漫畫的發展，請參考洪德麟，《臺灣漫畫四十年初探》（臺北：時報文化，1994）。

　　臺灣的漫畫界，在國立編譯館審查制度的扼殺下，自1967年以後，幾乎停滯不前，市面上流行的全都是由日本盜印翻版的東洋漫畫。與金庸武俠小說解禁同時，由於受到香港黃玉郎所畫的《中華英雄》、《如來神掌》的影響，臺灣武俠漫畫又告復甦。鄭問以中國水墨式的畫風，於1985年繪製了《刺客列傳》，其後《鬥神──紫青雙劍之一》、《阿鼻劍》陸續面世，成爲當代武俠漫畫的大家。不過，目前流行的武俠漫畫仍以香港爲主力。關於這方面的論述，可詳本章第三節，此處不贅。

　　綜觀1970年代臺灣的武俠多媒體：武俠漫畫因受制於1967年實施的審查制度，早已奄奄一息；武俠廣播劇則從1972年名廣播劇團團長張宗榮轉向華視發展後，也逐漸步入了後繼無人的窘境；武俠電影則在1972年李小龍的《精武門》一砲而紅下，轉向「功夫片」發展；1976年楚原的《流星蝴蝶劍》雖有興復武俠電影的態勢，但在五年之間，所造就的僅僅是古龍一位名家而已。只有武俠連續劇，在1970年代引領風騷，一枝獨秀！

　　通俗媒體的蔚興，從正面角度而言，對武俠小說的傳播原本未必沒有積極的助益；這點在第一章討論到報刊連載武俠小說時，就已經作了非常詳盡的說明。1970年代武俠小說多媒體的呈現，挾著影像、聲光的震撼效果，將虛擬的俠骨柔情，敷衍成刀光劍影、兒女情長的具體畫面，無疑對「武俠文化」的傳播，產生滲透人心的普遍影響力。

　　在一片武俠熱中，武俠小說從形式（如武技的展現）、內容（如「武林爭霸」、「武林盟主」、「武林秘笈」等情節模式）到精神（如俠義觀念），以及與武俠小說密切相關的文化要素（如傳統忠孝節義的道德、儒釋道三家的理念、民間陰陽五行術數等），都在有形無形中廣爲散播，浸至成爲民眾耳熟能詳的文化常識。我們僅僅從「武林盟主」、

「武林秘笈」、「武林高手」、「江湖門派」、「武功」、「輕功」、「內功」等詞彙被廣泛運用在日常生活中，就可以明白其無遠弗屆的深厚影響力了。

的確，武俠小說與多媒體的互動，是一種擴散，使武俠小說擁有更廣大的群眾基礎；是一種轉化，使武俠小說擁有更豐富的表現方式；這當然有助於武俠文化的的普及。但弔詭的是，這樣的擴散和轉化，反而對武俠小說的創作造成了令人意想不到的斷傷力。而此一斷傷力的「源頭」，毫無疑問地是來自電視武俠連續劇。

電視連續劇的特色，在於藉著「長時期播映，小單元懸疑」的方式，吸引觀眾追著看。「長時期播映」可以造成持續的影響力，使觀眾在心理上始終牽掛著有一樁日常工作，必須要按時完成。而電視台選擇八點檔的黃金時段播出，正值傳統家庭共享晚餐的時刻，無疑具有日日提醒、時時叮嚀的強大功效；再加上各時段密集的造勢宣傳，更使觀眾無時或忘，遂造成了欲罷不能的效果。武俠小說本就以長篇取勝，改編成40集、60集的連續劇，綽綽有餘；而《俠士行》、《保鑣》一播就是222集、256集，則更顯示了其長期浸潤人心的龐大力量，不可輕估。

「小單元懸疑」則充分利用了古典章回小說「欲知後事如何，請看下回分解」的書扣，在每集的結尾都故意留下一些懸而未決的可能發展，緊緊吊住觀眾胃口，使觀眾滿懷期待與興味地守在電視機前，欲一探究竟。武俠小說的故事曲折、情節離奇，正適合製造懸疑的空間。1982年的港劇《楚留香》，取古龍最擅長的推理、偵探情節敷衍，一時風靡全臺，就是最顯著的例證。

武俠連續劇就在這兩種模式交叉運作之下，迅速而普遍地佔領了廣大觀眾的心，看連續劇已成為民眾生活中不可或缺的娛樂項目。其影響

之深廣，無與倫比！高久峰曾就《楚留香》一劇如是說：

> 中視的《楚留香》開臺灣播港劇的風氣之先，造成極大震撼，也引
> 起一連串的社會現象：每到《楚留香》播映時間，街頭行人明顯減
> 少，計程車也不做生意了；坊間出現一大堆以「楚留香」或「無花」
> 爲名的飲食店或茶藝館。各大媒體頻頻討論《楚留香》現象，國內
> 演員抗議港劇播出影響其工作權益，立委還在立法院提出「港劇內
> 容是否合宜的質詢」問題。《楚留香》主題曲「千山我獨行」甚至
> 還成爲送葬時樂隊所吹奏的歌曲。3

「諸事且莫作，先看武俠劇」！武俠連續劇的魅力，即此可見一斑。

　　至此，武俠連續劇已成爲「黑洞」，攫奪了許多原本屬於武俠小說
「忠實讀者」的心目，而轉爲武俠劇的「忠實觀眾」。從讀者到觀眾的轉
化，意味著文字的感染力逐漸消褪，取而代之是直接訴諸感官刺激的圖
像與影音。泛武俠文化中的種種要素，儘管依然可以透過影音散播開
來，卻不必非讀武俠小說不可。從電視武俠劇興起後，武俠小說的讀者
就一點一滴的開始流失；須運用想像力、靜心閱覽的武俠小說，終究不
敵直接入目、當下獲得感官刺激的電視武俠劇，浸至於許多人對武俠的
認知，居然是完全來自武俠連續劇！

　　讀者逐漸流失，武俠作家也善於窺風轉向；臥龍生、諸葛青雲等名
家，紛紛改弦易轍，當起了編劇，而對於武俠小說的創作漫不經心。如
臥龍生自1970年後，創作量銳減，作品素質也急趨惡化；1972年其編製
《神州豪俠傳》劇集時，就是取當時還在《中央日報》連載的同名小說

3　見〈武俠連續劇興衰錄〉，《高手雜誌》第13期（1999年1月號）。

所改編。左手寫書，右手編劇；兩手互搏，心力分散！武俠小說自然有如江河日下，漸去漸遠漸無聲了。

第二節　武俠創作的內在困境

在電視武俠連續劇吸引了多數原屬於通俗小說讀者的外在衝擊下，武俠小說的創作／出版漸趨退潮，自然也有其內在因素。

在此一時期中，原以武俠出版爲大宗的「八大書系」，業務紛紛有停滯不前的現象；除了南琪出版社在1973年間因取得古龍小說出版權，還算頗有斬獲之外，其他各家在1970年以後，就少見新人新作出現。1970年7月，在武俠八大書系中向來執牛耳地位的眞善美出版社，已發出「暫停出版新書」的通告；[4]其後雖仍有零星新書出版，但多半以再版舊作居多。1974年宋今人發表〈告別武俠〉宣言，而於1977年正式停業。[5]

眞善美的停業，是一個相當重要的指標，象徵著武俠小說的逐漸式微。1970年代中期，漢麟出版社創辦人于志宏將原來每集僅3萬字的36開本改成25開本（約20萬字）的新版式，則可視爲武俠小說盛衰之際的分水嶺。其後，萬盛、桂冠、金蘭、合成、漢牛、文天行等紛紛繼起，表面上似乎取代了原來「八大書系」的地位，實則卻是武俠市場惡性競爭的開端（詳本章第四節）。

簡而言之，這些出版社大體缺乏商業道德，出書態度相當草率，往

4　見1970年眞善美再版發行的臥龍生《素手劫》合訂本第3冊末頁。
5　詳細始末見本書第二章的引首及〈八大書系〉的部分。

往只顧牟利，而罔顧讀者權益；再加上此時臺灣有關著作權的意識逐漸抬頭，而政府仍然援用1964年的舊法規，明顯地不合時宜。因此，出版商乘機見縫插針，鑽法律漏洞，致使出版市場爲之大亂。關於這點，一心牟利的出版商固然是罪魁禍首，但恐怕作者本身也難辭其咎。這便是作者的創作心態問題。

一、著書都爲稻粱謀

　　早在1930年代，強調文學必須負有「使命」、揭櫫文學「改造社會」理念的左翼文人，就屢屢以「文丐」、「文娼」的輕蔑詞語譏諷當時的通俗作家。所謂「文丐」，大抵就是指以文字爲媚俗手段，賣文討生活的意思；鄭振鐸則更「照他們那專好迎合社會心理一點而觀」，痛詆爲「文娼」：

> 我以爲「文娼」這兩個字，確切之至。他們像「娼」的地方，不止是迎合社會心理一點。我且來數一數：（一）娼只認得錢，「文娼」亦知撈錢；（二）娼的本領在交際應酬，「文娼」亦然；（三）娼對於同行中生意好的，非常眼熱，常想設計中傷，「文娼」亦是如此。6

　　這是個相當嚴厲的指控，簡直就是強烈而直接的人身攻擊了。儘管對「文丐」之說，通俗作家還能借力使力，以「做丐也沒有什麼不體面的」7自我解嘲，甚至以文丐「卻也看不起嘉禾章與博士帽」、「品格正

6　見鄭振鐸（西諦），〈文娼〉，原刊《文學旬刊》第49號（1922年9月11日）；引自魏紹昌編，《鴛鴦蝴蝶派研究資料》（上海：上海文藝出版社，1984）上卷，頁64。

7　見文丐，〈文丐的話〉，原刊1922年11月21日《晶報》，引自魏紹昌前揭書，頁192。

是不凡」[8]自豪；但對「文娼」一語，絲毫不敢置辯。當然，這或許是「不屑與辯」，也或許是「不想對號入座」；但眞正的原因，恐怕是鄭振鐸雖然罵得尖酸刻薄，卻也一針見血地刺中了他們心中的隱痛！

通俗作家以「游戲之筆」爲文，不避風花雪月、怪力亂神，意在提供讀者消閒娛樂之所需，於濁惡塵擾的現實之中，自尋一「快活」之地。[9]從文學多元化的角度而言，如此的觀點未必不能自成其說，以堂堂正正之旗，與左翼文人的各種「主義」抗衡。不過，當他們面對鄭振鐸筆下所謂「文學決不是個人的偶然興到的游戲文章，乃是深埋一己的同情與其他情緒的作品。以游戲文章視文學，不惟侮辱了文學，並且也侮辱了自己」[10]的批判時，卻多少有點心虛，不敢眞的擺開陣勢「對著幹」！

文學創作可以有多種筆致、多樣風格，無論是「主義」、消閒、批判、諷刺……都未嘗不可，但最重要的是：作家本人必須將「文學創作」看成是件嚴肅的事！所謂「嚴肅」，倒不是非得強調文學的社會責任不可，而是指堅定信念，以誠懇、負責的態度創製作品；最低限度要能自我愛重，且肯定自己作品的意義與價值。但也就在這一點上，通俗作家卻很少人能做得到。1930年代的作家在左翼文人開始嚴格批判通俗小說，將之視爲鴉片、毒草之後，紛紛「悔其少作」，引以爲恥（如白

8　見寄塵〈文丐之自豪〉，原載《紅》第28期（1929年3月），引自芮和師等編，《鴛鴦蝴蝶派文學資料》（福州：福建人民出版社，1984）上卷，頁185。

9　從1913年11月《游戲雜誌》發刊以來，「游戲」便是當時通俗作家的主要創作信念；1914年5月發刊的《消閒鐘》也有「諸君心存游戲，盍從吾游」之語；1920年12月的《游戲新報》、1923年的《快活》旬刊，都秉持同一觀點。參見上引魏紹昌、芮和師兩書。

10　見西諦，〈中國文人對於文學的根本誤解〉，原刊《文學旬刊》第10號（1921年8月），引自魏紹昌前揭書，頁61。

羽）；儘管其中部分是凜懼於龐大的政治或社會壓力，但未嘗不是對自己的作品缺乏信心，或當初根本就是爲了「稻粱謀」而作所致。

通俗小說的商品化現象是無可諱言的事實：媚俗取容，心無定見，「著書都爲稻粱謀」，實是通俗小說的致命傷。1930年代如此，1960年代的臺灣武俠作家亦然。1961年夏，諸葛青雲在〈賣瓜者言〉一文中坦承：

> 「避席畏聞文字獄，著書都爲稻粱謀」。這是（清）龔定盦先生的兩句詩。但在今天這個言論自由、出版自由的自由民主世界裡，除了對國家民族有心叛逆，對人惡意譭謗以外，「文字獄」大可不必「畏聞」。那麼「著書」，尤其「著作武俠小說」，是不是「都爲稻粱謀」呢？以我個人來說，百分之七十以上，應該說「是的」。[11]

儘管諸葛青雲仍舊不免爲自己申辯，且從武俠小說足以「教忠教孝」處肯定武俠作品，賦詩以明志：「磊將軒昂劍客行，頭顱笑擲死生輕，神州狐鼠猖狂久，安得斯人使劍平？著書豈僅稻粱謀，白刃酬恩血濺讎，下筆莫忘扶正義，教忠教孝復神州。」不過，熟知臺灣武俠創作事業的內行人，大抵也都清楚箇中所謂的「百分之七十是稻粱謀」，絕非誇張之言。因此，高庸也不諱言的表示：

> 從前武俠小說並不受重視，即使是名家如臥龍生、古龍他們，寫起武俠小說來，也不覺得有什麼成就感。於是大家寫武俠小說的心態就只是爲了賺錢、討生活罷了。[12]

---

11 見1961年8月20日《大華晚報》第二版。

12 參見《中華武俠文學網‧武林點將錄》（http://www.knight.tku.edu.tw）中的〈高庸〉。

　　臺灣的武俠作者多數爲職業小說家，儘管他們出身背景不同，有軍人、學生、公務員、黨工、編輯等（參見第二章），但除上官鼎兄弟、古如風、陸魚、雪雁等若干學生作家後來另有發展外，都在一夕成名或獲得出版社青睞後，即以撰寫武俠小說爲衣食大計。他們自成一系，絕大多數未曾參與一般文藝組織，也不受文化界的重視，連1999年文建會出版的《中華民國作家作品目錄》中，也只收了金庸、古龍、荻宜[13]三人。面對文化界的輕視與排擠，武俠作家可以說是「點滴在心頭」！每一提及「武俠作家」四字，都有許多無奈與苦水；[14]只有獲得眾多讀者的喜愛以及優渥的稿酬，是他們「唯二」的回饋。

　　論及當時武俠作家的稿酬，據秦紅在一次訪談中透露：1960年左右時，他在臺灣菸酒公賣局上班，月薪約900元；而當時的武俠名家蕭逸，一個月稿酬即有一萬多元，這對他改行投身武俠創作有很大的誘因。1963年秦紅處女作《無雙劍》的稿酬是一集800元（約三萬多字），寫了五、六集後，就辭去工作，專心寫武俠了。[15]至於臥龍生，在接受大陸學者陳墨訪談時，則表示：1960年他的第五部小說《玉釵盟》在《中央日報》連載時，他的月收入高達五萬元之巨，是當時少尉軍官的三百多倍！[16]

13　荻宜（1937- ）雖然也涉足武俠創作，但還是以其他文藝作品居多，被收入《中華民國作家作品目錄》中恐怕未必是因其武俠小說之成就。

14　在多數武俠作家的訪談中，是可以明顯感受到這點的；若干作家如古龍、臥龍生等，則屢屢形之於文字，請參見1961年8月20日《大華晚報》第二版整版的討論。這種心理，即使連金庸也難以避免，金庸向來只承認他是「作家」，而非「武俠作家」。

15　參見《中華武俠文學網‧武林點將錄》中的〈秦紅〉。經查1963年大美版《無雙劍》原刊本，每集約36,000字，與專訪內容略有出入。

16　見《港臺新武俠小說五大家精品導讀》（昆明：雲南人民出版社，1998）第4卷〈臥龍生及其

作家自述經歷，往往因年代久遠，記憶不清，所說數字很難為憑。1964年，黎明、大美兩家出版社為了劍虹的《少年頭》，引發「一稿兩賣」的爭議。當時劍虹的稿酬是每集1,200元和1,400元。[17]以出版社出書的速度而言，每月約出4集；照此推算，劍虹當時每月的收入相當於5000元左右。而據2002年版《中華民國年鑑》載，從1961年到1966年，國民平均所得是5,666至8,848元。換句話說，以劍虹這位名氣不大的（應屬二流之末）的作家，在1964年光靠創作武俠的所得，就比一般國民高了七至十倍，其他作家更毋論矣！

無可置疑地，優渥的稿酬是刺激作家投入武俠小說創作的原動力，也因此帶動了武俠的熱潮與榮景；但社會地位的低落，卻使他們無法獲得來自文學創作所應有的榮耀與成就感。除了少數人之外，對其武俠作家的身分都相當隱諱低調，不欲張揚；甚至不免有點自暴自棄的心理，只想賣稿換錢。他們甚少關注文學創作的意義，最多不過對武俠創作還有幾分熱愛，像臥龍生所說的：「以我的拙筆，記述下這些心靈的幻想，原不敢用以惑人炫世，祇不過敝帚自珍而已！」[18]這些名作家可能在整個創作歷程中撰寫過數十部、幾千萬言的作品，但出人意料之外的是：他們之中居然沒幾個人清楚知道自己究竟曾寫過多少部小說！[19]

陳墨在訪談臥龍生時，曾感慨：「一個作者不知道自己的作品有多

《絳雪玄霜》》，頁347。

17　相關爭議，請參見雲中岳，《傲嘯山河》（臺北：黎明出版社，1964年6月）第1集後所附的「啟事」。

18　見臥龍生，〈關於「玉釵盟」〉，1963年5月17日《中央日報》第八版。

19　這是通俗作家的常態，據側面了解，在武俠作家中，除了金庸、梁羽生、雲中岳、溫瑞安及近期的奇儒、黃易等人外，很少有人能夠「確知」其作品數目、書名及編年的。

少，當然是件奇怪的事，但又確實是有其原因，實情如此。」[20]這個
「實情」，正肇因於作家卯足全力，純粹只是爲了稻粱之謀！

二、被縱容的出版怪現象

　　作者對自己作品缺乏信心，無意自求精進，凡事向錢看，首先造成
的就是作品粗製濫造的問題。1970年代左右，差不多的武俠作家均已全
員到齊，而且各自擁有爲數不少的忠實讀者。以武俠小說在當時報紙副
刊連載的情況來說，諸葛青雲、臥龍生、東方玉是最具名氣的作家，[21]
而且幾乎都是好幾家報紙同時連載（海外的猶未計算在內）。例如：
1970年東方玉分別在《臺灣新生報》撰《無名島》、《上海日報》撰
《飛鳳傳》、《中國時報》撰《流香令》，有三篇連載；1971年臥龍生在
《中央日報》撰《神州豪俠傳》、《自立晚報》撰《玉手點將錄》、《大
華晚報》撰《飛鈴》、《臺灣日報》撰《八荒飛龍記》，有四篇連載；而
諸葛青雲則在《大華晚報》撰《五霸圖》、《自立晚報》撰《辣手胭
脂》、《民族晚報》撰《九劍群花》，有三篇連載。

　　作者一心數用，分途並寫，創作品質是否能與名氣相符，顯然頗令
人懷疑。臥龍生從1965年《雙鳳旗》起，就陷入自我重複的困境，不斷
用同樣的情節模式、冗長對話，進行小說的鋪陳；東方玉則是易容術、
女扮男裝、「眾美追一男」的模式，連番上演；而諸葛青雲則一貫任由
俊男美女串演才子佳人的老戲，樂此不疲。總之一句話，就是乏善可
陳！武俠小說作者熱衷「錢途」，不計毀譽，無視讀者的期待，以了無

20　見陳墨前揭書，頁351。

21　諸葛青雲連載的部數雖多，但大都屬於短篇；其中以「龍」和「釵」爲名者，後來合併成
　　《十二神龍十二釵》一部，嚴格算起來較臥龍生略少。

新意的成品濫竽充數，完全失去了前一時期銳氣英發的衝勁，焉能爲武俠再延續生機！

　　尤可驚異的是，就連古龍、溫瑞安這兩位向來對武俠小說懷抱著理想與憧憬的作家，也不免隨俗浮沈。如1979年古龍舊作《大旗英雄傳》與《情人箭》，分別在《中華日報》（改名《鐵血大旗》）、《大華晚報》（改名《怒劍》）重刊，並爲此寫了兩篇序。序中特別強調：

> 要把那些故事改寫，把一些枝蕪、荒亂、不必要的情節和文字刪掉，把其中的趣味保留，用我現在稍稍比較精確一點的文字和思想再改寫一遍。22

　　但若稍微核對一下原文，便知道所謂的「改寫」，只是虛晃一招；甚至連兩篇序文的內容（文字）都一模一樣，只是將書名作了改易而已！至於溫瑞安，在1998年由臺灣花田出版社發行《溫瑞安武俠世界》雙周刊時，居然「原封不動」（只少部分增減）的將他十年前在香港發行的刊物移植過來，完全忽略了時間的流逝與讀者需求的改變。如此輕忽、草率的態度，一派「吃定」讀者的樣子，正不知愛好武俠的讀者作何感想。

　　作者對自己的作品沒信心、對讀者不尊重，連帶著也引發武俠出版界許多令人目迷五色、駭怪非常的亂象。眞善美出版社於1977年停業的原因或者眞的可能是宋氏「年高體衰」，但出版業內劇烈而不擇手段的競爭，恐怕才是向以「正派經營」自豪的宋今人無法忍受的重要原因之一。

22　見〈一個作家的成長與轉變──寫在「鐵血大旗」之前〉，1979年4月13日《中華日報》。又，1979年5月29日的《大華晚報》，則改題爲〈我如何改寫「怒劍」──一個作家的成長與轉變之前〉，題目雷同。

　　臺灣武俠出版界的亂象，事實上早在1960年代就已經浮現，1970年代則更變本加厲。綜括而言，臺灣武俠出版界大抵有如下幾個嚴重的濫惡現象：

(一)代筆氾濫

　　所謂「代筆」，指的是作品中部分內容是由他人捉刀代寫的。這是武俠小說界的常態，因爲作品發表於報章，往往延續二、三年之久；一旦臨時發生事故，又不能暫停連載（因同步出書），就不得不倩人代筆了。

　　在臺灣當紅武俠名家中，除司馬翎、慕容美等極少數幾位外，包括臥龍生、諸葛青雲、古龍、蕭逸、上官鼎、柳殘陽等等，幾乎都有倩人代筆續寫的紀錄。而代筆者往往瞻前不顧後，敷衍了事，只圖交差。如臥龍生的《鐵劍玉珮》，本來以鐵劍與玉珮爲書中兩大主幹，朱羽代筆後，居然連玉珮都突然失去蹤影了。如此草率，作者卻恣意爲之，視讀者爲無物，武俠小說豈有不沒落之理！（按：關於代筆問題，因涉及作者／出版社兩方面，情形頗爲複雜；我們將在下一節中詳細說明，茲不贅述。）

(二)借殼上市

　　臺灣武俠出版界以牟利爲優先考量，儘管尚頗能獎掖後進，但對新手始終缺乏信心，因此經常以名作家「領銜」的方式，先作「試銷」，待讀者有較佳反應時，才予以「正名」。如1965年獨孤紅首部發表的作品《血掌龍幡》，借用諸葛青雲名號；1970年單于紅的《紫拐烏弓》、《江湖浪子》打著柳殘陽旗號；1980年李涼的《奇神楊小邪》則假託臥

龍生之名，都是「兩廂情願」的例證。其始作俑者雖頗難查考，但所以會發生這種詐欺行為，當與出版社為了確保銷路而「買空賣空」、唬弄讀者有很大關係；而作者在知情下欣然出借招牌，美其名曰提攜後進，亦無非是利益均霑而已。

借殼上市還有一種是假借「校訂」、「口述」、「某某人故事」的名義行銷的，其中以掛名諸葛青雲、柳殘陽、臥龍生、古龍四人的情況最為普遍。如此沆瀣一氣，兒戲武俠，僥倖成功者固然可以脫穎而出，平步青雲；而失敗者則不僅永遠湮沒無聞，且徒令各名家作品中橫添許多無法確考的劣等貨色，對武俠小說（及研究）本身造成嚴重的傷害，固不待言。

(三)冒名偽作

武俠小說冒名偽作的氾濫情況非常複雜、混亂，有導源於政府禁書政策的：如金庸小說在1959年遭「暴雨專案」嚴禁之後，首先有莫愁出版社用「綠文」之名出版《萍蹤俠影錄》（借梁羽生書名盜印《射鵰英雄傳》）；繼而在1970年代，南琪出版社則假借司馬翎之名，陸續印行《神武門》與《小白龍》（即《鹿鼎記》）、《一劍霜寒四十洲》與《獨孤九劍》（即《笑傲江湖》）、《劍客書生》（即《書劍恩仇錄》）、《懺情記》（即《倚天屠龍記》）等書。此時，甚至連聲勢正盛的古龍也來蹚渾水；如南琪出版社印行的《漂泊英雄傳》，即是打著古龍旗號、假手溫玉抄襲《連城訣》的偽作。

當時司馬翎移居香港（因故不能返臺），無法制止，猶算情有可原；但古龍不但人在臺灣，且與出版社關係良好，何以竟會出此下策？依常理推斷，古龍極可能是在默許的情況下，放任出版社胡作非為！此

外，梁羽生的多數作品也都在「司馬嵐」的化名下，在臺灣大量印行。這是「暴雨專案」的後遺症造成的惡果，梁羽生對此亦無可奈何。

另一部分的冒名偽作，源於著作權法修訂時的漏洞。在1985年之前，著作權法一直援用舊法，[23]紕漏百出。若干不肖出版社便利用法律漏洞，搶在作者之前，先行將作者名號註冊成專用商標，使得原作者本人反而無法使用。彼等遂肆無忌憚，將許多低劣作品用張冠李戴、魚目混珠的方式掛名出版。後來這些「名家註冊商標案」雖獲得司法公正裁決，但先前所出之書卻已造成市場混亂。

在1970～1980年代間，坊間出版了大量上官鼎（1967年封筆）、司馬翎（人在香港）、臥龍生（為此打了官司）等人的作品，多數都是偽冒的。1990年代，皇鼎出版社盜印早期老作家郎紅浣的《古瑟哀絃》諸書，亦掛上雲中岳之名。凡此種種，層出不窮，令人瞠目結舌。

(四) 剽竊抄襲

武俠小說的剽竊抄襲，多數也是在戒嚴禁令下衍生的。由於被禁行的小說不易覓得，故偶有秘本者，就以奇貨居之，從中抄襲、改竄，行「瞞天過海」之計。目前所發現的抄襲作品，清一色是金庸的：如1961年鈺釗[24]的《寒鋒牒》剽竊《飛狐外傳》，只將人名、綽號改換，小說情節完全同相同；1964年歐陽生的《至尊刀》則掠取《倚天屠龍記》，

23　中華民國著作權法在1928年制定，原僅40條；其後續有修訂，但大體上只是部分條文的修正（最後一次在1963年），未涉及根本結構的變動。及至1985年，全面修法成52條；1992年修成117條，至1998年才告底定。

24　鈺釗為大美旗下的作家，另著有《金蛟鞭》、《怒戈金箏》、《鐵旃血》等書（皆1960年左右出版），但其後默默無聞，亦不知何許人也。

改換其中的人名、人物關係、地理位置而成；1964年荊翁的《天龍之龍》改寫《天龍八部》，人物相同，但情節有出入；1967年溫玉的《獨臂雙流劍》，在全書的後面三分之二篇幅，全套用《笑傲江湖》故事。其他如幻龍的《殺人指》（1964）雜取《神鵰俠侶》故事內容、石天龍的《傲視武林》（1967）則改編《笑傲江湖》而結局不同。這些都是已經發現的，而未經發現者究竟有多少？恐怕就有待有心人持續查考了。

　　代筆、借殼、冒名、剽竊，是臺灣武俠出版界非常惡劣的現象。真偽混雜、玉石難分，使得有關臺灣武俠小說的真實創作情況陷入漫天迷霧之中，即使是專家學者，都不易分辨；再加上出版社出書，往往任意改換書名、割裂原作、不標明初版／再版年代，或者真偽參半，使情況更形糾結複雜。武俠出版可以如此惡濫，是令人難以置信的。大陸學者陳墨在研究臺灣武俠小說的過程中，曾吃過一場大虧，使得他寫的《新武俠二十家》錯誤得離譜；尤其是有關臥龍生的部分，「錯誤率幾達百分之九十九」！他在探查過原委後，說了段語重心長的話：

> 這些大作家、名家這麼做，不僅敗壞了自己的聲譽，敗壞了武俠小說的聲譽——武俠小說的迅速衰落不振，固然有很多原因，但與上述假冒偽劣之作過多，顯然有一定的關係——它敗壞了市場規則，而且也敗壞了社會風氣！[25]

　　至於誰該為此負責呢？顯然出版社與作家是必須共同承擔的；而讀者則以逐漸冷漠、淡然的態度，默默以「拒絕閱讀」來抗議。武俠小說發展至此，逐每況愈下，終於淪入難以自拔的泥沼了。

25　同前揭書，頁359。

三、武俠小說創意的枯竭

在外有電視連續劇如黑洞般吞食了多數武俠小說的讀者，內有作家創作態度上的偏差、出版業者惡劣的出版行為兩相擠壓下，臺灣武俠小說殆已無法再維持榮景；而作品本身因襲模仿、自我重複，創意枯竭，更使武俠小說不得不走上沒落之途。

臺灣的武俠創作，在發展之初，頗乞靈於「舊派武俠」——博採平江不肖生、趙煥亭及北派五大家的小說風格，雜糅變化，而逐漸擺脫細膩冗長、插敘橫生的敘事方式；雖然故轍猶存，尚有融合陶鑄之功。如郎紅浣取法顧明道、王度廬，情致委婉纏綿，而兼有講史之長；成鐵吾借徑於趙煥亭、文公直，歷史感濃厚，而頗能自見史識；伴霞樓主、孫玉鑫、墨餘生等人，則步武不肖生、還珠樓主，神奇詭怪，而趣味橫生。其他如臥龍生、司馬翎、諸葛青雲三家，則後出轉精，各有創獲。此時臺灣讀者漸次與武俠小說交會，初而覺得新奇有趣，繼而樂在其中，萌生欣羨、愉悅之情。武俠這個「成人童話」乃能在往後的二十年間，英姿颯爽，風華獨盛，受到社會大眾的普遍歡迎。

在1970年代之前，臺灣重要的武俠小說家幾乎已全員到齊，並創作了各具風格、特色的作品，無論是「超技擊俠情派」、「奇幻仙俠派」、「新派」或「鬼派」，都擁有為數不少的作家，各擅勝場（參見前兩章）。在累積了二十年的閱讀經驗後，臺灣的武俠迷早已熟稔了武俠書的各種套路與創作手法；只要一提及武俠小說，無不能娓娓道來，如數家珍。

在二十年的武俠發展期間，武俠迷的數量不斷成長；一個世代緊接著一個世代，投入閱讀的行列中，成為武俠小說最堅實的後盾。惟老讀

者經過長期閱讀的薰陶，自身的閱歷、見識也在成長；對武俠小說的優劣，多少都有自己的一把尺，已不似初入武俠世界時的囫圇吞棗，飢不擇食。而新生代的讀者，[26]在整個社會轉型，有五花八門的娛樂項目可供選擇之下，其所以會閱讀武俠小說，無寧是期望武俠小說更能滿足他們的心理需求、契合他們的心靈脈動。換句話說，無論是新、舊讀者，對武俠創作的要求都有所提高；1970年代的武俠小說實際上已面臨到較以往更嚴峻的挑戰。

俗話說「守成不易」，守成之所以不易，是因爲此一「成果」必須珍惜、固守，且能延續下去；而唯有不斷創新發展，與時俱進，才能使作家／作品的生命持盈保泰，長存世間。很可惜地，此時的武俠作家、出版社非但未能意識到此一問題，以更積極、嚴謹的心態創作精釆、優秀的小說，以更負責、務實的態度出版雅俗共賞的讀物；反而故步自封，停滯不前，遂與讀者的願望背道而馳。

武俠小說創作向來以情節、人物及武功的營造、描寫爲核心；而情節的設計，顯然又是其中的關鍵。在二十年來的臺灣武俠小說發展中，武俠小說的情節設計，事實上已經有長足的發展，甚至已衍生出許多共同的模式。陳墨曾經歸納出武俠小說的十大敘事模式：民族鬥爭、伏魔、復仇、奪寶、情變、探案、學藝、爭霸、行俠、浪跡江湖。[27]一提到模式，就很容易讓人與千篇一律、公式化聯想在一起，因而遭致很多批評。

---

26 據中華民國行政院主計處的統計，1956年臺灣人口總數約有936萬人，1970年則成長爲1477萬人，15年間，人口成長了近450萬人。無疑地，這些增衍的人口將有爲數不少的人成爲武俠的讀者。

27 見《海外新武俠小說論》（昆明：雲南人民出版社，1994），頁77-165。

其實所謂的模式是自然形成的，武俠小說的類型特色本就較易集中在這些模式上發展。陳墨說得好：「欣賞這種有著相對固定的模式的故事，正是人們閱讀武俠小說及一切通俗小說的共同默契。」[28]更重要的是，這些模式彼此交互運用，正如《老子》所說的「道生一，一生二，二生三，三生萬物」；是武俠小說曲折動人、繽紛多姿的張本，並非一成不變的。但就1970年代的武俠小說情節設計看來，對武俠小說陷入公式化的批評，卻也不能完全看作是無的放矢，或純粹為反對而反對。

武俠小說的公式化，導源於多數作家彼此間的抄襲、套用及自我重複；這也是1970年代武俠小說停滯不前，無法開創新境的癥結。

抄襲、套用與模仿不同，模仿「師其意不師其形」，有時還能「奪胎換骨」，另開新境；而抄襲、套用則完全是依樣畫葫蘆，依稿照搬，乏善可陳。如單于紅套用柳殘陽的「黑道爭霸」模式，不但情節無所變化，連人物的性格設計也幾乎雷同。柳殘陽固然是獨樹一幟的武俠名家，但其小說流派的局限性亦很大；以他為亦步亦趨的對象，自然是每況愈下，一蟹不如一蟹了。至於臺灣武壇上的「鬼派」作家如陳青雲、田歌、江南柳、孤獨生等人，彼此互相因襲，人物如走馬燈般輪轉；一任血腥、殘酷的畫面流瀉紙間，更是不忍卒睹！

同時，生搬硬套往往也「只得其形，未得其神」，喪失了其模仿對象原始設計的精神。例如自金庸開創「五方奇人」的模式後，諸葛青雲《奪魂旗》也來個「東僧、西道、南筆、北劍、（中）奪魂旗」；而「中奪魂」真真假假，有善有惡，本為妙構，可惜卻完全忽略了金庸設

---

28 同上註，頁78。

計「中神通」所採取的「虛列」及「鎖扣」的筆法，[29]不免買櫝還珠！臥龍生在《飛燕驚龍》中開創的「武林九大門派」及《玉釵盟》中「一宮、二谷、三大堡」等江湖版圖區劃，尚可謂是別出心裁；但其後各家紛紛起而效尤，就陳陳相因，落入俗套了。論者曾指出：

> 臥龍生所倡導以武林秘笈掀起江湖風波、群雄逐鹿以及正邪雙方大會戰的寫法，成為1960年代臺灣武俠小說新模式。同輩或後起作家競相模仿效尤，不知伊于胡底！[30]

一旦淪為俗套，多數作家又不具王國維所稱的「豪傑之氣」，欲妄想推陳出新，自然是戛戛乎其難了。

武俠創作的模式，畢竟是與整個小說的類型特色密不可分的。讀者雖會因似曾相識的情節，而深感如出一轍，但還不算是最嚴重的問題；作者也還可以用「英雄所見略同」、「無巧不成書」或「借鏡取法」等理由自圓其說。例如金庸《笑傲江湖》（1967）寫「君子劍」岳不群就與臥龍生《玉釵盟》（1960）寫「神州一君」易天行的人物塑造若合符節，即為顯例。[31]不過，如果作者自我蹈襲，前後作品換湯不換藥，那無論如何都不能再有任何藉口了。

臺灣武俠作家在成名之後，多數缺乏自覺意識，更渾然忘卻了他們

---

29 「中神通」王重陽在金庸小說從未正式現身，是「虛列」，與《碧血劍》中的夏雪宜類似，都是書中隱然關涉到情節的人物；藉中神通導引出許多重要的情節，此為「鎖扣」。

30 見葉洪生，《武俠小說談藝錄》，頁413。

31 詳見葉洪生，〈論金庸小說美學及其武俠人物原型〉，收入《金庸小說與二十世紀中國文學》國際學術研討會論文集（香港：明河社，2000年），頁287-310。另如金庸《天龍八部》（1963年）中的「武學女博士」王語嫣（玉燕）同樣是由臥龍生《玉釵盟》（1960年）中的「武學女博士」紫衣女蕭姹姹脫胎而出。如是種種，不一而足。

所面對的讀者是與時俱進的；總是想用輕便省事的複製伎倆來搪塞讀者，坐享其成，不思自我突破。臥龍生自《雙鳳旗》（1965）以後的作品，如《鏢旗》、《玉手點將錄》、《金筆點龍記》、《天龍甲》等，幾乎都套用同樣的「陰謀」的公式，由外而內，逐漸逼出眞相；一旦眞相大白，卻不了了之。只見全篇充滿了拖沓冗長、不知所云的對話，距其成名諸作的水準，判若雲泥，卻一部接一部出版！

另如東方玉的小說，自其武俠成名作《縱鶴擒龍》（1960）起，即多半不出此一模式：某少年風流瀟灑，爲大眾情人，年未弱冠便名震武林。此時必有一「駐顏有術」的白衣老魔頭二度出世，與其結爲忘年之交，做爲大靠山；又必有一女扮男裝的俠女，傾心愛慕、暗中庇護。局中人仗著如假包換的「人皮面具」，揭穿江湖陰謀，似乎不費吹灰之力。像這樣接二連三地炒陳飯，竟也成爲當紅「名家」！其自我陷溺如此之深，欲求突破與創新，眞不啻癡人說夢！

在臺灣武俠小說家中，眞正談得上有自覺意識、亟欲突破創新的大家，屈指數來，不過司馬翎、古龍兩位而已。司馬翎自1962年撰《聖劍飛霜》擺脫舊派窠臼後，銳意創新，《纖手馭龍》、《劍海鷹揚》、《檀車俠影》等書，均斐然可觀。特其以人性善惡、衝突爲描寫重心所展現的思辨、推理能力，以及與時俱進、圓融無礙的武道精神境界，皆獨步當世，不作第二人想。後起之秀如香港玄幻作家黃易，師法其意，進而標榜天道之秘，亦難免鑿枘不入，望塵莫及。

1972年司馬翎返港定居，一度輟筆；1980年前後改以「天心月」筆名重出江湖，尚企圖借鏡古龍式筆法，推出《強人》系列作品，另創新猷。儘管司馬翎小說後期成就如何，論者見仁見智，莫衷一是；但其始終自覺地力求突破、精進不懈的寫作態度，在臺灣武俠小說家中是無人

能出其右的。由其「敬業」（絕少倩人代筆）的精神而言，則「據史復古」的武俠作家雲中岳或庶幾近之。

古龍自1964年作《浣花洗劍錄》奠定「新派」基業以來，一貫以求新、求變的理念，積極拓展他的武俠事業，是武俠小說領域中最早將「創新」的理論形諸文字的作家。他公開爲文批評武俠小說「學藝」、「除魔」的俗套與公式，並宣示其以「東洋爲師、非變不可」的決心。[32]他強調：「要求變，就得求新，就得突破那些陳舊的固定形式，嘗試去吸收。」他反詰：「誰規定武俠小說一定要怎樣寫，才能算『正宗』！」[33]因此，他率先採用散文體式行文，運用詩化的語句分行分段，造成文字簡潔明快的效果；擷取意識流的錯綜時空，布設蒙太奇式的場景組合，加快小說的節奏感；並以「正言若反」的筆法，塑造特立獨行的人物與詭異離奇的情節；更獨創一種特殊的「非敘述人」的對話體，自問自答，極爲別緻。如1978年萬盛版《天涯・明月・刀》的開篇楔子：

「天涯遠不遠？」

「不遠！」

「人就在天涯，天涯怎麼會遠？」

…………

「他的人呢？」

「人猶未歸，人已斷腸」

32　請參見本書第二章有關古龍的論述。

33　見《多情劍客無情劍・代序》。

「何處是歸程？」

「歸程就在他眼前。」

這些對話，既非書中人物所言，亦非作者代言，完全無法確定「敘述人」是誰；而在撲朔迷離中，卻又隱隱與全書的主題密切相關。這種橫空飛來，完全突破舊式武俠小說的寫作方式，儘管許多讀者不能接受，而在《中國時報》連載時慘遭腰斬，但的確是古龍的開新，也是創意。古龍之被譽爲新派武俠的革命家／完成者，良有以也！

古龍的小說向來以情節的詭奇變化著名，但他盛年時已意識到僅憑情節的詭奇變化，已無法再吸引讀者了；因爲「人性的衝突才是永遠有吸引力的」：

> 武俠小說已不該再寫神，寫魔頭，已應該開始寫人，活生生的人！
> 有血有肉的人！
> 武俠小說的情節若已無法再變化，爲什麼不能改變一下，寫寫人類
> 的情感、人性的衝突，由情感的衝突中，製造高潮和動作。34

固然這兩段引文對古龍自己來說，早已是老生常談了；惟如此的識見，在武俠小說界仍不啻是暮鼓晨鐘！可惜的是，古龍雖身體力行，在後期作品中極力描寫其所謂的人性衝突，但一則他「爲變而變」，陷入了人性反覆的死胡同中，無法作更深層的解構；一則自1977年以後，酒

---

34 這兩段引文的原始出處，見《天涯明月刀》（1974年，南琪出版社原刊本）首章〈武俠溯源〉，其後以〈關於武俠〉爲題，刊登在香港《大成》雜誌（1977年6月到11月）；萬盛新版書（1978年）則改爲〈寫在《天涯明月刀》之前〉。但後來又在《聯合文學》第20期（1983年3月）以〈談我所看過的武俠小說〉之題發表。均一字不易。

色交攻下虛弱的身體也大大削減了他的創作動能，[35]以致不得不再度找槍手代筆。最後只有齎志以歿，空留俠名在人間。

更遺憾的是，「新派武俠」的後起者，一意學步古龍；除黃鷹的《大俠沈勝衣》及溫瑞安早期的《四大名捕會京師》諸作，還稍有可觀者外，無論申碎梅、司徒雪、丁情及其他泛泛的仿效者，往往只得其形而遺其神，相去不可以道里計。

創意枯竭是古今中外任何作家的致命傷，誰也無法巧奪造化，使其回春。武俠小說曾在臺灣風起雲湧，盛極一時；但隨著古龍創作後期（1977-1985）的走向自我斨害之途，武俠終於也欲振乏力，日薄西山了。

第三節　　「金庸旋風」及其衝擊

中國現代武俠小說的發展，毫無疑問地，應以臺、港兩地為重鎮。這不僅是因多數的武俠作家、作品皆直接生產、印行於臺灣與香港，更因臺、港是武俠小說最大的集散市場。在中國大陸尚以武俠小說為屬禁的年代，臺灣與香港可謂是「唯二」可以自由出版、流通的區域。此一時期的臺灣，為數高達三百名以上的作家、三千部以上的武俠作品，透過報章雜誌的連載、出版社的印行、租書店的傳播、廣電影視媒體的推波助瀾，迅速滋衍形成通俗小說的主流，並營造了為時長達二十年的武俠盛況。相對於這些為數眾多的作家、作品，金庸無疑是一個標竿；他

35　1977年以後，古龍僅有《三少爺的劍》、《新月傳奇》、《英雄無淚》、《七星龍王》、《午夜蘭花》、《獵鷹‧賭局》六部可視為是他自己創作完成的作品，其他皆為冒名偽書。

不但標誌著當代武俠小說的最高峰，同時也是中國武俠小說史上的重要里程碑。無論從政治、經濟、文學的角度而言，他都具有一定的影響力，足以管窺全豹，透視臺灣武俠小說發展的整個流程。

一、金庸小說在臺灣

　　金庸崛起於1955年，不旋踵已成爲海外高知名度的作家。在臺灣地區，金庸作品很早就有流傳；1957年時時出版社盜印了金庸的《書劍恩仇錄》、《碧血劍》及《射鵰英雄傳》三書，可以視爲金庸小說進入臺灣的先鋒。其中，最引起讀者矚目的是《射鵰英雄傳》一書。《射鵰》於1957年開始連載於《香港商報》，迅即不脛而走，受到前所未有的歡迎與重視。向來認爲武俠小說可以躋身文學殿堂，甚至曾發願創作武俠小說的學者夏濟安，在此書刊載未久，即慨嘆：「眞命天子已經出現，我只好到扶餘國去了。」36而已故的武俠鬼才古龍也曾回憶他年輕時，每天清晨鵠候在某出版社門口，等待著出版社老闆請託香港友人用醬甕裹以香港舊報紙，「偷渡」金庸《射鵰英雄傳》連載來臺的舊事。37言下不勝心嚮往之。

(一) 從曇花一現到嚴申禁令

　　在港報連載《射鵰》期間，臺灣的出版商也開始以翻版方式，不定

36　這個故事是由林以亮傳述出來的，見陸離，〈金庸訪問記〉，此文收入《諸子百家看金庸（五）》（臺北：遠流出版社，1997），頁15-36。夏氏此語，典出唐人傳奇《虬髯客》。

37　古龍對金庸小說之推崇，屢見於言表，不止一次公開承認他的小說極力模仿金庸，認爲他「復興」了武俠小說（參見古龍，〈談我看過的武俠小說〉，《聯合月刊》第20期，頁74。此文共6篇，從1983年2月起連載。但此文早在1977年6月，即以〈關於武俠〉之題，刊於《大成雜誌》第43期。

期地陸續印行這部作品。我們有理由相信，以《射鵰英雄傳》所展現的武俠魅力，如果可以依正常管道發行，一定會對臺灣本土的武俠創作產生正面的影響。但由於當時臺灣特殊的政治因素，金庸小說並未能夠普及，多數的讀者及作家恐怕都未曾聽聞過金庸的名字；有緣得閱其書者，大抵僅限於若干與海外有接觸管道的藝文、學界人士。因此就事論事，金庸小說首次「登臺」的實質影響面並不大，充其量只影響到個別武俠作家而已。但萬萬想不到，一項突如其來的政治禁令，卻以迅雷不及掩耳之勢遏阻了這可能的發展；致使後來評論家所謂的「金庸時代」及其「旋風」被迫推遲了二十年。

誠然，1950年代的臺灣，為了「反共防共」，杯弓蛇影，草木皆兵！就在時時出版社印行金庸三書不久，臺灣省保安司令部即以「臺灣地區戒嚴時期出版物管制辦法」第二條「匪酋、匪幹之作品或譯者及匪偽之出版物一律查禁」及第三條第三款「為共匪宣傳者」，對上述三書予以查禁、沒收。1958至1959年間，莫愁書局為了因應此一禁書措施，遂將《射鵰英雄傳》改題《萍蹤俠影錄》（書名取自梁羽生同名小說），假「綠文」之名印行，應可視為金庸小說在臺灣「地下流通」的起點。從此，金庸小說在很短的時間內即遭取締，「化明為暗」，成了禁書。

關於金庸小說遭到查禁的說法，歷來論者多半認為，乃由於《射鵰英雄傳》的書名取自毛澤東〈沁園春・詠雪〉詞「成吉斯汗，只識彎弓射大鵰」一語。[38]在當時臺灣視中共政權為洪水猛獸，舉凡有一事一物

---

38 儘管金庸曾否認「射鵰」二字與毛澤東詞的關係，並舉古代詩文為證（參見費勇、鍾曉毅編，《金庸傳奇》，廣州：廣東人民出版社，1995年，頁24）；但「查禁」一事，原本即可「莫須有」一番。金庸即使真的自出心裁，但衡諸歷來「文字獄」的過程，恐怕只要識者「有心」，就視為罪證確鑿，難以寬免了。關於這點，沈登恩在與警總交涉的過程中，感受最真切，於〈出版緣起〉中曾經有所說明。

相關即惹上「匪諜」嫌疑的肅殺氛圍中，《射鵰》居然敢與「毛匪澤東」掛鉤，自然難以在政治魔掌下超生。此說相信是可以成立的，因為即使到了1979年金庸小說得以解禁，遠景出版公司第一次版行的《射鵰英雄傳》，為了避免嫌疑，特意改成《大漠英雄傳》，[39]還是難逃查禁的命運，足見當局對此書仍不免耿耿於懷。[40]由此可知手握權力者的「自由心證」之害，正是欲加之罪，何患無辭！

臺灣當局的禁書政策，自始即缺乏一套有效的政令及管理機制，不但人治為患，而且時鬆時緊。金庸的小說雖然在最初流傳之際，即遭查禁的命運，但起先不過和其他多數所謂附匪、陷匪的文人學者一樣，儘管列名查禁，卻還沒有嚴重到被嚴密監控的地步；因此，在1959年之前，還是可以見到光明、合作等出版社，堂而皇之的以「金庸」之名盜印他的小說。但「暴雨專案」（此波行動，明顯是針對金庸而來[41]）的實施，卻橫掃了所有金庸在臺灣以各種形式出版的小說。

自此以後，金庸小說的公開流通暫時劃下休止符；直到1980年金庸小說正式解禁，捲土重來，才又展現出前所未見的蓬勃氣象。

(二)禁令下的金庸小說眾生相

在當局的嚴令禁止下，金庸小說儘管未能正式發行，流傳不廣，卻始終或明或暗的發揮著影響力。就實際層面而言，金庸的作品依然在地

---

39 沈登恩〈出版緣起〉就提到此書改名為《大漠英雄傳》後，警備總部還是以「與射鵰英雄傳雷同」的名義，查扣了此書。（頁5）

40 據《金庸傳奇》所云，1985年台灣電視公司欲開拍《大漠英雄傳》連續劇，在送審時，仍遭警總封殺出局。（頁24）

41 參見本書〈出版禁令與暴雨專案〉一節。

下流通著，但「金庸」這兩個字卻等於是湮滅了。從1959年開始，坊間仍然不時可見到金庸的作品，但是爲了規避當局的查禁，書商巧妙地仿照《萍蹤俠影錄》的故技，以改頭換面、張冠李戴的方式出版；截至1972年金庸洗手歸隱爲止，除了《白馬嘯西風》、《鴛鴦刀》之外，其他作品幾乎都曾盜印過，而且發行的數量還不少。

大抵上，其流通時期可以區分爲前後兩階段：在1972年以前，流傳於臺灣的金庸小說，管道多端，除了本土的翻印本之外，有些是由旅客從香港、東南亞等地攜入的；而臺灣的盜印書也有些是直接取香港版本影印製版，既可節省排版費，於查緝時也可規避刑責。此時當局的查緝行動相當嚴密，想來也曾受過「高人」指點，無論書名如何變換，皆難逃一劫。

1973年以後，臺灣的政治氣候丕變，當局將心力完全投入於所謂「黨外」政治書刊的監控中，無暇顧及武俠小說；本土出版商遂抓住此一空子，大量出版各種非法的金庸小說。其中，改換作者及書名的盜印方式最爲普遍，除《射鵰英雄傳》外，如《書劍恩仇錄》（改名《劍客書生》）、《碧血劍》（改名《碧血染黃沙》）、《倚天屠龍記》（改名《殲情記》）、《連城訣》（改名《漂泊英雄傳》）、《笑傲江湖》（改名《一劍光寒四十洲》及《獨孤九劍》）、《鹿鼎記》（改名《小白龍》及《神武門》）等皆是；而作者題名，則以「司馬翎」最爲常見，「古龍」、「翟迅」等偶然一用，只要不標出「金庸」之名，通常都可以苟延殘喘於一時。

除了盜印諸書外，金庸小說的僞本，也在此一時期偶爾出現。僞本原有兩種情形，一是「純粹僞作」，將與金庸完全無關的小說，徑題爲

金庸的著作，以收魚目混珠之效；如《查禁圖書目錄》[42]中所列的《江湖三劍鬧京華》（疑爲梁羽生的《龍虎鬥京華》），即爲一例。不過，此類敢於標明「金庸」之名的書籍，於禁令嚴格實施之際，罕得一見，蓋未有書商膽敢犯禁。反而是另一種託名僞作，於此時頗爲流行。託名僞作指的是依據金庸小説的内容加以補充演述，或啓其前，或繼其後，或取其中人物另起爐灶，這些書多半集矢於《射鵰英雄傳》，如《射鵰前傳》、《射鵰後傳》、《南帝段皇爺》等書即是。這些書應是香港作家所撰，惜已難以查究名姓，臺灣書商不過檢現成便宜盜印而已。

此外，臺灣猶有仿冒金庸之作流傳。仿冒之作，指的是暗中抄襲金庸小説中的部分或重要情節，改爲己作出版；本章第二節提到的剽竊諸書，如《寒鋒諜》、《至尊刀》、《獨臂雙流劍》、《傲視武林》、《殺人指》等，皆大篇幅挪移金庸原著。在金庸遭禁的狀況下，不肖作者蓄意抄襲，宛然以金庸小説爲「武林秘笈」，欺世盜名賺稿費，居然亦能風行一時，足見金庸作品之優秀；而一般讀者大衆對金庸原著的陌生，亦可略窺一斑。[43]

臺灣當局查禁金庸小説，從1957年開始，到1979年爲止，一共延續了23年；雖然時鬆時緊，亦不可不謂是雷厲風行。弔詭的是，金庸小説雖然失去了一般讀者市場，卻在學術文化圈中盛行不衰，尤其是大專院校的教授，多津津樂道；而政府高官如蔣經國、嚴家淦、孫科、宋楚瑜

---

[42] 金庸當時應是屬於「附匪者」之列。「暴雨專案」。

[43] 據馮幼衡〈武俠小説讀者心理需要之研究〉指出，在她所作的調查中，當時讀者所喜歡的作家，金庸雖進入前八強，但名次遠落於古龍（56.86%）、臥龍生、(47.06%)、獨孤紅、柳殘揚、東方玉之後，僅較司馬翎、諸葛青雲稍高，佔25.49%，可見金庸直到解禁前一年，還未廣獲讀者喜愛；較諸其後的盛況，簡直不可同日而語。見《新聞學研究》第21期（1978年5月），頁43-84。

等政要名流，據說也無不對金庸小說滿懷興趣、耳熟能詳。[44]金庸小說雖受層層壓抑，但其魅力猶在，遲早將如旭日東昇，劃破渾沌的黑暗。

(三)金庸小說時代之來臨

嚴禁金庸小說本是政治運作，金庸小說解禁也導因於政策的鬆綁。事實上，從1973年金庸以《明報》創辦人身份到臺灣訪問，並會見了當時的政府領導人蔣經國、嚴家淦時，政治嗅覺敏感的人早已就聞到解禁的氣味了。因而坊間趁此時所大量印製的翻版叢書，當局睜隻眼、閉隻眼，並未加強取締，故此一時期改換作者及書名的金庸小說出現最多，識貨者不難購得。迨及1979年，醞釀已久的「國建會」，盛傳金庸即將成為海外特邀嘉賓，眼明手快的出版商私下運作頻繁，更早已安排了各種腹案；只待時機成熟，就準備一鼓作氣，打響「金庸」這塊金字招牌。

1979年9月，遠景出版公司發行人沈登恩在歷經兩年的反覆陳情後，終於獲得當局首肯，以「金庸的小說尚未發現不妥之處」，[45]同意解禁出版。從此撥雲見日，金庸小說的光芒得以遍照臺灣大地，宣告「金庸時代」的來臨。

不可諱言，武俠小說的「金庸時代」是經由精密設計、完美包裝而呈顯出來的，是文學、政治及商業三合一的縝密組合——以金庸作品的文學素質為基礎，配合著政策鬆綁的時機，再加上一連串有計劃的商業行銷手法，交相炮製而成。其中沈登恩與當時以《聯合報》總編張作

44　見《金庸傳奇》，頁22。此說並無實據，有誇大其辭之嫌。
45　見沈登恩「金學研究叢書」前所附之〈出版緣起〉，頁3。

錦、《中國時報》副刊主編高信疆爲首的報業人士，及以倪匡、曾昭旭爲代表的藝文界名家充分合作，是這個「捧金運動」的策劃者與急先鋒，各路人馬分進合擊，共同爲宣揚金庸而努力。

沈登恩是「總設計師」，包辦整個的行銷策略。先是與《聯合》、《中時》兩大報達成默契，邀約藝文、學術界名家，於兩報副刊上強力推介金庸作品的文章，以爲前鋒；繼而《聯合報》於1979年9月7日起連載《連城訣》，《中國時報》於9月8日連載《倚天屠龍記》，製造「搶登」聲勢。另又情商倪匡於短期內趕寫《我看金庸小說》系列專書，作爲呼應；進而於1980年10月12日香港《明報》刊登〈等待大師〉的廣告，擴大影響力；最後則陸續推出皇皇鉅著《金庸作品集》，完成了第一波的造勢行動，也確立了金庸小說在臺灣屹立不搖的「武林至尊」地位。

1986年，金庸小說的臺灣版權高價轉讓予遠流出版社，袖珍本、典藏本、普及本，三管齊下；於是金庸小說開始走入家庭，連續數年高居書市排行榜中銷售冠軍。武俠小說的「金庸時代」前後長達二十年，是否能跨世紀寫下光輝燦爛的新頁，則有待於時間的考驗了。

(四) 多媒體、多向度的金庸小說

金庸小說之從傳統租書店延伸，開始步入家庭，就中國武俠小說發展史而言，是一次破天荒之舉。儘管這未必代表武俠小說全面獲得社會輿論的肯定，但是卻極具象徵意義；武俠小說，至少金庸的武俠小說，是可以具有「文化櫥窗」性質的。這對有心從事通俗小說創作的人而言，自是莫大的鼓舞。更重要的是，在金庸小說普遍流傳的推動、刺激下，通俗文學原所具有的特色——消閒娛樂，迅速擴張，在當今臺灣社會五花八門的新、舊娛樂項目中，占有一席相當重要的地位。金庸小

說，不僅是平面式、書面式的小說，正朝著多媒體、多向度發展。

早在金庸作品普遍流傳之前，臺灣電影、漫畫、廣播及電視連續劇等通俗媒體，與武俠小說的「通俗性」結合，就已取得堅實肥沃的發展土壤。[46]金庸小說在前此的社會基礎下，挾著眾望所歸的魅力，可謂集其大成。

據資料顯示，金庸小說改拍成爲電影，始於1958年由胡鵬編導、曹達華主演的香港粵語片《射鵰英雄傳》。其後，金庸小說開拍成電影的約莫有50部以上，清一色爲港產影片。由於禁令之故，金庸小說改編的國語片《射鵰英雄傳》（由香港邵氏製作、張徹導演）要遲至1977年才開始獲准在臺灣上映。在以後的20年間，又陸續開拍了30部左右；而1993年則連拍6部之多，達到新的高峰。綜觀這些影片，早期還頗忠實於金庸原著；但自1990年《笑傲江湖》起，[47]擅改原著成風，以致「名存實亡」之作大量出現，多半乏善可陳。

金庸小說改編的漫畫，據傳早在1970年代即有《神鵰俠侶》面世，但未見其書。[48]1997年東立出版社出版香港黃玉郎的《天龍八部》，其後，何志文的《雪山飛狐》、馬榮成的《倚天屠龍記》陸續推出；遠流出版社則自1998年起出版李志清的《射鵰英雄傳》、黃展鳴的《神鵰俠侶》漫畫本。上舉部數雖不多，但亦可略窺金庸武俠漫畫化之一斑。

金庸小說改編的電視劇，香港早在1970年代就已紅紅火火；臺灣則

---

46 有關臺灣武俠小說多媒體的發展，參見本章第一節。

47 參見陳墨，《刀光俠影蒙太奇——中國武俠電影論》（北京：中國電影出版社，1996），頁488-512。

48 沈登恩主編之「金學研究叢書」中，曾刊載一幅早期《射鵰英雄傳》的漫畫封面，但未注明爲何時何地何人之作，待考。

於1983年由台視首度引進《天龍八部》，開啓了臺灣金庸武俠連續劇的先河。其後，無論是港產片或臺灣三家電視台自製的劇目，無一不受到觀眾熱烈歡迎。1998年甚至有三家電視台於同一時間推出《神鵰俠侶》打對台的輝煌紀錄，可見其搶手的程度。

1990年代的新興媒體如電腦遊戲及網路，「金庸旋風」的裙角也多有波及。電腦武俠遊戲始於1991年10月，由精訊公司出版的《俠客英雄傳》[49]拔得頭籌，其後陸續有各種武俠電玩問世。1993年3月，智冠科技取得金庸授權，推出了《笑傲江湖》遊戲軟體，正式揭開了金庸小說在電腦遊戲界的一片天地；尤其是《金庸群俠傳》，融合了金庸14部作品爲一，玩家可以自己融入遊戲中作各種嘗試，受到空前的歡迎。[50]

新興的網路，在1990年以後迅速發展，武俠題材成爲熱門項目；而金庸小說的相關網站，更是一枝獨秀。遠流出版社規劃的「金庸茶館」，人潮滾滾，是目前叫好又叫座的金庸小說專業網站。其他大小相關網站，無慮數十個之多，可見金庸小說在人爲炒作下之魅力四射、八面威風！

二、「金學」與「定於一尊」

金庸小說的解禁，肇因於政策的鬆綁；儘管在金庸風潮的席捲之下，商業化的運作始終貫穿其中，各種多媒體趕搭金庸列車，卯足全力以爭取讀者、觀眾的媚態畢露；但是在這一片沸沸揚揚的喧嚷聲中，卻

---

49 1991年1月，大宇公司的《軒轅劍》亦可視爲先聲，然其內容取自於《倩女幽魂》，神怪味重於武俠味，故不予列入。

50 參見曹昌廉〈武俠遊戲之沸騰江湖〉一文，載於「中華武俠文學網」（http://knight.tku.edu.tw）。

也有更深一層的文化省思。

　　長久以來，「金庸＝禁書」形成一個臺灣反文化的標籤；禁錮已久的人文心靈，藉金庸小說的解禁，尋得了一個宣洩、奔騰的出口。此次金庸風潮的製造者，不乏當代藝文、學術界的名家。在這些文化人的眼中，金庸遭禁是一個象徵，一個封閉停滯的文化象徵。文化需要的是自由、活躍的空間，思想更需要多元、雙向的交盪刺激；僅僅政策的鬆綁，對單一作者「網開一面」，是絕對不足以帶動文化發展的。因此，他們有志一同，意欲藉著大肆宣揚、鼓吹金庸，醒豁世人耳目，沖刷禁閉已久的心靈。於是一場藉由「金學研究」以鼓動風潮、造成時勢的社會運動，就此拉開序幕。

　　所謂「金學」指的是對金庸小說的批評與研究，儘管無論在方法、理論及實際成就上，「金學」的研究只能算剛剛跨出一小步；[51]但就武俠小說（甚至通俗小說）的認知而言，卻具有啓迪作用。長久以來，通俗小說始終局限於傳統不登大雅之堂的觀念中，無法獲得社會應有的重視；而相關的評論，不是隔靴搔癢，就是充滿了誤解與偏見，甚至連一篇嚴肅認眞的討論也概付闕如。

　　金庸小說解禁之後，「金學研究」成爲衆所矚目的新議題，從市井小民到知識階層，無不津津樂道。尤其是文藝、學術界，從報章專題製作、大學開課、學生社團成立，到學術研討會舉辦、碩博士論文以金庸小說爲題，萬花齊放，百鳥爭鳴，可謂極一時之盛！藉著金庸小說的開疆闢土，武俠（通俗）小說在某種程度上，卻也獲得了「文學身分

51　有關「金學研究」的問題，請參見林保淳，《解構金庸‧金庸小說研究現況》（臺北：遠流出版社，2000年6月），頁245-266。

證」，這不能不說是拜金庸小說之賜！思想觀念既已解放，未來對武俠
小說的進一步研究，對通俗小說理論的建構，無疑就十分令人期待了。

金庸小說的優秀素質，在學者專家的極力闡揚、推重下，普遍深入
讀者，幾至形成了武俠小說的典範。就讀者而言，能在通俗文學讀物中
盡情領略、欣賞到如此高水平的作品，無疑是令人逸興遄飛的。然而典
範通常意謂著霸氣，不霸，不能樹立權威；不霸，不能自成典型。讀者
在「曾經滄海難為水」的情況下，復受到學者專家強而有力的引導，極
易先入為主，以金庸為唯一！因此排擯百家，獨尊金庸，視為理所當
然。當初與金庸並轡而馳的梁羽生，早已被遠遠拋落塵外；而臺灣從
「三劍客」到「鬼才」，也一一明珠蒙塵，其他作家更無論矣。金庸是龍
捲風，風威所及，無一倖免！因而造成強大的排擠效應，武俠小說變成
了金庸的專稱。在金庸，也許是實至而名歸；在讀者，自也不能不說是
正確的選擇；然而對有心投身武俠創的新手而言，卻也形成了最大的障
礙。

自1980年以降，臺灣武俠作家只有古龍以俶詭之才勉撐大局。古龍
歿後，老成凋謝，新秀束手，武壇冷落，書劍飄零。原本武俠愛好者冀
望金庸能重振武林雄風，再領武俠風騷，掀起另一次「百花齊放」的創
作高潮；未料金庸「一洗萬古凡馬空」，卻使早已委頓不堪的臺灣武
壇，為之「空群」！老讀者只能白頭話舊，吁嘘憑弔50、60、70年代的
武俠，嗟嘆不已。

三、「排擠效應」下的誤解

金庸小說在臺灣所產生的「排擠效應」（黑洞現象），是相當驚人
的；而其間也產生某種程度的誤解，尤其是在所謂的影響層面上，認知

相當混淆。首先是有關臺灣武俠小說發展是否受到金庸影響的問題。

從影響層面來看，無論是從金庸初露鋒芒，即一舉醒豁臺灣部分武俠迷的耳目；到嚴行禁令，依然以各種管道地下流傳；乃至解禁之後，異軍突起，立刻席捲全臺，並成為多媒體的寵兒而言，金庸小說對臺灣影響之深遠，是無可置疑的。儘管這些影響主要施用在廣義的金庸小說讀者身上，但武俠小說的作者往往也都是讀者，因此這些影響事實上也包涵了臺灣的武俠作家。

在臺灣武俠作家中，自承受到金庸小說影響，且公開為文推崇金庸小說的，古龍是第一個；在臺就學時期的溫瑞安，成立「神州詩社」，甚且規定必讀金庸的《書劍恩仇錄》。其他作家如諸葛青雲、高庸、雲中岳、柳殘陽、秦紅等，也皆對金庸小說表示推崇；[52]同時，我們從若干抄襲金庸小說的僞本中，也足以證明金庸小說在作者群中的影響力。不過，矢口否認曾受影響，甚至強調早年從未看過金庸小說的名家亦復不少，如臥龍生、蕭逸等皆曾作如是表白。當然，作者的表白未必全然可信；但以彼等全盛時期「分身乏術」的情形來看，也未嘗沒有可能。

蓋臺灣武俠作家故步自封、閉門造車的惰性相當嚴重，尤其金庸小說曾長時期被禁，這些作家自己寫書猶不暇，也未必願意費心蒐讀其書。何況當時金庸出道不久，尚無後來的名氣之大！因此，金庸對臺灣早期武俠作家的影響，應該沒有想像中的普遍，而這恐怕正是臺灣武俠小說在整體表現上不如人意的原因之一。

有趣的是，金庸小說對武俠創作的影響，儘管未必一如想像，但

52　此皆從訪談中所知，其中高庸曾坦承受到《射鵰》的激勵（《葉洪生論劍》，頁460）；秦紅則極力推揚金庸，並謂金庸小說的水平，幾度令他欲擱筆不作；後來的創作，則以金庸小說為禁區，極力規避類似的描寫。

「暴雨專案」（以金庸小說爲導火線）的後遺症，卻直接或間接影響到多數作家的創作取向。論者曾謂：「基於政治禁忌，多數武俠作家皆避免以歷史興亡爲創作背景；甚至爲求省事，乾脆將時代背景拋開，而進入一個『不知今夕何夕』的迷離幻境。」[53]針對臺灣武俠小說「去歷史化」的特色，學者唐文標也曾剴切言之。[54]的確，相較於「舊派武俠」、「香港武俠」之善於搬弄史事，虛實並用，臺灣武俠小說則極力避免與歷史「掛鉤」。箇中原因多端，主要還得歸咎於政治禁忌；尤其是作者唯恐招來類似於金庸小說「顚倒歷史，混淆是非」的罪名，寧可選擇明哲保身之道，這也是可以理解的。

持平而論，在臺灣早期武俠作家中，如郎紅浣、成鐵吾，皆擅長描寫清宮軼事，尤其是成鐵吾的《年羹堯新傳》、《江南八俠列傳》、《呂四娘別傳》，藉雍正奪嫡、身死無頭的傳說開展，頗具「歷史武俠」的格局；成鐵吾三書，均作於1955年前後，大抵都在禁令頒布之前，其故可以深思。

在此以後，「去歷史化」的情形越見嚴重；除雲中岳敢爲「歷史武俠」張目外，唯有獨孤紅以擅寫清初康、雍、乾（尤其雍正）三朝軼事聞名。對明史熟稔、並常在小說中傳神描摹明代生活的雲中岳曾表示，政府當局的確經常「關切」以史事爲經緯的武俠作品。凡此種種，應足以印證前說。在這種情況下，臺灣武俠作家普遍缺乏對歷史的關懷，拱手揮別歷史的宏偉與壯闊，亦可能是其不如人意的另一因素。

---

53 見《葉洪生論劍》，頁75

54 武盲（即唐文標筆名）在〈怎樣著寫武俠小說〉一文中，謂：「在臺灣苦練的師伯師兄們，大概爲了避免繁瑣的小考據，或史事認識的麻煩，都採用泛武林武俠主義，一切接『古』，但既無古事，亦無古人。」見《大成》雜誌，第66期（1979年5月），頁56。在此，唐文標所說的「古事」範圍很廣，不僅僅指歷史背景而言。

其實就武俠論武俠，「去歷史化」並非是什麼大缺憾、大罪過。金庸小說的「歷史感」濃厚，以假亂真，固然能引人入勝；而古龍小說大膽「自我作古」，亦可睥睨當世，風靡一時。問題不在某些作者能否結合史事，而在多數作者完全拋開時代背景，無中生有，甚至錯亂了歷史時空、事件。然而儘管臺灣武俠小說普遍缺乏「歷史感」，且刻意規避歷史興亡大事，紛紛朝向江湖恩怨、武林霸業發展；卻也給讀者提供了一個反思的機會，足以讓我們重新考量金庸小說在臺灣武俠小說發展史上的意義，並澄清一個最大的誤解：即梁羽生、金庸的「新派武俠」，促成了臺灣武俠小說的成長。

「新派武俠」的定義，至今仍未有定論；「新派」應自何時而始，論者也莫衷一是。一般說來，有梁羽生、金庸「開創新派」[55]及陸魚、古龍「完成新派」[56]二說。新舊之分，主要是在強調一個歷史流程的演變；如果在某個定點（或附近），事物及觀念產生了較大的變化，則不妨以此定點為界，區分「新」與「舊」。當然，新與舊之間應不應有連繫，或連繫的程度、範圍如何，將直接影響到新舊的區別；「新派」之不同論點，正肇因於此。此處僅從「演變」的角度，說明臺灣武俠小說的發展。

臺灣武俠小說之興，始於1950年代。從1951年郎紅浣以《古瑟哀絃》

---

55 多數的武俠小說史作者皆採此說，不煩一一列舉。梁羽生則自詡對於新派武俠小說有「開山劈石」之功。見佟碩之（梁羽生筆名），〈金庸‧梁羽生合論〉，收入韋清編，《梁羽生及其武俠小說》（香港：偉青書店，1980），頁74。而此前1940年代的朱貞木則早有「新派武俠之祖」美稱，出處待考。

56 有關這點，葉洪生認為「新派」是「由後起之秀陸魚過渡到古龍手上完成」的（《葉洪生論劍》，頁368）；而宋今人則公開推崇司馬翎為「新派領袖」。其中，司馬翎的《劍神傳》（1960）、陸魚的《少年行》（1961）及古龍的《浣花洗劍錄》（1964）是三部標竿式的作品。

初試啼聲以來，發展迅速；迄1959年的「暴雨專案」爲止，重要的武俠小説名家都已有極具分量的作品產生：如擅長演述歷史武俠傳奇的成鐵吾（1955，《年羹堯新傳》）、格局宏闊的臥龍生（1957，《風塵俠隱》）、綜藝俠情的司馬翎（1958，《關洛風雲錄》）、莊諧並陳的伴霞樓主（1958，《劍底情仇》）、情致纏綿的諸葛青雲（1959，《紫電青霜》），皆已嶄露頭角。而從1960年起，獨抱樓主（1960，《璧玉弓》）、古龍（1960，《蒼穹神劍》）、蕭逸（1960，《鐵雁霜翎》）、東方玉（1960，《縱鶴擒龍》）、慕容美（1961，《黑白道》）、上官鼎（1961，《沉沙谷》）、柳殘陽（1961，《玉面修羅》）、高庸（1962，《感天錄》）、秦紅（1963，《無雙劍》）、雲中岳（1963，《劍海情濤》）、司馬紫煙（1963，續《江湖夜雨十年燈》）、獨孤紅（1965，《紫鳳釵》）等，亦紛紛投入，幾乎多數的武俠名家都已全員到齊。換句話說，在1966年之前，臺灣的武俠小説已有長足的發展；而郎紅浣出道時，尚較梁羽生的《龍虎鬥京華》（1954）、金庸的《書劍恩仇錄》（1955）爲早，足證臺灣的武俠小説絕非是受金庸的影響才產生的。

不僅如此，早期臺灣的武俠小説，無論是回目的訂定、情節的鋪敘、敘事手法的運用，大抵皆承襲所謂「民國舊派武俠」而來，殆與「現代洋才子」式[57]金庸小説大異其趣；更足以說明臺灣武俠小説是自足地成長、茁壯而後才形成多種多樣的風格特色。個別作家縱有借鏡、取法，亦甚有限，實不宜以偏蓋全。嚴格說來，金庸小説之發揮較大影

---

[57] 有關「現代洋才子」的提法，出於佟碩之（梁羽生化名）所作〈金庸／梁羽生合論〉一文，收入《梁羽生及其武俠小説》（香港：偉青書店，1977），頁74-115。意指「金庸接受西方的文化影響，尤其是好萊塢電影的影響」，而「好萊塢電影的特點之一是強調人性的邪惡陰暗面」。

響力，最多也只在1966年以後，那時臺灣重量級武俠作家大半已打完他們這一生最輝煌、最美好的仗，而開始走下坡了！

從金庸小說在臺灣流傳的總體趨向來看，很明顯地，1959年的「暴雨專案」及1979年的「金庸解禁」，是兩個重要的定點；實際上，攸關臺灣武俠小說發展興衰的歷史，也以這兩個定點爲參考座標。

一言以蔽之，早期臺、港兩地的武俠作家皆爲「道上同源」——他們共同立足於中華文化土壤，也都師承於「舊派武俠」，在創作基礎上並無若何差別。惟以彼等遭逢世亂，流寓海外，遂自覺或不自覺地將這一分離鄉背井的失落感投射到武俠創作上來，聊以寄託故國之思。因此早期臺、港武俠小說不論優劣，多以「神遊」（想像）中的大陸風光、歷史古蹟、地理環境、風俗民情爲故事素材，乃形成兩地武俠作品共通的「擬古」特色；同時也決定了往後武俠小說偏愛中國山川、文物的民族性格。但畢竟臺、港的生活環境迥異，遂有「因地制宜」的不同結果產生。[58]

比較起來，英領下的香港是個自由貿易港，思想開放，政治忌諱較少；兼以金庸、梁羽生均在報界工作，見聞寬廣，又通外情，故能將

---

[58] 香港武俠小說，在梁、金之前，有所謂的「廣派武俠」，內容以摹寫廣東英雄爲主，而語言運用上夾雜著大量的粵語；梁、金之作，於此頗能摧陷廓清。此一意義，甚足探究。歷來批評武俠小說的學者，經常詬病其中舛誤過多的地理環境，塞北江南、東鄰西境，往往不知所云。實際上，武俠小說中的古城名都、黑水白山，多半是「想像」中的故國。既屬想像，符不符實情，並不是如此的重要；重要的是，讀者默識心通，也不至於將武俠小說當「地理志」來讀，這是一種文化的虛擬、故國的想像，而寖漸形成的特色。類似的例子，可從韓國的武俠小說中尋到。據韓國學者李致洙研究，韓國的武俠小說自1978年興起後，自行創闢了「中國式的韓國武俠小說」，「除了只有作者就是韓國人之外，都很像中國武俠小說。作品的地理背景亦爲中國，登場的人物也是以少林、武當等九大門派爲中心的武林人物，武術方面也是中國武俠小說中習見的」（〈中國武俠小說在韓國的翻譯介紹與影響〉，《俠與中國文化》，頁87-88）。

「中學爲體，西學爲用」的創作方法靈活運用，推陳出新。而臺灣則長期處於「保密防諜」的政治陰影下，禁忌特多！因此早期武俠作家的思想包袱過重，爲求明哲保身，只能拾「舊派武俠」之餘唾，在虛擬的江湖世界中討生活了。

金庸小說最早於1957年「偷渡來臺」，原本有可能帶動臺灣武俠創作朝向「文史結合」的康莊大道發展；卻因「暴雨專案」全面封殺而告消歇。這對臺灣而言，是幸或不幸，殊難斷言。因爲寫作——特別是從事武俠創作，靠的是才學、文筆和想像力，三者缺一不可。以金庸一人之「歷史感」，豈能推動時代的巨輪，扭轉武俠創作方向？何況以現代小說技巧來看，金庸的「創新」手法似乎亦甚有限，未必能領導潮流「超越前進」、「一統江湖」。（按：請參見第二章有關古龍、陸魚、秦紅的論述。）

總之，1959年後的臺灣武俠小說，基本上受到相當嚴重的政治干預；查禁金庸小說就是個明確的指標，充分顯示了政治對文學箝制的弊害。由於金庸的明下暗上，臺灣武俠小說展現了迥異於金庸小說「爲歷史翻案」、「開古人玩笑」的特色，「去歷史化」是一重要表徵。然而在多數作家不斷的努力耕耘下，卻也另闢新境，呈現出百花齊放的局面。如臥龍生的奇情幻設、司馬翎的推理鬥智、諸葛青雲的文采風流、古龍的求新求變、慕容美的詩情畫意、上官鼎的少年英雄、秦紅的成人童話、柳殘陽的鐵血江湖、雲中岳的援史入俠等等，皆曾各放異采，吸引了廣大讀者的目光。其中古龍於1966年脫穎而出，爲武俠小說寫下新的史頁，並締造了個人最輝煌的十年風騷（1966-1976），得以與金庸隔海唱和，分庭抗禮！

1979年金庸小說解禁，配合著商業化的行銷手段，造就了「金庸時

代」的來臨；而媒體的集中報導、宣揚，則爲武俠小說爭取到了正名的機會。但在表面上對武俠歡呼聲中，卻因過度推崇金庸而產生的「排擠效應」，卻使得百家息鼓，新秀偃旗！非但無法再度開創臺灣武俠的新局面，反而在武俠小說日益式微的窘境中，雪上加霜，幾乎扼殺了武俠小說僅存的命脈。

的確，「一將功成萬骨枯」！這是「金庸時代」人爲運作下的結果，其「定於一尊」的歷史功過猶待後人評說。然而深受其累的臺灣武俠小說步履蹣跚地走過20世紀之後，又該何去何從呢？

第四節　新舊版本更替與市場惡性競爭

關於臺灣武俠小說的新舊版本（25／36開）更替，與市場惡性競爭（如炮製冒名僞書以魚目混珠），是兩個各自獨立，而又互有關連、錯綜複雜的問題。

前者出現在1970年代中後期，原是爲順應社會的需求而產生版型的改變（由傳統的36開本改爲現行的25開本），本具有進步的時代意義，值得充分肯定。而後者的代筆／仿冒現象卻有一個漸進、發展的過程——即由個別名家私相授受，到出版商虛掛作者筆名爲所欲爲。

其實起初縱然有代筆／仿冒名家之作，亦屬個別事例，情形尚不嚴重。惟不肖出版商卻趁著武俠書改版的時機，大量炮製冒名僞書，借殼上市，用以欺騙讀者。這無疑是一種知法犯法、令人不齒的商業行爲。它混淆了社會大眾的正確認知，以訛傳訛，積非成是，其後果極爲嚴重。然而由於人們一貫視武俠爲消閒讀物，並不在意；久而久之，乃習以爲常，而成爲一個「眞僞難辨」的既存事實。

　　爲了說明武俠書版型／開本的演變對小說本身產生的時代意義，以及冒名僞書充斥對讀者、對社會所造成的不良影響，以下我們將就所見所聞，分別加以闡述，提供有心人士參考。

一、臺灣早期武俠書的版本沿革

　　據我們手頭所蒐集到的原刊本顯示，1950年代初期出版的武俠書循一般通俗小說成例，多採用32開本。如郎紅浣《古瑟哀弦》最早交由《大華晚報》結集出版（1952年6月），而後再由國華出版社重印（1956年元月）；兩者版型均爲32開本，每集（冊）約80至160頁不等，每頁有18行，每行46個字，不分段；加以又用最小的老九號字（報紙字體）排版，排得密密麻麻，看起來非常吃力，頗有礙閱讀。類似者如眞善美出版社所印成鐵吾《年羹堯新傳》（1955），以及海上擊筑生《南明俠隱》（1959）等書皆然。[59]這實在造成讀者不便，因有改進的必要。

　　迨及1950年代後期，武俠書基本上是改用36開本（較32開略小）編印。一般每集約70至80頁左右，每頁減爲14行，每行38個字；縱有分段，亦甚有限。但因字體業已放大爲新五號字，對老年讀者而言，不啻一大福音。故每集武俠書（俗稱小本）雖有四萬多字，也不致損傷目力。這種將字體適度放大的良性作法，可能與武俠出版商之市場競爭不無關係。

　　此後以迄1976年，36開本武俠書業已形成出版慣例；而臥龍生《飛

---

59 「海上擊筑生」爲成鐵吾撰寫劍仙小說之筆名。《南明俠隱》最早連載於1955年7月《上海日報》，結集出版卻晚了四年。這是極罕見的特例。因爲從1957年眞善美出版東海漁翁《四海英雄傳》（即蹄風原著《游俠英雄傳》）起，一般武俠書均改用36開本印行。唯獨《南明俠隱》仍然沿用32開本編排，而於1959年一次出齊（正傳10集、後傳3集）。

燕驚龍》（1959）司馬翎《劍氣千幻錄》（1959）、古龍《孤星傳》（1960）、陸魚《少年行》（1961）、上官鼎《沈沙谷》（1961）乃至諸葛青雲《半劍一鈴》（1961）、柳殘陽《玉面修羅》（1961）等早期作品，則又有進一步的改良——即率先採用現代小說分段法，將文字段落適度分開，使其疏密有致，更受讀者歡迎。其中尤以《半劍一鈴》開場白第一段竟只有一句：「怪！真怪！」比時下任何武俠小說都要標新立異，可見一斑。[60]

抑有進者，上舉各書（皆具代表性）除臥龍生、司馬翎之外，其他作家都普遍將說話者與道白分開（即道白另起一段）。如此一來，無異變相拉長篇幅，不免貽人「騙稿費」之譏。孰料此舉卻使後起者有樣學樣，紛紛效尤，竟蔚然成為風尚。故1965年以後，臥龍、司馬諸作也只好順應潮流，隨俗浮沈了。

正因如此，1960年代的武俠出版物受上述新式分段影響，越排越疏；即使開數／頁數／行數未變，但每集總字數已縮減到三萬三千字以下，亦為不爭的事實。1966年2月真善美出版社「重酬徵求俠情小說稿啓事」（詳第二章第二節），確切要求作者以每集六百字稿紙寫五十五張，可為明證。其後，各出版社又推出合訂本，則以三集裝訂成一冊，仍沿用原書封面。

惟自1970年以降，古龍式分段法大行其道，一字／一詞／一句／一行為一段的排列方式竟成為「新派典範」！於是在武俠作者爭相「灌水」（內容則大幅縮水）之下，每頁武俠書稀稀落落，居然有一半留白！此

---

60 諸葛青雲《半劍一鈴》（1961）的開場白極新潮，很可能是其由傳統武俠走向新派武俠小說的先聲。

舉令讀者極為反感。如果說這乃是武俠熱退潮、（老）讀者銳減的原因之一，當不為過。

二、于志宏率先為武俠小說改版催生

誠如本章前三節所述，武俠小說市場在讀者興趣轉移、出版社經營困難、老作家才思枯竭、「泛古龍化」傾向日益嚴重、武俠電影／電視劇風行等等內外因素的夾殺與衝擊之下，逐漸萎縮。業者為了能夠繼續生存發展，必須求新求變！於是有一些熱愛武俠的業內人士挺身而出，苦思應如何突破困境。其中最值得稱許的武俠書改版大功臣，就是以「天下第一槍手」聞名武俠圈的作家兼出版家于志宏。

于志宏（1934–2003），筆名于東樓，天津人，日本東京玉川高校畢業，千葉大學攝影系肄業。曾任基隆市地政科員、中華製片場沖印員等工作。1960年代初期，他以《白菊花》等「槍戰小說」受到春秋出版社發行人呂秦書賞識，並引荐給臥龍生、諸葛青雲、古龍等武俠名家，於必要時為之代筆。因此古龍戲稱他是「天下第一槍手」，彼此交相莫逆，情同手足，一時傳為武壇佳話。

1972年于氏與友人合力創辦漢麟出版社，最初是發行《小說報》，刊載社會言情小說，旋以32開版式為女作家玄小佛、郭良蕙、嚴沁等出書；繼而採用同樣開本出版司馬紫煙歷史小說《紫玉釵》三部曲，皆獲得讀者歡迎。於是他腦筋一動：既然自己出入武俠圈多年，相識滿天下，何不通過業內朋友將一些膾炙人口的武俠老書重新改版發行，以啟武俠新機？

當時武俠小說正處於青黃不接的退潮期，故于氏這種「新瓶裝舊酒」的想法很快就得到許多老牌武俠作家及春秋、大美、南琪等出版社的認

同，而基本上解決了版權歸屬問題。於是1975年第一批32開本新版武俠書乃應運而生，約略計有臥龍生《飛燕驚龍》、《玉釵盟》、《絳雪玄霜》、《金劍雕翎》等老書；繼則如古龍《蕭十一郎》、慕容美《天殺星》、秦紅《無雙劍》以及司馬紫煙、獨孤紅等名家舊作亦陸續改版推出，分別印成專輯。

漢麟版32開本武俠書與早年流行的32／36開本主要有三點不同：

一是將小本（36開）的十集內容編排成一冊，厚達四百多頁，類似一般大部頭通俗小說。從此，武俠書的分集出版形式乃逐漸走上統合化／標準化，開始擺脫「小說異類」的譏評。61

二是乘改版之便，將舊書中說話者與道白硬生生拆成兩段的內文一律接回編排，整合為一段文字，以節省篇幅。這種撥亂反正的作法雖出於成本考量，亦符合社會大眾的閱讀習慣與需求。

三是將原刊本回目重新翻製，大約是以每集內容編為一章（原刊本每集多以三章編目），每頁書邊則印上章名。而古龍《蕭十一郎》原無章回，只有插題，亦由于氏代為分章，以方便讀者檢索。

此外，漢麟又特邀名畫家孫密德設計新版武俠書封面，饒有現代西洋畫風。而這種全新包裝（從內到外）對新生代讀者來說，實具有一定的親和力和吸引力。令人耳目一新，樂於接受。如是種種，不一而足。

於焉經過兩三年的嘗試與過渡，待一切條件成熟，漢麟乃於1977年起正式推出25開大本武俠書，以因應市場新的需求。這種革新版是以上述32開本為底本，每冊有三百餘頁，用新五號字編排，很適合各年齡層

---

61 所謂「小說異類」是指在當時的大眾讀物中，唯有武俠小說是採取36開本和分集印行的方式，陸續出版；故常招來社會異樣的眼光，被認為是排印革率，不登大雅之堂。

的讀者閱讀。因此每家租書店都願意汰舊換新，使漢麟市場佔有率日益升高，而逐漸形成武俠出版業的主流。

　　同年首先跟進者爲桂冠出版公司，以六種古龍小說打頭陣；卻因將《鐵血傳奇》改名爲《楚留香傳奇》出版，致引起眞善美出版社的抗議，產生版權／著作權糾紛。然其他觀望中的老牌武俠出版商因見有利可圖，逐紛紛效法漢麟，改爲25開本重印舊書（36開小本武俠書於1979年停印）——這就是現在流通市面的武俠小說版式之由來。而于志宏與漢麟出版社對於新版武俠書的催生與努力，實功不可沒。

　　可惜好景不常！迨至1980年左右，由於漢麟內部發生問題，導致經營權易手——于氏被迫將所有取得的出版權益（連同漢麟模版）全部轉讓給萬盛出版公司。但因萬盛負責人王達明急功近利，大量盜印改頭換面的「舊派」禁書，打亂了一盤棋；迫使于志宏改革武俠書的理想半途而廢，從而造成市場惡性競爭越演越烈，乃陷入一片混戰之中，不知伊於胡底。（詳後）

　　由於武俠出版市場魚目混珠的亂象與代筆、僞作的歷史發展息息相關，值得我們追本溯源，作一番回顧。

三、武俠名家代筆續書大追蹤

　　臺灣武俠小說界盛行代筆之風，是一個長久以來即已存在的客觀事實；而其中又有主動（作者自己請人代筆）、被動（作者斷稿，出版社被迫找人捉刀）及主／被動合作（作者默許掛名）之分。尤其是後者涉及作者本人的寫作態度跟生財之道，必須先加以闡明。

　　在主／被動合作方面，其始作俑者即是玉書出版社發行人黃玉書與臥龍生。據知，臥龍生處女作《風塵俠隱》（1957）及《驚虹一劍震江

湖》（1957）最早均由玉書出版社結集印行。《風塵》出到十集，未完；而《驚虹》則有正七、續六共十三集，業已結束。當時臥龍生正因傷病住院，黃氏見此二書銷路甚好，遂瞞著作者續寫下去。事後臥龍生明知不妥，卻為了貪圖版稅收益，竟予以默認，不了了之。

及至1961年，南琪／華源出版社開張，乃與黃玉書、臥龍生情商，欲以重印《風塵》、《驚虹》二書打頭陣。除黃氏代筆部分改為「吾愛紅（續）」之外，一切照舊發排。臥龍生本有機會撥亂返正，卻放牛吃草，置之不顧。其不自愛惜羽毛，竟一至如此！

有鑑於黃玉書昔年在臥龍生落魄潦倒中，曾給予他寫稿謀生的機會，恩同再造。雖然黃氏亦有代筆偽續之咎，卻以其慧眼識才，發掘出臺灣第一代的武俠泰斗，亦可謂功過參半！因此，爰就所知其人生平，略加介紹於次。

黃玉書，別號瑞麟，湖南藍山人，生卒年不詳。早歲投身軍旅，曾參加抗日、戡亂戰役，從事地下工作。1955年創辦玉書出版社及《武俠小說旬刊》，長期經營出版事業。黃氏略通文史，擅長書法、繪畫，曾編著《國學精華》、《篆隸行草書法譜》等書，提供中學生參考研習；又以「瑞麟」、「西北西」為筆名，出版過社會、偵探、間諜、傳奇、武俠等各類小說達數十部之多。（以上據1978年東芳圖書出版社所印《江南女俠》作者簡介內容）

最奇特的是，在武俠小說退潮期，黃氏（瑞麟）武俠作品《萬里剪鯨鯢》（1979）竟然是由其本人親手用行書寫就，再照相製版印行。書為32開本，正文字體約老三號字大小，非常秀麗美觀。這是迄今所見最悅目的武俠小說內頁印刷，堪稱獨一無二！值得特別附記於此。

另在（作者）主動請人代筆方面，則以臥龍生、諸葛青雲首開其

端。臥龍生早期諸作如《鐵笛神劍》、《天香飆》、《素手劫》、《天鶴譜》、《指劍爲媒》、《寒梅傲霜》等書，都曾請人代筆續完。而諸葛青雲早期諸作如《江湖夜雨十年燈》、《血掌龍旛》、《霸海爭雄》、《洛陽俠少洛陽橋》等書，亦復如是。（詳見第二章第二節）之所以會發生這種情形，多係作者太紅而又不負責任；故稿約應接不暇，開了書又無法善後，只好找人捉刀，草草了事。

惟1960年代臥龍、諸葛之書請人代筆，一般都是挑選具有潛力的同行後進（如古龍、易容、司馬紫煙、獨孤紅等）續寫未完情節，尚不致過於粗製濫造。然而進入1970年代，彼等名成利就，多半僅開一書頭，即任由出版商找庸手續完，而坐享「有償掛名」之利。至1980年以後，臥龍生基本上已罕有眞品新書問世；坊間冒名僞書充斥，無法估計。

至於被動（出版社）找人代筆方面，其責任多在原作者身上，尤以古龍爲最。古龍早期諸作如《劍毒梅香》、《劍氣書香》、《長干行》、《名劍風流》，均曾因故輟筆，遂迫使出版商分別找上官鼎、墨餘生、高庸、喬奇續完。而蕭逸早期諸作如《浪淘沙》、《鳳棲梧桐》、《天魔卷》等書，亦由不知名者續完。其中唯一的例外是慕容美，其《燭影搖紅》本已寫完（26集），但出版商因見銷路太好，遂私下找人僞續多集，令原作者引以爲憾，視爲平生恨事。

1976年以後，古龍創作力日益衰退，乃化被動爲主動，先後請溫玉、司馬紫煙、司徒雪（薛興國）、于志宏、申碎梅、丁情等代筆續寫《飄泊英雄傳》、《圓月彎刀》、《飛刀，又見飛刀》、《風鈴中的刀聲》、《白玉雕龍》、《怒劍狂花》、《那一夜的風情》、《邊城刀聲》等書，大開僞續之風，頗令時人詬病。

名家中比較特別的是司馬翎；中期以前，僅有《浩蕩江湖》下半部

由雲中岳代筆，其他均爲自撰。但在1970年代掛名司馬翎的作品中，如《情俠蕩寇誌》、《白刃紅妝》、《杜劍娘》、《豔影俠踪》等書，皆爲德不卒，多由出版社找人續完。甚至於掛其名盜印金庸小說多部，而司馬翎本人因旅居香港，亦無可奈何。

　　以上所列舉的代筆武俠書，至少有一部份尚屬於原作者的眞品；但1980年以降，則僞書氾濫成災，導致出版市場大混戰。這又與萬盛、皇鼎、文天、裕泰、瑞如、漢牛等不肖出版社的惡性競爭有關，必須加以進一步說明。

四、1980年代武俠出版市場大混戰

　　萬盛版於1981年問世，爲了促銷武俠書，居然假借古龍「增刪／標點／評注／續寫」的名義，將鄭證因代表作《鷹爪王》（1941年）改爲《淮上英雄傳》、《十二連環塢》、《雁蕩俠隱記》三部曲出版。繼而又以同樣伎倆將王度廬代表作《鶴驚崑崙～鐵騎銀瓶》五部曲（1938-1942）改爲《鶴舞江南》、《塞外飛龍》、《春水駝鈴》等書出版。而王度廬《風雨雙龍劍》更乾脆用「古龍著」冒名頂替，愚弄讀者了。此外，如將白羽《十二金錢鏢》（1938）改爲《風雲第一鏢》；將朱貞木《虎嘯龍吟》（1940）改爲《五湖豪俠傳》，皆掛名「臥龍生著」等等，不可勝數。

　　無獨有偶！在同一時期，合成書局亦借用柳殘陽名義，將還珠樓主代表作《蜀山劍俠傳》（1932）改爲《金頂披神誌》、《巴蜀俠踪》、《嘉陵風雲傳》、《大江千濤記》等書出版。而皇鼎出版社則以臥龍生名義，翻印1940年代王度廬《繡帶銀鏢》、《冷劍淒芳》、《紫電青霜劍》、《金剛玉寶劍》、《寶刀飛》及《洛陽豪客》（改名《洛陽女俠》）

等書；又冒白羽之名，翻印還珠樓主《邊塞英雄譜》等書。諸如此類蓄意欺騙讀者，混淆視聽，乃使武俠小說的版權登錄（註冊登記）為之大亂。卒令讀者真偽難辨，無所適從了。

探究這些不肖出版商之所以要掛羊頭賣狗肉，如此膽大妄為，除了是想藉此牟利之外，亦有其不得已的苦衷。蓋以1980年代初，臺灣尚處於戒嚴時期，凡「舊派」武俠小說一律查禁在案；而其中頗有一些名著為人津津樂道，卻苦於無處尋覓；加以老作家又紛紛「封劍」（詳下一章），稿源日稀。為了填補此一缺憾，若干武俠出版商乃趁機鑽改版的空子；他們採取「上有政策，下有對策」的作法，用偷天換日的方式，情商古龍、臥龍生、柳殘陽等名家掛名，重印「舊派」武俠名著。事雖出於無奈，情有可原，但這畢竟是一種商業詐欺行為，為法治社會所不容——這便是第一波的「武林亂鬥陣」。

直到1984年聯經出版公司通過多方努力，推出《近代中國武俠小說名著大系》，收七家、二十五種「舊派」武俠代表性作品；並由主編／評點者葉洪生一一考證原著版本及作者生平，還其本來面目，始扭轉、端正了此前張冠李戴的出版歪風。而聯經版的問世，亦間接促成主管當局（時為警備總部政六處）檢討禁書政策，予「舊派」武俠小說全面解禁。62

抑有進者，第二波的混戰更越演越烈！冒名偽書舖天蓋地而來，席捲了整個武俠出版市場。這一波的最大特點是瘋狂炮製假貨，魚目混

62　1984年聯經出版公司推出《近代中國武俠小說名著大系》的25種「舊派」代表作，全屬於《查禁圖書目錄》所列禁書。當時因尚未解除戒嚴，「依法」得予以查扣。事經多方協調，復以「批校本」（書眉加上批注）不等同於原書為由，始獲主管機關同意出版。此後當局乃認真通盤檢討禁書政策，而於1987年全面解禁。

珠。主要有皇鼎、文天等不肖出版商領頭作怪。今以彼輩冒司馬翎之名
出版僞書爲例，以略見其亂象障目、混淆視聽之一斑。

1.皇鼎：有《神龍俠士》、《金蛇劍客》、《靈劍神童》、《碧血長
青》、《邪派高手》、《邪碰邪》、《煙雨花樓》（實爲王度廬《臥虎藏
龍》）、《游俠英雄傳／劍影錄》（實爲早年香港作家蹄風同名小說）以
及《飛羽天關續集》、《天關英傑集》等等。此外，並將司馬翎《金浮
圖》下半部改名《仙劍佛刀》，將《血羽檄》下半部改名《化血門》重
印──實已侵害到原出版者（眞善美）之版權。

2.文天：除開盜印眞善美版司馬翎小說數十部，並刪去原回目外，
又將易容《王者之劍》、《大俠魂》、《河岳點將錄》冠上司馬翎之名出
版。另有《龍虎聯劍錄》、《絕代飛龍》等冒名僞書多種，不勝枚舉。

3.其他：如「裕泰」有《荒山神劍了無情》、《虎視鷹瞵》、《雷天
屠龍》、《飛燕震寰宇》、《碧血丹心》（實爲早年香港作家牟松庭《紅
花亭豪俠傳》）等。「瑞如」有《揮劍問情》、《強龍壓境》（實爲司馬
翎《斷腸鏢》）等；「漢牛」有《骷髏佛》、《兒女英雄傳》（實爲司馬
翎《斷腸鏢》下半部）等；「育幼」有《劍影留香》（實爲司馬翎《劍
氣千幻錄》）等等，或眞或僞，皆用司馬翎之名出版。

我們之所以要特別列舉僞冒司馬翎者爲例，是因過去司馬翎本人從
無主動請人代筆的前科紀錄；卻居然會在1980年代出現那麼多的贋品，
藉以魚目混珠，愚弄讀者。其強暴、破壞原作者的令譽，莫此爲甚！至
於其他武俠名家被仿冒的情形，就更不堪聞問了。

惟最可議者當屬臥龍生。從1981年起，在其默許下竟任由文天推出
以「臥龍生／李涼合著」的《奇神楊小邪》、《楊小邪發威》等「江湖
混混」類爛書，進一步對武俠小說作毀滅性的摧殘。流風所及，乃使不

肖出版商益發肆無忌憚，紛紛「逐臭」競趨下流。於是坊間吹起一股「色情／搞笑武俠」之風，令無知青少年深受斨害，遺患無窮！凡此種種變異，我們將在下一章專節論述，此處不贅。

第五節　報刊評介與武俠小說論戰

從1930年代以來，社會上對武俠小說始終存有過多的誤解與偏見；不是以所謂的「賽先生」（科學）嚴厲抨擊武俠小說中虛構的神妙武功，就是從階級鬥爭出發，痛詆武俠小說是「鴉片」、「毒草」，書中的俠客是「鷹犬」、「爪牙」！而一旦社會上有好勇鬥狠、迷惘過深的現象出現，也無不以偏概全或因果倒置地將一切罪責推到武俠小說身上。大體上，他們認為武俠小說：從內容上說，充滿了荒謬怪誕的情節；從精神趨向上說，易令人逃避現實；從社會效應上說，武俠小說是閱之無益的「閒書」、「毒（讀）物」。武俠小說在臺島一隅重新開花結果，也同樣難逃上面這些刻意羅織的「罪名」。

類似的批評，在各種報章雜誌中，或長或短，始終沒有停歇過。大致上，除了有關階級鬥爭的觀點，因為在臺灣的特殊政治背景下，較罕有人提及外，臺灣早期的武俠批評幾乎與1930年代毫無二致！有趣的是，連社會新聞也採取同樣的處理方式——據1958年8月17日《大華晚報》所載，有一對小兄妹因為看武俠漫畫而離家出走，上山求道。這也成為武俠引人步入歧途的罪證！因此，在社會輿論抨擊、政府壓制、父母師長禁止下，多數的武俠讀者都擁有一些在當時極不愉快，但日後回想起來卻又趣味盎然的閱讀經驗。

一、「武俠小説是下流的」？

　　在臺灣名公巨卿中，因發表批評武俠言論而受到社會廣泛矚目與爭議的，首推「新文化的導師」胡適先生。他於1959年底在香港世界新聞學校公開演講時曾語出驚人地說：「武俠小説是下流的！」[63]以他當時身居中央研究院院長之尊、學術地位之崇隆，自然引起不少騷動，甚至在香港各大小報刊上引發了武俠作家的集體抗議。經《聯合報》刊載相關訊息後，臺灣的武俠作家表面上反應似較冷淡，但心中的激憤可想而知。據雲中岳親口説，他當時就是衝著胡適的這句話，才下定決心投身於武俠小説創作行列的。

　　兩年後，這位早歲主張「全盤西化」並將《三俠五義》列入「國學基本書目」的胡大師，在臨終前重溫法國浪漫派文豪大仲馬的《俠隱記》時，曾感嘆説：「我覺得眞是奇怪，爲什麼我們中國的武俠小説沒有受到大仲馬的影響？這是世界名著，在歐洲和美國流傳很廣，爲一般社會人士所愛讀。」[64]其實中國早在1930年代就有白羽取徑於大仲馬，力圖打破「超人武俠」神話，而一概還原爲「有血有肉的現實人生」！[65]胡適自己束書不觀，反而怪罪「武俠小説下流」，橫加批評，實爲大謬！堪嘆以胡適之賢，猶有此失，便可知一般等而下之的社會名流是用什麼眼光、什麼心態來扭曲武俠小説了。

63　見1960年1月3日《聯合報》第3版〈武俠小説何以下流？——胡適博士一句話在香港的反擊〉一文所述。

64　見李青來〈胡適博士養病有術〉，原載1961年4月22日《中央日報》副刊。

65　見白羽，《話柄》（天津：正華學校出版部，1939年）；附錄葉冷，〈白羽及其書〉，頁118-126。又，葉冷，〈白羽及其書〉，收入《鴛鴦蝴蝶派文學資料》，頁320。另參見葉洪生前揭書《武俠小説談藝錄》（聯經版），頁195-230。

　　胡適的批評，基本上可以代表當時學術文化界對武俠小說的「蓋棺論定」。而臺灣武壇反應的冷淡，也是意料中事。因爲從1954年8月起，在當局主導的「中國文藝協會」（簡稱「文協」）推動下，即展開了一場所謂「文化清潔運動」，發表了「除三害」（赤、黃、黑）宣言；未久，又有所謂「拒讀黃黑色書刊運動」，繼續醞釀。這兩次運動雖未必是針對武俠小說而來，但誠如化名「獨行俠」者所說：「黃色固然是『誨淫』，而武俠也免不了是『誨盜』。」[66]在社會輿論將許多太保、太妹的成因歸咎於武俠小說，而武俠小說的內容也偶爾會穿插「情色」描寫的情況下，武俠小說與「黑」、「黃」掛上鉤，自然也不免受到波及。惟無論是「除」是「拒」，都意味著將要展開一波「掃黑／掃黃」的行動。

　　1959年底，完全針對武俠小說大開殺戒的「暴雨專案」開始執行，「寒蟬效應」更形嚴重。誰還敢冒天下之大不韙，替武俠小說主持公道？因此，有心從事武俠創作的人士只好將自己關進象牙塔中，不問世事，孤軍奮戰，自求多福！但也有極少數的文人爲投合當道之所好，想利用武俠小說的軀殼，抽樑換柱，以遂其「反共宣傳」之圖。曾任「中國青年反共救國團」秘書的陳瑜（筆名東方玉），便是箇中翹楚。

　　1960年東方玉第一部武俠作品《縱鶴擒龍》面世，就刻意在小說中「加強反共意識」。他以「赤衣匪教」影射中共組織，以「赤污星」（紅星）代表邪派暗器；又雜用「匪酋」、「附匪靠攏份子」等戒嚴時期反共用語，藉以表現其「託古喻今」的時代精神；最後再來個「毛朝大覆

---

66 語見獨行俠，〈近一年來臺灣的雜文和武俠小說〉，刊登於《自由報》826期（1952年2月）。

滅」的完美結局，果然獲得當局的讚賞。[67]此後三十年間，東方玉全部武俠小說（50部）皆能在臺灣各報連載，便因黨政關係良好，「思想正確」之故。

二、四大武俠名家甘苦談

誠然，在臺灣武俠小說發展的過程中，無論是發軔期、鼎盛期還是退潮期，都不乏社會賢達爭論武俠是非功過的雜音（詳後）。但武俠作家自己如何看待其作品、如何面對外界批評的聲浪，無寧說更值得吾人關注。

（一）諸葛青雲〈賣瓜者言〉宣揚「武俠價值觀」

1961年8月20日，《大華晚報》第三版特別製作了一個「談武俠小說」的專題，邀請當時的武俠名家臥龍生、諸葛青雲、司馬翎、古龍等四位，各自發表了一篇對武俠小說的看法。其中以諸葛青雲的〈賣瓜者言〉打頭陣，上下古今，談得比較全面。茲重點引述如次：

> 武俠小說之能獲得大多數讀者愛好，因爲主題意識多半行仁行義，教孝教忠。惡人除了能夠回頭向善，放下屠刀，並以事實表現其徹底悔悟以外，決逃不過國法的制裁、良心的譴責，或江湖道義對他的處決；善人即令暫時遭遇壓迫困厄，但冤無不雪、屈無不伸！到頭來天理昭彰，循環不爽；種因得果，如影隨形。
> 讀者披閱消閒之餘，在積極方面，既可激奮爲人忘我的偉大襟懷，

---

67 詳見東方玉〈武俠小說與我〉，《自由青年》57卷（1977年5月），頁79-82。

發揚民族固有美德；在消極方面，亦可消除自私，蔑視醜惡，於法
律以外，再替自己加深（一層）不屑為一切惡事的道義心理規範。

以上是諸葛青雲的「武俠價值觀」，同時也兼顧到讀者的審美心
理。文中除了一些「勸善懲惡」的老生常談外，更主動向武俠作家、出
版商及讀者三方面人士提出懇切呼籲：

同文們（按指武俠作者）應該審慎自己的寫作態度，「清潔」自己
的作品。出版家們應該嚴格選擇稿件，切不可以把那些不堪入目的
東西來殃及棗梨，貽害社會。讀者們的責任更重！因為目前臺灣武
俠小說的園地中，最缺少的就是「殺蟲劑」，也就是讀者們嚴正而
寶貴的批判。讀者們「拒讀」卑劣作品，則卑劣作品自減。讀者們
對愛好的作品加以批評建議，更可使同文們有所遵循，作品水準提
高。

這裡值得注意的是文中凸出「清潔」、「拒讀」兩詞，顯然是為響
應前述「文協」兩大運動的號召而被迫出此。武俠作家「為了要活下
去」，不得不配合政策發言，自我約束筆墨，實亦無可奈何。

（二）司馬翎〈展望武俠小說新趨勢〉心有千千結

其次，是司馬翎的〈展望武俠小說新趨勢〉。他一開始就展現其特
有的思辨習性，針對外界的危言聳聽，加以反駁說：

近數年來武俠小說忽然風靡一時，其原因見仁見智，各執一詞。衛
道之士多搖首興嘆，說如「洪水猛獸」，認為這一來「民無噍
類」！這種看法未免太極端了一些。假如說專以反映現實，將社會

黑暗面暴露於世的作品，能夠令所有的讀者因之而悲觀，或因之而
爲非作歹，這說法相信不會爲人接納。（中略）
同樣地在人性中，也有行俠仗義，打抱不平的願望。可是格於環
境，這種願望最難實現……個人的價值在一切都要「最好的」或在
「龐大的」組織的陰影下，很難生存。心靈上既受到許多束縛和壓
力，在幻想中找尋發洩，該是必然之理。

「幻想」是武俠小說的特色之一，古今皆然。但在當時卻爲反對者
所不容。究竟是誰擁有「龐大的組織」給作者「束縛和壓力」？這已呼
之欲出了。可司馬翎雖然不平，卻也不能明火執杖跟「文協」唱反調。
因此筆鋒一轉，只有委婉地述說自己的「展望」：

現代的武俠小說過於炫奇，各逞巧思，卻總不能說是已發展成熟的
通俗文學，難怪爲有識之士所詬病。但每一種事物之存在，必有存
在的理由，不能因噎廢食，只可因勢利導。（中略）如若能夠使武
俠小說中滲以富有教育性的材料，相信和循循善誘的老師同樣有
效。
不過武俠小說演變至今，也僅是略具雛形。光是打打殺殺，總有自
然淘汰的一天。但難處也在這裡，無論如何發展下去，總須保存舊
有的令人悠然神往的幻想特質；而又須使想像和現實的差距縮小，
使讀者感到眞實。這有點像「舊瓶裝新酒」，面目總是似曾相識。
幾時能把瓶子打破，便可以確定武俠小說存在的價值了。

文中提到衛道之士「因噎廢食」和其所說「因勢利導」，是當時社
會上爭論武俠小說存廢的兩種截然不同的看法。惟司馬翎點到爲止，並

未據以發揮。至其所謂「難處」及「舊瓶裝新酒」云云，則似意有所指，頗耐人尋味。最可怪者，文末忽然冒出「幾時能把瓶子打破」（取消或廢棄武俠小說形式？）之語，卻大有「正言若反」的嘲諷意味。臺諺曰：「呷緊弄破碗！」意爲凡事不可操之過急，否則就會連吃飯的傢伙都弄破。是否「文協」曾提出徹底改變武俠小說形式與內容的具體要求，卻不得而知。

(三)古龍〈武俠小說的創作與批評〉以守爲攻

其三，是古龍的〈武俠小說的創作與批評〉。此時古龍剛剛成名不久，對人生充滿了理想和希望。該文從作者與讀者的對應關係說起，談到武俠小說的創作環境，以及社會的批評。他首先爲武俠作家的「存在價值」辯護說：

> 任何一種小說，都擁有它的讀者；小說之能有讀者，也自有他存在的因素。我相信無論是誰，只要他選擇了寫作爲「職業」，目的總是冀求自己的作品能有讀者；能夠使看完自己作品的人，對於眞與僞、善與惡、美與醜，有更明確的分辨與認識。那麼他縱然是爲生活而寫作，但他對社會人心也就算是有所貢獻了。（中略）通俗文學的興起，在任何一個國家都是必然的事。因爲讀者「有權」選擇自己喜愛的作品，他如選擇了以闡揚忠義、針砭邪惡爲主的武俠小說，又何足爲怪！

這是臺灣武壇上第一次出現能夠勇於闡述作者的理想，以及主張讀者「有權」選擇武俠小說的呼聲。談到在「種種限制」下武俠創作所面臨的困境，古龍也有滿腹苦水：

作為一個武俠小說的作者，其內心的辛酸苦辣，是很難為人所瞭解的。他得留意選擇自己寫作的故事，既不能流於荒謬，更不能失之枯燥。故事的選擇要不離主題，人物的創造要極不平凡！寫兒女纏綿之情，唯恐稍帶猥褻；寫英雄白刃之鬥，更恐失之殘暴。因為「社會的限制」是那麼嚴格，而讀者的要求卻又日漸提高。（中略）參考資料的缺乏，使得它寫作困難；再加上寫作的過度，以及生活的需求，使得它根本無法經過多次的考慮及修正。於是武俠小說「本已受到種種限制的寫作環境」，就變得更加狹窄，這卻不是一般人所能想像得到的。

文中一一舉出武俠作者所受到的「社會限制」，大體上已將前述司馬翎欲言又止的所謂「束縛和壓力」和盤托出。而古龍坦承「參考資料缺乏」以致「寫作困難」云云，則道出了武俠作家普遍難為的癥結所在。末後談到「主題正確」問題（這是反對者最詬病武俠小說的口實之一），古龍則以歡迎外界批評來回應：

當然，武俠小說中也有一些主題含糊不明的作品，這正如別種小說也有良莠不齊的蕪亂現象一樣，因此我們非常冀求社會的批評。我記得有句話是說：「真正的創作的活躍時代，是由批評的活躍時代為前導的。」批評可以改正作品的混亂，提高寫作的水準，更可以啓發讀者的閱讀能力。批評之與寫作，本是休戚相關的事，我站在作者的立場，該是歡迎批評指教的！

古龍的話大抵可以代表武俠小說家對外界批評的態度：願意虛心受教，並期待社會給予他們鞭策與鼓勵。的確，有批評才會有進步；但武

俠小說家所面對的，往往不是公允的批評，而是無情的責怪與謾罵。這
就「雞同鴨講」，無法溝通了！

(四)臥龍生〈武俠小說的前途〉走向「戰鬥文藝」

　　專題最後是以臥龍生的〈武俠小說的前途〉壓陣（安排於全版左側
最下方）。文章雖短，卻明白指出：「如何提高和淨化武俠小說的內
容，該是當前從事武俠小說寫作朋友們的重要問題。」特別值得注意的
是，有兩段立場妥協、類似「接受招安」的文字，相信是與當時國民黨
的反共文化宣傳政策有關：

> 武俠小說作者本身「已受到極大束縛」，如果作者不能在狹窄的圈
> 子中，創造出新的寫作意境，其結果必爲讀者厭棄而歸於淘汰。該
> 如何「改變武俠小說的寫作主題」和方法，應是我們這些寫作朋友
> 共同努力的目標。
> 任何一種小說的流行，都有它的環境因素，武俠小說何獨不然！這
> 一股潮流如能「善爲利用」，對我「反共抗俄」的文化鬥爭，應該
> 有著甚大的助益。因爲小說的深入和感人，非一般課堂中教科書可
> 比。我深切期望有關當局，能作有計畫的輔導，善用這一股文字力
> 量，向海外進軍！

　　武俠小說居然要與「反共抗俄的文化鬥爭」掛鉤，才能有前途，寧
非怪事！

　　由此可見，武俠作家所受到的政治壓力之大。但如何將「反共意識」
巧妙地化入武俠小說之中，卻的確是個棘手的難題，更是天大的「學
問」！也許只有東方玉、丁劍霞等「寓反共於武俠」的老右派（黨政關

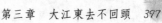

係深厚）方樂意爲之吧？

　　《大華晚報》製作「談武俠小說」專題的背景，應出於「文協」所授意與策動。而「文協」則係遵奉1955年蔣介石提倡「戰鬥文藝運動」（擴大反共文化宣傳）的指示，企圖收編「武俠筆桿子隊伍」以向當局邀功。因此從諸葛青雲到臥龍生，人人都爲「主題意識」發愁；而臥龍生則乾脆把底牌揭開，明說是與「反共抗俄的文化鬥爭」有關，這就直解到題了。

　　此外，《大華晚報》副刊主編胡正群則以「惆悵客」爲筆名，發表〈外行人語〉一文，提出五點調和折衷的意見。除了反對某些人將武俠小說視爲「時代的社會病態」，並表明「小說領域內，只有內容好壞、作品優劣的差別，而沒有武俠與文藝之分」外，最有趣的是其中之「五、負起時代的使命」：

> 「反共抗俄」是總體戰，也是民族存亡絕續的戰爭；無論哪一環都
> 佔有重要的份量，小說自不例外。總統（按指蔣介石）在〈民生主
> 義育樂兩篇補述〉中曾說：「我中華民族愛和平、尚忠信，所以無
> 論是故事和傳說……都有其樸實的內容與眞摯的情感。」在這前提
> 之下，我希望政府能作有力、有效的輔導，使作家能和衷地並肩攜
> 手，向海外、向大陸揮筆進軍。

　　胡氏爲該專題的策劃者及執行製作人，與臥龍、諸葛交情甚篤。他們一拉兩唱，共同爲「淨化武俠」的政治服務，自有不得已的苦衷。只是所謂「反共抗俄的總體戰」竟需要拉武俠小說家來助陣，這也未免太可悲了！

　　總之，這是一次失敗的「武俠作家動員令」。唯一的收穫是：它讓

社會大眾終於能夠傾聽到四大武俠名家「甘苦談」，及其內心的吶喊與呼聲；並且為歷史留下了彌足珍貴的文字記錄。作家難為，武俠作家更難為！由以上所引各家的重點論述，我們不是清楚地看到了麼！

　　正因為絕大多數武俠作家「閉戶論武」，自給自足，不理會有關當局號召「寓反共於武俠」的荒謬要求，於是五年後乃有另一次深具「招安」性質的武俠小說座談會隆重舉行，吸引了文化界廣泛的注意。

三、「武俠小說往何處去」餘波蕩漾

　　1966年6月，在「文協」主導下，《幼獅文藝》發起了一次別開生面的「武林大會」；邀集了陳紀瀅（「文協」理事長）、侯健（臺大教授）、高陽（歷史小說家）、司馬中原（反共作家）、諸葛青雲、臥龍生、古龍、司馬翎、司馬紫煙、胡正群、楚戈（詩人）等十二位作家及學者與會。座談會記錄由楚戈執筆，以「武俠小說往何處去」為題，發表於1966年7月號《幼獅文藝》。該文模仿傳統武俠小說的形式，採用「楔子」開場，並製作對聯式回目標題曰：

> 風雨樓頭　縱談武俠何處去
> 剪燭窗下　文武作家話同心

編排設計頗具匠心，大有「黑白兩道」（文武作家）共聚一堂的意味。該刊主編朱橋開門見山就把這次集會的主旨和盤托出：

> 誰都知道，武俠小說擁有極廣大的讀者。今天《幼獅文藝》邀請各
> 位先生來，第一次針對武俠小說的問題交換意見，是由於我們政府
> 提倡「戰鬥文藝」；武俠小說不知是否可以配合此一政策，為復興

大業而共同努力。此外，怎樣使武俠小說產生社會教育功能，以及如何提高武俠小說水準，成爲文學作品。

《幼獅文藝》是隸屬蔣經國旗下「中國青年反共救國團」的外圍刊物，肩負著一定的社教使命與任務。由該刊出面力促武俠作家參與「戰鬥文藝」的行列，在武俠創作上「配合」政策方向出擊，是舉行這次座談會的主要目的。

相對於朱橋赤裸裸的開場白，陳紀瀅則以「文藝界龍頭老大」的身份地位率先表態支持，並作特別聲明說：

> 中國文藝協會從未歧視過武俠小說，相反地是把武俠小說視爲一體的。今天討論武俠：能否把武俠小說的題材和當前的社會生活結合起來；利用古代的故事，或藉由古代的故事，同樣可以反映當前的問題。我想武俠小說和文藝小說一樣，它的目的是一致的，只是表達的方式不同而已。「新文藝獎」審稿時，我主張提倡軍中的尚武精神，重視俠義的題材，《建國英雄傳》還得了獎，就是我提議的。（中略）
> 在民國初年，《蜀山劍俠傳》便曾直接影響了許多高級官吏和知識份子，這是許多人都知道的，可見武俠小說在歷史上的地位。目前社會風氣敗壞，四維八德已難維繫社會的生活準則，眞正的俠義之風有提倡的必要。各位作家可否以現代社會背景做爲（武俠）小說的素材？

「文協」負責人肯定武俠、文藝一家親，似乎是想利用武俠小說的「剩餘價值」，爲所謂「戰鬥文藝」打拼，以「反映當前的問題」。但如

何以「現代社會背景」來寫武俠小說？這顯然是連武俠／俠義／社會／偵探小說的類型特性都未搞清楚，就妄想騎著「現代社會武俠」之馬打仗，未免貽笑大方！

其他與會人士除侯健、司馬中原、胡正群三位曾針對「武俠小說是否屬於文學」的老問題有過一番攻防戰之外，其他武俠作家多插科打諢，言不及義。唯有司馬紫烟的即席發言不亢不卑，非常具體，值得引述如下：

> 今日的武俠純因廣大讀者之需要，應運而生的產物；以純文學的觀點來看，自不免有荒誕失經之處。然而一種作品之所以存在，一定有它存在的理由。這一時期東南亞的武俠、外國的偵探之所以流行，是完全由於人類苦悶，對現實不滿足。而武俠小說一如侯健教授所說，恰好給予他們一種感情的發洩與幻想上的滿足。在現實社會中人成為英雄的機會實在太少，武俠或偵探中的英雄及傳奇人物，最低限度可以一消他們心中的「塊壘」。
>
> 正因有如此廣大的需要，我們寫武俠小說的朋友的責任也更大更艱苦。我們都以如臨深淵、如履薄冰的心情來認識自己的責任。因此每一位作者的作品中，都是寫正義與邪惡兩種勢力的對抗。但不管邪惡勢力是如何囂張，終必為正義的力量所消滅，這是武俠的主題。而我們傳統中的忠孝節義，只有在武俠小說中才能獲得鮮明的刻劃與深入的表揚，多多少少也會在讀者心中起點影響的。這豈不也就是今天我們「戰鬥文藝」的目的嗎？

司馬紫煙技巧地借力打力，化解了侯健所挑起的「武俠小說不是文學」而「完全是幻想」的話題（詳後）；又以「邪不勝正」的武俠主題

來爲「戰鬥文藝」解套，乃使「文協派」人士無計可施。至於陳紀瀅主張「以現代社會背景做爲武俠小說的素材」，則從頭到尾無人響應，此議遂不得不胎死腹中！

由這兩次「招安」不成反被識者恥笑的事例觀之，知名武俠作家一直是國民黨當局企圖拉攏、收買的對象。因爲武俠小說有如《水滸傳》中「梁山聚義」的梁山泊，擁有無數的讀者支持，其社會影響力極爲深廣。蔣氏父子既不能廢掉武俠小說的「武功」，以致觸犯眾怒；只有通過「文協」進行道德勸說，促其自動加入「戰鬥文藝」的陣營，爲所謂反共大業貢獻心力。但武俠作家軟硬都不吃，如之奈何！

事隔兩年，國防部總政戰部設立「官兵文庫」編輯委員會，將武俠小說更名爲「忠義小說」，邀請臥龍生、司馬翎、諸葛青雲等名家撰寫新書。豈料「大俠們」卻以現成的武俠作品交差了事，令人啼笑皆非！[68]

的確，在評論家眼裡，武俠小說是「小道」，是「次級文類」，是不能登上文學殿堂的，這早已無須置辯；「不用說，寫武俠小說、看武俠小說都是罪惡」。[69]他們關切的是擁有如此龐大讀者群的武俠小說，會對社會造成負面影響，並「想當然耳」加諸莫須有的罪名：「自我欺騙，自我安慰，自我陶醉。義和團是這種精神狀況下的產物，武俠小說也是這種精神狀況下的產物。過去神怪小說產生了義和團，今天武俠小說製造了許多太保、太妹、流氓！」他們儼然社會心理學家，視武俠小說爲病態，爲「毒害」。李敖說：

---

68 國軍「官兵文庫」設立於1968年10月，首批「忠義小說」是臥龍生《聖劍血刀》及司馬翎《浩蕩江湖》，亦分集出版；並印上「版權所有，翻印必究」字樣，極爲荒唐。

69 見朱桂，〈武俠小說的時代背景〉，刊登於1967年3月16日《中央日報》第六版。

> 如果武俠小說的罪狀只跟現時代脫節，那我決不責備它，至少我還
> 承認它起碼有點娛樂性的價值。但事實卻不這樣簡單。武俠小說降
> 至今日，它的最大罪狀，乃是它助長了並反射了一種「集體的挫敗
> 情緒」。這種挫敗情緒，正好從武俠小說中得到手淫式的發洩，給
> 逃避現實者機會，給弱者滿足。[70]

李敖是政治、文化評論家，所採取的角度是社會學的；但關注焦點
不在探討現象的起因，而是在做浮面的「社會病理診療」。他自詡為
「先知」，認為武俠小說的流行，是個「危機」──「不但使人沉醉裡
面，導致追求真正知識的懶惰，並且還敗壞群眾鬥志，造成意志上面的
懶惰」；「所以我不得不寫出來，同時提出警告」。在此文中，他對武
俠小說何以會「流行」避而不談，只一味針對武俠小說的「流弊」批
評；甚至連其娛樂價值都予以抹煞，遑論其他！

相對於揚言「從不屑看武俠小說」的李敖，則自稱是「夜以繼日看
武俠」，且不諱言「《蜀山劍俠傳》我看過總有六七遍」的西洋文學名宿
侯健，在用比較文學的眼光寫〈武俠小說論〉時，說了公道話：「有人
指摘武俠小說引導青少年走上歧途，這是柏拉圖的老調。（中略）那些
不良少年的幫派，靈感來源至夥，不必便是武俠小說。」可他的結論卻
與李敖異曲同工，不謀而合：

> 武俠小說的問題癥結，不在一時一地的不良效果，而在於長遠地腐
> 蝕人心，破壞原則，妨害正常的適應；終至反社會、反文明。（中
> 略）沒有特殊的改變，武俠小說不僅永遠只是消遣品，而且不是

---

70 見李敖，〈武俠小說，著鏢〉，刊登於1965年8月8日《臺灣日報》第八版。下引文同。

「家家酒」般的消遣品，卻是裹著糖衣的毒藥。71

　　侯健曾任臺大文學院長，又是老武俠迷，口口聲聲說其見解決不是出於「知識性勢利」(intellectual snobbery)；然而在他那洋洋灑灑的中西文學比較論述中，雖改口承認「武俠小說是文學的一支」，卻對武俠小說最起碼的休閒娛樂價值亦予以徹底否定：「武俠小說的消遣功能，除了建立在把人生簡化到兒童時代的單純以外，其發揮是仰仗於逃避現實和滿足人類最原始的（野）蠻性。」既如是，則其自云：「三十多年來，我看了不少武俠小說，到了發憤忘食、夜以繼日的程度。」以及「我個人所看過的武俠小說之多，超過我所看過的任何書籍。」對其所謂「糖衣毒藥」如此沈迷，樂在其中，又何以自解！72

　　諸如此類自相矛盾的論調，並非只限侯健一人，而常見於反對武俠小說論者之中，像何懷碩等皆是。後文將有進一步的引證，茲不再贅。

四、《台灣日報》拋出「反面教材」

　　武俠小說流行的現象既是謬誤的、有害的，是毒瘤，是一種社會危機，理所當然的就必須加以清除。為了強調這一毒害，他們甚至不惜炮

71 見侯健，〈武俠小說論〉，原載於臺北《工商日報》副刊，後收入《中國小說比較研究》（臺北：東大圖書公司，1983），頁169-195。

72 在相當程度上，侯健〈武俠小說論〉可視為前述《幼獅文藝》武俠座談會的修正與補充。侯健在會上說：「武俠小說完全是幻想的，而文學是想像的產物，因此武俠小說不能算是文學。它的分別一個是逃避，一個是移情作用。移情作用是同情受苦者，而逃避是怎樣呢？它是『解決者』。它在書中把那些使人受苦的原因直接解決——把壞蛋殺掉。」（見《幼獅文藝》1966年7月號，頁44）而〈武俠小說論〉則改口說：「武俠小說是文學的一支，具有重要的功能。」又補充說明：「武俠小說是文學，因為它用文字、動想像、具思想……但它在先天上所受限制更為嚴重，以致在偉大作品的天平上稱起來，份量就重不了。」以上分見侯健，《中國小說比較研究》頁188、194、195。乍看顯然是「覺今是而昨非」了！但卻又否定武俠小說基本上具有的「消遣功能」，乃成悖論。

製「受害者」現身說法，以增加可信度。1965年7月2日的《台灣日報》第八版，刊登了一位署名虞彪的讀者，寫了一篇相當沉痛的文章，題為〈武俠小說害了我——一個年青學生的痛苦自述〉。文章相當長，但因甚具討論意義，茲重點節錄如下：

> 我看武俠小說，足足有五年的歷史。打從一開始，便落進了武俠小說的陷阱裡。……我曾為了它廢寢忘食，被學校記過、留級，並且由於它的媒介，變成了一個人人所頭痛與討厭的不良少年——太保。如今想起來，實在非常慚愧。（中略）
>
> 記得在初二時，因為武俠小說的「介紹」，在書攤上認識了許多「道上的朋友」，開始與太保圈發生關係。打架稱雄的事，對於我已是家常便飯。而且自己開山立戶，與其他各派分庭抗禮。因此難免得罪於人，前年高一時身上被「捅」了一刀，方才立志不再「混」了。（中略）同時我還幻想具有那些「爐火純青」的神奇武功。每當打架的時候，我總立刻想到那些什麼「殘金摧枯掌」、「五毒掌」、「七禽掌」……和那些什麼「罡氣」、「神功」等等。
>
> 很早，我就知道我中了武俠小說的毒，而且頗深。也有好幾次立誓不再看武俠小說，可是它卻像鴉片煙一般，沒有它，渾身不舒服，像是失落了什麼東西。沒有幾天，兩腳還是不服從腦神經的指揮，再走進書攤裡去了。因此武俠小說始終就沒「戒」掉。（中略）
>
> 朋友們！武俠小說對我們身心的禍害，是不能用筆墨所寫出的。我也可算是一個「大難不死」的過來人了。朋友！如果你是它的「忠實讀者」的話，我希望你馬上放下手上的武俠小說，永遠不要和它結緣，那麼，才會有燦爛的前途，美麗的人生。

這是一篇非常典型的「懺悔錄」，從個人上初中時如何「誤入歧途」接觸到武俠小說談起，然後不可自拔的沉迷其中，以致違反校規、成績退步，並因而留級；更糟的是由此而結識了一群好勇鬥狠的不良少年，拉幫結派，胡作非爲。最後「被捅了一刀」，才開始痛定思痛，並展開一段爲時兩個月的艱苦「戒改」歷程；深覺武俠小說的貼害匪淺，過去五年受到蠱惑的日子實爲「可恥」。因此以「大難不死」的過來人身分，奉勸所有的年輕人「永遠不要和武俠小說結緣」，這樣才會有「燦爛的前途，美麗的人生」。娓娓道來，煞有介事！我們不必理會其是否弄虛造假，蓄意「抹黑」武俠小說；但這個「反面教材」所涉及的教育、社會問題卻很有商榷餘地。

　　首先，因閱讀武俠小說導致荒廢學業的問題，的確是經常發生的，這往往也是父母、師長屢加禁止的最主要理由。可是學業荒廢的原因很多，未必是因閱讀武俠而起。虞彪既然能順利在競爭劇烈的高中聯招考上了省中，顯見武俠小說的「爲害」恐怕也有限；至少他的文筆通順，能在報紙副刊中發表文章，便很有可能是受惠於武俠小說。臺灣的父母、師長教育子女、學生，動輒以學業優良與否作唯一的評判標準；武俠小說既「有可能」妨礙學業，自然就成爲諉過的對象，先打四十大板再說！這樣反而忽略了其他實際存在的問題。

　　其次，因武俠小說而誤交匪類、好勇鬥狠的問題，也一直是社會批評、關注的焦點。早在清末民初之際，梁啓超就將中國村里間的械鬥，歸咎於《水滸傳》的不良影響了。武俠小說較之過去的古典俠義小說，在武功的摹寫上更發揮得淋漓盡致；而其自成一個擺脫國家法律、社會規範的虛擬世界，勇於私鬥，以暴易暴，當然越發爲人所詬病。對此，連武俠小說的支持與愛好者都缺乏清醒的頭腦，以致產生若干「似是而

非」的糊塗見識。如1970年代提倡武俠最力的「神州詩社」，在一次社內的武俠座談會中，就有核心社員表示：

> 我覺得目前武俠小說發展至今，最受人詬病之處乃是「刀光劍影」。因爲這些往往是「鑑賞家」指責最兇的地方；而「刀光劍影」有時卻也造成許多的反面效果，讀者看過後容易受影響，因而間接造成打劫、暴力等，也並非不可能的。[73]

基本上，這樣的憂慮是建立在「讀者分不清小說世界與現實世界」的「假設」上。「刀光劍影」（打打殺殺）僅只是武俠小說中的工具、手段，就像是戰爭小說中的飛機大砲一樣，何罪之有？發出這樣的奇談怪論，其見識可知。

虞彪的文章說，因武俠的媒介而認識了許多「道上的朋友」，這顯然與多數讀者的經驗不符；至於連鬥毆之際也會聯想起武俠小說中的各種「神功」招式，就更誇張不實了。武俠作品固然良莠不齊，可議之處甚多，但決非社會問題的「代罪羔羊」！這種「嫁禍」之計除了凸顯其下流無知外，並無任何意義。

在文章的最後，虞彪以自己作「反面教員」，語重心長的提出呼籲。言下之意，一旦與武俠小說結緣，就會「前途無亮」！這分明是違反事實的指控，卻足以代表一般家長偏頗的觀念。可惜的是，在「輿論」一面倒的的批評、撻伐聲浪中，卻很少有人敢挺身而出說「不」！因此前述侯健反對將武俠小說與不良少年幫派掛勾的看法，反而成爲空谷足

---

73 見〈武俠小說的新途徑——從溫瑞安的武俠小說談起〉，收入溫瑞安，《神州奇俠》（臺北：長河出版社，1978），篇末附錄黃昏星發言，頁389。

音了。

　　武俠小說家掙扎在讀者歡迎、社會批判的夾縫中，立場是非常尷尬的。武俠創作是他們的謀生工具，讀者是衣食父母；在文藝控制的「黑手」未伸進此一領域之前，無論社會反對的聲浪有多大，都不可能中斷他們的創作事業。但面對輿論的指責時，他們一方面缺乏足夠的文學理論素養，攘臂而起與之辯論，一方面也不願太過囂張，以致觸犯眾怒。因此大多表現得溫、良、恭、儉、讓！不是如臥龍生所說「敝帚自珍」，就是如諸葛青雲自承是「著書都爲稻粱謀」。他們不敢「論戰」，只能採取「自保」的策略，爲自己爭取生存的空間而已。

　　《莊子‧大宗師》有云：「泉涸，魚相與處於陸；相呴以濕，相濡以沫，不如相忘於江湖。」正是武俠小說家「苟全性命於亂世」的眞實寫照。因此他們自求多福，不與圈外人來往，不參加任何文藝團體，其故在此。

五、文化界第一次武俠小說論戰

　　臺灣的武俠小說批評，要到1970年代才開始有所轉機。1971年12月，張志和發表了〈論眞空意識與武俠小說〉一文，[74]文章雖短，但觀點卻很新。他和李敖一樣，都觀察到了武俠小說中較消極的一面；[75]社會上聞而生畏，視之爲「暗流」，但根源何在？社會上貪贓枉法、不公不義的事例層出不窮，使得「臺灣居民的心理多少空虛，而只有武俠小

74　見《現代教育》第5期（1971年12月），頁14-15。

75　此處的消極，較李敖所說的「集體的挫敗情緒」來得廣，幾乎涵蓋了所有社會輿論批評的武俠小說弊端。不過，「消極」是否可以成爲文學表現的主題，還是有討論餘地的。

說才能填實這個真空」。因此，真正該檢討的不是武俠小說，而是社會本身！此論因果關係明確，可以說是一片批判聲浪中，較中肯平實的言論。

1973年6月7、8日，《中央日報》副刊登載謝台寧所寫的〈漫談武俠小說〉，文中承續著過去的觀點，著意貶抑武俠小說。他認為：「武俠小說值得稱道之處，唯有『忠孝節義』的主旨頗為可取而已。其餘則僅供殘年無事之人作消閒遣悶而已，當然談不上意義或價值了。……武俠小說在今日社會中，已是功不掩過。因為時下大中學生嗜迷者頗眾，除浪費時間金錢外，武俠小說過分強調『仇殺』，以及有些出版商強迫作者插入幾段黃色文字，以廣招徠，其危害世道人心實已匪淺。」字裡行間，表現出憂患意識。

平心而論，這是批評武俠文章的老調，本無足輕重；但此次卻意外地引起了羅龍治的反彈，於同年7月1日在《中國時報》人間副刊上發表〈武俠小說與娛樂文學〉，批駁謝台寧的觀點。羅龍治強調：「現代武俠有不少優美迷人的幻想，她很可能在悲劇文學的門牆之外，發展成為一種新的『娛樂文學』」；「中國許多舊文化的種子，將可藉著『娛樂文學』的現代白話武俠，普遍的傳入民間社會，為中華民族保留幾分淋漓的元氣」。緊接著在6、7兩日，他又以〈毒草香花談武俠〉繼續申論，並質疑：「現代從事文藝批評的人，為什麼不願批評武俠？從事文藝創作的人，為什麼不寫作武俠？」

8月20、21日，何懷碩於《中國時報》人間副刊發表〈明日黃花說武俠〉，針對羅龍治的論點展開批判；隨後8月30日到9月1日，金恆煒以〈洗劍浣花論武俠〉分就羅、何二文提出個人見解；9月11、12日，孫同勛也以〈即使黃花亦蘊香〉反駁了何懷碩的觀點；10月7至9日，何懷碩

〈輕秋毫，重興薪，再說武俠〉一文，則爲自己的觀點再作迴護。由是，一場完全針對武俠小說的「論戰」於焉展開，其中8月23日黃榮村〈夏日閒話武俠小說的心理觀〉，9月3、4日關雲〈一張找不到地形的地圖〉，10月1、2日鄭欽華〈武俠小說和騎士文學淺談〉、10月16日王鼎鈞〈武俠與愛情〉，也分別有所論述；最後11月2至4日則由「初出茅廬」的葉洪生以〈武俠何處去〉作總結，爲此次的「論戰」劃下了句點。

在這次從6月延續到11月的武俠小說論戰中，參與者有大學教授、社會心理學家、藝術家、文化評論者、作家、報刊主編及大學生，可以說是一場「武俠群英會」。其中脣槍舌劍，你來我往，互有攻防，討論得相當熱鬧；而所涉及的層面與觀點，也廣泛深入、新穎獨到，較之1930年代毫不遜色。

這次論戰的主戰場是《中國時報》人間副刊。當時的人間副刊主編高信疆是個積極進取，具有創意的文化名人，本身也是位武俠迷。這次大量並連續刊載有關武俠論題的文章，一方面出於他自己對武俠的熱愛，一方面也是判斷爲武俠重新定位的時機已經成熟。他顯然是有計劃地促成這一系列的討論的，因爲就在這一年的4月，在臺灣一直限於禁令無法公開發行作品、充滿著神秘感的金庸，首度來臺「渡假」，引發了知識分子高度的關注；[76]高信疆打鐵趁熱，藉羅龍治一文規劃、布局，才有了這次臺灣武俠小說史上的「第一次論戰」。

這次論戰，羅龍治所提出的「娛樂文學」是一條導火線。在傳統中

---

76 葉洪生〈武俠何處去〉開篇即指出：「……以是金庸雖打風雨中來，兜滿袖的雲彩而去，卻依然揮不掉背後那霧露沉沉的武俠陰天。陰天裡閒著也是閒著，因而鑼鼓喧天，眾神絮聒。一時武俠價值爭議，甚囂塵上。」他以一個大學文藝青年的筆調，相當忠實地描述了金庸這次來臺「渡假」對武俠評論的影響。

國的文學觀中，文學是「經國之大業，不朽之盛事」，是嚴肅的，是有
所為而為的，必須承擔起社會教化的功能與責任；羅龍治試圖打破舊思
維，認為文學還有「娛樂」的功能，一反傳統觀念，自然會引起衛道者
的異議。何懷碩首先就否定這點，認為「這樣的觀點，完全是一種基於
對文學的嚴重性與崇高理想缺乏認識，一種輕佻的妄捧」；是故「企圖
在裡頭（按：指武俠小說）發現文學的價值、人生的啓示、現實的意義
與崇高的理想，簡直緣木求魚。它只是一種麻醉劑，如同精神上的大
蔴，而且成為社會進步的阻礙」。最後他「希望每個老幼的中國人有一
種自覺與猛省；我們的文學不能重彈才子佳人、鴛鴦蝴蝶、俠義恩仇等
老調，我們要有更嚴正，更博大，更具時代性與未來啓迪性的偉大文
學」！因此，武俠小說是「明日黃花」——「應成為歷史的陳跡，沒有
再存在於現代的價值」。

　　何懷碩的論點，看起來高瞻遠矚、冠冕堂皇，但顯然還是舊思維，
與1930年代以來的論者立場無異——文學是絕不能「供娛樂之用的」。
事實上，這牽涉到「文學」本質與定義的問題。翻開各種不同的《百科
全書》或《文學概論》類的書籍，我們都可輕易發覺到所謂的文學本質
或定義，幾乎是人各異辭的；這證明了文學多樣化的可能，何懷碩強調
的不過是其中一端而已。難道人生中不包含娛樂的需求嗎？這是很明顯
站不住腳的。因此，金恆煒在〈洗劍浣花論武俠〉中就指陳了何懷碩這
個觀點的偏頗；他以錢基博對文學的定義（其實多數中國文學史的定義
皆如此）為證，如照何懷碩的說法，「那末一部中國文學史將沒有什麼
可記載了」。

　　金恆煒在羅、何兩家的論點間，顯然是支持文學的多元化表現的。
何懷碩一竿子打翻所有「娛樂文學」之可能，因此認為武俠小說根本連

「名稱」都有問題，不能當成文學中的一個「類」來看待；金恆煒則力持異議，從歷史淵源上論證了何懷碩的錯謬。這是非常重要論述，因為如果視武俠小說為「類型」，就等於承認了武俠小說「存在」的意義；至於其文學價值，則只能從作品表現的優劣上作評斷了。

　　無可否認的，武俠作品確實良莠不齊，這是羅龍治、金恆煒、孫同勛及許許多多「惡紫之奪朱」的評論者共同的看法。何懷碩無視於其表現優秀的一面，而以偏概全地一概否定，實則正如金恆煒所批評的：「對一件事的討論，原需要深入其中，才可以出乎其外；對一件事不甚了了而大聲反對，其危險不下於對一件事一無所知而大聲贊同。」這的確點中了多數反對者的「穴道」。武俠小說有無存在的意義與價值，要由作品本身優劣、讀者是否認同等主客觀條件來決定；而非一味心懷成見，盲目反對到底。另如孫同勛反駁何所說「武俠小說是現代化的絆腳石」，斥其刻意給武俠羅織罪名，也基於同樣的道理。後何懷碩復以〈輕秋毫，重輿薪，再說武俠〉一文自我防衛，提出「反批評」（變相承認「武俠文學」），卻已成強弩之末，不能自圓其說了。

　　這次的「武俠論戰」，除了前述幾位學者專家的論點之外，「插花」的黃榮村從社會心理學角度，討論武俠小說對世人心理上可能產生的正負兩面影響；鄭欽華從「比較文學」立場出發，比較了武俠文學與西方騎士文學的特色；王鼎鈞分論武俠與愛情小說，冀望以「文俠」突破「武俠」的瓶頸；關雲從傳播語言學的角度，視武俠小說為一幅人們心中「找不到地形的地圖」；葉洪生則為「武俠向何處去」把脈，強調當前武俠小說若欲「由旁門修成正果」，非得「伐毛洗髓」、「脫胎換骨」不可——參戰者各抒己見，意氣風發！對武俠小說或稱許，或針砭，集思廣益，深入探討，足以提供社會大眾省思。

　　抑有進者，由於此一「論戰」前後長達五個月，曾轟動文化界，成為當年社會上的熱門話題；因此它在臺灣武俠小說史上乃顯示出幾點不尋常的意義：

　　1.肯定武俠小說者，明顯多過批判者；而且發言支持「武俠文學」的，多半是長年浸潤於武俠說部之中，閱讀經驗既廣，文化素養相對亦高。他們一反之前的緘默，為武俠作不平之鳴，無疑是長期積鬱下的隨機反彈；而此一自發性的反彈，雖以武俠小說為標的，卻象徵著知識份子有志一同、要打破長期以來國民黨搞「一言堂」式文藝教條的勇氣和決心。

　　2.文學多元化的呼聲響起，武俠小說無論是寫實、浪漫，或其他種種的表現方式，都有可能經由「娛樂文學」而攀登「偉大文學」的高峰。這便有待於作者如何自我充實文化知識、運用現代小說技巧、發揮文學想像力、提高思想境界，並傾聽各方不同的聲音，方克有濟。武俠作品中誠然雜草叢生，但也肯定會培育出奇花異卉！當務之急是應設法加強除草施肥、耕耘灌溉，而非終日書空咄咄，坐井觀天。

　　3.武俠從此開始步上了「文學殿堂」，一掃過去霧露沉沉的陰霾，得以正式受到文化界的重視與討論。無疑地，這項「但開風氣不為師」的創舉，已為後來的武俠研究開拓了一片「不受政治干擾」的青天。對於臺灣社會、學術文化而言，影響非常深遠。

六、解下纏足的武俠小說

　　經由這次熱烈的論戰之後，武俠小說終於開啟了社會禁忌的大門，從壓抑重重的束縛中探出頭來，昂然立足於通俗文學之林，不再為衛道者的傲慢與偏見所歧視。武俠小說既可公開批評，亦可自由討論，作者

當然更有條件在創作上推陳出新，向文學高峰挺進。此時的武俠小說，像是纏足後解放的小腳，正擬蹣跚舉步——可惜「師老兵疲」的職業武俠作家歷經多年的書海征戰，宛如老嫗解裹腳布，只能望空興嘆！蓋時過境遷，青春不再，又怎能重振雄心，大展宏圖呢！

相對於武俠作家創作動能的萎縮（另詳本書第四章第一節），則討論武俠小說的風氣忽焉大興。由1975年起，社會輿論（報刊、雜誌）多以公允、持平的態度來評價「武俠文學」，甚至還鼓勵藝文界知名人士參與短篇武俠小說創作。例如：

1975年11月，「神州詩社」的《天狼星》詩刊有〈武俠小說與現代詩專輯〉，由社員溫瑞安、方娥貞、廖雁平、黃昏星、周清嘯執筆，發表了〈古遠的回聲〉等五篇文章。

1976年元月，《中國論壇》約請了沈剛伯、薩孟武、逯耀東、孫同勛、陶晉生、胡佛、楊國樞、侯健、臥龍生、朱羽等十位，談武論俠。

1979年6月《聯合報》「劍雨・墨香」武俠小說座談會，亦邀集了古龍、李嘉、楊昌年、羅青、龍思良、溫瑞安等六位，暢談武俠小說。

類似的座談討論，在1980年後更為蓬勃，總計不下十次之多，並逐漸成為大專院校的研究論文題目。[77]自此以後，武俠小說遂成為熱門的討論話題。其中，《中國時報》人間副刊製作的「當代中國武俠小說大展」專輯，顯然有關鍵性的影響。

「人間副刊」在高信疆的精心策劃下，從1977年7月17日開始，連續刊載了由當時藝文界知名人士執筆的十三篇武俠小說，分別是：

---

77 參見第四章第五節。

●天下第一捕快云云／陳雨航

●落日照大旗／段昌國

●刺客／銀正雄

●劍祇是一支／唐文標

●古廟／孟南柯

●見龍在田／金恆煒

●妾擊賊／葉言都

●再入江湖／忻易

●白衣劍大戰天魔幫之後／羅青

●俠血傳奇／陳曉林

●過河卒子／顏崑陽

●石頭拳／溫瑞安

●大俠郭解／毛鑄倫

　　其中除了溫瑞安是武俠小說的新秀作家外，都是一些從未寫過武俠小說的詩人、小說家、評論家、學者，美其名曰「當代中國武俠小說大展」。同時，更配合著短篇武俠創作，也陸續刊載了七篇評論文字，分別是：

●武俠大展／留溪

●浪漫主義的最後堡壘／秦歌

●發揚武俠精神／王拓

●武俠小說的未來道路／莊練

●武俠與文學／羅青

●中國的劍俠／樂恕人

●武俠文學的新途徑／霍如

　　創作、評論雙管齊下，無疑是對武俠小說的絕大肯定；同時也帶有期許武俠創作能更上一層樓的意義。這象徵著對武俠誤解、扭曲的時代已經一去不復返了！儘管在1979年還有皇甫南星以反對的立場，企圖「力挽狂瀾」，但魯陽揮戈，不過爲民初以來的「武俠壓抑症」，打下了最後一劑強心針而已。

　　皇甫南星的觀點，基本上可以視爲前期評論的典型：

> ……武俠小說之所以不值得過分重視和提倡，倒不是因爲它全憑虛構或不能反映現實的社會人生，而是在武俠小說中我們很少能找到偉大的理想和優美的情操，足以提昇我們生命的。
> ……古時商紂用象箸而箕子爲之深憂，因爲有了象箸必配以金盃，有象箸、金盃必配以玉案、華筵，有了玉案、華筵必配以樂舞；如此類推下去，商朝危矣。一雙象箸是侈靡的開始，而商紂果然因此而亡。武俠小說的提倡更甚於一雙象箸。因爲從此以後，大家可把讀武俠小說看作高級的事，把逃避現實當作正常……我們社會供人排遣閒暇的東西已太多了，從連續劇到東洋漫畫都是；武俠小說充其量不過其中一種，不值得也不該提倡。[78]

　　皇甫南星的隱憂，於文中歷歷可見。值得注意的是，此文的發表很明顯是針對著金庸小說解禁後媒體所掀起的「金庸旋風」而來。然時轉勢易，孤掌難鳴！這種理性批判已無法再有效說服人心了。

---

78 見〈忍不住而說的幾句話〉，《書評書目》第80期（1979年12月），頁5-8。

　　誠然，討論武俠小說的客觀環境，到此業已完全改變；但武俠小說的創作是否眞如1961年古龍所預期的「批評可以改正作品的混亂，提高寫作的水準，更可以啓發讀者的閱讀能力」？多數的武俠作家，很明顯地都在這幾場討論中缺席了。武俠小說在作者故步自封，又一意媚俗取容下，終究還是難挽「大江東去不回頭」的命運，令人不勝欷噓！

第四章 蟬曳殘聲過別枝

臺灣武俠創作衰微期（一九八一～二〇〇〇）

第一節　武壇老將「封劍」後繼乏人

臺灣老一輩的武俠作家陸續封筆而新秀未能接棒，是1980年代此地武俠小說沒落的根本原因。取而代之的是香港武俠泰斗金庸小說的解禁，並迅速形成新的「武俠圖騰」。《金庸作品集》以25開修訂本、精美包裝、傳媒造勢、文人吹捧等商業行銷伎倆促使臺灣武俠出版市場不得不「變天」，而朝向兩極化發展：一則金庸小說「一枝獨秀」，進入文學殿堂、學術論壇乃至千家萬戶，成爲「文化收藏品」；一則冒名僞書「百花齊放」，毒草叢生，致令讀者裹足不前，逐越發加速臺灣武俠小說的消亡。

其實，即便「老店新開」的金庸小說再叫好叫座，也不致於「橫掃臺灣武壇」、「打遍天下無敵手」！其所以能排擠百家，造成一統江湖的局面，除了前述原因之外，當與讀者「喜新厭舊」及「英雄崇拜」的閱讀心理有直接／間接的關係。

一、名家師老兵疲：1960年代臺灣武俠小說界名手輩出，每家作品多達數十部不等。其中斐然可觀的「名著」，加總起來，至少也有百部以上；如臥龍生、司馬翎、諸葛青雲、伴霞樓主、獨抱樓主、古龍、蕭逸、上官鼎、東方玉、慕容美、雲中岳、秦紅、司馬紫煙等人皆爲當時之翹楚，且各有風華特色，未必抵不住一個金庸（總共只有15部長、中、短篇武俠小說）。惟以彼等歷經多年的挖空心思、絞盡腦汁之下，不但作者均感吃不消，相繼產生了職業疲勞；就是老讀者也會感到厭倦，想另覓「武俠新世界」。故1975年以後，老牌武俠名家紛紛減少創

作量，甚至逐漸封筆，乃留下了一個青黃不接的空窗期，給予金庸小說「敗部復活」（特指武俠出版市場）創造了最有利的條件。

二、群眾補償心理：1959年「暴雨專案」對金庸小說的封殺，確實不合理，也有所虧欠。但畢竟天道好還！經過二十年來文人學者一再為《射鵰英雄傳》大力鼓吹，多數讀者皆耳熟能詳，但卻無法一睹為快，乃將金庸視為傳說中的「落難英雄」；加以臺灣武俠名家又多半處於「離休」狀態，鮮有新作問世，更令讀者感到空虛。因此《金庸作品集》恰在此一關鍵時刻（1979年9月）開禁，「重出江湖」！乃大大彌補了社會大眾長久以來渴讀禁書而「求不得」的缺憾。於是在群眾心理學上「補償作用」集體發酵的社會效應下，互相激盪，終於促成金庸小說「罷黜百家，定於一尊」的武壇新格局。

我們之所以要再度回顧這一段史實，旨在說明「金庸時代」的出現不是偶然的。它是經過人們長期口耳相傳，匯聚了臺灣社會各方面有形／無形的動力，始應運而生的時代產物和奇蹟。對於廣大的「武俠迷」而言，能補上金庸小說這一課，是夢寐以求的願望；何況其作品（修訂本）文情並茂，的確超軼群倫、獨步武林呢！至於「武俠迷」以外的社會各階層人士，則將閱讀金庸小說視為某種流行的「文化象徵」，因而造成「金庸＝武俠＝流行文化」的奇特現象。是耶非耶？由1980年到世紀末的出版市場趨勢，已充分說明了此一事實。

以上我們大略交代了有關金庸小說「一枝獨秀」、臺灣武俠作家卻「偃旗息鼓」（包括古龍在內）的始末，下面就要深入探討其中原委，進一步論述臺灣武俠名家的創作始末及其盛衰。

眾所周知，凡長期從事於流行／通俗／大眾小說的寫手多半都具有職業性質；而絕大多數武俠作者以「寫武俠」為唯一的謀生工具，更不

例外。由於武俠創作之生存發展係取決於社會大眾的消閒／娛樂需求，而報紙副刊閱者眾多，正是「兵家必爭之地」。因此，大凡有才華的後起之秀，無不挖空心思，爭取報刊連載機會；由是報紙媒體乃成為1950至1970年代臺灣知名武俠作家／作品「先聲奪人」的主戰場或宣傳陣地，這是不容忽視的客觀事實。

據知，當時的武俠名家如郎紅浣、成鐵吾、太瘦生、孫玉鑫、伴霞樓主、臥龍生、司馬翎、諸葛青雲、高庸、古龍、蕭逸、上官鼎、慕容美、東方玉、柳殘陽、雲中岳、秦紅、司馬紫煙、獨孤紅等（大致依出道先後排序）均曾在臺灣日／晚報上佔有一席之地。他們各展才華，爭奇鬥妍，以期獲得報館肯定、出版商青睞、讀者歡迎。是故在「武俠熱」最流行的1960年代，當紅作家往往每天要寫四、五篇連載小說稿，送交不同的報刊發表；而報館主動邀約、出版社配合出書，雙雙享以名利，則是彼等熱中創作的最大驅動力。但如此「竭澤而漁」，且且伐之，豈能久乎！於是乃埋下日後武俠創作盛極而衰的隱憂。

在第一代的武俠老作家中，郎紅浣、成鐵吾及太瘦生於1960年代初就已相繼「封劍歸隱」，可不必論；其他則多與臺灣武俠創作之盛衰時期同進退。我們經由市場（含報刊連載部分）調查，初步歸納／統計出近二十位知名武俠作家的創作概況，提供各方參考。

孫玉鑫：1953年以《風雷雌雄劍》（《自立晚報》連載，未結集成書）起家，代表作是《血手令》、《威震江湖第一花》。其書多由春秋、瑞成、大美、南琪等出版社印行，共有三十三部，皆以「詭秘奇情」見長。1972年以後，即少有新書問世。其最後一部作品可能是《鐵頭和尚》（1980，《民族晚報》連載），但未得確證。孫玉鑫於1988年去世，享年70歲，為第一代老作家中創作生命最久者。

　　伴霞樓主：1957年以《劍底情仇》起家，代表作是《八荒英雄傳》及《神州劍侶》、《劍底情仇》、《青燈白虹》三部曲。其早期作品多由真善美出版社印行，頗具傳奇色彩；1963年接手經營奔雷出版社，仍創作不輟，前後共有二十七部。其最後一部作品是四維出版的《風雲夢》（1971），旋即退出武壇，赴港定居，不知所終。

　　臥龍生：1957年以《風塵俠隱》、《驚虹一劍震江湖》起家，代表作是《飛燕驚龍》、《玉釵盟》。其書多由春秋、真善美、南琪等出版社印行，因適合一般大眾口味，廣受歡迎，乃有「武俠泰斗」之稱。惟自1973年臥龍生轉任中華電視台節目製作人（自兼編劇）起，即罕有武俠真品問世，坊間多為代筆偽書。據其老友李費蒙（即漫畫家牛哥）在〈臥龍生坎坷江湖行〉一文所述：臥龍生名成利就之後，熱衷於投資各種賺錢生意；舉凡天上飛的（航空公司）、海上漂的（漁船）、地上種的（果園）、路上走的（柏油馬路）、頭上戴的（假髮）、桌上吃的（鵪鶉蛋）等等，不下十餘種之雜。但因經營不善，終告失敗。從此臥龍生發財夢醒，再想重拾舊業，卻已時不我予了。[1]

　　1980年以後，臥龍生殆已欲振乏力，無心創作，乃以「賤賣筆名」（剩餘價值）牟利；對於臺灣武俠出版市場之亂象，他委實難辭其咎。其最後一部作品可能是文天出版的《飛花逐月》（1983，《青年戰士報》連載），但亦有偽續之嫌。臥龍生於1997年病故，享年67歲。終其一生，共寫下三十八部武俠小說（據其自云）；其中約十部係倩人續完，而託名偽書則不可勝數。

　　司馬翎（吳樓居士）：1958年以《關洛風雲錄》起家，代表作是

1　詳見牛哥，〈臥龍生坎坷江湖行〉，原載1990年12月17日《中國時報》副刊。

《劍神》三部曲及《飲馬黃河》、《劍海鷹揚》。其書多由真善美出版社印行，文情跌宕，號稱「最受大學生和留學生歡迎」。1972年一度輟筆，赴港改行經商；復出後聲勢大不如前。1979年起以「天心月」筆名撰寫《強人》系列小說，試圖改走古龍新派路線，則毀譽參半。其最後一部作品是《飛羽天關》（1983），卻於《聯合報》連載時遭到腰斬，未能結束；後由文天出版社找人一續再續，文情蕪沓不堪。司馬翎卒於1989年，只有56歲。終其一生，共寫下四十二部武俠小說（其中五部由他人續完），多富於創意，而以「推理鬥智」筆法馳名於世。

　　諸葛青雲：1958年以《墨劍雙英》起家，代表作是《紫電青霜》及《奪魂旗》，極富奇幻色彩。其書多由春秋、真善美、大美等出版社印行，約有八十部左右，爲著名多產作家。1973至1978年他一度輟筆，曾轉戰電影圈，由編劇、導演到投資拍片，幾乎破產。復出後，重操舊業，卻已無復當年盛況。其最後兩部中篇作品是《大寶傳奇》（1986年，《民族晚報》連載）與《傲笑江湖》（1988年，港版改名《大俠令狐沖》），皆以金庸小說爲故事底本，再續新篇；惟不爲世人所重，乃決意封筆。[2]諸葛青雲歿於1996年，享年67歲。在第二代武俠名家中，其作品最豐，報紙連載亦最多（在六十部以上）；惜精品甚少，名過其實。

　　高庸（令狐玄）：1959年以《九玄神功》起家，代表作是《天龍卷》、《風鈴劍》及《紙刀》。其文筆洗鍊，長於蓄勢，刻畫人物亦見功力。其書多由大美、明祥、南琪等出版社印行，共有二十八部。1976年

2　諸葛青雲最後所撰短篇武俠小說《五福臨門》（1989），僅在《聯合報》連載了17天，未見結集出版；而《大寶傳奇》實爲續書中的成功之作。

他應聘爲中華電視台編劇，協助臥龍生製作連續劇。翌年發表其最後一部作品《魔劍恩仇》（1977，《中國晚報》連載），即告別武壇。高庸於2002年去世，享年70歲。

　　上官鼎：1960年以《蘆野俠踪》起家，代表作是《沈沙谷》與《七步干戈》，頗能體現出「英雄出少年」的浪漫精神。其書多由清華、眞善美等出版社印行，共有十部（包括爲古龍代筆的《劍毒梅香》、《長干行》在內），皆爲作者就讀高中、大學時期所撰。其最後一部作品是《金刀亭》（1966），因出國留學而未能寫完，即告別武壇；乃由四維出版社找人續完，令人遺憾。「上官鼎」是劉氏三兄弟集體創作的筆名，出道時年齡最小（只有十六歲）；在第二代武俠名家中，堪稱是絕無僅有之特例，因附識於此。

　　古龍：1960年以《蒼穹神劍》起家，代表作是《鐵血傳奇》（楚留香傳奇）、《多情劍客無情劍》及《蕭十一郎》；文筆新穎，饒有偵探／推理小說之風。其書多由眞善美、春秋、南琪等出版社印行，約有五十多部（其中十二部係倩人代筆續完），褒貶不一。1966至1976年古龍獨領「新派武俠」風騷，無人能攖其鋒；此後其創作力衰退，乃沈湎酒色，難乎爲繼。1980年以降，掛名古龍之書大部分是由友人代筆；同年他自組「寶龍電影公司」，拍了一些武俠片，亦未能挽狂瀾於既倒。其最後一部作品是病中口述的《獵鷹・賭局》（1984年），旋於翌年病逝，享年僅有44歲。

　　獨抱樓主：1960年以《南蜀風雲》起家，代表作是《璧玉弓》，擅長演武寫情。其書多由海光、大美等出版社印行，共有十一部。由於他投身武俠創作時，仍在中學任教，屬於半職業性作家；故1962年出版《金劍銀衣》（筆名：冷朝陽）之後，即不再涉足武壇風雲。在第二代武

俠名家中，他是最早封筆的一位老將，故作品相對較少。

　　蕭逸：1960年以《鐵雁霜翎》、《七禽掌》起家，代表作是《馬鳴風蕭蕭》與《甘十九妹》，寫情別具一格。其早期諸書多由明祥、眞善美等出版社印行，1965年因故一度中輟；後轉戰電影、電視圈，長期擔任編劇工作。1973年復出，曾撰寫中篇劍俠小說《長嘯》等四部。1976年赴美定居，仍創作不輟。其最後一部作品很可能是《笑解金刀》（1991年，《時報週刊》連載），但出版情況不明。總之，蕭逸三十年的筆耕生涯，前後共寫下五十多部長、中、短篇武俠小說（其中十部由電影劇本改寫成書）。在第二代武俠名家中，其創作生命之長，僅次於雲中岳、諸葛青雲，而與東方玉、柳殘陽在伯仲之間。

　　東方玉：1960年以《縱鶴擒龍》起家，代表作是《北山驚龍》，文筆流暢，構思奇絕。其書多由大美、春秋等出版社印行，共約五十多部；惜泰半自我重複，未能創新。由於他曾任蔣經國秘書，黨政關係深厚，故在1960至1989年間，幾乎包辦了《臺灣新生報》及《中國時報》的武俠連載專欄。其五十部作品全是先連載、後出版，鮮有例外。其最後一部作品是《玉辟邪》（1989年，《臺灣新生報》連載），隨於1990年封筆，安享晚年。

　　慕容美（煙酒上人）：1960年以《英雄淚》起家，代表作是《風雲榜》、《燭影搖紅》與《天殺星》，饒有詩情畫意、逸趣橫生之致。其書多由大美、南琪等出版社印行，共有三十五部。作者曾長期擔任公職（稅務員），故一向視武俠創作爲「副業」；1972年以後，因市場不景氣，鮮有新作問世。迄至1979年提前退休，始專事寫書。其最後一部作品是《拾美郎》（1983年，《台灣日報》連載），不久即因中風而輟筆；終於在1992年病故，享年60歲。

柳殘陽：1961年以《玉面修羅》起家，代表作是《梟中雄》、《梟霸》二部曲，善於描摹江湖殺手生態。其書多由四維、春秋、南琪、合成等出版社印行，共有四十八部（中短篇小說未計入）。1972至1977年創作量銳減，每年僅寫一書。其最後一部作品是《明月不再》（1989年，《聯合報》連載），似有時不我予、預告封筆之意。1990年左右赴美依親，乃宣告退隱江湖。

雲中岳：1963年以《劍海情濤》起家，代表作是《八荒龍蛇》、《大地龍騰》與《大刺客》，善於運用史料與武術技擊。其早期諸書多由黎明、四維、南琪等出版社印行，約有三十部。1973年以後，則因時轉勢易，改寫中、短篇小說，不料愈戰愈勇，源源不絕。其後期諸作大多發表於香港《武俠春秋》半月刊與臺灣《武藝》雜誌，而由皇鼎出版社印行。其最後一部作品是2000年出版的《烈火情挑》，其武俠作品（包括短篇小說集）總計竟達八十部之多。在臺灣第二代武俠名家中，其創作生命之長（37年）無人能出其右。

秦紅：1963年以《無雙劍》起家，代表作是《武林牢》與《九龍燈》，文筆輕鬆幽默，饒有現代武俠之風。其早期諸書多由大美、南琪等出版社印行，1974至1976年一度輟筆。復出後，改寫武俠中篇，則交漢麟／萬盛出版，總共有四十五部。其最後一部作品是《獨戰武林》（1986），隨即封筆，改行經商。

司馬紫煙：1961年以《環劍爭輝》起家，因續寫《江湖夜雨十年燈》（諸葛青雲掛名）而成名，代表作是《金僕姑》與《大英雄》。其早期諸書多由春秋、南琪等出版社印行，約近四十部。1972年以後，其寫作重心轉移到歷史傳奇小說及俠義動作小說上去，各有十多部；武俠小說則相對較少，屈指可數。其最後一部作品可能是《鶯與鷹》（1982年，

《臺灣時報》連載）：不久即移民中美洲的多明尼加共和國，迄至1991年去世，享年僅有50歲而已。

獨孤紅：1965年以續寫《血掌龍幡》（諸葛青雲掛名）起家，代表作是《雍乾飛龍傳》及《滿江紅》、《丹心錄》、《玉翎鵰》三部曲。其書多由春秋、大美、南琪、四維等出版社印行，約近六十部。1970年代武俠小說開始式微，他遂應臥龍生之邀，進入華視編劇；則以寫電視劇本為主，武俠創作為輔，勉強維持不輟。其最後一部作品可能是《京華游龍》（1985年，《中華日報》連載），迄至1988年封筆，再無新作問世。

其他知名作家：如武陵樵子、南湘野叟、丁劍霞、東方英、蕭瑟等人，亦多半於1970年代退出武壇。[3]其中唯有玉翎燕（陸軍少將繆綸）曾任《青年日報》發行人，因職務之便，得以活躍於1980至1990年代的報刊武俠陣地（時輟時續）。其最後一部作品是《殺手之劍》（1995年，《中華日報》連載）；至此，老一輩武俠作家乃偃旗息鼓，全面退出報紙武俠連載專欄，為這鼓盪風雲垂半世紀的「成人童話時代」劃下了休止符。

由以上簡略回顧臺灣武壇的興衰可知，1971至1976年是一個攸關武俠創作「生死存亡」的關鍵時段——依次有伴霞樓主、司馬翎、孫玉鑫、臥龍生、諸葛青雲、慕容美、柳殘陽、秦紅、獨孤紅、高庸等人，

3　在這一批退隱的老作家中，僅有蕭瑟於2003年復出，撰寫《霸王神槍》一書。其自序說：「在停筆近三十年之後，又重新提筆撰寫武俠小說，恐怕這個紀錄是空前了。（中略）因為自從這個綠色政權執政之後，連續不斷的天災人禍，促使民眾的財產大量縮水、經濟倒退、股市低迷、失業率節節升高，可說哀鴻遍野，將至民不聊生的境地！敝人也不例外，受到了這一連串的打擊，生活遭致極大的困窘，幾乎將至無以為繼的地步；逼不得已，只得重操舊業。」正是其情可憫，其言可哀！

或退隱，或輟筆，或減產，或改行（轉戰影視圈發展）；而雲中岳、司馬紫煙及蕭逸則相率調整寫作策略，以武俠中短篇取代長篇故事，甚至改撰歷史傳奇小說，以因應時變。故1980年以後，中短篇武俠作品一時蔚為風尚；[4]但也不過是強弩之末，無力扭轉頹勢，又如何能抵擋「金庸旋風」？

當此之際，以古龍為師的後起新手相繼崛起於臺、港兩地；如溫瑞安（香港起家，臺灣成名）、奇儒、蘇小歡及香港的黃鷹、龍乘風等，皆有所表現。但優秀作者寥寥無幾，屈指可數，遠不能與1960至1970年代百家爭鳴的盛況相提並論。在臺灣武壇老成凋謝、新秀未成氣候之下，洵可謂「蜀中無大將」。此所以金庸小說得以所向披靡，定於一尊，亦是歷史發展之必然，無須深異。

第二節　「現代派／超新派」何去何從——
兼論溫瑞安

1980年代，臺灣的武俠小說界呈現出相當弔詭的現象：一方面老將紛紛封筆，創作量銳減，氣息奄奄，欲振乏力；而若干標榜「香豔」的色情武俠卻氾濫成災，大行其道。另一方面則是武俠小說的社會地位逐漸提高，從「小道」開始慢慢步入文學的殿堂；而武俠小說的讀者卻不增反減，急遽滑落。其中最關鍵的因素，除了電視武俠劇的衝擊之外，無疑是「金庸旋風」的影響。金庸小說在商品化的機制炒作下，迅速成

4　從1980年起，臺灣各報多視武俠小說為「雞肋」；除極少數名家作品之外，大都登載一日刊完的武俠超短篇。其中如曹若冰、隆中客、溫瑞安、黃英雄、白翎等皆有多篇發表；而秦紅、雲中岳亦不免受制於「速戰速決」的規約。

為唯一的「武俠象徵」，幾乎壟斷了臺灣武俠市場。因此往昔島內的知名老作家個個意興闌珊，陸續封筆退隱，而新人亦望而卻步；只剩下若干不肖書商糾合了一些「武俠痞子」，改以色情／搞笑伎倆招徠讀者，媚俗苟活。

　　金庸的小說能造成如此深廣的影響，儘管是在明顯的商品操作下形成的；但其作品的卓越表現，無疑才是真正的關鍵。自1980年以來，橫梗在多數武俠作家心頭的疑問，就是：如何才能超越金庸？在武俠小說史上，金庸宛似泰山北斗，睥睨群倫，意欲超越，談何容易！才力弱、自信薄的作家，眼見大勢所趨，無力抗爭，乃頓生退出江湖之想；而若干仍富自信，不肯妄自菲薄的作家，則轉思從不同的路徑開創另一種異於金庸的風格。即令金庸小說氣勢宏偉，具「壯美」之姿，則又何妨逞其奇絕幽怪，營造另一種「秀美」的勝景？於是古龍所完成的「新派」，就成為多數作家另闢蹊徑的模仿對象。

　　事實上，由某種角度而言，古龍的「新」，也未嘗不是在金庸的刺激下開創出來的。古龍與金庸的交情建立得頗早，自然也有管道蒐讀金庸小說。在1977年發表的〈關於武俠〉一文，古龍就特別推崇金庸：

> 他對這一代武俠小說的影響力，是沒有人能比得上的。近十八年來的武俠小說，無論誰的作品，多多少少都難免受到他的影響。[5]

　　他也坦承：「我自己在寫武俠小說時，就幾乎是在拼命模仿金庸先生，寫了十年之後，在寫《名劍風流》、《絕代雙驕》時，還是在模仿金庸先生。」這話有多少可信度，姑置勿論；畢竟從古龍的作品中，我

5　〈關於武俠〉，原載1977年6月《大成雜誌》第43期。

們無法明顯看出他「拼命模仿」金庸的確證。但後來金庸對古龍表示欣賞，並主動邀請他給《明報》寫《大游俠》（陸小鳳傳奇），卻是鐵的事實（詳見第二章第三節）。因此古龍投桃報李，理所當然。何況「以金庸為師」更能表現出他的好學精神呢！（按：在1973年以前，查古龍談論武俠的相關文字，從未提到過金庸小說，可資佐證。）

然無論如何，古龍早在1960年代中期即已體認到「武俠非變不可」的社會現實；而他也堅持「求新求變」的兩大理想目標（提高武俠小說的地位和讀者的興趣），義無反顧地走下去。凡此，固不待於〈說說武俠小說〉（1971）總結創作經驗的「馬後砲」而已。

古龍通過「求新、求變」而完成了「新派」，建立了他在武俠小說史上的地位，可以說是臺灣唯一能與金庸抗衡的作家。而其迅捷明快、變化多端的敘事手法，也明顯與現代的社會生活節奏合拍，無論是讀者或作者，都極易取得共鳴。故「新派」一出，古龍即成為眾多武俠作家模仿的對象。極力規模古龍，風格幾可亂真的香港作家黃鷹姑且不論，後期名家如溫瑞安、奇儒、蘇小歡等，甚至後期以「天心月」為筆名的司馬翎諸作，都有非常深濃的古龍影子。

其中溫瑞安的企圖心最為強烈，在金庸、古龍兩大家的籠罩下，排宕而出。他高舉「現代派／超新派」的旗幟，銳意改革，代表了1980年代武俠小說求新求變的又一次轉折。

一、溫瑞安與「神州詩社」

溫瑞安（1954-　），原名溫涼玉，祖籍廣東梅縣，生於馬來西亞霹靂洲。少年時期就嶄露頭角：9歲開始寫作，13歲創辦《綠洲期刊》，17歲創立組成新馬文壇最大、擁有十個分社的「天狼星詩社」。他自小對

中國文學、文化就有濃烈的嚮往與熱愛，故1973年與同社成員黃昏星、
廖雁平、周清嘯、殷乘風、方娥眞等先後負笈來臺求學，就讀於臺灣大
學中文系（未畢業）。

　　溫瑞安到臺灣後，以積極奮發的態度，將滿腔的愛國熱忱與生命力，
投注於文學創作之中，先後有新詩、散文、現代小說發表於《中國時
報》、《明道文藝》、《中外文學》等報刊雜誌，聲名鵲起，頗獲好評。
1976年創辦「神州詩社」，是當時文壇上最活躍也最具影響力的社團。

　　「神州詩社」以「發揚民族精神，復興中華文化」爲己任，在極其
艱辛困頓的情況下開拓社務，舉辦文學討論會、座談會，出版詩刊、詩
集，並廣收成員，相互砥礪，平日談文練武，朝氣蓬勃。「試劍山莊」
中人材濟濟，[6]所到之處，大受青年學子的歡迎；但也因之受到猜忌。
1980年「神州詩社」在受到內外重重的誤解之下，[7]社員星散；而溫瑞
安又被當局以莫須有的「爲匪宣傳」罪名羅織，在飽受三個月的牢獄之
災後，被遞解回馬來西亞。天涯淪落，書劍飄零！直到1981年底，他才
得以在香港找到棲止之地。

　　才情縱橫的溫瑞安在香港重新出發，再振「神州」雄風；左手寫
詩，右手寫武俠，開創了他個人武俠事業的黃金時代。1989年溫氏創辦
《溫瑞安武俠周刊》，每周一書，風靡了許多年輕讀者；並召集「神州」

6　「試劍山莊」是「神州詩社」的根據地，取「劍試天下，捨我其誰」之意，充滿了少年的
　　豪氣與自信。社中成員多爲一時俊彥，其中林燿德（小說、文學評論家）、林雲閣（報導文
　　學家）、陳劍誰（九歌出版社總編輯）等，更是其中的佼佼者。

7　有關神州星散的內幕，外人不得其詳，社中諸子也諱莫如深。溫瑞安在1984年爲萬盛版
　　《闖蕩江湖》所新寫的自序〈性情中人〉中提到：「當時何其倔強的我，如何在那三個月之
　　內，遍嚐『兵敗如山倒』，被自己親如手足的人冤屈及背棄的滋味。」（頁5-6）另可參見葉
　　洪生〈回首神州遠——追憶平反「溫案」始末〉一文，發表《聯合文學》總147期(1997年
　　元月號)。

子弟兵，成立「自成一派合作社」，朝向創作、出版、電影、電視多元
化發展，成果豐碩，令人刮目相看。

二、先向武俠賦新詩

　　溫瑞安與武俠結緣甚早，早在大馬唸小學時，就受到金庸小說啓
迪；讀到《書劍恩仇錄》（當時大馬盜印本改書名爲《紅花十四俠》），
對他筆下重情尚義的俠客及充滿家國民族之愛的江湖，興起了無限的嚮
往；1964年小四時即有自繪本《龍虎風雲錄》的長篇武俠試筆之作，並
於班上開講《血河車》故事，創下一口氣連講16小時的紀錄。初二的時
候，溫瑞安偶然讀到古龍的《多情劍客無情劍》，十分傾倒，乃引領他
正式步向「武林」之途。他曾說：

> 我可以說自己十分鍾情於金庸的小說，但古龍絕對才是我武俠小說
> 創作的「啓蒙老師」——當然他從來沒在實際上傳授我什麼，但在
> 他的小說裏，有的是發掘不完的寶藏。8

　　1969年，溫瑞安16歲，在香港《武俠春秋》（72期）發表了第一部
武俠創作《追殺》，「筆意格局，完全是因襲古龍的」。9在自小浸潤在
金庸、古龍兩位名家作品中，溫瑞安的武俠雛型已大致確立了。雖然在
往後數年中，溫瑞安醉心於現代文學創作，也以現代散文、新詩與小說
於文壇嶄露頭角，但金、古二人的影響，仍持續在發酵醞釀中。而其青
少年時期現代文學的創作經歷，也成爲他未來武俠創作的一大助力——

8　見《溫瑞安筆下的人物・古龍》。
9　同上。

其中尤以新詩為最。

　　1975年，溫瑞安在臺灣出版了他個人的第一部詩集《將軍令》。此詩集中的詩歌，波瀾壯闊、意境深遠，不但展露了青年溫瑞安縱橫飛揚的才氣，更藉詩歌的形式傳遞了他對「武俠」的熱愛。英雄俠士的豪邁、末路將軍的悲壯、朋友兄弟的義氣，都在此詩集中淋漓盡致地發揮出來。試看他的〈水龍吟〉：

兄弟，俺自落日飲馬的江湖趕來
此刻俺正仰臥在屋頂的茅草上
任晚雲隨意飄過，任星星千道隕落
啊兄弟，接過嫂夫人三招後
俺就悄然走了，卻翻身上樑
看汝之鬚髮與劍飄飛
聽汝之蒼涼高歌吟哦
六朝的興亡溺斃在汝眸中，兄弟啊
汝可知伊之珍珠簌簌自腮邊掛落？
俺別首望星，耳際是
兄弟啊汝與俺之橫槊長歌
向東去，滾滾遼河；向西去，青旗沽酒
往前啊兄弟汝與俺鐵騎銳馳啊哈哈啊
啊哈哈啊往後汝與俺乃長嘯生風的龍駒
兄弟汝走前七步，跨過黃河
兄弟俺大笑回首，掩蓋半壁山河
兄弟啊汝………

蘆花巳白了西風的眸

女牆蒼涼著北塞的月

　　遄飛的逸興、深濃的情誼、雄豪的氣魄，透過詩的語言噴薄而出。黃昏星說溫瑞安在「豪情中帶著自己付出給這個大江湖的生命，隱藏著處於現代的他對傳統的回顧和看法」，[10]這是知音之論。因為溫瑞安向來就認為「武俠小說是最能代表中國傳統文化精神的，它的背景往往是一部厚重的歷史，發生在古遠的山河，無論是思想和感情，對君臣父子師長的觀念，都能代表中國文化的一種精神」。[11]在年輕溫瑞安的心裡、夢裡，「中國」就是迷人、醉人的香醇美酒，他千里間關，負笈來臺，本就是為了圓這一場夢；[12]而武俠詩，則是他夢境的草圖。

　　熟諳現代文學技巧的溫瑞安，一開始就有意從武俠中尋覓詩聲。1975年溫瑞安創作了《山河錄》（1979），從詩題到意象，皆完全以中國為依歸──長安、江南、長江、黃河、峨嵋、崑崙、武當、少林、蒙古、西藏，十處名城古地、靈山勝水，構築了他的中國意象；而少林、武當等赫然在目，且看他筆下的少林和武當：

10　見〈武俠小說與文學之間的橋樑〉，《天狼星詩刊》第2期（1975年11月），頁32。

11　見〈古遠的回聲〉，《天狼星詩刊》第2期，頁39。

12　在當時溫瑞安的心目中，「唯有」臺灣才真正保留、延續了中國的傳統。林燿德曾寫道：「神州人的濃情和激盪，豪邁和溫婉，一個銳芒四射的社團，南天楚地的悲歌，北漠大荒的王朝。中華五千年來斑駁的青銅，拿在他們的手裡，都成了金光閃閃；一刀一斧，要來開朝，要來闢天下。」（見〈浮雲西北是神州〉，收入《坦蕩神州》（臺北：長河出版社，1978年），頁273，）甚至，溫瑞安本人當時予人的最深刻印象也就是「中國」。楊宗翰在評論林燿德時，引述了一段林燿德的文章：「大哥，就是中國。一個完整無缺、具體而微的中國。大哥就像是從億萬個中國人與神州土上反復粹取精鍊、純度最高最高的，一滴精油。」〈誰能瞭解你的哀愁是怎樣一回事──從林燿德到林燿德〉，《創世紀》127期，2001年6月）正代表多數曾參與過「神州詩社」的人的共同感覺。

你試圖早日白衣下山

我欣賞你高飛的步履像平地的鷹

你說你寂寞

我說黃河呢　長江呢

從峨嵋落身到崑崙

舞在長安　歌在江南

武當成了懷念

少林成了看不見……（《山河錄》之〈少林〉）

我說武當啊我的激越我的悲傷

我感情裏不饒人的風

乍然的驚麗　最末的遺容

我皇皇栖栖還是要結義

授劍　束髮　解衣

因爲大江來去　落日西盡

梧桐一夜碧落

妳我還活著

怎能不極登金頂　上閣樓

浩浩蕩蕩的迫出第一意氣

絕世的音容　啊武當

我們相守在年少

相忘於江湖　不見於

天地之悠悠……（《山河錄》之〈武當〉）

「於是我乘機寫下了武當少林／當然有人看作一部武俠小說」，「中

國啊我的歌／透過所有的牆／向您沉悲的低喚」。[13]《山河錄》以今古「舞（武）者」的翩翩英姿輪番起舞，舞動他的俠情，舞動他的夢想，舞出他的豪放與落寞；舞在神州勝地，舞在他虛擬的國度，舞在他澎湃的胸臆：「在暮色裡，我的濃情還在／千萬里外姑蘇起來／妳笑笑不再言語／我寂寞和急／寒夜淒冷一片／妳左手捏的是什麼字訣？／右手是第幾招瀟湘？」[14]異域僑居，久不聞中華禮樂的溫瑞安，在臺灣，在武俠小說中，找到了夢土，找到了安身立命的所在。

三、《四大名捕》與《神州奇俠》

　　1976年，溫瑞安醞釀已久，代表著他武俠創作邁開第一步的《四大名捕會京師》問世，不但當時廣受矚目，而且也成為他後期一系列「少年」故事的源頭。此書以一般武俠小說中較負面、旁襯的人物（六扇門、鷹爪孫）扮演俠客角色，塑造了「冷血、追命、鐵手、無情」四大名捕——冷血堅忍冷靜劍法狠，追命豪爽勁邁腿功精，鐵手勇猛強悍拳無敵，無情智謀超絕善暗器。人物性格刻劃得入木三分，整個探案、捕盜的驚險、奇詭情節，皆特意為人物性格而設計，讓此四人的特點表露無遺。在人物設計上既一新讀者耳目，情節則於驚險懸絕之中以快節奏展現，因此大受讀者歡迎，乃奠定了溫瑞安未來武俠事業的基礎。

　　《四大名捕會京師》在敘事上還算是舊的格局，連最初的回目安排也採取章回體的對句模式（如〈生辰成死忌，壽幃變孝帳〉、〈智破九

13　見《山河錄》之〈西藏〉。
14　見《山河錄》之〈長安〉。

迴陣，苦抗攝魂音〉、〈血染雪地赤，火沖半天紅〉之類）；[15]但整個情節的設計上，顯然深受古龍的影響，企圖將「偵探」納於武俠之中。它以執法的「名捕」為主角，使此書處處可見朝廷、官府的身影，與當時臺灣武俠小說儘量不與「政治」牽扯在一起的「江湖」大異其趣。名捕追隨清官（諸葛先生），鏟除豪強，追緝凶徒，維護正義，這很有清代俠義公案小說《三俠五義》的影子，也代表著溫瑞安當時對俠的觀念──俠客是正義的扶持者，而正義則是與法律、國家站在同一邊的。[16]

　　1977年的《今之俠者》、1978年的《白衣方振眉》，基本上延續著這一精神。溫瑞安明確的意識到：「俠的態度恰好可以挽救中國之沉沉暮氣，除強易暴，拯救大陸億萬同胞，而且也可以把不理國事、只管考試的青年學子，變得朝氣蓬勃、豪氣長存！」[17]因此，溫瑞安在小說中刻意凸顯小說中的俠客，如何在現代與古代以激昂慷慨的意氣、九死不悔的勇氣保衛家國，維護正義的精神；並在其間著力描繪了同命相酬、惺惺相惜的知己之情。1978年出版的《神州奇俠》，就是最具體的代表者。

　　《神州奇俠》蕭秋水系列初寫於1977年，先有《劍氣長江》、《躍馬烏江》、《兩廣豪傑》、《江山如畫》四部，後又繼續完成《英雄好漢》、《闖蕩江湖》、《神州無敵》（1980）共七部；另有《寂寞高手》、

---

15 這些「回目」散見於全書之中，缺乏妥善的安排，想來是隨筆提點所致。1984年萬盛的版本中作了重新的整理，與前者大不相同。

16 此時的溫瑞安，青年熱血，義無反顧，對政治還很幼稚，與後來經歷過不白之冤後的他完全不同（據傳，當時「神州詩社」的成員還曾獲蔣經國召見，對他們讚譽有加）。故1989年後寫的《少年冷血》系列，筆調就對法律、正義與國家（主政者）有更深刻的反思與質疑了。

17 見〈武者未為俠〉，《白衣方振眉》（臺北：長河出版社，1978年）自序。

《天下有雪》（1980）兩部「正傳」。全書主要敘述「浣花劍派」的蕭秋
水結合一干少年英雄力抗權力幫（前半）、鏟除附逆於秦檜的朱大天王
（後半）的故事。初期四部，風格明朗，意氣飛揚，極力摹寫義氣相交
的朋友如何同心協力、義無反顧的對抗強權的故事。如《兩廣豪傑》中
的「一公亭」之戰，寫蕭秋水、唐方、左丘超然、鐵星月、馬竟終五人
爲救文鬢霜的奮不顧身：

> 可惜──可惜，可惜他們五人都衝了過去！
>
> 五個人衝過去時都在想：自己一個人衝過去就好了。
>
> 五個人衝過去時都希望：其他四人不要一起衝過來。
>
> 可是他們五人都不約而同衝過去：雖然他們不熟悉文鬢霜，甚至連
> 一句話也沒交談過，可是見死不救的事，就算打死他們這一群人也
> 不會做的。

此時溫瑞安的「神州詩社」正在鼎盛之際，社員以義氣相結，如魚
得水。書中寫的「神州結義」，其實正是「神州詩社」的化身；而其中
的鐵星月（黃昏星）、邱南顧（周清嘯）、李黑（李鐵錚）、胡福材（胡
天任）等人，也幾乎全是社內成員的寫照。但從《英雄好漢》開始，由
於「神州」內鬨，引發了一連串後續的問題，使得神州分崩離析，風格
明顯有劇烈的轉變；文字枯澀、語言拗口，激憤不平之氣彌漫全書。蕭
秋水性格大變不說，連若干被影射的叛社「摯友」[18]（如左丘超然），
性格也前後不一；一直到寫《寂寞高手》後，才又逐漸恢復明朗開闊的

---

[18] 溫瑞安同時期寫的《血河車》系列（《神州奇俠外傳》），也常有影射，將版社諸子化身爲惡
人或小人，不過在後期再版時部分已經改名。這是溫瑞安一時激動下的淺憤之筆，但也可
以想見此事對他產生的影響。

格局。不過，整個故事系列卻早已走了樣、變了調了。

　　嚴格來說，《神州奇俠》系列人物眾多、支線龐雜，人物性格、主題前後未能關照，且殺戮血腥之氣甚濃，並非成功的作品；但在創作過程中，溫瑞安歷經內憂外患的磨鍊淬礪，從文字風格到主題意識，都明顯有所轉折。這對後期溫瑞安小說邁向成熟之路，再由成熟轉向為「超越」，有關鍵性的影響。

四、刀叢裡的武俠詩

　　1981年後，溫瑞安轉向香港發展，較之在臺時期更形活躍。他身跨藝文、影視、術數各界，稿約應接不暇，曾有過同時寫十八篇連載、專欄的驚人紀錄。從1981年到1986年間，溫瑞安完成了《殺人者唐斬》（1981）、《俠少》（1981）、《悽慘的刀口》（1984）、《小雪初晴》（1984），及《神相李布衣》系列、四大名捕的新故事系列、《殺楚》系列等數十部作品。在這些作品中，溫瑞安基本上還是延續前期的泛古龍風格（《神相李布衣》則從還珠、金庸轉出）；不過古龍的文字以淺白明快取勝，而溫瑞安則多了幾分詩的蘊藉，氣魄格局也較古龍恢宏，可以說是頗能展現自我才情的。其中《逆水寒》寫「鐵手」落草為寇，徘徊在「維法」與「違法」之間的矛盾與省思；《殺楚》寫「追命」捲入洛陽四大公子明爭暗鬥的漩渦，重而揭露了武林的黑暗面。無論人物性格、情節結構、主題意識，及文字的運用，都代表了溫瑞安此一成熟期的高峰，頗獲好評。[19]毫無疑問地，「詩意」是溫瑞安武俠小說中最吸

19　參見陳墨《港臺新武俠小說五大家精品導讀》（昆明：雲南人民出版社，1998）之溫瑞安部分。

引人的部分。

溫瑞安以詩成名，寫武俠也從未忘情於詩。對他而言，「刀就是詩，詩就是道」；[20]如何在武俠小說中借「詩意」、「詩法」開創出新的風格，始終是他戮力不懈的目標。早在《神州奇俠》系列中，溫瑞安就開始嘗試將現代詩融入武俠小說中，他讓三個劍魔傳人唱出鄭愁予的名詩〈殘堡〉，雖有點不倫不類；但當蕭秋水唱著他自己的詩：

> 我要衝出去到了蒙古飛砂的平原
>
> 妳要我留住時間
>
> 我說連空間都是殘忍的
>
> 我要去那兒找我的兄弟
>
> 因爲他是我的豪壯
>
> 因爲他是我的寂寞[21]

卻也頗能刻劃出蕭秋水內心的情義。溫瑞安強調：

> 我「大膽」地用了現代詩，甚至自己的詩，其用心是不想偏於一隅。作爲一個現代人，我是寧看飛機劃空而去，萬里無雲的超邁，而不願見滿城騾馬、老牛破車式的犬儒復古。[22]

現代人寫的武俠，爲何不能有現代詩？其實不只是援用新詩，溫瑞安更進一步用詩的語言創作，如以下數段：

20　見〈刀就是詩，詩就是道〉，《刀叢裡的詩》後記。

21　見《劍氣長江》（長河版），頁262。

22　見溫瑞安〈荒腔走板〉，《神洲奇俠·跋》，頁408。

母論走到千山萬水，仰望千重萬嶂，但心底的那條小徑還是往那欲
泣無淚的深念中行去。23

蕭秋水聽得雙眉一揚，好像旭日深埋在黛玉青山的胴體間，忽然一
躍，就跳上雲層來，發出燦人的霞彩。24

暗殺是摧殘偉大生命的事，「墨最」覺得一陣顫慄的美麗，母論成
敗！25

詩的語言凝鍊，與一般敘事文字不同，最適於描摹「情」與
「景」，尤其是刻劃人物內心的情感。以詩法入小說，同一時期的奇儒與
晚近的蘇小歡，都曾在這方面做過努力，但無疑還是以本爲詩人出身的
溫瑞安運用得最是得心應手。這幾段詩化的文句，宛若在金鼓交鳴中，
忽傳來一曲悠揚的琴聲，耐人咀嚼。

1987年溫瑞安寫《闖將》，並同時在《中國時報》連載《刀叢裡的
詩》。溫瑞安「用了大量的詩、詞以及嘗試以文字的重新組合，大膽標
點，長短句交替，來加強文字內在的音樂性，和外在視覺的圖象效
果」；26可說是最具爭議性的嘗試，頗爲時人詬病。

《闖將》全書受到金庸《笑傲江湖》中的儀琳「獨白說書」敘事手
法所啓發，更準確點說是1940年代朱貞木小說之慣技，通篇以連場「轉
述」的呈現爲主，是溫瑞安「現代派」武俠書的先聲；其中除廣引古今

23　見《神州無敵》第1章。

24　同上註。

25　見《寂寞高手》第4折。

26　見〈不得不爾〉，《闖將》後記。

詩詞、歌曲,連文字、標點都運用得大膽而怪誕。如寫沐浪花帶領一群
朋友逃避「蛇鼠一窩」的追殺,在沉黑的暗巷裡,一陣風吹來:

——可是風從何來?

(那麼寒冽。)

(那麼陰森。)

(那麼不像風,而像一塊濕布,往人臉上直塌過來)

沐浪花把手指上沾的水漬放到鼻端一嗅,失聲道:「血!」

眾人還不及失聲,就聽到心跳。

彷彿是在長方形的黑暗中,傳來的心跳。

(是誰的心跳?)

(是誰的心?)

(是誰的心?)

(是誰的)

(是誰)

(是)

(?)

( )

有一個劍手突然倒下去。

他的心跳已停。27

溫氏利用標點符號的變化,將這種陰沉恐怖的氣氛及當局者內心惶
畏的心理描繪出來,堪稱破天荒之創舉;但其心理語言只重排列,各自

---

27 《闖將》頁24。

成行成段，卻無視於小說文字起承轉合的內在規律性，乃使分段敘事毫無意義。而其中所用八個括弧企圖表現眾人「心中疑問」漸漸凝結，乍看十分新奇，實則連現代詩的「格律」也不是！標點符號可以玩弄到一個孤伶伶的「（空）」，當真是虛無到家了。迨及沈虎禪與姚八分的「八弓弩」一戰，則更可謂是走火入魔的「反面教材」：

<blockquote>

一

　刀

　　砍

　　　下

弓弓

弓弓

弓弓

弓弓

　　齊揚！[28]

</blockquote>

　　沈虎禪「一刀砍下」，姚八分的「八弓弩」上揚，的確相當具有圖象化的效果。[29]可這是寫小說，不是拍動畫（事實上也動不了）！如此這般譁眾取寵，將文句割裂得支離破碎，還說：「這樣的寫法使我覺得很好玩。」作者完全不顧讀者的審美經驗與感受，果然是「反潮流的闖將」！莫非溫瑞安想搞「武俠的文革」？至於沈虎禪與「一統劍客」李商一之戰，溫瑞安則有如下的現代詩式描繪：

　　刀和劍，風和煙，千萬人裡的一觸

28　《闖將》，頁76。

29　此處溫瑞安顯然弄巧成拙，因「八弓弩」只是一張弓，實不應有八個「弓」字。而以八弓「齊揚」的圖象來看，根本「揚」不起來！這是文字必須服從平面印刷之故。

驚喜一場，各自分散，永不相忘

少年只有一次……花只開一次最盛

或許只走那末一次深夜的長街

未央。霧濃。獨行。

所有的期待不過是一盞燈

梆聲響起時樓頭有人吹簫

使你驚覺人生如夢……

（刀光劍影之後是什麼？）

（掠起的是身姿，落下的又是什麼？）

（誰殺了人？誰傷了心？誰才是那個在天之涯、地之角、寂寞的漢

子？）

（是刀佩著人？還是人佩著刀？）

（是劍負著人？還是人負著劍？）

（誰是那撫劍的燃燈者？）

（誰是那寫詩的佩刀人？）30

　　詩是好詩，因詩而生的感慨也很深沉；但是突然出現在此處，又大
量用七個括弧表達作者內心感觸，不免有些「文不對題」，令人莫名其
妙！不過我們也可看出，溫瑞安「現代武俠」的嘗試，其實就是「納新
詩於武俠」再加上「立異以鳴高」！因為無論是標點、句法的變化甚或
圖象式的表現，多是現代詩中慣用的伎倆（但非常態），不免充滿斧鑿
之痕。而《刀叢裡的詩》既以「詩」為題，自當更有發揮的餘地。

---

30 《闖將》第11章。

　　《刀叢裡的詩》正如書中主要門派「詭麗八尺門」一樣，是非常「詭麗」的。小說以天下各路英雄營救龔俠懷（無辜陷獄）的過程爲主要內容，而溫瑞安借題發揮，等如將「神州舊事」做了一次總結。龔俠懷是「神州詩社」時期溫瑞安的化身，但除了剛開始時曇花一現外，主要的描寫對象則是那些千方百計營救龔俠懷的英雄豪傑——尤其著力描寫「劍俠葉紅」急人之難的義舉。

　　書中主題之一的「背叛」，其實早在《神州奇俠》中就已描寫過，「詭麗八尺門」中的那群小丑，無非就是當初「叛社」的諸人——陰謀誣陷、兩面三刀、落井下石、幸災樂禍，自不待言；另一主題「仗義」，則藉書中與龔俠懷交情泛泛，甚至原有不同恩怨過節的葉紅、王虛空、星星、月亮、太陽等人，表現出「大義當前，捐棄私怨」的偉大情懷。溫瑞安藉此對當初在「神州」落難事件時曾協助過他的朋友，表達了深切的感念。

　　《刀叢裡的詩》大有古龍「最可靠的朋友，就是最可怕的敵人」（反之亦然）的弔詭。但此處所謂的「詭麗」，最主要還是指其特意表現的風格。此書也採用現代小說創作的筆法進行，一開場就有濃厚的詩意：

　　——他會來嗎？
　　那個一向把行俠仗義當作是在險惡江湖裡尋詩的龔俠懷，
　　在這雪意深寒的晚上，
　　還是會來
　　這條寂寞的長街麼？

　　起筆相當的奇突，與「通俗」有極大的差距。現代小說與通俗小說的差異，「心理刻劃」是相當重要的分野。此書幾乎完全都是以人物內

心的獨白構成的，敘述的視角跳蕩游移，卻始終與人物結合爲一。其中
如第2章寫葉紅看雪花的心理，短短二百字，就將葉紅的氣度胸襟與寂
寞感慨表露無遺；而第5章寫宋嫂，全知的敘述人與宋嫂的視角不斷輪
替，則花了將近三千字，細摹宋嫂對「八尺門」中人的憤激心情，沉猛
而暢快。這完全超越了一般通俗小説的規範，但由於溫瑞安對「神州」
的感情原就極爲深沉，故而轉化爲人物的心理刻劃上時，便顯得格外眞
切。正因他是採用心理小説的方式寫作，遂使得全書「詩意」盎然，隨
手拈來，都是些「詩句」：

> 只要在冬雪裡舞一場劍，把一生的情深和半生的義重都灌注在裡
> 頭，大抵就是舞過長安舞襄陽而終於舞到江南的水岸……。31

> 北風在瓦巷那邊發出尖銳的呼叫，好像正在孤寂的屬聲呼喚著那一
> 場迄今還沒有及時趕到的雪。32

> 他知道那一顆比花生米還小的事物，是他生命裡的句號，他要把句
> 子寫下去，就得把這句號去掉。33

> 葉紅頓覺人生如夢。他看見王盧空在雪裡舞刀，每一刀都像雪花，
> 刀光勝雪。其實，究竟是人舞著刀，還是刀舞著人呢？是人動著，
> 還是刀動著？究竟是人走過風景？還是人給風景走過？古之舞者，
> 從汨羅江前到易水江畔，誰是哀哀切切的白衣如雪？今之武士，從

---

31 《刀叢裡的詩》第2章。
32 同上引書第3章。
33 同上引書第4章。

大漠裡的長戈一擊，還是萬山崩而不動於色的壯士？古之舞者……
等待再生，如同等待一個美麗的驚喜。其實刀就是雪，誰能在風雪
裡不風不雪？[34]

在此書中，溫瑞安暫時擱下了《闖將》割裂文句、亂造圖象之
「癖」，將自己轉化成了詩人；以詩人的眼目寫武俠、看俠客，刀叢裡自
然處處是詩聲迴蕩了。

此外，《刀叢裡的詩》在遣辭用句上，也多有化腐朽為神奇之處：
如「一下子，袍子無法無天的罩住了她」[35]、「把樂韻彈得既已為山九
仞，卻又有不妨功虧一簣的揮灑自如」[36]、「（花）種得十分附庸風
雅，還帶點強辭奪理的美豔」。[37]在他的「點化」下，文字被賦予了新
意、新生命，令人驚豔。至於運用標點造成不同的節奏感，如：

葉紅高呼。拔劍。返身。他已分心。分神。分意。
階前。李三天已掣了一劍在手。劍如流水。見風就長。劍美。美麗
的劍。劍法更美。美得像一場若驚的受寵。劍如流水。流水如龍。
劍尖追刺葉紅。劍刺葉紅背心。
就在這時候驀地自花店之旁香行之外的轎輿子裡倏然飛擲出一疋長
長的錦緞上面繡著龍鳳對龍鳳牡丹聚寶盆神蝠松鶴像一道彩虹一簾
幽夢般飛纏住李三天那一劍罩住了他的頭裹住了他的身影——[38]

34　同上引書第4章。
35　同上引書第1章。
36　同上引書第2章。
37　同上引書第6章。
38　同上引書第6章。

　　前兩段全用句號，將人物動作切割成一幅幅獨立的畫面，刻意延緩節奏；下面立即以一連串毫無標點的87個字，強調千鈞一髮之際的快動作。一張一弛，很能借節奏表現出情節的張力。這固然是溫瑞安的又一「新嘗試」，若視其爲實驗性「復古式」的句讀（或更早無句讀的古文）亦無不可，但今人能否接受，大有疑問。畢竟現代新式標點符號已通行於世達數十年之久，一旦走回頭路，刻意捨棄不用，又標榜是「現代派」，將不知從何說起。因此，我們將這類「創舉」定位爲文字遊戲，一如前舉《闖將》中圖象式的「一刀砍下，（八）弓齊揚」！

　　不僅如此，現代小說（詩）講究意象，此書在第3章中，運用了象徵的筆法，將龔俠懷暗喻爲一棵經多雪摧殘而枯萎的大樹──「一棵大樹不死，就能養活許多生命」！作者通過葉紅之眼之口，來澆自己心中塊壘，頗有庾信〈枯樹賦〉的深沉與感慨。無疑地，《刀叢裡的詩》是溫瑞安在建立「溫派」新風格的實驗過程中，最具代表性也最有生命力的作品。

五、「現代派／超新派」的突變

　　溫瑞安對武俠小說是抱著「捨我其誰」態度投入創作的，武俠小說如何才能與別種文類一樣有同等的文學地位？武俠小說應以何種「現代」的形式存在？武俠小說如何能發揮其在當代的文學作用？……凡此種種，始終是他縝密思考的問題。在臺時期，他一面努力闡揚武俠文學，一面也深深感受到武俠小說「變」的重要性。溫瑞安自負不羈之才，舊的格局是無法拘束得了他的；儘管有金庸、古龍兩大家在前，他也不願寄人籬下。因此，從《四大名捕會京師》開始，他雖由古龍入手，卻有意先從題材（捕快）的選擇上別樹一幟。其後的《神州奇俠》則首度運

用詩法，到了《刀叢裡的詩》事實上已頗能超脫金、古二家的牢籠，建
立起鮮明的「溫派」風格了。但他還是精進不懈，努力求「變」。即使
到了1987年，他還是強調「武俠小說必須突變，且到了非變不可的時
候」。39

　　在創作《闖將》、《刀叢裡的詩》的同時，溫瑞安也為《聯合報》
寫《殺了妳好嗎》（1987）、《請借夫人一用》（1988）、《請你動手晚一
點》（1989）、《戰僧與何平》（1990）等短篇小說。這些小說都是在
「求變」過程中的努力嘗試。自1989年起，他開始密集實驗他武俠小說
「新類型出擊」的構想，將「周刊雜誌和叢書系列與武俠小說作一次天
地人式的三結合」，40命名為「溫瑞安超新武俠」，並強調他只想「做點
事」：

> 一，要為武俠文學做點事；二，要為武俠形式多面化、內容深刻
> 化、題旨現代化、語言文學化做點事；三，要為文學大眾化、通俗
> 文藝高質化做點事；四，要為發揚正義為武和俠者精神做點事。41

　　這就是溫瑞安欲「自成一派」的「超新派」伊始──儘管1998年才
有〈溫瑞安超新派武俠宣言〉，42但實際的運作早就開始，而且也已將
「超新派」三個字叫得震天價響。「新」而又要「超新」，當然是針對著
一般所稱的「新派武俠」而來，同時可能也有對自己前期努力的不滿。
溫瑞安一直是強調「武俠文學」的，也屢屢致意於「現代武俠」的創

---

39 《闖將》後記。
40 見〈他以劍替你感覺──代總序〉，《少年冷血》卷首。
41 見《少年冷血之二》的出版後記。
42 見《溫瑞安武俠世界》創刊號，頁137-139。

作，聲稱「超新派」是他的「第三十七變」；[43]但他卻始終未明確定義所謂的「現代武俠」、「超新派武俠」爲何。[44]一般而言，大抵在1989年以前的作品是「現代武俠」（如皇冠出版的《刀叢裡的詩》等），之後的則是「超新派」（如皇冠出版的《少年冷血》等），應無疑慮。

「超新派」究竟「新」到什麼程度？仔細閱讀溫瑞安1989年以後的作品，可以發現他完全是著力於語言策略的改變和標點符號的運用上；以往的「詩化」語言，在此時還是主幹，但已由「量變」走向「質變」。如下面的例子，就頗爲大陸文評家江上鷗與陳墨津津樂道：

> 他、要、出、劍。
>
> 他，要，出，劍。
>
> 他──要──出──劍。
>
> 他……要……出……劍。[45]

這樣刻意改變標點符號的用法，有什麼特別意義嗎？即令有人獨具隻眼，阿其所好，認爲這是描寫心理變化之精湛表現，卻也不足爲訓。蓋武俠小說要想立足於文學殿堂，需要努力之處甚多，決非靠玩弄幾個標點符號就可爲功的。金庸的「古典新派」從來不耍花槍，就是很好的例子。然而溫瑞安「爲變而變」，似乎完全不懂「知止不殆」的道理。如《馬上上馬》（1990）寫舒星一自廟頂襲擊納蘭一幕，[46]就變本加

---

43 溫瑞安有〈第三十七變〉一文，強調武俠小說的該「變」。

44 陳墨認爲溫瑞安的「武俠文學」、「現代派」、「超新派」是有區別的；但溫瑞安自己是常混用的，未可爲據。而陳墨將「現代武俠」歸諸以現代爲背景的武俠（如《今之俠者》，見《港臺新武俠小說五大家精品導讀》），恐怕就大有問題了。

45 原文見《斬馬》。相關的評論及分析見陳墨前揭書，頁448。

46 第20回。原文即用直排，用橫排就看不出效果，故此處依原文排定。

屬，由「文字遊戲」跳到「文字魔術」的泥沼了：

　　　　　　　　　　　他
　　　　　　　　　　自
　　　　　　　　　廟
　　　　　　　　頂
　　　　　　　飛
　　　　　　射
　　　　　　　而

漬血橫一處之過所。上　　　　蘭一道。光白道一過掠空長。下
　　頂　　　　　　　　手一鮮著
　　　廟　　　　　　　中刀血刀
　　　　回　　　　　　青得。。
　　　　　掠　　　　　芒手慌納
　　　　　急　　　　　乍正目蘭
　　　　　　他。　　　閃待驚身
　　　　　　　　　　　退心上
　　　　　　　　　　　身。迸
　　　　　　　　　　　但舒噴
　　　　　　　　　　　納星一

　　此處利用由右至左圖像式的文字安排，是企圖鮮明「畫」出舒星一自廟頂飛躍而下，又急掠回廟頂的情狀。其構想固佳，卻全然忽略了「文學想像」的作用；因為讀者是要透過文字敘述來「看」小說故事，而非「看」由文字排列組合成的圖畫！如此本末倒置，刻意造作，不變成「異形」也難！

　　後期的溫瑞安小說沈迷於玩弄「文字魔術」，即以書名而言，幾乎部部古怪離奇：如《殺了你好嗎？》、《力拔山兮氣蓋世牛肉麵》、《白髮三千的丈夫》、《敬請造反一次》、《你從來沒有在背後說人壞話嗎？》、《沒有說過人壞話的可以不看》、《各位親愛的父老叔伯兄弟姐妹們》等等，指東打西，不知所云。有時他故意用一些名著的諧音字當書名，如《戰僧與何平》、《傲慢雨編劍》、《阿拉丙神燈》、《三角演

義》等，以表現其「戲謔性」；有時則隨手謅個句子，如《一隻討人喜
歡的蒼蠅》、《一條美麗動人的蜈蚣》、《一隻好人難做的烏龜》、《一
隻十分文靜的跳蚤》等，以顯示其「叛逆性」。

　　總之，只要是方塊字，不論是廣告、口語、宣傳詞，他都有本事納
爲己有，運用自如。他一直頗津津於「限題限字限時」的創作方式，一
方面說「好玩」，另一方面則是爲了凸顯自己放浪不羈的才氣。因此，
不但小說中的人名可信手拈來開玩笑，如阿里爸爸、阿里媽媽、馬爾、
寇梁、[47]哈佛紛紛出爐；回目標題也大玩其「語不驚人死不休」的把
戲，且樂此不疲。如《驚豔一槍》自第二篇以下，用了45個局（佈局、
和局、亂局、飯局、入局……等）、24個擊（反擊、猛擊、伏擊、狙
擊、重擊……等）、14個機（契機、天機、時機、神機、飛機……
等）；而《傷心小箭》中故技重施，更從「良機」到「專機」，共有形
形色色與飛機有關的40多個「機」；然後則是用「機」當詞首，又用了
從「機鋒」到「機槍」的40多個詞組。文字游戲玩到這種程度，眞令人
嘆爲觀止，不能不說是「走火入魔」了。

　　近世中國新儒學大師梁漱溟先生說得好：「人的思想是求通的，通
不下去才變。總是變以求通，沒有變以求不通的。……不能向不通處
變！」[48]這正是古今「通變／變通」之至理。可惜溫瑞安小說之
「變」，恰恰違背此一自然規律！因爲他並非有鑑於武俠創作已至山窮水
盡，「通不下去」才變，而純然是爲了「標新立異」、刻意超越古龍風

47　馬爾寇梁是臺灣某英語補習班創辦人的名稱。「阿里爸爸」則取「阿里巴巴」（四十大盜）
　　諧音，餘類推。

48　這段話出於梁氏所作〈兩年來我有了那些轉變〉一文，原載於1953年《光明日報》，日期待
　　考。

格而變；且由「漸變」到「突變」，越變越離譜，即使顛覆中國語言文字、標點符號乃至讀者審美習慣，亦在所不惜！這與民國初葉「五四」一代菁英搞「文學革命」（新文學運動）所犯下的歷史錯誤：「爲了目的熱，導出方法盲」有何不同！

　　試看溫瑞安的創作歷程，在1987年以前，基本上還是沿著古龍的新派道路前進，於銳意改革中賦以詩情畫意；且對武俠小說文學化頗有建樹，故多爲當代名家所期許。如古龍生前曾說：「溫瑞安只要對武俠小說寫得再集中一些，運氣也再好一些，那武俠小說以後就看他的了。」[49]高信疆也說：「這一代的武俠小說就看溫瑞安的了。」[50]倪匡則說：「現在的武俠小說就只剩下溫瑞安在獨撐大局了。」[51]《刀叢裡的詩》堪稱神完氣足，即爲顯例。但此後溫瑞安的「奇變」，則非當初捧溫者所能想像。迨及黃易一出，溫瑞安迅即沒落，正是他執意要「向不通處變」，加以玩火自焚且「自戀」，卒令讀者無法接受的必然結果。

　　溫瑞安的武俠作品，產量極豐，到2000年爲止，已超過了四百部（絕大多數是中短篇），洵可謂是「超級多產作家」。平心而論，在1990年代黃易未出現之前，溫瑞安的確是繼金庸、古龍之後，武壇上最閃亮的一顆巨星。少年仗劍的翩翩俠少，走過千山萬水後，羽翼漸豐，「發跡變泰」，終蛻變成爲武林中仰望的對象；這彷彿像是武俠小說中「少年成長」的模式了。可是當「溫少俠」變成「溫巨俠」之後，武俠文學到底該何去何從？還是他半生戮力追求、一心要圓的「中國夢」麼？抑

49　見《溫瑞安武俠世界》第2期，〈百姓千家論溫派〉所引述。

50　見《溫瑞安武俠世界》創刊號，〈百姓千家論溫派〉。

51　同上註。

或僅只是個隨意消遣的「玩物」而已！看他晚近作品的表現每下愈況，總是讓人疑慮多過期盼，替他捏一把冷汗。

「三秋一過武林就可把你迅速忘懷」，這是溫瑞安自己的詩句。會不會竟一語成讖？這就要看他自己何時幡然覺悟，反璞歸眞了。

第三節　色情武俠作品泛濫成災

臺灣武俠小說到了1980年代，由於讀者銳減，出版狀況大不如前，若干出版社爲了維持生計，並吸引年輕的讀者，遂改絃更張，一股腦將所謂的出版道德、武林俠義束諸高閣，推出了極盡其媚俗能事的「香豔武俠」系列。一時之間，坊間租書店充斥著一堆打著武俠招牌，卻實際以「色情」（pornography）[52]爲號召的武俠小說，流毒無窮，可謂雪上加霜，更加速了武俠小說的沒落。

一、武俠小說中的「情色」描寫

武俠小說中的「情色」（erotic）描寫，早在舊派武俠中就可略見端倪。如還珠樓主的《蜀山劍俠傳》第12回〈白日宣淫，多臂熊隔戶聽春聲；黑夜鋤奸，一俠女禪關殲巨盜〉中，寫慈雲寺的和尚智通與女飛賊楊花的淫事；第205回〈魅影爆冰魂，灧灧神光散花雨；佛燈飛聖火，疊疊幻境化金蛛〉中寫黑丑與香城娘子史春娥的通姦，都不免有若干情

---

[52] 「色情」（pornography）與「情色」（erotic）的區別，向來有許多爭議，在此基本上以「色情」指與「性」有關且以刺激性欲爲主的描寫內容；而「情色」則指內容牽涉到「性」，但不強調性交動作，也不以刺激性欲的描寫。請參看葉慶元〈網絡色情之管制：從傳統之管制模式出發〉（《世紀中國》網站，2003年1月上網）一文。

色的描繪。但前者不過是：

> 誰想將她小衣脫去以後，就露出一身玉也似的白肉，眞個是膚如凝
> 脂，又細又嫩，婉轉哀啼，嬌媚異常。不由得淫心大動，以方丈資
> 格，便去占了一個頭籌。誰想此女不但皮膚白細，而且淫蕩異常，
> 縱送之間，妙不可言。

後者描寫雖較露骨，也只因情設事，凸顯女體與桃花相映之「春光」：

> 妖婦本來生就絕色，這時全身衣履皆脫，一絲未掛，將粉腰雪股，
> 玉乳纖腰，以及一切微妙之處，全都現出。又都那麼穠纖合度，修
> 短適中，肌骨停勻，身段那麼亭亭秀媚，毫無一處不是圓融細膩。
> 再有滿樹桃花一陪襯，越顯得玉肌映霞，皓體流輝，人面花光，豔
> 冶無倫。妖婦又工於做作，妙目流波，輕嗔薄怒，顧盼之間，百媚
> 橫生。

　　這兩段文字固然引人遐思，但卻點到爲止；作者主要著眼於情境之
營造，並未在色情上作鋪張揚厲之舉。《蜀山劍俠傳》以仙魔之鬥法爲
故事核心，而仙魔之別，往往就在情欲的抑制與放縱；爲了凸顯正道的
修心養性及道德規範，故刻意以邪魔外道之放縱情欲爲對比。作者在方
寸拿捏之間，自有節制，絕不會爲「誨淫」而作細部性愛描寫。

　　臺灣的武俠作家中，從早期的司馬翎、諸葛青雲、向夢葵到稍晚的
古龍、獨孤紅，也多有情色的片段描寫；其中司馬翎尤爲箇中翹楚，對
春光旖旎場面的鋪陳，風情駘蕩，活色生香，堪稱「獨步」！如吳樓居
士（其最早的筆名）處女作《關洛風雲錄》第22回寫火狐崔偉下苗疆探
險，偷窺到姹女陰棠之徒榴花施展「姹女迷魂大法」色誘其姪崔念明的

一幕，即令人心旌搖蕩，綺念橫生：

> 他忍不住低頭挑起一角絨幔，朝室內偷瞧：只見這臥室內燈火都作
> 粉紅色，照射在四下精緻的家具上，幻成一片綺麗如夢的氣氛……
> 燈光照得分明，只見她長身玉立，胴體十分豐滿，胸前凝脂雙峰兀
> 自跌蕩搖顫。她下得床來，陡然將慍意收起，堆上媚蕩笑容，隨手
> 拿起一條狹長紅綢，驀地一揚，捲起無數圓圈，煞是好看。（中略）
> 剎那間崔偉眼花繚亂，心頭鹿撞！但見榴花豐滿的雙峰上下跌蕩，
> 腰肢如蛇，左右亂旋；渾圓修長的雙腿，如勾如探，妙處忽隱忽
> 現。配著口中的歌聲，直欲銷魂蝕骨，勾心奪命。奇就奇在她歌舞
> 一起，忽聽絲竹管弦靡靡之聲送進耳來，眼中驀地百花繽紛！本是
> 一個榴花，這時已化身為千百個各自作那天魔之舞。那股騷入骨子
> 裡的媚態，蕩人魂魄。（中略）
> 正在崔偉綺念沸騰，難以自制之時，床上的崔念明已轉過身來，雙
> 目似要噴出火地凝瞧著榴花。繁弦急鼓驀地高亢一響，倏然聲韻俱
> 歇；榴花同時曼妙地用足尖一旋，撲地倒在崔念明身上，滿室天魔
> 美女霎時銷匿。空際紅光閃動，那條長長的紅綢正輕盈地飄下來…

這是1958年司馬翎初出道時的「情色」試筆之作，其中有場景、有
裸女、有歌舞、有氣氛；雖春意盎然，卻樂而不淫，情景交融，妙筆生
花。讀者但覺故事發展理應如此，而不會認為作者是刻意渲染色情。

迨至1963年司馬翎寫《帝疆爭雄記》之美艷夫人，則更上層樓；一
顰一笑，皆令人色授魂與，血脈僨張！《紅粉干戈》（1965）寫「柔情
蝕骨派」所設溫柔陷阱，有聲有色；而《焚香論劍篇》（1966）寫赤身
教主花蕊夫人及搖魂、蕩魄二仙子的的「媚功」，更充分利用人性中七

情六欲的弱點，攻心爲上。果眞具有「搖魂蕩魄」之力！凡此種種，均屬情色描寫中的上乘文字。

至於描摹情欲掙扎的場面，如《金浮圖》（1965）寫薛陵面對白英的誘惑（第32-33章）：先是兩人赤身相擁，場面旖旎，卻不及於亂；其後朱公明進屋淫辱白英，薛陵躲在一側，聽見他們的雲雨之聲，情欲已受激蕩；最後寫白英欲誘惑薛陵，而薛陵則陷入天人交戰之中，苦苦撐持，瀕臨崩潰。其中朱公明的淫惡無狀、白英沈溺於情欲中無法自拔、薛陵內心情欲與理智的衝突，糅合成一團相當具有誘惑力的情欲氛圍，但卻媚而不淫，佚而不蕩。司馬翎不直接寫情欲纏綿的煽情動作，而純就情節的鋪設寫當事人的感官刺激，可謂是武俠小說家中最擅長情色摹寫的能手。

儘管臺灣的武俠小說中不乏情色的片段，甚至在當初保守的社會環境下也難免遭致若干「黃色」的批評。不過，既是片段描寫，充其量不過是聲色的點綴，點到爲止，在床笫之間，分寸的拿捏還是謹守其分；而且，在情節上多半是爲了凸顯淫惡與良善的主題而設。大體上，這些情色描寫的主要對象，都是江湖中以淫蕩著名的女魔、淫娃，以色事人，面首千百，縱情而恣放，渾不知名節之可貴。顯然，這與武俠小說中「女俠」（正）、「妖女」（反）形象的對比塑造有關。

武俠小說中的「女俠」，有其源遠流長的傳統，從明代鄒之麟的《女俠傳》、徐廣的《二俠傳》、馮夢龍的〈情俠〉以來，女俠的形象就被嚴格局限在傳統的貞女與節婦之中，即便其中有許多妓女爲俠者，但也透過對「愛情」或其他更高層次的理想（如國家、民族）之執著，而

抵消了她們與「貞節」間的衝突。[53]在武俠小説中，女俠形象非常豐富，既可如小龍女般高潔出塵、黃蓉之聰明伶俐、任盈盈之溫婉深情、端木芙之智巧靈慧、沈霞琳之天眞無邪、沈璧君之楚楚可憐；也可如風四娘之豪邁曠放、花媚娘之風情冶豔、谷寒香之含垢忍恥、雲散花之縱情任性。但幾乎都是以正面的角度予以摹寫，不會與淫佚、放蕩、縱欲、風騷等情節有若何關聯；即使像後者屬於「開放型」的女俠，風四娘動不動喜歡在衆目睽睽下洗澡；花媚娘衣著暴露、舉止媚態橫生；谷香寒出賣色相、以身換藝；雲散花芳心寂寞，曾經與多名男子發生關係；但作者最多讓讀者想入非非，絕不會讓她們過度「曝光」在讀者眼前，更遑論有任何床笫纏綿的描繪了！風四娘的豁達、花媚娘的眞情、谷香寒的堅貞、雲散花的自覺，正是作者透過其稍嫌踰閑蕩檢的行爲，所刻意表現出來的主要性格。

相對而言，淫邪、冶蕩的情節，多半發生在小説中的負面（女性）人物之上，如古龍《多情劍客無情劍》中的林仙兒、司馬翎《武道·胭脂劫》中謝夫人。這是爲了反襯正面性女俠而凸顯的邪派人物，自還珠樓主以來已成慣例。不過在臺灣武俠小説家中似更進一層，如寫林仙兒的淫蕩狠毒，是爲了展現古龍深心中對一些企圖心過旺、爲達目的不擇手段的「女強人」之批判；而司馬翎寫謝夫人從淫欲發展到嗜血的衝動，則是爲了對「情欲」與「暴力」的關係作更深的詮釋。在主題的貫串下，如是的描寫，無疑也承擔了情節布局的重任。

儘管這些情色的描摹，在若干較敏感的讀者眼中，難免會激起情欲

53　參見林保淳，〈兒女情長入江湖──古典小説中的「女俠」形象〉，收入《古典小説中的類型人物》（臺北：里仁書局，2003），頁153-206。

的遐想；但這並非作者的命意所在，更非企圖以此吸引讀者。甚至若干作者還會刻意避開原來可以有的情色場面。如司馬翎在《玉鉤斜》第一章中，公孫元波和歌妓小桃，原本會有床第交歡的場面，但作者卻以：「這是因為我們有一條規矩，凡是參加我們陣營，變成了一家人，就嚴禁有非禮越軌之行。也就是說，我們已不能發生男女關係了。」刻意加以稀釋，即為顯例。在臺灣武俠小說中，能見到如下的露骨文字，已足讓人面紅耳赤、心驚肉跳了：

> 於是，北雙那碩長而壯健散發著男人特有氣息的身體，亦同那少婦
> 白如羊脂的胴體一樣完全赤裸。
>
> 接著，一場「陰陽肉搏戰」已是正式開始……
>
> 良久，不，很久……
>
> 很久……
>
> 北雙氣喘如牛，渾身無勁……
>
> 少婦欲仙欲死，浪哼連連……54

　　不過，在1980年以後，社會風氣大開，整體情況卻出現了急遽的變化。在李涼「盲人瞎馬」的引導下，武俠小說逐漸走上旁門左道，一發不可收拾！

二、始作俑者的《奇神楊小邪》

　　1980年左右，文天行出版了署名「臥龍生」的《奇神楊小邪》一套六冊的武俠小說；沒多久，因銷路奇佳，遂於再版時正式宣告原作者

54　見單于紅《血煞星》第39章〈墮落嬌娃樂一鼎〉。

是：李涼！這是李涼在武俠小說中第一次露面，但當時除了出版社外，很少有人知道他是何許人也。網路《龍騰世紀書庫》上介紹他：

> 李涼，東海經濟、LAS VEGAS CASINO研究所，早年曾經投資電影，並親自參編導工作；且創造出幽默武俠，紅遍港、臺、大陸，每部稿酬高達百萬以上，爲最暢銷作家之一。目前任職TAIDE公司執行董事，精於地產、金融、珠寶、育樂事業經營，爲一企業專才。由於其對小說不能忘情，故再次執筆，此乃喜愛武俠者一大福音。其品有《企業前瞻論》、《外星人》、《美智子的誘惑》及《奇神楊小邪》等十餘部，尤其幽默武俠系列，讓人讀來興味盎然、詼諧有趣。誠如金庸所言：幽默是最佳人際橋梁。李涼屬天才型者，其文活潑生動，選材每中要害，且耐力驚人。在經過十年商場歷練，重新執筆，必將再創旋風。

這段介紹非常誇大不實，[55]是刻意誇張渲染的一種廣告性文字；不過大體也可略知其經歷頗多，創作領域亦頗廣。文中所謂的「興味盎然，詼諧有趣」，倒真是他武俠創作的一貫風格。只是，如此的「幽默」，未必使人敢「領教」。

從《奇神楊小邪》開始，李涼就企圖以突梯滑稽、詼諧不經的風格別樹一幟，筆下所塑造的楊小邪目不識丁、不學無術（連「天理昭彰，屢報不爽」都會講成「千里迢迢，屢報不爽」）；武功不濟（最多只會自創「浪子三招」），但「跑功」天下第一；好賭骰子，精通賭博門道；人精鬼靈，嬉笑怒罵，動輒就是「三字經」——活脫脫就是個痞子！這

很顯然是以金庸《鹿鼎記》中的韋小寶為藍本模擬出來的，只多了個楊小邪「萬毒不侵」而已。全書的內容，以楊小邪浪跡江湖，憑藉著一些古怪精靈的鬼門道與三教九流的人物「混」在一起為主線，偶爾做些「行俠仗義」的事，更不時與一些江湖女子產生無邊的情愛糾葛。

他以這種韋小寶式的人物，創作了一系列的「幽默」作品，如《楊小邪發威》、《笑笑江湖》、《酒狂任小賭》、《江湖一擔皮》、《神偷小千》、《妙賊丁小勾》、《淘氣小活寶》、《小鬼大贏家》等等，從書名中即可略知其風格及內容。金庸在武俠小說中創造韋小寶，實際上含有「顛覆武俠」的企圖，於嬉笑玩鬧之中，饒有深沉的反諷意味，因此並非武俠創作中的常態；而李涼卻「以變為常」，刻意裝瘋賣傻、賣乖搞笑，取韋小寶之形而遺其神，不僅糟蹋了韋小寶，更使1980年後的武俠小說陷入了深潭的泥淖之中，至今猶難以拔足。

李涼的文字原本就似通非通，偏偏他又喜歡夾雜一些現代化的俗語、方言，如「雖」（倒霉）、「恨號」（很好）、「殺米威」（什麼話）、「馬蓋」（什麼，客語）、「代誌」（事情）、「陰溝裡去」（英語English）等，以造成「笑果」，遂往往令人（老讀者）莫名其妙。可是出乎意料之外的，時下一些年輕人對這種「無厘頭」式的小說卻趨之若鶩，李涼的小說因而大行其道。

《奇神楊小邪》中雖然讓楊小邪打情罵俏，處處留情，但有關情色的描寫極少，倒還算是較正派的寫法。不過，既以如此的人物為主角，則難免不會漸趨下流；李涼在往後的小說中，不能自持，也逐漸色情了起來。如《超霸的男人》中的兩段描寫，實在有污筆墨，引文權當作「反面教材」：

她更摟臂一抱。他不由趴上胴體！敏感的部位緊貼上，她已亢奮！
她便邊吻邊摟拖他上榻。她的下體更廝磨不已！不久，他已被磨出
火氣。小兄弟為之橫眉豎眼。不久，她透不過氣的鬆唇連喘。[56]

不久，他已把她剝光，立見她的褻褲已濕一大半！
她不但健美，而且熱情，加上久識之愛意在如今引爆，所以，春潮
便似三峽洪流般溢個不停！
不久，他已欣然上馬，她大方的迎賓納客。
又過了好久，她已哆嗦不已！她嗯喔啊唉叫個不停！他樂不可支
啦！他便改以「隔山打牛」追殺著。
又過不到半個時辰，她已茫酥酥！她呻吟的一直喚哥！她淚汪汪
著！她汗下如雨！哆嗦的胴體為之更迷人！
她那淚眼為之更扣人心弦！又過不久，他終於送禮。兩人終於水乳
交融啦！[57]

　　這兩段文字，聲音、動作、姿勢、性器官都出爐了，很明顯已踰越
了「情色」的範疇，開啓了淫濫的「色情」武俠之風。

三、色情武俠的淫穢歪風

　　李涼崛起之後，由於大受年輕讀者的歡迎，類似的作品紛紛出籠，
皇鼎出版社甚至打出「香豔武俠」的招牌，用以吸引好色客；於是松柏
生、李輕鬆、郝松、顏斗等「作家」一時並出（據說其中也有老牌作家

56　第7章，〈美女投懷又送抱〉。
57　第17章，〈嬌俏女承露沾霜〉。

化名蹚渾水的），競相以色情為號召，其中的松柏生創作量尤其驚人，居然高達二百餘部。小說出租店裡，滿排書架都是他們的作品，原有的武俠書幾乎都消匿無蹤了。

這些作品，單從書名上就可以看出受到李涼的影響：如松柏生的《賭棍小狂俠》、《怪童鬧乾坤》、《混小子發燒》、《龐客大賭仙》，李輕鬆的《頑童桃花命》，郝松的《阿通正典》，顏斗的《大膽好小子》等，皆是模擬楊小邪的。其主要內容，不過就是以深諳江湖鬼門道的一個混小子，憑藉著隨機應變的本領、嬉笑胡鬥耍貧嘴、逢凶化吉賭運氣，在「頑笑化」的江湖中無往不利的故事。內容雖不能說完全千篇一律，但模式雷同，殊無可觀之處；實則就是為了販賣色情而已。這點，在書名中已呼之欲出，如松柏生《香菇連環泡》、《棍王巴大亨》、《桃花女鬥豬公》、《曠女鬥刁龍》、《波霸俱樂部》、《巨棒出擊》等等，充滿了性象徵與性暗示，明眼人一望即知葫蘆裡賣的是什麼藥！有些即使書名還偽裝「正派」，但掛羊頭賣狗肉，骨子裡還是「色情」。

將這些小說歸類於「色情」，是絕非誣枉的，試看李輕鬆《虎嘯雲舞》第2章〈夢幻樂園春光無限〉的描寫，已極盡性愛之能事：

突然，眼前一亮，只見一雙晶瑩高聳的玉乳和乳頂上嫩紅的乳蕾展現在雲遮月的眼前，禁欲十幾年的他，似乎比十幾歲的毛頭小夥子還要衝動，他炯炯的目光似要透視世間的一切。

在漫長的等待中，齊水蓮終手解除了所有的束縛，以一具豔力四射的天體投入雲遮月的懷中。

深情而漫長的吻，直吻得齊水蓮淚水腮頰而下，吻得她全身痙攣，吻得她心花怒放。

春山怒凸，小腹平坦，萋萋芳草，活水流動的桃源洞，修長的玉腿，加上心悸的嬌喘，早已令雲遮月春心蕩漾。

騎士終於跨上了戰馬，戰場上戰鼓已經擂動，嬌羞的呻吟在無盡的快意中已控制不住而成放浪的嬌呼。

哇操！二人還未進入狀況就已有一種捨生忘死的感覺，彷彿這個世界上除了性愛是永恆的，其他一切都已死亡。

……………………………（中略）

翻騰中的兩具肉體終於合二為一，瘋狂的躁動大有天翻地覆之勢，身下的木床在呻吟，桌上的杯盆叮噹作響，連窗戶紙都被震裂數處，戰況之激烈非言語可以形容。

齊水蓮從雲端至地面已數個來回，雲遮月終於達到興奮的頂點頂，一泄如注。可齊水蓮的檀口再次吻上了雲遮月，丁香數度，暗香流動。

雲遮月在齊水蓮的刺激下竟然再度興奮。

齊水蓮挺身而起，跨坐雲遮月之上，巫山暗合，雲雨再起，齊水蓮彷彿開足馬達的機器般，拼死地搖晃旋動，上下起落之間嬌呼連連，完全一派浪婦作風，刺激得雲遮月完全失去思考能力，心中只想到要一展男性尊嚴，把這場戰爭進行到底。

極度迷幻中的二人再次進行交叉換位，動作是那麼的熟練自然，當東方日出時這場大戰才算告一段落。

在這一章中，全以床戲為主，平心而論，如果將色情場面刪除，此書也沒有什麼其他可觀的內容了。類似的描寫，幾乎觸目皆是，甚至還有更誇張的。如顏斗的《大膽好小子》第7章〈美人排隊來報到〉，連

「口交」都派上用場，實在淫穢之極，不堪入目！為避「誨淫」之嫌，茲不再收錄原文。但由上引的片段文字中，已可盡窺「色情派武俠」下流無恥之底蘊。此之謂「武俠」之墮落，「武俠」云乎哉！

就事論事，武俠小說中偶爾穿插「情色」，其實是一種文學上的對比手法；它主要用於大戰前後當事人的風流遭遇，或在劍拔弩張之際，邪派妖女施展「媚功」迷惑敵方（包括男女）的特異表現。就本質上來說，它實為某種鬆弛讀者神經的潤滑劑。如果運用得當，則剛柔並濟，無傷大雅，未嘗不具特殊效果；但若以此作為招徠的手段，連篇累牘都在上演「活春宮」，就自甘下流，不堪聞問了。

1980年代以降，「色情」歪風狂吹，砲聲隆隆！連黃易在《尋秦記》中亦深染此癖，有相當大的篇幅都在「賣春」（但後來由時報文化再版時已刪除淨盡）。此時的社會風氣較以往開放，年輕的讀者對「性」百無禁忌，人欲橫流！不肖出版商聯合某些作者以此為生財之道，無疑是見風轉舵，迎合時代潮流的；武俠小說先天的「媚俗性」在此也與「文學性」凸顯出歷來最大的反差。換言之，一旦作者競相以「打砲」為號召，失卻了對作品反映人生善、惡、美、醜的基本要求，武俠小說就註定了要走上萬劫不復的絕路。

民初以來武俠小說情色描寫的發展趨勢，是從「情色」逐漸轉為「色情」的。色情的出現，就某種程度而言，破壞了原有的武俠小說精神，因為：

（1）在有關性愛場面的描寫上，逐步大膽而露骨，赤裸裸的展示了橫流的物欲，多數的小說簡直就可納入色情小說的範疇。如郝松的《阿通正典》，就被網路上的色情小說網站廣泛收錄。

（2）在描寫對象上，不但淫娃、蕩婦、魔女被窮形盡相，連正道的

女俠也被迫袒裼裸裎，以身體器官，而不是以其性格特點吸引讀者；而男主角也一改以往飄逸瀟灑或崇高偉大的形象，成為市井混混之流——無論男女主角都失去了原有的丰采。可想而知，這對以往熟悉舊的「武俠世界」的讀者，會造成多大的傷害！舊的武俠世界一旦崩潰，武俠小說也就名存而實亡了。而這一切，始作俑者的李涼是絕對不能辭其咎的。

當然，色情小說的存在意義與社會價值，容或還有若干討論的空間；但既以武俠為名，就應符合武俠小說的精神與類型特色，而不該掛羊頭賣狗肉，以武俠作幌子，販售黃色讀物，毒害青少年。這是絕對要不得的「假武俠」逆流，凡是稍有道德良心的讀者都應加以唾棄。

在過去，無論是「舊派」或「新派」作家所建構的武俠世界中，都編織著許多人生的理想和夢想：可以怡情遣興，可以快意恩仇，可以砥礪節操；更可以激發出「衝創意志」（the will to power），以樂觀奮鬥的精神克服生命中的橫逆與難關。而今卻被下流無恥、混淆視聽的「武俠敗家子」所摧殘，殊堪浩嘆！尤其可悲的是，當金庸小說成為「武俠圖騰」之後，讀者向盛背衰，竟朝向兩極化發展：一則以金庸作品為唯一「最愛」的正統武俠讀物，而完全漠視本土武俠老作家的存在價值；一則以李涼輩「色情武俠」為意淫對象，樂在其中，難以自拔。於是乃造成武俠世界黃鐘毀棄、瓦釜雷鳴的大變局、大逆轉、大崩潰！臺灣武俠的淋漓元氣，在「色情土石流」的氾濫與衝擊下，回天無力；若無奇蹟出現，也許就真個「一洩如注」、疲不能興了！

第四節　臺灣武俠「登陸」尋覓第二春

正如本書第三章所述，1975年左右，臺灣武俠小說創作與行銷陸續

進入退潮期，出版業非常不景氣，殆已面臨危急存亡之秋。業內龍頭真善美出版社審時度勢，宣告歇業（1974年），即是一個武俠行將式微的重要指標；而老作家紛紛減產、輟筆、轉業或退隱，則與這個「時代的寵兒」（宋今人語）被電視武俠連續劇所取代的殘酷現實息息相關。

一言以蔽之，早年臺灣武俠作家大多靠報刊連載新作品以吸引讀者；當平面媒體的休閒娛樂功能遭到同質性、且強勢百倍的電視劇衝擊、分化或瓦解時，自然使得閱讀人口大量流失——說穿了，武俠連載小說先天上受制於報紙欄目字數，每日只能刊登幾段不痛不癢的故事，又怎能和武俠連續劇的電化聲光、視覺效果相比呢！這是時代需求改變下的新趨勢，沛然莫之能禦！是故，武俠作家失去了主戰場，也失去了創作原動力。致使業內出版商「巧婦難為無米之炊」，陷於苦戰，因有漢麟「新瓶裝舊酒」改版重印之舉。

由漢麟出版社帶頭掀起的武俠書改版風，始於1975年（由36開改為32開本），完成於1977年（由32開改為25開本）。嗣後，臺灣各家武俠出版商均如法炮製，25開武俠書乃成為固定的標準版式，通行於世。可惜好景不常！此時適逢金庸小說解禁來臺，傳媒大造其勢；讀者久旱逢甘霖，自然趨之若鶩——臺灣眾多老牌「武俠舊雨」終究敵不過一個「新知金庸」！於是這一批改版後的臺灣武俠小說（通行本），只有另謀出路，轉戰他方，試圖為慘淡經營的出版業（兼及作者權益）開拓柳暗花明的「第二春」。

天下事就有這樣弔詭！當臺灣武俠創作全盛時期，古龍、臥龍生、司馬翎的小說均暢銷於臺、港、東南亞；而中國大陸則閉關自守，與世隔絕。因此就當時情勢而言，臺灣武俠小說並無向大陸進軍、開拓市場的迫切性與必要性；而在社會現實上，中國正面臨十年「文化大革命」

（1966-1976）的衝擊，客觀環境也不允許。更何況大陸往昔將武俠小說視爲「反動讀物」，業已查禁了三十年之久了呢！[58]

　　但至1980年代，時轉勢易，臺灣武俠小說已被金庸打得潰不成軍，正急於尋找新出路；大陸則反過來，在「對內搞活，對外開放」的改革政策全面實施下，亟需活絡市場經濟，促進海內外各種文化交流。因此，開放港、臺通俗文學作品（包括武俠小說）逐成爲大陸民間共同的願望；而以金庸、梁羽生爲首的武俠小說和以瓊瑤、三毛爲首的文藝小說乃率先搶灘大陸，拔得頭籌。隨後港、臺武俠小說即因利乘便，一哄而上！它們化整爲零、或明或暗地進入大陸市場，終於在各地租書店和書攤站穩腳步，掀起一片武俠熱潮。

　　惟以中共一向視文化藝術爲意識型態領域思想鬥爭的產物，且經改初期，左派擔憂「精神污染」[59]問題擴大，不無「變天」之虞；因此對於開放海外出版品內銷大陸，始終存有疑慮，而將合法進口／授權出版的相關事宜暫時擱置下來。這便導致1981至1988年大陸流行文化市場的「武俠大混戰」。正是：眞品與僞作齊飛，正版共黑書一色！較同一時期

58　大陸查禁「舊派」武俠小說的時間跟臺灣幾乎同步。最早始於1949年12月國務院出版總署的內部文件〔關於最近北京市私營圖書出版業情況〕之三：「有計畫有組織地配售新出版物，逐漸『減少和消滅』神怪、色情、武俠、翻版讀物。」至1952年2月東北人民政府出版局即首開紀錄，查禁《江湖奇俠傳》等民國時期武俠小說。此雖爲單一地方之個案，但消息傳出，各地出版社皆有所警惕，「自覺地」停止出版武俠小說。1955年周恩來正式下達〔國務院關於處理反動的、淫穢的、荒誕的書刊、圖書的指示〕：「宣揚荒淫生活的色情小說和宣揚尋仙修道、飛劍吐氣、採陰補陽、宗派仇殺的荒誕的武俠圖書，應予收換，即用新書與之調換。」這是一種溫和的「有償查禁」方式，直到1981年爲止。

59　1983年10月中共高層提出「清除精神污染」問題，爲建設社會主義精神文明的首要工作。當時中共中央書記處書記胡喬木針對「港、臺文化熱」尖銳地指出：「以香港、臺灣名義出版的刊物流毒極廣，這實質上是幫助某些人實現把大陸香港化、臺灣化的夢想，亟應注意。」

的臺灣武俠出版市場亂象有過之而無不及！

滄海橫流卻是誰

大陸著名武俠網站「舊雨樓／清風閣」的資深版主顧臻（筆名俠聖）對於1980年代港、臺武俠小說「登陸」的情況知之甚詳。在其代表作〈滄海橫流卻是誰〉[60]一文中，曾有精闢而獨到的看法，值得歸納其說並引述重點如次。

（一）港澳版武俠書打頭陣：從1970年代末，因香港得大陸地緣之便，中共改革開放的號角一響起，港澳版（直排繁體字）武俠書即通過特殊渠道，進入大陸沿海城市銷售。廣東、閩南一帶僑鄉是最早接觸到港、臺武俠小說的門戶之一，惟以價格昂貴，僅限於私人收藏或借閱。1981至1982年左右，港澳版逐漸向內陸挺近，北京、上海等地都可見到武俠蹤跡。

顧臻指出：「香港長期作爲一個大陸對外經濟交往的窗口，隨著改革開放的發展，更成爲一個大陸與外部世界進行經濟貿易往來的橋梁，同時在文化上起到了某種傳送帶的功能。正因如此，臺灣武俠小說之流入大陸，首先是通過香港和澳門這兩座橋梁是沒有疑問的，只是換上了港澳版的外衣而已。」[61]正扼要說明了港澳版武俠書在1980年代初所起的媒介作用；而港澳版（以香港武功出版社／澳門毅力出版社爲代表）正是依據改版前後的臺灣武俠小說（包括僞書）加以重新包裝，亦爲不

---

60 〈滄海橫流卻是誰〉發表於2002年5月14日「舊雨樓／清風閣／觀嵐亭」網頁（www.oldrain.org），號稱「清風第一帖」。文題出於元好問《論詩》三十首：「只知詩到蘇黃盡，滄海橫流卻是誰！」

61 見〈滄海橫流卻是誰〉，以下顧文不再註明出處。

爭的事實。

　　按：1980年左右的港澳版武俠書版式非常混亂，計有32開／36開／40開三種。一般常見的港澳版爲32開本，每冊頁數至少在二、三百頁不等，估計是由臺版32開改良本直接排印——此即當時大陸坊間盜版武俠書之底本，俗稱「武俠小冊子」。在1985年之前，市場交易多以這類小冊子爲主，或以書易書，各取所需，極爲便利。

　　另據天津美學家張贛生氏於1990年請人至當地兩家大型批發書肆（自負盈虧兼營租售）登錄650筆港澳版武俠書目顯示，其作者群中除金庸、梁羽生及倪匡外，絕大多數皆爲臺灣作家；計有古龍、臥龍生、司馬翎、諸葛青雲、雲中岳、蕭逸、慕容美、秦紅、東方玉、上官鼎、柳殘陽、墨餘生、武陵樵子、司馬紫煙、獨孤紅、雪雁、憶文、秋夢痕、曹若冰、陳青雲等等。其中尤以澳門毅力版所印臥龍生的作品竟高達120種以上（三分之二是僞書），[62]令人咋舌！

　　（二）地下「黑書」真僞莫辨：由於港澳版武俠書是舶來品，殆非大陸一般小說出租店（屬於個體經濟戶）的購買力所能負擔；因此從1970年代末起，來歷不明的低價盜版書（橫排簡體字）乃應運而生，除供應租書店外，更大量批售給街頭私人書攤，公開販賣。這些武俠書粗製濫造，一般都沒有正規出版單位（或是捏造假出版社）、作者「張冠李戴」甚至不印作者名；加以書名眞眞假假，更胡謅一通，故大陸「老武俠迷」（特指1980年代初期就看港、臺武俠小說的讀者）都稱這類非法出版物爲「黑書」。因其售價僅及港澳版十分之一，頗受消費者歡

62　張氏手抄港、臺武俠書目共計879種，其中229種爲臺灣版，650種爲港澳版。港澳版中則以（澳門）毅力出版社爲大宗，所印臥龍生僞書最多，古龍僞書次之。很可能是大陸地下黑書的主要來源。

迎。由是「黑書」乃大行其道，讀者往往指鹿爲馬，以訛傳訛。這對臺灣武俠作家作品轉戰大陸而言，極爲不利，也不公平！

其實「黑書」氾濫是中共改革開放政策下「一放就亂」的畸型產物。它導源於：（1）大陸禁止正規出版社印行武俠小說，違反民眾休閒需求；（2）「版權法／著作權法」遲遲未能制訂，無法可依；（3）地下書商走歪門邪道以牟暴利的社會現實問題。其中民間紙張供需失調、讀者求書若渴恰恰是問題癥結所在。

據知，改革初期大陸計畫生產的紙張嚴重不足，遠遠跟不上經濟發展形勢。茲以1985年爲例，按照當年生產的紙張數量只能供應給416家合法的公營出版社；而每家出版社則經由層層審核，通過主管部門批准「書號」（限量配給的出書代號），方能用紙出書。惟其書號有限，粥少僧多，於是「炒書號」（待價而沽）乃成爲若干出版社非法圖利的手段。許多地下書商便靠走門路、鑽空子，乃至內外勾結，收買計畫書號，以取得購買紙張的便利和印刷、發行的權利，從而盜印港、臺武俠小說。這股黑書歪風狂掃過1980年代，給讀者造成了很大的認知上的錯亂，有心人無不嘆息。

（三）**港臺武俠小說熱的反思**：對於這股生冷不忌、有書看就好的「武俠熱」亂象，顧臻也有生動的譬喻：「大陸的文學作品由於創作理念一直長期受到束縛，單一強調和突出文學作品的社會教化功能，就如同單一強調雞鴨魚肉中的高蛋白而忽視甚至否定五穀雜糧中的澱粉一樣，時間長了自然是會有反感的，最起碼也會覺得吃起五穀雜糧來格外可口。港、臺武俠小說一進入大陸就廣受歡迎，大概可以算是當年大陸文學界長期偏食後的一種自然反應；如果說這是對大陸文學全面發展進程中斷多年後的一種回補，也不算過份吧！」

　　其實孫犁早在〈談通俗文學〉一文中，便有一針見血之論：「目前
通俗文學作品（包括武俠、言情、傳奇小說）的突起，有它歷史的特殊
遭遇。這是十年動亂、文化傳統瀕於破產和長期以來思想禁錮的結果；
是對過去的一種反動，是一個回流。」（1985年1月14日《人民日報》）
顧臻引伸這種主流派看法，歸結到武俠小說上來，提出「回補論」，也
是很符合客觀事實的。

　　話雖如此，但畢竟這種「回補」摻上了太多的黑砂子，決非健康食
品；加以市場上弄虛造假的臺灣武俠偽書充斥（包括港澳版在內），混
沌一團！致令大陸學者專家也陷入迷魂陣中，真假難分，以訛傳訛，不
知伊于胡底。其造成錯誤評價的後果，實在難以想像。63

1980年代大陸盜印臺灣武俠作品舉隅

　　據目前所掌握的（不完全的）統計資料顯示，大陸地下書商買空賣
空、魚目混珠，吹起冒牌黑書風，大致以1988至1989年為界線，分為前
後兩個階段：

　　（一）金、梁掛帥時期：1988年以前，大多打著金庸、梁羽生招牌
盜印臺灣武俠作品，尤以掛名金庸的黑書為甚。例如《江霧風雲》（即
古龍《鐵血傳奇》）、《俠侶芳魂》（即臥龍生《指劍為媒》）、《劍氣揚
威》（即司馬翎《劍海鷹揚》）、《梅花血》（即諸葛青雲同名小說）、
《北邙狂僧》（即上官鼎《七步干戈》）、《蛇山毒龍》（即東方玉《降龍

---

63 最典型的例子是金庸小說專家陳墨，他曾公開承認：「《新武俠二十家》中的〈臥龍生作品
論〉一章錯誤率幾達百分之九十九！」見陳墨，《港臺新武俠小說五大家精讀》，卷4
第2章，頁351。按：陳墨《新武俠二十家》於1990年由北京文化藝術出版社出版，因引用
資料錯誤，問題頗多。故陳氏在新作中有此痛切之語。

珠》)、《神功奇毒》(即雲中岳《莽原魔豹》)、《金雕盟》(即柳殘陽
《金雕龍紋》)、《白虹逍遙劍》(即武陵樵子《星斗迷幻錄》)、《俏豔雙
羅剎》(即司馬紫煙《羅剎劫》)、《劍氣橫天北斗寒》(即東方英《河漢
三簫》)、《風流神劍客》(即宇文瑤璣《瀟湘夜雨江湖路》)、《冷雨香
魂》(即憶文同名小說)等等,幾乎大小通吃,將臺灣知名武俠作家一
網打盡!

　　此外,掛名梁羽生的黑書亦復不少,如《活命火狐》(即司馬翎
《白刃紅妝》)、《七星陣》(即慕容美《黑白道》)、《骨肉情仇》(即蕭
逸《花蕊八劍》下半部)、《游劍江湖》(即雲中岳《天涯江湖路》)、
《射日神劍》(即蕭瑟《神劍射日》)、《竹劍神輝》(即東方英《竹劍凝
輝》)、《一劍小天下》(即東方玉同名小說)等等。僅有雪雁《玉劍霜
容》等極少數作品例外。[64]

　　或問:何以大陸黑書會僞冒金、梁之名「包幹」臺灣武俠小說到
底?原因是金、梁二位與中共高層關係良好,在改革初期即有作品連載
於廣州報刊,受到讀者熱烈歡迎,知名度甚高之故。[65]詎料1982年4月
國家出版局爲防「武俠過熱」造成思想混亂,決定「三年內禁止武俠小
說出版發行」(詳後)。此舉固然片面綁住了正規出版社,卻無法阻擋地
下書商鋌而走險,非法牟利;於是他們採取「掛羊頭賣狗肉」(以金、

64　1986年黑書《玉劍霜容》封面同時印上梁羽生/雪雁之名,極爲罕見。

65　1981年2月1日廣州文學雙周刊《南風》創刊號以連載梁羽生《白髮魔女傳》爲號召,開風氣
　　之先,大受歡迎。同年6月,花城出版社在有力人士支持下,借用廣東人民出版社名義,大
　　膽突破1955年禁令,公開出版梁羽生《萍蹤俠影錄》,是爲香港武俠作家「登陸」第一人。
　　同年7月,廣州《武林》雜誌創刊號跟進,連載金庸《射鵰英雄傳》(改題《黑風雙煞》,共4
　　章);同時科普出版社廣州分社則翻印金庸《書劍恩仇錄》。其後梁羽生《江湖三女俠》、
　　《七劍下天山》又輪番登場,乃掀起「金梁小說熱」,擴散到大陸各地,名振八方。

梁爲號召）的方式，包山包海地全面盜印臺灣武俠小說，遂一發不可收拾。

（二）**古、臥掛帥時期**：1988年以後，由於古龍、臥龍生的聲名漸著，正版書也開始問世（詳後），黑書乃走馬換將，改由古、臥二位掛名「承包」臺灣同行的小說。掛在古龍名下的例如：上官鼎《七步干戈》、司馬紫煙《六月飛霜》、東方英《烈日飛霜》、司馬翎《掛劍懸情記》（被改爲《風流浪子》）等等。掛在臥龍生名下的例如：司馬紫煙《千樹梅花一劍寒》、雲中岳《鐵拳如電》（即《亡命之歌》）、蘭立《劍底游龍》、向夢葵《紫龍珮》、司馬翎《焚香論劍篇》（被改爲《九劍混混江湖情》）、《檀車俠影》（被改爲《風流大尊者》）等等。此風一直延續到1995年左右，才隨著武俠小說熱退潮而告終止，但已使得臺灣武俠作家的名譽受到重創。

總括而言，1970年代末，尤其是1983至1988年期間，堪稱是臺灣武俠作家／作品在大陸各地「揚名立萬」卻又「妾身未明」的尷尬階段。除了港澳版（眞假參半）和掛名金、梁的黑書流行外，臺灣武俠小說也開始「化暗爲明」進軍大陸；但眞品／贗品交替出現，合法／非法出版物相悖而並行，致令武俠市場之混亂，達到一個新的高峰。茲將有關情況依時序擇要分述如下：

——最早出現冠上臺灣作家筆名的黑書，爲1983年青藏春華出版社（地下書商）所印《迴龍寶扇》，詭稱是陳青雲之作，在大陸書店公開發售，乃首開冒牌惡例。

——1984年掛名雲中岳僞書《紫彩玉簫》，假冒寧夏人民出版社名義印行；掛名獨孤紅僞書《傲虎狂龍無情鳳》，假冒西藏人民出版社名義印行——爲首批發現盜用正規（國營）出版社之名的贗品。

──1985年地下書商盜印柳殘陽《梟霸》，為首次出現有原書名而無作者名的「眞品」黑書；類似者如雲中岳《邪神傳》（改題《冷血邪神》），亦無作者名。

──1985年寧夏人民出版社發行曹若冰《金劍寒梅》，印數10萬套，為首次出現由正規出版社印行的「正版」臺灣武俠小說；但未經作者正式授權，不合審批出版程序，仍屬非法出版物（詳後）。

　　另如：憶文《飛羽令？》（農村讀物出版社）、陳青雲《神功寶玉？》（雲南人民出版社）雖打著正規出版社旗號，但名不副實，紙張、印刷亦粗糙，均甚可疑。

──1986年地下書商盜印雲中岳《無情刀客有情天》、雪雁《龍劍青萍》，為首次出現完全保留原作者及原書名的「眞品」黑書。類似者如武陵樵子《斷虹玉鉤》則託名銀川出版社（？）印行，亦有可能是非法出版物。

──1986年掛名古龍黑書如《追月魔劍》、掛名臥龍生黑書如《虎嘯黃沙》及《神簫俠侶》，皆為首次出現假冒古龍、臥龍生的贗品。

──1986年掛名陳青雲黑書《掛劍懸情記》，實為司馬翎之作。

──1987年（哈爾濱）北方文藝出版社發行古龍《蕭十一郎》，印數10萬套，為首次出現由正規出版社印行的「正版」古龍小說；但未經版權代理人正式授權，仍屬非法出版物。

──1987年掛名柳殘陽黑書《蓋世神魔》，實為東方玉《無名島》。

──1987年掛名司馬翎黑書《河嶽點將錄》，實為易容之作。

──1988年掛名司馬翎黑書如《黑白旗》，實為紅豆公主之作。[66]

66　上海快餐作家曹正文即誤認《黑白旗》是司馬翎四部代表作之一，並詳加論述，以訛傳訛。見《中國俠文化史》（上海：上海文藝出版社，1994年），頁157-158。

　　歸納以上所舉的黑／白書案例，可發現幾個非常奇特而有趣的現象，值得注意：

　　一、地下書商首批借用臺灣武俠作家名義所印黑書，居然是挑選陳青雲、獨孤紅、憶文、雪雁等二三流角色（雲中岳除外）；而古龍、臥龍生等當紅名家均不在其內，豈非怪事！

　　二、大陸「正版」臺灣武俠小說竟然是由曹若冰《金劍寒梅》拔得頭籌，而古龍《蕭十一郎》則遲了兩年才出版，殊堪玩味。

　　三、陳青雲在大陸「發跡」甚早，頗受讀者歡迎，卻與其在臺口碑以及本身實力大相逕庭。司馬翎（一流）的作品居然被掛上陳青雲（三流）之名流傳黑市，可見地下書商之愚昧無知已到了何等地步。而柳殘陽、東方玉本是同級作家，又有何必要「移花接木」亂改書名？凡此種種胡作非為，殊不可解。

　　在此「混水摸魚」期間，唯一的例外是由臺灣移民美國的武俠作家蕭逸。據知，1985年蕭逸以旅美華僑的身份，應中國國務院「僑辦」邀請，回大陸參訪省親；適逢「武俠第二次解禁」（詳後），遂正式授權中國友誼出版公司（專門出版海外華人作品）以簡體字印行《馬鳴風蕭蕭》等多種小說，是為臺灣武俠作家公然「登陸」的第一人。因此在黑書滿天飛的年代，冒名蕭逸的武俠小說相對較少，當與官方「專案審批」、合法出版其書有莫大關係。[67]

　　為了更清楚地說明臺灣武俠小說由「黑」轉「白」的過程，有必要將大陸不同時期處理武俠小說的作法，重點說明於次。

---

67 蕭逸當時是中共統戰對象，享有特別優惠待遇；回大陸參訪期間，適逢武俠小說正式解禁，因此由中國友誼出版公司專案報准出版其書，正有樹立樣板的作用。

大陸「解放武俠」歷經幾番風雨

關於大陸全面查禁／開放武俠小說，見諸正式文件的前後共有兩次：

第一次是1955年5月20日由國務院總理周恩來下達的「國務院關於處理反動的、淫穢的、荒誕的書刊圖書的指示」（詳見註58）；此一禁令在1981年曾被廣州發行的《南風》、《武林》、《羊城晚報》等報刊及花城、科普二出版社予以片面突破（詳見註65）。

第二次是1982年4月由國家出版局局長邊春光宣布：「為了遏制武俠小說氾濫成災的趨勢，國家決定三年內禁止武俠小說出版發行。」

同年4月3日，國家出版局發出「關於堅決制止濫印古舊小說的通知」稱：「鑑於近年來俠義、言情、公案等舊小說的出版已經太多，自文到之日起，不許繼續出版。所有正在印刷的這類小說一律停印，已印好的暫時封存，聽候處理。……從港、澳、臺引進的所謂新武俠小說、言情小說等，也照上述規定執行。」這就是大陸地下黑書猖獗一時，而正規出版社卻受到內部控管、束手無策的根本原因。

1985年3月19日，經中共中央宣傳部批復同意，文化部印發「關於當前文學作品出版工作中若干問題的請示報告」稱：「最近有不少出版社要求出版新武俠小說。這類作品的出版，必須注意擇優。（中略）內容健康，具有一定影響的代表性作品，包括港、臺的新武俠小說，可以『擇優出版』。為防止『選題』的重複，加強出書的計畫性，這類作品的出書計畫須經出版社上級主管部門審核同意後，報送我部出版局批准後出版。」估計從選題（書）、申報到上級審批出版，整個作業流程最快也要一年，而海外作者授權（須經國家版權局受理／核准）的時間還未

計算在內。這便清楚說明了前述1985年寧夏人民出版社印行曹若冰《金劍寒梅》乃是「偷跑」行為，並不符合規定。

　　但無論如何，文化部的宣告畢竟是繼1981年春廣州地區局部開放「新武俠小說」後，大陸官方首次正式吹起的全國性開放的號角，實具有不尋常的意義，值得重視。

　　然而對於這項全面「解放武俠」的破天荒之舉，大陸民間的反應似乎並不熱烈。因為經過1982至1985年官方的關門整頓，地下黑書逍遙法外，早已氾濫成災！甚至有許多正規出版社也因「利」字當頭，直接／間接參與非法出版的勾當，嚴重影響到正統文學的發展；而受到衝擊以致被迫停刊的文學、理論性刊物更多達百種以上，從《長江文藝》到《魯迅研究》無一幸免！借用當時大陸「作家協會」負責人鮑昌的說法：「武俠小說發行的情況，已到了難以控制的局面。」68

　　最駭人聽聞的是，1985年地下黑書瘋狂濫印的結果，竟擠佔了大陸計畫內供應的紙張；致使中小學的教科書面臨「無米下炊」的窘境，甚至到開學三個月還拿不到新課本。而同年各地有案可查、非法出版的武俠小說則高達四千萬套、兩三億冊之多。69這種兩極化的病態發展，殆已充分顯示出黑書問題的嚴重性和荒謬性。

　　正因「上有政策，下有對策」的實際情況如此，故1985年3月以後

68　綜合1985年12月《人民日報》、《光民日報》相關報導。其中「作協」所屬七十種嚴肅文學刊物，在短短三年內發行量就由797萬冊下降到274萬冊；而「作協」湖北分會主編的《長江文藝》是1949年創刊的全國第一份文學刊物，也瀕臨停刊的命運。中國社會科學院出版的理論性刊物則遭遇更慘，被迫停刊的更多達百種以上，其中還包括中國社科院的專刊《魯迅研究》在內。

69　見1985年11月16日《文藝報》相關報導。另據同年《中國青年報》揭露：內蒙古赤峰市一所小學，四、五年級共有學生106人，在一次突擊檢查中，竟搜出了358本武俠小說，平均每個學生有3.3本之多。可見問題之嚴重。

武俠小說開不開禁，大陸一般的讀者根本無所謂；但對正規出版社而言，卻如同久旱逢甘霖！因爲眾所周知：出版武俠小說是生財之道的「聚寶盆」，一旦開禁，它們便可合法出版臺灣武俠小說，不必再偷偷摸摸印黑書了。當時官方所謂「擇優出版」的首要目標，鎖定正在大陸參訪的臺灣旅美作家蕭逸身上，由中國友誼出版公司正式出面簽約出版；而臺灣其他武俠作家（或版權代理人）卻因受制於戒嚴禁令，不敢輕舉妄動，仍舊在烏雲蓋頂下苦苦挣扎。

臺灣「武俠登陸年」（1988）的新契機

1987年臺灣終於由戒嚴時期（1949年5月至1987年7月）的陰影中解放出來，連帶也開啓了武俠作家／作品及出版商公然轉戰大陸市場的新契機。實事求是地說，此一戲劇化的轉變是與兩岸的政經發展情勢分不開的：如果大陸不對外開放，則一切都成畫餅；如果臺灣不解嚴，儘管大陸如何開放市場，臺灣出版商又豈敢以身試法，向島內公權力挑戰！

蓋以「戒嚴法」實施期間，臺灣人民動輒得咎；深恐被戴上「匪諜」或「中共同路人」的帽子，以致後患無窮。因此在解嚴之前，武俠出版商對於大陸改革開放的新形勢，雖懷有若干憧憬，亦不敢寄以厚望；只能審慎樂觀，苦撐待變！或間接經由港澳版的限量發行，向內地探路；等候主客觀條件成熟，再進軍大陸，開拓商機。而1987年7月臺灣解嚴之後，正是武俠作家及出版商合法「登陸」，尋覓第二春的最佳時機。

1988年6月14日，新聞出版署／國家版權局（合署）發出「關於重申新武俠小說、古舊小說需專題報批的通知」，規定凡是「新武俠小說」（指臺、港、澳及海外華人作品）均須專題報批。又進一步說明：「專題報告應寫明書名、作者、內容梗概、整理者、版本情況、發行方式

等。如屬臺、港、澳版書，按國家版權局規定，在選題得到批准後，必須取得作者或版權代理人的授權才能安排出書。」至此，臺灣武俠小說循正當途徑「登陸」授權出版，才算有了明確的依據，不必再走冤枉路、打迷糊仗了。

我們有理由相信，新聞出版署繼文化部之後再度發出「通知」，主要是針對臺灣解嚴後兩岸文化交流的新形勢，方做出此一因勢利導的相應措施。但由於大陸黑書盛行，在正式開放出版臺灣武俠小說初期，所謂「正版」與「黑書」之間，依然是處於「你中有我，我中有你」而又「剪不斷，理還亂」的曖昧狀態；因此，從「專題報批」到授權出版（存在時間差）都滋生許多問題。

以下謹將1988至1989年大陸首批正規出版社「搶先」印行的臺灣武俠作家／作品書目（不完全統計）羅列於次：

古龍：《鐵血傳奇》（黑龍江人民出版社，印數10萬套）、《孤星傳》（華夏出版社）、《護花鈴》（海天出版社）、《七殺手》（農村讀物出版社）；而同一時期印行的《武林外史》則有農村讀物出版社、寶文堂書店、貴州人民出版社（改名《風雪會中州》）三家出版。

臥龍生：《七絕劍》（文化藝術出版社）、《神州豪俠傳》（改名《金劍門》，北方文藝出版社）。

司馬翎：《金浮圖》（台聲出版社）、《強人三部曲》（合台版《強人》、《劍雨情霧》、《江天暮雨劍如虹》三種，群益堂出版社）。

諸葛青雲：《江湖夜雨十年燈》（花山文藝出版社）、《大寶傳奇》（華岳文藝出版社）。

慕容美：《黑白道》（花山文藝出版社）、《一劍懸肝膽》（同前）。

曹若冰：《玉扇神劍》（海峽文藝出版社）、《血劍屠龍》（寧夏人

民出版社）。

上官鼎：《陽關三疊》（昆侖出版社）、《風雷扇》（文化藝術出版社），均出於臺版冒名僞書。（眞品缺）

東方玉：《紅線俠侶》（昆侖出版社）、《東方第一劍》（浙江文藝出版社）。

雲中岳：《古劍強龍》（工人出版社，印數10萬套）、《紅塵碧玉》（農村讀物出版社）。

柳殘陽：《斷腸花》（北方文藝出版社，印數10萬套）、《掌心刀》（即《血魄忠魂困蛟龍》，山東友誼書社）。

陳青雲：《醜劍客》（四川民族出版社，印數高達20萬套）、《洪荒神尼》（中國新聞出版社）。

獨孤紅：《紫鳳釵》（人民文學出版社，列入「文學故事叢書」，印數10萬套）、《紅葉情仇》（即《紅葉詩》，中國友誼出版公司）。

司馬紫煙：《荒野遊龍》（北方文藝出版社，印數10萬套）、《七劍九狐》（即《煞劍情狐》，挂名臥龍生，河北人民出版社）。

墨餘生：《大俠龍捲風》（中外文化出版公司）、《大俠龍捲風叱咤風雲》（中國民間文藝出版社），印數均爲10萬套。

東方英：《武林潮》（中外文化出版公司）、《霹靂聯珠》（四川文藝出版社），印數均爲10萬套。

雪雁：《月魄追魂》（四川文藝出版社）、《邪劍魔星》（四川美術出版社），印數均爲8萬套。

秋夢痕：《苦海飛龍》（四川文藝出版社）、《十二金釵》（甘肅人民出版社）。

溫瑞安：《四大名捕會京師》、《骷髏畫》、《逆水寒》（均爲中國

友誼出版公司）。

實事求是地說，以上列舉的大陸「正版」臺灣武俠小說書目（間採港澳版書名），多數並未獲得正式授權，因依正常審批出版程序至少需時一年以上；而是在新政策實施之前，即通過仲介人士牽線「走後門」，捷足先登的結果。是故彼等所選作品多半缺乏代表性，而其擅改書名則顯係受到坊間黑書的影響，實不足為訓。

值得注意的是，這些武俠書的印數至少五萬套、多則二十萬套，往往供不應求。這是臺灣武俠作家與出版商作夢也想不到的榮景，但真正享有著作權或版權收益者卻少得可憐。直到1991年大陸「著作權法」頒佈實施，1992年中國加入世界版權公約，才逐步扭轉了內地「免費」出書的不正之風。可見這一趟從臺灣到大陸「尋覓武俠第二春」的夢幻歷程，走得是多麼辛苦、多麼崎嶇！

1990年代回光返照的「黃昏之戀」

1992年8月新聞出版署為了簡化層層審核流程，終於決定「下放新武俠小說的專題審批權」，交由各地正規出版社自行辦理出書事宜。於是從1993年起，大陸出版臺灣武俠小說又有了新的發展，開始大規模推出武俠名家作品全集或精選集，為「武俠熱」掀起了最後一波的高潮。

此番「臺灣武俠絕地大反攻」首先由《諸葛青雲武俠大系》（七十二種，湖南文藝出版社）打頭陣，繼而《雲中岳新武俠小說全集》（時代文藝出版社）、《臥龍生作品全集》（太白文藝出版社）、《柳殘陽作品全集》（太白文藝出版社）、《古龍作品全集》（珠海出版社）、《高庸作品全集》（珠海出版社）、《獨孤紅作品全集》（內蒙古人民出版社）、《慕容美作品集》（內蒙古人民出版社）、《司馬翎作品集》（浙江文藝出

版社）、《司馬紫煙作品集》（遠方出版社）、《溫瑞安作品集》（花城出版社）、《蕭瑟作品集》（太白文藝出版社）、《秋夢痕作品集》（中國文聯出版社）等等，陸續出籠。雖然其中難免摻雜贋品，但大體而言，對於去僞存眞、正本清源也起了一定程度的作用。（按：以上每位名家作品集各舉一例，不包括其他重複出版者在內。）

可是即便大陸各地正規出版社不惜投下鉅資，推出臺灣武俠作家「眞品」小說全集或作品集，但「掛羊頭賣狗肉」的黑書盜印之風仍未完全煞住；只是1990年代的亂源已由地下書商轉成地上「合法」的出版社，有關侵犯著作權、弄虛造假的行爲依然時有所聞。例如：花山文藝出版社將雲中岳《劍海情濤》改爲墨陽子（？）《天殘劍》出版；江蘇文藝出版社則將慕容美《解語劍》改名《玉劍神簫》，列入柳殘陽「比較作品」系列之內。[70]諸如此類，不勝枚舉。這在黑書橫行的1980年代不足爲奇，但進入「正版書」當道的1990年代卻一仍舊貫，繼續誤導讀者，這就不可原諒了。

一言以蔽之，部分正規出版社所以敢明目張膽地搞「指鹿爲馬」的把戲，主要是缺乏版權觀念、守法習慣，企圖行險僥倖，繼續免費出書而已。當然也不排除有些冒牌貨是受到臺灣的不肖書商炮製僞書，積非成是，以訛傳訛的影響。此一時期的「新生事物」是編造形似暢銷作家的假名，如古龍→古龍新（著）→古龍名（著）→吉龍，以便混淆視聽，賣書牟利。至於張冠李戴、魚目混珠的黑書慣用伎倆，殆已相沿成習，就更不在話下了。

---

70 見江上鷗主編，《柳殘陽比較作品集》（南京：江蘇文藝出版社，1996年），序中聲稱《玉劍神簫》爲于東樓所提供。此前江上鷗曾作〈打假捉劣：臺灣武俠名家著作眞僞錄〉一文，收入《東方武俠》雜誌第1輯（南京：江蘇文藝出版社，1993年），實多舛誤。

　　總的來說，1980至1990年代臺灣武俠「登陸」尋覓「第二春」，其中有幸，有不幸；前者以「敗部復活」的雲中岳為翹楚，後者卻是「虎落平陽」的司馬翎。這兩位具有代表性的臺灣武俠名家在大陸截然不同的相反際遇，很值得探討與省思。

（一）「黑白兩道」夾殺司馬翎

　　司馬翎是臺灣武壇三劍客之一，與臥龍生、諸葛青雲、古龍合稱四大武俠名家；其作品以俠情、綜藝、推理見長，在臺、港聲譽卓著。但奇怪的是，他在大陸的名氣不但遠較其他三位同行為低，甚至連三流的「鬼派」作家陳青雲都比不上。如果說人生際遇的好壞是與「機緣」有關，則司馬翎小說會受到大陸市場（黑／白書商）及讀者的冷落，恐怕只有用「生不逢時」的宿命論來解釋了。

　　據知，在大陸黑書盛行時期，司馬翎的作品幾乎全部被掛上金庸的招牌，方得以流傳於世；此與1970年代臺灣出版商假借司馬翎名義盜印金庸小說的情形，差相彷彿。其間消長之機，頗堪玩味。

　　按：大陸最早出現的「假金庸／真司馬」黑書是以天山文藝出版社（偽）名義印行的《劍氣千幻錄》（1985），恰巧是司馬翎的揚名立萬之作；繼而《飲馬黃河》、《劍海鷹揚》等書陸續改頭換面，炮製出爐。因其起手甚高，文情並茂，故早期大陸讀者多誤認為是金庸之作；司馬翎本人反倒沒沒無聞，寂寞以終。為了方便讀者按圖索驥，現將1985至1989年掛名金庸的司馬翎小說部分書目（含其他改換書名者）整理於次：

　　1.《劍氣千幻錄》（天山文藝出版社？1985年），為極少數未更改司馬翎原書名的黑書，其後號稱「正版書」者亦然。

　　2.《飲馬黃河》（廣源出版社？1986年）→《風雲再起》→《迷俠

仙窟》，被不同書商分別改了書名。

　　3.《劍氣揚威》（新時出版社？1986年）→《鷹揚劍》→原名《劍海鷹揚》。

　　4.《武林大尊者》→原名《檀車俠影》（以下黑書出版資料不全，姑從略）。

　　5.《半面豔姬》→原名《帝疆爭雄記》。

　　6.《修羅扇》→原名《斷腸鏢》。

　　7.《鐵柱四奇》→原名《鐵柱雲旗》。

　　8.《紅粉記》→原名《紅粉干戈》。

　　9.《蟹行八步》→《鐵劍鷹飛》→原名《情俠蕩寇誌》

　　10.《橫行刀》→原名《極限》（下略）

　　以上粗略一算，「假金庸／眞司馬」的作品已遠遠超過同一時期臺版「假司馬／眞金庸」的小說；而陳青雲之流冒名頂替者尚未計入。歸根究柢，大陸地下書商之所以會大肆盜印司馬翎作品（遠超過其他作家），自然是因其小說內容豐富多姿，較接近金庸風格，便於「借殼上市」（打鬼借鍾馗）之故。遲至1988年，掛名「司馬翎」的小說始拋頭露面（眞假參半），卻已錯失先機，時不我予了。

　　其實金庸本人對司馬翎小說藝術的評價甚高，曾不止一次表示欣賞，並列入其旅行必讀的四家小說之一。[71]奈何司馬翎時運不濟，其生

---

71 金庸在《飛狐外傳・後記》（臺北：遠流出版社，2003年最新修訂版）中表示：「我生平最開心的享受就是捧一本好看的武俠小說來欣賞一番。現今我坐飛機長途旅行，無可奈何，手提包中仍常帶白羽、還珠、古龍、司馬翎的武俠舊作。很惋惜現今很少人寫新的武俠小說了。」這是金庸第一次公開將司馬翎與還珠、白羽、古龍相提並論，頗有推重之意。此外，金庸曾當面對葉洪生、溫瑞安等文友談論司馬翎小說，並予以高度評價。詳見葉洪生，〈文壇上的異軍——臺灣武俠小說家瑣記〉，收入《文訊雜誌》2001年11月號，頁47-61。

前既未獲得大陸黑書出版商及讀者應有的重視，1989年身故以後，又正值臺灣武俠「正版書」大舉登陸之時。市場上出於先入為主的錯誤認識，以為司馬翎乃「無名」之輩，不須為其「正名」出書；故而除了極少數正規出版社外，多半仍然偽冒到底！於是坊間便出現許多打著「金庸」、「古龍」（或「吉龍」等雜名）、「臥龍生」乃至「黃易」旗號的「偽正版」（以正規出版社名義印行的贋品）武俠書，聯手「輪暴」人已作古的司馬翎。今舉其犖犖大者如下：

1.假「金庸」，《劍氣千幻錄》（中國新聞出版社，1989），司馬翎原著同名小說。

2.「吉龍」，《鬼堡神針》（北岳文藝出版社，1991）→司馬翎原著《丹鳳針》。

3.「古龍名」，《天絕刀》（春風文藝出版社，1993）→司馬翎原著《極限》。

4.「古龍新」，《一皇三公》（四川文藝出版社，1993）→司馬翎原著《聖劍飛霜》。

5.假「古龍」，《風流浪子》（花山文藝出版社，1994）→司馬翎原著《掛劍懸情記》。

6.假「古龍」，《奇俠仇女》（哈爾濱人民出版社，1993）→司馬翎原著《杜劍娘》。

7.假「臥龍生」，《九劍混混江湖情》（雲南人民出版社，1993）→司馬翎原著《焚香論劍篇》。

8.假「臥龍生」，《風流大尊者》（北岳文藝出版社，1994）→司馬翎原著《檀車俠影》。

迨至二十世紀末，大陸地下黑書死灰復燃；因有鑑於新一代的「玄

幻武俠」名家黃易自承受到司馬翎的影響最大，乃又掛上黃易招牌，繼續盜印司馬翎小說。如《劍神大傳》（即《關洛風雲錄》加《劍神傳》）、《霸海屠龍》（即《檀車俠影》）、《名捕頭》（即《強人》加《極限》）等等，不一而足。迄今仍有不少大陸武俠迷將司馬翎、黃易的小說混爲一談，便是受到黑書（假冒正規出版社之名印行）誤導，指鹿爲馬所致。

　　我們由1985年的「假金庸」到2000年的「假黃易」，皆有志一同地盜印司馬翎作品，藉以牟利的種種事實來看，顯然彼等都認爲司馬翎「夠水平」，值得一盜再盜！那麼又何吝於還司馬翎一個公道，爲其「正名」出版小說呢？像這樣集矢於司馬翎身上的「冤假錯案」，有增無減，平反無門，當是其生前死後在大陸遭到忽視的主要原因。

　　不特此也，1998年延邊人民出版社獲得司馬翎遺孀何美英女士非法授權（按：大部分著作權已讓渡給眞善美出版社），印行《司馬翎精品集》30種，卻有多部原著被出版社擅自改了書名及內容，以致貽患無窮！[72]如此這般「黑白兩道總動員」，合力夾殺司馬翎，乃使一代武俠大家明珠蒙塵，含恨九泉！其後雖有浙江文藝出版社獲得眞善美正式授權，出版了《司馬翎作品集》20種，試圖撥亂反正；卻由於其他原因作梗，終究未能編印出一套全集問世，挽狂瀾於既倒。司馬翎何其不幸，

---

72 延邊版擅改司馬翎原著書名者計有：《刀君劍后》（即《劍海鷹揚》）、《摘星手》（即《人在江湖》）、《刀影瑤姬》（即《白刃紅妝》）、《龍馬江湖》（即《情俠蕩寇誌》）、《武道》（即《杜劍娘》）等書。而竄改內容或故事結尾者計有：《紅粉干戈》、《聖劍飛霜》、《八表雄風》、《鶴高飛》、《金浮圖》、《血羽檄》、《帝疆爭雄記》等書。其中《纖手馭龍》、《胭脂劫》則各被刪掉二三十萬字不等，尤爲讀者痛惡！以上可參考玄鶴編〈延邊版司馬翎精品集問題匯總〉，發表於「舊雨樓／清風閣」網站「觀嵐亭‧司馬翎專區」論壇。網址：www.oldrain.com

身後寂寞是非多！比起雲中岳「神龍擺尾」走老運，何啻霄壤之別！

（二）雲中岳翻身與《雲迷典藏》

　　持平而論，雲中岳小說在臺灣武俠讀者的心目中，無足輕重，排不進前十名。這跟他出道較晚（1963）很有關係。因為幾乎臺灣所有成名的武俠作家都在1960年左右即已「縱橫武林」，各立門戶；論資排輩，哪裡還有「新秀」插足之地呢！再就讀者的審美心裡與閱讀習慣而言，大多數人總是偏好最早接觸到的作家／作品及其筆路風格；此所以臥龍生小說粗多精少，水平一般，卻能獨享早期臺灣「武俠泰斗」之譽，其故在此。因而儘管雲中岳力爭上游，企圖別樹「歷史武俠」一幟，但在那風雲際會、名手輩出的1960年代，他卻有翅難展，知音寥落！於是就這樣被埋沒在浩瀚書海之中。

　　豈料時來運轉！進入1980年代的雲中岳小說，竟然乘著大陸改革開放的絕佳時機，搶灘登陸，拔得頭籌！據諸葛慕雲在〈遙記諸葛當年——諸葛青雲傳〉文中的回憶：

> 當年，上海徐匯區工人文化宮幾乎每天下午都有武俠（黑）書交易市場。作品之多令人眼花繚亂，激動異常！那時候，除金庸、梁羽生外，名氣按順序排列是：雲中岳、陳青雲、柳殘陽、蕭逸、東方玉、臥龍生、諸葛青雲，古龍還排不上名。司馬翎、司馬紫煙、獨孤紅的名字聽都沒聽過。[73]

---

73 見2004年3月21日「舊雨樓／清風閣／觀嵐亭」網頁文章。其中獨孤紅在1984年即有冒名黑書問世，可能印數不多，流傳不廣，故諸葛慕雲未曾聽聞。

　　這是一位目擊身經者的紀實寫照。一葉落而知秋！可見在黑書流行之際，雲中岳小說初進大陸（上海最具代表性）就備受歡迎，殆非昔日「吳下阿蒙」可比。這也充分顯示出：在沒有任何成見的情況下，匣劍帷燈，幽光自現！雲中岳的價值與實力，終有脫穎而出的一天。

　　簡而言之，雲書在大陸流傳甚廣，1980年代初年就有冒名偽作問世。無論是黑書氾濫時期還是「正版」當道時期，「雲中岳」的旗號總是出版商和讀者的最愛之一。由舊雨樓／清風閣網站特別製作的《雲迷典藏》[74]所提供的概略統計數字中，便可知雲書在大陸紅火程度之一斑：

　　1.雲中岳絕大多數作品（七十五種）均曾被地下書商盜印過，另有冒名偽書數十種之多。在大陸正規出版社中，則以百花文藝出版社成套盜版書為最，高達七十種（包括九種偽作）。

　　2.1990年代「正版」且經正式授權者，除（長春）時代文藝出版社所出《雲中岳新武俠小說全集》（授權三十七種，未授權有三十多種）外，另有：南寧民族出版社十種、灕江出版社四種、花城出版社三種，均為合法出版物。

　　3.二十一世紀最新授權出版的雲書為《雲中岳武俠真品全集》（六十四種，太白文藝出版社，2004）。

　　按：《雲迷典藏》是大陸一群熱愛雲中岳小說的武俠迷，以數年時間通力合作而編製成的「撥雲見日」電子書。對於雲氏生平經歷、著作年表、版本考訂、書目真偽以及盜印本在大陸流傳的情況，都作了翔實

---

74 按《雲迷典藏》主要是由舊雨樓網站的天馬、玄鶴、黃山來客等資深版主共同編製的電子書，長達四百多頁。書成後，曾獲得雲中岳回信，指正缺失，並補充若干基本資料，頗有參考價值。

的記載；堪稱是最全面、最完整也最有價值的「雲中岳武俠作品指南」。放眼海峽兩岸，迄今尚無第二位武俠名家能獲得讀者如此愛戴，而以實際行動回饋作者，表現其真誠敬意的。尤其編製此電子書完全沒有商業目的，而是純屬自發性的無價付出，這就更加難得了。

　　總之，近二十年來臺灣武俠「登陸尋春」的過程，可謂一波三折，非常坎坷！好不容易盼到由「黑」轉「白」，可以大展鴻圖之際，大陸「武俠小說熱」卻已瀕臨尾聲。所幸1990年代正版書普遍抬頭，進而在「臺灣武俠絕地大反攻」的套書設計、精美包裝下，多數臺灣知名作家亦有幸出版小說全集或精選集，為半個世紀的臺灣武俠創作留下了相對完整的文學紀錄，可堪告慰平生。

　　職是之故，即便大陸「武俠過熱」現象在1995年左右已逐漸退燒，但從其回光反照的落日餘暉中，吾人也清楚地看到：當代武俠小說世界決不是金庸一人之天下，亦有臺灣各路英豪百劍爭鳴、各顯才情的表現機會與存在價值。引申而言，臺灣武俠作家／作品在臺島「淺碟子」市場的全軍覆沒，並不意味他們是技不如人，而是媒體炮製「金庸旋風」、讀者喜新厭舊、向盛背衰的結果。

　　通過大陸億萬武俠愛好者的檢驗證明：臺灣武俠作家／作品儘管魚龍混雜、良莠不齊，卻仍然有古龍、司馬翎、雲中岳等佼佼者足堪與金庸在小說藝術上爭長論短，一較高下。近年來經由大陸眾多武俠網站舊雨新知的熱烈討論，業已逐步打破了「金庸迷思」，並重新認識到臺灣優良武俠小說的人文／淑世價值。對於此一轉變，臺灣的武俠愛好者亦當有所省思；否則一味擁抱金庸，排擠百家，無異「懷寶自棄效乞兒」！將是臺灣所有武俠作者、讀者共同的悲哀！

第五節　武俠論著及其研究概況

　　臺灣武俠小說從1950年代初興起，歷經了百花齊放的十年，到1970年代中期漸顯疲態，而1980年代則正式步入衰微期。綜計五十年來的發展，武俠小說伴隨著臺灣社會的進步，與民眾休戚相關；無論它未來能否「天長地久」，但總算是「曾經擁有」過一段輝煌的歲月。在這長達五十年的時間裡，究竟社會是如何看待武俠小說的？自金庸小說解禁後，武俠小說逐漸從「不登大雅之堂」的小道，躋身於文學的殿堂，引發了一波波正反不同的論戰，究竟學界又是如何看待此一現象的？這些問題都有待釐清。

　　也許，現在對武俠小說作蓋棺論定略嫌太早了些；儘管武俠小說的「朝華已披」，走過風雨五十年，風景歷歷如繪，已快要走到終點了；但「啟夕秀於未振」，愛好武俠的讀者顯然還是對它有著深切期待的。在此，我們僅願用陳述現象的方式，客觀呈顯相關武俠論著及其研究的概況，提供有興趣更深一層了解「武俠文化」的人士作參考。

「武俠研究」鳥瞰

　　有關「武俠研究」，廣泛而言，可追溯到章太炎的〈儒俠〉和梁啟超的〈中國之武士道〉（1904）；不過，他們感興趣的是生命情調激昂熱烈的「游俠精神」，而不是描摹游俠的作品。其後，魯迅（1923，《中國小說史略》）、馮友蘭（1935，《原儒墨》）、陶希聖（1937，〈西漢的客〉）、顧頡剛（1940，〈武士與文士的轉換〉）、錢穆（1942，〈釋俠〉）、郭沫若（1943，《十批判書》）、勞榦（1950，〈論漢代的游俠〉）

等等，陸續有所論列；他們基本上也秉持了同樣的觀點，由文化的角度切入，探討「俠客」的面貌。儘管各家所持觀點不一，且片面化居多，但總算開啓了廣義的「武俠研究」之首頁。

1930年代的通俗文學論戰，在「武俠研究」上展現出進一步的意義。因爲這次的論戰，除了賡續有關「俠客」的定位問題外，更直接觸及了「武俠小說」的文學評價與社會文化省思。

大體上，批評者對「俠客」爲人民伸冤報仇、一掃胸中不平之氣的作用，皆有所體認；沈雁冰認爲這是「封建的小市民要求『出路』的反映」，[75]鄭振鐸亦以爲俠客來無蹤、去無影，足可爲人民「雪不平，除強暴」。[76]然人民胸中的「不平之氣」究竟是緣何而來？是基於人性自然流露的對正義公理的嚮往，還是個人「不得其平則鳴」的悲憤？顯然地，他們的見解是自後者的角度切入而得來的。既是個人的不平，則背後勢必有一個造成不平的強大勢力存在。是故，他們乾脆單刀直入，針對所謂封建性「極端的壓迫暴政」[77]展開猛烈批判。

其實中國歷史上自秦朝「廢封建，設郡縣」起，兩千年來早已不存在「封建」制度；漢初一度恢復分封諸侯王，旋又廢之，從此「封建」名存實亡。但反武俠論者爲了尋求「有的放矢」的正當理由，遂一概以「封建殘餘」、「封建思想」視之。如此推論下去，則人民的「冤仇」實際上來自龐大的封建政權；而封建政權所制定的律法，亦無非是用來壓

---

75 見〈封建的小市民文藝〉，《東方雜誌》第30卷3號（1933年2月）。轉引自芮和師等編，《鴛鴦蝴蝶派文學資料》（福州：福建人民出版社，1984），頁843。

76 見〈論武俠小說〉，《海燕》（北平：新中國書店出版，1932年7月）。轉引自《鴛鴦蝴蝶派文學資料》，頁838。

77 同上註。

榨人民的工具，其本身是否代表普遍性的公理與正義，即值得懷疑。是
則清代以來建立的「俠客」形象，既奉持律法，代君巡狩，且依附在清
官的卵翼下，卻居然成爲封建律法的捍衛者和執法人，又豈能眞正爲人
民伸張正義、洗雪冤枉？

　　基於這樣的認定，於是他們一方面對展昭、黃天霸等人的「助紂爲
虐」大力批判，一方面又斥責人民將希望寄託於「奴才式」的俠客是
「幼稚的幻想」；最終則自社會影響的角度，斷然指出武俠小說是「封
建的迷魂湯」，足以瓦解人民反抗的鬥志，因而是「有毒」的作品云
云。爲了強調武俠小說的「毒性」，他們以俠客神奇武藝之「非科學」、
俠客集團造成「祕密社會之蠢動」、社會上對「求仙訪道」的盲目嚮往
爲例證，坐實了武俠小說的「罪名」。78

　　無可諱言，1930年代武俠小說評論的基調，是在一片「反傳統」的
浪潮下形成的。當時五四新文學家所高舉的「文學革命」大纛和「左聯」
作家所打出的「無產階級革命文學」旗號，表面上似是針對文學而發，
實際上則爲一種全方位的文化省思；企圖以嶄新的角度，解構舊有的文
化體制。其「項莊舞劍，志在沛公」之意，甚爲明顯，決非僅僅在爭論
單純的文學問題，而是借文學作一種社會批判與文化反思。彼等劍鋒所
向，其實是整個舊社會制度中的潰疣，如綱常禮教、專制政體等封建思
想和體制，以及又「封」又「資」（資產階級）的商業文化垃圾。在他
們看來，文學正是衝決此一封／資網羅的利器，於此自不得不賦予嚴肅

78　相關文獻除前文所引外，請參看張恨水，〈武俠小說在下層社會〉，《週報》，1945年2期、
　　鄭逸梅，〈武俠小說的通病〉，《小品大觀》（校經山房出版，1925年8月）、瞿秋白，〈吉
　　訶德的時代〉，《北斗》，1卷2期（1931年10月）。皆收錄於前揭《鴛鴦蝴蝶派文學資料》一
　　書中。

的意義，並關懷其可能產生的社會影響。武俠小說作者的濃厚商業色彩
及消閒娛樂的創作宗旨，原本就與嚴肅文學理念不符，自然成爲首當其
衝的抨擊目標。於是在這種特定觀點的主導下，「武俠小說」遂被定位
成了「次級文類」。79

　　誠然，武俠小說基本上是以其所擁有的巨大社會影響力而遭到非議
的。因此，相關的評論亦在武俠小說恩怨情仇或刀光劍影的昂揚樂聲
中，伺機而動；可明顯地見到「隨時以宛轉」的現象，亦即武俠小說流
行面愈廣，相關的評論意見也愈多。1930年代以來的武俠小說，從「南
向北趙」到「北派五大家」，正是「舊派武俠」喧騰一時的興盛期。
1950年大陸嚴禁武俠小說流傳，「新派武俠」在臺、港二地另起爐灶，
類似的「聞雞起舞」的雜音，自亦無法避免。

　　就學術研究的立場而言，這種充分受限於「流行」的評論，顯然缺
乏一種獨立與嚴肅的精神。尤其是「武俠小說」在內容上向來爲學者所
不齒，而其產銷機制又充滿了濃厚的商業氣息，因此整個評論的傾向，
以譏彈批判者居多，腳踏實地的「研究」反而乏人問津。不僅偏頗的反
面意見可以任憑主觀的看法順口流出，就是正面肯定的觀點，亦難免籠

---

79 「文類等級」的觀念，是自「文學類型」概念中衍生的。文學類型的區劃，原是概括性的一
　　種方便說，其意義在於自類型區劃的過程中，透過對某種類型特色的掌握，如取材、表現
　　手法、歷史成規等一整套相關的理論，更精確地體認到作品及其創作活動的性質。就理論
　　上說，各文學類型之間僅具有相互影響、部分重疊的因素，並無所謂的「等級差異」；但
　　由於時潮、政治、社會道德等種種觀念的介入，乃不可避免地含有濃厚的價值判斷，於是
　　就出現了「文類等級」觀念，有意無間將某種文學類型的地位加以褒揚或貶抑。在中國
　　文學史中，「文類等級」的觀念一直是深入人心的，例如古文、詩詞、小說三者，就明顯
　　有抑揚浮沉的現象。民初由於梁啓超等人極力提倡小說的緣故，使小說在一夕之間，擺脫
　　了傳統被目爲「小道」的束縛，躍居各種文學體裁之首。但不久，卻又在小說本身類型區
　　隔上，再起爭端，此即「典雅小說／通俗小說」的劃分。武俠小說之被定位成「次級文
　　類」，實際上也代表了通俗小說的普遍命運。

罩在一股商品化捧場架勢的氛圍中。

眞正的「武俠研究」，起步甚晚，大約在金庸武俠小說「解禁」（1979）前後才陸續有所開展。在1979年以前，臺灣相關的武俠評論，除了羅龍治、馮承基及葉洪生等少數有心人外，基本上延續的是1930年代左翼文人的觀點，關心的是武俠小說內容對社會所造成的「負面影響」；[80]從而將之定位爲「次級文類」，主張以「文藝控制」的手段，遏止武俠小說的流行。這類的評論儘管數量有限，論點也很主觀；但由於是透過報紙社論或新聞報導的方式宣傳，並直接付諸實際行動（例如影視、漫畫的審查制度及幾次的查禁專案），故的確也產生了相當大的輿論壓力，足以使學者望武俠而卻步。

但若深入觀察，即令社會輿論的壓力龐大，若干家庭甚至「禁止」青少年閱讀武俠小說；然而空洞的道德勸說畢竟不敵民主社會的市場供需法則。如馳騁幻想而多彩多姿的作品風格、社會大眾的休閒生活需求、個人爲了抒解精神壓力等等因素，皆有助於武俠小說滾雪球似地吸引大量的讀者——就連若干表面上曾斷然否定武俠小說價值的文人學者，也多樂在其中（如侯健）。於是武俠小說的地位就忽焉顯得尷尬而曖昧起來：一方面，它是無法登大雅之堂的通俗作品；另一方面，它又不能不讓人正視其存在意義和娛樂價值。而此時的社會狀況較諸1930年代的擾攘不安，大相徑庭，已不可能再有左翼文人強力規範、主導文學方向的情形出現。因此，就在這武俠小說「妾身未明」的尷尬階段，愛好武俠的有心人士終於找到了一個新的突破口，得以實事求是，披荆斬

---

80 這些「負面影響」，大抵不脫怪力亂神、逃避現實、好勇鬥狠之類。最常見的批判方式，就是舉社會新聞中的「逃家學道」、「荒廢功課」爲證。

棘，開展「撥雲見日」的契機。

此一契機的出現，是從企圖「發掘」武俠小說的「優點」著眼的。在長期壓抑武俠的濃厚社會氛圍中，欲衝決而出，勢必要有新的視角。1973年7月，羅龍治在《中國時報》率先發表〈武俠小說與娛樂文學〉，掀起了「武俠小說論戰」（詳第三章第五節）。他從武俠小說類型風格的特性，無論是取材、內容、筆法，皆充滿「思古之幽情」出發，肯定了武俠小說所傳佈的傳統倫理價值；並一再爲武俠小說「娛樂文學化」張目，宣稱：「二十世紀的七十年代，娛樂文明的新時代已翻然降臨……因此，中國從前的農業社會裡的那些古典優美的生命情調，所產生的悲劇感傷的文學作品，也都變成了現代大眾的娛樂消遣品。」在此，「娛樂」一詞被重新界定，超越了純粹肉體感官刺激的追求，而與心靈體會結合爲一，十分具有前瞻性。儘管類似的篇章不多，他本人也未做進一步的探討，卻的確爲武俠小說的研究開啓了新的視窗，而受到後學者的重視。

馮幼衡的〈武俠小說讀者心理需要〉撰寫於1976年，是其碩士論文。他以社會學的研究方法，調查、訪問了武俠小說租書店與讀者；從讀者的心理需求入手，印證了尋求娛樂、認同、對傳統價值的肯定、發洩情緒、逃避現實、補償心理等有關讀者閱讀心理的類別項目，並歸結到羅龍治所說：「現代武俠小說雖然還沒有多大的文學價值，但其對民間的影響，將來未必不能在文學史上佔一席地。」[81]堪稱是一次頗具意義的新嘗試。

---

81 見《新聞學研究》第21期（1978年5月），頁43-84。又，馮文引用羅龍治〈武俠小說與娛樂文學〉一文，字句略有出入。

　　此外，1974年8月葉洪生在《文藝月刊》（總62期）發表〈冷眼看現代武壇〉，首次針對臺灣武俠小說界知名作家進行全面性的評價。該文副題是「對二十年來臺灣武俠作家作品的總批判」，乍看火氣十足，似有譁眾取寵之嫌；實則正如文中所說，是「站在客觀的立場，審慎地評估褒貶，並肯定他們的某些成就與價值」。作者有鑑於以往的武俠論者大多「務虛」而不「務實」，人人「空談理論而缺乏實證」；故以「初生之犢不畏虎」的精神，挺身而出，劍挑二十位武俠名家作品的優劣得失。雖然當時作者年輕氣盛，學養未深，見識頗有不足之處；但其選在「武俠小說論戰」休兵一年後發表此文，卻具有三點實質意義：

　　（一）它延續此前「武俠小說論戰」的熱門話題，將「打高空」的文學價值之爭，具體落實到評介個別武俠作品上來，此為論述主題與策略之轉變。即或其左右開弓，不免受到個人好惡及審美價值觀所牽絆，但基本上仍遵循著「就書論書」的原則，為尷尬時期的武俠評論建立了新的「試點」，令武俠作家有所警惕。此後三十年間，其著書立說亦無不以此文為基礎，力求完善，因而產生了一定的社會影響效果。[82]

　　（二）它首開評比各家作品得失之先例，並明確指出今後武俠小說研究的方向是：應由實際出發，以作品本身為討論對象，具體分析其文學性與優缺點，而避免作空泛迂闊之談。這種論評方式對於後來風起雲湧的武俠作家／作品專題研究，無疑有相當的啟迪作用。

　　（三）《文藝月刊》曾是國民黨當政時期重要的「戰鬥文藝」陣地，

82　1976年春，作者初次會晤古龍，古龍即表示此文對武俠作家有針砭作用，值得參考。又，作者1989年撰寫〈中國武俠小說史論〉、1992年撰寫〈論當代武俠小說的「成人童話」世界〉兩篇學術論文均以少作〈冷眼看現代武壇〉為基礎，大幅增補、充實相關內容而成較完善的論述。

卻以開放的態度將此文置於該期卷首，列爲「文藝評論」，實具有非常的意義。這顯示時至1970年代中期，島內文化政策已有所調整；不但認同武俠小說的存在價值，抑且更歡迎實事求是的客觀評論，藉以激濁揚清。

　　1979年9月金庸作品解禁，《中時》、《聯合》兩大報紛紛以巨大篇幅介紹金庸，並刊登了知名學者如曾昭旭、孟絕子、段昌國等人的評介文章，爲金庸武俠時代的來臨揭開了序幕。1980年9月，遠景出版公司正式發行金庸十年修訂後的作品《金庸作品全集》；同時配合出版倪匡《我看金庸小說》，繼而又有《再看》、《三看》、《四看》……沒完沒了，掀起了「捧金」高潮。

　　此後，文人學者一改舊態，津津樂道，敢於公開暢論武俠；雖然其間不免含有濃厚的商品化色彩，且幾乎都以金庸作品爲評介核心，但也匯聚了若干文化界菁英份子，爲武俠評論注入了一股清新的活力。此一時期，不但金庸的作品獲得前所未有的重視，其他武俠名家如梁羽生、古龍等，亦「鹹魚翻生」！連帶著，相關武俠的討論也一波一波展開。[83]在短短的十數年間，即能有多次的集中討論，可謂盛況空前。

---

83 在此，將幾次重要的討論，臚列如下，以供參考：

　　1984年，聯經陸續出版葉洪生批本《近代中國武俠小說名著大系》25種，並附多家評論。

　　1984年1月，《中國論壇》製作武俠專題。

　　1984年10月，《聯合報》製作《俠之美》專輯，介紹《近代中國武俠小說名著大系》。

　　1986年4月，《幼獅月刊》製作《武俠縱橫談》專輯。

　　1986年9月，《聯合文學》製作《武俠小說專輯》。

　　1990年5月，《國文天地》製作《永遠的中國俠》專題。

　　1992年4月，淡江大學中文系主辦「俠與中國文化學術研討會」。

　　1996年9月，淡江大學開設「武俠小說」課程，由林保淳授課。

至於大陸方面，自從改革開放以後，接受了臺、港經驗的洗禮，通俗文學創作從復甦、狂熱、繼而中衰，可說是港、臺武俠小說發展的縮影。由於觀念的轉變，大量關於武俠的學術性、通俗性論著，紛紛湧現，武俠小說亦獲得前所未有的重視。儘管受限於資訊的隔膜與舊有觀點的干擾，凡討論到臺灣武俠小說的部分，就不免捉襟見肘，錯漏百出；但一股將武俠小說作理論架構定位的趨勢，也已逐漸形成。其中陳平原、陳墨、嚴家炎、徐斯年、王立等學者，用力之勤，鑽研之深，頗值得肯定。

　　尤其可貴的是，學術機構不惜「降尊紆貴」，亦紛紛投入武俠研討的陣營：如（大陸）北京大學、杭州大學、（香港）香港中文大學、（臺灣）淡江大學、東吳大學、漢學研究中心皆主辦了多場武俠小說研討會，均以相對嚴謹的學術研究態度，意欲重新探討「武俠」的意義，擺脫開「流行」的制約及個人主觀好惡的「隨興式」批評。學院派的加入，顯得格外具有時代的意義。

　　以臺灣的博、碩士論文而論，相關的「武俠研究」論文，自1975年（民國63學年度）孫鐵剛的「中國的士和俠」初試啼聲，到2001年（89學年度）李順慧的「《鹿鼎記》中韋小寶研究——語言學的角度」，共26部論著；其中四部是博士論文，研究學門為中文、歷史、英國文學及新

1998年5月，淡江大學、東吳大學及漢學研究中心舉辦「中國武俠小說國際學術研討會」。

1998年11月，遠流出版社、中國時報與漢學研究中心舉辦「金庸小說國際學術研討會」。

此外，1987年底，香港中文大學主辦「國際首屆武俠小說研討會」；1989年1月，香港中文大學中文研究所主編《武俠小說論卷》；1998年5月，美國科羅拉多州立大學舉辦「金庸小說與二十世紀中國文學國際學術討論會」；2000年11月，北京大學舉辦「金庸小說國際學術研討會」等。以上雖非在臺灣舉辦，但不乏臺灣學者參與，如侯健、吳宏一、孫同勛、葉洪生、林保淳等。

聞學。而二十六部中，1991年龔青松以《蜀山劍俠傳》為題，開始正式
觸及「武俠作品」；其後平江不肖生、王度廬、金庸、古龍的小說，也
正式被學術界承認「具有研究價值」，實可謂是一大進展。在大學課程
上，1996年的淡江、2001的南華，都在中文系正式開設了「武俠小說／
武俠文學」課程，深信這也是一個極富前瞻性的開始。至此，「武俠研
究」方始稱得上是「研究」。茲將相關論目羅列如附錄，以供參考。

「武俠研究」的新境

　　從1979年至今，「武俠研究」的進展相當迅速，在短短的十幾年
間，就已經有數以百計的論文出現；無論是短製、長篇、專著、論集，
甚至鑒賞辭典，皆琳琅滿目，斐然可觀。大體上，關於武俠小說的地位
和價值，雖然眾說紛紜，並未形成共識，但一股將武俠小說重新定位的
趨勢，已然無法遏止。為清晰眉目起見，我們可以分為以下幾個層面來
討論：

（一）俠客意義的釐清

　　在唐文標於1976年發表〈劍俠千年已矣〉[84]之前，「俠客」一詞往
往是籠統而曖昧地浮現在學者主觀的意識中。無論是持何種觀點的學
者，大多忽略了在長達二千年之久的「俠客活動史」中，各個時代所賦
予俠客的意義是絕不可能完全一致的；尤其是文學作品中的俠客，基本
上是一種主觀意識的投射，與歷史上的俠客未必吻合，甚至落差頗大。
任何人企圖以一種單一的觀念去作詮釋，皆不免顧此失彼。唐文標提示

84　見《中華文化復興月刊》第9卷第4期（1976年5月），頁44。

了我們「歷史之俠」與「文學之俠」的分野，這是一個極具關鍵性的啓示；因爲這對我們研究古典俠義小說或探求現代武俠小說精神的根源，皆有直接的影響。韓國學者崔奉源在1984年出版的《中國古典短篇俠義小說研究》，正由於忽略了各時代的殊異性，所論固然值得參考，亦難免令人感到缺憾。

1987年龔鵬程所作《大俠》，以唐人小說爲主體；針對此一問題，開始有了明晰的劃分和進一步的探討，相當能醒豁時人耳目。迨至1992年，林保淳於淡江論劍時發表的〈從游俠、少俠、劍俠到義俠——中國古代俠義觀念的演變〉以及後來的〈唐代的劍俠與道教〉，皆再接再厲，陸續作了較爲深入的探討。

當然，相關的問題仍有討論的空間，各家所言未必就是定論；不過，俠客的形象至此已不再模糊籠統，亦足稱是一個進展。俠客觀念的釐清，是「武俠研究」中最值得稱道的一環；相較於大陸的武俠研究，仍依違在全盤肯定或全盤否定的意識形態中，明顯超越許多。85

（二）「專家／專著」的研究

相對於過去武俠評論的對象往往是「泛論武俠小說」的性質而言，此時對單一作家或作品的關注，明顯是一大進步。金庸的解禁，幾乎造成了「武俠時代＝金庸時代」的特色，在商品化機制的催生下，1980年倪匡《我看金庸小說》出版；其後81年到84年，從《再看》到《五看》，共出了五本專門討論金庸作品的小說，掀起了「金學研究」的熱潮。

---

85 大陸學者在俠客的理解上，往往忽略了「歷史」問題，唯陳平原的《千古文人俠客夢》（1992），能擺脫僵化的觀念。相當有趣的是，大陸學者雖然在資訊上明顯不足，但龔鵬程的《大俠》一書，似皆所熟知，但卻對此書意見視若無睹。

　　此後，大量的金庸研究專書，紛紛出爐。港、臺方面，有楊興安《漫談金庸筆下世界》及《續談金庸筆下世界》、三毛等《諸子百家看金庸》一至五輯、溫瑞安《析雪山飛狐與鴛鴦刀》及《天龍八部欣賞舉隅》、蘇墱基《金庸的武俠世界》、陳沛然《情之探索與神鵰俠侶》、潘國森《話說金庸》、薛興國《通宵達旦讀金庸》、舒國治《讀金庸偶得》、丁華《淺談金庸小說》、林保淳《解構金庸》等二十餘種。大陸方面，僅陳墨一人即有《金庸小說賞析》、《金庸小說之謎》、《金庸的武學奧秘》、《金庸小說的愛情世界》等書，其他如曹正文《金庸筆下的一百零八將》、董焱《金庸小說人論》、嚴家炎《金庸小說論稿》、《一探金庸俠骨柔情》及《再探金庸情節趣味》等，亦陸續出版。在當代武俠小說史上，金庸已儼然成為唯一「典型」；至今所謂的「金學」，方興未艾，也還是一種「顯學」，儘管大陸的「金庸小說熱」已逐漸退燒。

　　大體上，臺灣的金庸評論者，皆屬「金學」的愛好者或擁護者；從金庸自身的經歷、金庸的武俠作品，到作品中的人物、愛情觀、歷史意識，無一不是令人津津樂道的關注焦點。不過，這些評論所表現的方式，大多是以「讀者欣賞」的角度出發，主觀的情緒充斥於字裡行間，普遍缺乏嚴肅認真的研究態度；同時，歌功頌德的意味也過濃，是否即能當作金庸小說的「定論」，不無疑問。相對於大陸的金庸專家陳墨，以十數年精力鑽研金庸作品，成果不免遜色。

　　此外，在眾多評論武俠小說的名家中，真正能以一個業餘愛好者而展現出專業研究水平，並產生較大影響力的，恐怕不得不提到「武俠雜家」葉洪生。

　　葉洪生（1948-　）從小愛好武俠作品，更熟稔武俠出版狀況，早年

以〈武俠何處去〉（1973）開始表現出他對武俠小說的關懷。三十年
來，在其新聞工作本業之外，陸續發表了四十篇以上關於武俠小說的評
論及研究專文。除了具體呈現他對武俠小說深刻的認識外，涉及的內容
甚廣，包括了武俠小說的定位、武俠小說發展史、名家名著剖析、主題
與情節之分析、當代評論之評論等；更實際負責規劃了《近代中國武俠
小說名著大系》、《臺灣武俠小說九大門派》等叢書的出版，成果斐
然，有目共睹。尤其是在「專家／專著」的研究中，成就最為輝煌。
1982年《蜀山劍俠評傳》出版，可謂是繼徐國禎《還珠樓主論》（1948）
之後唯一討論還珠樓主的專著。

　　最特別的是，他不名一家，舉凡在中國武俠小說史上具有特殊代表
性的作家、作品，皆曾投注過研究的心力：1982年發表〈驚神泣鬼話蜀
山〉、〈悲劇俠情之祖——王度廬〉、〈俠義英雄震江湖〉、〈倒灑金錢
論白羽〉諸作，對民初武俠小說既已有所論列；1989年所撰〈中國武俠
小說史論〉則就宏觀的角度將歷代武俠小說發展概況作出完整而精闢的
論述；1994年於《武俠小說談藝錄——葉洪生論劍》書中，除了民初作
家外，更對其他遭到忽視的作家，如司馬翎、古龍、臥龍生、慕容美、
上官鼎、高庸等，一一作了重點評介。他的論述不但自成一家，且深深
影響到當代的學者，舉凡坊間所出版的武俠小說論著，無論臺、港、大
陸，鮮有不引用其書其文為註腳的。香港學者陳鎮輝甚至以〈天下第一
劍〉為題，高度稱揚其武俠論評方面的功力與成就，實可比擬創作領域
中的金庸；而大陸網友則深以「葉化」武俠評論影響讀者心裡為憂，這
也是個「異數」。[86]

---

86 見陳鎮輝，〈天下第一劍〉，收入《武俠小說逍遙談》（香港：匯智出版公司，2000），頁

在諸多評論當中，我們尚可看到一個可喜的現象：那就是學者專家
的探討雖以個人的主觀意識爲主，但在研究方法及討論的主題上，卻是
多種多樣的：解構性觀點、哲學性思維、歷史文化角度、文學史角度、
社會學探討、心理學探討、神話學角度等，似乎無所不包。1987年遠流
出版的《絕品》一書，號稱「十一位名家提出十二種金庸讀法」，選錄
了舒國治、陳沛然、曾昭旭、陳曉林等十二篇文章，即非常具有代表性。

(三)武俠文學史的期待

武俠小說類目，即使不計古典俠義說部，至今也已發展了七十多年
的歷史了。由於過去的壓抑與漠視，故在1980年代以前，有關武俠小說
史的論著幾乎是一片空白，成爲尚待開發的處女地。究竟其來龍去脈爲
何，鮮少有人關注。一旦武俠小說時來運轉，成爲因應市場需要的「顯
學」，比較具企圖心的宏觀學者，很自然地便想鉤勒出武俠小說發展的
全貌。於是「武俠文學史」及「武俠小說史」等類型的著作，乃應運而
生，紛然呈現。

在大陸方面，1988年王海林的《中國武俠小說史略》首度完成了具
拓荒性質的著作；其後，1990年羅立群的《中國武俠小說史》接踵而
起；1991年劉蔭柏的《中國武俠小說史‧古代部分》、1992年陳山的
《中國武俠史》、1994年曹正文的《中國俠文化史》相繼出版，則不僅論
述文學史發展，更廣泛地觸及了武俠相關的文化、歷史背景，皆各有所
長。大致上，這些小說史類型的著作，對古代俠義小說和民初時期的武

38-39。所謂「葉化」武俠評論衝擊到大陸相關研究領域的說法，可參見大陸「舊雨樓／清
風閣」網站所發〈滄海橫流知是誰〉(俠聖) 及「龍的天空」網站所發〈論葉洪生武俠研究
評論的「專業」與「樸素」〉(東東寶) 二文，尤以後者爲甚。

俠作品論述較爲翔實，見解亦頗周致；但由於資料上的匱乏，一觸及港、臺武俠小說的部分，就舛誤百出，誠屬憾事。

大陸學者熱衷於武俠文學史的建構，宣示出「武俠時代」的來臨；就這一點上看，本具有非凡的意義。但空有理想與草圖，而沒有配套的準備工作（如完整而翔實的資料蒐集），是不能成大事的。基本上，文學史的建構是經由串聯各時代個別作家的「點」，形成主線；再由同時期作家的「點」，鋪陳爲面；最後則以縱覽全局的宏觀方式，爲其歷史發展作定位，綜覈名實，方成信史。在此，個別作家的「點」無疑是基石。然而如何選擇「點」，卻視建構者的文學發展史觀、對作家的具體掌握之不同，而各異其趣。上述這些小說史類型的著作，「點到爲止」的性格濃厚；但在其他方面則多留下相當大的空間，實有待學者繼續努力，否則當不免於「盲俠」之譏。

至於臺灣方面，有關武俠文學史的論述甚爲稀少，龔鵬程的《大俠》、葉洪生的〈中國武俠小說史論〉是僅有的相關論述。以作爲近數十年來武俠小說重鎭的臺灣而言，這樣稀少的論述似乎是有點不可思議。本書之作，正有意嘗試彌補這處的空白。

「武俠研究」的窘境

儘管如此，在這波「武俠研究」的風潮中，猶有甚多值得我們密切觀察、留意的問題存在。其中最令人引以爲憂的是「研究窄化」的現象。而此現象可以分從「金學一窩蜂」及「通俗小說體系未建立」兩點談起。

（一）金學一窩蜂

　　武俠小說原來就具備的商品化特徵，在「武俠研究」逐漸開展時，藉著評論的激揚，更獲得了印證。[87]我們幾乎可以說，「武俠研究」依舊不免是在一種商品化的機制下受到催生的。

　　在商品化的催生下，金庸一時間成為時代的寵兒，更幾乎變成武俠小說的圖騰。金庸本身是一個相當傳奇的人物，由於國共政治立場上的堅持，使得他在海峽兩岸的對立中，處境尷尬，左右為難。但自從兩岸關係「解凍」後，此一尷尬反而成為他縱橫捭闔於兩岸的憑藉，無形中已成為媒體的焦點，頗具新聞價值；而他的武俠作品，又能突破兩岸政治禁忌的荊棘，流傳不歇，連帶著也成為眾所矚目的焦點。

　　現代文學作品的商品化，藉助於新聞炒作的性質，遠較過去為重；金庸此一新聞價值，自然成為其作品促銷的一大助力。遠景出版《金庸作品全集》，顯然經過充分的規劃，一方面鼓勵、邀請知名學者，於各大報間發表金庸武俠評論，以作先聲，一方面又緊鑼密鼓地籌劃出版事宜；更在短短幾天之中，邀請金庸好友倪匡，在五天內即撰成六萬字的《我看金庸小說》。由於媒體上的宣傳，再加上金庸小說潛在的魅力，遂使武俠退潮時期提早進入「金庸時代」。遠景出版公司欲罷不能地出版了二十幾本暢銷的《金學研究叢書》，正是明證。

　　「金學」的商品化性質，從嚴肅的評論立場而言，是具有重大瑕疵的。[88]因為這些「急就章式」、充滿個人隨興主觀的論調，不免會混淆

87　武俠評論商品化的現象，也見之於大陸研究武俠小說的風潮中；武俠既成為社會時髦的讀物，連帶著武俠評論也成為奇貨可居的商品。市場既有此需求，學者為生活所迫，乃一拍即合。於是一部部草率成書，破綻百出的「武俠叢書」，紛紛出爐。葉洪生寫〈為大陸「盲俠」把脈開方〉，深中其弊，實非無的放矢。

88　關於金庸小說研究，可參看林保淳〈金庸小說研究現況〉一文，收錄於《解構金庸》（臺北：遠流出版社，2000年），頁243-266。

了武俠小說的眞實面貌。事實上，金庸武俠小說的成就，不等於武俠小說的成就；過分推崇金庸，甚至捧以「古今中外，空前絕後」[89]的阿諛之詞，無異是以金庸作品爲絕對的標準，橫掃一切武俠小說，甚至一棍子打死！這不僅宣告了武俠小說的死刑，同時更埋沒了其他優秀武俠作品的文學價值。因爲，金學研究充其量只說明了「武俠小說應該如何」或「可以如何」的問題，但對「武俠小說究竟是如何」的問題，卻無法顯現出來。畢竟，是武俠小說、而非金庸的武俠小說造成近一甲子以來的武俠創作盛況，金庸「一統江湖」恐怕也是「時勢造英雄」的結果。

固然從作品的卓越表現或所享盛譽而言，金庸都是一個特例。除金庸而外，其他作家所獲得的關注，則明顯地相形見絀。梁羽生在創作上的聲譽，僅次於金庸；但所謂的「梁學研究」，儘管有人炒作，惟無論是在臺海兩岸，都一直無法形成氣候。1978年韋清曾編有《梁羽生及其武俠小說》一書，但目前所知的專著除潘亞暾及汪義生合著的《金庸／梁羽生通俗小說賞析》外，只有羅立群所著《開創新派的宗師——梁羽生小說藝術談》聊備一格。至於臺灣，連單篇短論都很少有人提出，顯然梁羽生並未受到臺灣文人學者的鍾愛。

另如號稱「武俠怪傑」的古龍，際遇亦差不多。大陸曹正文《武俠世界的怪才——古龍小說藝術談》，是第一部研究古龍專著；陳曉林〈奇與正：試論金庸與古龍的武俠世界〉及周益忠〈拆碎俠骨柔情——談古龍武俠小說中的俠者〉、龔鵬程〈武俠小說的現代化轉型——「古龍精品系列」導讀〉則是較具獨到眼光的單篇論文；陳康芬的《古龍小說研究》，雖成果有限，卻是唯一的學術專著。此外，葉洪生、林保

---

89 見倪匡，《我看金庸小說·自序》（臺北：遠景出版公司，1980）。

淳、楊晉龍則對司馬翎情有獨鍾，分別有〈世代交替下的武林奇葩——
司馬翎「武俠美學」面面觀〉、〈蒙塵的明珠——司馬翎的武俠小說〉、
《《孟子》在司馬翎武俠小說中的應用及其意義〉諸文。除此三家外，其
他的作家皆明顯未受到重視。

以「金學研究」替代「武俠研究」，對比前文所標舉的各個範疇，
不但僅屬滄海一粟，更是「見樹不見林」。長此以往，對「武俠研究」
的發展，恐將弊多於利。所謂「皮之不存，毛將焉附」，絕非危言聳
聽。

(二)通俗文學體系亟待建立

「武俠小說」是從「小說」此一文學體裁下區分出來的一種類型；
與武俠並列的，即有言情、偵探、歷史、神怪、諷刺等等。分類的方式
儘管可以不同，但無疑具有某種程度的差異性質可以掌握。武俠小說既
是一種類型，則其類型特徵爲何？具有何種特殊的表現方式？在整個武
俠小說的評論中，這個理論建構上的問題，一直缺乏探討。

1986年林保淳作〈從通俗的角度談武俠小說〉一文，企圖自「典雅
／通俗」的對立中，爲武俠小說作適當的定位；基本上主張，武俠小說
作爲一種通俗的文學，應有其自身的一個評價標準，未必可以純粹自正
統文學（甚至純文學性）的角度予以評議。但所論尚淺，不足稱道，只
可說是「拋磚引玉」。

近十年來，通俗文學研究逐漸興起，1991年張贛生的《民國通俗小
說論稿》、1992年周啓志主編的《中國通俗小說理論綱要》及陳必祥主
編的《通俗文學概論》、1993年陳大康的《通俗小說的歷史軌跡》，皆致
力於通俗小說理論的研究。張贛生、陳必祥二書，均直接針對武俠小說

作了論述。大體上，他們之所以重視通俗文學，是爲了表彰通俗文學中所蘊藉的中國文學的特性；而此一特性，絕非以西方文化爲基準的現代文學所能涵蓋，武俠小說在這方面的成就，確實最能表現出中國特色。此外，1990年陳平原發表了〈類型等級與武俠小說〉一文，1992年出版《千古文人俠客夢——武俠小說類型研究》，1993年又在《小說史：理論與實踐》中，比較深入的探討了武俠小說類型特色的問題，皆頗有成果。

通俗小說的命脈，唯在讀者。即此而論，身爲通俗小說重要環節的武俠小說，自不妨從這一個角度切入，嘗試去探索其內在創作機制，並逐步建立其自主性理論體系。可惜目前這個論題備受冷落，始終未見有學者願意深入構思。2000年曹昌廉的《「閱讀」的當代武俠小說——論當代武俠小說評議與閱讀理論下新的武俠小說觀》，頗有順此思維建構其理論的企圖，但由於功候未深，尚有許多值得商榷之處。

總之，通俗文學體系未能建立，連帶影響到對「武俠研究」的認知曖昧不明；前文所臚列的研究方向，幾乎完全受到學者忽略。於是各說各話、漫無標準的「自由議論」反而成爲某種研討、溝通上的障礙。「武俠研究」的園地，儘管在少數拓荒者的辛勤耕耘下，已逐漸從荒原變爲苗圃；但卻一如沙漠中的綠洲，零星點綴，聊備一格，僅供武林群俠歇馬而已。這是當前「武俠研究」的窘境。

文學或歷史研究，最重要的就是原始資料。臺灣武俠小說由盛而衰，在長期遭受社會忽視之下，已逐漸面臨湮滅的危機。況且大多數的作者，寖將凋謝，如不及時加以整治，恐怕在五年、十年之後，縱欲研究，也將面臨文獻不足的困境，而使武俠小說成爲歷史上令人懷想的夢幻泡影、過眼煙雲罷了。

　　誠然，「工欲善其事，必先利其器」。可惜這個人人耳熟能詳的道理，在目前的「武俠研究」中，卻往往受到忽略。至目前爲止，我們還不知道這五十年來，武俠小說界究竟投入了多少作家、產生了多少作品，甚至連作者爲誰，都不甚了了；更遑論自武俠小說延伸出的各類「非文學」製品究竟如何了。因此，「武俠研究」的當務之急，理應由學術文化機構建立一個完善的資料庋藏中心，廣泛蒐羅「武俠」的相關資料，作爲研究的基礎。這是我們衷心的期盼，也是眞正的「武俠研究」所必需；否則學者空口無憑，相率作「無根」之談，將是自欺欺人，無補於實際。的確，設立「臺灣武俠小說資料中心」，此其時矣。

【附錄】中華民國「武俠研究」博、碩士論文目錄（以民國紀年）

論文名稱	研究生	指導教授	學年度	校院名稱	系所名稱	學位
中國古代的士和俠	孫鐵剛	傅樂成	63	國立臺灣大學	歷史學研究所	博
聊齋志異中的游俠問題探討	黃文棟	葉慶炳	64	輔仁大學	中國文學研究所	碩
武俠小說與讀者心理需要之研究	馮幼衡	漆敬堯	65	國立政治大學	新聞學研究所	碩
中國文學中的俠	梅清華	萬嵐鶴	68	輔仁大學	英國語文研究所	碩
唐人劍俠傳奇及其政治社會之關係	柯錦彥	曾永義	71	國立高雄師範學院	國文研究所	碩
中國古典短篇俠義小說研究	崔奉源	王夢鷗、吳宏一	72	國立政治大學	中國文學研究所	博
沈璟義俠記研究	金聖敏	呂凱	73	國立政治大學	中國文學研究所	碩
兒女英雄傳之俠義研究	廖瓊媛	鄭明娳	74	東海大學	中國文學研究所	碩
唐人俠義小說研究	林志達	王靜芝	75	輔仁大學	中國文學研究所	碩
三俠五義研究	柯玫文	王國良	78	東吳大學	中國文學研究所	碩
蜀山劍俠傳異類修道歷程研究	龔青松	王三慶	80	中國文化大學	中國文學研究所	碩
平江不肖生之《江湖奇俠傳》、《近代俠義英雄傳》研究	林建揚	楊昌年	81	中國文化大學	中國文學研究所	碩
金庸小說《鹿鼎記》之研究	楊丕丞	胡萬川	83	東海大學	中國文學研究所	碩

論 文 名 稱	研究生	指導教授	學年度	校院名稱	系所名稱	學位別
金庸武俠小說敘事模式研究	許彙敏	龔鵬程	85	國立中正大學	中國文學系	碩
金庸武俠小說研究	羅賢淑	皮述民	87	中國文化大學	中國文學研究所	博
中國武俠電影美學變遷研究	塗翔文	陳儒修	87	淡江大學	大眾傳播學系	碩
從原始劍俠到仙俠──古典小說中「劍俠」形象及其轉變	楊清惠	林保淳	87	淡江大學	中國文學系	碩
古龍武俠小說研究	陳康芬	林保淳	87	淡江大學	中國文學系	碩
「閱讀」的當代武俠小說──論當代武俠小說評議與閱讀理論下新的武俠小說觀	曹昌廉	林保淳	88	南華大學	文學研究所	碩
創業英雄趙匡胤的故事研究	鄭美惠	胡萬川	88	靜宜大學	中國文學系	碩
明代話本小說「俠」之研究	劉鈺芳	黃錦珠	89	國立中正大學	中國文學系	碩
王度廬「鶴─鐵」五部曲研究	伍怡慧	陳兆南	89	逢甲大學	中國文學系	碩
唐代俠詩歌／小說之行俠主題研究	楊碧樺	廖美玉	89	國立成功大學	中國文學系	碩
臺灣通俗小說研究（一九四九～一九九九）	劉秀美	金榮華	89	中國文化大學	中國文學研究所	博
《鹿鼎記》中韋小寶研究──語言學的角度	李順慧	周世箴	89	東海大學	中國文學系	碩

結論
無可奈何花落去

自1985年一代「武俠鬼才」古龍謝世後，其筆下風流人物如楚香帥、李尋歡、蕭十一郎、小魚兒、陸小鳳等英風俠影，幾幾乎成爲絕響；江湖大業唯靠溫瑞安的「神州奇俠」系列及黃鷹「大俠沈勝衣」系列，勉撐殘局。雖然前此已有李涼以滑稽突梯之筆，別樹「楊小邪」一幟，然影隨風從者，多流於濫惡之途，一任「韋小寶」式的人物，造下無邊風流罪過。一時之間，鏽劍羸馬，踽踽江湖，武壇冷落，群英束手！愛好武俠的讀者，不免爲之扼腕嘆息。

近十幾年來，武俠小說的讀者銳減，導致有心投入武俠創作的新秀也逐漸卻步不前。儘管由於網路的發達，各種武俠網站紛紛設立，匯集了原來散處於海內外各地的武俠愛好者；彼此切磋「武學」，相濡以沫，但夠水平的佳作仍然有限。如荻宜的《雙珠記》、祈鈺的《巧仙秦寶寶》是兩位女作家的力作，頗能以女性擅長的細膩筆致，描摹陰柔風味的另類江湖；郭箏的《師父有鬼》則雜以鬼趣，風格獨特；而大陸孫曉的《英雄志》長達一百五十萬字，敘述俠客與時代的衝突，極具悲劇性；徐錦成的《江湖閒話》則藉徐克電影《蝶變》中的方紅葉爲引子，藉武俠以批判現實——這些作品亦曾獲得部分讀者青睞。惟彼等或因襲前人，或缺乏開創性，或作品數量有限；與前此武俠名家相較，仍有一段距離。

至此，武俠小說雖是不絕如縷，卻已敗象畢呈了。但在新秀之中，奇儒、蘇小歡的異軍突起，以及香港黃易的後來居上，倒也能一新讀者耳目；或許可視爲是武俠小說振衰起敝的生力軍，值得一述。

一

　　奇儒，本名李政賢（1959-　　），1985年開始投入武俠小説創作行
列，立刻以《蟬翼刀》一書，蜚聲武壇。此時的武俠文壇，在古龍開拓
濡染之下，無論人物造型、情節結構、場景安排，均走向了一個嶄新的
仿古時代。溫瑞安的「神州奇俠」系列，雖欲極力跳脱開古龍影響，強
調俠氣與正義，而且在行文風格上，如詩如畫，頗有詩俠的意趣；但場
景、結構，甚至是精短而矯捷的段落，還是不脱古龍風味。而黃鷹在偵
探／推理上深得古龍三昧，「大俠沈勝衣」系列及《天蠶變》諸書，亦
深受讀者歡迎。

　　大抵而言，古龍風格爲後學取徑處甚多，諸家各取一隅，變化相
生，皆有可觀。例如古龍以密集方式塑造偶像人物的類廣告筆法，也在
溫瑞安的蕭秋水、黃鷹的沈勝衣身上再現。尤其溫瑞安在近幾年來，不
遺餘力地宣揚少作「四大名捕」（無情、鐵手、冷血、追命），更幾乎就
是武俠活廣告，卻樂此不疲。

　　奇儒創作時期，略晚於溫、黃二人，除了承襲古龍風格，於推理得
其七分（緊湊度不夠，理路也略見瑕疵）外，整體場景的跳蕩騰躍、變
幻莫測，也展現出相當功力。同時，奇儒也很明顯地饒有溫瑞安的詩情
畫意之風（據奇儒所言，他未曾看過溫瑞安的小説），可謂英雄所見略
同。

　　例如奇儒的第一部成名作《蟬翼刀》[1]，在插敘天蠶絲、蟬翼刀、
紅玉雙劍前代恩怨情仇的一大段落中，以非常細膩的文藝式筆調，藉三

1　此書曾由中視改編爲週日八點檔連續劇。

個不同的視角，融抒情與敘事爲一爐，纏綿俳惻、哀惋動人處有如宋詞長調。其中類似「淚眼模糊這世界，全然變形。對方的痛楚，牽引自己忍不住的難受；一放縱，轟然倒在美麗的過去」等濃稠宛轉的情語、韻語，俯拾即是。在武俠小說陽剛粗豪、樸質少文的世界中，鬢鬢綽約，搖曳生姿，頗令人驚豔。儘管這不免有點賣弄文采之嫌，但卻頗能吻合人物的思想與性格，究屬難得。武俠小說原就是文納眾體的一種小說類型，可以有金庸的雄深雅健，可以有古龍的靈光獨耀，自然也應有奇儒的溫柔婉約。奇儒能走出屬於自己的一種風格，也算是別出新裁了。

從《蟬翼刀》一舉成名後，奇儒又陸續創作了十四部作品。在這些作品中，奇儒塑造了蘇小魂此一新的英雄人物。蘇小魂沒有李尋歡的愁思哀怨，不如楚留香的風流倜儻，不如陸小鳳的無拘瀟灑，甚至「塌鼻子，小眼睛」，也實在貌不驚人；但卻十足具備了所有俠客應具備的特點，機智靈敏、急公好義、武藝高強，皆不在話下。

就單一人物的塑造而言，蘇小魂較缺乏生動而深刻的描繪，這是很大的缺憾；而且奇儒分心型塑了過多的次要角色，如北斗、潛龍、俞傲、大悲和尚等，也分散了蘇小魂的魅力。不過，蘇小魂上續前代天蠶絲、紅玉雙劍、蟬翼刀的情仇，下開了蘇佛兒、魏塵絕、李嚇天、談笑、王王石，乃至百年之後的諸多英俠，蘇小魂始終都是一條主線，隱隱約約地貫串其中；遂使奇儒的江湖世界，充滿了某種歷史感（儘管他對歷史的認識往往不夠清晰）。這與金庸的《射鵰》三部曲及古龍不時地在小說中提及沈浪、鐵中棠、李尋歡、小魚兒等名俠的用意相同，有助於開拓專屬自己的武林霸圖。從這點看來，奇儒事實上是頗具野心的。

　　十五部作品，[2]說多不多，說少不少，事實上也還不足以展示出一個作家的眞正能耐（金庸雖也不過十五部，但多爲長篇巨構，氣魄宏偉，自當別論）；然奇儒的潛力雄厚，大有發展空間。其首先引人入勝之處，在於他的武學。

　　武俠小說既然以武爲名，自然不能不於武學上深濃著墨。在整個武俠小說發展歷史上，金庸是武學文藝化的完成者。他以文學的想像，營造了一個多彩多姿的武藝世界；黯然消魂之後，武功可以與文學結合，而不必如前輩名家之受拘於實際的武術。古龍於此更進一步，索性擺脫武打的場面，從「無招勝有招」，到「手中無劍，心中有劍」，將劍道與人生化合爲一。而司馬翎則首創以精神、意志、氣勢克敵制勝的武藝美學，揭櫫超凡入聖之道。武功寫到此處，可謂至矣盡矣，足令其他名家束手了。這也形成了一種壓力與限制；新興作家能否在前輩的劍影下另創武學新招，事實上就是最具挑戰性的考驗。

　　武學如何在小說中開展出新境界？這是非常有趣的問題。此前，古龍的約束力比想像中要大得多；因爲古龍根本就企圖用「無招」以顚覆舊有的武俠世界。一旦招數皆已「化」去，所有更張似乎都成多此一舉。古龍在描述武器上，完全採取素樸的方式，越平淡越無奇，越能展示出高深的武功。以《多情劍客無情劍》爲例，阿飛的劍，只是一把鈍劍；而李尋歡的飛刀，毫無足奇；龍鳳金環固然名稱聳動，卻不過雙環而已。古龍小說中，從不強調神兵利器，「兵器譜」上排行第一的是天

2　奇儒的作品，細目如下：《蟬翼刀》（1985），《大手印》、《聖劍飛鷹》、《快意江湖》（1986），《談笑出刀》、《大悲咒》（1987），《宗師大舞》、《砍向達摩的一刀》、《武出一片天地》、《帝王絕學》、《大俠的刀砍向大俠》、《柳帝王》（1988），《武林帝王》（1989）；《扣劍獨笑》（1990）、《凝風天下》（2000），共15部。

機棍——一根平凡的長棍而已。古龍重在寫人，「人」才是天下最犀利的武器；在《七種武器》中，古龍淋漓盡致地表現出他的觀點。這是古龍開創的一條新路，但也只有古龍能走。「取法乎上，僅得乎中」！任誰想要模仿，都難免「死在句下」。

近二十年新出道的名家，多半師法古龍，但又不願受古龍羈絆。奇儒在這方面，倒頗能推陳出新，開創另一條「背反」古龍的路徑——那就是在武功與武器上的更張。

當代名家中，溫瑞安以武術「剛擊道」自命，刻意摹寫武打場面，融宗教（尤其是藏密）思想於武功；黃易取法司馬翎，則將佛教與道家之說共冶於武學之爐，甚至汲取東洋「魔道」觀念。這些顯然都是針對「武」字而開闢的新手法，將武學與哲理融合爲一，成果相當可觀。實際上，奇儒才是繼司馬翎之後「武學哲學化」的佼佼者。從《蟬翼刀》開始，奇儒就刻意以他自己所學所好的佛、道思想，大量轉移於新的武學詮釋——如蘇小魂精擅的「大勢至無相般若波羅密神功」、唐凝風和龔天下修煉的「大自在解脫無相禪功」，均巧妙地將佛學與武學結合爲一，令讀者大開眼界，不讓司馬翎《劍氣千幻錄》（1959）的「般若大能力」專美於前。

黃易算是新出的名家，溫瑞安創作雖早於奇儒，但別闢蹊徑，則在奇儒之後：這三位作家有無相互影響，孰高孰低，頗難判斷，但至少英雄所見略同。這也可看出新一代作家的努力趨向。然而奇儒的開展性，由於得力於他自身對佛學的信仰，卻顯得格外有意義。

奇儒是臺灣佛教「佛乘宗」的第三代傳人，佛學的造詣在武俠小說作家中是很難一見的。佛學要義博大精深，不易一一陳說，然慈悲爲懷，則是人所共知的。故奇儒將慈悲二字置於武俠之中，頗見牴牾；畢

竟武俠小說最後的裁斷，還是一個「武」字；儘管佛家可以「降伏魔怨」之說自解，我不入地獄，誰入地獄！但血腥殺戮之氣過濃，還是難免有違清淨慈悲之旨。相信這是奇儒自身極大的矛盾。

奇儒花費頗多的心思在武器的設計上，若干武器簡直新穎別致得令人匪夷所思！蟬翼刀、天蠶絲，固然均見特色，不落前人窠臼；而像談笑的「臥刀」、杜三劍那柄隨時可以拼裝的「怪劍」，以及潘雪樓那布滿孔隙、可拆可組的「凌峰斷雲刀」，更是想像瑰奇，魅力十足。在《三國演義》中，關公的青龍偃月刀、呂布的方天畫戟、張飛的丈八蛇矛，早已成為英雄的象徵了；奇儒回復此一傳統，是一椿相當有野心的嘗試。

但顯然這並非極致。以奇儒精心構思的唐門暗器「觀音淚」而言，「觀音有淚，淚眾生苦」，其施用主在「慈悲」（奇儒引《大智度論》加以闡釋，意謂觀音菩薩「利生念切，報恩意重」，故「毀、譽、苦、樂、利、衰、稱、譏」等「八風」難動；無奈「恆心心為第九種風所搖撼」，第九種風即「慈悲」）。然而以一絕毒至狠暗器（唐門以用毒知名，已是武俠小說的不易模式），如何能承載起如許之慈悲？「佳兵不祥」，古有名訓。奇儒自謂「武俠兇殺之意太重，有違佛法慈悲之念」，因此封筆十年，不再續寫，正因心中矛盾無法化解。

十年間，奇儒一心向佛，弘揚「佛乘」，封刀絕筆，於此關竅似是悟通了。因此，重新出山，以圓融的佛性智慧、更臻凝鍊的文筆，重新架構了他的武俠小說新世界——這就是他的《凝風天下》。

這一新的武俠世界，處處是佛家悲憫的情懷，處處是對現世圓融的觀照，而又處處粧點出詩情畫意；以禪學論武，以禪意抒文，更以人文與自然的水乳交融，寄寓著他的理想。《凝風天下》強調的是人與自然環境的關係，佛家說眾生平等，自然亦是一生！人與自然的和諧，正如

《華嚴經》所謂：「有情無情，同圓種智。」更是一大慈悲。《凝風天下》中龔天下三次現身，無論在詩雨如綿的江南、北冥極地的冰原、狂沙漫天的大漠，都透顯出如一的特色。作者藉著龔天下與狗、熊、駱駝（以及後來的八大異獸）的無比親膩，喻示著人文與自然的和諧與互惠，一如溫溫泉流，溫暖著讀者的心靈。

「龔天下」者，恭天下也，尊重天下眾生也。人世之紛擾無定，以強凌弱，無非皆貢高我慢，卑視眾生，自以為是萬物之靈。一個「恭」字，足以將自己拉至與眾生、萬物平等的地位，如此尚何忮何求，尚有何紛紛擾擾？「觀音有淚，淚眾生苦」！《凝風天下》想表達的是觀音之淚，也是奇儒佛心與慈悲心的更上層樓。

的確，「龔天下」是武俠人物中未曾創造過的奇人，靜默謙恭，心懷慈悲，能與眾生（動物）溝通。奇儒如果能善於掌握此一「慈悲」的特點，縱筆揮灑，以更集中的筆力，塑造鮮活的人物形象；以更清晰顯豁的筆致，烘托出佛學的精義（奇儒往往直引原文，未能闡釋明白，頗為可惜）；同時在人性善惡上，能更切合現實中的狀況（奇儒書中，所有人物似皆深明佛理，往往當下頓悟，脫胎換骨），或者能開創武俠小說的另一局面，這就要看他後續的成果了。

二

蘇小歡，本名蘇浩志（1952-　），原為藝文名家，《天地無聲》[3]

3　此書於《中央日報》連載時，以《西方有劍》為題，是系列小說中的第一部，後續作品猶在醞釀中。他認為武俠小說不應只是「成人的童話」，一般兒童也可以進入這個世界中，享受馳騁想像的快意，故於2002年又撰寫了《天地無聲外傳》，專供小朋友閱讀。這是臺灣武俠小說史上唯一的「兒童武俠」創作。

（2001）是他初次嘗試的武俠作品。作者雄心勃勃，預計寫一百萬字；並有意繼金庸之後，於香火法脈似欲斷絕之際，突破瓶頸，再創高尚的武俠小說，讓讀者再次領略到武俠小說特有的閱讀美感享受。高尚就是高品質的意思，高品質的通俗說部將會是怎樣的一種小說？在《天地無聲》中，我們看到了他融會典雅與通俗的嘗試。

《天地無聲》的主體架構，是由《史記‧刺客列傳》中荊軻刺秦王、高漸離砸筑復仇的史實開展。取徑於歷史，而以虛構的高漸離之弟「高漸遠」為核心；主題在凸顯兵燹戰亂的時代，人命的價值為何？生命的意義何在？在朝不保夕的危懼之中，自身又將如何安頓？一代鬼才古龍在晚年對自己作品的省思時，曾經慨歎過，武俠小說應該闡揚、發揮的，就在人性二字。《天地無聲》在整體筆法上，乞靈於古龍處甚多，也著重在人性上的發露；無論是家國、朋友、兄弟、情人之間的情愛，與個人生命的定位，皆有深刻入微的描繪與反思。文筆優雅動人，與其主題相得益彰。個中亦頗有藉史發揮的用意，如寫高漸遠繼承兄志，擊傷秦王，使其七日後死亡；作者自謂「彌補千古之憾」，自也展露了作者個人的史識。

歷史云云，在《天地無聲》中只是個引子、穿插；作者無意寫歷史，這和黃易的《尋秦記》大相徑庭，而各有巧妙。論者頗嫌《尋秦記》不似武俠，正因其步步關涉史實，於「武」字刻劃較少；而《天地無聲》雖以當時大事為粉底，卻不直寫荊、高刺擊秦始皇經過，而將筆鋒掉轉至充滿想像逸趣的天魔會、志士會、三大名觀、無名老人等江湖草莽。因此整體看來，武俠意味甚濃，也便於其天馬行空的發揮。不即又不離，頗得金庸三昧。

《天地無聲》在敘事技巧上，以大篇幅的意識流筆法敘述，頗用匠

心。這種時空錯亂的敘寫方式，固爲西方典雅小說之慣技，然武俠作家如司馬翎、古龍、秦紅等皆有過嘗試，其優點是整個情節張力緊繃，結構細密，甚耐咀嚼；但熟悉時序正敘的武俠小說讀者，是否樂於接受，就有待考驗了。

此書的語言魅力十足，幾令人有如詩如畫的感覺。溫瑞安自寫《神州奇俠》蕭秋水系列故事以來，頗刻意於援引現代詩筆法入小說；但白話詩一入古代世界，而由古人吟唱而出，終覺兩不相應。《天地無聲》書中不乏動人的詩篇，而由仿古歌謠到白話詩章，皆安排得恰到好處；與情節、人物、背景緊密結合，相得益彰，自是遠勝於溫瑞安的生硬。尤其是在描摹情感的部分，更有如晶瑩剔透的散文詩，耐人咀嚼。作者所謂的「新武俠美學」，在此得到充分印證。

武俠這條路該往何處去？說實話，沒有人曉得。武俠小說會不會一如《天地無聲》的主題背景音樂，「漸離漸遠漸無聲」？更沒有人能論定。但在武俠小說式微沒落的今日，唯有不斷地有人願意作新的嘗試、新的努力，才能突破瓶頸；或許《天地無聲》的溝通典雅與通俗，在這方面會引發一些啓示與動力吧？

三

黃易，本名黃祖強（1953-　），香港人，是近年來在武俠小說界聲名直追金庸的作家。無論在港、臺、大陸，他都擁有甚多的愛好者；在網路上，更是武俠論壇的焦點人物。嚴格說來，黃易本不應在「臺灣武俠小說史」上列名；但網路無遠弗屆的深厚影響力，卻使得他具備了足以跨越地域限制的條件。在目前武俠凋零的蕭條景況下，無論是就對讀者的影響或供當前的臺灣武俠創作者取徑而言，都不能不加以重視，

故附論於此。

　　在〈緒論〉中我們曾經提到過通俗小說的五大類型：武俠、言情、歷史、偵探及科幻；而其中整合性、游移性最強最大的文類，實無過於武俠小說。原因在於武俠小說在整個發展的歷程中，曾經吸納過其它各類型的質素，甚至轉化成為它的主體之一。首先，「俠」固然是可以超越時代的限制，但是「武」之限定於傳統兵器、武藝，使得武俠小說必然具有或明晰或朦朧的歷史背景；其次，武俠小說遠源於唐代劍俠小說，其神怪幻設的情節，亦不妨說是原始的「科幻」（玄幻）；三者，在清代的俠義小說中，武俠與公案結合，創造了膾炙人口的《三俠五義》；最後，也是影響武俠小說最深遠的，是自清代《俠義風月傳》以來的言情傳統，被武俠小說逐漸吸納進來，寖至形成了武俠小說「俠骨柔情」的特殊風格。

　　是故，武俠小說實際上跨越了類型範疇，而且在創作上也都有令人刮目相看的表現：金庸小說藉歷史的背景展開宏偉的布局，波瀾壯闊；司馬翎、古龍小說專注於推理、偵探，針線綿密；白羽小說具有深刻的社會寫實性，反諷意味極強；王度廬小說以纏綿悱惻的愛情見長，著重心理描寫；而還珠樓主的神怪幻設，則令人目眩神搖。他們的作品，都是經過時代淘煉，能夠歷久不衰的佳篇；可見武俠小說在類型的開展性上，是遠勝其他類型小說的。

　　大體而言，現代武俠小說的基本格局，還是以「俠骨柔情」為主流。在受到古代的歷史情境限制下，情感的發展畢竟有限；而在大量的作品集中描摹下，實已淋漓盡致，不易有所表現。至於歷史、偵探、推理，既有金庸、古龍、司馬翎三大家，後起之秀實際上也難以突破。因此，在當今武壇上，欲創作「新武俠」小說的作家，無不嘔心瀝血，亟

思突破；黃易的《尋秦記》、《大唐雙龍傳》，正是在類型上欲有所突破的作品。

　　黃易主修藝術，涉獵龐雜；作品以科幻（玄幻）和武俠爲主，是當今最受歡迎的通俗作家之一。據報導，他的作品在1990年代以來，銷售量已達百萬冊以上。相對於當代武壇上的蕭條，黃易無疑爲武俠注入了一劑強心針——武俠是具有「無限的可能性」的！他擅長寫長篇武俠，《尋秦記》將近二百五十萬字，而《大唐雙龍傳》更長達五、六百萬字；此外，《翻雲覆雨》、《破碎虛空》等書則屬中短篇創作，皆有可觀。

　　黃易是位極具企圖心的作者，他向來認爲「武俠是中國的科幻小說」，有心藉武俠展現人類超越自我的可能性。武俠小說的武，原本就富涵著道教修煉自我，上合天道的精神；假如我們能擺脫一向對道教的偏見，事實上未嘗不能認同藉武道以窺天道的理想性。以此而言，黃易可以說是更深入地展露了「武」的意蘊，其開創性是值得分外重視的。《翻雲覆雨》中的「唯極於情者才能極於劍」、《破碎虛空》中的與天地合一，飛馬昇逝，都可以說是黃易自身對「武道」境界的嚮往與領悟。

　　相對於黃易醉心於武道的闡釋，《尋秦記》走的是另一條路徑；而這條路徑顯然也是黃易經過精心構思，擘畫出來的「新天地」——即「科幻式武俠」。

　　從唐代劍俠小說到民初還珠樓主的《蜀山劍俠傳》系列，武俠小說的玄幻，已經擁有很長的發展歷史。然以道教術數爲基礎所開展出來的武俠技藝，儘管充滿了瑰奇的想像、絢麗不可方物的色彩，卻不免讓人覺得匪夷所思；是神仙式的道侶，而非人世間的英雄。江湖縱然具有濃厚的虛構成分，可是卻須立足於現實之可能。因此，這一派超乎可能想

像之外的玄幻武俠小說，在現代社會中不得不沒落，而這也正是其「可能」的發展空間。如何將極盡幻設能事的神怪式小說優點擷取入武俠小說，使其與現代文明結合，而又能讓讀者能夠接受？黃易從他的另一項專業「科幻」中獲得了靈感。

《尋秦記》的科幻，首先在於藉用二十世紀西方電影最流行的「回到未來」的方式，通過時光機器，將主角項少龍送回了中國歷史上的戰國時代——西元前251年，秦始皇登基前五年，中國文化史上影響深遠的嬴政，目下仍落魄於趙國。熟知中國歷史的人都知道，戰國是中國大一統格局出現前的混亂時期，而秦始皇的登基即位，正象徵著一個新時代之即將來臨。作者賦予了項少龍參與這個時代的智識與野心，使項少龍逐步展開他尋秦的計劃；而作者則藉著項少龍，將當時舉足輕重的人物和事件，一一見證出來。黃易本身對中國歷史雖未必有深刻的瞭解，但在安排情節時，明顯先作了基本的比對，因此在歷史時序上若合符節，可以想見他的用心。

不過，問題卻在於：項少龍以一個二十一世紀的現代人，介入古代的歷史中，以先知的角色，透視了整個歷史發展的全局；而且以其現代的知識，縱橫並影響於當代——如利用冷束彈與神經彈原理製作的「風燈」、以「鉻」金屬製作的寶劍、特種部隊「烏家軍」等，皆遠遠逸出歷史小說的格局。黃易並無意藉項少龍呈現他對歷史的詮釋或解讀，反而意圖虛構、塑造一個劃時代的英雄人物，使他具備了一切武俠小說人物應有的優點；而且除了縱橫捭闔的智謀運用外，解決問題的方式，還是以武功為主（項少龍一入古代，在極短的時間內就學會如「墨子劍法」般的武功，正不脫武俠小說慣有的學藝模式）。因此，《尋秦記》可以說是藉歷史背景寫武俠，而乞靈於科幻的一部作品。黃易原就擅長於科

幻小說，《尋秦記》正是黃易武俠小說的科幻夢。

　　武俠與科幻的結合，在武俠小說亟欲尋求新題材、新表現方式的迫切下，顯然是值得嘗試的奇想；而黃易的成功，也多少見證了讀者的需求。儘管《尋秦記》仍不免有若干媚俗的傾向——尤其是將主角項少龍設計成一個超時空的色情狂，把戰國美女全定性為蕩婦淫娃，搞完一個又一個，樂此不疲！並對情欲場面作連篇累牘式的大量細節描繪，既緋且黃——曾招致不少的批評（《尋秦記》後來重新修訂，作了大量的刪節）；但其開創之功，卻引人深思，值得肯定。

　　無奈這種「回到未來」的方式，本身便有極大的限制，一部《尋秦記》就等於將此一結合寫完寫絕；包括黃易在內，任何作家都不可能再讓時空倒轉，使主角重回古代！在此，牽涉到的是武俠小說與科幻小說在本質上的對立與衝突。武俠小說的背景，既限於清末以前，則書中人物本身原就被預期著缺乏科學觀念。至於其所謂「武」，在既定的武俠傳統中又被限制在冷兵器和武術；而科幻小說則以新觀念、新科技為主，勢必與武俠的本質產生衝突。從還珠樓主神怪風格的後繼乏人中，我們已可見到武俠小說的讀者不太允許超乎歷史情境的構思；而科幻小說則必然是要超乎歷史情境的——除非「新武俠」足以重塑、再造一個傳統，方有跨足科幻的可能。

　　因此，《尋秦記》的取勝，乃在其題材之新穎，而無法在文類的結合上為武俠小說開創出一條新的路徑。武俠小說的科幻夢，恐怕也只能到此為止；想要再領「科幻武俠」之風騷，或許唯有乞靈於「天降外星人」來為武俠英雄伐毛洗髓了。

　　另一部值得一提的作品是《大唐雙龍傳》。

　　常言道：「時代考驗青年，英雄創造時代。」在中國歷史上，俠客

出現最頻繁的時期，就是易代之際，深合荀悅所說「世有三游，皆生於季世（亂世）」的道理。

從隋煬帝大業十二年（616）李密、翟讓於瓦崗起兵反隋，草澤群雄，後先崛起，到唐太宗貞觀四年（630）西北胡族共奉李世民「天可汗」之號，迅即形成統一強盛的帝國爲止，不過短短的十五年；而舊小說每稱「十八家反王，六十四路煙塵」，以形容當時群雄並起、共逐隋鹿的盛況與亂象，可知其間勢態之詭譎、變化之多端，正可以說是「天教亂世出游俠」的最佳寫照。

武俠小說可以藉史發揮，也可以極力「去歷史化」，原無一成不變的寫法，更不見得就會有高下優劣的區別；不過，如欲配合歷史，於亂世、季世中選擇，毫無疑問地，必能找到個絕佳的歷史場景，作俠客的舞臺。黃易在《尋秦記》選擇了六國紛亂的戰國末期，已具慧眼；而《大唐雙龍傳》選擇了隋末唐初，更顯示了他對歷史和俠客相互關係的深刻體會。

《大唐雙龍傳》以寇仲、徐子陵這兩個虛構的人物貫串全書，其文雖長達五、六百萬字，事件百餘椿、人物百餘位、大小戰役數十場，而經緯井然，有條不紊，無論是演武功、寫人物、談戰略、設機謀，所在皆有可觀；無怪乎能迅速崛起，成爲當代武俠的顯學。就歷史武俠的題材而言，黃易的成就是多方面的，但不太容易用短短的幾百字講清楚；只能說閱讀時由於其雄渾開闊的氣勢，真令人有驚心動魄之感。壯闊的歷史，就應有如此壯闊的筆法，否則何以喚起讀者的歷史臨場感？

當然，在震撼之餘，也仍不免會有若干的遺憾。首先，此書以超長篇（直追《蜀山劍俠傳》）的架構鋪敘，但整體情節，幾乎全以寇仲、徐子陵兩位主角作雙線發展。雖然漠北、嶺南空間廣闊，處處可見「少

帥軍」與當時群雄間的爭勝，頗能凸顯這兩位虛構人物的英風俠氣；但
作者在書中似乎太過於強調了「武」的娛樂價值。全書以極大的篇幅細
寫寇、徐武功精進的過程，不但寶典秘技層出不窮，且刻意安排了多場
武功試煉的拚鬥；而過程往往大同小異，頗傷蕪累。據我們的看法，如
能刪削其中至少三分之一的無謂打鬥場面，論者所謂「媲美金庸」的成
就，方才能有著落。

其次，則是屬於文化層面的缺憾。

在傳統說部中，以隋唐爲背景的小說不少，重要的至少有《說唐演
義》、《瓦崗寨演義》、《隋唐演義》、《隋史遺文》等數種；這些通俗
小說共同構成了一般讀者對隋唐之際的文化認知，故如秦叔寶、尉遲
恭、羅成、程咬金、徐懋功、李靖等或文或武的英雄人物，都是民間耳
熟能詳、津津樂道的。民間的戲曲中，不斷有相關戲碼在舞臺上串演。
秦瓊的殺手鐧、程咬金的三板斧、羅成的回馬槍，甚至還成了至今仍然
沿用的俗語，可知其影響之深遠。這是屬於通俗文化中的珍貴資產，歷
史無論如何寫，這些人的身影永遠是鮮明而巨大的。藉歷史寫武俠，卻
輕易地捨棄了這些演義人物，不得不令人感到惋惜。

總之，縱觀黃易的作品，似乎有過份偏重商業化的媚俗傾向，而缺
乏一種終極的人文關懷；因此使得他筆下的小說人物往往流於浮光掠影
式的膚泛描寫，而沒有深刻的心靈探索與人性反思。加以其文字功底及
人生閱歷皆有所不足，每多失墜。凡此，均是他名過其實卻無法獲得行
家較高評價的根本原因。

四

在臺灣、香港蓬勃發展了近五十年的武俠小說，自金庸旋風席捲武

林，黑洞效應持續擴大，名家退隱，新秀失色。「一代鬼才」古龍英年早逝後，將近二十年來，雖有溫瑞安「以詩情入武學」，別立蹊徑，開「超新派」之門戶，《少年冷血》轟動香江；奇儒封筆十年復出，冶佛理於武爐，以慈悲心化干戈氣，《凝風天下》震動一時；黃易「援科幻入武俠」，兼蓄金庸歷史、古龍奇詭、司馬翎玄理於一身，《尋秦記》、《大唐雙龍傳》喧騰眾口；蘇小歡以如詩如畫之筆，探賾人性，《天地無聲》大聲鏜鞳；然不過寥寥數人數部，勉撐大局。相較過去的盛況，武俠一道，可謂式微已久。

武俠小說的沒落，可能的原因很多，或許是情節用盡，或許是前輩名家難以超越，也或許是讀者閱讀習慣改變，種種不一。當然，我們可以說，武俠的「沒落」其實是一種擴散，一種轉型；多媒體影音的展現，如武俠電腦軟體、漫畫、影視的蔚興，不僅成功地吸引了新生代的讀者群，更深播了傳統俠義精神、文化的種籽。以李安的《臥虎藏龍》、張藝謀的《英雄》電影為例，武俠與傳統中國美學的結合，就在年輕的觀眾心海裡烙下了深刻的印象。似乎只要是中國人的江湖幻想還存在一天，武林舊夢就永遠不會消歇。不過，武俠小說基本上是以文學型態呈現的，就文學論文學，實不能不承認其沒落的趨勢——從出租店裡武俠小說的版圖逐日縮減，為多媒體所取代，便足可說明此一殘酷的事實。

自1990年以來，臺灣文學作品的市場愈形逼仄；無論是作家或是出版業者，都對此文學式微的現象充滿了無力感。的確，這是個文學沒落的世代，在社會功利主義瀰漫的環境中，文學於功利的「無用」，是最易受到質疑的。通常我們將文學粗分為典雅與通俗二系，其間固然不時存在交相毀譽的傾軋現象，但不可否認的，此二系間的共生共長，卻也

在傾軋中顯現出來。甚至我們不妨說，通俗文學才是文學沒落與否的指標；一旦連通俗文學都欲振乏力時，文學欲維繫住強勁的生命力，恐怕更是戛戛乎其難了。是則作為臺灣通俗文學主流的武俠小說，首當其衝，又該何以自處？

回顧武俠小說的慘淡，可以從傳統租書店的轉型中略窺端倪。由於武俠小說向來被定位於消閒娛樂的層面，一般人不太願意花費巨貲收藏這類型的作品；因此，整個流通的管道，幾乎完全仰仗遍布於大街小巷的租書店，以「收費圖書館」的方式開拓市場。據估計，武俠小說全盛時期，全臺各地的租書店約有四千多家；目前，這些租書店幾乎不是關門歇業，就是被迫轉型。取而代之的，是像「十大書坊」、「小胖漫畫」、「漫畫王」、「皇冠漫畫」等的連鎖書坊。然而，其間列櫃待租的，卻以琳琅滿目的漫畫書為大宗，言情小說居次；偶有幾櫃的武俠小說，也都跼屈於壁角，乏人問津。租書店原是武俠小說的命脈，可是轉型後的租書店，非但不足以再撐持武俠小說流通的任務，更反過來以青少年喜愛的漫畫取代、擠壓了武俠小說的生存空間——武俠小說至此，若無法再有所更張，恐怕註定是要沒落的了。

常言說得好：時代在變，潮流在變，人們的思想觀念也在變！既然小說出租店是由社會供需所決定，而且也已完成了它的階段性任務（1950～1980年代流通、推廣武俠小說，滿足讀者休閒生活需求），則其在商言商，改變經營形態，亦屬必然，不可逆轉。因此在新的形勢下，欲重振武俠雄風，當有待於出版商的覺醒；而遠景出版社正是一個成功的典型，其後遠流出版公司後出轉精，更將此推上新的高峰。

自1980年遠景出版《金庸作品集》（首次修訂本）以來，出版商事實上已開始思考新的行銷方式。遠景發行人沈登恩的策略，儘管純粹出

之以商品的考量，挾著金庸在當時的新聞性，藉媒體的力量大事傳銷，以致造成了輝煌一時的「金庸旋風」；但坦白說，在對整個武俠小說的定位上，他卻是頗具眼光的。

扼要而言，《金庸作品集》的成功，關鍵在於沈登恩強調出「珍藏」武俠小說的意義與價值：一方面使得武俠小說能超脫休閒娛樂的局限，走向文學殿堂；一方面也擺脫了租書店的束縛，得以正式列入家庭的櫥架。在此，沈登恩是以訴諸權威的策略而成功的。他邀集了許多名重一時的學者、專家、作家，在報紙、刊物上發表推廣意味極濃的介紹、分析文章；一則作閱讀指導，一則也不乏慫恿購買的企圖。臺灣社會對權威的抗拒力向來薄弱，有如此多的「權威」推崇金庸，自然會形成一種潮流與趨勢；再加上金庸小說的確是不凡的作品，於是整個銷售管道暢通無阻。其後遠流的王榮文更上一層樓，一連推出精美的典藏版、文庫版、大字版、新修版，都有許多讀者趨之若鶩。

《金庸作品集》的成功，對武俠小說的拓展而言，有功有過：「功」在武俠小說從此得以獲得社會的正視，不必再是偷偷摸摸躲在棉被中閱讀的閒書；而其「過」則在於從此可能斷絕了武俠小說再出發的生機。所謂「五嶽歸來不看山」，金庸是巍巍泰嶽，是武俠小說高山仰止的頂峰；許多年輕的讀者心目中往往只有金庸，完全忽略了其它優秀的作家。殊不知，越過泰嶽的絕頂，高空俯瞰，依然還有許多秀麗、嫵媚的群山，各自展露著他們迥異於金庸的丰采！這便期望有眼光、有見識、有企圖心的出版商如何「發潛德之幽光」、「啓夕秀於未振」，以導正讀者獨沽一味的偏食習慣了。

近十幾年來，很樂於見到若干出版社願意出資重印其他名家的作品，如遠景的《蕭敬人作品集》、萬象的《臺灣武俠十大名家》、眞善美

的《古龍作品集》、《上官鼎作品集》、風雲時代的《古龍作品全集》等（惟惜《司馬翎全集》則一直在難產中）；儘管這些套書在銷售量上不盡理想，可是站在一個武俠愛好者的立場而言，實在是心存感佩！

　　這幾套具有「投石問路」性質的懷念之作，選定的正是臺灣武俠小說家中有可能與金庸分庭抗禮；且長久以來，也是託名僞書充斥，以致於明珠蒙塵的幾位作家，意義非同凡響。儘管在實際規劃上，這幾家出版社各有所堅持，但就大方向而言，正本清源，還作家的本來面貌，是基本原則；其次則是闡幽顯微，將此數大家的精華之處，透過導讀的方式，呈現於讀者面前。如此乃能豁開讀者心目，於金庸的泰嶽嵾崿之外，還能領略到奇兀崢嶸、秀麗挺拔的桂林山水！

　　就整個行銷策略而言，各家出版商在讀者對象的設定上有共通的趨勢：一是舊有的武俠愛好者，一是新世代的年輕人。就前者而言，精美的封面包裝、清晰的版面安排、大小適宜的開數設計，將有助於他們典藏的意願；對於後者，訴諸權威的介紹、深入淺出的導讀，亦將有助於新生的世代領略到更廣闊的武俠世界——多種多樣，各取所需。或許通過這樣的薰陶冶煉，能激發出彼等的創作熱情，重啓武俠生機，也未可知。

　　「九州生氣恃風雷，萬馬齊瘖究可哀」！金庸、古龍俱往矣，武俠百無聊賴，究竟應何去何從？關心、喜愛武俠的人士，夙夜思維，無不苦心焦慮，亟思爲中國特有的武俠世界，高舉起照路的明燈。然江湖夜雨瀟瀟，明燈照向何方？這不得不令人深思。

　　武俠小說向來被歸屬於通俗說部，通俗說部在中國綿延數百年，自有其因循的傳統；尤其是敘述的模式，多探第三人稱全知的視角，且以正敘、補敘、插敘爲主，故事性極強，也極具休閒娛樂的效果，因此廣受中國讀者的歡迎與喜愛。然而相較於自魯迅以來開展的「西方式現代

寫實主義文學」（典雅小說），在藝術技巧上，大多有所不足；也因此通俗說部始終難登大雅之堂，而備受譏嘲與冷落。其中只有金庸是唯一的例外，但也不免於一改再改，面目全非！

　　通俗與典雅，向來涇渭分明，各行其是。但在西方文化強勢的運作下，典雅小說的作者群卻表現得相對傲慢，經常以不屑的眼光，對通俗說部冷嘲熱諷，甚而大肆抨擊。大抵有志於典雅小說創作的人，皆不願降志辱身，涉入通俗的行列。1930年代的白羽，以「文藝青年」不得已而改寫武俠小說糊口，終身引以為恥，正是最佳的例子。

　　相對地，通俗說部的作者則顯得過分謙卑，以致於赧顏羞慚，甚至索性表明了「著書只為稻粱謀」的泰然自若；4對自身作品的不尊不重，簡直到了駭人聽聞的地步。不過，我們也可輕易窺出，通俗說部的作者，對現代文學技巧是肯加以學習和吸納的。從「新派武俠」的梁羽生、金庸，到司馬翎、古龍、陸魚、秦紅，皆有心藉用部分典雅小說的優長，為通俗說部注入新的生命力量，同時也取得了相當的成就。可惜的是，如此的努力仍然有限，且金庸、古龍的珠玉在前，難以超越，以致此後武俠小說的發展，面臨到一定的瓶頸。

　　為了突破此一瓶頸，奇儒、蘇小歡及黃易皆各自戮力以赴，展現了後起之秀重開武俠機運的雄心。他們的取徑雖各有不同，但皆相當一致的集矢於同一個方向——融合典雅與通俗。奇儒擷取現代環保觀念，強調人與自然的協調；蘇小歡則取詩意、畫境、樂韻入武俠，極意發揮其美感效應；黃易則一以科幻，一以歷史，為武俠匯入新思維，皆卓然有所樹立；而「故事性」則始終為其主軸，未嘗放失。他們雖不免顧此失

4　詳見本書第三章第二節。

彼，瑕瑜互見，卻正展現了此一融合的必要——能否在符合中國人閱讀習慣的故事性前提下，適度地以現代小說的藝術技巧予以展現，自塑一種「中國式武俠文學」？這是當前最值得重視的課題。

誠如宋人晏殊〈浣溪紗〉詞云：「無可奈何花落去，似曾相識燕歸來。」曾在二十世紀大放異采的武俠小說，今已繁華落盡；花開花謝是自然規律，固不以個人意志為轉移。然而由奇儒等的創新突破，我們卻也看到一線「風雨燕歸來」的契機。值得期待，值得觀察。

2001年是新世紀的開始，我們衷心祝禱武俠的文學春天重返人間，為歷史寫下新的一頁；也不枉我們十年來「上窮碧落下黃泉，動手動腳找東西」（借傅斯年語），苦心孤詣地撰寫這部臺灣武俠小說發展史了。

臺灣武俠小說二十名家書目

（一九五一～一九八〇）

林保淳製作／葉洪生校訂

臺灣武俠小說二十名家書目製作說明

　　自1951年郎紅浣撰寫《古瑟哀絃》以來，經過數十年的發展，臺灣武俠作家風起雲湧，各展才華，創作了三千部以上的武俠小說。在武俠小說尚屬於「不登大雅之堂」的「小道」時代，這些小說通常部列在坊間的小說出租店書架上，供喜愛武俠的人士借閱；除了少數醉心武俠的讀者外，鮮少有人會將之視同瑰寶，珍藏於家中書櫥內。武俠小說本就具有「隨時而婉轉」的特性，新舊汰換的速度極快，架上的小說更迭頻仍，新書甫登，舊書就往往結束了它「階段性的任務」，不是飄零人間，就是被送往紙廠再生了。

　　筆者猶然記得，1975年時，臺北福和橋邊有一家出租店，店主珍藏著幾部殘缺不全的50年代舊書，對我洋洋自得的吹噓其擁有多麼珍貴的「孤本」！當時距臺灣武俠發軔時不過25年，而已經有「孤本」之珍；於今又時隔30年，隨著臺灣社會的迅速變遷、書籍版式的改換、出租店經營模式的更新，零落在霄壤間、散佚於舊書堆，甚或銷毀於焚化爐的武俠小說，正不知有多少！

　　葉洪生先生與我，是臺灣較早對武俠小說如飄花零落的命運有所關注的人。在我們有計劃的蒐羅與保存之下，及時搶救了一部分的武俠小說，如今多數庋藏於淡江大學的武俠圖書室；但還是很遺憾有許多作品，也許就永遠在人間消失了。在原刊本難得的情況下，這一篇武俠書目的編寫，是非常棘手的。因為除了前述的問題外，後起的武俠出版業

者在重新版製舊武俠作品時的草率與粗疏，更橫添了許多阻礙；例如很少列出初版年代、將舊作任意改名、僞冒作者、張冠李戴等等，現存的許多25開本武俠書，問題實多！此一情況，較之連橫撰寫《台灣通史》所謂的「郭公夏五，疑信相參」亦不遑多讓！

　　但是，爲了讓這部《臺灣武俠小說發展史》有基本的書目可供參照，也爲了保存部分可信的臺灣俠稗文獻，我們勉爲其難的，從數百位武俠作家中，挑出了較重要的20位；一方面以現存的舊版小說爲憑，一方面據當時各位作家發表在報刊、雜誌的連載資料（採民國紀年）爲研判基準，再參照當年各武俠出版品所附的出書廣告，編寫了這份書目。有鑑於臺灣大量產生僞書的時期是以1980年爲起始點，此前通行的36開武俠書（分集小本）縱有僞冒，也不難分辨；因此本書目所收武俠作品僅限於1981年以前問世的版本，凡屬報刊連載作品，則以最早連載時的年份爲準。不求完備，一以信實爲原則。請讀者不吝補闕、指教。

臺灣武俠小說二十名家書目（1951～1980）

郎紅浣

書　名	創作時間（西元）	備　註（採民國紀年）
古瑟哀弦	1951	大華晚報於40.3至40.9連載（全），並出版。
碧海青天	1951	「古瑟哀弦」後傳，大華晚報於40.9至41.5連載（全），並出版。
瀛海恩仇錄	1952	大華晚報於41.5至42.5連載（全），國華出版。
莫愁兒女	1953	「瀛海恩仇」後傳，大華晚報於42.5至43.10連載（全），國華出版。
珠簾銀燭	1954	大華晚報43.10至44.11連載（全），國華出版社印行。
劍膽詩魂	1955	大華晚報於44.12.19至45.11.13連載（全），國華出版。
玉翎雕	1956	大華晚報於45.11.19至46.3.20連載，因病輟筆，國華出版。
青溪紅杏	1958	大華晚報於47.4.6至48.3.15連載（全），眞善美出版。
黑胭脂	1959	大華晚報於48.3.20至49.2.9連載（全），眞善美出版。
四騎士	1960	原名「赫圖阿拉英雄傳」，大華晚報於49.2.3連載（全）眞善美出版。
酒海花家	1961	大華晚報連載，書闕，出版不詳。

青春鸚鵡	1964	聯合報於53.1.1至53.5.14連載（全），出版不詳。
鹿苑書劍	缺	僅存書目，出版不詳。

伴霞樓主

書　名	創作時間（西元）	備　註（採民國紀年）
劍底情仇	1957	處女作，民族晚報於46.10.26至47.8.20連載（全），春秋出版。
鳳舞鸞翔	1958	聯合報於47.8.31至48.7.18連載（全），春秋出版。
神州劍侶	1958	「劍底情仇」前傳，眞善美出版。
萬里飛虹	1959	文林出版。
青燈白虹	1959	「劍底情仇」後傳，民族晚報於48.1.1至49.1.24連載未完，眞善美出版。
八荒英雄傳	1959	聯合報於48.7.21至49.7.21連載（全），眞善美出版。
姹女神弓	1959	自立晚報於48.7.30至48.10.7連載未完，眞善美出版。
羅刹嬌娃	1959	眞善美出版。
金劍龍媒	1960	春秋出版。
斷劍殘虹	1960	上海日報於49.4.3至50.1.27連載（全），眞善美出版。
了了恩仇	1960	海光出版一集，未完。
紫府迷踪	1960	「八荒英雄」後傳，聯合報49.7.31至51.5.19連載全，眞善美出版。

情天煉嶽	1961	春秋出版。
劍魔恩仇錄	1961	文林出版。
天魔女	1962	眞善美出版。
龍崗豹隱	1962	明祥出版，三集全。
追殺	1962	奔雷出版，翻版書一作「追蹤」。
天帝龍珠	1962	眞善美出版。
武林遺恨	1963	奔雷出版。
武林至尊	1964	「武林遺恨」續集，後半部由慕容慈代筆，奔雷出版。
玉佛掌	1964	奔雷出版。
獨步武林	1964	奔雷出版。
劍斷情殘	1964	學文出版。
血花魔燈	1965	四維出版。
紅唇劫	1965	四維出版。
俠義千秋	1967	四維出版。
風雲夢	1971	四維出版。

臥龍生

書　名	創作時間（西元）	備　註（採民國紀年）
風塵俠隱	1957	處女作，臺南成功晚報、武俠小說旬刊連載，玉書出版。有僞續。
驚虹一劍震江湖	1957	臺中民聲日報、武俠小說旬刊連載，玉書出版。「吾愛紅」僞續。
飛燕驚龍	1958	大華晚報於47.8.16至50.7.8連載（全），春秋出版。
鐵笛神劍	1959	上海日報於48.9.2起連載(未完)，眞善美出版。
玉釵盟	1960	中央日報於49.10.1至52.7.3連載（全），春秋出版。

天香飆	1961	公論報連載未完，部分由易容代筆，春秋出版。
無名簫	1961	大華晚報於50.7.22至53.10.28連載（全），眞善美出版。
女俠白鳳蝶	1961	僅存民國50年春秋出書預告，未見出版。
翠袖青霜	1961	僅存民國50年春秋出書預告，未見出版。
虎穴	1962	黃玉書代筆僞書，玉書出版。
絳雪玄霜	1963	春秋出版，1970年曾重刊於《武藝》雜誌。
素手劫	1963	公論報停刊，連載未完，部分由易容代筆，眞善美出版。
天涯俠侶	1963	一名「天馬霜衣」，中央日報於52.7.27至55.5.31連載（全），眞善美出版
金劍雕翎	1964	自立晚報於53.1.3至57.11.10連載（全），春秋出版。
天劍絕刀	1965	公論報復刊，連載未完，眞善美出版。
雙鳳旗	1965	台灣新聞報於54.3.1至57.11.6連載（全），南琪出版。
飄花令	1966	中央日報於55.6.1至59.3.4連載（全），春秋出版。
還情劍	1966	大華晚報於55.11.12至58.6.30連載（全），眞善美出版。
天鶴譜	1968	台灣日報連載，大部分由宇文瑤璣、沙宜瑞代筆，春秋出版。

指劍爲媒	1968	中華日報連載，大部分由宇文瑤璣代筆，春秋出版。	金筆點龍記	1972	中央日報於61.5.16至63.12.18連載（全），南琪出版。
聖劍情刀	1968	民眾日報於57.5.1至57.8.27連載，非官兵文庫版「聖劍血刀」。	無形劍	1973	南琪出版。
			花鳳	1974	大華晚報於63.7.1至66.9.6連載（全），南琪出版。
鐵劍玉珮	1968	自立晚報於57.11.27至59.8.24連載，多由朱羽代筆，南琪出版。	煙鎖江湖	1974	台灣日報連載，後半部由蕭瑟等代筆，南琪出版。
翠袖玉環	1968	台灣日報於60.11.4連載完，春秋出版。	春秋筆	1975	中華日報連載，春秋出版。
鏢　旗	1969	大華晚報於58.7.1至60.9.17連載（全），春秋出版。	黑白劍	1975	自立晚報於64.1.28至66.4.25連載，由蕭瑟等代筆，南琪出版。
神州豪俠傳	1970	中央日報於59.3.5至61.5.9連載（全），春秋出版。	幽靈四豔	1977	大華晚報於66.9.27至68.1.27連載（全），萬盛出版。
俠影魔蹤	1970	自立晚報於59.8.14至59.12.22連載（全），南琪出版。	劍無痕	1977	中華日報於66.10.13至67.12.31連載（全），萬盛出版。
寒梅傲霜	1970	大部分由朱羽、宇文瑤璣代筆，春秋出版。	天龍甲	1977	中央日報於66.8.30至69.2.9連載（全），春秋出版。
玉手點將錄	1971	自立晚報於60.1.1至60.12.9連載（全），南琪出版。			

司馬翎		
書　　名	創作時間（西元）	備　　註（採民國紀年）
關洛風雲錄	1958	處女作，署吳樓居士，眞善美出版。
劍氣千幻錄	1959	以「司馬翎」爲筆名之首部作，香港眞報連載，眞善美出版。
白骨令	1960	內外頁分署吳樓居士／司馬翎，眞善美出版。
劍神傳	1960	署吳樓居士，民族晚報連載時，原題「鋒鏑情深」，眞善美出版。

（左欄續）

飛鈴	1971	大華晚報於60.9.24至63.6.22連載，春秋出版。
八荒飛龍記	1971	台灣日報於60.11.5至63.2.17連載（全），春秋出版。
搖花放鷹傳	1972	中華日報於61.11起連載，南琪出版。
血劍丹心	1972	春秋出版。
金鳳剪	1972	自立晚報於61.1.69至63.12.30連載（全），南琪出版。

斷腸鏢	1960	民族晚報連載，春秋出版。	檀車俠影	1968	大眾日報於57.5.1至59.5.23連載（全），真善美出版。
鶴高飛	1961	署吳樓居士，真善美出版。	武道	1969	武林風雷集之一，真善美出版。
劍膽琴魂記	1961	聯合報於50.5.11至51.6.27連載（全），題名「劍膽琴魂」。	獨行劍	1970	真善美出版。
			玉鉤斜	1970	真善美出版。
金縷衣	1961	春秋出版。	胭脂劫	1970	武林風雷集之二，真善美出版。
仙洲劍隱	1961	署吳樓居士，別題「劍神外傳」，真善美出版。	白刃紅妝	1971	民族晚報於60.9.4至61.11.21連載未完，有偽續，南琪出版。
八表雄風	1961	署吳樓居士，劍神傳續集，民族晚報／真報連載，真善美出版。	江湖英傑集	1971	中華日報於60.10.10至61.2.23連載未完，未出版。
聖劍飛霜	1962	聯合報於51.6.28至52.12.31連載（全），真善美出版。	杜劍娘	1971	有偽續，南琪出版。
			情俠蕩寇誌	1973	臺灣新生報於62.12.23始連載，未完，後半部有偽續，南琪出版。
掛劍懸情記	1963	真善美出版。			
帝疆爭雄記	1963	真善美出版。	人在江湖	1974	中央日報於63.12.19至65.4.10連載（全），南琪出版。
鐵柱雲旗	1963	真善美出版。			
纖手馭龍	1964	聯合報於53.3.23至54.11.27連載（全），真善美出版。	豔影俠蹤	1975	大部分是冒名偽作，南琪出版。
飲馬黃河	1964	中華日報於53.7.6至55.12.11連載（全），真善美出版。	飄花零落	1979	台灣新聞報於68.7.3至71.1.24連載未完，未出版。
紅粉干戈	1965	真善美出版。	迷霧	1979	平凡出版，港版署名「天心月」。
劍海鷹揚	1966	真善美出版。	劍雨情霧	1980	皇鼎出版，港版署名「天心月」。
焚香論劍篇	1966	署吳樓居士，真善美出版。			
血羽檄	1967	臺灣日報於56.2.27至58.7.24連載（全），真善美出版。			
丹鳳針	1967	真善美出版。			
金浮圖	1968	真善美出版。			
浩蕩江湖	1968	後半部由雲中岳續完，真善美出版。			

諸葛青雲

書　名	創作時間（西元）	備　註（採民國紀年）
墨劍雙英	1958	處女作，春秋出版三集，未完。

紫電青霜	1959	自立晚報於48.7.30至49.8.11連載（全），春秋出版。	浩歌行	1964	大華晚報於53.2.8至54.5.13連載（全），春秋出版。
一劍光寒十四州	1960	徵信新聞報於49.1.16至50.1.22連載，春秋出版。	碧落紅塵	1964	徵信新聞報於53.4.13開始連載，春秋出版。
天心七劍	1960	紫電青霜後傳，自立晚報於49.8.12至50.1.18連載，春秋出版。	彈劍江湖	1964	徵信新聞報於53.4.15開始連載，眞善美出版。
			墨羽青驄	1964	春秋出版。
半劍一鈴	1961	自立晚報於50.1.29至50.8.13連載（全），春秋出版。	碧玉青萍	1964	自立晚報於53.4.16至54.3.9連載（全），眞善美出版。
荳蔻干戈	1961	大華晚報於50.9.1至51.12.12連載（全），明祥／春秋先後出版。	劍海情天	1964	春秋出版。
			血掌龍幡	1965	由獨孤紅代筆，大美出版。
玉杖昆吾	1961	明祥僅出二集四回，即由春秋改名「劫火紅蓮」重新出版。	北令南旛	1965	徵信新聞報於54年開始連載，四維出版。
鐵劍朱痕	1961	春秋出版。	姹女雙雄	1965	自立晚報於54.3.11至55.3.22連載（全），春秋出版。
奪魂旗（正續集）	1961	徵信新聞報於50.1.23至51.12.28連載（全），春秋出版。			
			白骨紅裙	1965	徵信新聞報於54.3.16開始連載，出版不詳。
霹靂薔薇	1962	自立晚報於51.8.1至53.4.9連載（全），春秋出版。	書劍春秋	1965	一名「無字天書」，公論報於54.4.6至55.3.4連載，眞善美出版。
玉女黃衫	1962	大華晚報於51.12.13至53.2.4連載（全）春秋出版。	金手書生	1965	大美出版。
			四海群龍傳	1965	大華晚報於54.5.27至55.9.30連載（全），春秋出版。
俏羅刹	1963	春秋出版。			
劫火紅蓮	1963	公論報於52.6.9開始連載，春秋出版。	咆哮紅顏	1966	台灣新聞報於55.10.16至57.8.23連載（全），眞善美出版。
江湖夜雨十年燈	1963	香港明報連載，由古龍、倪匡、司馬紫煙三人接手續完，春秋出版。	霸王裙	1966	自立晚報於55.4.19至56.4.24連載（全），四維出版。
折劍爲盟	1963	春秋出版。			
豔羅刹	1963	上海日報於52.12.15至53.6.14連載（全），春秋出版。	紅劍紅樓	1967	大華晚報連載，大美出版。

梅花血	1967	春秋出版。		鬼斧神弓	1972	春秋出版。
八菩薩	1967	情節未完，續集爲「浩氣長虹」，大美出版。		鴻門宴	1972	自立晚報於61.2.5至61.6.25連載（短），出版不詳。
大情俠	1967	眞善美出版。		秋水雁翎	1972	春秋出版。
武林三鳳	1968	春秋出版。		酆都玉女	1972	自立晚報於61.6.30開始連載，出版不詳。
霸海爭雄	1968	大部分爲隆中客代筆，春秋出版。		黑道行	1973	出版不詳。
血連環	1968	眞善美出版。		武林七殺	1974	民族晚報於63.3.1開始連載，南琪出版。
孽劍慈航	1968	眞善美出版。		碧血鳳凰	1974	春秋出版。
洛陽俠少洛陽橋	1968	大部分爲蕭瑟代筆，台灣新聞報於57.10.9開始連載，春秋出版。		霹靂書	1976	民族晚報於65.3.23開始連載，出版不詳。
鑄劍潭	1969	春秋出版。		石頭大俠	1976	民族晚報連載，出版不詳。
劍道天心	1969	大華晚報於58.2.3至59.3.4連載（全），春秋出版。		美人如玉劍如虹	1977	部分爲獨孤紅代筆，民族晚報於66.3.4至66.12.16連載（全），春秋出版。
劍戟公侯	1969	中華日報58.7.1日起連載，春秋出版。		十年劍影十年心	1977	民族晚報於66.12.17開始連載，出版不詳。
燕雲女俠	1969	出版不詳。		鬼魅江湖	1978	台灣新聞報於67.7.24至68.6.1連載（全），出版不詳。
生死盟	1970	自立晚報於59.4.1至60.9.26連載（全），南琪出版。				
翡翠船	1970	春秋出版。		美人寶馬英雄	1978	民衆日報於67.9.16開始連載，出版不詳。
百劫孤星	1970	春秋出版。		陰陽谷	1979	南琪出版，疑僞書。
十二神龍十二釵	1970	大華晚報於59.3月起連載，春秋出版。		鐵板銅琶	1979	瑞德出版。
武林八脩	1971	春秋出版。		五霸七雄	1979	民族晚報68.6.2至68.10.9連載（全），金蘭文化出版。
辣手胭脂	1971	自立晚報於60.9.27至60.12.5連載（短），出版不詳。		孤星冷月寒霜	1979	民族晚報於68.10.10至69.10.2連載（全），文天出版。
龍刀鬼令	1971	自立晚報於60.12.6至61.2.4連載（短），出版不詳。				
五霸圖	1971	大華晚報於60.5.30開始連載，南琪出版。		銅雀春深	1980	民族晚報於69.11.29連載1集完，出版不詳。

九劍群花	1980	民族晚報於69.10.9至74.9.3連載（全），出版不詳。

古　龍		
書　名	創作時間（西元）	備　註（採民國紀年）
蒼穹神劍	1960	古龍處女作，第一出版社。
劍氣書香	1960	僅寫3集，墨餘生續完，眞善美出版。
湘妃劍	1960	上海日報於49.9.20開始連載，即「金劍殘骨令」，眞善美出版。
月異星邪	1960	清華出版。
劍毒梅香	1960	僅寫3集，上官鼎續完，清華出版。
孤星傳	1960	眞善美出版。
遊俠錄	1961	海光出版。
失魂引	1961	明祥出版。
殘金缺玉	1961	香港南洋日報連載，第一出版。
彩環曲	1961	自立晚報於50.10.16至51.9.19連載全，明祥出版。
劍客行	1962	明祥出版。
護花鈴	1962	一名「諸神島」，春秋出版。
大旗英雄傳	1963	公論報連載未完，眞善美出版。後改名「鐵血大旗」。
情人箭	1963	眞善美出版，後改名「怒劍」。
飄香劍雨	1963	華源出版。
無情碧劍	1964	明祥出版，未見其書，疑即「劍客行」。
浣花洗劍錄	1964	民族晚報連載，眞善美出版。
龍吟曲	1964	與蕭逸合著十集，古龍寫單冊，蕭逸寫雙冊，眞善美出版。
名劍風流	1965	結局爲喬奇代寫，春秋出版。
武林外史	1966	香港華僑日報連載，春秋出版。
絕代雙驕	1966	公論報連載未完，春秋出版。
鐵血傳奇	1967	香港武俠世界連載，又名「楚留香傳奇」，眞善美出版。
俠名留香	1968	鐵血傳奇續集，分「借屍還魂」、「蝙蝠傳奇」二部，春秋出版。
多情劍客無情劍	1969	分爲「多情劍客無情劍」、「鐵膽大俠魂」二部曲，武俠世界連載，春秋出版。
蕭十一郎	1969	58.12.5連載於武俠春秋創刊號至28期，春秋出版。
流星蝴蝶劍	1971	春秋出版。
歡樂英雄	1971	60.2.17連載於武俠春秋46-97期，春秋出版。
大人物	1971	60.3.17連載於武俠春秋50-82期，春秋出版。
桃花傳奇	1972	「俠名留香」續，春秋出版。
大遊俠	1973	陸小鳳故事系列，香港明報連載，南琪出版。後分爲陸小鳳傳奇、繡花大盜、決戰前後、銀鉤賭坊、幽靈山莊共五部，陸續發行（1973-1975）。

邊城浪子	1972	61.2.16連載於武俠春秋第98期，原名「風雲第一刀」，南琪出版。
九月鷹飛	1973	「多情劍客無情劍」後傳，南琪出版。
火併	1973	「蕭十一郎」後傳，南琪出版。
武林七靈	1974	南琪出版。
天涯明月刀	1974	中國時報於63.4.25至63.6.8連載未完，南琪出版。
劍花煙雨江南	1974	南琪出版。
長生劍	1974	七種武器之一，南琪出版。
碧玉刀	1974	七種武器之二，南琪出版。
孔雀翎	1974	七種武器之三，南琪出版。
多情環	1974	七種武器之四，南琪出版。
血鸚鵡	1974	驚魂六記之一，附於「多情環」之後，南琪出版。
霸王槍	1975	七種武器之五，南琪出版。
鳳舞九天	1975	陸小鳳故事續，南琪出版。
拳頭	1975	又名「狼山」、「憤怒的小馬」，南琪出版。
白玉老虎	1976	南琪出版。
碧血洗銀槍	1976	中國時報於65.9.2至66.2.17連載全，南琪出版。
大地飛鷹	1976	聯合報於65.10.5至66.11.11連載全，南琪出版。
三少爺的劍	1977	桂冠出版25開本。以下諸作多改為新版書，疑非原刊本。

圓月彎刀	1977	大部分由司馬紫煙代筆，漢麟／萬盛版。
飛刀又見飛刀	1977	小李飛刀故事續，漢麟／萬盛版。
七星龍王	1978	民生報於67.5.25至67.9.18連載全，漢麟／萬盛版。
離別鉤	1978	聯合報於67.6.16至67.9.3連載全，漢麟／萬盛版。
新月傳奇	1978	楚留香故事續，漢麟／萬盛版。
英雄無淚	1978	聯合報於67.10.1至68.4.24連載全，漢麟／萬盛版。
七殺手	1979	大華晚報於68.1.31至68.5.28連載全，漢麟／萬盛版。
午夜蘭花	1979	楚留香故事續，漢麟／萬盛版。
風鈴中的刀聲	1980	結尾由於東樓代寫，漢麟／萬盛版。

蕭 逸

書　名	創作時間（西元）	備　註（採民國紀年）
鐵雁霜翎	1960	處女作，明祥出版。
七禽掌	1960	明祥出版。
虎目娥眉	1960	眞善美出版。
金剪鐵旗	1961	眞善美出版，又名「白如雲」。
浪淘沙	1961	僅寫三、四萬字，大部分僞續，明祥出版。
勁草吟	1961	自立晚報於50.12.2連載，出版不詳。
鳳棲梧桐	1962	僅寫十五萬字，出版不詳。

書名	創作時間	備註
天魔卷	1963	僅寫三、四萬字，大部分僞續，明祥出版。
風塵譜	1963	大東出版。
壯士圖	1963	眞善美出版。
龍吟曲	1964	與古龍合著十集，古龍寫單冊，蕭逸寫雙冊，眞善美出版。
桃李冰霜	1964	眞善美出版。
還魂曲	1964	眞善美出版。
紅線金丸	1964	春秋出版。（據蕭逸所開書目年份）
紅燈盜	1964	大美出版。（據蕭逸所開書目年份）
長嘯	1973	復出後第一部飛仙劍俠小説。（據蕭逸所開書目年份）
塞外伏魔	1974	出版不詳。（據蕭逸所開書目年份）
火雷破山海	1974	塞外伏魔後傳，出版不詳。（據蕭逸所開書目年份）
崑崙七子	1974	火雷破山海後傳，出版不詳。（據蕭逸所開書目年份）
俠侶	1974	出版不詳。（據蕭逸所開書目年份）
鐵骨冰心	1974	台灣日報於63.2.18至65.3.13連載全，出版不詳。
金玉鳴	1976	春秋出版。
獅頭怪俠	1976	春秋出版。
豔陽雷	1977	大美出版。
馬鳴風蕭蕭	1977	香港南洋日報連載，漢麟出版。
鶴舞神州	1978	出版不詳。

書名	創作時間	備註
血雨濺花紅	1978	又名「春雨濺花紅」，出版不詳。
十錦圖	1979	初版本不詳，漢牛翻版。
甘十九妹	1980	漢麟出版。

孫玉鑫

書　名	創作時間 （西元）	備　　註 （採民國紀年）
風雷雌雄劍	1953	自立晚報於42.9.15至42.10.18共連載34期（完），未結集成書。
滇邊俠隱記	1960	春秋出版。
柔腸俠骨英雄淚	1961	「滇邊俠隱記」前傳，後出版。
血手令	1961	瑞成／春秋出版。後有「血手雙令」，署名與「奇人」合著。
萬里雲羅一雁飛	1961	與「奇人」合著，瑞成出版。
攝魂簫	1962	瑞成出版，作者署名「獨孤鈺」。
禪林怨	1962	自立晚報於51.4.7至51.11.30共連載270期，出版不詳。
不歸谷正續集	1963	春秋出版。
大河吟	1963	春秋出版。
怒劍狂花	1964	春秋出版。
斷魂血劍	1964	「怒劍狂花」續集，春秋出版。
玄笛血影	1964	春秋出版。
劍光月影	1965	中華日報於54.3.1起連載43期，未結集成書。
無影劍	1965	春秋出版。
血花	1966	春秋出版。
十年孤劍萬里情	1966	春秋出版。

書名	創作時間	備註
玫瑰滴血	1967	春秋出版。
金人頭	1967	大美出版。
黑石船正續集	1968	文川書社初版，春秋再版。
威震江湖第一花	1968	大美出版。
仁劍天魔	1968	南琪出版。
不朽英雄傳	1969	大眾日報於58.1.1起連載56期，大美出版。
朱門劫	1969	大美出版。
迷香劍	1969	南琪出版。
復仇谷	1970	南琪出版。
癡人迷劍	1970	四維出版。
情鎖	1970	四維出版。
七十二將相	1971	春秋出版。
無毒丈夫	1972	春秋出版。
孤鴻萬里	1972	南琪出版。
天涯客	1972	南琪出版。
血劍	1974	南琪出版，後改題「血劍恩仇」。
鐵頭和尚	1980	民族晚報於69.11.1開始連載，出版不詳。

慕容美

書　名	創作時間（西元）	備　　註（採民國紀年）
英雄淚	1960	以煙酒上人為筆名，大美出版。
混元祕籙	1960	以煙酒上人為筆名，大美出版。
劍海浮沉記	1961	大美出版。
黑白道	1961	大美出版。
血堡	1961	大美出版。
風雲榜	1962	大美出版。
不了恩怨不了情	1963	大美出版。

書名	創作時間	備註
金龍寶典	1963	春秋出版。
公侯將相錄	1964	台灣晚報連載，大美出版。
燭影搖紅	1964	徵信新聞報連載未完，大美出版。
祭劍台	1965	大美出版。
怒馬香車	1965	商工日報於54.11.12至55.2.1連載未完，春秋出版。
俠種	1965	大美出版。
金步搖	1965	一名「百花護劍錄」，民族晚報連載，大美出版。
秋水芙蓉	1966	南琪出版。
一品紅	1966	台灣新聞報於55.8.11開始連載，大美出版。
解語劍	1966	民族晚報連載，南琪出版。
翠樓吟	1967	四維出版。
金筆春秋	1968	民族晚報至58.6.7連載完畢，大美出版。
留春谷	1968	四維出版。
一劍懸肝膽	1968	南琪出版。
江霧嵐煙十二峰	1970	出版不詳。
天殺星	1971	南琪出版。
降龍吟	1972	出版不詳。
刀客	1975	台灣新聞報於64.1.2起連載，南琪出版。
十八刀客	1979	漢麟出版，疑即「刀客」。
血旗飄香	1979	出版不詳。
快活林	1980	中國晚報於69.1.18至69.10.21連載（全），出版不詳。
無名鎮	1980	民眾日報連載，萬盛出版。

獨抱樓主		
書　　名	創作時間（西元）	備　　註（採民國紀年）
南蜀風雲	1960	處女作，海光出版。
青白藍紅	1960	海光出版。
璧玉弓	1960	海光出版。漢牛盜版書改爲「玉弓緣」。
恩仇了了	1960	海光出版。
古玉玦	1961	海光出版。
雙劍懺情錄	1961	大美出版。
叱咤三劍	1961	海光出版。
迷魂劫	1961	大美出版。漢牛盜版書改爲「迷劫」。
人中龍	1961	大美出版。
七巧鈴	1961	海光出版。
金劍銀衣	1962	署名「冷朝陽」，春秋出版。

上官鼎		
書　　名	創作時間（西元）	備　　註（採民國紀年）
蘆野俠蹤	1960	處女作，清華出版。
劍毒梅香	1960	接續古龍作，清華出版。
長干行	1961	清華出版。
沉沙谷	1961	眞善美出版。
鐵騎令	1961	清華出版。
萍蹤萬里錄	1961	作者掛名，由友人代筆，第一出版。
烽原豪俠傳	1962	台灣新聞報於51.9.20開始連載，眞善美出版。
七步干戈	1963	清華出版。
俠骨關	1964	清華出版。
金刀亭	1966	僅寫前半部，封筆之作，四維出版。此外皆爲冒名僞作。

東方玉		
書　　名	創作時間（西元）	備　　註（採民國紀年）
縱鶴擒龍	1960	台灣新生報於49.9.1至60.9.1連載全，大美出版。
情天劍侶	1960	大美出版。
神劍金釵	1961	台灣新聞報於50..8.18開始連載，大美出版。
紅線俠侶	1961	中華日報於50.11.13至52.6.15連載全，大美出版。
鳳簫龍劍	1962	台灣新生報於51.2.4開始連載共283期，出版不詳。
翠蓮曲	1963	台灣新聞報於52.3.24至53.11.30連載全，大美出版。
毒劍劫	1964	大美出版。
北山驚龍	1964	黎明出版。
石鼓歌	1964	大美出版。
飛龍引	1965	台灣新生報於54.5.5至55.7.1連載全，春秋出版。
引劍珠	1966	台灣新生報於55.11.6開始連載，春秋出版。
雙玉虹	1967	中華日報於56.2.2至57.2.17連載全，漢牛翻版。
九轉簫	1967	中國時報於56.4.10至58.4.23連載全，春秋出版。
同心劍	1968	台灣新生報於57.3.1至58.10.4連載&武藝雜誌，春秋出版。
武林璽	1969	大眾日報於58.1.1至59.6.1連載全，春秋出版。
無名島	1969	台灣新生報於58.10.5至60.7.3連載全，春秋出版。

流香令	1969	中國時報58.4.24至60.3.28連載全,春秋出版。	金笛玉芙蓉	1978	中國時報於67.1.9至68.1.23連載全,出版不詳。
雙鳳傳	1970	大眾日報59.10.6至60.10.12連載未完,春秋出版。	龍孫	1978	台灣時報於67.2.18至67.9.24連載1-201(代結),出版不詳。
珍珠令	1971	中國時報於60.3.29至62.2.2連載全,大美出版。	風塵三尺劍	1978	台灣新生報於67.3.11開始連載,金蘭出版。
金鳳鉤	1971	台灣新生報於60.7.4至62.6.2連載全,春秋出版。	紫玉香	1978	台灣新聞報於67.7.14連載完,南琪出版。
劍公子	1973	中國時報於62.2.3至62.7.10連載未完,南琪出版。	刀開明月環	1978	台灣新聞報於67.7.24至68.12.4連載全,出版不詳。
珠劍春秋	1973	大美出版。	紫艾青藤	1978	台灣日報於67.9.2至68.10.26連載全,出版不詳。
湖海遊龍	1973	台灣新生報於62.6.3至63.6.20連載全,南琪出版。	折花令	1978	台灣新生報於67.12.19至69.3.7連載全,金蘭出版。
孤劍行	1973	中國時報於62.7.11至63.4.24連載全,與司馬紫煙書名同,春秋出版。	霧中劍影	1979	中國時報於68.1.24至68.9.6連載全,合成出版。
七步驚龍	1974	中國時報於63.6.11至64.10.6連載全,南琪出版,金蘭文化重印。	沖天劍氣白衣俠	1979	中國時報於68.9.10至69.2.29連載全,金蘭出版。
玉匕寒珠	1974	台灣新生報於63.6.20至65.5.31連載全,出版不詳。	起舞蓮華劍	1979	台灣日報於68.11.14至69.10.15連載全,裕泰出版。
三折劍	1975	中國時報於64.10.7至65.11.27連載全,南琪出版。	泉會俠蹤	1980	中國時報於69.3.1至69.9.10連載全,出版不詳。
蘭陵七劍	1976	春秋出版。	新月美人刀	1980	台灣新生報於69.3.8至70.6.12連載全,金蘭文化出版。
降龍珠	1976	南琪出版。			
翡翠宮	1976	中國時報於65.12.13至67.1.8連載全,春秋出版。	一劍小天下	1980	中華日報於69.5.13至70.9.16連載全,金蘭文化出版。
彩虹劍	1976	台灣新生報於66.1.1至67.3.9連載全,春秋出版。			

高 庸		
書　名	創作時間（西元）	備　註（採民國紀年）
九玄神功	1959	以令狐玄爲筆名，明祥出版。
鏽劍瘦馬	1959	以令狐玄爲筆名，明祥出版。
蜒蚰儒衫	1959	以令狐玄爲筆名，明祥出版。
毒膽殘肢	1960	以令狐玄爲筆名，明祥出版。
血影人	1960	以令狐玄爲筆名，第一出版。
殘劍孤星	1960	以令狐玄爲筆名，第一出版。
長恨天	1962	以令狐玄爲筆名，大美出版。
感天錄	1962	入選大美首屆武俠徵文佳作，大美出版。
聖心劫	1964	大美出版，「感天錄」後傳。
罪劍	1965	大美出版，又名「罪心劍」或「血染罪心劍」。
天龍卷	1966	新加坡南洋商報連載時，筆名林非，大美出版，又名「空門三絕」。
玉連環	1966	大美出版，又名「霸劍豪門」。
風鈴劍	1968	大美出版，
大悲令	1969	大美出版，
斷劍情仇記	1970	出版不詳。
俠義行	1970	大美出版。
紙刀	1970	大美出版。
紫披風	1971	大美出版。
秘谷風雲錄	1972	出版不詳。
浪子英豪	1974	中國晚報於63年初開始連載，出版不詳。
香羅帶	1974	南琪出版。
鐵蓮花	1975	南琪出版。
胭脂寶刀	1975	南琪出版。
禍水雙侶	1976	大美出版。
虎魄	1977	中國晚報於66.5.13至66.10.23連載全，出版不詳。
魔劍恩仇	1977	中國晚報於66.12.23至68.12.9連載全，出版不詳。
黑鳳凰	缺	＊據高庸生前提供書目。
硃砂井	缺	＊據高庸生前提供書目。

秦 紅		
書　名	創作時間（西元）	備　註（採民國紀年）
無雙劍	1963	處女作，入選大美第二屆武俠徵文佳作，大美出版。
武林牢	1964	大美出版。
英雄路	1965	大美出版。
鳳凰劍	1965	商工日報於54.10.11至55.11.28連載完，南琪出版。
九龍燈	1966	民族晚報連載，大美出版。
鐵漢拳風	1966	商工日報於55.11.29至57.7.25連載完，出版不詳。
迷俠	1967	大美出版。
斷刀會	1967	大美出版。
萬里征塵	1968	商工日報於57.7.26至58.8.28連載完，出版不詳。
戒刀	1968	大美出版。

鐵鞋萬里征	1968	南琪出版。
過關刀	1968	大美出版。
蹄印天下	1969	中國晚報、民族晚報連載，大美出版。
武魔	1969	出版不詳。
傀儡俠	1970	民族晚報於59.1.1至59.8.18連載未完，春秋出版。
一劍破天荒	1970	民族晚報連載，大美出版。
千乘萬騎一劍香	1970	大美出版。
金獅吼	1971	大美出版。
武林蕩寇志	1971	大美出版。
千古英雄人物	1972	南琪出版。
怒劍蕩魔	1972	民族晚報於61.11.22至12.1連載中輟，南琪出版。
七代劍	1973	台灣時報於62.10.29至11.16連載中輟，南琪出版。
九品刀	1977	台灣新聞報66.8.22連載完，漢麟出版。
粧台藏劍	1977	台灣新生報66.8.23至67.5.8連載完，出版不詳。
武林奇葩	1977	台灣日報於66.9.1至67.2.28連載180期，出版不詳。
俠歌	1978	台灣日報於67.3.1至67.6.26連載完，漢麟出版。
劍比日月明	1979	聯合報於68.4.26至68.7.14連載完，萬盛出版。
劍客的末路	1979	武林出版。
冷血十三鷹	1979	台灣新生報於67.10.13至12.18中輟，漢麟出版。

第七把飛刀	1979	漢麟出版。
西出陽關一劍客	1979	漢麟出版。
離魂俠	1980	萬盛出版。
俠缽	1980	中國時報於69.9.12至69.11.5連載（短），合成出版。
七步滴血	1980	中國晚報69.10.23至70.3.7連載完，萬盛出版。
劍雨花紅	1980	四維出版。
劍歸何處	1980	瑞德出版。
一棒喝武林	1980	漢麟出版。

雲中岳		
書　名	創作時間（西元）	備　註（採民國紀年）
劍海情濤	1963	處女作，黎明出版。
霸海風雲	1963	黎明出版。
鋒鏑情潮	1964	黎明出版。
傲嘯山河	1964	「霸海風雲」續集，黎明出版。
劍嘯荒原	1964	四維出版。
天涯路	1965	四維出版。
亡命之歌	1965	四維出版。
古劍懺情記	1966	四維出版，六週年特選佳作。
絕代梟雄	1966	四維出版。
大地龍騰	1966	四維出版。
劍影寒	1967	四維出版。
風塵豪俠	1968	四維出版。
八荒龍蛇	1968	四維出版。
匣劍凝霜	1969	四維出版。
鐵膽蘭心	1969	四維出版。
劍壘情關	1969	四維出版。

莽野龍翔	1970	四維出版。
龍驤奇士	1970	南琪出版。
劍底揚塵	1970	南琪出版。
俠影紅顏	1971	南琪出版。
萬丈豪情	1971	南琪出版。
青鋒驚雷	1971	四維出版。
草莽芳華	1972	南琪出版。
鬼方喋血	1973	出版不詳。
大刺客	1976	中央日報於65.9.5至66.8.29連載全，四維出版。
逸鳳引凰	1978	春秋出版。
神電鐵拳	1979	行宇出版，疑偽作。
蟠龍踞虎	1980	春秋出版，原名「龍蟠虎踞」。

柳殘陽		
書　名	創作時間（西元）	備　註（採民國紀年）
玉面修羅	1961	處女作，四維成立週年紀念特選佳作，四維出版。
天佛掌	1962	四維出版，部分為陳曉林代筆。
蕩魔誌	1962	又名「金色面具」，新生出版。
金雕龍紋	1963	四維出版。
驃騎	1964	四維出版。
魔尊	1964	新生出版。
搏命巾	1965	四維出版。
梟霸	1966	四維出版。
梟中雄	1967	四維出版。
銀牛角	1967	南琪出版。
大野塵霜	1968	四維出版，一名「霜月刀」。
斷刃	1968	春秋出版。

血笠	1968	春秋出版。
千手劍	1968	春秋出版。
霸鎚	1969	先鋒出版。
剪翼	1969	春秋出版。
渡心指	1970	春秋出版。
五嶽龍蛇	1970	出版不詳。
大煞手	1971	南琪出版。
七海飛龍記	1971	新生出版。
山君	1971	原版不詳，漢麟新版。
傷情箭	1971	中國時報於60.1.10至60.3.17連載，合成出版。
神手無相	1971	南琪出版，後半部有偽續。
天魁星	1971	南琪出版。
八臂鍾馗	1971	出版不詳。
草莽恩仇	1972	出版不詳。
鐵血俠情傳	1972	南琪出版。
黑龍傳	1972	南琪出版。
鷹揚天下	1972	先鋒出版。
血煙劫	1973	春秋出版。
煞威棒	1974	合成出版。
義劫	1975	出版不詳。
十方瘟神	1978	民眾日報於67.9.18至68.9.25連載全，皇鼎出版。
血刃情心	1978	春秋出版。
修羅七絕	1979	大美出版。
雷之魄	1979	合成出版。
星魂	1979	大美出版，合成新版。
威震武林	1979	出版不詳。
五嶽風雲	1980	合成出版。
拂曉刺殺	1980	民生報於69.7.20至69.12.22連載全，合成出版。

司馬紫煙		
書　名	創作時間 （西元）	備　註 （採民國紀年）
環劍爭輝	1961	處女作，春秋出版。
江湖夜雨十年燈續集	1963	春秋出版。
白頭吟	1964	春秋出版。
萬里江山一孤騎	1964	春秋出版。
千樹梅花一劍寒	1964	南琪出版。
豔羅剎	1964	春秋出版。
羅剎劫	1965	「豔羅剎」後傳，春秋出版。
寶刀歌	1965	馬來亞新生報連載，春秋出版。
孤劍行	1965	後改名為「遊子引」，南琪出版。
金僕姑	1965	自立晚報於54.7.7至57.5.29連載全，南琪出版。
劍影情魂	1966	台灣日報於55.11.26連載563集全，南琪出版。
情劍心箋	1967	春秋出版。
荒野遊龍	1968	經濟日報連載，春秋出版。
金陵俠隱	1968	民眾日報於57.3.16至67.3.31連載全，南琪出版。
燕歌行	1969	後改名為「燕趙雄風」，春秋出版。
英雄	1970	春秋出版。
英雄歲月	1970	南琪出版。
情俠	1970	南琪出版。
一劍寒山河	1970	南琪出版。
斷腸簫	1970	民族晚報於59.8.2至69.12.25連載全，出版不明。
一字劍	1970	春秋出版。

書　名	創作時間	備　註
棲霞鶴影	1971	出版不明。
煞劍情狐	1971	一名「七劍九狐」，南琪出版。
湖海驚龍	1972	出版不明。
浪子燕青	1972	原書缺，漢麟新版。
八駿雄飛	1973	民族晚報於62.7.1至64.2.28連載全，原書缺，漢麟新版。
龍潭虎穴	1974	出版不明。
浪燕哀鴻	1974	出版不明。
新月劍	1974	原書缺，漢麟新版。
牧野鷹揚	1975	出版不明。
拜山	1975	出版不明。
漠野英豪	1976	民族晚報於65.2.29連載完，出版不明。
鐵馬金戈	1976	民族晚報於65.3.1至66.7.30連載全，出版不明。
雪鷹	1979	出版不明。
大英雄	1979	皇鼎出版。
天馬行空	1979	漢麟出版。
日月重光	1979	出版不明。
劍在江湖	1980	中國時報於69.11.6至70.1.9連載，出版不明。

獨孤紅		
書　名	創作時間 （西元）	備　註 （採民國紀年）
紫鳳釵	1963	處女作，但問世較晚，大美55出版。
血掌龍蟠	1965	諸葛青雲開筆並掛名，大美出版。封面「蟠」字為「蟠」字之誤。
斷腸紅	1966	大美出版。
雍乾飛龍傳	1966	春秋出版。
大明英烈傳	1967	南琪出版。

俠骨頌	1967	商工日報於56.4.2連載未完，大美出版。	響馬	1970	春秋出版。
滿江紅	1967	春秋出版。	刀神	1970	春秋出版。
武林正氣歌	1968	即「正氣歌」，大美出版。	菩提劫	1971	大美出版。
血灑黃沙紅	1968	南琪出版。	江湖路	1973	大美出版。
俠宗	1968	大美出版。	孤騎	1975	自立晚報於64.1.13至66.2.15連載全，四維出版。
豪傑血	1968	春秋出版。
丹心錄	1968	「滿江紅」前傳，春秋出版。	龍騰虎躍	1975	出版不明。
			血令	1976	南琪出版。
俠種	1969	春秋出版。	紅葉詩	1977	大美出版。
聖心魔影	1969	春秋出版。	鐵血柔情淚	1977	自立晚報於66.2.16至68.1.9連載全，漢麟改題「鐵血柔情傳」出版。
菩薩蠻	1969	南琪出版。
玉翎雕	1969	「滿江紅」後傳，春秋出版。
檀香車	1969	春秋出版。	虎符	1978	出版不詳。
男子漢	1969	南琪出版。	大野遊龍	1978	漢麟出版。
江湖人	1969	大美出版。	龍爭虎鬥	1978	漢麟出版。
武林春秋	1970	春秋出版。	名劍留香	1979	自立晚報於68.12.20至69.1.18連載全，漢麟改題「名劍明珠」出版。
十二郎	1970	四維出版。
雪魄梅魂	1970	四維出版。
天燈	1970	春秋出版。	劍花紅	1979	漢麟出版。
英雄兒女	1970	大美出版。	恩怨情天	1979	萬盛出版。
鐵血冰心	1971	大美出版。	劍膽琴心	1980	自立晚報於69.1.28至70.1.13連載全，萬盛出版。
無刃刀	1971	四維出版。
血花血花	1971	南琪出版。
煞情劍	1971	出版不明。	朱門淚	1980	萬盛出版。
報恩劍	1972	中華日報於61.3.1至61.10.30連載未完，出版不明。	**武陵樵子**		
			書　名	**創作時間（西元）**	**備　註（採民國紀年）**
玉釵香	1972	四維出版。	十年孤劍滄海盟	1960	四維出版，部分為許迢代筆。
劍客	1973	自立晚報於62.2.9至64.1.12連載完，南琪出版。	丹青引	1961	玲珍／士林出版。
			水龍吟	1961	四維出版。
			玉壺天	1961	天況／光大出版

灞橋風雪飛滿天	1961	明祥出版。
征塵萬里江湖行	1962	續「十年孤劍滄海盟」，四維出版。
血染秋山夕陽紅	1962	黎明出版。
殘陽俠影淚西風	1962	第一出版。
虹影碧落	1962	大東出版。
斷虹玉鉤	1963	四維出版。
玉轡紅纓	1964	四維出版。
濁世狂客	1964	黎明出版。
絳闕虹飛	1965	四維出版。
牧野鷹揚	1966	四維出版。
草莽群龍	1967	四維出版。
屠龍刀	1967	四維出版。
朱衣驊騮	1969	四維出版。
踏莎行	1970	四維出版。
毒劍酒狂	1977	四維出版，疑非原刊本。
星斗迷幻錄	1977	四維出版，內頁作「星斗奇幻錄」，疑非原刊本。
翠巇雙星	1978	黎明再版，原刊本應出版於1960年代。
大江寒	1979	四維再版，原刊本應出版於1960年代。

蕭瑟		
書　名	創作時間（西元）	備　註（採民國紀年）
旋風曲	1962	處女作，旋風出版。
落星追魂	1963	旋風出版。
碧眼金鵬	1963	南琪出版，坊間皆誤作「碧眼金雕」。
鐵骨柔情傳	1964	春秋出版。
大漠金鵬傳	1964	後半部由蕭塞續完，南琪出版。
神劍射日	1965	南琪出版。
巨劍迴龍	1966	先鋒出版，漢牛翻版。
淬劍煉魂錄	1966	南琪出版。
潛龍傳	1967	南琪出版。
神火焚天	1967	南琪出版。
江湖獨孤龍	1968	春秋出版。
追雲搏電錄	1969	春秋出版。
鐵劍金蛇	1969	南琪出版。
殘情劍	1971	春秋出版。
失魂人	1972	南琪出版。
狂風沙	1977	大美出版，疑非原刊本。
劍碎崑崙頂	1979	春秋出版，疑非原刊本。
洛陽劍	1979	春秋出版，疑非原刊本。

臺灣武俠小說發展史／葉洪生、林保淳著.
--初版.--臺北市：遠流，2005〔民94〕
　　面；　公分.--

　ISBN　957-32-5521-9（精裝）
　　1.中國小說-歷史-現代（1900- ）
　　2.武俠小說-評論

820.9708　　　　　　　　　　94007805

臺灣武俠小說發展史

作　　者 —— 葉洪生・林保淳
執行主編 —— 李佳穎
執行副主編 —— 鄭祥琳
特約編輯 —— 李素娟
美術設計 —— 唐壽南
封面繪圖 —— 彭大維
彩圖提供 —— 葉洪生・林保淳
發 行 人 —— 王榮文
出版發行 —— 遠流出版事業股份有限公司
　　　　　　台北市南昌路二段 81 號 6 樓
　　　　　　郵撥／0189456-1
　　　　　　電話／(02) 2392-6899　傳真／(02) 2392-6658
香港發行 —— 遠流（香港）出版公司
　　　　　　香港北角英皇道 310 號雲華大廈 4 樓 505 室
　　　　　　電話／2508-9048　傳真／2503-3258
　　　　　　香港售價／港幣 217 元
著作權顧問 —— 蕭雄淋律師
法律顧問 —— 王秀哲律師・董安丹律師
2005 年 6 月 1 日　初版一刷
2005 年 8 月 16 日　初版二刷
行政院新聞局局版臺業字第 1295 號
售價新台幣 650 元　（缺頁或破損的書，請寄回更換）

遠流博識網
http://www.ylib.com E-mail:ylib@ylib.com
金庸茶館網站
http://jinyong.ylib.com E-mail:jinyong@ylib.com

華文閱讀‧第一選擇

YLib.com 遠流博識網

榮獲 1999 年 網際金像獎 "最佳企業網站獎"
榮獲 2000 年 第一屆 e-Oscar 電子商務網際金像獎
"最佳電子商務網站"

互動式的社群網路書店

YLib.com　是華文【讀書社群】最優質的網站
我們知道，閱讀是最豐盛的心靈饗宴，
而閱讀中與人分享、互動、切磋，更是無比的滿足

YLib.com　以實現【Best 100　一百分之百精選好書】為理想
在茫茫書海中，我們提供最優質的閱讀服務

YLib.com　永遠以質取勝！
敬邀上網，
歡迎您與愛書同好開懷暢敘，並且享受 YLib 會員各項專屬權益

Best 100　一百分之百最好的選擇

Best 100 Club　全年提供 600 種以上的書籍、音樂、語言、多媒體等產品，以「優質精選、名家推薦」之信念為您創造更新、更好的閱讀服務，會員可率先獲悉俱樂部不定期舉辦的講演、展覽、特惠、新書發表等活動訊息，每年享有國際書展之優惠折價券，還有多項會員專屬權益，如免費贈品、抽獎活動、佳節特賣、生日優惠等。

優質開放的【讀書社群】　風格創新、內容紮實的優質【讀書社群】─金庸茶館、謀殺專門店、小人兒書鋪、台灣魅力放送頭、旅人創遊館、失戀雜誌、電影巴比倫……締造了「網路地球村」，聞名已久的「讀書小鎮」，提供讀者們隨時上網發表評論、切磋心得，同時與駐站作家深入溝通、熱情交流。

輕鬆享有的【購書優惠】　YLib 會員享有全年最優惠的購書價格，並提供會員各項特惠活動，讓您不僅歡閱不斷，還可輕鬆自得！

豐富多元的【知識芬多精】　YLib 提供書籍精彩的導讀、書摘、專家評介、作家檔案、【Best 100 Club】書訊之專題報導……等完善的閱讀資訊，讓您先行品嚐書香、再行物色心靈書單，還可觸及人與書、樂、藝、文的對話、狩獵未曾注目的文化商品，並且汲取豐富多元的知識芬多精。

個人專屬的【閱讀電子報】　YLib 將針對您的閱讀需求、喜好、習慣，提供您個人專屬的「電子報」─讓您每週皆能即時獲得圖書市場上最熱門的「閱讀新聞」以及第一手的「特惠情報」。

安全便利的【線上交易】　YLib 提供「SSL 安全交易」購書環境、完善的全球遞送服務、全省超商取貨機制，讓您享有最迅速、最安全的線上購書經驗